Berthold Au

Schwarzwälder Dorfgeschichten

Berthold Auerbach

Schwarzwälder Dorfgeschichten

Berthold Auerbach

Schwarzwälder Dorfgeschichten

ISBN/EAN: 9783743302570

Hergestellt in Europa, USA, Kanada, Australien, Japan

Cover: Foto ©Andreas Hilbeck / pixelio.de

Schwarzwälder

Dorfgeschichten.

Von

Berthold Auerbach.

Achte Auflage.

Dritter Band.

———

Stuttgart.

J. G. Cotta'scher Verlag.

1861.

Schwarzwälder Dorfgeschichten.

Dritter Band.

Inhalt.

———————

I.

Sträflinge.

Ein Sonntagmorgen.

Wir sind im Dorfe. Alles ist still auf der Straße, die Häuser sind verschlossen, da und dort ist ein Fenster offen, es schaut aber Niemand heraus. Die Schwalben fliegen nah am Boden und haben Niemand auszuweichen. Auf dem Brunnentroge am Rathhause sitzen andere Schwalben, trinken und schauen sich klug an und zwitschern miteinander und halten Rath, als ob das Dorf nur ihnen allein gehöre. Vornehme Bachstelzen trippeln herzu und schwänzeln davon und schweigen still, als wollten sie damit kundgeben, sie wüßten schon Alles und noch viel besser. Nur eine Schaar Hühner hat sich um die Schwalben versammelt und lauscht begierig ihren Reden. Sie hören wol von freiem Wiegen in den Lüften, von Ziehen über's Meer und nach fernen Landen; denn sie heben und dehnen oft ihre Flügel und lassen sie wieder sinken und schauen trauernd auf, gleich als wüßten sie nun wieder auf's Neue, daß sie stets am Boden haften und fremden Schutz bei Menschen suchen müssen. Besonders eine kohlschwarze Henne mit rothem Kamme hebt und senkt ihre Flügel oft und oft. Eine Gluckhenne wandelt das Dorf hinauf, sich stolz prustend im Kreise ihrer Söhne und Töchter, die sie durch stete Ermahnungen um sich versammelt hält und mit ihrem Funde äzt. Sie will nichts von freiem Wiegen in den Lüften, von der Sehnsucht nach der Ferne.

Eine wunderfame Stille liegt auf dem ganzen Dorfe.

Die Menschen haben die getrennten Wohnungen verlassen und sich in dem einen Hause Dessen eingefunden, der sie allesammt eint. Die zerstreut schweifenden Blicke, die nur das Eigene suchen, heben sich jetzt vereint zu dem Unsichtbaren, der Alles sieht und dem Alles eigen ist.

Da steht die Kirche auf dem Berge, der einst befestigt war und um dessen Mauern jetzt blühende Reben ranken. Die Kirche war einst die Burg für alle Noth des Lebens. Kann und wird die frei stehende, äußerlich unbefestigte Kirche der freie Hort alles neuen Menschendaseins werden?

Eben verhallt der letzte Ton der Orgel, treten wir ein in die Kirche. Der Geistliche besteigt die Kanzel. Husten und Zurechtsetzen in der ganzen Gemeinde, denn Niemand will den Verkünder des höheren Geistes im Flusse seiner Rede stören.

Der Geistliche ist kein alter Mann, er steht in den besten Jahren. Nicht blos um graue Locken schwebt die Glorie der innern Befreiung von Eigensucht; die Milde mögt ihr da wol öfter finden, aber oft nicht mehr jenen lebendigen Feuereifer für die Menschheit. Der Glaube an den Himmel hat oft den Glauben an die Erde verdrängt.

Nachdem der Geistliche still, in sich zusammenge=
schauert, verhüllten Antlitzes das leise Gebet gesprochen,
erhob er freudig sein Haupt und sprach den Text:
„Die Gesunden bedürfen des Arztes nicht, sondern die
Kranken." Lucas 5, 31.

Er zeigte zuerst, wie die geistige Gesundheit das
wahre Leben, wie sie eins ist mit Tugend und Recht=
schaffenheit; Sünde und Krankheit dagegen das Leben
verunstaltet. Gleichwie in der Krankheit die natür=
lichen Kräfte des Menschen einen falschen Weg ge=
nommen, so auch in der Sünde. Denn Sünde ist
Verirrung. Mit besonderem Nachdruck hob er dieses
Letztere wiederholt hervor und ermahnte zur milden Be=
trachtung des Sünders, zur Pflege für seine Heilung.
Er zeigte, wie leicht die Sünde einen Schlupfwinkel
findet im verschlungenen Geäder des menschlichen Her=
zens, um bald als Leidenschaft, bald als listige Be=
thörung Alles aus dem Wege des Rechten zu ver=
drängen. Denn es ist kein Mensch, der nur Gutes
thäte und nicht sündigte. Er zeigte, wie erquickend es
ist, uns das tröstliche Bild des reinen Menschen ohne
alle Sünd' und Fehle zu vergegenwärtigen, der uns
vorschwebt, um alle Schuld zu tilgen, indem er uns
anleitet, ihm nachzufolgen. Er zeigte, wie darum
Jeder, der in irgend einer Weise sich von Sünde rein
fühle, in dieser theilweisen Reinheit die Verpflichtung
habe, der Erlöser des Andern, des in Sünde Versun=
kenen zu werden. Er muß dessen Fehl auf sich neh=
men und zu sühnen trachten.

„Ihr Alle," sprach er dann, „ihr Alle, die ihr in

Freiheit wandelt, die ihr an euerm Tische sitzt und ungehindert hinausschreitet unter Gottes freien Himmel — gedenket einen Augenblick des armen Eingekerkerten, auf dessen Antlitz seit Jahren kein Blick der Liebe geruht. Da sitzt er und sein Auge starrt hin nach den steinernen Mauern, seine Worte prallen ungehört zurück. Und wenn er hinausgeführt wird unter seine Genossen, welch eine traurige Gesellschaft!

Die große menschliche Gesellschaft hat ihn einsam seiner Noth, seiner Verzweiflung, seinem Irrthum überlassen; keine hülfreiche Hand bot sich ihm dar, kein liebreiches Wort beschwichtigte seine Seele. Er stand vielleicht allein, allein mit seinem verworrenen Herzen. Erst als er der offenkundigen Sünde verfiel, erst da merkte er's, daß er nicht allein sei; die menschliche Gesellschaft faßte ihn mit gewaltigen Armen und hielt ihn zur Sühne fest.

Und wenn er nun wieder zurückkehrt unter die freien Menschen, was ist sein Loos? Die früher keinen Blick auf ihn richteten, sehen jetzt mit Verachtung, mit Mißtrauen oder unthätigem Mitleid auf ihn herab und verfolgen ihn auf Schritt und Tritt. Was soll aus ihm werden?

Du, der du hier in Freiheit sitzest, frage dich: wie oft du nahe daran warst, ein Verbrecher zu werden, wie nur die höhere Macht, die in dich gepflanzt ist und über dich herrscht, dir die Werkzeuge des Verderbens entzog und aus der Hand nahm. Darum hab' Mitleid mit dem Sünder, leide mit ihm, opfere dich für ihn, und es wird dir vergeben.“

Dies und noch vieles Andere sprach der Pfarrer mit tiefer Erschütterung. Er wagte einen gefährlichen, aber zur lebendigen Eindringlichkeit doch oft nothwendigen Versuch und stellte sich selbst mitten in die Betrachtung, indem er erzählte:

„Ich wurde als armer Schüler eines Mittags im Hause eines Reichen gespeist. Sonst litt ich die bitterste Noth. Da stand ich nun allein im Speisezimmer und wartete bis zur Essenszeit. Um mich her glitzerte und schimmerte das Silbergeräth, es flimmerte mir vor den Augen, wie wenn ich berauscht wäre. Plötzlich blitzt mir der Gedanke durch die Seele: nur einige solcher Stücke können deiner Noth auf lange abhelfen und — Niemand sieht dich. Ein unwiderstehlicher Reiz zog mich zum Korbe hin, wo das Silber aufgeschichtet lag; ich griff hinein, wie wenn Jemand meine Hand hineinstieße. Da war mir's aber plötzlich, als könnte ich meine Hand nicht bewegen, ich konnte nicht lassen und nicht nehmen. Der Angstschweiß rann mir von der Stirn und ich schrie laut: Hülfe! Hülfe! Ich wollte Menschen herbeirufen, um durch sie von der Sünde abgezogen zu werden. Ein alter Diener eilte herzu und ich erzählte ihm weinend Alles. Er tröstete mich in meiner unbeschreiblichen Pein und hat in der Folge selbst und durch Andere dafür gesorgt, daß ich keine Noth mehr litt."

Die Bemerkungen, die der Pfarrer hieran knüpfte, und die Aufforderung, daß Jeder in gleicher Weise die Versuchungen seines Lebens sich vergegenwärtige, gingen unmittelbar an's Herz. Bei der längern Pause, die er jetzt machte, sah er manche gefaltete Hände zittern, Manchen hinter dem vorgehaltenen Hute sein Antlitz bergen, manche Hand eine Thräne aus den Augen wischen, die dann wieder leichter aufschauten. Keiner aber blickte auf den Andern, Jeder hatte genug mit sich zu thun.

Nach dem Schlußgebet erzählte der Pfarrer in schlichtem Tone: „Es hat sich in der Hauptstadt ein Verein von wohlbenkenden Männern gebildet, der sich die Aufgabe stellt, für das Fortkommen und die Besserung Derer zu sorgen, die aus den Straf= und Arbeitshäusern entlassen werden. Das ist ein heiliges und gottgefälliges Werk. Wer beitreten und mitwirken will, kann nach der Mittagskirche zu mir kommen und das Nähere erfahren. Besonders aber möchte ich euch bitten, daß Einer oder der Andere von Euch solch einen Entlassenen als Knecht oder Magd zu sich in's Haus nehme. Ich brauche euch nicht zu ermahnen, daß ihr die Gefallenen nicht gar zu zärtlich und weichherzig behandeln sollt. Wir kennen einander. Ich fürchte nicht, daß ihr allzugroße Sanftmuth habt.“

Ein Lächeln zuckte auf den Angesichtern der Versammelten, das aber die Andacht nicht niederdrückte, sondern eher hob. Der Pfarrer fuhr nach kurzem Innehalten fort:

„Ihr müßt euch aber genau prüfen, ob ihr die Kraft in euch fühlt, diese Gefallenen liebevoll zu behandeln; denn ein Unglücklicher bedarf doppelter Liebe, und zwiefach gesegnet ist, der sie zu geben vermag. Der Herr erleuchte und erhebe euern Sinn und

begnadige uns Alle, daß wir uns nicht in Sünde ver=
irren. Amen."

Als die Kirche zu Ende war, drängte sich Alles
mit ungewohnter Hast heraus. Viele reckten und streck=
ten sich, als sie die Thüre hinter sich hatten; die Pre=
digt hatte sie so gepackt, daß sie sich in allen Gliedern
wie zerschlagen fühlten; es war ihnen schwül geworden
und sie holten jetzt wieder frei Athem.

Allerlei-Gruppen bildeten sich. Da und dort sprach
man alsbald von verschiedenen Dingen, die Meisten
von der Predigt und dem rechtschaffenen Pfarrer. Der
Webermichel aber behauptete, er predige nicht genug
aus Gottes Wort, und der Bäck, der, wenn seine Frau
nicht dabei war, auch gern etwas drein redete, bemerkte
gar pfiffig, er habe bald gemerkt, zu welchem Loch der
Pfarrer hinaus wolle. Ein muthwilliger Bursche raubte
einem Mädchen den Strauß von Gelbveigelein und
Rosmarin vom Busen, schrie dabei: „Hülfe! Hülfe!"
und rannte mit der Beute davon.

Sonst aber hallten in den meisten Gemüthern noch
die vernommenen Worte nach.

Konrad der Adlerwirth ging still dahin und redete
kein Wort; er hielt auf dem ganzen Wege den Hut
in der Hand, als wäre er noch in der Kirche. Bär=
bele war ihrem Manne vorausgeeilt, um den Mittags=
tisch herzurichten. An einem andern Sonntage wäre
es nicht ohne Halloh abgegangen, wenn wie heute das
Essen nicht gleich nach der Kirche fertig gewesen. Jetzt
aber legte Bärbele, ohne ein Wort zu sagen, Gesang=
buch und Rosenkranz auf den Fenstersims (denn man

braucht beides heute Mittag nochmals) zieht seinen
Mutzen (Jacke) aus und hilft der Magd ohne ein
„Schelterle" das Essen fertig machen.

Man saß endlich wohlgemuth bei Tische und es
schmeckte Allen wohl, denn wenn ein reiner Gedanke
durch die Seele gezogen, ist es, als ob der ganze
Mensch wie mit frischem Leben durchströmt wäre; jede
Speise, die er zum Munde führt, ist wie gesegnet,
man ist mit Allem froh und zufrieden. Wo ein guter
Geist mit zu Tische sitzt und in den Menschen lebt, da
wandelt er das Wasser des Alltagslebens in duftenden
Festwein.

In wie viel tausend Kirchen wird allsonntäglich
mit hochgezwängter Stimme gepredigt, aber wie selten
ertönt ein reinerer Klang, der, aus der Tiefe kommend,
in den Tiefen der Herzen nachhallt!

Es ist aber auch bekannt, wie oft die Menschen,
wenn sie gesättigt sind, eine ganz andere Sinnesart
haben, als da sie noch hungrig waren.

Und da es auch gut ist, daß man nach Tische eine
Weile ruht, so wollen wir die Folgen der Frühpre=
digt erst nach einer Pause weiter betrachten.

Nachwirkungen der Frühpredigt.

So lind und frisch es auch in den Mittagsstunden
draußen in Wald und Feld ist, so wandeln doch nur
wenig „Mannen" hinaus, und auch diese kehren bald
zurück, bis endlich Alles in der raucherfüllten niedern
Stube zum Adler beisammen ist.

Es mag auffallend erscheinen, daß auf dem Lande freie Trinkplätze so selten sind, wo man im Schatten der Bäume unter freiem Himmel seinen Schoppen in Frieden genießt. Aber erstlich fühlen sich die, welche die ganze Woche draußen sind, behaglicher unter Dach und Fach, und sodann vereinzelt das Zusammentreffen im Freien: der Raum ist unbeschränkt, man rückt nicht so nahe zusammen, das Wort des Einzelnen verhallt leicht, weil es nicht, von den Wänden eingeschlossen, zu Allen bringt.

Wir müssen uns also schon dazu bequemen, in die Wirthsstube einzutreten.

Um den runden Tisch in der Ecke sitzen Viele. Constantin, Mathes und der Buchmaier lesen die Zeitung, von der heute drei Blätter auf einmal angekommen sind. Sie theilen mit, was ihnen von Belang scheint und worüber sie Etwas zu sagen haben. Es sind oft Bemerkungen, die den Nagel auf den Kopf treffen, oft aber auch Schläge in die Luft. Denn heutigen Tages, wo man es meist darauf anlegen muß, den leitenden Grundgedanken zwischen den Zeilen heraus lesen zu lassen, ist es für den Uneingeweihten fast unmöglich, das Rechte zu finden.

Das Gespräch verlor sich nach allen Seiten hin; es möchte lehrreich sein, solches weiteren Kreisen mitzutheilen, wir müssen uns aber an das nahe gerückte Interesse des Tages halten. Der Adlerwirth ist auch dieser Ansicht; man sieht ihm an, daß er etwas auf dem Herzen hat; er sagt daher als einmal Stille eintrat:

„In der Zeitung steht auch die Geschicht' von dem Sträflingsverein."

„Lies vor!" hieß es von allen Seiten.

„Lies du!" sagte Constantin und gab seine Zeitung dem Mathes. „Ich will nichts davon. Gegen ganz schlechte Menschen da thun sie jetzt gar liebreich: da ist's wohlfeil gut sein. Dabei kann man den Kamm noch recht hoch tragen. Die Heiligenfresser und Beamtenstübler haben da neben einander feil, und wisset ihr was? Gnadenpülverle auf Stempelbogen."

„Oha, Brüderle, du hast einen Pudel geschoben,"[1] erwiderte der Buchmaier; „da ist der Doctor Heister auch mit unterschrieben, und wo der ist, da darf man mit all' beiden Händen zulangen. Und wenn auch noch Hochmuthsnarren dabei sind, der Verein ist gut. Mag Einer sonst thun was er will, wenn er was Rechtschaffenes thut, so ist das halt rechtschaffen."

„Das mein' ich auch," sagte Konrad der Adlerwirth und las vor.

„Da ist kein Salz und kein Schmalz in der Anzeig'," bemerkte Mathes; „die sollten unsern Pfarrer haben, der hätt's anders geben, daß das Ding Händ' und Füß' hätt'. Wenn ich einen Knecht bräucht, ich thät gleich Einen nehmen."

„Ich auch," riefen Viele.

„Und ich nehm' Einen," sagte Konrad.

„Wenn du das nicht gesagt hätt'st, wär's gescheiter gewesen," entgegnete der Buchmaier, „da hätt's

---

[1] So nennt man's, wenn man beim Kegelspiel keinen Kegel trifft.

Niemand gewußt und jetzt sieht ihn ein Jedes drauf
an."

Konrad kratzte sich ärgerlich hinter dem Ohre.

Der Schullehrer trat ein und der Buchmaier sagte
zu ihm: „Du kommst wie gerufen. Kannst du uns
nicht sagen, was das mit dem pensylvanischen Schweig=
stumm ist oder wie man's heißt? Ich bin ganz dumm
von dem, was da die Zeitung drüber sagt."

„Es gibt zweierlei Straffysteme oder Strafarten,"
sagte der Schulmeister; „Auburn —"

„Nicht so!" unterbrach ihn der Buchmaier, der
heute etwas ärgerlich schien; „mach' jetzt all' deine
Bücher zu und sag's grabaus."

Jener erklärte nun die Zellengefängnisse mit ihrer
Sprachlosigkeit. Alles eiferte mit großer Heftigkeit ge=
gen das Schweigstumm, wie sie es nannten, und der
Buchmaier wurde so grimmig, daß er sagte: „Wenn
ich Herrgott wäre, dem Mann, der das einsam stumme
Gefängniß erfunden hat, dem ließ' ich nur all' Woch'
zweimal die Sonn' scheinen."

Der Lehrer wollte die Heftigkeit mildern, indem er
berichtete, daß viele edle und gelehrte Männer für diese
Strafart gestimmt hätten. Er fand aber kein Gehör.

Endlich traten mehrere Schreiber in die Wirths=
stube. Das Gespräch erhielt eine andere Wendung und
leise Fortsetzung. Man ging bald auseinander. .

Der Armenadvokat und sein Freund.

In einer Gartenlaube der Residenz saßen am selben Nachmittage zwei Männer von gleichem Alter, der eine aber trug einen Orden im Knopfloch.

Eine Magd brachte Kaffee und Cigarren.

„Wo haſt du denn das ſchöne Dienſtmädchen hingebracht, daß vor zwei Jahren in deinem Hauſe diente?" fragte der Ordensmann ſeinen Gaſtfreund, den Doctor Heiſter; „das war ein friſches Naturkind, immer fröhlich, mit Geſang die Treppe auf und ab. Es kam mir wie ein heller, reiner Thautropfen vor; iſt eau de mille fleurs daraus geworden? Wie hieß es doch?"

„Magdalene. Das iſt eine unglückliche Geſchichte. Ich kann's noch kaum glauben, daß das brave Kind geſtohlen hat, und doch iſt es ſo. Während ich in Angelegenheiten eines Mündels in Berlin war, haben ſie ſie hier in's Zuchthaus gebracht."

„Alſo du lieferſt auch Rekruten zu deinem Verein? Ich werde nun auch wieder eine ſolche Unſchuld zu Geſicht bekommen, die ich unter den Händen hatte, als ich noch Bezirksrichter war. Es war ein Poſtillon; er hat einen Ehemann, der ihm im Wege ſtand, in den Graben geworfen und ſo traktirt, daß er nach vierzehn Tagen für die Ewigkeit genug daran hatte. Das iſt ein durchtriebener Schlingel. Ich habe ihn aber hinter gebunden, und habe ihm auf hohe Verordnung einige Doſen Contumazialprügel wegen frechen Leugnens appliciren laſſen. Das hat ihn mürbe gemacht. Es iſt nicht anders fertig zu werden mit dem Geſindel. Ich will nur sehen, was der Verein mit ihm anfangen wird; er hat sich auch gemeldet."

„Es freut mich innig," erwiderte der Doctor, „daß du die Sache des Vereins so nachdrücklich gefördert hast durch das Rundschreiben an die Bezirksgerichte und die Pfarrämter."

Der Regierungsrath, denn ein solcher war der Ordensmann, sah geschmeichelt mit dem Kopfe nickend auf seine schönen Sommerstiefeletten und sagte: „Der Verein soll auch die Vortheile unserer geregelten Staats= ordnung genießen. Während wir hier sitzen," fuhr er fort, sich auf dem Stuhle schaukelnd, „ist oder wird von allen Kanzeln des ganzen Landes das Evangelium der armen Sünder verkündet. Hu! wie werden die Thränenbeutel ausgepumpt werden. Das wird den Leuten wohlthun in diesen warmen Tagen, es ist auch eine Cur. Aber das mußt du doch gestehen, daß unser Staatsleben ineinander greift wie ein Uhrwerk. Wenn ich hier einen Druck an der Staatsmaschine anbringe, bewegt sich eine Feder im entlegensten Dorfe."

„Ob das ein Glück ist?"

„Du bist und bleibst der ewige Opponent. Ihr Leute wollt das Gute nicht sehen. Was hättet ihr denn gehabt ohne den Amtsweg? Einen Winkel im Zwi= schenreich der Landeszeitung —"

„Laffen wir das. Du kannst dich nicht bekehren, sonst müßtest du mit deinem Schicksal unzufrieden sein und einen großen Theil deiner mühevollen Arbeit für nichtig achten. Drum laffen wir das. Du verdienst allen Dank, daß du den Verein so rasch zu Stande gebracht. Du mußt ihn gut bevorwortet haben."

„Gut bevorwortet?" lachte der Regierungsrath und hielt das eben entbrannte Zündhölzchen so lange in der Hand, bis er es an den Fingern spürte und wegwarf; „gut bevorwortet? Da sieht man wieder euch unpraktische Weltverbesserer. Ihr glaubt, mit Ideen führt man die Sachen durch. Diplomatie, Freund, Diplomatie ist's, die euch fehlt; ohne diese kommt ihr nie zu Etwas. Ich für meine Person gestehe, daß ich gar keinen Penchant für euern Verein habe. Es ist jetzt ein weichmüthiger Humanitätsrappel über die Welt gekommen, der das Leben horribel ennuyant macht. Ich habe nun einmal kein Spitalherz und will auch keines haben. Als die Vereinssache im Collegium vorkam, ich war Referent, zuckte ich mitleidig die Achseln. Der Präsident ist gar kein böser Mann, nur ist ihm angst und bang vor allem Neuen; es ist ihm unheimlich. Es war aber auch gefehlt von euch, daß lauter prononcirte Liberale sich an die Spitze stellten."

„Warum? Die Sache hat ja nichts mit Politik zu schaffen?"

„Allerdings. Glaubt ihr, man wird euch Gelegenheit geben, euch als Wohlthäter der Menschheit hinzustellen und unter den Proletariern Partei zu gewinnen?"

„Nun? Wie ging die Sache denn doch durch?"

„Wie gesagt, ich zuckte die Achseln und das Finale meines Referats war: Wie werden sich die Herren die Finger verbrennen! Wie werden sie einsehen

lernen, daß sich die Welt nicht nach ihren Utopien
constituiren läßt. Das gäbe eine gute Schule für sie.
Der Präsident lächelte. Nun war die Sache gewonnen.
Ich erklärte noch, daß, falls der Verein die Genehmi=
gung erhalte, ich bereit sei, als Regierungsbevollmäch=
tigter demselben zu präsidiren und ihn zu überwachen.
So wurde euch die Sache gewährt, um euch einen Possen
damit zu spielen."

„Welchen Grund hattest du aber, eine so feine In=
trigue anzulegen für eine Sache, die dich nicht interessirt?"

Der Regierungsrath faßte die Hand des Advokaten
und sagte: „Du bist und bleibst eine ehrliche Haut,
aber auch dir gegenüber mußte ich intriguiren. Seit=
dem ich von der Kreisregierung hieher versetzt wurde,
thut es mir immer leid, daß unsere beiderseitige öffent=
liche Stellung eine vertrautere Socialität fast nicht zu=
läßt; die Parteiungen haben Alles zerrissen. Lache nicht!
In der Verbrechercolonie finden wir einen Indifferenz=
punkt, wo wir uns an einander anschließen, ohne daß
Einer sich bei seiner Partei zu compromittiren braucht.
Wir haben in Heidelberg den Freundschaftsbund ge=
schlossen, er soll aufrecht erhalten werden. Nicht wahr,
alter Cherusker, wir bleiben die Alten?"

Die beiden Jugendfreunde drückten sich die Hände.
Dem Advokaten kam diese Mischung von Treuherzig=
keit und Schlauheit, die er eben vernommen, doch son=
derbar vor; er wendete sich indeß immer gern nach der
idealen, sonnenbeschienenen Seite an der Frucht des
Lebensbaumes und erwiderte:

„Wir haben noch so viele Berührungspunkte, noch

so viel gemeinsames Streben, daran wollen wir uns halten, das Andere bei Seite liegen lassen."

„Ja, das wollen wir."

„Du bist auch besser als bu dich gibst," bemerkte Heister.

„Was besser? Alle Menschen sind Egoisten. Alles Uneigennützige geschieht aus Eitelkeit, Langeweile oder Gewohnheit. Freilich, bu bist eine exceptio idealis, darum verzeihe ich bir beine Demagogie."

„Nein, ich will kein Privilegium. Ich glaube, daß noch zu keiner Zeit so viel Menschen waren, beren ausbauerndes Streben dem Gemeinwesen gilt, beren Leib und Freud' vornehmlich aus ben Zuständen bes Vaterlandes seine Nahrung empfängt. Ein seltener Opfermuth bewegt die heutige Welt; leiber findet er kaum eine Gelegenheit, sich anders als im Hoffen und Dulben zu bewähren —"

„Gelegenheit macht Diebe. Wir kommen ba an einen Punkt, über ben wir uns nie vereinigen werden — transeat."

Eine Weile herrschte Stille; beide Männer schienen innerlich nach den Einheitspunkten zu forschen, die sie so bereitwillig voraussetzten. Es war eine peinliche Pause.

So erquickend es für die Seele ist, wenn zwei Freunde lautlos bei einander sitzen, sich und den Andern still in der Seele hegen, nach fernen Gebanken-welten schweifend boch bei einander sind, jeber in dem andern ein sichtbares Jenseits erkennt; eben so schmerz-lich ist das innere Suchen und Stöbern, einander fried-lich zu begegnen.

Der Regierungsrath nahm zuerst wieder das Wort, indem er sagte: „Auch die Poesie ist uns heutigen Tages geraubt. Der schöne Gott Apollo ist zum kranken Lazarus voll Wunden und Beulen geworden. Die Poeten führen uns heute immer in die schlechteste Gesellschaft. Freigeister und Pietisten blasen aus Einem Loch und proclamiren diese heitere, sonnige Welt als ein Jammerthal. Du warst doch auch einmal ein Stück Poet, was sagst du dazu?"

„Die Poesie der modernen Welt ist ein Kind des Schmerzes, selbst die harmloseste ist das freie Aufathmen der vorher gedrückten Brust. Ich sehe einen großen Fortschritt darin, daß selbst die Poesie jene falsche Idealität aufgegeben hat, welche die wirkliche Welt ignorirte oder nicht in sie einzugreifen wagt. Eine Idee muß Wirklichkeit werden können, oder sie ist eine eitle Seifenblase. Nun betrachte die Armen und Elenden —"

„Gut, daß Sie kommen!" rief der Regierungsrath, einer stattlichen, schönen Frau entgegengehend; „Ihr guter Mann hätte mich sonst noch zum Dessert durch alle Höhlen der Armuth gejagt."

Das Gespräch nahm nun eine heitere, spielende Wendung, denn der Regierungsrath liebte es, die Frauen durch zierliche Redeblumen zu ergötzen; den Ernst des Lebens entfernte er gern aus ihren Augen. Darin bestand seine Frauenachtung.

Er sprach sodann von seinem Roccoco-Ameublement, das ihm mit Frau und Kind bald nach der Stadt folgen würde, und bemerkte mit ausführlicher

Sachkenntniß, wie das echte Alte alles neu Fabricirte
weit hinter sich lasse, da die Arbeiter Geduld und Kunst=
fertigkeit zu diesen feinen Schnißeleien nicht mehr haben.
Er hatte Schränke, Stühle und Krüge aus alten Rit=
terburgen und von den Speichern der Bauernhäuser um
einen Spottpreis zusammengekauft, und wußte manche
lustige Geschichte davon zu erzählen.

Der Advokat sah bisweilen schmerzlich drein, denn
er fühlte es tief, daß der Riß zwischen ihm und seinem
Jugendfreunde nur nothdürftig überkleistert war.

Man trennte sich bald. Der Advokat machte sich
noch daran, die Papiere eines Clienten zu ordnen, für
den er andern Tages eine Reise antreten wollte. Selbst
bei der Arbeit konnte er den Gedanken an seinen ver=
lorenen Jugendgenossen nicht los werden: dabei er=
kannte er wieder aufs Neue, daß selbst die rein hu=
manen Bestrebungen keine Einigung zulassen, wenn der
sittlich=politische Hintergrund ein anderer ist.

Der Verein und seine Zöglinge.

Wenige Tage darauf saßen in der Hauptstadt fünf
Männer um einen Tisch, Actenbündel und mit Siegel
versehene Zeugnisse vor ihnen.

„Es zeigt sich noch wenig Eifer für unser Wirken,“
begann der Vorsitzende. „Auf unsern Aufruf haben sich
nur zwei zur Annahme von Sträflingen erboten, der
eine unser würdiges anwesendes Mitglied, Herr Fabri=
kant Hahn, der andere ein schlichter Wirth vom Walde;
wir haben ihn herbeschieden.“

Er klingelte und der Diener trat mit Konrad ein.
Die Zeugnisse der aus der Strafanstalt Entlassenen
lauteten in Betracht der Umstände ziemlich günstig.
Wie war ihnen nun aber fortzuhelfen? Besonders mit
einem Schreiber, der wiederholte Namensfälschungen
verbüßt hatte, wußte man nichts anzufangen. Unter
den fünf Sträflingen, die dem Vereine ihre Zukunft
anvertraut hatten, wurde auch ein ehemaliger Postillon
genannt.

„Den will ich nehmen," sagte Konrad.

Während man nun seine Obliegenheiten auseinander=
setzt, verfügen wir uns in das andere Zimmer zu be=
nen, die hier harren, was drüben über sie verfügt
wird.

Zwei, in bereits vorgerücktem Alter, mit verschmitz=
ten Gesichtern, gehen in lebhaftem Gespräch auf und
ab. Ein hagerer Mensch in vertragenem schwarzem
Frack steht am Fenster, haucht die Scheiben an, macht
mit dem rechten Zeigfinger sehr künstlich verschlungene
Namenszüge mit allerlei Schnörkeln und verwischt sie
immer schnell wieder. Ein vierter sitzt in der Ecke und
betet wie es scheint sehr eifrig aus einem frisch einge=
bundenen Gebetbuche. Nicht weit davon sitzt der fünfte,
ein schlanker und kräftiger junger Mann, und hält das
Gesicht mit beiden Händen bedeckt.

„Was willst du machen, Frieder?" fragte mit
dicker Stimme einer der Wandelnden seinen Kameraden.

Dieser blieb stehen, hielt eine Flocke seines grauen
Bartes, der das ganze Gesicht einrahmte in der Hand;
in seinem zerwühlten, faserigen, wie aus Tannenholz

gehauenen Antlitze hoben sich die Muskeln in raschen
Zuckungen. Er zwinkerte mit den klugen grauen Augen
und erwiderte:

„Ich hab' mein' Resolution und da beißt kein' Maus
keinen Faden davon: eine Anstellung will ich und auf
lebenslänglich und mit Pension; krieg' ich das nicht,
schmeiß' ich ihnen den Bettel vor die Thür. Guck, ich
wünsch mir kein Capital und keine Güter, weiter nichts
als eine Anstellung. Wenn so ein Vierteljährle 'rum
ist, kommt der Amtsdiener und legt das Geld auf den
Tisch, lauter blanke harte Thaler. Sei's Sommer oder
Winter, Hungerjahr oder wie's will, wenn's Vierteljährle 'rum ist, hat mein sein Gewisses. Man hat sich
nicht zu quälen und nicht zu sorgen, man geht so den
Trumm fort, und wenn's Vierteljährle 'rum ist, brauchst
du nicht einmal zu pfeifen, da ist ein Säckle voll Geld
da. Der Staat muß für mich sorgen und das ist das
beste. — Aber das will ich dir noch sagen, ich dreh'
dir den Kragen 'rum, wenn du das vorbringst, was
ich dir jetzt sag'. Ich will allein. Und du verstehst's
ja auch gar nicht —"

„Brauchst nicht sorgen," unterbrach ihn der Andere
und verzog sein knolliges Gesicht zum Lachen; „ich will
weiter nichts, als daß sie mir genug zu essen geben
und auch das Trinken nicht mankirt. Dann will ich
meinetwegen ehrlich sein. Narr, aus Uebermuth stiehlt
man nicht."

Frieder trat auf den Betenden zu und sagte:

„Bitt' mir eine Anstellung aus, du Heiliger. Ich
will einen Handel mit dir machen: laß mir's hüben

für dich gut gehen, drüben kannst du mein Theil auch noch haben."

Der Betende legte sein Buch nieder und begann mit salbungsvoller Stimme:

"Du wirst von Stufe zu Stufe sinken und fallen, Frieder, weil du nicht einsiehst, wie sehr der Herr uns begnadigte, da er uns sinken ließ, damit wir uns um so höher erheben."

"Dank für dein' Gnad, ich will ja nicht hoch, ich will ja nur fest angestellt sein. Richt't euch," fuhr er fort, auf den jungen Mann mit verdecktem Angesicht losgehend und ihn schüttelnd; "sei nicht so traurig, du. Da hast mein' Hand drauf, wenn ich Oberpost= gaul werde, ich will sagen Oberpost.... oder so was, das Geheime schenk ich ihnen, da wirst du mein Leib= kutscher."

Der Ermunterte regte sich nicht und antwortete nicht und Frieder bemerkte wieder: "An dem da haben sie ein Meisterstück gemacht. Mir hat einmal die Heb= amm' das Züngle gelöst, ich kann's nimmer binden. Es ist doch aber ein' schöne Sach' um ein Zuchthaus, da ist Alles gleich, und wenn einer auch ein noch so hochnasiger Schreiber ist," schloß er mit einem Sei= tenblick.

Der Schreiber kehrte sich um; auf seinen eingefal= lenen Wangen glühte Zorn und Verachtung.

Der Diener berief die Harrenden vor den Vorstand.

Der Betende nahm sein Buch unter den Arm und fixirte sich die lammfromme Miene im Gesichte, um sie beizubehalten. Der Schreiber verlöschte noch schnell

einige Namenszüge und knöpfte den Rock zu. Der Ver=
deckte erhob sich mit schwerem Tritte, er sah bei aller
jugendlichen Spannkraft wie geknickt aus und hatte
die Unterlippe zwischen den Zähnen eingekniffen.

Unter der Thüre verbeugte sich noch Frieder vor
dem Schreiber und sagte:

"Sie haben den Vortritt, spazieren Sie voran,
Herr von Federkiel, Graf von Papierhausen, Fürst von
Dintenheim, König von —"

Der Schreiber schritt stolz an Frieder vorüber, der
aber mit seinen Standeserhöhungen nicht eher endete
als bis sie an der Thüre des Sitzungszimmers waren.

Vor dem Vereinsausschusse drängte sich indeß Frie=
der vor und offenbarte, noch ehe man ihn fragte, sein
Begehr, ohne aber wie vor wenigen Minuten die Mo=
tive so bündig vorbringen zu können. Es ging ihm
dabei wie manchen Rednern, die nach ausführlicher Vor=
bereitung und privater Darlegung, wenn's drauf und
dran kommt, ungeschickt auf's Ziel lostappen, ohne den
Weg zu demselben nochmals fest zu durchschreiten. Er
kam dadurch in den Nachtheil, daß er bloß als an=
maßend erschien. Als man seinem Begehr nicht will=
fahrte, verließ er trotzig die Versammlung.

Die Vorstandsmitglieder sahen sich nach dieser er=
sten Begegnung verwundert an, der Regierungsrath
lächelte hinüber zu seinem Freunde dem Doctor
Heister.

Konrad unterbrach zuerst die eingetretene Stille, in=
dem er auf den Schlanken losging, den er sogleich als
den Postillon erkannt hatte, und sagte:

„Willſt du mit mir gehen? das Vieh verſorgen, im Feld ſchaffen und den Fuhrleuten vorſpannen?"

Der Angeredete hielt die Lippen noch immer zuſam=mengekniffen und ſah Konrad ſtier an. Erſt als man die Frage zum Drittenmal wiederholte, antwortete er: „Ja, wenn ſonſt Keiner von den Kameraden da ins Dorf kommt; allein."

Schnell ſchlüpfte ſeine Unterlippe wieder zwiſchen die Zähne.

Man ging wie natürlich leicht auf die geſtellte Be=dingung ein und war froh, vorerſt Einen untergebracht zu haben.

Der Schreiber und der aus Hunger Stehlende traten nach vielem Widerſtreben bis auf Weiteres in Hahn's Fabrik ein. Der Fromme wollte Pfründner in einem Verſorgungshauſe werden, um ganz ſeiner Seele zu leben. Da man ihm dieß nicht gewähren konnte, ver=ließ er mit einem Segenswunſche die Verſammelten.

Konrad verließ mit ſeinem Knechte das Haus. Auf der Straße begann er folgendermaßen:

„Wie heißt du?"

„Jakob."

„Brauchſt mir dein' Geſchicht' nicht erzählen, ſei nur jetzt brav. Du haſt geſehen, wo der krumme Weg hinführt."

Jakob antwortete nicht.

„Haſt du ſchon was geſſen?" fragte Konrad wieder.

„Ja," lautete die Antwort aus faſt verſchloſſenem Munde.

Im Wirthshauſe ging Jakob ſchnell in den Stall

zu den Pferden. Er streichelte und klatschte sie in Einem fort. Es that ihm gar wohl, wieder mit Thieren zu= sammen zu sein. Seit drei Jahren war er einsam oder unter Menschen, die seine Vorgesetzten waren und bei aller Güte doch stets vor Allem den Verbrecher in ihm sahen. Jetzt war es ihm gar eigen zu Muthe, daß er nun doch wieder bei Thieren war; etwas von der Un= schuld der Welt sprach ihn daraus an. Das verlangte auch keine Rede und keine Antwort. Jakob wünschte, daß er mit gar keinem Menschen und nur mit den Thie= ren zu leben hätte.

Wie leuchtete sein Angesicht, als er mit seinem Herrn rasch dahinfuhr; er, der seit Jahren in einen kleinen Raum eingefangen war, rollte jetzt wie im Fluge an Bäumen und Feldern und durch Dörfer dahin.

Auch jetzt noch sprach Jakob wenig, und nur als ihn Konrad bedeutete, daß der Gelbbraune nicht Fuchs, sondern Brauner heiße, antwortete er: „Schon recht."

Als man unterwegs einkehrte und Jakob sein Essen erhielt, nahm er sich dieß mit in den Stall und verzehrte es bei den Thieren.

Jakob im Dorfe.

Es ist eine seltsame Empfindung, wenn man in einen Ort kommt, wo man keinen Menschen kennt, wo man aber selber bereits von Allen gekannt ist, und zwar wie Jakob nicht von der vortheilhaftesten Seite. Be= rühmte Männer können sich vom Gegentheil aus eine Vorstellung davon machen.

Still und emsig vollführte Jakob die ihm obliegenden
Arbeiten, fast immer noch mit eingekniffener Unterlippe.
Nie sah man ihn lachen, nie nahm er zuerst das Wort.
Wenn er ins Feld ging, bot er Niemand die Zeit, und
wenn die Leute ihn grüßten, dankte er kaum hörbar. Nach
und nach verbreitete sich das Gerücht, es sei im Ober=
stüble bei Jakob nicht recht geheuer; doch hatte noch
Niemand etwas Närrisches an ihm gesehen, er verrich=
tete die Feldarbeit und versorgte das Vieh pünktlich, ließ
kein Löckle Heu und kein Körnle Hafer verloren gehen.
Nie gesellte er sich Abends zu den singenden und scher=
zenden Burschen. Selbst wenn er allein war, hörte
man ihn nicht singen und nicht pfeifen, was doch Je=
der thut, der nicht einen Kummer im Herzen oder
schwere Gedanken im Kopfe hat.

Die Frühlingssonne hatte den im Kerker Gebleichten
bald wieder geröthet. Die Mädchen bemerkten im Stil=
len unter sich, daß des Adlerwirths Knecht fünf rothe
Bäckle habe, zu den gewöhnlichen noch eines auf dem
Kinn und zwei an den Stirnbuckeln.

Bei alledem blieb sich Jakob in seiner sonstigen
Art gleich.

Der Buchmaier, dem das verschlossene Wesen des
Unglücklichen sehr zu Herzen ging, gesellte sich mehr=
mals zu ihm und suchte ihn auf allerlei Weise redselig
zu machen. Jakob aber gab nur knappe Antworten und
blickte dabei immer wie verstohlen und zusammengeschreckt
auf den Buchmaier. Auch der Pfarrer konnte mit sei=
nen liebreichen und eindringlichen Ermahnungen nicht
viel aus Jakob herauskriegen. Auf eine lange Rede

von Vergebung und Gnade, die der Pfarrer einst auf
seiner Stube an ihn gehalten, erwiderte Jakob nichts,
sondern ging an den Tisch, nahm die Bibel, blätterte
darin und hielt endlich den Finger starr auf einer Stelle.
Der Pfarrer las, es waren die ersten Worte im Evan=
gelium Johannis: „Im Anfang war das Wort."

Jakob schlug sich auf den Mund und sah den Pfar=
rer fragend an, dieser verstand: man hatte dem Armen
das Wort entzogen, jenes edle Band, das die Menschen
mit einander und mit Gott vereinigt. Jede freie Rede
seiner Lippen erschien ihm wie ein Hohn gegen den Ar=
men, und er gedachte zum Erstenmale recht lebendig
jener empörenden Tyrannei, da man das öffentliche
Wort bindet und fesselt.

Jakob wendete sich ab und that als ob er sich mit
seinem Tuche den Schweiß abtrockne, in der That aber
wischte er sich die Thränen ab, die er zu verbergen trach=
tete. Der Pfarrer stand vor ihm und betrachtete ihn
mit thränenerfüllten Augen; er faßte seine Hand und
sprach ihm Muth und Trost zu.

Jakob gestand zum Erstenmale in Worten, wie be=
klommen seine Seele sei. Das erleichterte ihn. Er
ging befreiter von bannen und grüßte den Schulleh=
rer, der ihm auf der Treppe begegnete, aus freien
Stücken.

Im Adler war Jakob auch oft Gegenstand des Ge=
sprächs und der Buchmaier bemerkte:

„Man mag mir sagen, was man will, man hat
kein Recht dazu, einem Menschen und wenn er auch das
Aergste gethan hat, das Sprechen zu verbieten. Weiß

wohl, die Leute meinen's gut, sie wollen die Menschen
bessern, aber das heißt man zu Tod kuriren."

„Herr Gott!" rief Mathes, „wenn ich dran denk',
daß mir's so gehen könnt', ich thät an Jedem der mir
unter die Händ' käm' einen Mord begehen, daß man
mir den Hals abschneiden thät; nachher wär's ja ohne=
dem aus mit dem Schwätzen."

Noch viel andere derartige Reden fielen und Jakob
war lange der Gegenstand des Gesprächs, bis man sich
an ihn gewöhnte und nicht mehr an ihn dachte.

Desto mehr aber dachte Jakob für sich, so wenig
das auch früher seine Gewohnheit war. In der ersten
Zeit nach seiner Befreiung war er sich wie betäubt
vorgekommen; er griff sich oft nach der Stirn, es war
ihm, wie wenn man ihn mit einem schweren Hammer
auf den Kopf geschlagen hätte. Er träumte wie halb
schlafend in die Welt hinein.

Jahre lang in einsamer Zelle sitzen, ohne eine Men=
schenseele, der man die flüchtigen und unscheinbaren wie
tieferen Regungen der Seele mittheilt — das ist eine
Erfindung, würdig einer lendenlahmen Zeit, der das
Verbrechen über den Kopf wächst und die es zu ausge=
mergelter Frömmelei zu verwandeln trachtet. Drängt
die quellende Thatkraft zurück, sperrt die scheußlichen
Dämonen ein in die Brust eines Menschen, daß sie sich
in einander krallen, sich zerren und raufen; gebt Acht,
daß ja Keiner entkommt und in eure mit Latten um=
friedete Welt eindringt, — schickt dann euern Pfaffen,
sein Opfer ist bereit, wenn ihm nicht der gütige Dä=
mon des Wahnsinns zuvoreilt.

Jakob war ein Mensch leichten Sinnes gewesen, sein Kopf war nie zu eng für seine Gedanken, er wußte kaum, daß er solche hatte; er sprach sie bald aus oder zerstreute sie. Jetzt aber hatte er Jahre lang still in einsamer Zelle gesessen, und Geister kamen, von denen er nie gewußt, und grüßten ihn wie alte Bekannte und tanzten einen tollen, sinnverwirrenden Reigen. Was nützte es ihn, daß er sorgfältig die Borsten zählte, die er bei seinem neuen Handwerke verarbeitete, daß er die Zahlen laut hersagte, daß er betete, daß er mit dem Hammer aufschlug? Die flüchtigen Dämonen wichen nicht und waren nirgends zu fassen. Sie lugten in der Dämmerung fratzenhaft unter dem Stuhle hervor; kollerten auf dem Bette, kletterten an den Wänden hin und spielten mit dem Gepeinigten und nährten sich mit dem Angstschweiß auf seiner Stirne.

Die gesunde Natur Jakobs hatte den Verderbern Stand gehalten. Als Jakob aus dem einsamen Gefängnisse zuerst wieder in die Gesellschaft seiner Schicksalsgenossen gebracht wurde, war er traurig und blöde. Die lebendigen Menschen erschienen ihm lange wie Geister mit erlogener Lebensgestalt. Und als er zu den freien Menschen zurückkehrte, war ihm die Welt wie aufgelöst, wie chaotisch in einander zerflossen; er konnte sich nicht drein finden und lebte einstweilen so in den Tag hinein und arbeitete ohne Unterlaß. Er kam sich wie ein längst Verstorbener vor, der unversehens wieder in die Mitte der Lebenden versetzt wird, der sich die Augen reibt und nicht fassen kann, wozu die Menschen rennen und jagen, was sie zusammenhält, daß sie nicht

feindselig auseinanderstieben. Er hatte ehedem nach
Neigung und Luſt und von den Pflichten des Tages
gehalten, im Zuſammenhange der Welt gelebt; er war
durch ein Verbrechen ſchmerzhaft ausgejätet worden, er
konnte nirgends mehr recht einwurzeln. Das Räthſel
des Weltzuſammenhanges ſtand hier vor der Seele eines
Menſchen, der nie etwas davon geahnt.

Mehrmals kam Jakob der Gedanke des Selbſtmords,
der plötzlich aus all dem Wirrwarr lostrennt; aber ſo
oft ihm der Gedanke kam, ballte er beide Fäuſte, knirſchte
vor ſich hin und ſagte: „Nein!"

Wohl hatte ihm der Pfarrer den weltbezwingenden
Spruch ins Herz gelegt und gedeutet: Gott iſt die Liebe!
Er iſt jener geheimnißvolle Punkt, der jedes Weſen
zwingt, in ſich feſt zu ſtehen und zu leben, der alle
Creaturen in ſich und mit einander zuſammenhält, der
mitten in Kampf und Noth die ewige Harmonie zeigt,
in die wir einſt Alle aufgehen. — Jakob hörte die aus=
führliche Deutung beruhigt an, ſie that ihm wohl, aber
er konnte ſie nicht auf ſich anwenden, nicht die Welt
um ſich her damit beherrſchen und verklären. Wo zeigte
ſich ihm dieſe Liebe in den Thaten der Menſchen?

Jakob hatte einſt in ſeiner Kindheit gehört, wie wilde
Männer in Bärenhäute gehüllt zuerſt in dieſe Gegend
gekommen und ſie angebaut hatten. Wenn er jetzt ins
Feld ging, war es ihm ſonderbarer Weiſe oft als ſähe
er einen jener erſten Wilden mit der Bärenhaut und der
unförmlichen Axt in den Wald ſchreiten und die Bäume
fällen; er ſah ihn bei hellem lichtem Tage und in ſei=
nen Träumen. Welch ein tauſendfältiges Leben bewegte

sich jetzt auf dem kleinen Raume, den einst nur die Thiere des Waldes beherrscht hatten! Er sah, wie nach und nach die Söhne und Töchter sich ansiedelten, Fremde herzukamen; sie nahmen Steine und setzten sie als Markzeichen zwischen ihre Felder, sie bauten ein großes Haus und stellten einen Mann hinein, der mit lauten Worten ihr Gewissen wach erhalte, sie setzten einen Andern hin zum Richter über ihren Streit, und diese Beiden behielten fortan allein das Wort, — aus dem Ofenloch, in das man das unartige Kind sperrte, ward ein großes Gefängniß . . .

Jakob war auf einem Umwege in die wirkliche Welt zurückgekehrt; sie wird ihn bald wieder fassen und festhalten.

Wer mag es aber den Leuten verdenken, daß sie den Kopf über einen Menschen schütteln, von dem sie kaum ahnten, wie er in Gedanken weit weg von ihnen Allen war?

Zwei Genossen.

Der Adlerwirth und seine Leute saßen eines Mittags in der Erntezeit bei Tisch. Es wurde fast gar nicht gesprochen, denn die Essenszeit dient zugleich als Ruhepunkt, und in diesen Kreisen ist das Sprechen eine Arbeit; man wird nicht finden, daß es nur als etwas Beiläufiges einem andern Thun sich zugesellt, die Seele wendet sich ihm ganz zu und die fast immer begleitenden Bewegungen ziehen den Körper nach.

Bärbele, die Adlerwirthin sagte, als man eben abräumte:

„Der Bäck hat heut eine neue Magd kriegt, sie ist im Zuchthaus gewesen und ist ihm von dem Verein übergeben worden. Die dauert mich im Grund des Herzens, die kommt vom Prügele an den Prügel, ich mein' —"

Konrad stieß seine Frau an, sie solle still sein, und winkte mit den Augen nach Jakob. Durch das plötz= liche Abbrechen und die eintretende Stille gewannen die Worte Bärbele's erhöhte Bedeutsamkeit; Jedes sprach sie gewissermaßen im Stillen nach. Jakob schien indeß wenig davon berührt, er schnitt sich einen tüchtigen „Ranken" Brod, steckte ihn zu sich, klappte sein Taschen= messer zu und verließ schon bei den letzten Worten des Schlußgebets das Zimmer. Die Rücksichtsnahme durch das plötzliche Verstummen ärgerte ihn mehr als die ver= nommenen Worte: er wollte, daß man von seinen Schick= salsgenossen in seinem Beisein ohne Rückhalt spreche. Dieses Verstummen bewies ihm, daß man ihn noch nicht für gereinigt hielt; er zürnte.

So verletzlich und anspruchsvoll ist ein gedrücktes Gemüth.

Kaum war Jakob eine Weile fort, als sich die Thür wieder öffnete; ein fremder Mann, der einen Quersack über der Schulter trug, zerrte Jakob am Brust= tuche nach.

„Komm mit," rief er, „du mußt ein Bufferle [1] mit= trinken. Sind wir nicht alte Bekannte? Haben wir nicht drei geschlagene Jahr' mit einander im Gasthof zum wilden Mann loschirt?"

[1] Ein Viertelschoppen.

Jakob ſetzte ſich' endlich verdroſſen auf die Bank.

Der Fremde iſt uns gleichfalls bekannt, es iſt der wohlgemuthe Frieder. Jakob war auch jetzt noch ſchweig=ſam, ſein Kamerad erſetzte ſeine Stelle vollauf.

„Biſt noch immer der alte Hm! Hm!" ſagte er; „hältſt das Maul wie ein **ſcher Landſtand? Guck, ich hab heut ſchon mehr geſchwätzt als ſieben Weiber und drei Profeſſor. Ich bin aber auch jetzt bei denen, die das große Wort führen. Was meinſt was ich da drin hab? Lauter Purvel" (Pulver). Er öffnete ſeinen Sack und warf eine große Maſſe von — Lumpen heraus: „Lug, da draus macht man Papier, und da drauf exer=ziren ganze Regimenter von ſchwarzen Jägern. Ich muß das Lumpenvolk da zuſammentreiben, ſonſt können meine Herren keinen Krieg führen und Krieg muß ſein, Alles muß unter einander. Es geſchieht ihnen Recht. Warum haben ſie mir kein' Anſtellung geben."

„Was brauchſt aber ſo viel ſchwätzen bei deinem Lumpenſammeln?" fragte Bärbele.

„Das iſt das allerſchwerſte Geſchäft," erwiderte Frieder; „du glaubſt nicht, wie die Leut' an ihren Lum=pen hangen. Wenn Alles noch ſo kreuzweis zerriſſen und zerſetzt iſt, wollen ſie's doch nicht hergeben; ſie meinen immer: es wär' noch ein brav's Lümple babei, das man noch zu was brauchen kann, zum Ausfliken oder Scharpie daraus zu zupfen. Her damit, ſag' ich, wenn auch noch ein gut Lümple dabei iſt, ſchad't nichts, eingeſtampft muß werden. Lumpenbrei. Jetzt hol' noch ein Bufferle und denk derweil drüber nach, daß du das Taufen vergißt."

Frieder leerte schnell noch auf einen Zug den Rest; Jakob wollte aber nicht mehr trinken als die zweite Labung kam.

„Was?" rief Frieder, „du willst keinen Schnaps trinken? Ja, du hast Recht, ich sag's auch: das Best' auf der Welt ist Wasser und — Geld genug und — Gesundheit. Freilich, das Schnapstrinken ist eine Sünd', aber ich muß es thun. Guck, jeder Mensch muß ein' Portion Sünden und ein' Portion Schnaps trinken, so viel eben auf sein Theil kommt. Ich trink' jetzt aus Frömmigkeit für meine Mitmenschen. Ich bin mit meinem Theil fertig, und jetzt trink' ich für Andere. Es soll dir wohl bekommen, Jakob, das ist dein Theil!" schloß Frieder und nahm einen tüchtigen Zug.

Jakob sprach noch immer nicht, und jetzt endlich sagte er aufstehend, daß er ins Feld müsse. Frieder machte sich schnell auf, um ihn zu begleiten.

Frieder war im ganzen Dorfe bekannt, wie bös Geld; er sprach Jedermann an und hielt Jakob dabei an der Hand. Diesem war es gar erschrecklich zu Muthe, daß er mit einem so allbekannten Gauner vor den Leuten erscheinen mußte; er sagte sich aber wieder: du bist ja selber ein Gezüchtigter und wie würde dir's gefallen, wenn man dich meidet? Er duldete daher die Vertraulichkeit Frieders.

Der Stubentle begegnete ihnen und fragte: „Lebst auch noch alter Sünder?"

„O du!" entgegnete Frieder, „mit deinen Knochen werf' ich noch Aepfel vom Baum 'runter."

Constantin lachte und fragte wiederum: „Was
treibst denn jetzt?"

„Lumpensammeln."

„Geht's gut dabei?"

„'s ging' schon, aber die verdammten Juden ver=
derben den Handel. Wenn die Regierung was nutz
wär', müßt sie den Juden das Lumpensammeln ver=
bieten."

Jakob war während dieses Gesprächs fortgegangen
und Frieder rannte ihm nach. An dem Bäckenhaus
lehnte sich ein Mädchen aus der Halbthüre, es ward
„ritzeroth," als es die Beiden sah. Jakob blickte das
Mädchen scharf an, sah aber gleich darauf zur Erde.
Frieder pfiff unbekümmert ein Lied vor sich hin.

Erst am letzten „einzecht" stehenden Hause des
Dorfes wurde Jakob seinen Gefährten los, der zu
dem hier wohnenden Hennenfangerle ging. Die alte
Frau, die diesen Beinamen hatte, war als Hexe ver=
schrien, obgleich Niemand mehr recht daran glaubt; so
viel war gewiß: gestohlenes Gut, das in ihre Hände
kam, war wie weggehext. Jener Name rührt allerdings
von etwas Dämonischem her, das der Frau innewohnte;
sie konnte mit ihrem Blicke die Hühner bannen, daß
sie sich wie vor einem Habicht zusammenduckten und
greifen ließen. Gerupfte Hühner kennt kein Mensch
mehr und zu Asche verbrannte Federn zeigen keine be=
sonderen Farben. Dieser Geruch verbrannter Federn
mochte auch immer die Hühner erschrecken, wenn das
Hennenfangerle sich ihnen näherte, so daß sie laut
aufgackerten.

Die Leute ließen die alte Frau in Ruhe, denn sie war ihnen unheimlich, man sagte, sie werde deßhalb so alt, weil sie sich nur von Hühnersuppe nähre. Man traf Vorsorge, verfolgte sie aber nicht weiter, wenn sie sich unversehens ihren Tribut holte.

Die Luft beengt den Athem hier im Hause; lassen wir Frieder allein bei seiner Vertrauten.

Draußen im Felde, wo Jakob den Klee mit seinen verdorrten Blumen mäht, da ist's freier. Wie stattlich sieht Jakob aus bei dieser Arbeit, wie schön sind seine Bewegungen. Von allen Feldarbeiten ist das Mähen die schönste und am meisten kräftigende. Da bückt man sich nicht zu Boden, da steht man stolz und frei und im weiten Umkreis fallen die Halme nieder. Wir können aber Jakob nichts helfen, denn das Mähen will wohl gelernt und geübt sein und die Schichten müssen liegen bleiben, wo sie gefallen sind, bis sie ganz verdorren. Könnten wir ihm nur in seinen Gedanken helfen! Die Sense scheint heute nicht recht scharf und Jakob etwas mißmuthig. Das Zusammentreffen mit Frieder peinigt ihn, aber noch etwas Anderes, er weiß nicht recht was. So oft er den Wetzstein nimmt und die Sense schärft — und das geschieht oft — denkt er an das Mädchen, wie es zur Halbthüre herauslehnte und wie es erröthete; er hat herzliches Mitleid mit ihm. Jakob war kein Neuling in der Welt, er wußte wie Unglück und Verbrechen kein Alter und kein Geschlecht verschont, aber jetzt war es ihm, als ob er's hier zum ersten Mal erführe. Ein Mädchen mit dem Stempel des Verbrechens auf der Stirn ist doppelt und ewig unglücklich; was

soll aus ihm werden? — Jakob mähte, um seine Ge=
danken los zu werden so emsig fort, daß er unvermerkt
einen scharfen Schnitt in den Stamm eines Bäumchens
machte, das mitten im Klee stand.

Nun hatte er Grund genug zum Wetzen.

Die lustige Magd.

Am Sonntag Nachmittag saß Jakob bei einem
Fuhrmann in der Stube; sie hatten einen Schoppen
Unterländer Wein vor sich stehen. Konrad sah zum
Fenster hinaus und sagte jetzt:

„Bäckenmagd, komm 'rein mit deinen Mitschele."

Das Mädchen trat ein, es trug einen Korb voll
„mürben" Brodes auf dem Kopfe. Wie es jetzt den
Korb abnahm und frei vor sich hinhielt, erschien es in
seiner gedrungenen Gestalt gar anmuthig. Das kugel=
runde ruhige Gesicht sah aus wie die Zufriedenheit selber,
seltsam nahmen sich dabei die weit offenen hellblauen
Augen mit den dunkeln Wimpern aus; es schien eine
Doppelnatur in diesem Gesichte zu hausen. Ein kleines
unbändiges Löckchen, das senkrecht mitten auf die Stirne
herablief, suchte das Mädchen in das braune Haarge=
flecht zu schieben, aber es gelang nicht. Man sah es
wohl, das wilde Löckchen, das sich nicht einfügen ließ,
war sorgfältig gekräuselt und zur Zierde gestaltet; es
gab dem ganzen Anblicke des Gesichts etwas muthwil=
liges. So erschien es wenigstens Jakob, als das Mäd=
chen auch zu ihm kam und ihm Brod zum Verkaufe anbot,
und er fuhr wie erschreckt zusammen. Er griff nach dem

Glase, als wollte er es dem Mädchen reichen, schüttelte aber zornig schnell mit dem Kopfe und — trank selber.

Der alte Metzgerle, der auf der Ofenbank saß und auf einen Freitrunk harrte, suchte sich einstweilen die „Langzeit" zu vertreiben, indem er das Mädchen neckte. Er sagte, auf die Locke deutend:

„Du hast einen abgerissenen Glockenstrang im Gesicht, es muß einmal tüchtig Sturm geläutet haben bei dir."

Das Mädchen schwieg und er fragte wieder: „Sind deine Mitschele auch frisch?"

„Ja, nicht so altbacken wie Ihr," lautete die Antwort.

Alles lachte, und der Metzgerle begann wieder:

„Wenn du noch dreißig Jahre so bleibst, gibst du ein schön alt Mädchen."

Rasch erfolgte die Gegenrede: „Und wenn Ihr eine Frau krieget, nachher bekommt der Teufel eine Denkmünz', daß er das Meisterstück fertig bracht hat."

Schallendes Gelächter von allen Seiten unterbrach eine Zeit lang das Reden, und als der Metzgerle wieder zu Wort kommen konnte, sagte er:

„Man merkt's wohl, du bist anders als auf's Maul gefallen."

„Und Euch wär's gut, wenn Euch was in's Maul fallen thät, nachher ließet Ihr auch Eure unnützen Reden. Wie? Will Niemand mehr was kaufen? Ich muß um ein Haus weiter."

Mit diesen Worten verließ das Mädchen die Wirthsstube. Jakob schaute ihm halb zornig, halb mitleidsvoll nach. Er machte sich jetzt Vorwürfe, daß er von allen Anwesenden die Magd am unwirschesten behandelt habe; er hatte kein Sterbenswörtlein mit ihr gesprochen. Dann sagte er sich wieder: „Aber sie geht dich ja nichts an, du haft ja nichts mit ihr zu theilen, nichts, gar nichts."

Man sprach nun viel von der Magd und daß sie so lustig sei, als ob sie ihr Lebtag über kein Stroh=hälmle gestrandelt wäre.

Der Metzgerle bemerkte: „Die hat große blaue Glasaugen wie ein mondsüchtiger Gaul, die sieht im Finstern."

In Jakob regte sich eine Theilnahme für das Mäd=chen, die er sich nicht erklären konnte. Er überlegte, ob es wirklich so grundverderbt sei, oder nur so leichtfertig thue; der Schluß seines Nachdenkens hieß aber immer wieder: „Sie geht dich ja nichts an, nichts, gar nichts."

So oft nun Jakob der Magdalena — so hieß das Mädchen — auf der Straße oder im Felde begegnete, wendete er seinen Blick nach der andern Seite.

Der Hammeltanz wurde im Dorf gefeiert, im Adler ging es hoch her. Jakob versah die Dienste eines Kellners, auch Magdalena half bei der Bedienung. Da man nur in den Pausen beschäftigt war, so hätte Jakob wohl einen Tanz mit Magdalena machen kön=nen; er forderte sie aber nie auf und sie schien diese Unhöflichkeit kaum zu bemerken. Wenn er nicht umhin konnte etwas mit ihr zu sprechen, lautete Ton und Wort immer so als ob er sich gestern mit ihr gezankt, als ob sie ihm schon einmal etwas zu leid gethan hätte.

Magdalena blieb dabei immer gleichmäßig froh und
guter Dinge.

Aufhelfen.

Eines Tages ging Jakob in's Feld, da sah er
Magdalene vor einem Kleebündel stehen; sie hielt die
Hand vor die Stirn gestemmt und schaute sich weit
um nach Jemand, der ihr aufhelfe. Jakob war es
jetzt plötzlich, als ob sie einem Menschen ähnlich sehe,
den er gern aus seiner Erinnerung verbannt hätte;
er schüttelte den Kopf wie verneinend und ging vorbei;
kaum war er aber einige Schritte gegangen, als er
sich wieder umkehrte und fragte:

„Soll ich aufhelfen?"

„Ja, wenn's sein kann."

Jakob hob Magdalenen die schwere Last auf den
Kopf, dann reichte er ihr die Sense. Magdalene dankte
nicht, aber sie blieb wie festgebannt stehen.

„Du hast ein' schwere Traget, das hättst du nicht
allein aufladen können," sagte Jakob.

„Drum hab' ich auch gewartet, bis Einer kommt.
Dazu ist es ja, daß mehr als Ein Mensch auf der
Welt ist, daß Einer dem Andern aufhilft. Man kann
doppelt so viel tragen, wenn man sich nicht selber auf=
laden muß."

„Du bist gescheit. Warum bist denn allfort so lustig
und machst vor den Leuten Possen?" fragte Jakob.

„Narr, das ist Pfui=Kurasche," erwiderte Magda=
lene. „Es kann's kein Mensch auf der Welt schlechter

haben als ich: die halb' Nacht am Backofen stehen und
verbrennen, den Tag über kein' ruhige Minut' und
nichts als Zank und Schelten, und wenn ich was nicht
recht thu', da heißt's gleich: Du Zuchthäuslerin, du...
Da ist kein Wort zu schlecht, das man nicht hören
muß. Es ist kein' Kleinigkeit, so einen Korb voll
Brod zum Verkauf herumtragen, und oft kein' Bissen
im Magen haben. Wenn dein' gut' Meisterin die
Adlerwirthin nicht wär', die mir allbot was zuschustert,
die Kleider thäten mir vom Leib abefallen. Ich weiß
nicht, ich hab das noch keiner Menschenseel so gesagt;
aber ich mein' als, dir dürft' ich's sagen, du mußt's
wissen wie's Einem ums Herz ist. Ich bin nicht so
aus dem Häusle, wie ich mich oft stell'. Fortlaufen
darf ich nicht, sonst heißt's gleich, die ist nichts nutz,
und zu tobt grämen mag ich mein jung Leben auch
nicht, und... da bin ich halt lustig. Es gibt Einem
doch Niemand was dazu, wenn man sich das Herz ab=
druckt; es laßt ein Jedes das Andere waten, wie's
durchkommen mag. Ich weiß gewiß, es muß mir noch
besser gehen. Ich bin vom Fegfeuer in die Höll' kom=
men, es kann nicht ewig währen, ich muß einmal er=
löst werden. Ich weiß nicht, warum mich unser Herr=
gott so hart straft; was ich than hab', kann dem recht=
schaffensten Mädle passiren. Ich mein' als, ich muß
für mein' Mutter büßen, weil sie meinen Vater ge=
nommen hat." — So schloß Magdalene lächelnd und
trocknete sich große Thränen ab.

Jakob sagte: „Genug für jetzt. Du hast schwer
auf dem Kopf, mach' daß du heim kommst. Vielleicht

sehen wir uns ein Andermal wieder, oder ... heut Abend, oder ... morgen."

Jakob ging rasch davon, als hätte er etwas Schlimmes begangen. Auch fürchtete er in der That auf freiem Felde mit Magdalenen gesehen zu werden; er kannte die Blicke und Worte der Menschen in ihrem Tugendstolze.

Jakob kehrte sich bald um und sah Magdalenen nach, bis sie zwischen den Gärten verschwand und man nur noch den Kleebündel zwischen den Hecken sich fortbewegen sah.

Bei der Arbeit beunruhigte ihn immer der Gedanke, welch ein Verbrechen wol Magdalene begangen habe; er hätte sie gern ganz unschuldig gewußt, nicht um seinetwillen, gewiß nicht; nur um ihretwillen, damit sie so harmlos leben könne wie es für sie paßte.

Jakob hatte sich vorgesetzt, fortan allein und getrennt von aller Welt sein Leben fortzuführen; er hatte nicht Freunde und nicht Verwandte auf dieser Welt. Er hatte einst gewaltsam eingegriffen in die gewohnte Ordnung oder Unordnung der Gesellschaft, und die Gesellschaft trennte ihn aus ihrer Mitte und gab ihn der Einsamkeit preis. So schmerzhaft auch diese Vereinsamung war, sie ward ihm jetzt fast eine liebe Gewohnheit. Zurückgekehrt in die Genossenschaft der Menschen, blieb er aus freien Stücken allein und frei, ließ sich von keinem Bande der Neigung und Vereinigung mehr fesseln. Jetzt schien es unverhofft über ihn zu kommen; er wehrte sich mit aller Macht dagegen. Er war nicht leichten Sinnes genug, um sich sorglos einem Verhältnisse hinzugeben; er gedachte alsbald des Endes. Das Leben hatte ihn gewitzigt.

Wie stürmten jetzt diese Gedanken, bald klarer bald verworrener durch die Seele Jakobs. Das aber ist der Segen der schweren Leibesarbeit, daß sie die marternden Gedanken alsbald niederkämpft; das ist aber auch ihr uralter Fluch, daß sie nicht frei aufsteigen läßt in die Klarheit, um dort den Sieg zu holen. Wie viel tausend Gedanken ruhen gedrückt und verkrüppelt hinter der Stirn, die jetzt die schwielige Hand bedeckt; wie viel peinigende fliehen aber auch, wenn diese Hand sich regt. Jakob empfand Beides.

Anfangs wollte Jakob den Entschluß fassen, nie mehr irgend ein Wort mit Magdalene zu reden. Mit seiner früheren Bannformel „sie geht dich nichts an" wollte er das Wogen seines Innern beschwichtigen; aber diese Formel war schon längst nicht mehr wahr, schon damals nicht, als er noch kein Wort mit Magdalene gesprochen hatte. Wendete er den Blick auch ab, wenn er an ihr vorbeiging; im Innern hegte er doch eine tiefe Theilnahme für sie.

Wie klug ist aber die stille Neigung, die sich vor sich selbst verhüllt! Jakob kam endlich mit sich überein, daß Magdalena seiner als Stütze bedürfe; er konnte sich ihr nicht entziehen. Sie hat ja selbst gesagt: man trägt leicht eine doppelte Last, wenn ein Anderer aufhilft.

Jakob gehörte der Welt wieder an. Er ließ sich freiwillig einfügen, freiwillig und doch von einer höheren Macht getrieben. Er fühlte sich frisch und kräftig bei diesem Entschlusse, denn er trat durch denselben wieder in den Einklang mit sich und der Welt. Das jedoch gelobte er sich hoch und heilig, daß er auf der Hut sein wolle; vor acht Tagen, mindestens aber vor Sonntag, das heißt vor übermorgen, wollte er Magdalene nicht sprechen.

Wie leicht aber wirft ein Mann den Liebesfunken in die Seele eines Mädchens und geht dann sorglos hin, sein selbst · und des Andern vergessend, während es dort weiter glimmt und zur Flamme auflobert.

Magdalene war nach Hause gegangen und ihr Angesicht lächelte. Sie hatte gar keinen Gedanken, es war ihr nur wohl; sie wußte nichts von der Last auf ihrem Kopfe. In der Scheune stand sie noch eine Weile so still, gleich als wollte sie die Stimmung noch festhalten, die jetzt in dieser Lage in ihr lebendig war; dann aber warf sie den Kleebündel weit vor sich hin, strich sich die Haare zurecht und ging an die Küchenarbeit. Das Belfern der Bäckenfrau fand heute gar keinen Widerpart, Magdalene war geduldig wie ein Lamm. Träumerisch sah sie in das lobernde Feuer und dachte an Alles und an Nichts. Einmal sprang sie plötzlich auf, wie wenn sie gerufen worden wäre, rannte die Treppe hinauf in ihre Schlafkammer, betrachtete mit Wohlgefallen ihre neue Haube mit dem hohen von schwarzem Felbel überzogenen Draht, auch das schöne weiße Goller mit den Hohlfalten probirte sie an, legte Alles schnell wieder in die Truhe, schaute eine Minute in sich vergnügt zum Dachfenster hinaus nach dem blauen Himmel und eilte wieder, eben so schnell als sie gekommen war, zurück an den Herd.

Wie staunte sie aber, als Jakob am Abend und am andern Tage ohne Gruß an ihr vorüberging.

Mit Thränen in den Augen zog sie am Sonntag Nachmittag das schöne Goller an und setzte die, neue Haube auf; sie wischte hastig den halbblinden kleinen Spiegel ab, der allein die Schuld tragen sollte, daß man nicht recht sehen konnte.

Des Kindes Sühne.

Lange saß Magdalene angekleidet auf der Truhe die all' ihre Habseligkeiten verschloß, dann aber ging sie hinab; die Treppe knarrte unter ihren schweren Tritten. Sie setzte sich auf die Staffel vor dem Hause und ließ ihre Gedanken spaziren gehen, sie selber wollte ruhen. Nicht lange dauerte diese Ruhe. Jakob kam das Dorf herab, er grüßte sie und — ging vorüber. Jetzt ließ sie ihre Gedanken nicht mehr allein spaziren gehen, ihr ganzes Wesen folgte ihnen nach und sie gingen mit Jakob. Dabei saß sie ruhig auf der Staffel. Kaum hörbar und ohne es selbst zu wissen sang sie das Lied:

> Was hab ich denn meinem Feinsliebchen gethan?
> Es geht ja vorüber und schaut mich nicht an?
> Es schlägt seine Aeugelein wol unter sich,
> Und hat einen Andern viel lieber als mich.

Es paßte wol nicht; wer aber weiß, wie die Regungen und Erinnerungen der Seele sich in einander verschlingen? Wie oft läuft ein fremder Gedanke neben her, während das Herz ganz erfüllt ist von dem Ereigniß des Augenblicks!

Beffer aber paßte ein anberer Vers, der nun
auch folgte:

> Die stillen, stillen Waffer,
> Sie haben keinen Grund;
> Laß ab von deiner Liebe,
> Sie ist dir nicht gesund.

Der alte Metzgerle kam nun ebenfalls das Dorf herab.
Magdalena fürchtete sich gerade jetzt vor seinen Späßen;
sie ging schnell in das Haus und nahm ihren früheren
Sitz erst wieder ein als der Spaßvogel vorüber war.
Was läßt sich da nicht Alles träumen an einem
sonntäglichen Sommernachmittage!

Viel tausend Jünglinge und Jungfrauen treten zu
einander und ihr Schicksal beginnt erst von dem Augen=
blicke, da sich die Strahlen ihrer Augen in einander
schlingen; sie haben sich nichts zu berichten, als harm=
lose, halbverschleierte Kindererinnerungen. Ihr Leben
beginnt erst jetzt, es beginnt als ein gemeinsames, und
selig! wenn es so endet.

Wie ganz anders diese Beiden hier! Ein herbes
Geschick lastet auf ihnen und sie tragen seine unaus=
löschlichen Brandmale. Darum zittern und zagen sie
und schleichen bang umher. Die Wunden müssen noch
einmal aufgerissen werden vor den Augen des Andern;
sie quälen sich jetzt zwiefach, da sie vorahnen wollen
was den Andern bedrückt, und doch kein Ziel finden.

Da kommt Jakob wieder denselben Weg, er muß
um das ganze Dorf gegangen sein. Magdalena schaute
nieder in den Schoos, aber sie sah doch Jakob immer

näher kommen, und jetzt ging er langsamer, und jetzt sagte er halb vor sich hin:

„Heut Abend nach dem Nachtläuten hinter'm Schloß= hag."

Magdalena antwortete nicht; als sie aufschaute war Jakob fort.

Wie glänzte jetzt ihr Angesicht voll Freude; sie wußte, daß er sie auch lieb habe. Bald aber ging das Trauern wieder an. „Was muß er nur von dir denken," sprach sie zu sich, „daß er dir so gradaus befiehlt, wie wenn's so sein müßt'. Nein, ich laß mir nicht befehlen, und ich bin kein so Mädle, das Einem nachlauft. Nein, er soll rechtschaffen von mir denken. Du kannst lang warten, bis ich komm'. Und noch dazu auf dem finstern Platz, wo's Einem gruselt. Und was soll ich für eine Ausred' nehmen? Ich bin noch nie nach dem Nachtläuten fort. Und er hätt' wol ein' Weil da= bleiben können, daß man's besser ausgemacht hätt'. Nein, ich will nicht. Zehn Gäul' bringen mich nicht an den Schloßhag."

„So ist's recht," unterbrach jetzt der Metzgerle das nur in einzelnen Lauten vernehmbare Selbstgespräch, „so ist's recht, dein Räffele muß immer gehen; wenn Niemand da ist, schwätzst du mit dir selber, da hast du schöne Gesellschaft."

Bei diesen Worten setzte er sich hart neben Magda= lena, sie aber gab ihm einen gewaltigen Stoß, daß er fast von der Staffel fiel. Sie zog den Schlüssel an der Hausthüre ab und ging auch fort. Sie war heute gar nicht zum Scherzen aufgelegt.

Als es Abend zu werden begann, ward es Magdalena wieder bang zu Muthe; es that ihr doch weh, daß sie so fest beschlossen hatte, nicht nach dem Schloßhag zu gehen. „Er wird gewiß bös sein, und er hat Recht; aber ich bin unschuldig, warum ist er so ungeschickt und . . ." So dachte sie wieder und stellte sich an die Hausthüre; sie hatte keine Ruhe mehr zum Sitzen. Als die Abendglocke läutete, ging sie hinein und schaute nach den Hühnern, ob sie alle da wären. Richtig, die schöne schwarze Henne, die jeden Tag den Gott gibt ein Ei legt, die fehlt. Es ist jammerschad, nein, die muß gesucht werden, die muß wieder herbei. Alle Nachbarn werden gefragt, Niemand weiß Auskunft; aber das Hennenfangerle haben Viele heut hier vorbei gehen sehen. Sonst versteckten sich die Leute, die ihr Eigenthum wieder haben wollten bei solchen Gelegenheiten in der Nähe vom Hause des Hennenfangerle, warteten auf seine Heimkunft und nahmen ihm die Beute wieder ab. Magdalena weiß aber auf andern Plätzen zu suchen: beim Rathhause oder auf dem Schloßplatze — ja, auf dem Schloßplatze da ist sie gewiß. — Nichts kommt auf den Lockruf herbei. Dort unten ist der Schloßhag und wie im Fluge ist Magdalena dort. Zehn Gäul' bringen sie nicht an den Schloßhag, und jetzt war sie der verlorenen Spur einer Henne dahin gefolgt!

Niemand ist da. Magdalene steht ruhig am Zaune, sie hört das Summen und Schwirren in der Luft, das Zirpen des Heimchens in der Schloßmauer und wie es in der Brunnenstube quillt und quallt. Hinter des Schloßbauern Haus bellt der Hund, in der Ferne

singen die Burschen und ein Juchhe steigt wie eine
Rakete in die Luft. Der Hollunder duftet stark, Jo=
hanniswürmchen fliegen umher wie verspätete Sonnen=
funken. Jenseits auf dem Hochdorfer Berge steht eine
langgestreckte dunkle Wolke, Blitze zucken daraus her=
vor; das Wetter kann sich hier heraufziehen. Endlich
— der Zaun geht auseinander, dort wo er mit dür=
ren Dornen ausgeflickt ist; Jakob kommt hervor.

„Wartest schon lang?" fragte er.

„Nein . . . ich . . . ich hab' mein' schwarze Henn'
gesucht."

Und nun erklärte Magdalene, wie sie eigentlich
nicht habe kommen wollen, Alles, was sie seit Mittag
gedacht hatte, oder doch die Hauptsache wie sie meinte.
Jakob gab ihr Recht und berichtete gleichfalls, wie ihm
die Bestellung fast unwillkürlich aus dem Munde ge=
kommen sei; er habe etwas sagen wollen und da sei's
so geworden.

Magdalene rollte ihre Schürze mit beiden Händen
zusammen und sagte nach einer Weile:

Drum wird's auch am gescheitsten sein, wir gehen
jetzt gleich wieder. Und es ist auch wegen den Leuten.

„Das wär' eins," erwiderte Jakob, „die Leut'
denken doch nichts Gutes, von dir nicht und von mir
nicht. Jetzt sind wir einmal da, jetzt wollen wir auch
ein bisle bei einander bleiben."

Nun wurde beiderseits erzählt, wie man seit vor=
gestern gelebt. — Endlich fragte Jakob, indem er einen
Zweig vom Zaune abriß, nach dem Schicksale Magda=
lenens.

Magdalene fuhr sich mit der Hand über das Ge=
sicht, stützte dann die Wange auf die Hand und er=
zählte:

„Von meinen Eltern kann ich dir nicht viel be=
richten, sie sollen früher ein schönes Vermögen gehabt
haben, von meiner Mutter her; sie sind aber zu viel
von einem Ort in den andern zogen und auch durch
sonst Sachen — seitdem ich halt denken mag, sind sie
arm gewesen. Mein' Mutter war früher an einen
Vetter von meinem Vater verheirathet, und sie ist bald
gestorben und ich bin in's Waisenhaus kommen, weil
mein Vater sich gar nichts um mich kümmert hat. Ich
bin zu dem Schullehrer in Hallfeld than worden. Ich
kann's nicht anders sagen, ich hab's gut gehabt; er ist
ein grundguter Mann, sie ist ein bisle scharf, aber
das war mir gesund, ich bin ein Wildfang gewesen.
Mein Vater ist auch all Jahr ein paarmal kommen
und der Schullehrer hat ihm zu essen geben und hat
ihn geehrt, wie wenn's ein Anverwandter wär'. Der
Lehrer hat mich allfort ermahnt, ich soll meinen Vater
ja nicht vergessen und soll ihm gut sein; und auf
Neujahr hab' ich ihm allemal einen schönen Brief
schreiben müssen und hab' ihm als ein paar Strümpf
geschickt. Der Lehrer hat die Woll' dazu aus seinem
Sack bezahlt. Wie ich vierzehn Jahr alt worden bin,
hab' ich einen guten Dienst kriegt in der Stadt als
Kindsmädchen; da war ich drei Jahr. Ich hätt' ein
schön Geld verdient, wenn nicht all paar Wochen mein
Vater dagewesen wär', und da hab' ich ihm Alles geben
müssen was ich gehabt hab'. Wenn ich nicht Kleider

geschenkt bekommen hätt', ich hätte mir keine anschaffen
können. Da sind die zwei jüngsten Kinder an der
Ruhr gestorben und ich war überzählig im Haus.
Die Leut' haben mich aber gern gehabt und haben mich
das Kochen lernen lassen, und da hab' ich einen präch=
tigen Dienst bekommen bei dem Doctor Heister. Ich
bin doch mein Lebtag unter fremden Leuten gewesen
und es ist mir nichts zu schwer, aber da war ich wie
im Himmel. Wenn man so in ein fremd Haus kommt
in Dienst: man kennt die Leut' nicht, man schafft sich
ab und weiß nicht ob man's recht macht, und wenn
man der Herrschaft was Besonderes thun will, kann
man grab einen Unschick machen. Bei dem Heister
aber da war Alles gut. Es ist mir oft gewesen, wie
wenn ich das Haus so eingerichtet hätt' und Alles war
so hell und so schön wie geblasen, und mein' Küch'
wie eine Kapelle. Der Doctor und seine Frau waren
zwei einzige Leut' und keine Kinder, und da war noch
ein Bedienter neben mir und alle Samstag eine Putze=
rin und wir haben außer'm Haus gewaschen."

„Mach's ein bisle kürzer, zu was brauch' ich das
Alles wissen?" drängte Jakob.

„Ja, das gehört Alles dazu, paß nur auf. Nun
ist mein Vater auch alle paar Wochen wiederkommen,
und jetzt hab' ich ihm selber können zu essen geben bis
genug, und mein' Herrschaft hat ihm als ein Glas
Wein 'rausgeschickt. Der Herr Doctor hat aber bald
gemerkt was mein Vater will und wie's mit ihm steht,
und da hat er mir's einmal vorgehalten und hat ge=
sagt, daß er die Sach' ändern will, und da hab' ich

gesagt: wie's der Herr Doctor machen, wird's gut sein.
Von dem an hab' ich keinen Lohn mehr bekommen und
die Trinkgelder hab' ich auch abliefern müssen, und das
ist Alles auf die Sparkasse tragen worden und ich hab'
das Büchle bekommen, da steht alles drin. Nun ist
der Herr Doctor verreist, weit bis nach Rußland zu,
für ein Waisenkind, das sie um sein Vermögen betrü=
gen wollen. Er ist ein Vater der Wittwen und
Waisen. Nun, das hab' ich vergessen: der Bediente,
der neben mir war, das war ein wüster Mensch; der
hätt' mich schon lang gern fortgedrückt, weil ich nichts
von ihm gewollt hab'. Er hat gewiß auch die Geldroll'
gestohlen, die von des Herrn Tisch wegkommen ist,
mit fünfundsiebzig Gulden drin. Nun, wie der Herr
fort war, da ist gleich den andern Tag mein Vater
da, wie wenn's ihm ein Vöglein pfiffen hätt'. Selben
Tag haben wir Fremde gehabt, den Bruder von der
Frau und noch andere Gäste. Ich steh' nun grad' am
Spülstein und wasch' das Silber, da kommt mein Vater
her und sagt: gib mir Geld. Ich sag', ich kann nicht,
und da seh' ich wie er zwei Löffel nimmt und will sie
einstecken; ich halt' ihm sein' Hand und ring' mit ihm,
er ist stärker als ich. Der Bediente kommt eben und
bringt das Kaffeegeschirr, ich will keinen Lärm machen
und fort ist mein Vater. Ich renn' ihm nach bis an
die Eck', ich seh' ihn noch, und jetzt verschwindet er;
ich kann in dem Aufzug, wie ich geh', nicht durch die
Straßen, und daheim ist alles offen und das Silber
steht in der Küch'. Ich renn' heim und stoß' das
Blech am Gußstein 'naus und sag': da sind mir zwei

Löffel 'nunter und ich will sie mir am Lohn abziehen lassen. Der Bediente läßt den Abguß aufbrechen, man findet aber keine Löffel. Ich sag' ich weiß nicht wo sie hinkommen sind, und da, da hat mein Unglück angefangen. Der Bediente hat's schnell auf der Polizei anzeigt, er hat sich rein machen wollen wegen der Geldroll', und nach zwei Tagen sind die Löffel wieder= kommen und der Silberarbeiter hat genau angeben, daß er sie von meinem Vater kauft hat. Wenn man einmal in's Lügen 'neinkommt, da ist's grad wie wenn man einen Berg 'runterspringt; man kann sich nicht mehr halten. Der Bediente hat Alles angezettelt ge= habt. Die gut' Frau Doctorin hätt' die Sach' gern vertuscht, aber es ist nicht mehr angangen; die Sach' hat einmal den Lauf bei den Gerichten. Ich steh' in der Küch' und da kommen zwei Polizeidiener, ich muß mit ihnen 'nauf in mein' Kammer und muß mein' Kist aufmachen und krusten sie drin 'rum und reißen alles 'raus und thun, wie wenn's lauter Lumpen wären, und jetzt muß ich mit ihnen in's Criminal. Ich weiß bis auf diese Stunde nicht, warum ich nicht gestorben bin vor Kummer und Schand'. Gestern hab' ich wegen meinem Küchenkleid meinem Vater nicht nachspringen wollen; hätt' ich's nur than, so bräucht ich mich jetzt nicht so da führen lassen. Du lieber Gott, wie ist mir's da gewesen! Ich hab' gemeint, alle Leut', die mich ansehen, hängen sich an meine Kleider, und es war mir so schwer und doch bin ich fortkommen, und ich hab' mir das Gesicht zugehalten und doch hab' ich gesehen, wie alle Leute

stehen bleiben und nach mir umschauen und dann
wieder ruhig fortgehen, und Der und Jener hat ge=
fragt: was hat sie than? — So hab' ich die Menschen
zum Letztenmal gesehen, die frei 'rumlaufen dürfen.
Was geht sie ein armes Mädchen an, das von Po=
lizeidienern geführt wird? Was soll ich dir viel von
meinem Gefängniß erzählen? Sie haben von mir wiß=
sen wollen, wo die fünfundsiebzig Guldenroll' ist; ich
hab' hoch und heilig geschworen, daß ich nichts davon
weiß, aber sie haben mir nichts glaubt. Die Löffel
hab' ich eingestanden. Hätt' ich sollen meinen Vater
in's Unglück bringen? Ich hab' ihm ja jed' Neujahr
geschrieben, daß ich ihm mein Leben verdank' und daß
ich's ihm auch opfern will, wenn's nöthig ist. Und
ich hab' mir auch Vorwürf' gemacht, daß ich mein
Geld auf Zinsen gelegt hab' und mein Vater hat der=
weil Noth gelitten. Kurzum, ich bin in's Spinnhaus
kommen."

So hatte Magdalene erzählt und die Beiden waren
lange still, bis Jakob fragte:

„Wo ist denn jetzt dein Vater?"

„Ich weiß es nicht."

Jakob faßte ihre Hand, ein doppelzackiger Blitz
leuchtete von jenseits und Jakob sagte:

„Du hast's gut, du bist unschuldig, aber ich —
mein' Geschicht' ist ganz anders."

„Das schad't nichts," erwiderte Magdalene, „du
hast dafür büßt, und ich seh' dir's an den Augen ab,
du hast doch ein gut Gemüth."

Wiederum leuchtete es hell von jenseits und hell

aus den Augen der Beiden. Das war ein grelles, seltsames Licht, mit dem der Blitz über die Angesichter der Beiden streifte; sie schauten sich an und standen wie in glührothen Flammen; und doch war es im selben Augenblicke wieder fahl und grünlichweiß, tod= tenartig. Sie drückten die Augen zu. Jakob umarmte Magdalene und preßte sie fest an sich.

„Du bist ein prächtig Mädle, wenn ich nur ein anderer Bursch wär'!" stöhnte Jakob.

„Es ist schon spät und ich muß gehen," sagte Magdalene, „und ich hab' mein' Henn' doch nicht ge= funden."

„Ja," sagte Jakob, „schlaf wohl, und wir sehen uns schon mehr und ... hab' Geduld mit mir. Gut' Nacht."

Er schlüpfte jetzt nicht mehr mühselig durch die Lücke des Zauns, er sprang behend über den ganzen weg. Magdalene ging still sinnend heimwärts; sie vergaß, ihrer Henne zu locken.

Am andern Morgen fand sich die schwarze Henne bei den Kühen im Stall eingesperrt. Es ist nicht be= kannt, wie sie dahin gekommen und ob Jemand davon gewußt.

Eine erste Liebe und eine zweite.

Wonnig schaute Magdalene andern Morgens zum Fenster hinaus, der Himmel war so schön blau, sie hätte hineinfliegen mögen, so leicht war's ihr. Die Luft war frisch und klar, auf dem Nußbaum in des

Jakoben Garten glitzerten die Tropfen; es hatte heute
Nacht stark gewittert. Magdalene hatte den Sturm
und das Gewitter verschlafen. Träumerisch hörte sie
dem Buchfinken auf der Dachfirste gegenüber zu, der
auch schon so früh auf war und schon was zu singen
hatte; sie wollte ihn nachahmen und necken, verstand
es aber nicht. Sie ging an die Arbeit und sang beim
Holzhereintragen, im Stall und in der Küche, bis die
Bäckenfrau durch das Schiebfensterchen rief, sie solle
still sein, man könne ja nicht schlafen. Sie war still,
aber innerlich war sie den ganzen Tag voll Jubel und
Seligkeit; es kam ihr immer vor, als ob heut noch=
mals Sonntag sein müßte. Auf dem Speicher und in
der Küche faltete sie oft die Hände und drückte sie fest
aufeinander; sie sprach kein Wort, aber ihre ganze
Seele war ein Gebet voll Dank und Liebe. Jetzt eilt
sie hinauf in ihre Kammer, aber sie sieht nicht mehr
nach der schönen Haube und dem weißen Goller, son=
dern nach ihrem Sparbüchlein, das ihr Doctor Heister
frei gemacht hatte. Sie drückt das Büchlein an's Herz
und liest darin: sie hat mehr als hundert Gulden aus=
stehen und das schon bald vier Jahre. Sie kann gut
kopfrechnen, kann aber doch die Zinsen nicht vollständig
herausbringen, weil noch etwas am Jahr fehlt und
das Geld auch nach und nach eingelegt wurde. Es ist
zwar eine Zinsenberechnung beigedruckt, aber da kann
man jetzt nicht draus klug werden. Sie überlegt, ob
es nicht besser sei, wenn sie das Büchlein Jakob zur
Aufbewahrung gebe; ein Mann kann eher darauf Acht
haben. Es wird ihr auf Einmal angst und bang, das

Büchlein könne abhanden kommen; sie legt es zu unterst der Truhe und verschließt sie sorgfältig. Sie überlegt, was man mit dem Gelde anfange. Ein Aeckerchen zu kaufen, dafür langt's nicht und trägt's nicht genug; ja, das ist's: ein gutes Pferd und ein Wägelchen, das kriegt man dafür. Jakob kann gut mit dem Fuhrwerk umgehen, er fährt all' Woch' zweimal als Bote nach der Hauptstadt und hat einen schönen Verdienst. Freilich, das ist dumm, daß er so viel von Haus weg ist, aber es geht nicht anders, und er kommt ja wieder und die Freud' ist um so größer.

Mit einem Wort, es war Magdalenen „wieseleswohl."

Jakob war auch schon früh auf, er spannte einem Frachtfuhrmann vor. Er war heute auf dem Wege wieder sehr wortkarg, ging immer neben seinem Pferde und wehrte ihm die Bremsen ab. Da lächelte er einmal halb schmerzlich vor sich hin, denn er dachte: „Ich bin auch so ein Gaul, der im heißen Sommer den Frachtwagen ziehen muß und an den sich noch obendrein die Bremsen hängen, ihn stechen und plagen und ihm das Blut aussaugen." — Während er so dachte, hatte er vergessen auf das Thier zu achten, das nun von den fliegenden Quälern wie übersät war.

Oben an der Steige im Walde wurde Halt gemacht. Jakob spannte sein Pferd ab. Der nächtige Sturm hatte hier tapfer gerast. Drinnen bei den Menschenkindern in ihren festgezimmerten Behausungen da weiß er nichts zu fassen und er packt nur im Muthwillen einen losen Fensterladen und klopft an, die Schläfer gemahnend, daß er wache. Draußen aber, da ist sein Reich. Er läßt das Korn aufwogen, eilt rasch fort nach dem Walde, weckt die schlafenden Bäume, daß sie rauschen und brausen wie das ewige Meer, von dannen er kommt, daß die sangfertigen Kehlen der Bewohner der Lüfte verstummen und denen gleich seien, die in der Tiefe der Wellen hausen; denn ein einziger vom Unsichtbaren ausgehender Odem beherrscht Alles.

Das muß ein lustig Leben hier gewesen sein! Und wie dann der Sturm entflohen war und die segenbringende Wolke alles Leben erquickte! Darum jubiliren auch die Vögel so lustig in den Zweigen und die Lerche steigt, auf sich selbst ruhend, hoch auf, gleich einem Gebete.

Dem alten Eichbaum am Wege, dessen Wurzeln gleich einer mächtig ausgebreiteten Riesentatze sich in die Erde graben, ist ein schöner junger Ast abgeknackt worden. Solch junger Nachwuchs taugt nicht mehr für den knorrigen Alten, das hat ihn der Sturm gelehrt. Auf dem Stumpfe des geknickten schlanken Astes sitzt ein Buchfink und singt fröhlich in den Morgen hinein; er lockt wohl seinen Gefährten. Ist es vielleicht der drinnen im Dorf auf der Dachfirste?

Jakob war schon sehr müde, sitzlings kehrte er auf seinem Pferde heimwärts. Im Vorbeireiten riß er sich ein Birkenblatt vom Baume, legte es zwischen die Lippen und nun merkte man erst, wie vielerlei Weisen, lustige und traurige, Jakob im Kopfe hatte. Der Ton, den er durch das „Blätteln" hervorbrachte, glich dem eines schrillen Instrumentes, nur entfernt mit einem hochgezwängten Clarinettenton zu vergleichen; dabei war er aber der leisesten und zartesten Biegungen fähig. Besonders künstlich war, wie Jakob den Klang des Posthorns mit seinem eigenthümlichen Zittern nachahmte.

Seitdem Jakob in das Dorf gekommen, war dies zum Erstenmal, daß er etwas von seinem Melodien= schatze preisgab. Im Innern war es ihm aber gar nicht „singerig" zu Muth. Er machte sich grausame Vorwürfe über sein gestriges Benehmen, er ist weiter gegangen als er wollte; er hat ein fremdes Leben an sich geschlossen und doch ist ihm sein eigenes zur Last. Er sieht Qual und Kummer von neuem über sich kom= men. Er gedenkt einer Vergangenheit — das Blatt ent= fällt seinem Munde, er fängt es aber noch glücklich mit der Hand auf und blättelt weiter. Er kam sich jetzt doppelt verächtlich vor, da er so hülflos und ver= lassen ein so herrliches Mädchen mit Gewalt von sich stoßen mußte. Und doch muß es so sein — das war der Schluß seiner Ueberlegungen.

Als er heimkam, bemerkte er, daß er das „Zielscheit" verloren hatte. Er rannte nun nochmals den Weg hin und zurück, für den er vorhin zum einmaligen Gehen zu müde war; aber vergebens, er fand das Verlorne nicht wieder. Alles, was er heute unternahm, ging ihm „hinterfür," und selbst die Thiere waren wie verhext. Er trat den Braunen mit den Füßen, weil er sich nicht alsbald schirrgerecht an die Deichsel gestellt hatte; heute zum Erstenmal wurde er von Konrad tüchtig ausge= zankt. Jakob ließ sich's aber nicht gefallen, sondern erwiderte scharf und bestimmt: der Ablerwirth könne ihn ja auf Michaeli fortschicken, oder morgen oder gleich

heut, es sei ihm Alles eins. Konrad schwieg, denn so
arg hatte er's nicht gemeint.

So sind aber die Menschen, sowohl die, welche man
Herren heißt, als auch die, welche wirklich Knechte ge=
nannt werden. Wenn ihnen etwas quer gegangen ist
und sie in Verstimmung bringt, da zerren und reißen
sie an allen Banden, die sie mit Anderen verknüpfen;
sie wollen noch unglücklicher, sie wollen losgetrennt und
allein sein, damit Niemand die Befugniß habe, sie in's
Klare zu bringen, weil sie nur im Unklaren zu ihrer
Verstimmung berechtigt sind.

Jakob wäre es noch besonders lieb gewesen, wenn
ihn sein Herr beim Worte genommen hätte; er selber
wollte nichts dazu thun, aber eine fremde Gewalt sollte
ihn fortdrängen aus allen seinen jetzigen Verhältnissen,
aus all' dem Wirrwarr, den er hereinbrechen sah.

Jakob war sehr unglücklich. Ein Schauer überkam
ihn, voll süßer Wehmuth, wenn er an Magdalene dachte;
sie konnte ihm sein Leben wieder aufhellen, und doch
war auch sie gebrandmarkt, vor den Augen der Welt
wenigstens. Sie waren Beide arm — was sollte daraus
werden? Er überlegte nun, daß er eigentlich noch gar
keine Verpflichtung gegen Magdalene habe, Alles war
noch zu trennen; um dieses vollends zu bewirken, wollte
er ihr berichten wer er sei.

Mit diesem Vorsatze ging er den andern Abend zu
Magdalene in die Scheune, wo sie kurz Futter schnitt.
Sie setzten sich auf einen Kleebündel und Jakob erzählte:

„Ich hab' kein' Jugend gehabt, ich kann dir nichts
davon erzählen. Noth und Elend macht vor der Zeit

alt. Ich bin ein vaterloses Kind. Weißt du, was
man da auszustehen hat? Von den Alten und von den
Jungen? Der Schullehrer hat einen Seinesgleichen aus
mir machen wollen, ich will aber nicht. Eine Viertel=
stund von meinem Ort da ist die Post, da war ich im=
mer und hab' geholfen. Ich hab' zu essen bekommen
und die Reisenden haben mir auch oft was geben; ich
hab' aber nie Einen angesprochen. Ich närrischer Bub
hab gemeint, es kommt einmal ein König mit einer
goldenen Kron auf, und der nimmt mich mit und
macht mich glücklich. Ich hab' allerlei dumme Geschich=
ten im Kopfe gehabt und hab' auch gemeint, Der müss'
kommen von dem mein' Mutter nicht gern spricht und
hab' allen Menschen in die Augen gesehen. — Fort, es
ist jetzt alles vorbei ... Wie ich vierzehn Jahre alt
war, hab' ich das Postkärrele bekommen und was meinst,
wie wohl mir's war, wie ich den gelben Rock' hab' an=
ziehen dürfen und den Glanzhut aufsetzen? Das war
die glücklichste Zeit, die ich in meinem Leben gehabt
hab'. Hurrah! Wie bin ich dahin gefahren auf meinem
zweiräbrigen Kärrele, ich war allein und hab' selber kut=
schirt, jetzt war Ich König. Mein Herr hat mich ein=
mal geschlagen, weil der Gaul gefallen ist und hat sich
beide Vorderfüß' aufgeschürft. Am nächsten Ziel bin ich
fort und bin Kutscher in der Stadt geworden.

Nach zwei Jahren bin ich fort. Warum? das ge=
hört nicht daher. Ich bin nun Postillon in R. gewor=
den. Jetzt war mir's erst wieder wohl. Mein Post=
hörnle, das war mein' Freud. Ich hab' manches Trink=
geld über die Taxe von den Reisenden bekommen, weil's

ihnen gar wohl gefallen hat. Wenn ich Nachts durch
den Wald heimgeritten bin, da war mir's wie wenn
die Bäum' sagen thäten: fang' jetzt einmal an, spiel'
einmal eins auf, wir warten schon lang. Und da
hab' ich viel' besser geblasen, als ich's eigentlich kann,
und die Bäum' haben sich selber vor Freude geschüttelt
im Mondlicht, und der Wald hat selber zu blasen an=
gefangen, und ich hab' nicht mehr aufhören können, und
eins hat das andere nicht ruhen lassen, und es war
mir, wie wenn ich mein Leben lang, hundert Jahr so
fortreiten sollt', und mein' Gäul' sind so still und fromm
dahin gangen, und ich selber war fromm und lustig
und Alles war prächtig."

Jakob hielt eine Weile inne, biß scharf auf die Lip=
pen, dann fuhr er fort:

„Ich bin jetzt nur noch der halb Kerle, der ich war.
Ich darf's jetzt schon sagen, ich bin's ja nicht mehr,
ich war ein ganzer Bursch. Die ganz' Welt hat mich
lieb gehabt und ich hab' sie wieder lieb gehabt; ich hab'
nicht gewußt, was Kummer ist und Alles hat mir freund=
lich gelacht, wenn ich's angesehen hab. Es ist vorbei . . .
Mein Unglück hat in dem Haus schräg gegenüber von
der Post gewohnt und das war die Frau von dem Ku=
pferschmied, und die allein hat nicht gelacht und hat die
Augen niedergeschlagen, wenn sie mich gesehen hat. Was
ist da viel zu sagen? Wir haben einander gern bekom=
men. Jetzt war ich im Fegfeuer und ich hab' Tag und
Nacht kein' Ruh mehr gehabt. Guck, wenn unser Herr=
gott einen mit der siebenten Höll' strafen will, da soll
er ihn nur in eine Ehefrau verliebt machen. Ist man

brav, da möcht' man verbrennen; ist man nicht brav, da hat Einen der Teufel und sein' Großmutter am Bändel und läßt Einen nicht ruhen und nicht rasten und gunnt Einem kein' fröhliche Minut. Wenn ein Bursch eine Ehefrau gern hat, sollt' er sich nur gleich einen Stein um den Hals hängen und sich ins Wasser schmeißen, wo's am tiefsten ist. Oder ein guter Freund sollt's ihm thun, wenn er selber nicht will. Es gibt kein ander Rettungsmittel. Die Kupferschmiedin war siebzehn Jahr alt wie sie geheirathet hat. Sie hat damals noch nicht gewußt, was das zu bedeuten hat; sie hat's zu spät er= fahren. Der Kupferschmied war ein schlechter Gesell und hat sein' Freud' dran gehabt, sie zu peinigen. Er ist fast den ganzen Tag bei uns in der Wirthsstub' ge= sessen und hat da gelumpt. Einmal hör' ich, wie er zum Doctor sagt: „Doctor, könnet Ihr mir nicht hel= fen? Mein' Frau liegt mir nicht recht und steht mir nicht recht." „Warum? wo fehlts?" fragt der Doctor, und der Schmied sagt: „Sie sollt' halt auf dem Kirch= hof liegen und im Kirchenbuch stehen." Alles hat ge= lacht, ich wär' gern hin und hätt' ihm den Kragen 'rumgedreht. Er muß mir so was angesehen haben und nimmt einen harten Thaler aus der Tasch', wirft ihn auf den Tisch und sagt: „Jakob, den kriegst du zum Trinkgeld, wenn du mir mein Weib abnimmst." Ich hab' Angst vor mir selber bekommen, ich hab' nichts sagen können und bin 'naus in den Stall und hab' mir gewünscht, wenn ich nur ein Gaul wär' oder ge= storben. Ich hab' mir heilig vorgenommen, gar nicht mehr nach der Kupferschmiedin umzuschauen; aber es ist nicht gangen. Am Sonntag drauf kommt gegen Abend eine Extrapost, ich spann' an und fahr' mit fort. Es waren zwei prächtige Leutle drin, ein junges Ehepaar, und die haben sich so gern gehabt und sie hat immer gewollt, er soll rauchen, und er hat gesagt, es sei ihm so feierlich zu Muth, er könn' jetzt nicht; und da haben sie die Handschuh' auszogen und haben sich die Hand geben, und er hat ihre Hand an den Backen gehalten und sie sind still gewesen. — Ich hab' schon seit vielen Tagen nichts weiter als das Signal blasen, und jetzt war mir's, wie wenn mir Einer das Posthorn an den Mund legt' und ich hab' aufgespielt, daß es eine Art gehabt hat, und wie ich absetz', haben die beiden Eheleut' in die Händ' klascht und haben sich nachher küßt. Wie wir den Berg oben sind und die Sonn' ist drüben so schön untergangen, da sagt er wieder: ich soll noch ein Stückle blasen, und ich hab's gethan, und hab' nicht mehr aufgehört, bis wir auf der Station waren, und da hab' ich einen harten Kronenthaler Trinkgeld bekommen. Ich füttre nun und mach' mich auf den Heimweg, die beiden Leutle grüßen noch zum Fenster heraus und Sie ist noch schöner ohne Hut. Ich bin fast immer die Steig' hinauf neben meinen Gäul gangen, aber heut waren mir die Stiefel wie Centnerstein' an den Füßen. Es war mir, wie wenn ich im tiefen Wasser ging'; ich hab' mich nicht regen können. Mein Sattelgaul guckt mich verwundert an, wie ich jetzt schon aufsteig'. In Steinsfeld ist Kirchweih. Ich bind' meine Gäul am Haus an und geh auch 'nauf zum Tanz. Der Kupferschmied ist auch da und thut wie ein lediger

Bursch; ich hab' mich aber nicht-viel um ihn be=
kümmert und hab' mich in eine andere Stub' gesetzt.
Heut zum Erstenmal hab' ich's gespürt, daß ich viel ge=
blasen hab', ein Schoppen langt nicht; ich trink' mehr,
ich hab ja auch mehr als dreifaches Trinkgeld. Jetzt
bin ich grausam traurig geworden. Da sind die Bur=
schen alle und Jeder hat seinen Schatz und Jeder darf
ihn zeigen, und ich — ich hätt' mir gern in's Gesicht
geschlagen. Ich hab' mein Schicksal verflucht und·hab
mir vorgenommen, die Sach' zu ändern und wenn ich
meinen Dienst aufgeben muß. Es ist schon gegen
zwölfe wie ich heim reit', und die Bäum' am Weg haben
tanzt und die Stern' haben mich wie zum Spott an=
blinzelt und ich hab' an die beiden Eheleute dacht und
an daheim und an Alles, und der Kopf hat mir getur=
melt und mein Horn hat auch den Teufel im Leib und
will nimmer. Wie ich in den Wald komm', da geht
der Kupferschmied am Weg; ich nehm' mein' Peitsch
und thu' ein Fitzerle nach ihm, nur zum Spaß, er aber
schimpft was er vermag und geht auf mich los. Ich
'runter, ihn tüchtig durchklopfen und in den Graben
schmeißen: das war Alles eins.

Meine Gäul', die sonst ruhig stehen bleiben wie die
Lämmer, waren davongegangen, ich muß ihnen schnell
nach und hol' sie richtig ein, dort wo's wieder den
„Stich" hinaufgeht. Tags darauf hör' ich, daß der Ku=
pferschmied krank im Bett liegt, er sei auf einen Stein
gefallen und sei die ganze Nacht mit den Füßen im
Wasser gelegen. Jetzt ist mir's doch bang worden und
ich hab' dacht, das wär' nun die best' Zeit, um auf und

davon zu gehen; aber der Teufel hat mich am Narren=
seil gehabt und hat mir allerlei vorgemacht. Der Schmied
hat scheint's die Sach' von Anfang nicht bekennen
wollen. Samstag Morgens hat mich der Schütz und
ein Landjäger aus dem Bett geholt und sie haben mich
auf den Thurm gesperrt. Ich sag' nichts davon, wie
mir's da gewesen ist. Der Thorwart hat mir gesagt,
der Schmied läg' am Sterben. Wie ich nun so jeden
Tag gehört hab' wie's geht, einmal schlimmer, einmal
besser — du kannst dir nicht vorstellen, wie mir's da
um's Herz war. Im Gefängniß hab' ich geweint wie
ein Kind und vor dem Richter war ich stolz und hab'
Alles geläugnet. Er war gar scharf. Ich hab' in der
Nacht kein Aug' zuthun können und wenn ich ja hab'
schlafen wollen, da bin ich wieder aufgewacht; um zwei
Uhr da kommt der Postwagen grad durch das Thor,
wo ich drauf sitz, den hab ich geführt, und jetzt war
mirs allemal, wie wenn mir der Wagen über den Leib
wegging', so hat mich's geschnitten, und der weiße Spitz=
hund hinten auf dem Packkasten hat bellt und hat mich
ausgelacht. Nach vier Wochen ist der Schmied gestor=
ben, wie sie sagen an der schleichenden Hirnentzündung.
Jetzt hätte ich's gern eingestanden, ich kann aber nicht
mehr, ich bin sonst verloren, und der Richter war
fuchsteufelswild. Jetzt kommt das Aergste —" sagte
Jakob und ballte beide Fäuste — „ich hab' Prügel be=
kommen. Was ich da dacht hab', wie ich dagelegen bin
und die ganz' Welt hat auf mich losgeschlagen — un=
ser Herrgott wird mir's verzeihen, aber die Welt wenn
ich hätt' anzünden können, ich hätt's than. Und wenn

sie mir das Paradies schenken, ich kann nicht mehr
froh sein, so lang ich unter Menschen bin." —

Jakob war still, sein Athem ging rasch; Magdalene
strich ihm mit der Hand über die Stirn und er fuhr fort:

„Ich hab' Alles eingestanden, mehr als ich than hab',
ich hab' wollen köpft sein; nur fort, nur schnell. Kurzum,
weil ich trunken gehabt hab' und auch sonst noch, ich
weiß nicht warum, hab' ich nur fünf Jahr' Zuchthaus
kriegt. Ich bin da Jahre lang allein gesessen. Was
meinst, was einem da in Kopf kommt, wenn man keinen
Menschen sieht und hört und spricht? Ich muß einen fe=
sten Hirnkasten haben, daß er nicht versprungen ist.

Siehst du, so bin ich. Ich hab' einen Menschen
aus dem Leben geschafft, hab' kein' Freud mehr an der
Welt, hab' Niemand mehr gern, mag nicht mehr. Ich
bitt' dich," fuhr er fort, die Hand Magdalenens fassend,
„ich bitt' dich, laß du mich auch; wer mich anrührt,
hat Unglück."

Magdalene saß lange still, endlich fragte sie: „Wie
geht's denn der Schmiedin? weißt nicht?"

„Freilich. Sie hat schon lang wieder geheirathet,
den Bachmüller; sie war eine Scheinheilige, ich hab'
böse Sachen erfahren."

„Es ist dir doch recht schlecht gangen," begann
Magdalene wieder, „aber du bist doch gut, und es
wird dir gewiß auch noch gut gehn." Sie konnte vor
Weinen nicht weiter reden.

Plötzlich stand Jakob straff auf. Es war ihm zu
Muthe, als ob er eine große Last abgelegt hätte; er
fühlte sich so leicht und frei.

„Und wenn mir's gut geht, so mußt du auch da= bei sein," sagte er mit einer ganz andern Stimme als bisher. Er hob Magdalene in seinen Armen empor und trug sie wie ein Kind umher; endlich gab er ihren Bitten nach und ließ sie herunter.

Als sie auf dem Boden stand, sagte sie: „Nein, ich möcht' dich auf den Händen tragen, damit du Alles vergissest; gib nur Acht, es wird schon."

Jetzt erst waren die Beiden selig.

Von nun an scheute sich auch Jakob nicht mehr, vor Aller Augen mit Magdalene zu sprechen und sie zu besuchen.

Besonders oft standen sie hinter dem Hause beim Backofen. Das Verhältniß der beiden Sträflinge reizte aber die Spottlust im Dorfe. Als sie eines Abends so beisammen standen, hörten sie die Burschen nicht weit davon singen:

> Und des Hudelmanns Tochter
> Und des Bettelbuben Jung',
> Die tanzen miteinander
> Im Holdergäßle 'rum.

> Der Hudelmann steht daneben
> Und lacht überlaut:
> Der Herr sei gelobet,
> Meine Tochter ist Braut.

Das erste Gefühl Jakobs, als er diesen Sang hörte, war nicht Zorn, sondern Trauer über die Menschen; so sehr hatte er sich geändert.

Nach wenigen Tagen hatte auch die Spottlust ihr

Genüge; und man ließ die beiden Liebenden unge=
kränkt.

Jakob hätte nun gern etwas Großes, etwas Ge=
waltiges gethan, um seine Wiedergeburt, seine Recht=
schaffenheit zu bethätigen und das Glück zu erringen.
Aber. wo war ein Raum für ihn? Er arbeitete für
zwei Mann, aber was nützte das? Er konnte Jahre
lang arbeiten, pünktlich und gewissenhaft sein; ein ein=
ziger Fehler zerstörte wieder Alles, frischte das Brand=
mal wieder auf, das durch eine einzige That seinem
Leben aufgedrückt und nie zu tilgen war, weder aus
seinem Gedächtnisse, noch aus dem der Menschen.

Er stand wieder einmal oben auf dem Berge und
sah den abgeknickten Ast an der Eiche, der jetzt ver=
dorrt war. Im Innern Jakobs sprach es: „Wie viel
Jahre braucht so ein Ast, um zu wachsen, und ein einziger
Sturmwind, ein einziger Axthieb knackt ihn in einem
Augenblick ab . . . . Was thut's? Wenn nur der
Stamm gesund bleibt, der Saft strömt der Krone zu."

Eine unwandelbare Zuversicht lebte in Jakob. Er
trauerte wol noch oft, es waren die Nachschauer eines
langen Gewitters; die Sonne stand. schon hoch und
hell am Himmel.

Einen Schmerz aber konnte Jakob nicht verwinden,
ohne ihn Magdalene mitzutheilen. Er fragte sie nach
ihrem Vater, sie wußte nichts von ihm.

„Guck," sagte er dann, „es ist jetzt kein' Red' mehr
davon, daß wir von einander lassen; aber tief thut
mir's weh, daß wir so allein stehen, gar keine Familie
haben. Ich hab' mir früher als dacht, wenn ich einmal

heirath', da möcht' ich in eine große Familie hinein.
So ein alter Schwiegervater und eine dicke Schwieger=
mutter, und recht viel Schwäger und Schwägerinnen,
und Vaters Brüder und Schwestern, und so Alles, das
muß prächtig sein. Und wenn's auch arme Leut' sind,
die Einem nicht aufhelfen können und Einem auf dem
Hals liegen, man hat doch recht viel' Menschen, die
Einem angehören und Einem doch beistehen können in
allen Sachen. So ohne Familie ist man wie ein Baum
auf einem Berg, der steht allein und verlassen; wenn
ein Wind kommt, packt er ihn von allen Seiten und
läßt ihm lang' keine Ruh. In einer Familie aber ist
man wie in einem Wald; kommt auch ein Sturm, so
hält man's mit einander aus und man hält zusammen.
Was meinst du dazu? Hab' ich Recht?"

„Freilich," seufzte Magdalene, „aber alle Menschen
sind ja verwandt mit einander, wenn man's auch nicht
so heißt, und . . . und . . . ich weiß nicht, wie ich's
sagen soll: die rechte Lieb' ist doch, die man zu Leut'
hat, die nicht verwandt heißen; das ist viel mehr. Und
glaub' mir, ich hab' mein Lebtag die Guttaten der
Menschen genossen; es gibt Viele, die noch Alle gern
haben, mehr als Verwandte; denk' nur an den Schul=
lehrer und an den Doktor Heister und an Alle, die so
sind, und das ist unser' Familie, und die ist groß."

Eine Nacht im Freien.

Es geht ein tiefes Wehe durch das Herz der Mensch=
heit, daß es erzittert in namenlosen Schauern. Es ist

kein Mensch auf Erden, der das Heiligthum seines We=
sens rein und frei und ganz hinwegtrüge über diese
kurze Spanne Zeit. Abfall und Schmerz ist sein Loos
und aus ihnen steigt er auf, ringt nach Wiedervereini=
gung, nach seligem Leben. Das Menschenthum wird
aus Schmerzen geboren. Muß das sein? Sollen wir
nicht auf den lichten Höhen der Freude und des Ein=
klangs eingehen in die Ewigkeit, als ganze, volle reine
Menschen? Die Flammen der Liebe und der Begeiste=
rung! Sie haben Genien gezeugt und Ungeheuer. Wir
Alle, die wir hier sind und waren, wir sind schon
hinabgestiegen zur Hölle in der Tiefe unserer Brust,
und wohl uns, wenn wir wieder erstanden sind zum
freien, heitern Licht; aber mitten im Anschauen des
Lichts hüpfen noch oft schwarze, nächtige Schlangen
vor unserem Auge — wir können nicht fassen das volle
Licht.

Da sitzt ein einfältiger Knecht und auf ihn hat sich
die ganze Schwere des Menschenthums gelagert.

Der Himmelsbogen spannt sich so glänzend über die
weite, reiche Erde, ihr Saft nährt von Geschlecht zu
Geschlecht, und da und dort in allen Winkeln sitzen die
Menschen und trauern, und ihre Brust hebt ungestillte
Sehnsucht.

Sehen wir, wie es Jakob ergeht.

Er sitzt auf dem Stein vor dem Stalle. Er, der
sonst so Ruhelose, kann jetzt oft Stunden lang hinsitzen
und nichts thun und nichts reden; aber es ist nicht
mehr die alte Schwermuth, die träg und eintönig seine
Seele erfüllte: Alles hüpft in ihm vor Freude und er

sitzt still, wie magnetisch festgebannt und läßt es in sich
walten wie eine stille Musik. Er ist glücklich. Er hat
sich selber wieder, indem er ein anderes Herz gefunden,
er lebt in sich vergnügt, denn er lebt für ein Anderes.
Es ist Samstag Abend. Der Sommer ist heiß, das
ist ein Jahr in dem die Schlehen reif werden. Auf
dem ganzen Dorfe liegt's wie der heiße Athem eines
Ermüdeten. Die Sonne stieg purpurn hinab und schaute
noch einmal in die glührothen Angesichter der Menschen;
es war als ob auch sie, müde nach sechs Tagewerken,
sich des kommenden Tages freue, da sie allein draußen
über Feld und Wald stehen und keine undankbaren
Klagen von Menschenstimmen hören solle. Durch die
Gassen jauchzen und jubeln die Kinder und sind un=
bändig. Wenn die Sonne hinabsinkt, verspürt das
junge Erdenkind eine wundersame Erregung, als ob es
mit fühlte den Schauer, der über die Erde zittert, wenn
sie den letzten Sonnenstrahl in sich saugt. Männer und
Frauen sitzen vor den Thüren und lassen die arbeits=
schweren Hände rasten; um so behender aber regen sich
die Zungen zu allerlei Gerede, gutem und bösem. Aus
den Ställen vernimmt man abgerissenes Brummen der
Thiere, das ist ihr Abendgespräch.

Neben Jakob streckt der Rappe den Kopf zum Stall=
fenster heraus, horcht still hinein in die Nacht und
bläst die Nüstern weit auf. Aus dem obern Dorfe
herab hört man das Singen der Burschen. Sie gehen
noch gemeinsam und lassen noch gemeinsame Worte
erschallen, aber bald zerstreuen sie sich, denn es ist
heute Samstag Abend und an manches Fensterlein wird

geklopft und da findet schon jedes die Worte, die ihm
allein taugen.

Still und immer stiller wird es auf den Gassen, die
Menschen sind schlafen gegangen. Droben wölbt sich
der sternglitzernde Himmel und still fließt das Mond=
licht von der Blechkuppel des Kirchthurmes. Drunten
aber sitzt ein Mensch und sein Herz pocht einsam und
um ihn wehen Gedanken, die nicht die seinen, sie kom=
men von fern und weben um ihn, wie der Mond in
sein Antlitz strahlt, still erglänzt auf Stirn und Wangen
und wieder abgleitet.

Droben funkeln die Sterne, frei hinausgestellt von
Gottes Hand, und sie wandeln unhörbar ihre gemessene
Bahn. Millionen Augen, längst geschlossen, schauten
hier hinauf; Millionen werden aufschauen und keines
bringt in den Grund. Die Erde lebt, die Sterne leben,
ihre Worte sind glitzernde Strahlen, Lichtboten rauschen
durch die Welten. Willst du sie fassen, du lallendes
Kind an der Mutterbrust? Willst du verstehen den Blick
des Vaters und seine strahlenumwundenen Gedanken?
— Laß ab, o Erdenkind, dein Zagen und Bangen;
über eine Weile öffnet dir der Tod die Pforten des
Wunders.

Jakob seufzt tief auf, er geht in den Stall, gibt
den Pferden über Nacht und jetzt steht er an die Thür=
pfoste gelehnt, er findet keine Ruhe.

Leichtbeschwingter Geist! Flieg' auf und wiege dich
frei über Berg und Thal, über Wald und Bach, schwimme
hin in die Wellen des Mondlichts und schau in die
Wipfel der Bäume, wo die Vögel wohlig ruhen, und

in den Spiegel des See's, drin die Sterne sich beschauen. Sei selig und frei!

O! wie schwer haftet die Sohle am Boden!

Mitternacht ist nahe, Jakob geht durch das Dorf; wohin? er weiß es selber nicht, nur soviel ist gewiß, daß er sich nach Nichts sehnt; er ist nicht mehr er selber, er ist wie aufgelöst in das All.

Der Mond zieht allewege mit, immer voller, immer tiefer. Wie lautlos ringsum, wie eine Pause in dem endlosen Rauschen der Weltaccorde, drin das Herz aufathmet und sich sammelt. Träume steigen unhörbar aus und ein über den Hütten. Dort stöhnt eine Brust von Qual und dort lächelt ein Antlitz von Wonne. Bald stöhnt deine Brust, bald lächelt dein Antlitz nicht mehr — es kommt der ewige Schlaf.

Jakob ging immer weiter und weiter. Er schaute sich nicht um, er gedachte der Nächte, die er im Kerker verbracht, in denen er eingesargt, abgestorben war in der großen weiten Welt; er streckte die Arme weit aus, als wollte er tasten ob nirgend eine Wand wäre; er wandelte jetzt frei umher, und doch zog es ihn fast willenlos fort. Als fühle er's, daß er jetzt am letzten Hause sei, schaute er auf. Oben zur Dachkammer in des Hennenfangerle's Haus grinste ein teuflisches Angesicht in die Nacht hinein. War das nicht Frieder? Jakob eilte, wie von Dämonen gegeißelt weiter.

Dort an dem Weiher steht die einsame Pappel, ihr Stamm ist gebeugt als wollte sie sich niederlegen zur Erde. Welch' seltsame Zeichen dort im Schatten? Wird ein Geist heraustreten und alle Lohe des Herzens löschen

ober hellauf lobern machen? Wo seid ihr, wunderfame
Gestalten, die ihr den nächtlichen Reigen tanzet?

Weiter schreitet Jakob durch die Wiesen ins Feld.
Der Sturm hat das Korn niedergetreten und es dorrt
bemüthig geduldig, bis der Herr der Erde, der Mensch,
die Sichel ·anlegt und es einheimst.

Ein röthlicher Schimmer liegt auf den Kornhalmen,
gleich als funkelten die eingesogenen Sonnenstrahlen fort
und fort. Wie nächtig ragen die dunkeln Bäume hinein
in den blaugeschliffenen, glitzernden Krystall des Himmels.
Die Wolken, vom Monde durchströmt, ruhen angeglüht
zwischen Sonnenaufgang und Niedergang. Wo ist die
Nacht? . . . Dort im dunkeln Walde, dort hat sie sich
niedergesenkt und ruht.

Wie schlüpfen die Mondstrahlen durch das Gezweige
und ruhen auf den Blättern und gleiten hinab auf den
Boden und schlummern auf weichem Moose. Tief unten
aber gräbt der Baum seine Wurzeln hinab und saugt
den Saft und schickt ihn hinauf in die Blätter, drauf die
Strahlen ruhen, daß sie mit einander kosen in lautloser
Verschwiegenheit, was im Dunkeln geschlummert und
was im Lichte herniederstieg; und jedes Blatt ist ein
Hochzeitsbette.

Jakob legte sich unter die Buche an der Halde. Er
will die Augen schließen und es ist ihm, als läge er
tief unten im Meeresgrunde und über ihm rauschten die
Wellen und schwämmen Geschöpfe ohne Zahl.

Welch ein Klingen in den Lüften, Himmel und
Erde liegen in stiller Umarmung; welch' flüsternde Lebens=
stille im Aether. — Eine Blume verwelkt, eine andere

springt auf, ein Mensch ist geboren, ein Mensch ist ver=
gangen.

Jakob richtet sich auf, rückt rasch seine Mütze zu=
recht: er gedenkt, den Kopf wieder auf die Hand nieder=
gesenkt, wie einsam er ist. Er will fort; was zögert er?
Die Augen gehen auf und zu, die Arme heben sich und
sinken nieder. . . .

Am Fenster Magdalenens pocht es leise.

„Wer ist da?“

„St! Jakob.“

„Um Gottes willen, was willst du?“

Er antwortete nicht und stieg durch das geöffnete
Fenster, er hatte die Mütze tief in die Stirn gedrückt;
er gab Magdalene keinen Kuß und schlich leise durch
die Kammer die Treppe hinab. Nach geraumer Weile
kam er wieder und verließ lautlos die Kammer auf dem
Wege, wo er gekommen war.

Magdalene schaute hinaus in die Nacht. Ein Wim=
mern und Wehklagen zog durch die Luft und nach einer
Weile schlich eine schwarze Katze oder ein Marder über
die Dachfirste am Hause gegenüber. . . .

Die Lerche hatte schon längst den ersten Sonnenstrahl
gegrüßt und sich ihm entgegengeschwungen, die Vögel
jubilirten schon lange in den Zweigen, die Käfer summ=
ten, die Bienen und Schmetterlinge flogen umher —
endlich erwachte Jakob. Er rieb sich verwundert die
Augen, er konnte sich nicht entsinnen, wo er war, wie
er daher gekommen. Nach und nach wurde es ihm klar
und sein Auge glänzte so hell wie die Thautropfen auf
Blatt und Halm. Jeder Nerv in ihm spannte sich in

Frohmuth, etwas von der allbelebenden, geheimnißvollen
Kraft der Mutter Erde durchströmte ihn. Er war wie
neugeboren und sprang muthig hinein in den jungen
Tag.

Wenn man nach einer solchen Nacht und einem sol=
chen Morgen nur etwas Außerordentliches vollbringen
könnte, eine That für die Ewigkeit. Wie klein und
zerstückelt ist da all das gewöhnliche Thun und Treiben!

Jakob eilte mit Herzklopfen nach Hause, er wußte
nicht, welche Stunde am Tag es war. Erst als er sich
dem Dorfe näherte und die Ziffer an der Thurmuhr
erkennen konnte, ging er langsam, still und fromm.

Am ersten Hause des Dorfs schreckte er zusammen.

„Guten Morgen, Jakob, woher schon so früh?“
rief eine gellende Stimme, es war die des Hennenfan=
gerle, das zum Fenster herausschaute. Jakob antwortete
nicht und ging rasch. Die Hexe hatte ihn zuerst gegrüßt,
das gab einen bösen Tag.

Zu Hause traf Jakob große Verwirrung. Ein Fuhr=
mann wartete schon seit einer Stunde auf Vorspann;
der Adlerwirth, aus seinem Schlafe gestört, schalt mit
allem Nachdrucke. Der Rappe hatte sich über Nacht
im Stalle losgerissen und hatte den Braunen geschlagen,
neben dem er sonst friedlich an der Deichsel ging, hatte
den Futterkasten zertrümmert und allerlei Untereinander
angerichtet.

Das war ein schöner Morgen nach einer solchen
Nacht.

Eben als Jakob vorspannen wollte, kamen der Schult=
heiß und der Schütz und verhafteten ihn. Dem Bäck

wären heut Nacht achtzig Gulden aus dem Eckschrank
gestohlen worden. Der Nachtwächter hatte Jemand zu
Magdalene hineinsteigen sehen, das Bett Jakobs war
unberührt — er war der Dieb.

Anfangs lachte Jakob aus vollem Halse. Man hatte
ihn noch nie lachen gehört, und das klang jetzt wie der
teuflischste Spott. Bald aber lachte er nicht mehr, son=
dern schlug mit Riesenkraft um sich, als man ihn packen
wollte; er hatte die Kraft eines Rasenden. Er faßte
den Schütz und den herbeigekommenen Kilian am Hals=
tuch und würgte sie, daß sie kirschbraun aussahen; er
hätte sie erdrosselt, wenn nicht neue Hülfe gekommen
wäre. Nur mit Mühe gelang es fünf Mann, ihn nie=
derzuwerfen und zu binden.

Jetzt war er im Stall eingesperrt und gebunden.

Magdalene wußte nichts von alle dem. Sie war
betrübt aufgestanden und wollte eben die Hühner heraus=
lassen; keines kam hervor, der Marder hatte sie allesammt
erwürgt. Sie konnte nicht in's Haus eilen und die Un=
glücksbotschaft verkünden, denn auch zu ihr kamen der
Schultheiß und der Schütz und verhafteten sie. Sie folgte
still der Weisung.

Das ganze Dorf war in Allarm, Alles schimpfte und
fluchte über das fremde Gesindel, das nur ein Ableger
einer großen Bande sein sollte; wo etwas fehlte, sollten
es die Beiden entwendet haben.

Jakob und Magdalene wurden von den herbeigehol=
ten Landjägern zur Stadt geführt. Sie waren zehn
Schritte von einander getrennt. Jedes hatte seinen
besondern Begleiter. Drinnen im Dorfe läuteten die

Glocken zum Erstenmale zur Kirche, sie klangen so hell als ginge es zum Traualtare — das sind böse Brautführer zur Seite.

Der rechte Mann.

Magdalene war bald wieder aus dem Gefängnisse entlassen worden; sie konnte weder für noch gegen Ja= kob zeugen, sie hatte den Eingestiegenen nicht erkannt; ihre eigne Schuldlosigkeit aber war offenbar. Wie trau= rig kehrte sie in das Dorf zurück. Der Bäck wollte sie nur noch bis zum „Ziele" behalten, der Pfarrer machte ihr herbe Vorwürfe und sagte: er müsse die Sache an den Verein berichten, dessen Stelle er hier vertrete.

Arm und verlassen war Magdalene und doch fand sie einen Trost darin, Jakob ihr Sparkassenbüchlein gegeben zu haben; man mußte das bei ihm gefunden haben und sie glaubte, er würde eher frei, wenn er das Entwendete damit zurückerstatte. Sie sagte das dem Bäck und bat ihn, ein gutes Wort einzulegen, der aber bedeutete sie:

„Die Sache hat ihren Lauf, da ist nichts mehr zu machen. Du bist jedenfalls um dein Geld, das fressen die Prozeßkosten. Geschieht dir recht."

Eine Hoffnung erhob Magdalenen wieder. Bärbele, die Adlerwirthin, versprach ihr, sie in Dienst zu neh= men. Nun hatte sie doch wieder einen „Unterschlupf" für den Winter, aber sie mußte im Dorf bleiben und wie gern wäre sie fort.

Die Ihr Euer Leben lang behütet und umschirmt im Familienkreise aufgewachsen, denen eine liebende Hand Alles versorgte und schmückte, vom ersten Kinderhembchen an bis zur hochschwellenden, erwartungsreichen Aus= steuer, die ihr nie allein und frierend draußen gestan= den in der weiten Welt, und nirgend ein Herz, das bangend und verlangend nach euch ausschaut — Ihr könnt es kaum ermessen, was sich in der Seele eines Mädchens aufthut, dem seit dem ersten Gedanken zuge= rufen ward: dein Schicksal ist in deine Hand gegeben, du gehörst und hast Niemand, du bist allein; alle Liebe und allen Lebensunterhalt mußt du erobern, du kannst jede Minute ausgestoßen werden und bist fremd; kein unauflösliches Familienband umschlingt dich über alle Irrungen und Wechsel des Lebens hinweg.

So ohne Anhang und ohne Abhängigkeit zu leben ist wol auch eine Freiheit, aber dem jugendlichen Her= zen, zumal dem eines Mädchens, thut es wohl zu ge= horchen, einem fremden Willen die Verantwortlichkeit für die Lebenswendungen anheim zu stellen. Darum hatte Magdalene sich von ihrem Vater ausbeuten las= sen, darum gehorchte sie dann so freudig der Fürsorge Heisters und wollte sie Jakob dienen, seine Schwermuth und seine Launen ertragen als eine demüthige Magd; hatte sie doch einen lieben Menschen, der ihr und dem sie angehörte.

Jetzt war sie wieder ganz allein. Sie wendete sich zum Vater aller Menschen, sie wollte mit aller Macht seine Hand fassen, er sollte sie führen, sie wollte ein Zeichen, einen bestimmten Befehl was sie thun solle;

sie hatte ja rechtschaffen gelebt. Sollte sie alle Gedanken von Jakob ablösen? Sie konnte nicht. Die sie so zer= knirscht in der Kirche liegen sahen, hatten Mitleid mit ihrer Reumüthigkeit; aber Niemand half ihr, selbst der Pfarrer nicht, der ihr zürnte, weil sie ihre Unschuld betheuerte.

Magdalene ging abgehärmt umher; sie hoffte bald durch den Tod erlöst zu werden.

Der Herbstwind spielte mit den abfallenden Blättern und ließ sie erst im Tode fühlen, wie frei es sich wiegt in den Lüften. Im Schicksal Jakobs war noch immer nichts entschieden, nur quälte ihn neben dem Unter= suchungsrichter auch noch der Thorwart mit seiner zudringlichen Frömmigkeit. Der Gute! wir kennen ihn noch von der Scene im Vorzimmer des Vereins. Er hatte mit Ruhe und einzig durch salbungsvolle Re= den sein Ziel erreicht. Die sehr mächtige Partei der Frommen hatte ihm diesen Posten verschafft und er wirkte in ihrem Geiste, predigte von Entsagung und einziger Hoffnung auf Jenseits und befand sich dabei recht wohl und reichlich genährt von seiner Besoldung hienieden.

Jakob konnte um so leichter seinen Anmahnungen widerstehen, da er sich vollkommen schuldlos fühlte, und doch kam bisweilen auch über ihn das trübe Herbstgefühl von draußen. Er wollte Erquickung in den aufgedrängten Traktätchen suchen, aber diese Blät= ter waren gleichfalls herbstlich welk und priesen den Winter, den Tod aller Natur, als das einzig wahre Leben.

Eines Mittags ging Magdalene vor das Dorf hinaus
nach der Hanfbreche.

Der Nebel hatte sich gesenkt und glitzerte auf Gras
und Stoppeln, eine erfrischend feuchte Luft wehte; die
wilden Buben hatten da und dort eine Lücke in den
Zaun gerissen, um schneller einen vergessenen Apfel
vom Baume zu werfen; von allen Seiten hörte man
Schellengeläute der weidenden Kühe und Peitschenknallen der Hüter; oben an der Halde stand ein Knabe
mit der Peitsche neben einem Feuer und sang lustig in
die Welt hinein, von fern her hörte man das Knattern
der Hanfbrechen; im Buchwäldle knallte ein Schuß, und
angstvoll zwitschernd flog hier aus der Hecke ein Schwarm
feiger Spatzen, die doch Niemand eines Schusses werth
erachtete.

Bunt schwärmte es noch überall draußen, als müßte
man sich tummeln, ehe der gestrenge Herr, der Winter,
hier seine weiße Decke auflegt und Niemand zu Gaste
kommen darf als seine Hauspfaffen, die Raben, die
jetzt schon in großer Schaar dort auf dem Kirschbaume
sitzen, still über die Zukunft des Reiches Rath halten
und den Krähen in ihrer Lakaienlivree und den leicht-
fertigen Spatzen ihre Gunst und das Gnadenbrod ver-
heißen. Die klugen und sicheren Raben! Sie lassen sich
nicht schrecken, sie wittern die Tragweite eurer Waffen,
sie lassen euch nahe herankommen und weichen erst dann
ruhig aus, und kaum habt ihr den Rücken gewendet,
sind sie wieder da. Die klugen und edelsinnigen Raben! Sie stehlen was blinkt und gleißt und das Men-
schenauge erfreut, und tragen es fort in ihre dunkeln

Nester; nicht daß sie sich selber dessen erfreuen, sondern nur daß es die Menschen entbehren. Die klugen und freien Raben! Sie kennen nicht Vater= und nicht Muttergefühl.

Das wäre nun so recht ein Tag zu stillen, enblosen Träumereien, Magdalene ist aber nicht dazu aufgelegt; sie dachte nur eine Weile darüber nach, warum man von Rabenvater und Rabenmutter spricht, und schritt dann rasch zur Hanfbreche.

Beim Hanfbrechen hilft immer eine große Anzahl dem, der grade heute an der Reihe ist. Der Hanf wird über dem in den Rain gegrabenen Heerd, die Darre, noch schnell gedörrt und dann zwischen der einfachen Walke aus scharfschneidigem Holze zu Werg verarbeitet. Je toller das Geklapper der vielen Brechen ist, um so mehr fühlt man sich ermuthigt, seine Stimme laut zu erheben, zu allerlei Gespräch. Da wird denn auch manches Verhältniß und mancher Charakter tüchtig zu Werg verarbeitet, daß die Häcksel davon fliegen.

Magdalene hatte sich mit ihrer Hanfbreche an das äußerste Ende gestellt und man ließ sie in Ruhe, sie war zu unglücklich für den Spott; auch war des Kilians Lenorle, für die man heute arbeitete, ihre Beschützerin. Bald aber wurde sie aus ihrer Ruhe herausgerissen. Es ist ein altes Herkommen der Hanfbrecherinnen, daß Jeder, der des Weges daher kommt, ihnen ein Trinkgeld geben muß. Sie gehen dem Ankommenden entgegen, „fangen ihn im Hanf" und streuen ihm Häckerling vor die Füße, und wenn er Nichts geben will, so wünschen sie ihm, daß er nie ruhig im Bette liegen könne, sondern immer Häckerlinge spüre; die

Anderen kommen dann herbei und überstreuen ihn von allen Seiten mit Häckerling.

Eben sah man einen Mann des Weges kommen, Alles lachte, es war Frieder. Magdalene, die zuletzt gekommen war, mußte ihm „streuen," wie man's nennt, sie wollte nicht; nur als das heftige Schelten Aller ausbrach, verstand sie sich dazu. Sie ging Frieder weit entgegen, weiter als Sitte war, und sagte, mit niedergeschlagenen Augen den Häckerling wegwerfend:

„Vater, gebt mir was, daß ich Ruh' hab'."

Frieder griff in die Tasche und gab ihr einen ganzen Sechsbätzner. Das war nun ein Halloh als das Geld kam. Man ließ es auf einen Stein fallen, es klang wirklich echt; alsbald wurde ein Knabe fortgeschickt, um Wein zu holen.

Frieder hatte sich wieder davon gemacht und Magdalene arbeitete still fort.

War Frieder wirklich ihr Vater? Leider war er's. Jakob hatte Recht, da er damals, als er Magdalene neben dem Kleebündel im Felde stehen sah, eine Aehnlichkeit zwischen ihr und Frieder bemerkte. Seitdem Frieder jene Löffel genommen und Magdalene mit ihm gerungen hatte, seitdem hatte sie kein Wort mit ihm gesprochen. Sie hatte ihn zum Erstenmale wiedergesehen, als er damals mit Jakob ging; sie war im Tiefsten erschrocken und wie durch ein geheimes Einverständniß thaten nun die Beiden als ob sie sich nicht kennten. Einmal am Brunnen hatte er mit den andern Mädchen gescherzt und redete auch Magdalene an, sie aber antwortete nicht und ging davon.

Um nun das Maß alles Unglücks voll zu machen, war jetzt auch Frieder wieder in das Dorf gekommen; Magdalene hatte mit ihm gesprochen, sie konnte sich ihm nicht mehr entziehen.

Jetzt hatte sie wiederum Jemand, der ihr für alle Zeiten angehörte. Magdalene war tief traurig.

Als sie am Abend Reisig hackte hinter dem Hause, kam Frieder freundlich auf sie zu und sagte: „Guten Abend Magdalene." Sie stand wie festgebannt, das Küchenbeil ward ihr plötzlich so schwer, daß sie es nicht mehr aufheben konnte. Sie ließ Frieder reden was er wollte; sie hörte ihn nicht und stierte ihn grausenhaft an. Regungslos stand sie da. Plötzlich fuhr es ihr wie eine wilde Ahnung durch die Seele; sie hob das Beil empor und stand wie ein Racheengel da und rief:

„Gebt das Geld her! Ihr habt es dem Bäck ge= stohlen."

Sie riß mit der linken Hand dem Frieder die Mütze vom Kopfe; an dieser hatte sie ihn wieder erkannt, er hatte sie jenen Abend tief in die Stirne gedrückt. Furchtbar drohend stand sie da und ihre Lippen bebten.

Frieder grinste sie höhnisch an und sagte: „Pro= bir's nur, hau' zu, hack' mir das Beil in den Kopf, da, mach' schnell; du bist ja in erster Ehe zur Welt kommen, im Kirchenbuche bin ich ja doch dein Vater nicht."

Magdalene ließ die Arme sinken. Sie raffte schnell das kleingehackte Reisig zusammen und ging in's Haus. Frieder hob die weggeworfene Mütze auf, ballte sie wie fluchend in der Hand zusammen und ging gleichfalls davon.

Neue Ueberraschung! Ist der innerste Wunsch Mag=
dalenens Wirklichkeit geworden? Dort kommt der Doktor
Heister mit dem Buchmaier das Dorf herab; an ihn
hatte Magdalene just gedacht, er konnte all die Wirrniß
lösen, und — jetzt floh sie vor seinem Anblicke in das
Haus und stand in der Küche und hatte keinen Athem,
das Feuer anzublasen; die Thränen brannten in ihren
Augen und wollten sich doch nicht lösen. Sie stand da
und hielt sich die Stirn, Alles war ihr wie ein Traum:
daß sie mit ihrem Vater gesprochen, daß Heister da war.
— Eines aber stand fest: Frieder hatte sie von Neuem
in's Unglück gebracht. Das erkannte sie mit innerster
Zuversicht. Die Schnalle an der Mütze war ihr schon
damals in der Nacht aufgefallen. Für sich selber durfte
sie ein fremdes Verbrechen büßen, aber Jakob durfte
sie nicht dulden lassen.

Was aber anfangen? — Dort der Vater, hier der
Geliebte. Kalter Schauer und fliegende Hitze machten
sie erbeben. Sie blies so heftig in das Feuer, daß sie
das wilde Löckchen versengte.

Nach dem Abendessen machte sie sich eine Ausrede
und ging in den Adler in die Küche. Sie mußte Ge=
wißheit haben, ob Heister hier sei; sie traute sich nicht
recht. Sie schaute durch das Schiebfensterchen in die
Stube und — neues Wunder! Sie sah den Regierungs=
rath, den freundlich stolzen Mann, der früher so oft
bei Heisters gewesen war. Bärbele die Adlerwirthin
bestätigte aber auch, daß Heister da sei und so eben
Pfannkuchen bestellt habe. Magdalene freute sich ange=
ben zu können, daß er sie gern recht dünn und „rösch"

gebacken esse; sie half schnell mit und rührte den Teig
noch recht tüchtig durch einander, damit das Gebäck auch
„luck" sei, und sie ließ nicht nach bis man noch zwei
Eier dazu that. Als endlich aufgetragen wurde, sagte
sie Bärbele, es solle „dem Herrn" berichten, daß sie da
sei und nothwendig mit ihm zu reden habe. Kaum hatte
sie dieß vorgebracht, wollte sie es widerrufen, es war
aber zu spät; Bärbele stand bereits unter der offenen
Thür, durch welche jetzt der Regierungsrath in die
Küche kam und um ein Reisig bat, seine Pfeife auszu=
räumen, obgleich das eigens hierzu dienende Instrument,
die sogenannte Amtspflege, drinnen in der Stube stand.
Er stutzte als er Magalene sah, und sie am Kinne
fassend sagte er:

„Du siehst ja recht übel aus. Nicht wahr, in der
Stadt ist's doch besser?"

Magdalene wollte vor Furcht und Scheu in den Bo=
den sinken, aber Arbeit hilft aus allen Verlegenheiten.
Sie nahm schnell der Magd die Gabel ab und wendete
den Pfannkuchen in dem brodelnden Schmalze, indem
sie dabei sagte:

„Man muß sich an Alles gewöhnen, Herr Oberamts=
richter."

Der Regierungsrath, dessen Beförderung noch nicht
bis zu Magdalene bekannt geworden war, entfernte
sich bald und sagte noch zum Abschiede:

„Ich will dem Doktor Heister sagen, daß du da
bist, ich will ihn herausschicken; oder willst du herein=
kommen?"

„Ach nein, nein."

Das machte sich nun allerdings gut, denn Bärbele hatte den Muth nicht, den Auftrag auszurichten; auch fand sie es unschicklich.

Nun aber ward es Magalene plötzlich höllenangst. Sie hatte sich so sehr darauf gefreut den edlen Mann wieder zu sehen, Trost und Hülfe bei ihm zu suchen, und jetzt ergriff sie namenlose Furcht. Sie eilte rasch aus der Küche fort, die Treppe hinab und nach Hause. Sie hätte allerdings auch vergebens gewartet; denn drinnen in dem Verschlägle — der Honoratio-renstube, die durch eine Bretterwand von der großen Wirthsstube getrennt war — sagte der Regierungsrath:

„Ich habe so eben die lustige Magd gesehen, die vor einigen Jahren bei dir diente. Es ist jämmerlich wie sie aussieht. Draußen in der Küche steht sie. Sie hat ihrem Herzallerliebsten, dem schmucken Postillon, zu einem Diebstahle verholfen. Es gibt allerlei Connexio-nen in der Welt. Erinnerst du dich noch des Bur-schen? Der wollte, daß kein anderer Sträfling außer ihm in's Dorf komme, der traute den wilden Katzen nicht. Unser Land wäre aber zu klein, wenn man jeden wilden Schößling in ein besonderes Terrain ver-setzen wollte; wir müßten die Prairien von Südame-rika haben."

„Das wäre nicht nöthig," erwiederte Heister. „Bis auf die Verbrecher erstreckt sich das Uebel, das aus der Zerstückelung Deutschlands kommt. In einem großen einheitlichen Lande ist es einem Menschen, der einen Fehltritt begangen hat, leichter möglich, fern von dem Schauplatze seines Falles und doch innerhalb des Vaterlandes, bewacht und doch ungekannt ein neues Leben zu beginnen."

„Deliciös!" rief der Regierungsrath, „du kannst Auffehen damit machen, du kannst ein Patent darauf lösen, diesen teleologischen Beweis von dem nothwendigen Dasein der deutschen Einheit gefunden zu haben."

Eine längere Pause trat ein. Man merkte es, die beiden Freunde — so nannten sie sich noch immer — waren verstimmt, sich hier gefunden zu haben. Sie verhehlten einander den Zweck ihrer Reise, und doch wußte Jeder den des Andern.

„Meine Herbstfahrt liefert mir prächtige Ausbeute," begann der Regierungsrath wieder. „Ich habe ganz magnifique Cabinetsstücke aus der Roccocozeit gefunden und für einen Spottpreis gekauft. Ich kann jetzt noch ein viertes Zimmer nach dem Geschmack der Renaissance meubliren."

Heister lächelte innerlich über die Verschlagenheit seines Freundes, aber er fühlte heute auch die Lust, diplomatisch mit ihm zu spielen wie die Katze mit der Maus. Er fühlte sich so sicher in seiner wirklichen Sendung und schob eine andere in den Vordergrund, indem er vorgab, als Ausschußmitglied des Vereins für entlassene Sträflinge die Gegend zu bereisen, um nach den Pflegebefohlenen zu sehen. So spielten die beiden Freunde Versteckens miteinander, daß der Buchmaier, der dabei saß, verwundert drein sah.

„Ah," nahm der Regierungsrath wieder das Wort, „bald hätte ich vergessen dir zu gratuliren, Herr Direktor; du bist ja in das Direktorium der Eisenbahn

gewählt worden. Da sieht man eben doch wo ihr Liberale
hinauswollt. Darum habt ihr's dahin gebracht, daß die
Eisenbahn nicht Staatseigenthum wird, damit ihr auch
Aemter zu vergeben habt und auch Titel. Nicht wahr,
so ein Titel schmeckt doch gut?"

„Allerdings," erwiderte Heister, zwar lächelnd aber
doch etwas gereizt, „wir haben es auf den Ruin der
Titel abgesehen; der Nimbus fällt. Und dann: euer
allmächtiger Staat soll nicht noch neue Macht aufhäu-
fen, um wieder von oben bis herunter durch Aemtchen
und Versorgungen einen ganzen Troß kirre zu machen."

„Da sieht man wieder euch Kurzsichtige, die ihr euch
Liberale nennt," entgegnete der Regierungsrath. „Mag
der Staat nicht so sein wie er sollte — was ich gern
in manchen Beziehungen zugebe — so verkennt ihr doch
alle Principien des Staatslebens, wenn ihr darauf ausgeht, die Staatsmacht zu schmälern und zu spalten. Bekommt ihr einmal einen Staat wie ihr ihn wollt, so
habt ihr mit diesen Grundsätzen ein hölzernes Schwert,
das nicht hauen und nicht stechen kann. Man kann
freisinniger sein als ihr, wenn man auch nicht mit euch
übereinstimmt, ja man muß das; die Staatsmacht ist
das Höchste."

„Sagen Sie Beamtenmacht," schaltete der Buchmaier halb laut ein. Der Regierungsrath schien sich
auf keine weiteren·Erörterungen einlassen zu wollen;
er stand wie unabsichtlich auf und machte wieder seinen
Rundgang durch die große Wirthsstube und die Küche.

Heister und der Buchmaier saßen mißvergnügt bei
einander und der Letztere sagte:

„Der Regierungsrath ist auch kommen, um sich von unserm Bezirk zum Landstand wählen zu lassen."

„Weiß wohl", entgegnete Heister, „aber weil er vor mir hinter'm Berg hält, sag' ich auch nichts."

„Der Oberamtmann hat auch schon viel Stimmen für den Regierungsrath im Sack," berichtete der Buch=maier; „es sind diesmal zu viel Schultheißen Wahl=männer geworden. Der Oberamtman hat die Schult=heißen immer in der Hand, die laufen ihm nicht davon; er kann sie schon drücken wenn er will. Und dann heißt es auch, wir bekommen eine Seitenbahn wenn wir den Regierungsrath wählen."

„Larifari."

„Er scheint gar nicht dumm," bemerkte der Buch=maier wieder; „was er da vorhin gesagt hat, ist doch gar nicht so uneben, wenn ich auch wohl weiß zu welchem Loch er 'naus will."

„Zu welchem Loch? Durch das leere Knopfloch zu einem neuen Orden," ergänzte Heister lachend. „Das arme Knopfloch! sperrt das Maul auf und ist so hung=rig, und es will doch nichts hereinfliegen. Ein Bän=delesfutter wär' ihm zu gunnen."

Dieser Ton schlug beim Buchmaier an, er lächelte vergnügt und Heister fuhr fort:

„Laßt euch doch von ein paar feingedrehten Redens=arten nicht am Narrenseil herumführen. Der Mann hat seinen hochrothen Orden aus dem Knopfloch und die hochrothen Redensarten aus dem Munde gethan und thut ganz schlicht gegen euch. Ihr habt's ja selber ge=sagt: er spricht von Staatsmacht und meint Beamten=

macht. Wir wollen auch, daß der Staat stark sei; aber er soll's nur dadurch sein, daß er die Aufsicht über die Macht führt, die in Händen der Bürger liegt."

Heister setzte nun noch weitläufig auseinander, welche Kraft einem gegliederten Staate inne wohne, der aus selbständigen Genossenschaften und Vereinen erwachse.

Wir sehen, welche Bewegungen im Dorfe vorgehen. Wer wird mitten in den Wahlkämpfen noch des unglücklichen Mädchens und des eingekerkerten Knechtes gedenken? Und doch — so wunderbar verschlingen sich die Fäden des Lebens — sollte dadurch die traurige Geschichte ihr Ende finden.

Der Regierungsrath kam plötzlich wieder in die Herrenstube und sagte: „Da draußen geht's wild her. Der Stellenjäger, der Frieder, führt das große Wort. Ich müßte alle criminalistische Witterung verloren haben, wenn der nicht frisch gestohlenes Gut in der Tasche hat."

Die Drei waren still und horchten hin wie Frieder draußen rief: „Adlerwirth, bring' mir einen Ueberrheiner, der Wein da schmeckt ja nach nichts, der schmeckt just wie wenn man die Zung' zum Fenster 'naus streckt."

Als der bessere Schoppen kam und schnell auf einen Zug geleert ward, rief Frieder abermals: „Adlerwirth, hast kein'n Hund da?"

„Warum?" fragte Konrad.

„Narr," schrie Frieder hell auflachend: „Ich hab' so viel Kronenthaler, ich möcht' sie gerad einem Hund zu fressen geben. Mehlwürmer! Mehlwürmer!" kreischte

er taumelnd: „Ich hab' sie dem Bäck aus der Naf'
zogen."

Er schlug das Glas auf den Tisch, daß ihm die
Scherben in die Hand schnitten, er stampfte gewaltig
auf den Boden, fuhr sich mit beiden Händen in die
Haare und zerrte sich zähneknirschend und schrie, ob=
gleich ihn Niemand fassen wollte: „Weg da, weg da!
Rühr' mich Keiner an oder ich schneid' ihm die Gur=
gel ab. Himmel heilig, weg! drei Schritt vom Leib
sag' ich!"

Er starrte stier drein, dann ließ er die Hände
fallen, der Kopf sank immer tiefer, er legte ihn auf
den Tisch, als wollte er einschlafen; seine Schultern
schüttelte er noch immer abwehrend als fasse ihn Je=
mand.

Der Buchmaier, der Regierungsrath und Heister
waren in die große Wirthsstube getreten. Heister
wurde schnell Alles klar. Er kannte Frieder als den
Vater Magdalenens. Niemand als dieser hatte das
Geld gestohlen.

In seinem Rausche wurde Frieder fortgebracht. Er
hatte sich nur gegen die Angreifer in seinen Gedanken
gewehrt; gegen die wirklichen war er ganz willig, so
weit in seinem Zustande von Willen die Rede sein konnte.

Andern Tages wurde Frieder nach der Stadt ge=
führt. Er verlangte vorher noch einmal zu Magda=
lene gebracht zu werden, er habe ihr Vieles zu sagen.
Magdalene hörte und sah ihn aber nicht, sie lag in
Fieberphantasien und rief nur bisweilen aus dem
Traume:

„Das Beil weg, das Beil weg . . . Hauet dem
Marder in den Kopf . . . der Rab' hat die Löffel . . ."

Heister stand mit Thränen in den Augen an ihrem
Lager. Frieder bekannte ihm auch sein früheres Ver=
brechen und daß Magdalene vollkommen schuldlos.

Jakob wurde nun frei, Frieder kam an seine
Stelle.

Wie ein siegreicher Held wurde Jakob im Dorfe
empfangen. Alles drängte sich zu ihm heran, Alles
faßte seine Hand; man nannte ihn einen braven,
wackern Menschen und war überaus liebreich. Man
lobte ihn fast noch mehr als man berechtigt war, denn
Niemand kannte genau die Tiefe seines Wesens; aber
Jedes hatte ihm etwas abzubitten und kam ihm nun
mit doppelter Liebe entgegen.

Heister nahm sich Jakobs an wie ein Bruder, und
dieser sah jetzt selber ein, wie Recht Magdalene gehabt
hatte da sie immer behauptete: es gibt eine Einigung
des Menschen über die Familie hinaus — die freie, rein
menschliche Liebe.

Magdalene erkannte Jakob und Heister nur Einmal
einen Augenblick, dann verfiel sie wieder in ihre Fie=
berphantasien und träumte vom Marder mit der Mütze,
vom Kopfspalten und vom Beil.

In der ganzen Gegend gewann es Heister alle
Herzen, daß er die Unschuld so an's Tageslicht gebracht
hatte. Er war Allen bereits als freigesinnter Mann
bekannt, jetzt war er ihnen durch sein menschenfreund=
liches Wesen in den beschränkteren Lebensverhältnissen
näher getreten. Die politische Freisinnigkeit zeigte sich

Allen in ihrem ursprünglichen Kern: der Humanität. Die Sage verbreitete noch zum Ueberfluße, daß Heister hauptsächlich zur Befreiung der Unschuldigen in das Dorf gekommen sei, da er das Rechte schon lang geahnt habe. Mit großer Stimmenmehrheit wurde Heister zum Abgeordneten gewählt und er vertritt die Rechte des Volkes mit nachdrücklichem Freimuthe.

Und Frieder? Wir müssen zu ihm in's Gefängniß bringen, werden aber wenig erkunden; er, der Feind alles Schweigens, regt jetzt kaum die Lippen zu einem Worte. Es muß noch ein schweres Verbrechen auf ihm lasten, denn bisweilen knirscht er doch vor sich hin:

„Pfui, alter Schindersknecht, hast dir selber den Strick um den Hals dreht; hast's gelernt, thu's recht. Weinheber, pfui!"

Am zweiten Tage nach der Einkerkerung Frieder's fuhr in aller Frühe ein zweiräbriger Karren, dran ein mageres Pferd gespannt war, durch das Thal der Universitätsstadt zu. Auf dem Karren lag eine lange Kiste und drinnen war die Leiche Frieders. Er hatte sich im Gefängniß erhängt. Schwere, geheimnißvolle Verbrechen hat er mit hinübergenommen.

Bald hoch in den Lüften, bald nahe geleiteten Raben den Karren. Ihr Krächzen war der einzige Klagelaut, den man vernahm. Das Fuhrwerk ging ihnen zu träge und sie flogen voraus und setzten sich auf einen hervorragenden Tannenast, ließen das Gefährt einen Vorsprung gewinnen und folgten dann immer mit Krächzen wieder nach. Oder waren es Kameraden, die sie anrufen mußten und die ablösten? Der Fuhrmann wenigstens glaubte steif und fest, es wären dieselben, die ihm bis zum Thore der Stadt folgten.

Frieder hatte geheimnißvolle Verbrechen mit sich er= drosselt. Die Gelehrten durchforschten jede Ader seines Körpers, das Geheimniß seines Lebens fanden sie aber nirgends.

Ein freundlicher Genius hatte Magdalene in Fie= berphantasien versenkt; sie verschlief Leid und Freud der letzten Tage. Als sie nach mehreren Wochen genas, nahm Heister sie wieder zu sich in die Stadt. Sie ward wieder das selige, frohe Kind von ehedem und lebt in der Meinung: Frieder sei eines natürlichen Todes gestorben.

Magdalene hatte keine Ruhe, bis Heister Jakob er= öffnete, in welcher Beziehung sie zu Frieder gestanden. Er zuckte schmerzlich zusammen über dieses letzte grau= same Geschick, überwand es aber mit seltenem Gleich= muthe, zu dessen Gewinnung ihm noch eine neue Ueberraschung verhalf.

Als Frau Heister in die Küche trat, erkannte er augenblicklich in ihr jene junge Frau wieder, die er an jenem Schicksalsabende mit seinen Stücklein so erfreut hatte; sie war ihm im Gedächtniß geblieben, Heister hatte er nicht erkannt.

Ein freundliches Erinnerungsband wurde nach gegenseitiger Mittheilung dadurch wieder fester geknüpft.

Das Idyll an der Eisenbahn.

Wie klein und eng ist oft das Endziel nach großer und weiter Lebensbahn voll harter Kämpfe. So im

hochfliegenden, dem Allgemeinen zugewendeten Streben,
so im niedern, beschränkten Dasein. Und am Ende
— zwei Schritt Erde, ein vergessener Hügel, der bald
wieder der Fläche gleich wird.

Wie friedlich müßten die Menschen sich Raum gön=
nen, wenn sie des Endes gedächten.

Das aber ist der Segen den wir aus dem Irren
und Drängen ins Weite empfangen, daß wir im win=
zigsten Raume die Unendlichkeit erfassen lernen; über
der engsten Spanne Erde wölbt sich das Himmelszelt,
und im kleinsten Thun stehen wir mitten inne in der
Thätigkeit des All's. Wir lernen schon hienieden ein=
gehen in das All, in das wir einst aufgehen.

Am Saume des Eichenwaldes, dort wo der Blick
über die weite Wiesenebene hinausschweift bis jen=
seits zu den waldgekrönten Bergen, von denen eine
Burgruine niederschaut: dort steht ein kleines Haus,
dessen Gebälk noch in frischer hellbrauner Farbe glänzt;
es ist mit dem Giebel dem Thale zugekehrt, das Dach
ragt weit vor, drei Eichenstämme tragen den Söller
mit hölzerner Brüstung, drauf Nelken und Gelbveige=
lein blühen.

Das ist das Haus eines Bahnwärters, denn hier
nebenan ziehen sich die Schienen in kühngeschweiften Bo=
gen durch das Thal. Die nüchterne Gewinnsucht hat
es Verschwendung gescholten, daß man diese Häuser so
zierlich errichtet, aber der uneigennützige Schönheitssinn
hat gesiegt. Diese Häuser sind Musterbilder ländlicher
Wohnungen geworden, sie stehen im Einklang mit
der Landschaft als Zierde derselben. Schon finden sie

hier und da Nachahmung in den Dörfern und drängen sich mitten unter die charakterlosen Wohnungen mit den starren kahlen Wänden ohne Handhabe, die aus der Stadt sich herübersiedelten.

Die Einwohner der schönen Wärterhäuschen scheinen dieselben auch in Ehren zu halten, denn nirgends fehlt ein kleiner Blumengarten mit Blüthen aller Art, der dem abseits sich hinziehenden Kartoffelfelde abgekargt wird.

Wenn ihr von der Hauptstadt aus auf der Eisenbahn dahinrollt, an den Feldern vorbei, die sich vor dem schnellen Blicke wie ein Fächer ausbreiten und zusammenlegen; wenn ihr sehet, wie die Pferde auf dem Felde sich bäumen, ungewiß, ob sie jauchzen oder zürnen ihrem Nebenbuhler, dem schnaubenden Dampfroß; wenn ihr sehet wie der Ackersmann eine Weile die Hacke ruhen läßt, euch nachschaut und dann wieder emsig die Scholle wendet, die ihn festhält; wenn ihr dann immer rascher dahinbrauset und das Dampfroß schrillend jauchzt, dann wendet schnell einen Blick nach jenem Wärterhäuschen am Saume des Waldes. Dort steht ein Mann kerzengrade und hält die zusammengewickelte Fahne; unter dem Hause steht eine Frau und hat ein kleines Kind auf dem Arm, das die Hände hinausstreckt ins Weite. — Grüßt sie! Es ist Jakob und Magdalene, die ihren erstgeborenen Sohn, den Pathen Heisters, auf dem Arm trägt.

Wenn dann die rollenden Wagen vorbeigesaust sind und man hört sie nur noch in der Ferne, die hastig keuchende Welt ist dahin und endlich Stille ringsum,

da steckt Jakob die Fahne auf den Pfosten, grüßt sein
Weib und lacht mit dem Kinde und arbeitet dann
fleißig auf dem Felde.

Das selig stille Glück stirbt nicht aus, es siedelt
sich hart neben den unbeugsam eisernen Gleisen der
neuen Zeit an.

II.

Die Frau Professorin.

Es kamen zwei fremde Gesellen.

Da sitzt der Wabeleswirth am Gartenfenster im Stüble, er hat den Ellbogen auf den Sims gestemmt und den Kopf in die Hand gestützt; nach seiner Gewohnheit hat er die Füße hinter die vordern Stuhlbeine geschlagen, als wollte er da festwurzeln; denn wo er einmal sitzt, da braucht's fast eine Wagenwinde, um ihn wieder in die Höhe zu schroten.

Freilich sitzt er nicht mehr da, es thut ihm schon lang kein Finger mehr weh, seiner Zeit aber haben seine Finger Manchem weh gethan; die Rede ging, wo der Wabeleswirth Einen an den Kopf trifft, da wächst kein Haar mehr nach, darum versetzte er auch aus Barmherzigkeit seine Schläge in's Genick, da gibt's auch kein Blut und thut doch wacker weh. — War der Wabeleswirth so ein Raufbold? Ihr werdet ihn schon kennen lernen, daß er ein Mensch war, so lammfromm und gutmüthig wie nur Einer; das hindert aber nicht, daß man zu guter Stunde Einem, der's begehrt, gesalzene Faustknöpfle austheilt: kurzum, der Wabeleswirth war, wie man's nimmt, ein absonderlicher Mensch oder auch nicht. Eigentlich hieß er nicht Wabeleswirth, sondern Lindenwirth, wozu er durch die Linde vor dem Hause und auf dem Schilde das klarste Recht hatte. Jener Name aber — ja das ist eine schlimme Sache, man redet nicht gern davon, es schickt sich nicht, und doch ist das, worauf es sich stützt, nichts Geheimes, man macht dort wo der Mann her ist gar kein Hehl daraus, also: vom innern Kniegelenke bis gegen die Knöchel — rund heraus, die Wade war beim Linden= wirth tapfer bestellt und darum wurde er so genannt.

Jetzt können wir uns schon ruhiger beim Wadeles= wirth niederlassen, wir müssen aber damit eilen, denn es gibt bald großen Halloh im Hause und im ganzen Dorfe und Alles durch einen einzigen Menschen oder zwei.

Der Wadeleswirth sitzt also still da und läßt seine Gedanken um sich her schwirren wie die Fliegen, die summend die Stube durchschwärmen. Freilich hat man nicht viel Gedanken, wenn man so müde ist und wie der Wadeleswirth eben vom Feld heimkommt, wo man einen Wagen Heu aufgeladen; da thut's wohl, geruhig zu verschnaufen und die Gedanken, wenn man deren hat, machen zu lassen was sie wollen. Der Katze, die auf dem äußern Fenstersims hockte und gar viel mit sich zu thun hatte, nickte er einmal zu, dann kehrte er sich um und rief:

„Lorle!" Aus der Kammer antwortete eine Stimme: „Was?"

„Ich mein', du machst's auch wie die Katz; die putzt sich, wie wenn wir Fremde bekämen."

„Mir ist's auch so," antwortete es von innen.

„Mach' dich nur fertig, und wenn du verkühlt bist, hol' mir einen Trunk (Most) aus dem Keller; ich ver= durst' schier."

„Gleich, gleich," antwortete es wieder aus der Kammer. Man hörte eine Kiste zuschlagen, dann Je= mand die Treppe hinablaufen und bald wieder her= aufkommen, die Thür öffnete sich, da ... da fiel hart am Fenster ein Schuß, ein gellender Schrei ent= fuhr dem Mund des Mädchens, das Glas mit dem Most lag auf dem Boden und die Katze sprang in die Stube ganz nahe vorbei an dem Gesichte des Wa= deleswirths. Dieser stand auf und fluchte und das Mädchen war in der halbgeöffneten Thür verschwunden.

Wir aber müssen dem seltsamen Ereigniß nach= gehen ...

Zwei junge Männer schreiten durch den Bergwald; der eine in grauer Tyrolerjuppe mit grünen Schnüren, groß und breitbrustig, mit braunrothem unverschorenem Bart, einen grauen Spitzhut, breitkrämpig und viel= fach zerdrückt auf dem Kopfe; der andere mit beschei= dener Mütze, unter der ein feingeschnittenes Gesicht mit wohlgezogenem Backenbart sichtbar wird, seine kleine Gestalt etwas nach vorn gebeugt mit einem zertragenen schwarzen Ueberrock bekleidet. Die Beiden wandern wortlos dahin. Ein alter Bauer trägt ihnen zwei Ränzchen, eine Zither, einen Malerstuhl und eine Flinte nach. Jetzt treten sie aus dem Walde und im Thale vor ihnen zieht sich ein langes Dorf hin, wie man sagt: nur auf einer Seite gebacken, denn die Häuser stehen längs des Baches, der murrend und wildrauschend über und zwischen Felsen wegrollt; ein Steg führt über den Bach, wo jenseits auf einsamem Hügel die Kirche steht.

„Da hast du's, das ist Weißenbach," sagte der Große mit klangvoller Bruststimme.

„Ille terrarum mihi praeter omnes angulus ridet," sagte der Kleine, in dessen schwarzem Gewande wir mit Recht einen abgetragenen Schulrock vermuthet haben.

„Laß beinen Horaz," erwiderte der Große, dem wir ohne Scheu den Malerstuhl zuerkennen dürfen.

„Gern," versetzte der Kleine und sich umschauend fuhr er lächelnd fort: „Ite, missa est, ihr Bücher sollt mir nicht zwischen die Beine laufen in der freien Natur, still! Bruder, das solltest du malen, oder ich will ein Märchen schreiben, wie das Steckenpferd des Autors, das in jedem Buche aufgezäumt an die Krippe gebunden ist, lebendig wird und mit dem Buch davonjagt; es müßte herrlich sein, wenn so ein Rudel Bücher, so eine ganze Bibliothek da den Berg hinunterritte, hussa! hussa! Ich will das Märchen schreiben." —

„Du thust's doch nicht, du speist dir immer in die Hände und greifst nie zu."

„Leider hast du Recht, aber hier will ich frisches Leben holen. Sieh, wie das Dorf hier so friedlich im Mittagsschlummer daliegt als wär's ein großes Wasserungeheuer, das sich am Ufer sonnt; die Strohdächer sind wie große Schuppen. Sieh dort die Kirche! Ich liebe die Kirchen auf den Bergen, sie gehören nicht mitten in den Häusertrödel. Auf diesen Felsen will ich meine Kirche erbauen — das ist schön! Auch leiblich sollen die Menschen aufsteigen, sich erheben zur geistigen Erhebung. Wie diese Kirche hier jenseits des Steges auf dem Berge steht, ist sie die wahrhaft transcendente, supranaturalistische."

Nach einer Pause fuhr er fort: „Hörst du die Hunde bellen und die capitolinischen Wächter schnattern? Hörst du die Kinder dort jauchzen? Die guten Kinder! Sie ahnen nicht, daß du kommst, ihre Jugend im Bilde zu verewigen. Schon Virgil sagt sehr schön: O fortunatos nimium, sua si bona norint, agricolas. Das Volk ist doch wie die stille Natur, es weiß nichts von der Schönheit seines Lebens, es ist vegetabilisches Dasein und wir kommen, die Geistesfürsten, und verwenden ihre gebundene Welt zu freien Gedanken und Bildern."

„Und wer weiß," erwiderte der Große endlich, „wie der Weltgeist uns verwendet, zu welchen Gedanken und Bildern wir ihm dienen."

„Du bist frommer als du glaubst, das ist ein großer Gedanke," entgegnete der Gelehrte und der Maler fuhr auf:

„Numero A 1. Gib doch nicht gleich Allem was man sagt ein Schulzeugniß."

Die Beiden schwiegen. Der Maler, der seinen Kameraden doch zu hart angelassen zu haben glaubte, faßte seine Hand und sagte: „Hier bleiben wir nun, schüttle allen Schulstaub von dir, wie du dir's vorgenommen, denk nichts und will nichts und du wirst Alles haben."

Der Kleine erwiderte den Händedruck mit einem un=
endlich sanften Blicke und der Maler fuhr fort: „Ich
muß bir den Mann schildern, bei dem wir bleiben."

„Nein, thu's nicht, laß mich ihn selber finden,"
unterbrach ihn der Kleine.

„Auch gut."

Als sie sich jetzt dem Dorfe näherten, schlug der
Maler den Fußweg ein, der hinter den Häusern her=
läuft; der Kleine bemerkte: „Es liegt ein tiefes Gesetz
darin, daß die Naturstraßen nirgends grablinig sind;
der Bach hat einen unbulirenden, einen wellenförmi=
gen Weg, und die Straßen von Dorf zu Dorf ziehen
sich selbst durch die Ebene in Schwingungen dahin.
Die Philosophie der Geschichte kann davon lernen, daß
Natur und Menschheit sich nicht nach der logischen
Linie bewegen."

„Bei den Straßen hat das einen einfachen Grund,"
bemerkte der Maler, „ein Gefährt geht viel leichter,
wenn es durch eine Biegung wieder einen Schwung
bekommt; bei einem schnurgeraden Wege liegt auch das
Pferd zu gleichmäßig und ermüdend im Geschirr. Das
ist Fuhrmannsphilosophie."

Mit diesen Worten waren die Beiden in einen
Baumgarten getreten; der Maler nahm dem Bauer die
Flinte ab und schoß damit in die Luft, daß es weit=
hin widerhallte, dann schrie er Juhu! sprang die
Treppe hinauf und hinein in die Stube . . .

Da sind wir also wieder beim Wabeleswirth, in
dem Augenblick, da die Katze ihm am Gesicht vorbei=
gesprungen und das Glas Most auf den Boden gefallen

war. Der Wirth steht da, hat beide Fäuste geballt und flucht:

„Kreuzmillionenheibeguguk, was ist denn das? Was gibt's in's —"

„Ich bin's," rief der Maler, die Hand zum Willkomm ausstreckend.

Die Faust des Wirthes entballte sich und er rief: „Wa ... Was? Ja, bigott, er ist's; ei Herr Reinhard, sind Ihr auch wieder auße gelaufen?[1] Das ist ein fremder Besuch, da sollt' man ja den Ofen einschlagen."[2]

„Weil's Sommer ist, alter Kastenverwalter," erwiderte der Begrüßte, indem er derb die Hand des Wabeleswirths schüttelte, der jetzt fragte:

„Seid Ihr's gewesen, der im Garten geschossen hat?"

„Nein, nicht ich, da mein Weib," sagte der Maler, die Flinte aufhebend, „kann das Maul nicht halten."

„Ihr seid noch allfort der Alte, aber der Mann muß für's Weib bezahlen; es kostet Straf, wenn man schießt."

„Weiß wohl, ich bezahl's gern."

Reinhard stellte nun seinen Freund, den Bibliothekscollaborator Reihenmaier vor.

„Reihenmaier," sagte der Wabeleswirth, „so haben wir hier auch ein Geschlecht."

Der Collaborator erwiderte lächelnd:

---

[1] Zum Besuch gekommen, sonst nur von ganz nahen Nachbarn gebräuchlich.

[2] Eine gewöhnliche Redensart, wenn ein unerwarteter Freund kömmt.

„Es können weitläufige Verwandte von mir sein, ich stamme auch von Bauern ab.“

„Wir stammen alle von Bauern ab,“ sagte der Wabeleswirth, „der Erzvater Adam ist seines Zeichens ein Bauer gewesen.“

„Wo ist denn Eure Eva, alter Adam?“ frug Reinhard.

„Sie kommt gleich mit dem Heuwagen, ich bin die= weil voraus. Lorle! Lorle! Wo bist?“

„Da,“ antwortete eine Stimme von unten.

„Mach hurtig die Scheuer auf, daß sie mit dem Wagen gleich 'rein können, es wird einen Regen geben, und komm hernach 'rauf.“

„Die Grundel? Ich bin begierig die Grundel[1] wieder zu sehen,“ sagte Reinhard; der Wabeleswirth erwiderte schelmisch lächelnd und mit dem Finger drohend:

„Oha, Mannle! Das ist kein Grundel mehr, das kann sich sehen lassen, es ist ein lebfrisches Mädle; bigott aber Ihr könnet Euch nicht sehen lassen, man meint Ihr wäret ein alter hauensteiner Salpeterer, Ihr habt ja einen ganzen Wald im Gesicht, Rothtannen und Blutbuchen, was kostet das Klafter? Saget einmal, lassen denn die Kesselflicker und Scheerenschleifer in den Kanzleien so einen Bart ungerupft und ungeschoren? Machen sie's ihm nicht auch wie den Büchern und den Zeitungen —“

„Mann! Um Gottes willen, Mann!“ unterbrach ihn Reinhard, „kommt Ihr jetzt auch mit diesen

---

[1] Grundel, Grünbling, kleiner Fisch.

Geschichten an? Hat man denn nirgends mehr Ruhe vor der verdammten Politik?"

„Ja gucket, das geht einmal nimmer anders, wir dummen Bauern sind jetzt halt auch einmal so dumm und fragen darnach, wo unsere Steuern hinkommen, für was unsere Buben so lang Soldaten sein müssen und —"

„Weiß schon, weiß schon alles," betheuerte Reinhard.

Der Collaborator aber faßte die Hand des Wirths, klopfte ihm auf die Schulter und sagte:

„Ihr seid ein ganzer Mann, ein Bürger der Zukunft."

Der Wadeleswirth schüttelte sich, hob beide Achseln, schaute den Collaborator mit gerunzelter Stirne an und sagte dann, indem er lächelnd nickte:

„Einen schönen Gruß und ich ließ' mich schön bedanken."

Der Collaborator wußte nicht, was das bedeuten soll. Es gab aber nicht lange Bedenkzeit, man vernahm Peitschenknallen auf der Straße, der Wadeleswirth ging nach der „Laube," dem bedeckten Söller, der das Haus, mit Ausnahme der Gartenseite, umschloß; die beiden Fremden folgten.

„Fahr' besser hist," rief der Wirth dem jungen Manne zu, der auf dem Sattelgaule vor dem Heuwagen saß; „noch schärfer hist, sonst kommst du nicht herein, du lernst's dein Lebtag nicht; so, so, jetzt frischweg, fahr' zu!"

Der Wagen war glücklich herein; freier athmend ging man wieder nach der Stube.

Der Collaborator fragte bescheiden:

„Warum laſſet Ihr denn das Scheunenthor nicht
weiter machen, da es doch ſo mühſam iſt hereinzu=
fahren?"

Der Wadleswirth, der zum Fenſter hinausgeſehen
hatte, kehrte ſich um, dann ſchaute er wieder in's Freie
und ſprach hinaus:

„Das junge Volk braucht's nicht beſſer haben als
wir, es ſoll eben auch lernen, die Augen bei ſich
haben und geſchickt ſein und wiſſen was hinter ihm
drein kommt. Ich bin mehr als dreißig Jahr da her=
eingefahren und bin nie ſtecken blieben." Jetzt wendete
er ſich nach der Stube und fuhr fort: „Was iſt denn
eigentlich Euer Geſchäft, Herr Kohlebrater?"

„Ich bin Bücherverwalter."

Nun kam die Frau, der Sohn, der Knecht und die
Magd in die Stube. Alle bewillkommten Reinhard und
die Frau bemerkte, auf den Bart deutend:

„Ihr ſeid recht verwildert in den zwei Jahren, wo
wir Euch nicht geſehen haben."

„Unſer Tamburmajor," ſagte Stephan der Sohn,
„hat auch ſo einen gottsjämmerlichen Bart gehabt, er
hat ihn aber alle Morgen ſchwarz gewichst."

„Wenn ich jung wäre, mich dürftet Ihr mit dem
Bart nicht küſſen," ſagte Bärbel, eine bejahrte, ſtark=
knochige Perſon, die als Magd im Hauſe diente;
Martin, der Knecht, der hinter ihr ſtand, war ihr
Sohn. Dieſer hatte ſeine beſondere Meinung, die er
nun auch preisgab:

„Und ich ſag', der Bart paßt ihm ſtaatsmäßig, er
ſieht aus wie der heilig' Joſeph in der Kirch!"

„Und du wie der Mohrenprinz," endete der Wa=
deleswirth; „aber wo steckt denn das Lorle? Alte, hol'
mir einen Trunk aus dem Keller und gib mir ein
Mümpfele¹ Käs' und dann richteſt du dem Herrn Rein=
hard ſein altes Zimmer her und der andere fremde
Herr kann auf dem Tanzboden ſchlafen."

Der Wadeleswirth bekam nun doch endlich ſeinen
Trunk; er ging lieber eine Stunde im brennenden Durſt
umher, ehe er die zwei Treppen hinab= und wieder
hinaufſtieg. Der Collaborator ſetzte ſich zu ihm.

Reinhard machte einen Gang durch das Dorf; alle
Kinder liefen ihm nach und einige muthvolle riefen
ſogar aus ſicherm Verſteck:

> Rother Fuchs dein Bart brennt an,
> Schütt' ein bisle Waſſer dran.

Reinhard ging in das Haus wo der Baber wohnte,
die Kinder warteten vor der Thür bis er wieder ge=
ſchält herauskäme; als er aber mit vollem Bartſchmucke
wieder erſchien, lachten und jubelten ſie aufs Neue.

Im Hauſe des Babers wohnte noch Jemand, dem
Reinhard einen Auftrag gegeben hatte, es war der
Dorfſchütz, der jetzt mit der Schelle herauskam. Er
klingelte an allen Ecken und ſprach dann laut und
deutlich: „Der Maler Reinhard iſt wieder ankommen
mit einem großmächtigen rothen Bart. Wer ihn ſehen
will, ſoll in die Linde kommen, allda iſt der Schau=
platz. Eintrittspreis iſt, daß Jeder ein groß Maul
machen und ſeine Zähne weiſen muß, wenn er hat.

¹ Mümpfele — mundvoll.

Um halb neun Uhr geht die Fütterung an. Kinder sind frei."

Ein unaufhörliches Gelächter zog durch das ganze Dorf, die Kinder folgten jubelnd und johlend dem Schütz auf dem Fuße, sie waren kaum so lang zum Schweigen zu bringen, daß man die Verkündigung hören konnte.

Als es bereits Nacht geworden und der Himmel mit schweren Regenwolken überzogen war, saß Reinhard auf der Steinbank unter der Linde vor dem Wirthshause; er lachte vor sich hin, der urplötzlichen Heiterkeit gedenkend, mit der er unversehens die Seelen aller Einwohner erfüllt hatte. Da hörte er ein verhaltenes Schluchzen in der Nähe, er stand auf und sah ein Mädchen das nach der Scheune ging.

„Lorle?" sagte er in fragendem Tone.

„Grüß Gott," antwortete das Mädchen, die dargebotene Hand fassend, ohne aufzuschauen und ohne die Schürze vom Gesicht zu nehmen.

„Du hast ... Ihr habt ja geweint, warum denn?"

„Ich, ich ... hab' nicht geweint," erwiderte das Mädchen und konnte vor schnellem Schluchzen kaum reden.

„Warum gunnet Ihr mir denn keinen Blick und sehet mich nicht an? hab' ich Euch was Leids than?"

„Mir? mir, nein."

„Wem denn?"

„Euch."

„Ja wie so?"

„Es gefällt mir nicht, daß Ihr Euch so zum G'spött vom ganzen Dorf machet, das ist nichts und uns habt

Ihr doch auch zum Narren; das hätten wir nicht von Euch denkt."

„Ihr seid recht groß und stark geworden, Lorle; kommet 'rein in die Stub', daß ich Euch auch sehen kann."

„Brauchet nicht jetzt noch mit mir Euern besondern Possen haben," endete das Mädchen, raffte sich schnell zusammen und sprang davon durch das Hofthor nach der Straße.

Reinhard saß mit zusammengekniffenen Lippen vor sich niederschauend wieder auf der Bank. Was ihm vor einem Augenblicke noch wie ein übermüthiger aber harm= loser Scherz vorgekommen war, das hatte jetzt eine ganz andere Gestalt. Von sich sah er bald ab und dachte: Das Kind hat Recht, es ist ein Stück Aristokratie in diesem Scherze: wir wissen nicht wie viel von schmäh= lichem Hochmuth in Jedem von uns steckt. Ich habe das ganze Dorf zu meinem Spaß verwendet.

Der Collaborator kam jetzt auch herab und sagte:

„Ein sonderbarer Mann unser Wirth! Ich bin doch schon durch alle Examina gesiebt worden, aber der hört gar nicht auf mit Fragen und dabei hat er so 'was Mißtrauisches."

„Das ist's nicht," sagte Reinhard, „die Bauern haben eine alte Regel: wenn man mit einem fremden Löffel essen will, soll man vorher dreimal hineinhauchen, verstehst Du?"

„Ja wohl, das ist ein tiefsinniger Gedanke."

„Einen schönen Gruß und ich ließ' mich schön be= danken, Herr Kohlebrater," entgegnete Reinhard lachend.

Viele Männer und Burschen aus dem Dorfe sam=
melten sich, von Allen ward Reinhard herzlich bewill=
kommt; die heitere Weise, die sie herbeigelockt, erhielt
eine entsprechende Fortsetzung. Man ging nach der
Stube und Reinhard mußte den ganzen Abend aller=
hand schnurrige Geschichten von seinen Fahrten in Ober=
italien und Tyrol zu erzählen, das Gelächter wollte kein
Ende nehmen. Reinhard gab sich selbst mehr zum Besten
als es eigentlich seine Art war; er wollte indeß ein
Uebriges thun, weil er sie Alle zum Besten gehabt hatte,
wie er in gesteigerter Selbstanklage sich vorwarf. Nach
und nach gerieth er aber aus innerer Lustigkeit auf
allerlei tolle Seltsamkeiten, denn er konnte sich, nament=
lich in zahlreicher Gesellschaft, wahrhaft in eine Auf=
regung hineinarbeiten.

Reinhard war so voll Lustigkeit unter den Menschen
gewesen und allein auf seinem Zimmer ward er ver=
stimmt und düster; die Welt erschien ihm doch gar zu
nüchtern, wenn er nicht selber sie etwas aufrüttelte.

Lorle war den ganzen Abend nicht in die Stube
gekommen.

Tief in der Nacht „schlurkte“ noch Jemand in Klapp=
Pantoffeln durch das ganze Haus und drückte an allen
Thüren; es war der Wadeleswirth, der nie zu Bett ging,
bevor er Alles von oben bis unten durchgemustert hatte.

Das war ein Sonntagsleben.

Am andern Morgen stand der Collaborator ganz
früh vor dem Bette Reinhard's und sang mit wohl=

gebildeter, kräftiger Stimme, die man ihm nicht zuge=
muthet hätte, das Lied aus Preciosa: „Die Sonn'
erwacht" mit Weber's thaufrischer Melodie. Reinhard
schlug murrend um sich.

„Ein Mann wie du," sang der Collaborator reci-
tando, „der das herrliche Bild Sonntagsfrühe abcon=
terfeit, darf einen Morgen nicht verschlafen, wie der
heut, bum, bum."   •

Reinhard war still und der Collaborator fuhr
sprechend fort: „Was fangen wir heut' an? Es ist
Sonntagmorgen, es hat heut' Nacht geregnet, als ob
wir's bestellt hätten; Alles glitzert und flimmert draußen.
Was treiben wir nun? Giebt's keine Kirchweihe in der
Nähe? Kein Volksfest?"

„Brat' dir ein Volksfest," entgegnete Reinhard,
„trommle dir die Massen zusammen, die du brauchst,
und sattle dein Gesicht mit einem Operngucker; wirf
Geld unter die Kinder, daß sie sich raufen und über=
einander purzeln, dann hast du ein Volksfest mit
ipse fecit."

„Du warst gestern Abend so lustig und bist heute
so mürrisch."

„Ich war nicht lustig und bin nicht mürrisch; ich
bin nur ein Kerl, der eigentlich allein sein sollte und
verdammterweise doch keinen Tag allein sein kann. Paß
auf, wie ich's meine. Es ist mir lieb, wenn du bei
mir bist; ein Freund wie du, der's so treu meint, ist
wie wenn man Geld im Schrank hat; braucht man's
auch nicht, es unterstützt doch, weil man weiß, man
kann's holen, wenn Noth an Mann geht. Also bleib'

die noch übrigen Tage deiner Ferien da, aber laß mich auch ein bißchen mir."

„Ich begreife dich wohl. Hier empfängst du den Kuß der Muse und da darf kein fremdes, betrachtendes Auge dabei sein. Ich will dich gewiß ganz dir überlassen, stets zurücktreten, wo sich dir irgend ein Motiv zu einem Bilde bieten könnte; da darf man nicht mit Fingern hindeuten, nicht einmal profanen Auges hinschauen. Die Wurzel, die schaffende Triebkraft alles Lebens, ruht im Dunkel, wo kein Sonnenblick, wo kein Auge hindringt."

„Das auch," sagte Reinhard, „und für dich selber merke dir: will nicht von jedem Augenblicke etwas, ein Resultat, einen Gedanken und dergleichen; lebe und du hast Alles. Wir stecken in der Gedankenhetzjagd, die uns gar nicht mehr in Ruhe das Leben genießen läßt, du vor Allen, aber ich kann auch sagen wie jener Pfarrer in seiner Strafpredigt: Meine lieben Zuhörer, ich predige nicht nur für Euch, ich predige auch für mich. — Laß uns leben! leben! Der Hollunder blüht, er blüht und nicht blos damit Ihr Euch einen Thee daraus abbrüht, wenn Ihr Euch erkältet habt."

„Entschuldige, wenn ich dir sage," bemerkte der Collaborator in zaghaft rücksichtsvollem Tone, „es steckt mehr Romantik in dir als du glaubst, das war ja auch die blaue Blume der Romantiker: ohne alle Reflexion zu sein, im Vollgenuß des Nichtwissens."

„Bin nicht ganz einverstanden, aber meinetwegen heiß' es Romantik, wenn das Kind einen Namen haben muß."

Reinhard stand halb angekleidet am Fenster und sog die Morgenluft in vollen Zügen ein; plötzlich prallte er zurück, der Collaborator sprang schnell an das leere Fenster und sah hinaus. Das Wirthstöchterlein ging über den Hof, lustig gekleidet, ohne Jacke und barfuß. Eine Schaar junger Enten umbrängte sie schnatternd.

„Ihr Fresserle," schalt sie und verzog damit trotzig den Mund, „könnet's nicht verwarten bis eure Kröpfle vollgestopft sind? Euch sollt' man alle Viertelstund' an= richten, nicht wahr? Nur stet, ich hol's ja, nur Geduld, ihr müsset halt auch Geduld lernen; aus dem Weg! ich tret' euch ja."

Die jungen Entchen hielten an, als ob sie die Worte verständen, das Mädchen ging nach der Scheune und kam mit Gerste in der Schürze wieder. „Da," sagte sie, eine Handvoll ausstreuend, „g'segn' euch's Gott! Gunnet's euch doch, ihr Neidteufel und purzelt nicht über einander weg, scht!" scheuchte sie und warf eine Handvoll Gerste weiter abseits, „ihr Hühner, bleibt da drüben." Der Hahn stand auf der Leiter an der Scheune und krähte in die Welt hinein. „Kannst's noch, accurat wie gestern," sagte das Mädchen sich verbeugend, „komm' jetzt nur 'runter; bist halt grad wie die Mannsleut', die lassen immer auf sich warten, wenn das Essen auf dem Tisch steht."

Der Hahn kam auch herabgeflogen und ließ sich's wohl schmecken, plauderte aber viel dabei; wahrscheinlich hatte er eben etwas Geistreiches oder Possiges gesagt, denn eine gelbe Henne, die gerade ein Korn aufgepickt hatte, schüttelte den Kopf und verlor das Korn. Der

Galante sprang behende herzu, holte das Verlorene und brachte es mit einem Kratzfuße, einige verbindliche Worte murmelnd.

„Guten Morgen Jungferle," rief jetzt der Colla= borator in den Hof hinab; das Mädchen antwortete nicht, sondern sprang wie ein Wiesel davon und ins Haus; die jungen Enten und die Hühner schauten be= deutsam nach dem Fenster hinauf, sie mochten wol ahnen, daß von dorther die Störung gekommen war, die ihnen die fernere Nahrung entzog.

„Das ist ein Mädchen! ach, das ist ein Mädchen!" rief der Collaborator in die Stube gewendet und ballte beide Fäuste zum Himmel; er durchmaß hierauf zwei= mal ohne zu reden die Stube, stellte sich dann vor Reinhard und begann wieder:

„Da hast du's, ich kann weiter nichts sagen als: das ist ein Mädchen. Kein Epitheton genügt mir, kei= nes. Hier haben wir ein Gesetz der Volkspoesie, sie gibt den vollsten Ausdruck, macht die tiefste Wirkung oft blos durch das einfache Substantiv, ohne Epithe= ton; meiner Sprache steht jetzt in solcher Entzückung nicht mehr zu Gebote, als der eines Bauernburschen."

„Was hältst du davon, wenn wir uns mit dem Epitheton „göttlich" begnügten?"

„Spotte jetzt nicht, das Mädchen mußt du malen, wie es da stand, eins mit der Natur, zu ihr redend und von ihr begriffen, die vollendete Harmonie."

„Es wäre allerdings etwas nie Dagewesenes: ein Mädchen im Hühnerhofe."

„Nun, wenn auch nicht so, das Mädchen mußt du

malen, hier ist dir ein süßes Naturgeheimniß nahege=
stellt, du" —

„In's Teufels Namen, so schweig doch still, wenn
es ein Geheimniß ist. Du schwatzest schon am frühen
Morgen, daß man nicht mehr weiß, wo Einem der
Kopf steht."

Die beiden Freunde saßen eine Weile lautlos bei
einander; endlich sagte der Collaborator aufstehend:

„Du hast Recht, der Morgen ist wie die stille Ju=
gendzeit, da muß man den Menschen allein lassen, für
sich, bis er nach und nach aus sich erwacht; man soll
ihn nicht aufrütteln. Ich gehe in den Wald, du gehst
doch nicht mit?"

„Nein."

Der Collaborator ging und Reinhard saß lange
still, das viele Reden und Rütteln des Collaborators
hinterließ ihm die Empfindung, als ob er von einer
geräuschvollen Reise käme; die ruhige Spiegelglätte des
Morgenlebens war ihm zu hastigen Wellen aufgehetzt.
Reinhard war verstimmt und nervengereizt, er legte sich
nochmals auf das Bett und verfiel in leisen Schlum=
mer. Die Glocken des Kirchthurms weckten ihn, es
läutete zum Erstenmal zur Kirche. Reinhard ging
hinab in die Küche; die Bärbel, seine alte Gönnerin,
die sonst so freundlich mit ihm geplaudert hatte, war
unwirsch, sie sagte, er solle nur in die Stube gehen,
sie hielte ihm schon seit drei Stunden den Kaffee be=
reit und man könne ja das Feuer nicht ausgehen las=
sen von seinetwegen. Reinhard war eben im Begriffe
ihr eine barsche Antwort zu geben, er hatte es genug,

sich über den gestrigen Scherz hart behandeln zu lassen, da hörte er die Stimme Lorle's von der Laube:

„Bärbel, komm ause, guck ob's so recht ist."

„Komm' du 'rein, ist grad so weit; mach nur fort, es wird schon recht sein."

Ohne eine Antwort gegeben zu haben, verließ Rein=hard die Küche, er ging aber nicht in die Stube, son=dern fast unhörbar nach der Laube. Ungesehen von dem Mädchen konnte er dasselbe eine Weile beobachten; er stand betroffen beim ersten Anblick. Das war ein Antlitz voll seligen, ungetrübten Friedens, eine süße Ruhe war auf den runden Wangen ausgebreitet; diese Züge hatte noch nie eine Leidenschaft durchtobt oder ein wilder Schmerz, ein Reuegefühl verzerrt, dieser feine Mund konnte nichts Heftiges, nichts Niedriges aus=sprechen, eine fast gleichmäßige zarte Röthe durchhauchte Wange, Stirn und Kinn, und wie das Mädchen jetzt mit niedergeschlagenen Augen das Bügeleisen still auf der Halskrause hielt, war's wie der Anblick eines schlafenden Kindes; als es jetzt die Krause emporhob, die großen blauen Augen aufschlug und den Mund spitzte, trat Reinhard unwillkürlich mit Geräusch einen Schritt vor.

„Guten Morgen, oder bald Mittag," nickte ihm Lorle zu.

„Schön Dank, seid Ihr wieder gut?"

„Ich bin nicht bös gewesen, ich wüßt' nicht warum. Habt Ihr gut geschlafen?"

„Nicht so völlig."

„Warum? Habt Ihr was träumt? Ihr wisset ja,

was man in der ersten Nacht in einem fremden Bett träumt, das trifft ein."

„Aber mein Traum nicht."

„Nun, was ist's denn gewesen? Dürfet Ihr's nicht sagen?"

„Ganz wohl, und Euch besonders, ich hab' von Euch träumt."

„Ach, von mir, das kann nicht sein. Gucket, machet mir keine Flatusen; es hat mich verdrossen, wenn Ihr mich früher Grundel geheißen habt, aber es wär' mir noch lieber, wenn Ihr so saget, als wenn Ihr mir so was Gauklisches vormachet."

„Ich kann ja auch was träumt haben, das gar kein' Flatuse ist. Machet aber nur kein Gesicht, es ist nichts Böses, es ist blos dumm. Mir hat's träumt, ich sei mit Euch auf dem Bernerwägele gesessen und Euer Rapp war angespannt, und hat eine großmächtige Schelle um den Hals gehabt, die hat geläutet wie die Kirchenglock', und der Rapp ist nur so durch die Luft dahingeflogen, seine Mähne ist hoch aufgestanden und man hat kein Rad gehört und wir sind doch immer fort und fort. Ich hab' den Rapp halten wollen, er hat mir aber schier die Arme aus dem Leib gerissen und Ihr seid immer ganz ohne Angst neben mir ge= sessen und so immer fort; plötzlich legt sich der Wagen ganz sanft um und wir sind auf dem Boden gelegen, da ist mein Kamerad kommen und hat mich geweckt."

„Das ist ein wunderlicher Traum, aber in den nächsten vier Wochen fahr' ich nicht mit Euch. Was ich hab' sagen wollen, Euer Kamerad ist ein wunder=

licher Heiliger, mein Vater sagt, er sei stolz und hoch=
müthig, ich mein' eher, er sei zimpfer und ungeschickt."

„Ihr habt ihm doch seine Störung verziehen?"

„Ja. Seid Ihr auch schon auf gewesen?"

„Nicht ganz. Mit meinem Kameraden habt Ihr
Recht, er ist nicht stolz, im Gegentheil scheuch und
furchtsam."

„Ja, das hab' ich auch denkt, und grad weil er
scheuch und furchtsam ist, da geht er so auf die Leut'
'nein und thut wie wenn er sie zu Boden schwätzen
wollt'. Wie ich vorlängst bei der Vroni auf der Hohl=
mühle gewesen bin, Ihr wisset ja, sie ist mit meinem
Stephan versprochen, sie heirathen bis zum Herbst und
er übernimmt die Mühle; Ihr seid doch auch noch da
zur Hochzeit?"

„Kann sein, aber Ihr habt mir was erzählen
wollen?"

„Ja, das ist Recht, daß Ihr Einen beim Wort be=
haltet, ich schwätz' sonst in den Tag 'nein. Nun wie
ich drunten in der Hohlmühle bin, da wird's Nacht
und da haben sie mir das Geleit geben wollen, ich
hab's aber nicht zugeben und es wär' mir doch recht
gewesen. Ich bin halt jetzt allein fort, im Wald da
ist mir's aber katzhimmelmäuslesangst worden, und weil
ich mich so gefürcht't hab', da hab' ich allfort pfiffen,
wie wenn ich mir aus der ganzen Welt nichts machen
thät. Ja, wie komm ich denn aber jetzt da drauf,
daß ich Euch das erzähl'?" schloß Lorle, die Lippen
zusammenpressend und die Augen nachdenklich ·ein=
ziehend.

„Wir haben von meinem Kameraden gesprochen und" —

„Ja, Ihr bringet mich wieder drauf; der pfeift auch so lustig, weil er Angst hat, nicht wahr?"

„Vollkommen getroffen. Ihr müßt nun aber recht freundlich gegen ihn sein, er ist ein herzguter Mensch, der's verdient, und es wird ihn ganz glücklich machen."

„Was ich thun kann, das soll geschehen. Ist er noch ledig?"

„Er ist noch zu haben, wenn er Euch gefällt."

„Wenn Ihr noch einmal so was saget," unter= brach Lorle, das Bügeleisen aufhebend, „so brenn' ich Euch da den Bart ab. Ja, daß ich's nicht vergeß', lasset Euch Euern Bart nicht abschwätzen, er steht Euch ganz gut."

„Wenn er Euch gefällt, wird er sich um die ganze Welt nichts scheeren."

„Was gefällt? Was ist da von gefallen die Red'?" ertönte eine kräftige Weiberstimme, es war die der Bärbel.

„Das Lorle ist in meinen Kameraden verschossen," sagte Reinhard.

„Glaub' ihm nichts, er ist ein Spottvogel," rief das Mädchen und Bärbel entgegnete:

„Herr Reinhard, ganget 'nein und trinket Euern Kaffee; Ich g'wärm. ihn Euch nimmer."

„Geht Euer Goller da in die Kirch?" wendete sich Reinhard an Lorle und erhielt die Antwort:

„Nein, das gehört der Bärbel, die geht, ich bleib' daheim; Ihr geht doch auch?"

„Ja," schloß Reinhard und trat in die Stube. Er hatte eigentlich nicht die Absicht gehabt, in die Kirche zu gehen, aber er mußte und wollte jetzt; er mußte, weil er's versprochen, und wollte, weil Lorle allein zu Hause blieb. Und wie wir unseren Handlungen gern einen allgemeinen Charakter geben, so redete er sich auch ein, er gewinne durch die Theilnahme an dem Kirchengange auf's Neue die Grundlage zur Gemein= samkeit des Dorflebens und ein Recht darauf.

Während Reinhard in der Stube dies überdachte, sagte Lorle draußen auf der Laube: „Denk nur, Bär= bel, er hat heut Nacht von mir träumt."

„Wer denn?"

„Nu, der Herr Reinhard." Lorle verfehlte nie, auch wenn sie von dem Abwesenden sprach, das Wort „Herr" zu seinem Namen zu setzen.

„Laß dir von dem Fuchsbart nichts aufbinden," entgegnete Bärbel.

„Und der Bart ist gar nicht fuchsig," sagte Lorle voll Zorn, „er ist ganz schön kastenbraun und der Herr Reinhard ist noch grad so herzig wie er gewesen ist, und du hast doch früher, wie er nicht dagewesen ist, immer so gut von ihm gered't und du hast Un= recht, daß du jetzund so über ihn losziehst. Wenn er auch den Spaß mit dem Ausschellen gemacht hat, er ist doch nicht stolz, er red't so gemein und so getreu." —

„Ich kann nichts sagen als: nimm dich vor ihm in Acht, und du bist kein Kind mehr."

„Ja das mein' ich auch, ich weiß doch auch wie Einer ist, ich . . ."

„Gib mir mein Goller, du zerdrückst's ja wieder,“ sagte Bärbel und ging davon.

Reinhard wandelte sonntäglich gekleidet mit Stephan und Martin nach der Kirche. Alles nickte ihm freundlich zu, Manche lachten noch über die seltsame Bartzier, aber der Träger derselben war ihnen doch heimisch; sie fühlten es dunkel, daß er zu ihnen gehörte, da er nach demselben Heiligthume, zu derselben Geistesnahrung mit ihnen wallfahrtete.

Auf dem Wege fragte Martin: „Nun was saget Ihr aber zu unserm Lorle? nicht wahr, das ist ein Mädle?“

„Ja,“ entgegnete Reinhard, „das Lorle ist gerad wie ein feingoldiger Kanarienvogel unter grauen Spatzen.“

„Es ist ein verfluchter Kerle, aber Recht hat er,“ sagte Martin zu Stephan.

Reinhard saß bei dem Schulmeister auf der Orgel, der brausende Orgelklang that ihm wundersam wohl, er durchzitterte sein ganzes Wesen wie ein frischer Strom. Die Bärbel, die ihn jetzt von unten sah, dachte in sich hinein: Er ist doch brav! Wie seine Augen so fromm leuchten! Reinhard hörte nur den Anfang der Predigt. An den Text: „Lasset euer Brod über das Meer fahren,“ wurde eine donnernde Strafrede angeknüpft, weil das ganze Dorf sich verbunden hatte, nichts für das zu errichtende Kloster der barmherzigen Schwestern beizusteuern. Reinhard verlor sich bei dem eintönigen und nur oft urplötzlich angeschwellten Vortrage in allerlei fremde Träumereien. Drunten aber lag die Bärbel auf den Knien, preßte ihre starken Hände inbrünstig zusammen und betete für Lorle; sie konnte nun einmal den Gedanken nicht los werden, daß dem Kinde Gefahr drohe, und sie betete immer heftiger und heftiger; endlich stand sie auf, fuhr sich mit der Hand bekreuzend über das Gesicht und wischte alle Schmerzenszüge daraus weg.

Der Orgelklang erweckte Reinhard wieder, er verließ mit der Gemeinde die Kirche. Nicht weit von der Kirchenthüre stand die Bärbel seiner harrend; indem sie ihr Gesangbuch hart an die Brust drückte, sagte sie zu Reinhard: „Grüß Gott!" Er dankte verwundert, er wußte nicht, daß sie ihn erst jetzt willkommen hieß.

Als Reinhard nun noch einen Gang vor das Dorf unternahm, begegnete ihm der Collaborator mit einem gespießten Schmetterling auf dem Mützenrande.

„Was hast du da?" fragte Reinhard.

„Das ist ein Prachtexemplar von einem papilio Machaon, auch Schwalbenschwanz genannt; er hat mir viel Mühe gemacht, aber ich mußte ihn haben, mein Oberbibliothekar hat noch keinen in seiner Privatsammlung; es waren zwei, die immer in der Luft mit einander kosten, immer zu einander flatterten und wieder davon; sind glückselige Dinger, die Schmetterlinge! Ich hätte sie gern beide gehabt oder bei einander gelassen, habe aber nur einen bekommen, und schau wie ich aussehe; in dem Moment wie ich ihn haschte, bin ich in einen Sumpf gefallen."

„Und Stecknadeln hast du immer bei dir?"

„Immer; sieh hier mein Arsenal," er öffnete die innere Seite seines Rockes, dort war ein R aus Stecknadelköpfen gesetzt.

„Aber daß ich's nicht vergesse," fuhr er fort, „ich habe das Wort gefunden."

„Welches Wort?"

„Das Epitheton für das Mädchen: wonnesam! Es ist ein Vorzug unserer Sprache, daß dieses Wort transitiv und intransitiv ist, sie ist voll Wonne und strahlt Jedem Wonne in die Seele. Aber halt! Eben jetzt, indem ich rede, finde ich das Urwort, das ist's: Marienhaft! Was die Menschheit je Anbetungswür= diges und Wonniges in der Erscheinung der Jungfrau erkannte, das drängte sie in dem Wort Maria zusam= men. Das kann keine andere Sprache, solch ein no= men proprium allgemein objektivisch bilden. Marien= haft! das ist's."

Reinhard ward still; nach einer Weile erst frug er: „Warst du die ganze Zeit im Walde?"

„Gewiß, o! es war himmlisch, ich habe einen tiefen Zug Waldeinsamkeit getrunken. Sonst wenn ich den Wald betrat, war mir's immer, als ob er schnell sein Geheimniß vor mir zuschließe, als ob ich nicht würdig sei, durch diese heiligen Säulenreihen zu schreiten und den stillen Chor der ewigen Natur zu vernehmen; mir war's immer, als ob beim letzten Schritte den ich aus dem Walde thue, jetzt erst hinter mir das süße geheim= nißvolle Rauschen beginne und unerfaßbare Melodien erklingen. Heute aber habe ich den Wald bezwungen. Ich bin emporgedrungen durch Gestrüpp und über Fel= sen bis zum Quellsprung des Baches, wo er zwischen großen Basaltblöcken hervorquillt und ein breites, run= des Becken ihn sogleich aufnimmt, als dürfte er da zu

Hauſe bleiben. Du warſt gewiß noch nicht dort, ſonſt
müßteſt du's gemalt haben; das muß nun dein erſtes
Bild ſein. Die Bäume hangen ſo ſehnſüchtig nieder
als wollten ſie das Heiligthum zudecken, daß kein ſterb=
liches Auge es ſehe, in jedem Blatt ruht der Friede;
der rothe und weiße Fingerhut läßt ſeine Blüthenkette
zwiſchen jeder Spalte aufſteigen, es iſt eine Giftpflanze,
aber ſie iſt entzückend ſchön! Die ſanfte Erika verſteckt
ſich lauſchend hinter dem Felſen und wagt ſich nicht
hervor an das rauſchende Treiben. Dort lag ich eine
Stunde und habe Unendlichkeiten gelebt. Das iſt ein
Plätzchen, um ſich in's All zu verſenken. Morgenglocken
tönten von da und dort, mir war's wie das Summen
der Bienen, die ſich heute bei der Sicherheit des ſchö=
nen Wetters weit weg vom Hauſe wagten. Ich war
emporgeklommen, hoch hinauf auf Bergeshöhen, die die
Kirchthürme weit überragen, ich ſtand über Zion auf
den Spitzen des unendlichen Geiſtes; da fühlte ich's
wie noch nie, daß ich nicht ſterben kann, daß ich ewig
lebe; ich faßte die Erde, die mich einſt decken wird,
und mein Geiſt ſchwebte hoch über allen Welten. Mag
ich freudlos über die Erde ziehen, klanglos in die
Grube fahren, ich habe ewig gelebt und lebe ewig.'' . . . .

Reinhard ſetzte ſich auf den Wegrain unter einen
Apfelbaum, er zog auch den Freund zu ſich nieder.
„Sprich weiter,“ ſagte er dann; der Angeredete blickte
ſchmerzlich auf ihn, dann ſchaute er vor ſich nieder
und fuhr fort:

„Ich lag lange ſo in ſelig traurigem Entzücken, ich
ſah dem unaufhörlich ſich ergießenden Quell zu. Wie

ätherklar springt er hervor aus nächtiger Verborgenheit;
wie rein und hell schlängelt er sich in die Schlucht
hinab, bald aber noch bevor er den ruhigen Thalweg
erreicht, wird er eingefangen; was ficht's ihn an? Er
springt keck über das Mühlrad und eilt zu den Blumen
am Ufer. In der Stadt aber dämmen sie ihn ein, da
muß er färben, gerben und verderben; er kennt sich
nicht mehr. Es kann auch einem reinen klaren Natur=
kinde so ergehen. Was thut's? Du einzler Quell vom
Felsensprung! ströme zu bis hin in das unergründliche,
unbezwungene Meer, dort ist neue, dort ist ewige
Klarheit und unendliches Leben, ein Ruhen und ein
Bewegen in sich .... Bei dem Ersten was ich dachte
war mir's nicht eingefallen es festzuhalten, jetzt aber
wollte ich Alles in melodische Worte fassen; ich quälte
mich in allen Versarten, hin war meine Ruhe. Da
fielst du mir wieder ein: wozu ein Resultat? Ich hab's
gelebt, was braucht es mehr?" ....

„Ich kenne dein Waldheiligthum schon lange," sagte
Reinhard auf dem Heimwege, „ich habe auch genug
dort geträumt, aber mit dem Pinsel konnte ich ihm
nicht beikommen; ließen sich deine Gedanken malen, ja
dann wär's anders. Ich habe mich von der Landschaft
entfernt, und doch so oft ich hieher komme, ist mir's
als ob hier eine tiefere Offenbarung noch meiner harre,
besonders jetzt; vielleicht ist's dein Waldheiligthum, viel=
leicht auch nicht."

„Wo warst denn du während meines Waldganges?"

„Ich war in der Kirche; du hättest eigentlich auch
dort sein sollen; das einigt mit dem Bauernleben."

„Ja, ja, du haſt Recht, ei, das thut mir leid; nun, ich gehe heut Mittag." —

Im Wirthshauſe war eine große Veränderung.

Als der Collaborator neu beſchuht herunterkam, rief ihm Lorle freundlich zu: „Das iſt ſchön, Herr Kohle= brater, daß Ihr nicht auf Euch warten laſſet. Wo ſeid Ihr denn geweſen?"

„Im Walde droben. Saget aber nicht Kohlebrater, ich heiße mit meinem ehrlichen Namen Adalbert Reihen= maier."

„Iſt auch viel ſchöner. Nun erzählet mir auch 'was, Herr Reihenmaier."

„Ich kann nicht viel erzählen."

„Ja, wir wollen warten bis Mittag, Ihr gehet doch auch mit auf die Hohlmühle? und Ihr könnet ja ſo ſchön ſingen."

„Ich bin bei Allem, abſonderlich wo Ihr ſeid; ich hab' im Walde an Euch gedacht."

„Müſſet mich nicht ſo zum Poſſen haben, ich bin zu gut dazu und Ihr auch; es ſchickt ſich nicht für ſo einen Herrn wie Ihr ſeid. Hübſch ordelich ſein, das iſt recht. Ihr müſſet aber auch Euren Sonntagsrock anziehen. Habt Ihr denn keinen?"

„Mehr als einen, aber nicht hier."

„Ja, Ihr habt's doch gewußt, daß Ihr am Sonn= tag bei uns ſeid? Nun — ſchad't jetzt nichts. Ich will Euch den Martin ſchicken, er ſoll Euch ein bisle aufputzen."

Jubelnd ſprang der Collaborator die Treppe hinauf und holte eine Sammlung Volkslieder — (die er zu

etwaigen Ergänzungen und Varianten mitgenommen
hatte — aus seinem Ränzchen; er warf das Buch an
die Zimmerdecke in die Höhe und fing es wieder auf.
„Hier," rief er, das Buch hätschelnd, als wäre es
etwas Lebendiges, „hier seid ihr zu Hause, nicht in
der Bibliothek eingepfercht; heut' sollt ihr wieder leben=
dig werden."

Beim Essen herrschte die alte Gewohnheit nicht mehr,
für Reinhard und seinen Freund war in dem Ver=
schlag besonders gedeckt. Reinhard sagte dem Wirth,
daß er wie ehedem am Familientisch essen wolle. Der
Alte aber schüttelte den Kopf ohne ein Wort zu erwi=
dern, nahm die weiße Zipfelmütze ab und hielt sie zwi=
schen den gefalteten Händen auf der Brust, damit das
Gebet beginne.

„Bärbel, traget nur die zwei Gedecke heraus, wir
essen nicht allein," rief Reinhard. Der Wabeleswirth
setzte schnell die Mütze wieder auf, schaute, ohne eine
Miene zu verziehen, rechts und links und sagte:

„Nur stet." [1] Er machte dann eine ziemliche Pause,
wie jedesmal, wenn er dieses Wort sagte, das als Mah=
nung galt, daß Keiner mucksen dürfe bis er weiter re=
dete; endlich und endlich setzte er hinzu:

„Drin bleibt's. Es ist kein Platz da für zwei." Er
hob die Arme bedachtsam auf, strich die Hände wagrecht
über die Luft, wie den Streichbengel über ein Korn=
maß, was so viel hieß als: abgemacht.

Die Freunde setzten sich in den Verschlag, Lorle trug
ihnen auf.

---

[1] Langsam, ruhig.

„Kann denn das die Bärbel nicht?" fragte Rein=
harb, und der Collaborator ergänzte: „Ihr solltet uns
nicht bedienen."

„O du liebs Herrgöttle," beschwichtigte Lorle, „was
machen die für ein Gescheuch von dem Auftragen.
Ich thu's ja gern, und wenn Ihr einmal eine liebe Frau
habt, Herr Reihenmaier, und ich komm' zu Euch und
ihr gunnet mir ein warm Süpple, da soll mich Euer
Weible auch bedienen."

„Woher wisset Ihr denn, daß ich heirathen möcht'?"

„Da kann man mit der Pelzkappe darnach werfen,
so groß steht's Euch auf der Stirn geschrieben: ich
glaub', daß eine Frau mit Euch rechtschaffen glücklich
wird."

„Woher wisset Ihr denn das?"

„Ihr seid so ordelich mit der Handzwehle [1] um=
gangen."

Alles lachte, und draußen am Tische sagte der Va=
ter: „Es ist ein Blitzmäble, und es hat sonst in einem
Jahr nicht so viel geschwätzt, wie jetzt seit gestern."

„Ja," sagte die Mutter, nachdem sie mit besonderer
Zufriedenheit einen Löffel Suppe verschluckt, jetzt mit
dem Löffel auf den ihres Mannes klopfend, „du wirst's
noch einsehen, was das für ein Mäble ist; das ist so
gescheit wie der Tag."

„Das hat es von dir und von unserm Vorroß, von
der Bärbel da," schloß der Wabeleswirth, den Schlag
zurückgebend.

Die beiden Freunde unterhielten sich vortrefflich mit

[1] Handtuch.

Lorle, das immer ein Auge auf jegliches Erforderniß
hatte, seltsamerweise aber Alles mit der linken Hand
anfaßte; der Collaborator sah sie mehrmals scharf darob
an und Lorle sagte:

„Nicht wahr, es ist nicht in der Ordnung, daß ich
so links bin? Ich hab' mir's schon abgewöhnen wollen,
aber ich vergeff' es immer."

Schnell nahm Reinhard das Wort: „Das schadet
nichts!" Leiser, daß man es in der Stube draußen nicht
hören konnte, setzte er hinzu: „Ihr machet Alles präch=
tig. Wer kann's beweisen, daß die rechte Hand die ge=
schicktere ist? Eure Linke ist flinker als manche Rechte,
und mir gefällt's so ganz wohl."

Bei diesen Worten richtete sich Lorle grad auf, eine
eigenthümliche Majestät lag in ihrem Blicke.

„Sind keine Musikanten im Dorf?" fragte der Col=
laborator.

„Freilich, sie sind alle bei einander."

„Die sollten uns heut' Abend einige Tänze spielen,
ich bezahle gern ein Billiges."

„Ja, das geht nicht, der Schultheiß ist heut verreist
und es ist vom Amt streng verboten, ohne polizeiliche
Erlaubniß Musik zu halten; in Eurer Stub' droben
hängt die Verordnung."

„O Romantik! Wo bist du?" sagte der Collaborator
und Lorle erwiderte: „Das haben wir hier nicht, aber
ein Clavier steht droben, das darf man —"

Die beiden Freunde brachen in schallendes Geläch=
ter aus, so daß sie sich kaum auf ihren Sitzen hal=
ten konnten. Reinhard faßte sich zuerst wieder, denn

er sah, wie es plötzlich durch das so friedliche Antlitz
des Mädchens zuckte und zitterte, Pulse klopften sicht=
bar in den Augenlidern und ein tiefschmerzlich fragen=
des Lächeln lag auf den Lippen. Lorle stand da mit
zitterndem Athem; sie wand das festangezogene Schür=
zenband um einen Finger, daß es tief einschnitt; die=
ser körperliche Schmerz that ihr wohl, er verdrängte
einen Augenblick den seelischen. Reinhard gebot in bar=
schem Tone seinem Freunde, mit dem „einfältigen La=
chen" endlich aufzuhören. So sehr sich nun auch der
Collaborator entschuldigte und sich Mühe gab, Lorle
zu erklären was er gemeint habe, das Mädchen räumte
schnell ab und blieb verstimmt, so verstimmt wie das
Klavier, das der Collaborator alsdann in seiner Stube
probirte.

Das war eine grausam zerstörte Harmonie, fast keine
Saite hatte mehr den entsprechenden Klang, da mußten
viele Menschen darauf losgetrommelt haben. „Ja,"
dachte der Collaborator, „wenn ein Wesen einmal zur
Mißstimmung gebracht ist, dann arbeitet Jedes zum
Scherze oder muthwillig darauf los, es noch mehr und
vollends zu verstimmen, und haben sie's vollbracht, dann
lassen sie es vergessen im Winkel stehen." Der Colla=
borator sah darin nur ein Bild seines Lebens, er dachte
nur an sich. — Von den vielen Wanderungen und Em=
pfindungen ermüdet, verschlief er dann richtig die Mit=
tagskirche, zu seinem und vielleicht auch zu unserm
Frommen. Wer weiß, ob das Waldheiligthum vom Mor=
gen ungestört geblieben wäre.

Als Lorle aus der Mittagskirche kam, ging sie mit

ihrem Bruder rasch nach der Hohlmühle. Der Vater, das wußte sie, war nicht so bald loszueisen, er ver= sprach mit der Mutter nachzukommen. Freilich hatte sich's Lorle heute Morgen schön ausgedacht, wenn auch die Fremden mitgingen. Es lief auch ein Bißchen Stolz mit unter. Das war aber nun Alles vorbei. Nach vielem Drängen folgte das alte Ehepaar mit den Freun= den zwei Stunden später. Der Collaborator war wie= der ganz aufgeräumt.

„Ihre Uhren hier gehen falsch," bemerkte er dem Wirthe, „ich habe die meinige nach dem Meridian auf der Bibliothek gestellt. Sie könnten sich hier auch eine Sonnenuhr einrichten, etwa an der neuen Kirche, die jetzt gebaut wird; à propos, warum bauen Sie die neue Kirche nicht mehr drüben auf dem Hügel, das war ja so schön, daß man sich erhebt, wenn man zur Kirche geht?"

„Ja, wir wollen jetzt die Kirch' bei der Hand haben, zu allen Gelegenheiten wo man's braucht."

„Da habt ihr auch Recht, die Religion und die Kirche sollen nicht mehr oberhalb, fern von dem Leben stehen, sondern mitten unter demselben. Ach, da blüht schon vorzeitig die Genziana cruciata," unterbrach sich der Collaborator und sprang über den Weggraben nach der Blume.

Der Wabeleswirth schaute ihm lächelnd nach und sagte zu Reinhard: „Das ist ein sonderbarer Mensch! Hat man nicht gemeint, er will mit aller Gewalt die Kirch' wieder auf den Berg setzen, und wenn man's ihm anders auslegt, gleich ist es ihm auch Recht; bei

dem ist's wie bei dem Verwalter auf der Saline drun=
ten, der hat einen Schlafrock, den man auf all beiden
Seiten anziehen kann. Grausam gelehrt muß er aber
sein; was hat er denn eigentlich g'stubirt?"

„Zuerst geistlich und dann viele Sprachen; jetzt ist
er auf dem Bücherkasten angestellt und da hat er von
Allem was wegkriegt. Er hat im Ganzen wohl feste
Meinungen und grundbrav ist er, das könnet Ihr mir
glauben."

„Ja, ja, glaub's schon."

Der Collaborator war wieder herbeigekommen. Er
konnte sich nicht enthalten, auf jedem Schritte Reinhard
auf die Schönheiten des Weges aufmerksam zu machen;
da war eine Baumgruppe, eine Durchsicht, ein knorri=
ger Ast, Alles rief er an „und sieh," sagte er wieder,
„wie das Sonnenlicht so herrlich in Tropfen durch die
Zweige und von den Blättern rinnt!"

„Laß doch dein ewiges Erklären!" fuhr Reinhard auf;
der Collaborator ging still, um sich wieder eine Blume
zu holen und zerschnitt sie mit dem Federmesser.

„Ihr müsset ihn nicht so anfahren," sagte der Wa=
beleswirth, „das ist ja ein glücklicher Mensch; wo ein
Anderes gar nichts mehr hat, hat der noch überall Freude
genug, an der Sonn', an einer Blum', an einem Käfer,
an Allem." —

Man war endlich am Mühlgrunde angekommen:
dort wandelten zwei Mädchen durch die Thalwiese Hand
in Hand und sangen. „Lorle!" rief die Mutter, das
Echo hallte es wieder, Vroni blieb stehen und Lorle
sprang den Kommenden entgegen. Der Wabeleswirth

stand da, weitspurig und die Hände in die Seiten ge=
stemmt, er nickte nur einmal scharf mit dem Kopfe und
hier sprach sich sein ganzer Vaterstolz aus: Zeiget mir noch
so ein Mädle landaus und landein, sagten seine Mienen.

Reinhard ward auf der Mühle herzlich bewillkommt,
auch sein Freund wurde traulich begrüßt, denn hier,
wo Alles in der Sippschaft lebt, werden die Freunde
wie Familiengenossen angesehen. Um den Tisch unter
dem Nußbaum saß die Gesellschaft, der alte Müller
zeigte Reinhard, wie sein Name, den er vor Jahren in
die Rinde geschnitten, groß geworden war.

Der Collaborator wendete keinen Blick von dem alten
Manne, für dessen Antlitz er später die eigene Bezeich=
nung erfand, indem er es ein „geschmerztes Gesicht"
nannte; es war eines jener edlen, länglichen Gesichter,
hohlwangig, mit breiten Backen= und Stirnknochen und
großen blauen Augen, voll Demuth und langem Har=
mes, darauf die Leidensgeschichte des deutschen Volkes
geschrieben ist.

„Ja," sagte der Alte, Reinhard mit dem Finger
drohend, „der Schelm soll mich ja, wie sie sagen, in
einem besondern Bild gemalt haben. Ist das auch ehr=
lich und recht?"

„Das macht der Katz' keinen Buckel," lachte der
Wabeleswirth, „mich dürft' er meinetwegen malen wie
er wollt', ich behielt' mich doch."

„Eingeschlagen, bleibt dabei," rief Reinhard, die
Hand hinstreckend; als er aber keine Hand erhielt, setzte
er lachend hinzu: „Es war nur Spaß, es giebt gar
keine so dicken Farben wie Ihr seid."

Unter dem allgemeinen Gelächter sagte dann der Müller: „Jetzt saget's frei, was habt Ihr denn aus mir gemacht?"

„Nichts Unrechtes. Wie ich damals die Mühle abgezeichnet hab', da geh' ich einmal Abends weg, die Sonne ist grad' im Hinabsinken, da geht Euer Fenster auf, Ihr gucket 'raus, ziehet die Kapp' vom Kopf, haltet sie zwischen den Händen und betet laut in die untergehende Sonne hinein. Da hat mich's heilig angerührt und ich hab' Euch so gemalt, nur mit der Aenderung, daß Ihr unter der Halbthür statt am Fenster stehet."

„Das ist nichts Unrechtes, das kann man sich schon gefallen lassen," sagte die Wirthin.

Man saß ruhig und wohlgemuth beisammen und Reinhard vertraute unter dem Gelöbniß der Verschwiegenheit, daß er in die neue Kirche ein Altarbild stiften wolle. Der Wabeleswirth bot ihm freie Zehrung in seinem Hause an, so lang er hieran arbeite, und der Müller wollte auch etwas thun, er wußte nur noch nicht was.

Eine Weile herrschte Stille in dem ganzen Kreise, Niemand fand, nachdem man so gute und fromme Dinge besprochen, etwas Anderes. Der Collaborator verhalf zu einer andern Stimmung. Die Mädchen waren ab- und zugegangen und hatten Essen aufgetragen, die Gläser waren eingeschenkt, aber Niemand griff zu, weil die Gedanken Aller in der Kirche waren. Lorle hatte den Collaborator offenbar vermieden. Dieser fragte nun Vroni:

„Hat man keine Sagen von dem Mühlbache? Ba=
den sich keine Nixen droben im Quell?"

„Ja, nix badet sich drin," erwiderte Vroni; Alles
kicherte in sich hinein.

Der Collaborator ließ aber nicht ab und wendete
sich an den Alten: „Erzählt man sich denn gar nichts
von dem Bache?"

„Ach was! Das sind Sachen für Kinder, das ist
nichts für Euch."

„Ich bitte, erzählet doch, Ihr thut mir einen Ge=
fallen damit."

„Nun, man berichtet allerlei, so von dem Wasser=
weible, und so."

„Ja, davon erzählet, ich bitte."

„So hat im Schwedenkrieg ein Schweb hier der
Tochter vom Haus Gewalt anthun wollen und da ist
sie auf den Fruchtboden entlaufen und hat die Leiter
nachzogen und da hat der Schweb' die Mühle gestellt
und ist am Rad' 'naufgestiegen und wie er halb droben
ist, da ist das Wasserweible kommen, hat die Mühle
in Gang bracht, und patsch! ist mein Schweb' unten
gelegen und ist versoffen."

„Das ist eine herrliche Sage."

„Ja, Aberglaube ist's," eiferte der Müller, „der
Schweb' hat die Mühl nicht recht stellen können und
da ist sie halt wieder von selber in Gang kommen."

Der Nachmittag ging unter mancherlei Gesprächen
vorüber, man wußte nicht wie. Die beiden Mädchen
machten sich über den Collaborator auf alle Weise
lustig, sie hielten ihn für abergläubisch und erzählten

ihm Spuk= und Geistergeschichten; besonders Lorle war
froh, ihm seinen gelehrten Hochmuth heimzahlen zu kön=
nen und machte ihn so „gruseln," daß er gewiß in
der Nacht nicht schlafen könne; sie stellte sich, als
ob sie an Alles glaube, um ihm rechte Furcht einzu=
jagen. Der Collaborator war ganz glückselig über
diese reiche Fundgrube und merkte Nichts von der ver=
steckten Schelmerei.

Auf dem Heimwege sagte der Wabeleswirth ein
gar weises Wort zu Reinhard: „Euer Kamerad ist
doch grad wie ein Kind und er ist doch so gelehrt."

Stephan war auf der Mühle geblieben, Lorle ging
neben der Mutter, der Collaborator begleitete sie und
sagte einmal: „Da kann man nun Vergangenheit und
Zukunft sehen, so wie das Lorle müsset Ihr ein=
mal ausgesehen haben, Frau Wirthin, und das Lorle
wird auch einmal so eine nette alte Frau, wie Ihr."

Die Wirthin schmunzelte, es war ihr aber doch
unbehaglich, so von sich sprechen zu hören; denn wenn
die Bauern auch noch so gern ein Langes und Breites
selber von sich reden, ist es ihnen doch unlieb, wenn ein
Anderer sie in ihrem Beisein schildert oder gar kritisirt.

Unser gelehrter Freund aber begann wieder: „Sa=
get doch, woher kommt's, daß man so selten schöne
ältere Leute auf dem Dorfe sieht, besonders wenig
schöne ältere Frauen?"

„Ja gucket, die meisten Leut' haben ein kleines
Hauswesen und können keinen Dienstboten halten und
da muß oft so eine Frau schon am vierten, fünften
Tag, nachdem sie geboren hat, an den Waschzuber

stehen oder auf's Feld. Wenn man sich nicht pflegen
und warten kann, wird man vor der Zeit alt."

„Ihr solltet einen Verein zur Wartung der Wöch=
nerinnen stiften."

„Ja wie denn?"

Der Collaborator erklärte nun die Einrichtung ei=
nes solchen Vereins, die Wirthin aber machte viele
Einwendungen, besonders, daß manche Frauen sich
ungern von Nichtverwandten in ihre unordentliche
Haushaltung hineinsehen lassen; endlich aber stimmte
sie doch bei und sagte: „Ihr seid ein recht lieb=
reicher Mensch," und Lorle bemerkte: „Aber die Mädle
können auch bei dem Verein sein?"

„Gewiß, der Verein verpflichtet sich, jede Wöchne=
rin mindestens vierzehn Tage zu pflegen."

Es war Dämmerung als man im Dorfe anlangte,
Reinhard schloß sich einem Trupp Burschen an und
zog mit ihnen singend durch das Dorf. Als es längst
Nacht geworden war, kam er heim, sprang schnell die
Treppe hinauf und wieder hinab. Der Collaborator
saß auf seiner Stube und notirte sich einige der heute
vernommenen Sagen; als er aber von der Straße her=
auf Zitherklang hörte, ging er hinab.

Unter der Linde saß Reinhard, die Zither auf dem
Schooße, die ganze Männerschaft des Dorfes war um
ihn versammelt. Er spielte nun zuerst eine sanfte
Weisung, er wußte das liebliche Instrument so zart
zu behandeln, daß es, bald schmelzend, bald jubelnd,
alle Gemüthsregungen verkündete. Die Zuhörer standen
still und lauschend, es gefiel ihnen gar wohl und doch,

als er jetzt geendet, fürchteten sie, er möchte immer blos spielen. Martin sprach daher das allgemeine Verlangen aus, indem er rief: „Ihr könnet doch auch singen, gebt was los."

„Ja, ja," stimmten Alle ein, „singet, singet."

Reinhard gab nun viele kurze Lieder preis, die er auf seinen Wanderungen aufgehascht hatte; hell klang seine Stimme hinein in die stille Nacht und die Jobel= töne sprangen wie Leuchtkugeln hinauf zum Sternen= himmel und stürzten sich wieder herab.

Lorle, die sich eben hatte zu Bett legen wollen, schaute zum Fenster heraus und horchte hinab; die Worte mit den Lippen sprechend, aber nicht der Luft anvertrauend, sagte sie:

„Es ist doch ein prächtiger Mensch, so gibt's doch gewiß Keinen mehr auf der ganzen Welt."

Nun sang Reinhard das Lied:

> Und wann's emol schön aber [1] wird,
> Und auf der Alm schön grüen,
> Die Bödle mit de Geisle führt,
> Die Sendrin mit de Küehn;
> Die Wälder werden grün von Laub,
> Die Wiesen grün von Gras,
> Und wann i an mein' Sendrin denk,
> No g'freut mi halt der G'spaß.

Der Collaborator kannte das Lied und begleitete es im Grundbaß, Lorle oben machte aber bei den nachfol= genden Versen das Fensterchen zu und legte sich still zu Bett. Gegen das Ende des äußerst naiven Stelldichein,

[1] Aber = frühlingshell, sonnig.

welches im Liede besungen wurde, konnten schon fast alle Burschen mitsingen; der eilfte und letzte Vers wurde unter hellem Lachen noch einmal wiederholt:

Der Bue der sait, heut kann's nit sein,
Heut hab i goar koan Freud,
Wann i das nächstmal wieder kumm,
Heut hab i goar koan Schneid.
Er thut en frischen Juchzer drauf,
Das hallt im ganzen Wald;
Die Sendrin hat ihm nachig'weint,
So lang sie hört den Schall.

„Und das Lied hat eine Sennerin gemacht!" schrie der Collaborator in vollem Entzücken.

„Ihrem Herzliebsten zur guten Nacht, gut Nacht," schloß Reinhard und ging in das Haus. Die Burschen sangen das neue Lied noch weit hinein durch das Dorf und lachten unbändig.

„Das war ein genußvoller Tag," sagte der Colla= borator auf der Stube zu seinem Freunde. „Wie schön ist Musik in der Nacht! Das Licht ist ein Nebenbuhler des Gesangs, es liebt ihn nicht, die dunkle Nacht aber wiegt ihn sanft auf ihren weichen Armen. Du ver= stehst's mit dem Volke umzugehen, man sollte ihm die neuen Offenbarungen im Gesange mittheilen, da ist Alles wieder eins, die erste und letzte Bildungsstufe ist im Gesange wieder geeint."

Da Reinhard nicht antwortete, fuhr der Redner fort: „Du hast mir diesen Abend ein Gesetz von der Völkerwanderung der Lieder, ich wollte sagen, von der Wanderung der Volkslieder concret erklärt. Man hat

so oft Volkslieder von ganz localer Färbung an frem=
den Orten gefunden. Menschen wie du sind die Schmet=
terlinge, die den befruchtenden Blumenstaub von der
einen Blume zur andern bringen. Wir hatten heute
Alles: Ein Müllerstöchterlein, ein Wirthstöchterlein,
ein Maler und Musikant, es fehlte nur noch ein Jäger,
dann hätten wir die vollständige Romantik."

„Laß die Romantik, du bist heut schon übel damit
gefahren."

„Du solltest unsere heutige Versammlung unter
dem Nußbaum malen."

„Du hast mir versprochen, mich nicht aufmerksam
zu machen."

„Ja, verzeih', gut Nacht."

Reinhard richtete noch bis spät in der Nacht seine
Werkstätte ein, er hatte etwas im Sinne und wollte
am andern Morgen frisch an die Arbeit.

Bergaus und bergein.

Nachdem der Collaborator am andern Morgen die
unterbrochene Aufzeichnung der Sagen vollendet hatte,
suchte er seinen Freund auf und fand denselben vor
einer fast fertigen Farbenskizze: ein Tyroler, der ober=
schwäbischen Burschen und Mädchen ein neues Lied
vorsingt.

„Da hast du ja mein Gesetz verbildlicht," bemerkte
der Collaborator, „das Bild gewinnt eine tiefe Tendenz."

„Bleib' mir vom Hals mit deiner Tendenz," ent=
gegnete der Maler, „die Menschen haben den Teufel

zur Welt hinausgejagt, aber den Schwanz haben sie ihm ausgerissen und der heißt Tendenz. Wie in dem Märchen von Mörike legen sie ihn als Merkzeichen in's Buch, in Alles. Ich möchte einmal Etwas machen, bei dem sie gar keine Tendenz herausquälen könnten, wo sie blos sagen müßten: das Ding ist schön."

„Du hast Recht, das Symbolische und Typische, was jedes Kunstwerk in sich hat, muß sich auf natur= wüchsige Weise gestalten."

„Naturwüchsig? Ein schönes Wort; warum sagst du nicht naturwuchsig oder naturwachsig?"

„Spotte nur, meine Behauptung steht doch fest: in jedem Kunstwerke ist Symbolisches und Typisches; die Situation, das Ereigniß ist für sich da, bedarf keiner äußern Ideenstütze, ist selbständig; in der tieferen Betrachtung aber muß sich ein sinnbildlicher oder vor= bildlicher Gedanke darin offenbaren, das Concrete wird an sich ein Allgemeines. Das ist nicht Tendenz, wo man in die magere Milch Butter gießt, um glauben zu machen, die Kuh gebe von selbst Milch mit solchen Fettaugen, das Gedankliche ist vielmehr als Saft und Kraft in jedes Atom vertrieben. Dein Bild hier kann ganz vortrefflich werden, nur ist die Frage, ob das Musikalische, das punctum saliens gegenständlich wer= den kann für die Malerei. Du mußt Lessing's Laokoon studiren, dort sind die Grenzen der Kunst haarscharf gezogen. Ich sehe wohl, daß der Tyroler mit der Zither auf dem Schooße, wie er mit der einen Hand die Finger schnalzt, wie er den Mund öffnet, ein lustiges Lied singt; du hast in der Gruppe zwischen dem Burschen

und dem Mädchen, die sich hinter dem Rücken des
Alten zuwinken und hier zwischen den Hand in Hand
stehenden, staunenden beiden Mädchen gezeigt, daß eine
Liebesstrophe gesungen wird, ob aber —"

„Du wolltest ja heute das Clavier stimmen," unter=
brach ihn Reinhard.

„Das will ich. Hier an dem Clavier habe ich auch
wieder ein Symbol des deutschen Volksgemüthes: alle
Saiten sind noch da, keine braucht frisch aufgezogen
zu werden, aber fast alle sind von rohen, ungeschickten
Händen verstimmt, nur einige tiefe Töne sind noch
rein. Auch das ist bezeichnend, daß ich mir jetzt vom
Schulmeister den Stimmhammer holen muß. Ich gehe
nun."

„Grüß' mir den Schulmeister," schloß Reinhard und
schaute eine Weile nach der Thür, die er hinter dem Stö=
renfried verschlossen hatte. Zur Staffelei gewendet, ver=
sank er in Gedanken; er hatte so rüstig und zuversichtlich
begonnen und jetzt war's ihm doch, als ob das Musi=
kalische nicht wohl zu malen sei. Er erinnerte sich
nun, daß er ein Bild für die neue Kirche versprochen,
und ging nach dem neuen Bau, um sich Räumlichkeit und
Größe zu betrachten; einmal aus der Werkstatt, ging
er nicht wieder zurück, sondern wanderte ins Feld.
Als er hier die arbeitenden Bauern betrachtete, zog der
Gedanke durch seine Seele: Wie glücklich sind diese
Menschen in der Stetigkeit ihrer Arbeit. Sie wissen
nichts von Stimmungen und Zwiespältigkeiten des Be=
rufs, ihre Arbeit ist so fest und unausgesetzt, wie das
ewige Schaffen der Natur, der sie dienen. Wär' ich

ein Bauer, ich wäre glücklich. — Nun fiel ihm auch eine Bäuerin ein, er saß im freien Felde am hellen Mittag auf dem Pfluge, ein Weib kam den Rain herauf, sie trug das einfache Essen im tuchumwickelten Topfe, ihr Antlitz leuchtete, als sie ihren Mann sah, der, die schirmende Hand an die braune Stirn gelegt, nach ihr ausschaute; sie lächelte und ihr Mund schwellte sich wieder zum Kusse. — Wir sind genußsüchtige Menschen, dachte Reinhard, aus seinen Träumen auf= seufzend; wie glücklich könnte ich leben, vermöchte ich's, mich in die Beschränkung einzufrieden.

Aber — so sonderbar ist der Mensch in seiner Doppelnatur geartet — Reinhard konnte wenige Mi= nuten darauf sein Traumbild in flüchtigen Umrissen in sein Skizzenbuch zeichnen. Wohl that er's nur zur Er= innerung, aber es war doch noch mehr, und daß er über= haupt so bald eine Träumerei in eine Skizze verwandeln konnte, mußte ihm zeigen, wie weit ab er davon war, seinen Künstlerberuf hinter sich zu werfen. — Die Züge des Weibes hatten unverkennbare Aehnlichkeit mit einem nicht gar fernen Mädchen. Reinhard wollte sich selbst entfliehen, indem er mit voller Kraft den Bergwald hin= aufrannte: er schweifte lange umher, da sah er in einer Schlucht die zur Trift abgeholzt war, einen Hirtenkna= ben, der auf seinen Stock gelehnt über die weidenden Kühe hinweg nach dem Thal schaute. Reinhard schlich leise an ihn heran, nahm ihm den breiten, schwarzen Hut vom Kopfe und machte eine tiefe Verbeugung; der Knabe lachte und dankte vornehm nickend, ein frisches Antlitz von feuer= rothen Lockenkrausen umwallt, schaute zu Reinhard auf.

„Nun? ist das Alles?" fragte der Knabe keck; „her mit dem Hut!"

„Nein, ich will dich abzeichnen, willst du still halten?"

„Ja, wenn Ihr mir einen Groschen gebt."

Reinhard ward handelseins, der Knabe aber wollte nichts vom Stillehalten wissen, bis er den Groschen in der Tasche habe. Reinhard mußte willfahren. Während der Arbeit erfuhr er nun, daß der Knabe beim Lindenwirth diente und hier dessen Kühe hütete.

„Wen hast du denn am liebsten im Hause?"

„Da sitzt er und hat's Hüetle auf," antwortete der Knabe schelmisch, was so viel hieß als: man wird dir's nur schnell sagen, ja, wart' ein Weilchen.

„Also die Bärbel?" fragte Reinhard.

„Nein, die gewiß nicht; ich kann's Euch meinetwegen auch sagen, aber wenn Ihr's verrathet, werdet Ihr gestraft um sechzehn Ellen Buttermilch."

„Also wer ist's?"

„Versteht sich das Lorle. Du lieber Himmel! Wenn ich nur nicht erst dreizehn Jahr' alt wär', das Lorle müßte mein Weible sein; ich hab' aber nur fünf Gulden Lohn im Sommer und ein paar Nägelschuh' und ein paar Hosen und zwei Hemden, das gibt kein Heirathgut. Aber das Lorle, das ist ein Mädle, potz Heidekukuk! Es kommt immer daher, wie wenn es aus dem Glasschränkle käm' und es schafft doch sellig, und da guckt es so drein, daß man nicht weiß, darf man mit ihm reden oder nicht; es hat so getreue Augen, daß man satt davon wird wenn man's ansieht, und es sagt nichts und es ist Einem doch wie wenn es über alle Menschen zu befehlen hätt', und wenn es was sagt, muß man ihm durch's Feuer springen, da kann man nimmer anders."

Reinhard sah den Knaben so verwirrt an, daß dieser die Hand an die Seite stemmte und herausfordernd fragte: „Was gibt's denn? Was wollet Ihr?"

„Nichts, nichts, red' nur weiter."

„Ja was weiter? Da habt Ihr Euern Groschen wieder, wenn Ihr mich zum Narren habt, und ich red' jetzt gar nicht, just nicht, gar nicht."

Reinhard beruhigte den Knaben, der sich in Zorn hineinarbeiten wollte, er schenkte ihm noch einen Groschen; das that gute Wirkung. —

Als die Zeichnung vollendet und Reinhard weggegangen war, jauchzte der Knabe laut auf, daß die Kühe, das abgegraste Futter im Maul haltend, nach ihm umschauten. Der Knabe setzte sich schnell auf den Boden und betrachtete mit unendlicher Befriedigung Wappen und Schrift an den beiden Groschen, dann zog er das in ein Knopfloch gebundene Lederbeutelchen vor, darin noch anderthalb Kreuzer waren, legte schmunzelnd das neue Geld hinein und sagte, den Beutel zudrehend: „So, vertraget euch gut und machet Junge."

Während sich dies im Walde zutrug, hatte der Collaborator im Dorfe ganz andere Begegnisse. Er besuchte den Schullehrer und traf in ihm einen abgehärmten Mann, der schwere Klage führte, wie sein Beruf so viel Frische und Spannkraft erheische und wie der bitterste Mangel ihn niederdrücke, so daß er sich selber sagen müsse, er genüge seinem Amte nicht. Der Collaborator

gab ihm zwei Gulden, die er nach Gutdünken verwen=
den solle, den Schulkindern eine Freude damit zu ma=
chen, ausdrücklich aber verbot er, ein Buch dafür zu
kaufen. — Der neuen Kirche gegenüber auf den Bau=
steinen saß ein hochbetagter Greis, der jetzt den Colla=
borator um eine Gabe bat. Auf die Frage nach seinen
Verhältnissen erzählte der Alte, daß ihn eigentlich die
Gemeinde ernähren müsse und daß sie ihm auch Essen
in's Haus geschickt habe; er habe es aber nur zweimal
angenommen, er könne nicht zusehen wie seine sieben
Enkel um ihn her hungern, während er sich sättige.
Die umstehenden Maurer bestätigten die Wahrheit dieser
Aussagen. Der Collaborator begleitete den alten Mann
nach Hause und das Elend, das er hier sah, preßte
ihm die Seele so zusammen, daß er zu ersticken glaubte;
er gab hin was er noch hatte, er hätte gern sein Leben
hingegeben, um den Armen zu helfen. Lange saß er
dann zu Hause und war zum Tode betrübt, endlich
machte er sich an die Arbeit, das Clavier zu stimmen.

Mittag war längst vorüber, da kam Lorle zu ihm;
sie hatte sich zwar gestern vorgenommen mit dem „Ueber=
g'studirten" zu trutzen, aber es ging nicht. Für ein
gutes Gemüth giebt es keine schwerere Last, als erfahrene
Unbill oder Kränkung in der Seele nachzutragen. Lorle
hatte alles Recht dazu, wieder freundlich zu sein.

„Da sehet Ihr's jetzt, wie der Herr Reinhard ist,"
sagte sie, „wenn er einmal vom Haus fort ist, muß
man ihm das Mittagessen oft bis um viere warm hal=
ten. Das muß man sagen, schlecktig ist er nicht, er ist
mit Allem zufrieden; aber es thut Einem doch leid,

wenn das gut Sach' so einkocht und verdorrt, und
man kann's doch nicht vom Feuer wegthun. Und, Herr
Reihenmaier, ich hab' auch viel an Euch denkt; Ihr
habt gestern so eine gute Sach' gesagt und so schön
ausgelegt, jetzt lasset's aber nicht blos gesagt sein, Ihr
müsset's auch eingeschirren und in's Werk richten."

„Was denn?"

„Das mit dem Verein für die Kindbetterinnen; gehet
zum Pfarrer, daß der die Sach' in Ordnung bringt."

„Gut, ich gehe."

„Ja," sagte Lorle, „jetzt nach Tisch ist grad die
best' Zeit beim Pfarrer, und Euch wird Euer Essen
noch viel mehr schmecken, wenn Ihr so was Gutes in
Stand bracht habt."

Der Collaborator traf den Pfarrer im Lehnstuhl,
zur Tasse Kaffee eine Pfeife rauchend. Nach den her=
kömmlichen Begrüßungen wurde das Anliegen vorge=
tragen, der Pfarrer schlürfte ruhig die Tasse aus und
setzte dann dem Fremden auseinander, daß der Plan
„unpraktisch" sei, die Leute hülfen einander schon von
selbst. Der Collaborator entgegnete, wie das keineswegs
der Fall sei, daß man deshalb die Wohlthätigkeit or=
ganisiren müsse, um zugleich frischen Trieb in die
Menschen zu bringen. Der Pfarrer stand auf und sagte
mit einer kurzen Handbewegung: man bedürfe hier der
Schwärmereien von Unberufenen nicht. Jetzt gedachte der
Collaborator der Armuth und Noth, die er erst vor we=
nigen Stunden gesehen; immer heftiger werdend rief er:

„Ich kann nicht begreifen, wie Sie die Kanzel be=
steigen und predigen können, indem Sie wissen, daß

Menschen aus der Kirche gehen die hungern werden,
während Sie sich an wohlbesetzter Tafel niederlassen."

Der Pfarrer kehrte sich verächtlich um und sagte:
er würdige solche demagogische Reden — er war noch
aus der alten Schule und hatte den Ketzerstempel com=
munistisch noch nicht — kaum der Verachtung. Er machte
eine Abschiedsverbeugung und rief noch: „Sagen Sie
Ihrem Freunde, er möge seine Liederpropaganda unter=
lassen, sonst giebt's eine Polizei. Adieu."

Der Collaborator kam leichenblaß zu Reinhard in
das Wirthshaus und aß keinen Bissen. Als ihn Lorle
nach dem Erfolge seines Ganges fragte, erwiderte er
wie zankend: „Ich bin ein Narr!" dann preßte er
wieder die zuckenden Lippen zusammen und war still.

Reinhard hielt Lorle sein Skizzenbuch hin und fragte:
„Wer ist das?"

„Ei der Wendelin. Lasset mir's, ich will's der
Bärbel zeigen."

„Nein, das Buch gebe ich nicht aus der Hand."

„Warum? Ist Jemand darin abgezeichnet, das ich
nicht sehen darf?"

„Kann sein."

Lorle zog ihre Hand von dem Skizzenbuche zurück.

Auf dem Spazirgange, den die Freunde nun ge=
meinsam machten, schüttete der Collaborator sein ganzes
Herz aus; Reinhard verwies ihm sein Verfahren und
er erwiderte:

„Du bist zu viel Künstler, um dir die Noth und
das Elend vor Augen halten zu können; du suchst und
hältst nur das Schöne."

„Und will's auch so halten, bis ich einmal durch ein Wunder ausersehen werde, die kranke Menschheit zu operiren."

„Ich kann's oft nicht fassen," fuhr der Collaborator wieder auf, „wie ich nur eine Stunde heiter und glücklich sein kann, da ich weiß, daß in dieser Stunde Zahllose, berechtigt zum Genusse des Daseins wie ich, ihr Leben verfluchen und bejammern, weil sie am Erbärmlichsten, an Speise und Trank Noth leiden."

Die Beiden gingen geraume Zeit still den Bergwald hinan; ein alter Mann, der ein Bündel dürres Holz auf dem Rücken trug, begegnete ihnen, der Collaborator stand still und sah ihm nach, dann sagte er: „Der Instinct, was wir mit dem Untermenschlichen gemein haben, das hilft uns noch am meisten. Wir müßten ohnedies vergehen im Kampf gegen die Welt, wohlweislich aber ist's von Gott in alle Wesen und in den Menschen besonders gesetzt. Hast du beobachtet, wie der Alte vorgebeugt seine Last trug? Er kennt die Organisation seines Körpers nicht, weiß nichts von Schwerpunkt und Schwerlinie, und doch trägt er seine Last ganz vollkommen mit den Gesetzen der Physik übereinstimmend — vielleicht trägt auch die Menschheit ihre Last auf naturtriebliche Weise, die wir noch nicht als Gesetz erkennen."

Auf diese Nothbank des Vielleicht suchte der Collaborator seine quälende Sorge abzusetzen; es gelang ihm nicht, aber er konnte doch verschnaufen, doch so viel freien Athem schöpfen, um neuen Eindrücken offen zu sein. Reinhard traf das rechte Mittel, um den Freund

zu erlösen, er stimmte jetzt mitten im Walde das
Weber'sche „Miraro! der Sommer der ist do" an, der
Collaborator begleitete ihn schnell im kräftigen Baß;
sie wiederholten die Strophen mehrmals, und so ein
Lied thut Wunder auf eine betrübte Seele, die sich nach
Freiheit sehnt, es leiht dem Geiste Schwingen, daß er
mit den Tönen frei über die Welt hinschwebt.

„Es giebt doch keinen festeren Halt, keine sicherere
Freude als die Natur;" sagte der Collaborator wiederum,
„selbst die Liebe, glaube ich, kann der namenlosen
Wonneseligkeit nicht gleichen, die wir in der Natur
empfinden. Der Natur Dank, daß sie stumm und ge=
messen fortlebt, uns nur sieht und nur zu uns spricht,
wenn der Geist Natur geworden. Denke dir, wir könn=
ten die ganze Natur hineinreißen in den grausen Wirr=
warr unserer Philosopheme, Theorien und Zwiespälte,
sie unterbräche durch dieselben auch ihr Dasein, experi=
mentirte mit in unseren Ideen — wie unglücklich müßten
wir werden! Nein, die Natur ist stumm und von ewi=
gen Gesetzen gebunden. Es mag eine tiefe Deutung
darin gefunden werden, daß nach der Bibelurkunde Gott
die ganze Welt durch das Wort, aber ohne ausgespro=
chenen Willen schuf: erst als er den Menschen formte,
sprach er: wir wollen einen Menschen schaffen. Die
Natur spricht nicht und will nicht, wir aber sprechen
und wollen, wir werden uns selbst zu Gegensatz und
Kampf."

„Lustig! Und wenn der Bettelsack an der Wand
verzweifelt," rief Reinhard endlich dazwischen, schnalzte
mit den Fingern und begann zu singen:

„Jetzt kauf i mir fünf Leitern
Bind's an einander auf,
Und wann's mich unt' nimer g'freut
Steig i oben hinauf.
    Huididäh u. s. w.

Bin kein Unterländer,
Bin kein Oberländer,
Bin ein lebfrischer Bue
Wo's mi freut, kehr i zue.

Drei 'rüber, drei 'nüber,
Drei Federn auf'm Huet;
Sind unser drei Brüder,
Thut keiner kein guet.

Sind unser drei Brüder
Und i bin der klenst,
Hat e Jeder ein Mädle
Und i han die schönst.

E schön's Häusle, e schön's Häusle,
E schön's, e schön's Bett,
Und e schön's, e schön's Bürschle
Sust heirath i net.

Wenn i nunz ein Haus han
Han i doch e schöne Ma'n,
Dreih ihn 'rum und dreih ihn 'num.
Schau ihn alleweil an.

Mein Schatz, der heißt Peter,
Ist e lustiger Bue
Und i bin sein Schätzle,
Bin au lusti gnue.

Mit solchen „G'sätzle," die Reinhard schockweise
kannte, überschüttete er seinen Freund; so oft dieser zu
grübeln beginnen wollte, sang er ein neues und der
Collaborator konnte nicht umhin, die zweite Stimme
zu übernehmen. Wohlgemuth kamen sie zu Hause an
und merkten nicht, daß die Leute die Köpfe zusammen=
steckten und allerlei munkelten.

Am andern Morgen stand Reinhard vor dem Bett
des Collaborators und sagte: „Frischauf! du gehst mit,
wir wandern ein paar Tage in's Gebirge; das wird dir
das Blut auffrischen und ich kann doch nichts arbeiten,
es gefällt mir nichts."

Der Aufgeforderte war ohne viel Zögern bereit, er
hatte sich's zwar vorgesetzt, so viel als möglich sich in
das Kleinleben des Dorfes zu versenken; nun sollte
sich's ändern.

Erkräftigende, sonnige Wandertage verlebten die
beiden Freunde; wie der Himmel in ungetrübter Bläue
über ihnen stand, so breitete sich auch eine gleiche
einige Seelenstimmung über sie. Was der Eine that
und vorschlug, war dem Andern lieb und erwünscht;
nie wurde hin und her erörtert, und so hatte jeder
Trunk und jeder Bissen den man genoß eine neue
Würze, jedes Ruheplätzchen doppelte Erquickung. Frei=
lich war der Collaborator noch immer der Nachgiebige,
aber er war's nicht aus rücksichtsvoller Behandlung,
sondern unmittelbar in freudiger Liebe. Da er es selten
unterließ, einen gegenwärtigen Zustand mit einer allge=
meinen Betrachtung zu begleiten, sagte er einmal: „Wie
herrlich ist's, daß wir vom Morgen bis zum Abend

beisammen sind. Ich bin oft gern allein der stillen Natur
gegenüber, ist aber ein Freund zur Seite, so ist's eine
höhere Wonne, unbewußt durchzieht mich die Empfindung,
daß ich nicht nur mit der Natur, sondern auch mit den
Menschen einig und in Frieden bin, sein möchte." —

Reinhard gab auf diese Rede seinem Freund einen
derben Schlag auf die Schulter, er hätte ihn gern
an's Herz gedrückt, aber diese Form seines Liebesaus=
druckes war ihm genehmer und dünkte ihn männ=
licher. —

Sie kamen nun in eine geologisch höchst merkwürdige
Gegend. Der Collaborator vergaß eine Weile all das
menschliche Elend was ihn bedrückte, denn er machte in
den Steinbrüchen manchen glücklichen Fund; er fand
in einem Kalkbruch nicht nur einen Koprolith von sel=
tener Vollkommenheit, sondern auch noch manche andere
Seltenheit. Als er mehrere sehr schöne versteinerte
Fischzähne gefunden, äußerte er seine eigenthümliche
Empfindung, hier Ueberbleibsel einer alten Welt zu
haben, die viele tausend Jahre älter ist als unsere
Erde. Reinhard hörte solche Auseinandersetzungen gern
an, denn ihm ward jetzt auf den Wegen die Ent=
stehungsgeschichte unserer Erde eröffnet. Der Collabo=
rator liebte es in komischen Darlegungen auseinander=
zusetzen, wie dieser unser Erdball mehrmals durch's
Examen gefallen, bis er den Doktor, den Menschen, ge=
macht. Er wiederholte oft, daß die Geologie die einzige
Wissenschaft sei, der er sich mit voller Lust widmen
möchte, er liebte sie auch besonders, weil, wie er sagte:
die Astronomie der Altgläubigkeit das Dach über'm

Kopfe abgehoben und die Geologie ihr den Boden unter
den Füßen weggezogen habe.

Die Taschen des Collaborators füllten sich über=
mäßig, er mußte manche schöne Versteinerung, deren
Fund ihn ganz glücklich gemacht hatte, zurücklassen,
er entschädigte sich aber dafür, indem er solche an
ungewöhnlichen Orten versteckte; mit kindischer Freude
malte er dann aus, wie nachkommende Stümper
tiefe Abhandlungen über diese seltsamen Erscheinungen
schreiben würden. Als ihm Reinhard bemerkte, daß
er ja hierdurch die Wissenschaft verwirre, stand er
stutzig da und half sich dann mit einem leichten Scherze
darüber weg. Dennoch ließ er jede Versteinerung, die
er nicht mitnehmen konnte, fortan an ihrem Orte
liegen. Bei den naturgeschichtlichen Auseinandersetzun=
gen hörte Reinhard willig zu; wenn es aber wieder
an die Fragen vom Weltübel ging, begann er zu
singen:

„Collaborator! Collaborator! Ihr Bäume, Vögel,
Steine, der Collaborator ist da und will euch eine
Predigt halten. Sieh, ich lehre die Vögel im Walde
deinen Titel, wenn du nicht einpackst.“

Ueber eine Sache jedoch hörte Reinhard mit be=
sonderm Wohlgefallen zu. Sie ruhten einst unter einem
Nußbaume mitten im Walde, da bemerkte der Colla=
borator: „Der Volksmund berichtet, einem Raben sei
an solcher Stelle die Frucht, die er im Schnabel trug,
entfallen und sie sei zum Baume aufgewachsen. So
steht auch oft mitten unter Menschen mit rauhen Sitten
und Seelen ein zartes, hohes Gemüth.“

„Aber ein schöner Leib muß auch dabei sein," bemerkte der Maler.

„Gewiß, wie glücklich ist ein schönes Menschenantliz; freundlich lacht ihm die Welt entgegen, alle Blicke, die sich ihm zuwenden, erheitern sich, ein Widerstrahl des Wohlgefallens kehrt aus Allen zu ihm zurück."

Sie nannten Lorle nicht und doch dachten Beide an sie.

Sie sprachen einmal von Liebe und Reinhard bemerkte: „Mir ist's oft, als wäre all das Singen und Sagen von der Liebe eitel Tradition; ich kann mir jenen süßen Wahnsinn, da der ganze Mensch in Liebe aufbrennt, nicht denken." —

Reinhard sagte dies selber nur als Tradition aus einer vereinsamten Vergangenheit, es hatte keine Wahrheit mehr für ihn und doch wiederholte er's wie aus Gewohnheit; sein Freund mochte das fühlen, er sah ihn bedeutsam und traurig an, indem er dann erwiderte: „Solch ein Mädchen ist wie ein Lied, das ein ferner Dichter geschaffen und zu dem ein Anderer die Melodie findet, die Alles und hundertfältig mehr daraus offenbart."

Als Antwort stimmte Reinhard das Lied an: „Schön Schäzichen wach auf!"

Der Collaborator fand eine reife Erdbeere am Felsen, er hielt sie vor sich hin und sagte: „Wie duftig und voll würziger Kühle ist diese Beere, wie lange bedurfte das Pflänzchen, bis es Blüthe und Frucht reifte, und nun steht es da zu unserer Erquickung.

War sein ganzes Dasein nur ein stilles Harren auf
mich? Hat der Schöpfer es bereit gehalten, bis er mich
herführte?"

Reinhard betrachtete seinen Freund mit glänzenden
Augen und sagte dann: „Wenn ich dich einst male,
fasse ich dich so: die frische Frucht zum Genusse in der
Hand und du sie betrachtend."

In den Dörfern wo man übernachtete, brachte der
Collaborator eine seltsame Bewegung unter die Bewoh=
ner; er ließ sich in der Nacht vom Küster die Kirche
öffnen und berauschte sich im Orgelspiel, das er mei=
sterhaft verstand. Noch viele Tage redete man in den
Dörfern von dem wunderlichen, nächtigen Orgelspieler
und der Collaborator selber sagte auf dem Heimwege:
„Es ist tief bedeutsam, wie in jedem Dorf ein großes,
heiliges Instrument aufgerichtet ist, dessen harrend, der
einst die freien Klänge daraus erwecke. Auch das: ich
bin nicht der rechte Mann des Volkes, ich verstehe nur
das höchste Instrument des Dorfes, die Orgel zu
spielen, und zwar wesentlich zu meiner eigenen Erho=
lung." — —

Die Wandertage hatten die Freunde auf's Neue
an einander geschlossen; sie kehrten Freitag spät in der
Nacht heim, am andern Mittag mußte der Collabora=
tor nach der Stadt in sein Amt zurück.

In aller Frühe stimmte er noch vollends das Cla=
vier und sagte mit schmerzlichem Lächeln zu dem ein=
tretenden Reinhard: „Unter der Hand wird mir Alles
zum Sinnbilde. Ich habe nun das Clavier gestimmt,
werde aber morgen keine lustigen Tänze darauf spielen.

Après nous la danse. Nach uns geht der Tanz der Weltgeschichte an. Diese Steine und die paar Schmetterlinge, das ist Alles was ich aus dem Dorf mitnehme."

Er eilte nochmals zu der armen Familie, um zu sehen wie es ihr erginge; die Leute waren unwirsch und er glaubte, sie müßten, daß er ihnen nichts mehr geben könne.

Von allen Hausgenossen war es Lorle allein, die innigen Abschied vom Collaborator nahm. Als er fort war, sagte sie zu Reinhard: „Ich kann's nicht glauben, aber die Pfarrköchin hat's im Dorf ausge=sprengt, der Herr Reihenmaier sei ein gottloser Heid', er häb beim Pfarrer auf das Predigen geschimpft und den neuen Kirchenbau verflucht. Er kann aber nicht schlecht sein, nicht wahr? Er hat doch so ein gut Herz."

Reinhard sah dankend auf Lorle. Der Abschied vom Freunde that auch ihm wehe, und doch dünkte er sich jetzt erst recht frisch und frei; er glaubte jetzt alle störsame Reflexion los zu sein, da sie von seiner Seite gewichen war . . . .

In einem geheimen Buche der Residenz wurde mehrere Tage darauf ein neues Conto für einen Kun=den eröffnet. Darin hieß es „Ministerium des Cultus. Der Collaborator Adalbert Reihenmaier, nach Denun=ciation des Pfarrers M . . . zu Weißenbach laut Be=richt des Amtes zu G., atheistisch gesinnt, Versuch zur Aufreizung des Volkes. Reg. VII. b. act. fasc. 14263.

Hoch zum Himmel hinan!

So wohl sich Reinhard jetzt fühlte, schaute er am
andern Morgen doch oft nach der Thür, als müsse der
Freund eintreten.

Mit frischer Luft wurde nun die Ausführung der
Farbenskizze fortgesetzt, es wurde noch ein Plätzchen
für Wendelin erübrigt, der mit dem Hirtenstocke in der
Hand stehen blieb; während die Kühe sich im Hinter=
grunde verloren; hiedurch bekam das Abendliche, das
über dem Ganzen liegen sollte, noch ein weiteres Mo=
tiv. Einigen Zuhörern im Hintergrunde gab Rein=
hard Lasten auf den Kopf, sie kehrten eben vom Felde
heim und blieben stehen; der Collaborator würde sagen,
dachte Reinhard lächelnd: das zeigt symbolisch oder ty=
pisch, daß das Volk durch das Lied die bedrückenden
schweren Lasten vergißt!... Nun ward auch noch der
Collaborator in eine Ecke gestellt, es war offenbar, daß
er das neue Lied aufschrieb.

Reinhard aß fortan wieder am Familientisch; er
war doch erst, jetzt wieder in seinen alten Verhältnissen.
Mit Lorle sprach er oft und viel von dem fernen
Freunde und daß sie allein im ganzen Dorf einen
Menschen lieb hatten, den die Anderen vergaßen oder
schmähten, das gab ihrem Verhältniß noch eine geheime
Besonderheit. Es ergab sich nun, daß der Collaborator
allerdings in seinem tiefen Aufruhr sich zu heftigen
Aeußerungen eigenthümlicher Art hatte hinreißen lassen;
er hatte im Hause des alten Klaus ausgerufen: „man
möchte an Gott verzweifeln, daß er die Sonne scheinen

unb bie Bäume wachfen läßt, baß er's bulbet, baß man
ihm eine Kirche erbaut, während bie Menfchen folches
Elenb ihrer Brüber ruhig mit anfehen." Lorle ent=
fchulbigte ihn immer bis auf's Aeußerfte unb beklagte,
baß bie Leute, benen er boch nur Gutes gethan, ihn
bafür jetzt beim Pfarrer verläumbet unb angegeben
hätten. Sie gönnte fich jetzt auch faft keine Ruhe unb
keinen Genuß mehr, fie wollte überall im ganzen Dorfe
wo es beffen beburfte beifpringen unb helfen.

Reinharb war überaus fleißig unb, wie bas immer
Urfache unb Wirkung bes fchöpferifchen Fleißes, auch
überaus luftig; er war zu Scherz unb Schelmerei aller
Art aufgelegt, es fchien als ob bas ganze Haus nur
ihm gehörte. Man konnte nicht recht fagen was er
trieb; in ben Stunben, in benen er nicht arbeitete,
war's eben als ob ein Kobolb umherrenne unb Alles
lachen unb fpringen mache.

Der Wabeleswirth fagte oft gar bebächtig: "Nur
ftet, laffet mir nur bas Haus über'm Kopf ftehen;"
zwei Minuten barauf mußte er aber felbft ganz unge=
wöhnliche Sprünge machen. Reinharb verftanb näm=
lich zweierlei Künfte befonbers: zuerft bie Bauchrebne=
rei; er brachte einft ben Wabeleswirth fo in Gang, wie
fich beffen Beine feit Jahren nicht erinnern konnten,
benn er ahmte bie Stimme Lorle's nach, bie vom Spei=
cher nach Hülfe rief. Ueber ein anberes Kunftftück
Reinharb's rief Bärbel einmal alle Hausbewohner zu=
fammen. Die jungen Schweinchen, bie man erft vor
Kurzem eingethan, grunzten plötzlich auf bem oberften
Speicher, unb als man hinauffam, hatte Reinharb blos

die Stimmen der bescheidenen Geschöpfe nachgeahmt. Man konnte dem übermüthigen Gesellen nicht gram sein und Lorle sagte einmal:

„In unserm Haus dürfet Ihr die Späß' machen, aber nur nicht vor andern Leuten, die haben sonst kei= nen Respect vor Euch."

Reinhard war von diesem Augenblicke an ruhiger und nur wenn die Gelegenheit gar zu lockend war, vollführte er noch einen Schabernack.

Lorle war - viel im Dorf, aber nicht zu Hause, sondern bei der Mutter Wendelins, die mit dem sechsten Kinde, einem Knaben, niedergekommen war. Reinhard hatte sein Bild rasch untermalt und wollte sich nun, so lange die Farben trockneten, Ruhe, das heißt freies Umherschweifen in Wald und Feld gönnen. Er putzte seine Büchse, um auf die Jagd zu gehen, aber er kam nicht dazu, denn schnell drängte sich ein anderes Bild auf die Staffelei und mit frischem Eifer vollendete er die Farbenskizze zu demselben, es war das versprochene Altarbild. Reinhard hatte die Hoch= zeit zu Canä dazu gewählt und malte mit fast immer lächelndem Antlitz, denn er hatte die Figuren aus dem Dorf genommen, die er gar nicht mit langen Bärten und Talaren verkleiden wollte; es war eine einfache deutsche Bauernhochzeit, unter die der Heiland trat: Stephan war der Bräutigam, die Braut aber sah nicht Vroni ähnlich, der Wadeleswirth und der Hohlmüller nahmen sich als Schwiegerväter stattlich aus. Reinhard pfiff allerlei lustige Volkslieder während er malte, und als er einmal das Ineinandertönen der Farben aus der Ferne betrachtete, dachte er vor sich hin: „Wie würde sich der Collaborator freuen, wenn er fähe, wie ich unfer Bauernleben dem altjüdischen als Kukuksei ins Neft practizire. Was könnte er da für culturgeschichtliche Bemerkungen machen! Wie würde er mir beweisen, daß auch Shakspeare dadurch Leben gewonnen, daß er die Römer zu Engländern gemacht."

Nach Vollendung der Farbenskizze kam dennoch ein Mißmuth über Reinhard; ihm bangte wie so oft vor der Ausführung, er hatte die Freude des Schaffens vollauf bei dem Entwurfe genossen.

Es liegt eine tiefe Erfrischung in dem drängenden Treiben, das die Künstlerseele tagtäglich zu neuen Gebilden erweckt; die wahre, nachhaltige Erquickung liegt aber nur in der Treue, in der unabläffigen, sorgsamen Vollendung deffen, was man in der·Stunde der Weihe empfangen und begonnen. In diefer Treue erfteht die Schaffensfreude, wiedergeboren durch den Willen, erhöht und verklärt.

Reinhard gelobte sich Treue in seinem Berufe und doch ging er stets mit bewegtem Herzen als suche er Etwas, als müffe er ein Ungeahntes finden, als stehe er auf der Schwelle einer Offenbarung, deren Pforten sich plötzlich aufthun und Wunder schauen laffen. Er wandelte auf dem Boden der gewohnten Welt wie auf knospenden Geheimniffen, und doch war ihm wiederum so wohl in Wald und Flur; Baum und Strauch und Gras, Alles stand ihm so nah wie noch nie, er lebte ihr Leben mit, er hatte nicht Auge genug für diese unendlich reiche Welt, die sich aufthat als ginge er mit

ihr eben aus der Hand des Schöpfers hervor; Alles
war ihm wie neu, als sehe er's zum Erstenmale. Er
stand einst vor einer Schlehdornhecke und versank in
ihrem Anschauen in tiefe Betrachtung: Wie das hier
aus dem Boden steigt, Aeste treibt, Frucht und Blatt
ansetzt, wie schön gezackt und glänzend, und der Win=
ter kommt, es stirbt und fällt und grünt wieder —
Alles, das einfachste Naturleben war Reinhard ein neues
Heiligthum geworden. „Was soll aus mir werden?"
sagte er dann, indem er zu sich zurückkehrte. „Heilige
Natur! Mache aus mir was du willst, laß mich nur
kein verpfuschtes Wesen sein, irr in sich — Ich will dir
gehorchen."

So schwellte namenloses Sehnen die Brust Rein=
hards und selbst im Hause saß er oft stundenlang
wie mit offenen Augen träumend. Die Leute schüt=
telten den Kopf über ihn, sie kannten ihn gar nicht
mehr; aber Jedes in der Welt hat zu viel für sich
zu thun, um den Gedanken eines Andern nachgehen
zu können, zumal wenn diese eben der Art sind,
daß sie sich nicht fassen lassen. Reinhard machte den
Versuch, sich aus seinen Träumereien herauszureißen,
er ging auf die Jagd; das erheischte ein zusammen=
gehaltenes, geschlossenes Wesen und festen Blick nach
außen. Eines Mittags kehrte Reinhard mit der Büchse
auf der Schulter und zwei Birkhühnern in der Tasche
nach Hause, da sah er Lorle unter der Linde sitzen
mit den zwei jüngeren Geschwistern Wendelin's. Das
kaum einjährige Kind stand auf dem Schoße des Mäd=
chens aufrecht und Lorle schnalzte mit den Fingern

und lachte und koste, um das Kind zu erheitern; der
Knabe der ihr zu Füßen stand, schaute aber trotzig
drein. Lorle nickte dem herzutretenden Reinhard freund=
lich zu und fuhr dann fort mit dem Kinde zu spielen,
indem sie sang:

> Ninele, Nanele,
> Wägele, Stroh,
> 's Kätzle ist g'storbe,
> 's Mäusle ist froh.

Reinhard setzte sich auf einen Baumstamm Lorle ge=
genüber und starrte drein, sie ließ ihn gewähren, sie
war's gewohnt, daß er sie oft anstierte, sie fragte nur:
„Wird denn der Herr Reihenmaier nicht schreiben?"
„Nein," sagte Reinhard.

Das war doch nur ein einfaches Nein, aber in
dem Tone der Stimme lag ein Ausdruck, den die lie=
bevollsten Worte nicht ersetzen mochten. Plötzlich fing
der Knabe zu Füßen Lorle's an zu weinen und schrie:
„Ich will heim."

„Bleib'," beschwichtigte Lorle, „dein' Mutter schlaft
und du kannst nicht heim." Auf ein Rothkehlchen deu=
tend, das vor ihnen umherhüpfte, sagte sie: „Guck ein=
mal, was der Vogel ein weißes Unterwämmschen an=
hat, paß auf, wenn er auffliegt; scht!" Der Vogel flog
auf und man sah die weißen Federn unter seinem
Flügel. „Hast's gesehen?" fragte Lorle, der Knabe
ließ sich aber dadurch nicht zerstreuen, und erst als er
das Versprechen erhielt, daß ihm Lorle eine Geschichte
erzähle, schluchzte er still. Lorle trocknete ihm das

thränennasse Gesicht und erzählte nun eine jener eigent=
lich inhaltlosen Geschichten, bei denen aber Ton und
Geberde eine ganze Seele voll Liebe ausspricht und er=
weckt. Es wurde weiter nichts berichtet, als daß ein
Knabe eine schöne Kirsche hatte, die ihm ein Vogel
wegnehmen wollte, die Mutter aber den Vogel ver=
scheuchte.

Lorle und ihr Zuhörer lachten darüber laut auf,
es waren eben Kinder, die sich über sich selbst und mit
einander freuten. Der Knabe wollte aber immer wissen,
wie es weiter ging, und fragte immer: „Und dann?"
Bis Lorle sagte: „Und dann? dann lassen wir die
Höbel und die Gizle heraus." Und so geschah es auch.
Die Geis und die Zieglein wurden aus dem Stall ge=
holt, Lorle freute sich wol eben so sehr an den Sprün=
gen derselben als die Kinder, die sie hütete.

Zu Hause lehnte Reinhard alle seine Bilder und
Entwürfe mit dem Gesicht gegen die Wand; er wollte
nichts sehen als ein Bild, das er im Geiste vor sich
erschaute.

Am Abend hatte er im Stüble eine lange Unter=
handlung mit dem Wadeleswirth, und besonders durch
die Erinnerung an das großmüthig zurückgegebene Ver=
sprechen auf der Hohlmühle ward Reinhard willfahrt.
Der Vater rief endlich seine Tochter herein und sagte:

„Lorle, da der Herr Reinhard braucht dich zum
Abmalen für das Kirchenbild; willst du?"

„Für die Kirch'?" fragte Lorle, sie schaute um und
auf, als grüßte sie ein fremdes Wesen hinter ihr und
über ihr.

„Was guckst du so?" fragte der Vater.

„Nichts, ich hab' gemeint, es wär' Jemand hinter mir, ich weiß nicht."

Der Vater begann wieder: „Die Mutter bleibt von morgen an die ganz' Woch' zu Haus, wir bekommen Drescher und da kann sie drauf Acht geben und auch bei euch sein. Willst du?"

„Ja," sagte Lorle mit fester Stimme; auf ihrer Kammer aber weinte und betete sie die ganze Nacht; sie wußte nicht recht warum, es war ihr so wohl und so weh zu Herzen.

Auch Reinhard war die ganze Nacht voll Unruhe, und als er mit dem ersten Sonnenstrahl erwachte, sagte er laut vor sich hin: „Marienhaft! er hat Recht." — Still verließ er dann das Haus, er schwang den Hut, um das Haupt in der Morgenluft zu kühlen, und stand noch einen Augenblick so da, als grüßte er die heilige Frühe. Am Kirchberge begegnete er dem Küster, der eben hinanging, um zur Frühmette zu läuten; er begleitete ihn und stieg den Thurm hinan, saß in der Glockenstube und schaute zur Lucke hinaus in's Weite. Drunten im Thale kämpften noch Sonne und Nebel, die Sonne aber ward bald Meister. In der Kirche begann die Orgel zu brausen und zu dröhnen, Reinhard saß hoch oben und dachte Unendliches.

Als die Kirche zu Ende war, kam der Küster und bat Reinhard hinabzusteigen, da er schließen müsse. Still ging Reinhard dahin, da begegnete ihm Lorle, die aus der Kirche kam.

„Ihr seid auch in der Kirch' gewesen?“ sagte sie
halb fragend.

„Ja, oben.“

Die Beiden konnten nicht reden, sie waren tief er=
schüttert, wie von einer überirdischen Macht erregt, und
doch war es auch ihr eigener Wille.

Lorle sah blaß aus, die Mutter fürchtete, sie sei
krank, da sie auch nichts über die Lippen brachte; Lorle
konnte aber kaum eine Antwort geben, es war ihr als
sollte sie gar nichts reden.

Nun endlich saß sie bei der Staffelei und Reinhard
sagte: „Wir wollen lustig sein, warum denn traurig?
Juhu!“

Er sagte: „wir wollen,“ und konnte doch nicht, auch
ihn ergriff es, wie wenn Jemand seine tiefste Seele
gepackt hätte und festhielte.

„Meinet Ihr nicht auch, daß es eine Sünd' ist?“
fragte Lorle, verschämt die Augen niederschlagend.

„Nein,“ antwortete Reinhard wieder mit jenem
herzinnigen Tone, und Lorle sah heiter auf; diese ein=
fache Betheuerung genügte ihr vollkommen.

Die Mutter ging ab und zu, während Lorle ruhig
da saß. Anfangs war Lorle stets in der peinlichsten
Verlegenheit, und wenn Reinhard geflissentlich Scherze
machte, fragte sie: „Darf ich denn auch lachen? Darf
ich denn auch schwätzen? Saget's nur, ich will Euch
nicht aufhalten.“

Reinhard versicherte, daß sie sich nur ganz natür=
lich benehmen solle, Eines aber bat er, sie möge sich
nicht so viel mit der Hand in's Gesicht langen, worauf

Lorle bemerkte: „Ihr habt Recht, ich merk's, ich hab'
die üble Gewohnheit, ich will mir's gewiß abgewöhnen;
aber es ist mir als wenn ich's im Gesicht spüren thät,
daß Ihr mich jetzt da malet und jetzt da. Ich bin
dumm, nicht wahr? Ihr dürfet's frei 'raus sagen, ich
nehm' Euch nichts übel."

Reinhard mußte an sich halten, Lorle nicht um den
Hals zu fallen; die Mutter kam, stand von fern und
hielt die Hände hart am Leibe, damit sie ja nicht vor
Erstaunen das nasse Bild anrühre; sie konnte sich aber
nicht genug verwundern, wie man Lorle schon ganz gut
erkenne. — Es wurde ausgemacht, daß Niemand im
Dorf etwas von der Sache erfahren solle bis zur Einweihung der Kirche.

Wie still und friedsam flossen nun die Stunden hin,
in denen die Beiden bei einander waren. Von fern aus
der Scheune hinter dem Hause vernahm man die Takt-
schläge der Drescher und von der Straße hörte man
bisweilen ein Kind schreien, einen Wagen rollen; und
wieder war Alles still und lautlos.

Lorle sagte einmal: „Ich mein' ich wär' gar nicht
mehr im Dorf oder ich schlaf, und hör' das Alles nur so,
ich weiß nicht wie. Ich weiß nicht, für keinen andern
Menschen auf der Welt thät ich so da sitzen."

„Gutes Lorle," erwiderte Reinhard, „ich weiß, Ihr
habt Niemand auf der Welt so lieb als mich. Zittere
nicht," fuhr er fort, ihre Hand fassend, „ich kenne dein
ganzes Leben; du hast, während ich in der Ferne um-
herschweifte, still meiner gedacht, du hast dich gegrämt,
daß ich dich so oft geneckt und hast mich doch lieb

gehabt; und als ich wiederkam, hast du an jenem Abend geweint, weil Jemand auf mich schimpfte."

„Um Gottes willen hat das die Bärbel verrathen?"

„Also war's die Bärbel! nein, es hat mir Niemand was gesagt. Mir zu lieb warst du so freundlich gegen den Collaborator und in jener Nacht, als ich unter der Linde das lustige Lied sang, hast du still getrauert in deinem Kämmerlein, weil ich mich so heruntergäbe."

„Heiliger Gott! woher könnet Ihr das alles wissen?"

„Weil ich dich lieb hab', weiß ich Alles. Hast du mich auch recht lieb?"

„Ja, tausend tausendmal."

In einem seligen Kusse umschlangen sich die Beiden.

„Jetzt, jetzt," rief endlich Reinhard, „jetzt möcht' ich sterben und du auch."

„Nein," rief Lorle sich aufrichtend und Reinhard mit starken Armen fassend, „nein, erst recht leben, lang, lang leben." In ihrem Blicke lag eine Helden=kraft, eine stolze Spannung, als könne sie jeden Tod besiegen.

„Du willst also ewig mein sein?" fragte Reinhard.

„Ja, ja, in Gottes Namen, Alles, Alles."

Bei diesem Zusatze: in Gottes Namen — zuckte es fremd in den Mienen Reinhard's; er glaubte, Lorle umfasse ihn nicht mit ganzer Seele, nicht mit freudigem Jubel; er bedachte nicht, daß auch Lorle mit sich ge=kämpft hatte und daß sie sich dieser Liebe demüthig fügte, als einem Gebote Gottes.

„Was ist? Hab ich was nicht recht gemacht?" fragte sie.

„Nein, nichts."

„Darf ich jetzt gehen und es meiner Mutter sagen?"

„Nein, bleib', wir wollen das Geheimniß noch still bewahren; glaub' mir, es ist besser so."

„Ja, ja," sagte Lorle zaghaft, „ich thu' gern Alles; befiehl mir nur recht und immer was ich thun soll, du guter Reinhard."

„Heiß' mich nicht mehr Reinhard, nenne mich bei meinem Vornamen Woldemar."

Lorle lachte laut auf und auf die verwunderte Frage Reinhard's, was es gebe, sagte sie: „Verzeih', Wolde=mar! das ist so lächerig, Woldemar, das ist, wie wenn man die Treppe herunterfällt, Poldera, so macht's grad. Nein, darf ich nicht mehr allfort Reinhard sagen? Ich hab' dich so lieb bekommen, ich bin dich so gewohnt, laß mich so dabei."

„Auch gut," sagte Reinhard, halb verdrießlich lä=chelnd.

Es ist eine Kleinigkeit, aber doch hat fast Jeder eine gewisse Liebe für seinen Vornamen, als wäre er nicht etwas Verliehenes, sondern ein Stück des eigensten We=sens; man verträgt's nicht leicht, daß man ihn unschön findet. Ist's ja auch dieser Klang, der uns vor Allem mit den Menschen verbindet, uns ihnen kenntlich macht; liegen darin ja auch die süßesten Zauber der Kindes=erinnerung.

„Du mußt recht gut gegen mich sein," sagte Lorle, die Hand auf die Schulter Reinhard's legend, „sonst ver=geh' ich vor Angst; ich bin dich ja doch nicht werth, ich bin viel zu gering. Ja, und was ich noch hab' sagen wollen, du mußt im Dorf nichts von mir reden, gar nichts; du haft zum Martin gesagt, ich sei ein Kanarienvögele und jetzt heißen sie mich im ganzen Dorf so; mir liegt nichts dran, wenn sie mich ausspotten, aber es ist mir von wegen deiner, es weiß doch kein's als ich —"

„Was denn?"

„Was du für ein lieber Kerle bist," sagte Lorle, die Zähne zusammenbeißend und Reinhard am Barte zausend.

Wer kann all das süße Kosen und Plaudern wieder-geben, das von diesem Tage an die sonst so stille Werk-statt Reinhard's in sich schloß? In Demuth entfaltete Lorle eine Fülle des Liebesreichthums, daß Reinhard staunend und anbetend vor ihr stand. Der Schluß ihrer Rede war aber fast immer: „Ach Gott! ich bin dich nicht werth."

„Nein," rief Reinhard, „du bist millionenmal besser als ich, als alle Männer, als alle Menschen. Ich möchte siebenmal sieben Jahre um dich dienen."

„Da könntest du alt werden," sagte Lorle still lä-chelnd, und Reinhard fuhr fort: „Sieh, ich habe schon oft die ganze Welt und mich verloren gehabt, im Tau-mel- hineingelebt, mitten in der Reue ein Sünder — doch, du kannst nicht begreifen, wie weit ich unterge-gangen war."

„Ich kann Alles begreifen, sag' du mir's nur or-delich."

„O du herzige Liebe! Nimm dich in Acht mit mir, ich habe noch nie einen Herzfreund gehabt, den ich nicht quälte; der Collaborator ist der Einzige, der mir

treu ausharrte. Ich bereite den Menschen oft Schmer=
zen, denen ich nur Gutes und Glückliches zufügen
möchte. Erst seitdem ich dich sehe, seitdem ich dein bin,
sehe ich auf den alten Wolbemar, und das ist ein
gar wüster Geselle, nicht werth, daß er den Saum
deines Kleides berühre. Ich kann dich glücklich machen,
wie noch kein Weib auf Erden war, und — unendlich
unglücklich.“

Lorle weinte große Thränen, aber sie trocknete sie
bald und sagte: „Hab’ dich nur lieb, von da siehst du
viel besser aus.“ Sie deutete dabei auf ihre Augen
und setzte nun schmollend hinzu: „Und ich leid’s nicht,
daß Jemand auf den Reinhard schimpft, und du darfst
auch nicht. Und jetzt mach’ mich nur nicht stolz; komm
her, wir wollen mit einander gut und brav sein, Gott
wird schon helfen.“

„Ja, du machst mich wieder ganz fromm,“ sagte
Reinhard und stand mit gefalteten Händen vor ihr. —

Das Bild wurde rüstig gefördert, Lorle ermahnte
immer zur Arbeit und Reinhard trug ihr noch auf,
ihn nicht lässig werden zu lassen. Niemand im Hause
ahnte etwas von der neuen Wendung der Dinge, nur
Broni ward ins Vertrauen gezogen; man ging nun
öfters nach der Mühle. Wie die Kinder jubelten die
beiden Liebenden, wenn sie sich im Walde haschten und
versteckten.

„O Welt voll Seligkeit!“ rief einst Reinhard, als
er so vor Lorle stand, „das hat sich der Weltgeist
allein vorbehalten, die Liebe, sie kommt aus ihm; das
läßt sich nicht machen und nicht bilden. Da steht ein

Wesen und hält mich zauberisch gefangen; schön ist Alles, Alles, was du bist. Und hätte ein Wesen Seraphs=flügel und ist die Liebe nicht, spurlos zieht es dahin. Dank dir, ewiger Weltgeist, du hast mir gegeben was ich nicht suchte."

„Ich verstehe dich nicht recht," sagte Lorle.

„Ich verstehe mich ja selber nicht. Was braucht's? Komm, sieh mich an, laß mich schauen, stumm, welch ein gutes Leben in mir ist."

Das Bild reifte seiner Vollendung entgegen, die beiden Liebenden sprachen von Allem, nur nicht von der Zukunft; Beiden bangte innerlich davor, Reinhard weil er nicht wußte, wie sie sich gestalten solle, und Lorle weil sie fühlte, wie schmerzlich sie aus dem elterlichen Hause gerissen würde.

Nun ergab sich aber auch eine Mißhelligkeit zwischen den Liebenden. Lorle, die zu einer Madonna gesessen hatte, sollte jetzt das Kind mit dem sie unter der Linde gespielt hatte, wieder auf den Schoß nehmen; unter keiner Bedingung wollte sie das thun: „Es ist eine Sünd', es ist eine gräßliche Sünd'!" betheuerte sie im=mer, aber Reinhard war unbeugsam und sie willfahrte endlich, indem sie seufzend sagte: „Ich muß in Gottes Namen Alles thun, was du willst." Sie zitterte aber am ganzen Leibe; so daß das Kind laut schrie, bis Reinhard endlich Beide beschwichtigte, das Kind mit Süßigkeiten und Lorle mit liebreichen Worten.

Die Gewänder waren nur flüchtig untermalt, und nun sollte dem Kopf die letzte Zusammenstimmung der Farbentöne gegeben werden; das sagte Reinhard eines

Tages und bat Lorle, daß sie Beide noch diese wenigen
Stunden sich recht still verhalten wollten. Lorle nickte
still, sie wagte schon jetzt nicht mehr zu reden. Ihr
Kopf war nach dem Wunsche Reinhard's aufgerichtet
und sie sah hinauf nach dem blauen Himmel: weiße
Wolkenflocken zogen leicht dahin, still und friedlich war's
im weiten Raume, kein Laut vernehmbar; da fließt
eine Wolke sanft hin, sie nimmt eine kleine mit und
versinkt mit ihr unter den Gesichtskreis, eine andere
streckt schon ihr Haupt empor, wer weiß wie lang sie
ist, wie dunkel ihr Grund, wie bald sie abbricht; nur
wer am Himmelsbogen steht, kann sie ermessen. Da
drunten liegt die Welt, weitab, Alles, Alles zieht vorbei,
vorbei, die Erde ist untergesunken: ein Geist schwebt
über den Wolken . . .

So hatte Lorle sich in den Himmel hineingedrängt.
Reinhard hatte sie eine Weile starr betrachtet und dann
emsig gemalt.

Stille war's lange; die Beiden wagten kaum zu
athmen.

„Was hast du so eben gedacht? Dein Antlitz war
verklärt?" fragte Reinhard.

„Ich bin gestorben gewesen und allein," sagte Lorle
mit geisterhaftem Blicke, ihre Arme hoben sich und fielen
wie leblos wiederum nieder. Reinhard faßte ihre Hand,
er konnte aber nicht reden, er schaute sie an wie eine
überirdische Erscheinung.

„Jetzt möcht' ich auch sterben," sagte Lorle endlich
und Reinhard erwiderte: „Ich sag', wie du: nein, erst
recht leben, lang, lang leben."

„Bin ich jetzt fertig?" fragte Lorle aufstehend.

„Ja."

„So will ich gehen, es wird jetzt schon wieder fröh=
licher werden."

· Reinhard wollte sie zum Abschied küssen, sie aber
wehrte streng ab und sagte: „Jetzt nicht, nein, mir
zulieb." —

Reinhard gönnte sich nun auch wieder einige Er=
holung. Auch ihm war ganz eigen zu Muthe, da er
seit vielen Tagen in einer steten Spannung und Auf=
regung gelebt hatte. Als er das Lorle erklärte, sagte
sie: „Mir ist auch so, wie wenn ich aus der
Fremde käm', wie wenn ich gar nicht daheim gewesen
wär'." —

Auf seinen Wanderungen begegnete Reinhard wie=
derum Wendelin, der trübselig aussah. Reinhard fragte:
„Was hast? Warum bist so traurig? Weil du ein neues
Brüderle bekommen hast?"

„O nein, von deswegen nicht, mein Vater hat ge=
sagt, wo Fünfe halb hungern, kann ein Sechstes auch
mitthun."

„Nun was hast du denn?"

„Ja gucket, mein Scheck da (er wies auf eine statt=
liche Kuh), der ist vorgestern verkauft worden für 53
Gulden; der Metzger Heuberer von G. (er nannte die
Amtsstadt) hat ihn kauft und läßt ihn noch sechs Wo=
chen laufen, nachher holt er ihn. Ich krieg' einen Sechs=
bätzner Trinkgeld, aber es macht mir kein' Freud; der
Scheck ist mir doch der liebst' von allen und jetzt thut
mir's so weh um den Scheck, der frißt jetzt da fort wie

wenn er ewig leben sollt', und da kommt der Metzger und schlägt ihm auf Einmal auf den Kopf und da liegt er, todt ist er."

Der Knabe sah Reinhard gedankenvoll an, dann fuhr er fort: „Mich freut's nur, daß der Metzger be= trogen ist."

„Wie so denn?"

„Ja gucket, er hat den Scheck viel zu theuer 'kauft, aber er möcht' gern dem Meister (Dienstherrn) das Maul süß machen, weil er sein Lorle heirathen möcht', und da ist er doch angeführt."

„Warum? Denkst du nicht mehr so gut vom Lorle?"

„O Ihr!" sagte der Knabe zornig, „wie er mich anguckt, wie ein gestochener Bock mit seinem langen Bart; ja gucket nur zu, ich fürcht' mich nicht, ich bin nicht in Euch vernarrt wie das Lorle."

„Woher weißt du das?"

„Ja, ich bin nicht so dumm. Wie vergangenen Sonntag der Martin nach der Stadt ist, hab' ich für ihn Eure Stiefel 'putzt, und da ist das Lorle kommen und hat gesagt, ich soll's gut machen und hat die Stiefel anguckt, mit ein paar Augen, das waren Augen! Und da hab' ich's gleich gemerkt was es geläutet hat. Und gestern Nacht, wie ich in der Kammer lieg', da hör' ich wie mein' Mutter dem Vater erzählt, daß das Lorle in Euch verschossen ist. Und wenn das Lorle fort ist und mein Scheck ist fort, und da geh' ich halt auch fort."

Reinhard suchte den Knaben zu trösten, es bedurfte dessen kaum, denn er sang und jobelte hinter Reinhard lustig in die Welt hinein.

Reinhard sah nun, daß ihr Verhältniß doch schon dorfkunbig war; er ging nachdenklich das Thal entlang. Es wurde Abend, die Mäher waren emsig, das thaunasse Oehmbgras zu mähen, die sterbenden Gräser hauchten noch würzigen Duft aus, Reinhard breitete oft die Arme aus, als wollte er tausend Leben an seine Brust drücken. Jetzt befiel ihn aber ein Trübsinn: rasch, in voller Blüthe ihrer frischen Liebe, wollte er Lorle Sein nennen, und doch war seine Zukunft so unsicher; er warf die Sorge von sich, er wollte den Tag genießen, die fliehende Minute, und was gelingt nicht einem frischen Herzen im freien Wandern? Reinhard sah eine Weile sein selbst vergessend den Abendbremsen zu; die zogen erst jetzt auf Nahrung aus und schwebten oft ganz ruhig, unbewegt auf einem Fleck in der Luft, wie an einem Abendstrahl aufgehangen; ihre Flügel drehten sich wie leichte Wolkenräbchen zur Seite, bis sie wie angestoßen auffuhren; sie hatten eine kaum sichtbare Beute erhascht und hielten sich nun wieder ruhig auf ihrer neuen Stelle. Der geräuschvolle Tag verstummte immer mehr, ein sanftes, nächtiges Flüstern hauchte durch Zweig und Gras, Reinhard schweifte immer weiter, es zog ein Lied durch seinen Sinn, er wußte nicht was, ihm war traurigfroh zu Muthe; da hörte er einen einsamen Burschen jenseits des Baches singen:

Ihr Sternle am Himmel,
Ihr Tröpfle im Bach,
Verzählet mei'm Schätzle
Mein Weh und mein Ach.

O die Liebe kann nicht genug Boten finden, ihre unnennbare Seligkeit und ihr tiefes Leid zu verkünden. Und der Bursche sang weiter:

> Die Sternle in's Wasser,
> Die Fischle in 'n See,
> Die Lieb geht tief abe,
> Geht niemals in b' Höh'.

Und jetzt ward noch mit anderer Weisung der lustige Schluß angehängt:

> Ganget weg, ihr Burgersmädle,
> Ganget weg, ihr Patschele,
> Da nehm' i mir e Bauernmädle,
> Das sind recht wackere.

Als Reinhard spät Abends nach Hause kam, fand er einen Brief aus der Stadt vor; er war vom Collaborator und lautete:

„**Kleinresidenzlingen**, an einem der Hundstage.

Oft habe ich im Wald einem Vogel zugehorcht, der mir seine Melodie hundertmal vorsang, als müßte ich sie verstehen, und wenn ich mich endlich zum Fortgehen anschickte, war mir's als singe der lustige Kauz jetzt erst recht aus voller Seele, als riefe er mir nach: Du verstehst doch nicht was ich singe, und Millionen werden nach dir kommen und werden's auch nicht verstehen. So geht mir's jetzt auch mit dem Volksgeiste. Mir ist's als ob jetzt, da ich fort bin, es erst recht zu singen und zu klingen begänne. — Diese romantische Sehnsucht der modernen Menschheit nach dem was hinter ihr ist, verdreht ihr den Kopf; ich habe auch einen krummen Hals.

Es ist nicht gut, daß dieser Mensch auf sich stehe, drum will ich ihm eine Anstellung schaffen. So sprach Gott der Herr, als er den deutschen Menschen gemacht hatte. Die Eichen im Walde werden nächstens auch angestellt und erhalten das allerhöchste Decret, das sie zu einstweiligen Symbolen und Hütern der deutschen Kraft und deutschen Freiheit ernennt; es gibt dann Referendars-, Assessors-, geheime und wirkliche geheime Eichen mit eigenem Laub. Wir Deutschen sind die so-lideste Nation der Welt, es ist die schändlichste Ver-läumbung, daß man uns Gemeinsinn abspricht; wer nur irgend ein gemachter Mann sein will, setzt sich auf den Besoldungsstuhl und speist aus der Communschüssel. Fichte hat das Wesen des deutschen Gelehrten zu sehr aus seinem subjectiven Idealismus erfaßt, ich mache mir jetzt Excerpte, um in biographischen Umrissen nach-zuweisen, welchen Einfluß die Staatsanstellungen auf die Gestaltung des deutschen Geistes gehabt haben.

Ich habe für die vornehme Species der Menschen einen eigenen Namen gefunden, sie heißen: die eisfressen-den Thiere. Heute Morgen war ein Prachtexemplar bei mir, dein Gönner, der dicke rothe Tableb'hotenkopf, der hochwohlduftende Comte de Foulard, er hat sich sehr nach dir erkundigt; der Prinz ist aus Italien zurück, hat dort viel Bilder gekauft, hat in Rom dein Lob gehört, ist entzückt von deiner Waldmühle, kurz man will eine Gallerie errichten, will dich fesseln, das heißt anstellen. Da hast du's also. Wenn du kommst, ist die

Sache abgemacht. Ich weiß nicht wie du darüber denkst, ich habe um meine Stelle auch supplicirt in der geheimen Hoffnung, daß nichts daraus wird, und nun weide ich schon bald sieben Jahre die geduldige Bücherheerde und scheere nur das eine und das andere um ein Excerpt, so was im Zaun hängen bleibt. Lieb wär' mir's wenn du einen Schleiftrog am Bein hättest, daß wir dich hier behielten. Mach' aber was du willst, ich rathe nichts; hast du Lust, so komm balbigst.

Ich habe mit meiner Schwester eine neue Wohnung bezogen, sie hat endlich ihr Putzgeschäft aufgegeben und pflegt nun mein Alter. Ich esse Mittags und Abends Suppe und kann hundert Jahr alt werden, wenn ich's erlebe.

Grüße mir die Alpenrose, Gott sende ihr Thau und Sonnenschein genug und lasse sie gedeihen.

Ich schreibe dir diesen Brief auf dem neuen Katalog den ich anzufertigen habe; ich bin ganz allein, mein Oberwallfisch wascht sich im Seebad.

Dein

Kohlebrater.

Beiwagen: Die sieben Gulden, die du mir zur Heimreise geliehen, kann ich dir erst zum Quartal, den 1. Oktober, wenn ich meine Löhnung fasse, erstatten. Brauchst du's früher, will ich's anderweitig entlehnen.

Unser Schulkamerad R., das sogenannte durchlöcherte Princip, hat eine Vocation in's Departement des Jenseits bekommen, er ist Assistent beim Weltgericht geworden.

Das Erdbeben, das wir vorgestern hatten, hat mich
unendlich ergötzt; ach! wie haben sie hier Alle gezittert!
So muß einem Floh zu Muthe sein, der auf einem
fieberkranken Pudel haust."

Nachdem Reinhard diesen Brief gelesen, verkündete
er, daß er am Morgen nach der Hauptstadt abreise
und bald wiederkomme. Lorle schlief die ganze Nacht
nicht, sie machte sich allerlei Gedanken über die so
schnelle Abreise; Reinhard hätte sie durch ein einziges
Wort beruhigen können und er dachte nicht daran. Am
Morgen sah er Lorle noch einen Augenblick allein und
sagte ihr schnell: „Wenn ich ein Glück bekomme, theilst
du's mit mir?"

„Wenn ich nur Dich ganz krieg'," war die Antwort,
vom Theilen sagte sie nichts.

Im Hause des Wadeleswirths war's nun wieder so
still und friedsam wie ehedem. Hatte Reinhard in der
letzten Zeit auch weniger tolle Streiche losgelassen, so
machte er doch noch immer Lärm genug im Hause;
jetzt ging Alles wieder seinen alten Weg, kaum daß
Einer mehr des Fernen gedachte. Wie schnell schließt
sich der Strom des Lebens hinter einem Menschen, der
aus einem Kreise tritt! Nur Lorle hegte das Andenken
Reinhard's tief im Herzen, Tag und Nacht. War sie
früher stets liebreich und gut gegen die Eltern und Alle
im Hause gewesen, so war sie's jetzt doppelt; sie wollte
immer Alles thun und bereiten für Jedes. Niemand
wußte woher das kam, und man kümmerte sich auch
nicht viel darum; Lorle aber that dadurch im Innersten
Abbitte, daß sie die Ihrigen in Gedanken schon verlassen

hatte und bald ganz von ihnen scheiden werde, sie wollte ihnen noch Gutes erzeigen, so viel sie vermochte.

In der Stadt betrieb Reinhard seine Anstellung mit allem Eifer. Als der Collaborator seine Verwunderung darüber äußerte, erwiderte er: „Ich will dir's nur gestehen, ich bin mit Lorle verlobt."

„Was?" rief der Collaborator gedehnt, Staunen und Kummer sprach aus seinem Antlitze; „wenn sie Einer heirathen und aus ihrem Boden reißen dürfte, so wär' das nur ich, ich allein; ja lache nur, ich verstehe sie allein; du bist viel zu wild, du darfst eigentlich gar nicht heirathen. Hat dir denn der Vater das Mädchen gegeben?"

„Nein."

„O, so ist noch Hoffnung, daß sie Keiner von uns Beiden bekommt," schloß der Collaborator schelmisch.

Reinhard ging nicht vom Fleck, bis er sein Ernennungsdecret erhalten hatte. Am Morgen nachdem solches ausgefertigt war, sagte er beim Erwachen zu sich selber: „Guten Morgen Herr Inspector, mit dem Titel Professor; haben Sie wohl geruht? Hast dir nun auch ein Hundsband umbinden lassen und war dir doch so wohl, als du frei umhergelaufen bist." Als er vor dem Spiegel stand, verbeugte er sich ganz höflich und sagte: „Ihr Diener, Herr Professor! Gehorsamer Diener siebente Rangklasse."

Dennoch freute sich Reinhard in dem Gedanken, wie ganz anders er nun vor den Wadeleswirth hintreten und um dessen Tochter freien könne, und wie glücklich auch Lorle sein werde.

Schnell packte er seine Gliederpuppe und einiges alte Seidenzeug zusammen, das er zur Gewandung gekauft hatte, und bald rollte er wieder dem Dorfe zu, wo seine Liebe wohnte.

Nur ſtet.

Auf dieſer Fahrt machte ein Gedanke die Wangen Reinhard's von einer fremden Glut entbrennen. Er kam ſo eben aus den Kreiſen der teppichunterbreiteten Exiſtenzen, alsbald überkam ihn ein beſonderes Behagen an dieſer verfeinerten Welt, an dieſer Anmuth heiterer Geiſtesſpiele, voll tändelnder Muſik und ſprühender Witzfunken, fernab von der rauhen Wirklichkeit, ausſchreitend aus der engbürgerlichen Umzäunung; er hatte das Gelüſte raſch niedergekämpft, jetzt kam es in veränderter Geſtalt wieder und zeigte ihm, wie Lorle dieſe Freiheit des Lebens nie verſtehen werde, wie ſie doch ſeinem ganzen künſtleriſchen Denkkreiſe fern ſtehe — er war in ſeinem eigenen Hauſe mit ſeinem tiefſten Wollen ein Fremder.

Das war ein böſer Blutstropfen in Reinhard und er machte ihm die Wangen glühen.

Den Gedanken: Lorle nach und nach heranzubilden, warf er bald von ſich und er rief faſt laut: „Nein, ſie ſoll das friſche Naturkind bleiben mitten im Tröbel der Stadt; ſie bedarf keiner andern Welt, ich bin ihre ganze Welt." — Er bat ſie in Gedanken um Verzeihung, daß ſein Sinn nur einen Augenblick ſich von ihr entfernen konnte.

Für ein erregbares Gemüth haben weite Strecken,
die von einer Lebenswendung bis zur andern zu durch=
messen sind, ihr Gutes und ihr Schlimmes; sie dämmen
oft die berauschende Seligkeit des Gefühls, beschwichti=
gen aber auch die leicht sich eröffnenden Zwiespältig=
keiten.

Sorglos, als wäre das nicht der entscheidendste
Lebensgang, fuhr Reinhard dahin; selbst seine Sehnsucht
war eine abgeklärte, friedsame. In der Amtsstadt ließ
er sein Gepäck zurück und eilte auf dem Waldwege dem
Dorfe zu. Je näher er kam, desto heftiger loderten die
Flammen der Liebe wieder in ihm auf; mit zitternden
Pulsen rannte er dem Hause zu. Die Bärbel stand
unter der Thür und reichte ihm die schwielige Hand:
„Ihr kommet bald wieder, ich hätt's nicht glaubt,“
sagte sie; Reinhard konnte nicht antworten, zu Lorle
wollte er sein erstes Wort sprechen; er eilte die Treppe
hinan, Niemand war im Hause. Lorle war, wie
Bärbel erzählte, mit den Eltern nach der Stadt ge=
fahren, von wo Reinhard eben herkam.

Mit der Botschaft der Lebenserfüllung auf den
Lippen stundenlang harren zu müssen, das war eine
schwere Aufgabe.

Reinhard machte sich bald wieder auf, den Ankom=
menden entgegen zu gehen, aber als er schon eine
Stunde den Waldweg gegangen war, besann er sich
erst, daß er so in Gedanken dahingeschritten sei, wäh=
rend doch das Wägelchen mit den Heimkehrenden bereits
den Fuhrweg dahingerollt sein konnte; er kehrte still
wieder um, traf jedoch auch die Erwarteten noch jetzt

nicht zu Hause. Mit namenloser Angst quälte ihn der
Gedanke, daß ihm Lorle mit Gewalt entzogen sein
konnte, die Eltern waren ja mit ihr in der Stadt und
er mußte sich sagen, daß er durch seine Zweifel solches
verschuldet haben konnte; aber die ganze Treue Lorle's
stand wieder vor ihm, und als es Nacht wurde, war
es ihm als ob das Bild auf der Staffelei hell leuchte;
er zündete Licht an und betrachtete jetzt nach längerer
Abwesenheit das Bild wieder; er staunte fast vor sich
selbst, hier war ihm Etwas gelungen, was ein Anderer,
ein Mächtigerer geschaffen hatte.

Reinhard nahm die Zither und wollte spielen und
singen, aber er hörte bald wieder auf, er legte sich
endlich angekleidet auf das Bett, er wollte heute noch
die Seinigen sprechen, keine Stunde seines Glückes ver-
säumen; er verschlief aber doch die Ankunft der Hausbewohner, die spät in der Nacht erfolgte.

Die Mutter war zu Bett gegangen, der Vater saß
im Stüble und las die mitgebrachten Zeitungen, Lorle
machte sich aber, trotz aller Ermahnungen, noch immer
Etwas in der Stube zu schaffen; endlich kam sie zaghaft
zum Vater in's Stüble und sagte:

„Aetti, ich hab' ein' Bitt'. Machet das Licht aus
und bleibet da.“

„Nur stet, warum denn?“

„Ich bitt', ich hab' Euch was zu sagen und ich
kann's nicht so.“

„Närrisches Kind, meinetwegen. Nun jetzt ist das
Licht aus, nun jetzt red'.“

Lorle legte die Hand auf die Schulter des Vaters

und sagte ihm mit zitternder Stimme in's Ohr: „Der
Herr Reinhard hat mich gern und ich ihn auch, und
er will mich und ich will ihn und keinen Andern auf
der ganzen Welt."

„So? Und das habt ihr unter euch ausgemacht?"

„Ja."

„Nur stet, gang jetzt schlafen, morgen ist auch ein
Tag; wir reden ein Andermal davon."

Kein Bitten und kein Betteln Lorle's half, sie erhielt keinen andern Bescheid.

Als der Wadeleswirth nun noch gewohntermaßen
das ganze Haus durchmusterte, fand er die Thüre
Reinhard's halb offen, er drehte von außen den Schlüssel
um; Reinhard war eingeschlossen.

Am Morgen ward Lorle vom Vater „zeitlich" geweckt. Als sie herabgekommen war, sagte er: „Du gehst
gleich auf die Hohlmühle und bleibst da bis ich komm'."

Lorle mußte gehorchen, sie wußte wohl, da half
keine Widerrede; sie durfte nicht mehr die Treppe hinauf, sondern mußte sich schnurstracks aufmachen.

Der Wadeleswirth ging umher und zankte mit
Stephan und mit Allen, weil sie eben keine so schlaf-
lose Nacht gehabt hatten wie er; endlich saß er im
Stüble und las die Fruchtpreise auf den verschiedenen
Schrannen, aber trotz der hohen Sätze hatte er die
Lippen zusammengekniffen und trommelte unwillig mit
dem Fuße auf dem Boden. Von oben vernahm man jetzt
mächtiges Pochen an eine Thüre, da erinnerte sich der
Wirth, daß er Reinhard eingeschlossen habe, und befahl
der Bärbel, ihm aufzuschließen; dadurch ersparte er sich's

auch, dem Maler alsbald frischweg die Meinung zu
sagen. Reinhard kam zum Wirth und streckte ihm
beide Arme entgegen, dieser aber saß ruhig, hielt mit
beiden Händen die Blätter und so darüber wegschauend,
sagte er: „Auch wieder hiesig?"

„Und ich hoffe zu Hause," sagte Reinhard.

„Nur stet. Ich sag's Euch grad heraus, packet Eure
Sachen zusammen und b'hüt Euch Gott."

„Und das Lorle?" fragte Reinhard zitternd.

„Das will ich schon wieder zurecht bringen, das ist
mein' Sach', da hat Niemand nichts drein zu reden."

„Und ich geh' nicht aus dem Haus, bis mir das
Lorle selbst gesagt hat, daß ich gehen soll."

„So? Ist das der Brauch bei Euch Herren aus der
Stadt? Ich kann auch anders ausgeschirren. Verstan=
den?" sagte der Wadeleswirth aufstehend.

„Ich hätte den Bauernstolz nicht bei Euch vermuthet,"
sagte Reinhard.

Der Wadeleswirth schnaubte grimmig und ballte
beide Fäuste; er schaute Reinhard von oben bis unten
stumm an, wie wenn er sagen wollte: was glaubst?
bin ich der Mann, mit dem man so redet?

Reinhard schüttelte den Kopf und sagte endlich:
„Ihr seid doch sonst ein gescheiter Mann, warum seid
Ihr jetzt so wild. Was hab' ich Euch leid's than?"

Diese sanft gesprochenen Worte verfehlten ihre Wir=
kung nicht und der Wadeleswirth sagte mit stockender
Stimme: „So? Und mein Kind, mein' einzige Tochter
wegstehlen?"

„Lorle soll reden. Wo ist sie?" fragte Reinhard.

„In der Haut bis über die Ohren, wenn sie nicht da ist, ist sie verloren. Das Lorle ist nicht da, so lang Ihr da seid."

Nach einer Weile, in der er das schmerzdurchwühlte Antlitz Reinhards betrachtet hatte, fuhr der Wirth fort:

„Ich kann's Euch schon sagen, wo das Mädle ist: auf der Hohlmühle."

„Ich verspreche Euch, sagte Reinhard schnell, „kein Wort ohne Euer Wissen mit ihr zu reden."

„Glaub's, Ihr seid sonst allfort ein rechtschaffener Mensch gewesen, und jetzt muß ich aufs Feld," sagte der Wabeleswirth ruhiger.

Er ging fort und Reinhard auf sein Zimmer. Wie glücklich war dieser jetzt, daß er nach der Gliederpuppe die Gewänder malen konnte; er war unausgesetzt fleißig und ließ sich sogar das Mittagessen auf sein Zimmer bringen.

Die Bärbel, die Alles wußte, tröstete Reinhard und sagte, er solle nur die Hoffnung nicht fahren lassen, der Alte sei zäh', er müsse ein gut Weilchen am Feuer stehen bis er weich werde. Auch die Mutter kam leise herauf geschlichen, sie redete nichts von der Hauptsache, aber an der Sorglichkeit, die sie für alle Bedürfnisse Reinhards hatte, konnte er wohl merken, daß sie auf seiner Seite war.

Am Abend erzählte Reinhard dem Vater, wie er blos Lorle zulieb sich eine Anstellung geholt habe und wie er sie ewig glücklich machen wolle. Der Wabeles=wirth war still und schaute über das Glas weg, das er eben zum Munde führen wollte, Reinhard bedeutsam an.

Als die Bärbel am andern Morgen Reinhard den
Kaffee brachte, sagte sie:

„Glück und Segen!"

„Wozu?"

„Ihr seid ja Professor geworden, der Alte hat
gestern Nacht seiner Frau noch viel davon vorgeschwatzt,
es gefällt ihm doch wohl, das Wasser fangt schon zu
sieden an."

Der Alte ging immer brummig im Hause umher
und hatte sogar, was sonst nie geschah, kleine Häke=
leien mit seiner Frau; er hätte gar zu gern gehabt,
sie möchte ihm weiblich mit Reden und Bitten zusetzen,
daß er die Sache doch in's Reine bringen möge; sie
aber that, wie man sagt, „kein Schnauferle," sie wollte
die Verantwortung für spätere Tage nicht haben. Und
dann war's ihr doch auch wind und wehe, ihr Kind so
weit weg unter ganz fremde Verhältnisse zu geben; sie
war von dem Sorgen und Nachdenken so müde, daß
sie bald da bald dort, wo nur ein Plätzchen war, sich
niedersetzte und ausruhte.

Am dritten Tage kam der Wabeleswirth zu Rein=
hard auf sein Zimmer, setzte sich und redete lange
nichts; endlich begann er:

„Ich hab' mich resolvirt. Es geht mir ein Stück
aus dem Herzen, wenn ich das Kind so weit weg geb';
aber was ist da zu machen? Ich thu' Euch also den
Vorschlag, ich will mein Lorle noch auf ein Jahr zu
den Klosterfräulein thun, da soll's lernen, was man
in der Stadt braucht, und seid ihr Beide dann noch
so gewillt wie jetzt, nun, so in Gottes Namen."

Reinhard widersprach und betheuerte, daß Lorle nichts zu lernen habe, gerade so wie sie jetzt sei, mache sie ihn glücklich; der Alte lächelte und ging davon.

Drei Tage und drei Nächte hatte Lorle in schweren Gedanken auf der Mühle zugebracht; kein Bote kam, Stephan wußte nichts, und oft war's in Wahrheit als ob sie in eine andere Welt versetzt wäre. Am vierten Morgen kam der Wadeleswirth und holte seine Tochter, er hatte ein unwirsches Ansehen und Lorle folgte ihm still wie ein Opferlamm. Der Vater zürnte nicht auf das Kind, er zürnte nur mit sich selber, weil er nun doch nachgeben müsse.

„Hast du den Reinhard noch gern?" fragte er einmal, als sie schon eine gute Strecke mit einander gegangen waren.

„Ja, so lang ich leb'," erwiderte Lorle. Und nun gingen sie wieder still dahin, Keines redete ein Wort. Der Wadeleswirth war durchaus der Mann nicht, der sorgfältig Ueberraschungen zu bereiten strebte; das Kind mußte nur schweigen, so lang er nicht zu reden begann, und er wollte nicht reden, weil's ihm nicht darum war; auch war's ihm zu viel, das was er zu sagen hatte zweimal vorzubringen.

Reinhard hatte indeß von der Bärbel die Mittheilung erhalten, daß Lorle mit dem Vater käme; er eilte den Beiden entgegen und als sie sich jetzt zum Erstenmale wieder sahen, flammte ihre ganze Liebe auf und Reinhard rief: „Vater, gebt mir das Lorle jetzt, hier."

„Nur stet, das ist nichts so, wie Bettelleut' hinter der Heck; wartet bis wir heim kommen."

In diesem Schlußsatz lagen vielverheißende Worte. Hand in Hand schritten die Liebenden dahin, sie beburften keines Austausches der Worte. Als man gegen das Dorf kam, machte sich Lorle Etwas an ihrem Schurzbändel zu schaffen, sie ließ dadurch die Hand Reinhards los und faßte sie nicht wieder.

Im Stüble war endlich die ganze Familie beisammen; Alles stand, nur der Vater saß und nach einer sattsamen Pause begann er:

„Alte, was meinst? sollen wir sie einander geben?"

„Wie du's machst, ist's Recht," sagte die Frau.

„Guck, Lorle, so muß eine Frau sein, merk' dir das, bis du einmal eine bist," sagte der Vater und Lorle ward glühendroth, da sie ihre Zukunft sich vorhalten hörte. Der Vater sagte nun aufstehend: „Ich mein' wir machen jetzt die Handreichung und wenn die Ernt' vorbei ist, halten wir Verspruch, und über's Jahr könnet ihr in Gottes Namen heirathen. Hat mein Bauernstolz Recht?" fragte er, Reinhard derb auf die Schulter klopfend.

„Guter Vater!" war Alles, was dieser hervorstottern konnte.

„Nun, Ihr seid auch ein guter Mensch, ich will das nicht läugnen. Jetzt fertig."

Alles reichte sich nun die Hand und Reinhard küßte noch die Mutter innig, den Vater konnte er nicht küssen, dieser schüttelte ihm nur starr die Hand.

Als die halb unterdrückte Rührungsscene noch nicht vorüber war, stellte sich der Wadeleswirth wieder breitspurig vor Reinhard und sagte:

„Jetzt hab' ich noch ein Wörtle mit Ihm zu reden, du Lump, du liebricher! Und was ich dem Mädle geb', darnach fragt Er gar nicht und thut wie wenn Er ein Bettelmädle bekäm'? Und unser gut Sach', was wir erhauset haben, das ist Ihm ein Pfifferling, das ist Ihm gar nichts werth? Potz Heidekukuk, das ist ein' Lumpenwirthschaft. Ja, es ist mir ernst, es ist da nichts zum Lachen, Himmelheide —"

„Um Gottes willen sei doch still," rief die Mutter, „wenn's ja Ein's hört, so meint es, du thätest zanken und wir hätten Händel."

„Lorle," erwiderte der Vater, „merk' dir das jetzt auch, das mußt du nicht thun; wenn der Mann red't, muß das Weib still sein. Jetzt genug, jetzt ganget an's Geschäft."

Alles entfernte sich, Lorle wollte mit Reinhard Hand in Hand weggehen, der Vater aber winkte ihr und sagte: „Bleib du noch ein bisle da." Lorle war allein mit dem Vater im Stüble und dieser sagte: „Jetzt bist doch zufrieden? brauchst nicht heulen, darfst lustig sein; jetzt paß auf . . . ja, was ich doch sagen will, ja . . . mach', daß du dein Kränzle am Hoch= zeitstag mit Ehr' und Gewissen tragen kannst."

Lorle fiel dem Vater nicht um den Hals, sie ver= barg ihr Antlitz nicht, frei und stolz schaute sie drein und sagte fest: „Aetti, Ihr wisset gar nicht, wie brav er ist."

„Glaub's, ist mir schon Recht wenn er brav ist, verlaß dich aber auf kein' andere Bravheit als auf die deinige; jetzt gang."

Das waren nun glückselige Tage, die den Verlob=
ten aufgingen. In Reinhard hatte das Offenkundige
ihres Verhältnisses gar nichts geändert, Lorle dagegen
fühlte sich jetzt viel freier; sie war stets voll Entzücken,
wenn Eines nach dem Andern aus dem Dorf kam und
ihr Glück wünschte. Fast Jedes hatte etwas Besonderes
an Reinhard zu loben und man bedauerte nur, daß
Lorle so weit weg käme; sie nahm aber Jedem das
Versprechen ab, daß es sie besuchen, bei ihr wohnen
und essen müsse, wenn es nach der Hauptstadt käme.

Einige Besonderheiten Lorle's zeigten sich schon jetzt.
Fast nie ließ sie sich von Reinhard am Arme durch
das Dorf führen, draußen aber faßte sie ihn von selbst,
hüpfte und sang voll Freude. Nie war sie zu bewegen
an einem Werktage Mittags mit Reinhard spaziren
zu gehen, wenn aber der Feierabend kam, dann war
sie bereit; das war der Dorfsitte gemäß, unter deren
Herrschaft sie stand.

Ein Umstand veranlaßte viele Erörterungen zwischen
dem Schwiegervater und Reinhard. Dieser wollte näm=
lich schon zum Frühherbst heirathen, er konnte nicht
lange Bräutigam sein, sich nicht Monate und Jahre
mit der Sehnsucht nähren; der Schwiegervater wollte
aber durchaus nicht, daß man die Sache so über's
Knie abbreche. Das Weibervolk im Hause wußte in=
deß, daß er schon nachgeben werde, und die Mutter
ließ bei allen Webern in der Umgegend tuchen und
bei allen Näherinnen schneidern, während die Schwester
des Collaborators nach einem genauen Maß die Stadt=
kleider für Lorle fertigte.

Lorle wollte durch ihre Brautschaft keinerlei Arbeit und Verbindlichkeit im Hause entledigt sein, ja sie war emsiger als je; sie wollte noch Alles in Stand bringen und in Ordnung verlassen, es war ihr wie einem ehrenhaften Dienstboten, der, bevor er den Dienst verläßt, freiwillig das ganze Haus von oben bis unten scheuert und säubert. Reinhard mußte sie gewähren lassen, dafür war sie aber auch auf den Abendspazir= gängen voll frischen Lebens.

„Mir ist allfort," sagte sie einmal, „wie wenn heut Samstag wär' und morgen ist Sonntag, und da kommt wieder ein Tag und da kommt mir's wieder wie Sams= tag vor und so fort. Ich bin so froh, so froh, ich möcht' nur, ich weiß gar nicht was ich möcht'."

Ein Andermal, als sie durch den Wald gingen, flogen Lorle gar viele Nachtfalter in's Gesicht, sie är= gerte sich darüber und Reinhard bemerkte: „Dein Ge= sicht ist so lauter Licht, daß sich die Nachtfalter drin verbrennen wollen; ich bin auch so."

Lorle faßte einen Baumzweig, schüttelte Reinhard den Nachtthau in's Gesicht und sagte? „So, da ist gelöscht."

Ueber Zittergras und blaue Glockenblumen weinte Lorle die ersten Brautthränen.

Die Verlobten gingen mit einander über die Wiese; da raufte Reinhard jene Pflanzen aus und zeigte Lorle den wundersam zierlichen Bau des Zittergrases und die feinen Verhältnisse der Glockenblume; „das gehört zu dem Schönsten was man sehen kann," schloß er seine lange Erklärung.

„Das ist eben Gras," erwiderte Lorle und Rein=
harb schrie sie an: „Wie du nur so was Dummes sagen
kannst, nachbem ich schon eine Viertelstund' in dich
hineinrede."

Große Thränen quollen aus den Augen Lorle's
hervor, Reinharb suchte sie zu beruhigen, aber innerlich
war er doch voll Aerger, denn er vergaß, daß nur
wer die Seltenheit und Pracht der Zierpflanzen lange
erschaut hat, wieder an den einfach schönen Formen
des Grases sich ergötzen mag.

Dieser Abend bebte wehmüthig in der Seele Lor=
le's nach, sie gab Reinharb keine Schuld, sondern warb
nur fast irr an sich; sie kam sich nun wirklich grausam
dumm vor und oft, wenn er sie um Etwas fragte,
schreckte sie zusammen, aber lügen konnte sie nicht,
keine Theilnahme und kein Verständniß heucheln. Die
Liebe aber überwindet Alles. Lorle nahm sich vor,
recht aufzumerken, wenn Reinharb Etwas sagte, denn
er war ja viel gescheibter. So verlor sich nach und
nach ihre Zaghaftigkeit wieder und sie war das harm=
lose Kind von ehedem.

Auch ein Schreckbild warb Reinharb einmal für
Lorle. Einst saß er Abends mit dem Vater überaus
lustig beim Glase, Lorle schnitt Brob ein zur Suppe
und war ganz glückselig, daß die Beiden sich so lieb
hatten, sie sah immer von Einem auf den Andern und
legte zuletzt die Hände fest zusammen, als wären es
die Hände der beiden treuen Menschen, die so traut
bei einander saßen. Reinharb war wieder zu allerlei
Schalkhaftigkeiten aufgelegt, er taumelte nun in der

Stube umher, sprach mit lallender Zunge unverständliche Worte, ganz wie ein Betrunkener. Lorle wußte doch, daß er nur scherze, aber sie rang die Hände über dem Kopf und rief aus allen Kräften: „Um Gottes willen, Reinhard, Reinhard! Laß das bleiben! So darfst du nicht aussehen."

Reinhard hörte sogleich auf, aber Lorle zitterte noch lange über diesen Scherz; sie war keineswegs so empfindsam, sie kannte das Leben und seine Verunstaltungen und hatte schon manchem Bruder Saufaus tüchtig den Marsch gemacht, aber Reinhard kam ihr durch solche Nachahmung ganz verzerrt und entwürdigt vor; sein hohes Wesen, zu dem sie so demüthig aufschaute, durfte auch nicht im Scherze so erniedrigt werden. Fast die ganze Nacht konnte sie das häßliche Bild nicht vergessen, und erst, als Reinhard ihr am andern Morgen versprach, nie mehr solchen Scherz zu treiben, verschwand es aus ihrer Seele.

Diese beiden Zwischenfälle waren die einzigen Störungen in dem Liebesleben; sonst ging stets Freude vor ihnen her und Entzücken grüßte sie von jedem Baumblatt und aus jedem Gräschen.

Wer kann erfassen, wie eine Seele in sich jauchzt und jubelt, wenn sie stumm aufgeht in ihr Jenseits? Warum klingt uns allüberall in tausendfältigen Klängen die Kunde von den Schmerzen und Zwiespältigkeiten des Lebens entgegen? Ist's der Schmerz allein, der zum Bewußtsein ruft und drin haftet? Die Freude und das Entzücken sind das wahre Dasein, da ist das Einzelbewußtsein untergesunken, in Liebe aufgelöst, in

ihr gestorben und lebt doch das wahre, das selig ewige
Leben . . . .

Die Madonna war vollendet und zur Ausstellung
nach der Stadt geschickt. Zu seiner Betrübniß erhielt
Reinhard die Nachricht, daß der Collaborator unvor=
sichtigerweise verrathen hatte, wer zur Madonna Modell
gesessen. Ein in Rom katholisch gewordener Englän=
der, der sich eben in der Residenz aufhielt, bot eine
namhafte Summe für das Bild; Reinhard gab es hin,
sowohl weil er seine Frau nicht nach der Stadt brin=
gen wollte, wo das Bild war, als auch aus einem
andern Grunde. Die materielle Kehrseite fehlt keinem
Verhältnisse. Reinhard bedurfte Geld zu seiner häus=
lichen Einrichtung, und sah er auch mit Wehmuth das,
was er aus tiefster Seele geschaffen, in eine verlassene
Kapelle nach England wandern, um es nie wieder zu
schauen; er ließ es ziehen.

Der Collaborator miethete für Reinhard eine Woh=
nung und seine Schwester richtete sie ein. Mit dieser
Nachricht wurde nun der Wadeswirth bestürmt, die
baldige Hochzeit zu gestatten.

So voll Selbstgefühl und freigesinnt auch der Wade=
leswirth war, so that es ihm doch besonders wohl, wenn
er bei den Leuten im Dorfe: „Mein Tochtermann, der
Professor," sagen konnte; auch hatte er Reinhard in der
That von Herzen lieb gewonnen. Als nun die Frauen
sich mit den Bitten Reinhard's vereinten, sagte er:

„Ich seh' schon, Ihr habt die Sach' mit einander
gedeftelt, ich weiß wohl, ich gelt' nichts im Hause;
nun meinetwegen."

Reinhard lief sogleich zum Pfarrer und bat ihn, Sonntag das erste Aufgebot zu halten. An dem versprochenen Kirchenbilde arbeitete er nun mit erstaunlichem Fleiß, er warf es in derben Zügen für die Ferne hin und nur einzelnen Köpfen widmete er eine sorgfältige Ausführung. Auf den Sonntag vor der Einweihung der neuen Kirche war der Hochzeitstag bestimmt. Lorle bat, daß sie doch noch über die Festlichkeit bleiben möchten, aber Reinhard hatte keine Lust mehr, diesen Jubel mit zu feiern: er sehnte sich fort aus dem Dorf.

Sie ziehen in die weite Welt.

Broni war von der Mühle hereingekommen und blieb die ganze letzte Woche, sie schlief mit Lorle in einem Bette und die Mädchen verplauderten oft die halben Nächte. Lorle konnte der Broni nicht genug an's Herz legen, wie sie die Eltern pflegen solle, wenn sie nicht mehr da sei.

Am Vorabend der Hochzeit stand Lorle bei der Bärbel und weinte bitterlich, daß sie nun auch diese getreue Pflegerin verlassen solle; sie klagte, wie sie sich in der Stadt werde gar nicht zu helfen wissen, da sagte die Bärbel:

„Ich kann's nicht mehr, ich hab' ihm versprochen, daß ich nichts sagen will, aber es geht nicht. Sei ruhig, der Reinhard hat so lange an mir bittet und zerrt, daß ich jetzt zu euch nach der Stadt geh'. Sei heiter, ich bleib' bei dir, so lang du mich behältst." —

Lorle eilte zu Reinhard und umhalste ihn mit maßloser Innigkeit; sie verscheuchte ihm dadurch auch den Mißmuth, den er so eben durch einen Brief des Collaborators empfunden hatte; er hatte ihn als seinen einzigen Freund zur Hochzeit eingeladen; die abschlägige Antwort, die verweigerten Urlaub als Grund angab, war voll grämlicher Bitterkeit auch gegen Reinhard.

Am Hochzeitmorgen sah Reinhard Lorle nur einen Augenblick und er sagte: „Mir ist so stolz und hoch zu Muth, wie einem König an seinem Krönungstage."

„Nicht so, fromm sein," erwiderte Lorle, das waren die einzigen Worte, die sie vor der Trauung mit ihm redete.

Lorle ließ sich noch in ihrer Dorftracht trauen. Als sie aus der Kirche kam, ging sie auf ihr Kämmerlein, um die Stadtkleider anzuziehen. Lange lag sie hier auf den Knieen und betete weinend: „Heiliger, guter Gott, ich will gern sterben, wann du willst, du hast mir bisher geholfen, ich will Alles auf mich nehmen, ich hab' das erlebt, du bist gut und hast mich das erleben lassen, hilf mir gut sein, hilf!"

Sie richtete sich auf und rief Vroni, daß sie sie ankleide; sie zog keines der weit ausgeschnittenen seidenen Kleider an, sondern ein einfaches weißes, das bis an den Hals geschlossen war.

Ein Jedes sah voll Freude auf Lorle, als sie so herabkam, ihr Gang, jede Bewegung ihrer Hand, Alles war so feierlich wie ein heiliger Choral.

Bei Tische ging's lustig her, der Wadleswirth war

überaus aufgeräumt und machte allerlei Späße. Lorle war's, als wäre sie verantwortlich für alle Reden ihres Vaters und sie fand Manches nicht am Platze; sie gäbelte nur immer so auf dem Teller herum, aß aber Nichts, troß aller Zureden. „Ich bin satt, ganz satt," war ihre stete Entgegnung, die die vollste Wahrheit enthielt.

„Lasset's in Frieb'," rief enblich der Wabeleswirth, „wenn das Lorle auch nichts ißt, meine Kinder sind g'fräffig und g'süffig, es schmeckt ihnen Alles, sie kommen aus einem rauhen Stall; von beßwegen, Profesfor, könnet Ihr mit meinem Lorle bis Paris reisen, es ist nicht schleckig."

Nach dieser Rede schaute er rundum allen Leuten in's Gesicht, sich den Beifall zu holen, weil er so etwas gar Gescheites gesagt hatte; als aber Niemand Lob zunickte, rief er, vom Wein erregt: „Zur Gesundheit, Herr Pfarrer, auf die neu' Kirch' und baß sie auch von innen ... ja ich hab' was, aber es wird nicht gesagt, von meinem Tochtermann, aber es wird vorher nichts gesagt."

Die Tafelmusik spielte manche lustige Weise und die Fröhlichkeit hatte noch lange nicht ihren Gipfelpunkt erreicht, als man jeßt in einer Pause Peitschenknallen vor der Thür vernahm: Reinhard und Lorle standen auf, Alles folgte ihnen. Vor dem Hause stand das Wägelchen, das Gepäck war sorgsam festgebunden, der Rapp war angespannt und Martin stand da und hielt das Leitseil.

Lorle sah immer auf den Boden als sie über den

Hof ging, als wäre überall Etwas, das sie aufhielte, über das sie wegsteigen müsse. Die Hochzeitsgäste standen alle rings um das Wägelchen, da kam der Wendelin und übergab Lorle schluchzend eine Amsel, die er gefangen, in einem selbstverfertigten Käfig, Lorle solle sie mitnehmen; man versprach ihm, daß die Bärbel sie mit nach der Stadt bringen werde, da sie nicht für die Reise tauge. Der Knabe ging still mit seinem Vogel davon. Der Wabeleswirth hatte die Peitsche vom Wägelchen genommen und hieb dem Rappen eins auf, daß dieser sich hoch aufbäumte und ihn Martin kaum halten konnte.

„Paß auf," sagte jetzt der Wabeleswirth zu Reinhard, „wenn man von Haus wegfährt, muß man dem Gaul ein Fitzerle geben, daß er's auch weiß, daß man die Peitsch' bei sich hat; hernach braucht man sie oft den ganzen Weg nicht mehr. So ist's auch mit dem Weib. Man muß sie gleich von Anfang merken lassen, wer Meister ist, nachher ist's gut und man kann die Peitsche ruhig neben sich hinstecken, aber das Leitseil muß man festhalten, rr! hu! Rapp! o oha."

Der Wabeleswirth sah schmunzelnd auf ob seiner klugen Rede; er hatte heute Unglück, er konnte noch so Gescheites vorbringen, man hörte nicht recht darauf. Lorle stand an die Mutter gelehnt und weinte; es war als wollte sie zusammenbrechen vor Schmerz. Die Mutter sagte: „Alter, du könntest auch was Besseres reden zum Abschied wenn ein Kind fortgeht, kann sein auf ewig." — Sie preßte die Lippen zusammen, sie konnte nicht weiter sprechen.

Dem Wirth war's plötzlich wie wenn man ihm einen Kübel Wasser über den Kopf schüttete; er legte die Peitsche auf das Wägelchen und sagte:

„Nu, nu, nu, nur stet. Lorle, ich will dir was sagen, heul' nicht; wenn du Geld brauchst, was dir fehlt, was es ist, du weißt du hast einen Vater, und wenn's einen Buben giebt weißt wo du die Gevatters= leut' holst, verstanden? Jetzt heul' nicht, ich kann das Heulen nicht leiden; heul' nicht, oder ich laß' dich bigott nicht vom Fleck." — Er schlug sich den Hut tiefer in den Kopf, ballte beide Fäuste und fuhr fort: „Du bist mir nicht feil, nicht für ein' Million. Pro= fessor, komm her; wenn du noch Reu' hast, komm her, kannst mir mein Lorle da lassen, bleib' daheim Lorle."

Die junge Frau schlug lächelnd die Augen auf und reichte dem Vater die Hand, dieser fuhr fort: „Profes= sor, jetzt hör' noch Eins, ich will dir was sagen, bleib' da mit sammt dem Lorle; wirf denen in der Stadt den Bettel vor die Thür, du brauchst's nicht, du bist mein Tochtermann und übernimmst die Wirthschaft, du kannst Lindenwirth sein, ich übergeb' dir Alles, wir ziehen in's Unterstuble; laß abpacken, bleibet da."

„Und meine Kunst und mein Geschäft?" fragte Reinhard.

„Ja freilich, davon versteh' ich nichts," antwortete der Vater, er hielt Lorle's Hand in der seinen und schärfte sich die Lippen mit den Zähnen; das sollte die Bewegung, die sich seines Antlitzes bemächtigte, zurückdämmen.

Die Mutter nahm Reinhard bei Seite und sagte:

„Habt nur immer ein getreu Aug' auf mein Lorle, so giebt's kein Kind mehr, so weit der Himmel blau ist; es hat ein gar lindes Herz und wenn es einen Kum= mer hat, verdruckt es ihn in sich hinein, wenn's ihm auch schier das Herz abstoßt und . . . sorget dafür, daß es sich in den Stadtkleidern nicht verkältet, es ist nicht dran gewohnt, und lasset ihm ein Fleischsüpple kochen, wo Ihr über Nacht bleibet, es muß sie essen, es muß, es hat heut noch keinen Bissen über's Herz bracht und . . . . und denket auch oft an Eure Mutter im Himmel . . . und b'hüt Euch Gott."

Mit Lorle selbst sprach die Mutter fast gar nichts mehr, sie streichelte nur immer den schönen Mantel, den sie über hatte, und fragte: „Haft auch warm? Nimm dich nur in Acht, es wird kühl gegen Abend, besonders im Fahren."

Lorle nickte bejahend, sie konnte nichts mehr reden.

Jetzt rief der Wabeleswirth: „Stephan! bring' noch ein' Butell Altweiberwein auf den Gaul. Ich bring' dir's Professor, trink, und Lorle trink auch, du mußt."

„Ja," sagte die Mutter, „trink, es g'wärmt."

Lorle mußte zuletzt noch trinken, eine Thräne fiel in das Glas.

Nun wurde sie in das Wägelchen gehoben und als Reinhard eben auch hinaufwollte, gab ihm der Wabe= leswirth noch einen derben Schlag und sagte:

„Mach', daß du fortkommst, du Lump, du schlechter Kerle, du Heidenbub, nimmst mir mein Mädle mit fort."

Das waren lauter Liebkosungen und Lorle mußte unter Thränen lachen.

„Jetzt hü! in Gottes Namen, fahr' zu!" rief der Wabeleswirth.

Die Musikanten, die bisher still zugeschaut hatten, spielten einen lustigen Marsch und fort rollte das Wägelchen . . .

Wer je dabei stand, wie ihm ein Liebes entführt wurde und die ganze Seele drängt sich den Entfernenden nach, der mag mitfühlen wie es den Eltern zu Muthe war als ihr Kind dahinzog. Die Mutter stand da und ihr war's als wanke der Boden unter ihr, als werde sie ebenfalls fortgezogen und nichts stehe mehr fest; ihr Kind, das sie unter dem Herzen getragen, über das ihr Auge wachte, so manches Jahr, in stillen Nächten wie im Lärm des Tages, dahin, dahin — und doch hielt sie die Hand fest geschlossen, als fasse sie ihr fernhinziehendes Kind an einem Geistesbande. Endlich schrie sie laut auf und fiel ihrem Mann um den Hals. Alles sah gerührt auf die Beiden. Der Pfarrer bemühte sich, die Trauernden durch Trostesworte aufzurichten; die Mutter wendete ihm ihr thränennasses Antlitz zu und schüttelte den Kopf verneinend, der Wabeleswirth aber sagte: „Das ist jetzt Alles gut, ja, ja, aber da könnet ihr nicht mitreden, Herr Pfarrer, das könnet Ihr nicht wissen, was das heißt, ein Kind, sein Kind weggeben."

Der Pfarrer schwieg.

„Komm 'rein Alte," sagte der Wabeleswirth nun, seine Frau unter'm Arm fassend, was er fast nie that, „komm, jetzt müssen wir uns halt wieder allein gern haben. Von Anfang wie wir gehaust haben, haben

wir keine Kinder gehabt und jetzt haben wir bald wie=
der keine daheim, komm, wir wollen noch ein Tänzle
machen. Spielleut', hellauf!"

In der Wirthsstube war der Wadeleswirth froh,
seinen Gram in Zorn verwandeln zu können; er
schimpfte auf die neue Mode, daß man alsbald nach
dem Hochzeitstisch wegfahre und den Tanz allein lasse:
„das ist ja wie ein Kindbett ohne Kind," sagte er immer.

Lorle war indeß mit Reinhard rasch dahingefahren
ohne sich umzuschauen, sie hielt sich fest am Wagensitz,
es war ihr als ob sie jetzt zum Erstenmal in ihrem
Leben auf einem Wägelchen sitze: da steigt man auf
ein hohes Gestell und läßt sich fortrollen und bewegt
sich nicht selber. „Wir fahren fort" — sagte sie zu
Reinhard, er wußte nicht was das zu bedeuten habe.

Vor dem Dorfe saß Wendelin mit seinem Käfig
am Wegraine. Als die Hochzeitsleute ihm nahe kamen,
nahm er den Vogel heraus und hielt ihn hoch hinauf
den Fahrenden hin. War's freiwillig oder von ungefähr?
Der Vogel entwischte der Hand und flog davon, Wen=
delin kehrte mit dem leeren Käfig heim.

Wortlos fuhr das junge Ehepaar dahin, Lorle hatte
so viele Gedanken, daß sie eigentlich keinen bestimmten
hatte. Als man jetzt an der Steige hielt, wo gesperrt
wurde, sagte sie: „Fahr' nur stet, Martin. Warum
hast du denn den Rappen eingespannt, der geht ja nicht
gern in der Tanne? Komm Reinhard, wir wollen auch
absteigen."

„Wollen wir nicht lieber sitzen bleiben? Doch, wie
du willst."

Reinhard sprang vom Wägelchen, er half nun auch Lorle und hielt sie eine Weile auf beiden Händen frei in der Luft, bis sie rief: „So laß mich doch auf den Boden.“

Im Weitergehen sagte Reinhard: „Wie ich dich frei in der Luft gehalten, so habe ich dich hinweggehoben von deinem Boden; ich allein halte dich, du bist mein, von allen Menschen der Welt, vor Allen.“

Lorle wußte nicht recht, was er damit sagen wollte, sie meinte nur, er habe gesagt, daß er viel stärker als sie und ihr Herr sei; sie ließ sich das gern gefallen.

„Denkst du noch was du träumt hast?“ fragte sie jetzt.

Reinhard hatte den Traum von der ersten Nacht im Dorf völlig vergessen, Lorle betheuerte aber bei der Wiedererzählung, daß sie sich deshalb nicht im Mindesten fürchte. „Ich glaub’ nicht an Träum’,“ ver= sicherte sie, „ich hab’ schon mehr als zehnmal träumt, mein Vater sei gestorben und ich hinter der Leich’ drein gangen, und er ist doch mit Gottes Hülf’ noch frisch und gesund; aber es macht mir doch bang, daß er so dick wird und nimmer gern laufen mag. Wenn ich nur wüßt’, wie es ihm jetzt geht. Es ist mir wie wenn ich ihn schon ewig lang nicht gesehen hätt’, aber nein, jetzt sind sie daheim am Geschirraufspülen; da werden sie vor zehn in der Nacht nicht fertig und des Wendelins Mutter die hilft, die ist so ungeschickt und läßt Alles aus der Hand fallen.“

„Laß jetzt die Bärbel am Spülstein und sei bei mir,“ entgegnete Reinhard.

„Ja, ja, jetzt schwätz' aber auch du, ich bring sonst lauter dumm Zeug vor."

„Wir brauchen gar nicht reden, wenn ich dich nur hab'."

„Ist mir auch recht."

Man war in G., der nächsten Stadt, angekommen; Reinhard und Lorle aßen allein auf ihrem Zimmer, er gab ihr die ersten Löffel Suppe zu essen wie einem Kinde, sie ließ sich's gefallen, dann aber griff sie selber tapfer zu. Als abgegessen war, stellte Lorle die Teller aufeinander, schüttelte das Tischtuch zum Fenster hinaus ab und legte es in die kenntlichen Falten.

„Da sieht man die Wirthstochter," sagte Reinhard lachend, „das brauchst du nicht thun, das kann der Kellner."

„Laß mich nur," entgegnete Lorle, „ich kann's nicht leiden, wenn abgegessen ist und das Geschirr steht noch auf dem Tisch."

Er ließ sie gewähren und nannte sie sein Haus= mütterchen, das ihm jede fremde Wohnung zur Heimath mache. Sie saßen nun ruhig an einander gelehnt bei= sammen, aber plötzlich fiel Reinhard vor ihr nieder, umfaßte ihre Knie und rief schluchzend und weinend:

„Ich bin dich nicht werth, du Reine, Holde."

Lorle hob ihn auf und tröstete ihn, dann aber sagte sie: „Jetzt hab' ich auch eine Bitt', wir wollen weiter fahren, es ist ja so schön mondhell; thu's mir zu lieb, lieber Reinhard."

Die Beiden fuhren weiter durch die mondbeglänzte Nacht in stillem Entzücken.

Lorle gedachte aber auch oft nach Hause, sie hätte
gar zu gern gewußt, ob sie jetzt wol schon schla=
fen gehen oder ob sie noch tanzen. Einmal sagte sie
zu Reinhard: „Kennst du noch den schönen Dreher,
den sie aufgespielt haben, wie wir daheim fortge=
fahren sind? Mir ist's allfort, wie wenn ich Musik
hör'."

Zur selben Zeit war zu Hause die Mutter hinauf=
gegangen in Lorle's Kämmerchen, und als sie hier das
Bett des Kindes sah, konnte sie sich erst recht aus=
weinen; sie blickte lange hinein in den Mond und ging
dann endlich still hinab.

Der Tanz hatte bald geendet, denn man mußte
sich aufsparen für den nächsten Ennntag, da die Ein=
weihung der Kirche stattfinden sollte.

Martin fuhr das junge Ehepaar noch drei Tage
und Lorle war's immer als ob das nur eine Spazir=
fahrt wäre, von der sie morgen wieder nach Hause
kehrten und Alles bliebe im alten Gange.

Hatte die Verlobung auf Lorle einen so tiefen Ein=
druck gemacht, während sie Reinhard nur wenig be=
rührte, so war dies jetzt mit der Trauung umgekehrt.
Durch die Verlobung sah sich Lorle dem ganzen Dorf
gegenüber als eine ganz neue Person an und für sie
war schon damals der Bund unauflöslich geschlossen;
Reinhard dagegen, der der weiten Welt angehörte, kam
sich jetzt in ihr wie ein ganz anderer Mensch vor;
durch ein unauflösliches Band mit einem Wesen außer
ihm verbunden, er, der sonst so ganz allein war — ihm
war's als ob die Bäume und Berge ihn neu anschauten,

als hätte Alles ein anderes Leben gewonnen, weil er
selber ein anderes begann.

Eine Eigenheit Lorle's, die wol zum Theil noch
vom strengen Regiment ihres Vaters herrührte, we=
sentlich aber auch aus ihrem Mitgefühl für Mensch
und Vieh stammte, war die, daß sie in fieberischer
Unruhe war, sobald das Wägelchen vor dem Hause
angespannt stand. „Es ist mir, wie wenn ich selber
angespannt wär'," sagte sie auf die Zurechtweisung
Reinhards. Um ihr solche Hast und Unruhe abzuge=
wöhnen, zögerte Reinhard nun noch viel bequemer und
behaglicher als sonst bei der Abfahrt, und Lorle ent=
schuldigte sich jedesmal bei Martin, daß sie ihn so
lang warten ließen.

Am dritten Abend, vom Dreikönig in Basel aus,
machte sich Martin auf den Heimweg. Tief im Herzen
weh that Lorle diese letzte Trennung von ihrem eigenen
Wägelchen, vom Rapp und besonders vom Martin und
sie sagte: „Viel tausend Grüß' an Alle daheim, so viel
Grüß' als nur auf den Wagen gehen und der Rapp
ziehen kann."

Während Lorle dem Wegfahrenden nachtrauerte,
sagte Reinhard, sie tröstend: „Sei fröhlich, laß die
ganze Welt hinter dir versinken; ich habe dich heraus=
getragen aus dem Strom des gewohnten Lebens, wir
sind allein, ganz allein. Denk jetzt nicht mehr heim." —

Heute zum ersten Male speisten sie auch an der
öffentlichen Wirthstafel. Reinhard wollte Lorle zer=
streuen und doch ward er übellaunig als ihm dies ge=
lang. Lorle's Tischnachbar, ein lustig aussehender

junger Mann, sagte zu ihr: „Sie sind gewiß eine fer=
tige Clavierspielerin, gnädige Frau?"

„Ei warum?"

„Die Clavierspielerinnen gebrauchen die linke Hand
wie die rechte, sie reichen sie oft beim Gruße."

„Nein, ich kann nicht Clavier spielen, wir haben
aber daheim ein eigen Clavier; mein Vater hat ge=
wollt, ich soll's lernen, ich hab' aber kein' Geduld ge=
habt und hab' mich auch geschämt, so nichts zu thun.
Das ist blos eine üble Angewohnheit von mir mit der
linken Hand."

Der junge Mann war äußerst verbindlich und ver=
wickelte Lorle bei jedem frischen Gerichte in ein neues
Gespräch, so sehr sich auch Reinhard Mühe gab, selber
das Wort zu ergreifen und Lorle an sich zu ziehen;
der Fremde hatte alsbald wieder Lorle zum Reden ge=
bracht und machte sie oft laut lachen. Reinhard war
fest überzeugt, daß der Fremde sich über sie lustig
mache, obgleich er eigentlich keinen Grund dafür ange=
ben konnte, er war voll Zorn und fand doch keine
Gelegenheit ihn auszulassen. — Auf dem Zimmer be=
deutete er dann Lorle, daß es sich für eine Frau
nicht schicke, an einer öffentlichen Tafel so laut zu
lachen, und daß es überhaupt nicht passe, mit jedem
Nachbar zu reden. Gegen letzteres wehrte sich Lorle,
sie behauptete, wenn man mit Jemanden von Einer
Schüssel esse, müsse man auch mit ihm reden, sie habe
im Gegentheil die Anderen bemitleidet, die für sich ge=
gessen hätten, wie ein Krankes auf seinem einsamen
Bette. Daß sie sich das Linkische abgewöhnen solle,

gab sie zu, obgleich Reinhard das früher so schön ge=
funden habe.

„Bist du mir nun bös?" fragte er zuletzt.

„Ach Gott im Himmel, warum denn? Du bist ja
so gut."

„Du mußt auch Manches an mir ändern, mußt
mir nicht nachgeben; wir wollen uns vornehmen, ein=
ander zu bessern."

„Nichts so vornehmen, grabaus sein," entgegnete
Lorle. Sie konnte sich nicht leicht eine Norm und
Richtschnur machen, sie lebte und handelte aus der
Sicherheit ihres Naturells; während Reinhard, von
den besten Anflügen erfaßt, sich das Edelste vorsetzte,
dabei aber doch meist, wenn's brauf und dran kam,
aus der augenblicklichen Stimmung handelte.

Nun ging's hinein in die Pracht der Alpenwelt.

Beim Alpenglühen rief Lorle einmal aus: „Rein=
hard, sag', ist's denn im Himmel schöner?"

„Gutes, herziges Kind, das kann ich auch nicht
wissen."

„Nicht Kind sagen," bemerkte Lorle.

„Nun denn, Engel, ja du bist's; ich weiß nun wie's
im Himmel ist, ich bin bei dir."

Die untergehende Sonne überglühte zwei selig Um=
schlungene.

Reinhard hatte eine willige Zuhörerin, indem er
nun auf den Wanderungen die Schönheiten der Natur
und die malerischen Gesichtspunkte erklärte; Lorle hörte
ihn immer gern sprechen, auch wenn sie ihn nicht ganz
begriff. Bisweilen machte sie auch eine Abschweifung,

indem sie ihn auf den Stand der Kartoffeln auf=
merksam machte und wie die Ochsen ganz anders ein=
gespannt seien als daheim. Schnitten solche Anmer=
kungen auch oft eine begeisterte Auseinandersetzung
entzwei, so nahm Reinhard sie in Geduld wieder auf.
Eine Eigenthümlichkeit offenbarte sich bei diesen Aus=
einandersetzungen: Reinhard hatte bis jetzt durchaus im
Dialekt mit Lorle gesprochen, zwar ohne Vorsatz, denn
es ergab sich von selbst, auch war ihm wohl und
heimisch dabei; nun aber war's ihm oft, als hätte
er mit seiner Seele eine Fastnachtsmummerei vorge=
nommen, es war ihm ein fremdes Kleid für den Werk=
tag, er fühlte, daß die ganze Welt der Reflexion, der
Allgemein=Gedanken, keine rechte Heimath im Dialekte
hatte; alles Persönliche konnte er darin kundgeben,
aber nichts was darüber hinausging. Er bat daher
auch Lorle, sich nach und nach mehr an das Hoch=
deutsche zu gewöhnen und sie versprach's willfährig;
sie sah immer staunend an ihm hinauf, wenn er so
Herrliches redete, und sie sagte einmal:

„Du hättest doch eine Gescheitere oder gar nicht
heirathen sollen, aber nein, es hat dich doch Niemand
so lieb wie ich, du herziger Mensch.“

Er bat sie nun, immer recht Theil zu nehmen an
dem was er denke und erstrebe, sie war voll Demuth
zu Allem bereit; sie wiederholte sich oft manche Worte,
die er gesagt hatte und die gar schön geklungen hat=
ten, mehrmals leise, um sie sicher zu behalten.

Seitdem Lorle den Modehut aufhatte, plagte sie
die Sonne weit mehr als früher da sie noch barhaupt

ging, und doch vergaß sie beim Ausgehen fast jedes=
mal ihren Sonnenschirm, man mußte ihn oft nachho=
len, und war er nicht aufgespannt, so ließ sie ihn
beispiellos oft fallen; es that ihr wehe, wenn Rein=
hard galanter Weise ihn aufhob, und sie band sich ihn
daher fest um die Hand. — Mit dem großen Ueber=
tuche konnte sie sich gar nicht bewegen, eben so wenig
mit der Scharpe; sie knüpfte ersteres, sobald sie aus
der Stadt war, auf dem Rücken zusammen und letztere
band sie wie eine Ritterschärpe an der Seite. Nie durfte
ihr Reinhard Etwas abnehmen, ja sie wollte ihm bei
Wanderungen seinen Rock tragen, wie die Bauern=
mädchen in der Regel die Jacke ihrer Burschen am
Arm hängen haben. So lange sie Handschuhe an hatte,
kam sie sich ganz fremd vor, sie konnte nicht so gut
reden als sonst; sobald sie nur konnte wurden daher
die Handschuhe abgestreift. Diese Kleinigkeiten gaben
zu vielen heiteren Neckereien Anlaß.

Auf dem Zürichersee weinte Lorle die ersten Frauen=
thränen, und zwar über die neue Kirche zu Weißenbach.

Schon bei der Abfahrt sprach Lorle von nichts An=
derem, als daß jetzt, an diesem hellen Sonntag, zu
Hause die Kirche eingeweiht werde; sie sah nichts von
all der Herrlichkeit rings umher und Reinhard hörte
ihr eine Weile ruhig zu, dann bat er sie, doch auch
umzuschauen nach dem was sie hier umgebe; sie ward
still, Reinhard setzte sich auf ein einsames Plätzchen
auf dem Schiffe. Als nun die Kirchenglocken von nah
und fern erklangen, ging er zu Lorle und sagte: „Horch
wie schön!"

„Ja," sagte sie, „jetzt gehen sie daheim in die Kirch',
und die Broni hat ihre neue Haub' auf und der Wen=
delin hat die neu' Jack' an, die ich der Bärbel für
ihn geben hab'."

Reinhard sagte zornig: „Du kannst doch ewig nicht
über dein Dorf hinaus denken, das ist einfältig!"

Heiße Thränen rollten über die Wangen Lorle's
und Reinhard ließ sie eine Stunde allein sitzen.

Am Abend ward indeß Lorle ganz glücklich durch
die Mittheilung Reinhard's, daß sie sich nun auf den
Heimweg machen wollten. Reinhard hatte dies be=
schlossen, weil er die Ueberzeugung hatte, daß Lorle
erst im eigenen Haushalt sich vollkommen wohl fühlen
werde und er selbst sehnte sich auch nach stiller Häus=
lichkeit. Seit vielen Jahren hatte er ohne Familie
frei sich in der Welt umhergetummelt, er mochte kaum
ahnen, mit welchen zarten und doch starken Wurzeln
das Leben solch eines Mädchens mit dem Heimatboden
verwachsen war; jetzt sollten sie Beide gemeinsam auf
neuem Grunde wachsen.

Vorher aber mußte Reinhard noch dafür zugestutzt
werden. Auf der letzten Station wo man Halt machte,
nahm er sich seinen schönen Bart ab, denn der Oberhof=
meister hatte ihm bemerkt, daß sich dieser mit Rein=
hard's Titulatur und Hofstellung nicht vertrage. Scher=
zend, aber doch mit einer gewissen Wehmuth, gab sich
Reinhard die etikettemäßige Glätte. Lorle jammerte
gar sehr, indem sie sagte: „Du bist gar nimmer so
schön wie früher, heißt das: mir ist's gleich, aber es
ist doch schad." Sie strich ihm mit der Hand über

das kahle Gesicht und beklagte, daß er nun so rauh sei.

„Wenn das dein Vater sähe würde er lachen; er hat's prophezeit," sagte Reinhard. —

Lorle ahnte dunkel, welchen kleinlichen, engbrüstigen Verhältnissen sie entgegen gingen; sie suchte aber sich und Reinhard zu erheitern und es gelang ihr.

Zwischen hohen Mauern.

Wie war Lorle voll Freude, als sie in ihrer Wohnung die Bärbel schon fand. Man war in der Nacht angekommen und Lorle durchmusterte sofort Alles, das war ja nun ihre neue Welt. Mit einer immer sich steigernden Seligkeit ordnete sie noch am Abend fast ihre ganze Aussteuer in die Schränke ein. Wie viel Unerwartetes hatte die Mutter hinzugesellt, die gute Mutter! Der Vater hatte sich's nicht nehmen lassen, nach altem Brauch eine Wiege zu schicken, und Lorle ward feuerroth als sie diese gewahrte; dann war sie aber voll Freude über die vollen Mehlschränke, über die umfangreichen Schmalztöpfe und alle Bedürfnisse einer vollen Haushaltung, die Bärbel mitgebracht hatte; jeden Topf in der Küche wollte sie beschauen als ihr nunmehriges Eigenthum. Reinhard wollte Anfangs Einhalt thun, dann aber ging er selber mit durch Küche und Kammer und freute sich an dem Glücke seines „lieben Hausmütterchens."

Bis spät in die Nacht saßen dann die Beiden noch beisammen auf dem Sopha und Reinhard erzählte, wie er, das einzige Kind seiner Eltern, diese schon früh verloren,

wie er in einem Institut erzogen, später im Widerspruch
mit seinem Vormunde die Studien aufgegeben und sich
der Kunst gewidmet, wie er, aller Bande los und le=
dig, frei in der Welt umhergeschweift. „Nie," schloß
er, „hab' ich's empfunden, was ein Heimathherd ist;
meine tiefe Sehnsucht ist nun erfüllt, freilich mit einem
schweren Opfer, ich habe mich in Dienst begeben,
aber freudig gebe ich einen Theil meines freien Künst=
lerthums hin, um eine Heimath, ein Nest zu haben."

Lorle umhalste ihn und sagte: „Du sollst gewiß
immer gut und gern daheim sein, du armer Mensch,
den sie so in die Welt hinausgestoßen haben."

Am andern Morgen kam der Collaborator mit sei=
ner Schwester zur Bewillkommnung; er hatte gleich am
Tage nach der Hochzeit alle Thüren der neuen Woh=
nung mit Kränzen geschmückt; als aber die Ankunft
der Erwarteten sich verzögerte und die Kränze welk
wurden, nahm er sie still wieder ab.

„Es wird mir auch mit der Zeitgeschichte so er=
gehen," sagte er, „ich winde meine Kränze zu früh für
den Einzug des neuen Lebens; die harrenden Blumen
verdorren und am Ende zieht die neue Welt durch un=
geschmückte Thore. Sei's, wenn sie nur kommt."

Leopoldine, die Schwester des Collaborators, ein
von Natur liebreiches aber durch Jahre und Schicksale
herb gemachtes Gemüth, hatte mit wahrhaft schwester=
licher Sorgfalt allem vorgesorgt; traf solches Anordnen
und Einrichten auch mit ihrer Neigung zusammen, so
war doch nicht minder wirkliche Güte dabei thätig. Un=
ter dem wiederholten Danke des jungen Ehepaares führte

sie nun Lorle in der Wohnung umher und zeigte ihr den Gebrauch jedes Schränkchens und wie man es in Ordnung halten müsse, wie man die Schlüssel umdrehe, die Schublade ausziehe, Alles. Lorle war eine will= fährige Schülerin, zu Manchem aber bemerkte sie doch: „Das brauchet Ihr mir nicht sagen." Sie sprach das in reiner Ehrlichkeit, sie kannte die Gesellschaftslüge noch nicht, der zufolge man sich unwissend stellen muß, um dem Andern in seiner Weisheit angenehm zu erscheinen; sie wollte der „guten Person" nur die unnöthige Mühe ersparen. Leopoldine sah aber hierin einen bäurischen Stolz, der sich nicht gern zurechtweisen ließe; sie war indeß zu erhaben, um sich von dem Dorf= kinde beleidigen zu lassen, sie widmete ihr fortwährend mitleidvolle Gönnerschaft, zumal sie wirkliches Bedauern fühlte, daß sich „das Kind" mit einem so wilden Na= turell wie das Reinhard's war, auf ewig verbunden hatte.

Der Collaborator war in seltsamer Stimmung, er ging scherzend und singend durch alle Zimmer und ver= suchte allerlei Schabernak; es hatte den Anschein, als wollte er eine frühere Weise Reinhard's sich aneignen; er nöthigte Reinhard schon am frühen Morgen, eine Flasche Wein mit ihm auszustechen, obgleich die Schwe= ster bemerkte, daß ihm das nie gut bekäme. Als ihr Bruder aber dennoch nicht nachgab, verzerrten sich ihre Züge auf eine höchst unangenehme Weise; mit Schrecken bemerkte dies Lorle, Leopoldine aber redete kein Wort mehr.

Nachdem „die beiden Junggesellen," wie sie Reinhard nannte, sich verabschiedet hatten, kam es Lorle vor als

wäre ein fremdes Leben durch ihre Zimmer geschritten, als
ob die Möbel anders stünden als früher; erst nach und
nach heimelte sie's wieder an in ihrer Behausung.

„Nun, was sagst du zu Leopoldine?" fragte Rein=
hard. —

„Die ist Weinessig, ist einmal Wein gewesen," er=
widerte Lorle.

Reinhard bemühte sich, ihr eine bessere Anschauung
beizubringen, und hier zum Erstenmale erfuhr er eine
ihm unerklärliche Schärfe des Urtheils bei Lorle, die er
der Zartheit ihres liebevollen Gemüthes nie zugetraut
hätte. Er bedachte nicht, daß es eine Menschenliebe
gibt, die streng und rücksichtslos urtheilt, die aber, trotz=
dem daß sie die Mängel erkennt, in ungeschwächtem
Wohlwollen verharrt; daß ferner ein unverbogenes Na=
turell ohne Rückhalt und unbarmherzig die augenblick=
liche Empfindung als Urtheil ausspricht.

Mit Bärbel hatte Lorle an diesem ersten Morgen
auch schon einen Kampf, denn die gute Alte deckte den
Tisch nur für zwei Personen; keine Ermahnung und
keine Bitte, daß sie doch mit am Tisch essen solle,
fruchtete; denn sie behauptete, es schicke sich nicht, ja
sie verbot Lorle, ihren Mann irgend damit zu behelli=
gen, da er sie sonst für gar zu einfältig halten müsse.

Die Suppe stand endlich auf dem Tisch, Lorle be=
tete still, Reinhard betete nicht und sie wiederholte das
Gebet noch einmal anstatt ihres Mannes.

Als sie nun beisammen saßen, fragte Reinhard:
„Lorle, sind die Teller unser eigen?"

„Ja freilich, wem denn?"

„Juhu! Wenn ich jetzt einen Teller zerbrech', brauch'
ich dem Wirth nicht zahlen; das ist mein, Alles mein
eigen." — Er nahm einen Teller und warf ihn ju=
belnd auf den Boden.

„Er ist von einem ganzen Dutzend," sagte Lorle.

„Mein Dutzend hat nur zehn," rief Reinhard und
warf noch einen entzwei, dann tanzte er singend mit
Lorle um den Tisch herum.

„Du bist ein wilder Kerle," sagte sie, die Scher=
ben zusammenlesend, „ich will andere Teller holen."

„Nein, wir essen miteinander aus der Schüssel."

„Mir auch recht."

Die Bärbel kam, da sie das Zerschmettern vernom=
men hatte, Lorle aber sagte: „Brauchst heut' keine
Suppenteller mehr bringen, wir essen aus der Schüssel,
da haben wir's g'rab wie daheim." —

Reinhard stellte seine Frau Niemand vor, sie be=
durfte ja Niemand außer ihm, er war ihr Alles; er
machte seine Antrittsbesuche bei Vorgesetzten, Gönnern
und Bekannten, und wo man ihm zu seiner Verheira=
thung glückwünschte, dankte er einfach und lenkte das
Gespräch bald ab.

Die Gallerieangelegenheit war noch keineswegs er=
ledigt, wenn auch schon ein Beamter dafür angestellt
war; in diesem Winter sollte ein außerordentlicher
Landtag, und zwar wie man solche am meisten liebt,
ein bloßer Finanzlandtag einberufen werden, um wegen
der in Aussicht stehenden Verheirathung die Gelder zum
Baue eines Schlosses für den Thronerben zu bewilligen;
auch über die Kosten zum Baue des Galleriegebäudes

sollte dann mit den Ständen eine Vereinbarung getroffen werden; eine Gesetzesvorlage über Wiesenberieselung sollte den Schein des Gemeinnützigen hergeben.

Während Reinhard sich durch seine Besuche eine umfassende Kenntniß des Staatskalenders verschaffte, konnte Lorle zu Hause sich noch gar nicht in das Stadtleben finden. Wenn Alles so sehr gesäubert und in Ordnung war, daß sich nun durchaus nichts mehr aufbringen ließ, vermochte es Lorle über die Bärbel, daß sie sich zu ihr in die Stube setzte; es bedurfte hierzu vieler Ueberredung, denn die Bärbel, die nun schon seit mehr als dreißig Jahren diente, hatte ihre festen Ansichten, man möchte sagen ihre Handwerksregeln für das Leben, von denen sie nicht gern abging; sie sagte immer zu Lorle: „Herrschaft ist Herrschaft und Dienst ist Dienst." Erst wenn Alles verschlossen war, gab sie nach und setzte sich zu ihrer „Madam" in die Stube, aber weit ab vom Fenster, daß man sie aus den Häusern gegenüber nicht sehen konnte. Kam dann Reinhard, der den Schlüssel zur Hausflurthür hatte, so wollte sie sich rasch auf ihren Posten zurückziehen; sie mußte jedesmal dringend ersucht werden, doch ungestört zu bleiben. Man durfte ihr hundertmal etwas zugestehen, was außerhalb ihres Kreises lag, sie sah es dadurch nie als ihr Recht an, stets mußte sie auf's Neue dazu gebracht werden; sie setzte einen gewissen Stolz darein, nicht in den vertraulichen Ton einzugehen, ihr Grundsatz war: geb' ich bir bein' Ehr', mußt du mir mein' Ehr' geben, kannst mich nicht das Einemal an den Tisch setzen und das Anderemal

hinter die Thür stellen. — Reinhard aber sah in dieser
fortgesetzten Haltung eine bäurische Umstandsmacherei,
er verlor wenig Worte mehr mit der Bärbel. In sei=
ner Abwesenheit saß sie nun bei Lorle, emsig plaudernd.
Die Wohnung war, obgleich in einem ganz neuen
Stadtviertel, dennoch im dritten Stock, da unsere weit=
greifende Zeit gleich von vornherein hoch baut.

„Ach Gott!" klagte Lorle einmal, „es ist so hoch
ober, wenn einmal Feuer ausgeht; und du dauerst
mich auch, man muß das Wasser so weit herauf holen.
Es ist so unheimelich. Da guck einmal 'nab, es schwin=
delt Einem und man sieht den Menschen nur auf den
Hutdeckel. Die Stadtleut' sind aber doch pfiffig, sie
bauen in die Luft hinein, da kostet's keinen Platz, da
spart man das Feld dabei. Ich laß' aber nicht nach
am Reinhard, bis er ein eigen Haus kauft, wo wir
allein sind und nicht so in einer Kasern'. Da guck,
blos da links können wir noch in's Freie sehen, aber
da legen sie schon wieder mächtige Grundmauern, über's
Jahr haben wir nichts als Stein vor uns."

Bärbel, die früher, lange bevor Lorle geboren wurde,
ein Halbjahr in der Stadt gedient hatte, konnte die
Ausstellungen ihrer „Madam" in Manchem berichtigen.
— Lorle hätte gar zu gern gewußt, wer denn die
Leute seien die mit ihr unter demselben Dach wohnen,
wie ihre Haushaltung ist, wovon sie leben und was sie
treiben. Bärbel belehrte sie, daß das einmal in der Stadt
so sei; da habe Jedes seinen abgeschlossenen Hausgang
und kümmere sich nichts um das Andere. Lorle konnte
sich aber dabei nicht beruhigen und sie klagte: „Ich möcht'

jetzt nur wiſſen, wovon der Seiler da drüben lebt; ich hab'
nicht geſehen, daß er ſeit geſtern Morgen was verkauft
hat. Und wenn ich über die Straß' geh und da ſitzen
die Leut' in ſo einem kleinen Läble und es kauft ihnen
Niemand was ab und da möcht' ich wiſſen, wovon
die jetzt heut zu Mittag eſſen und noch ſo viel' Men=
ſchen, die ſo herumlaufen und man weiß gar nicht was
ſie thun."

„Gut's Närrle, das kann man nicht wiſſen; daheim
da kann man Jedem in ſeine Schüſſel gucken, aber hier
geht das nicht und du ſiehſt ja, daß die Leut' doch
leben, ſo laß ſie machen." So tröſtete Bärbel.

Vom Hauſe gegenüber hörte man ein Mädchen faſt
den ganzen Tag Clavier ſpielen und ſingen, nur bis=
weilen wurde dieſes Thun unterbrochen, indem ein
Lockenkopf am Fenſter erſchien, ſtraßauf und ſtraßab
ſchaute. „Das muß eine ſchöne Hausfrau geben,"
bemerkte Lorle einmal, „und die kann ja Sonntags an
der Muſik gar kein' Freud' haben, wenn ſie's ſo die
ganz' Woch' hat, und horch' nur, wie ſie ſich gar nicht
ſchämt und bei offenen Fenſtern ſingt, daß man's die
ganze Straß' hinab hört; wie das nur die Eltern
zugeben!"

Wenn Reinhard nach Hauſe kam, war er meiſt
liebevoll und zärtlich. Je tiefer er in das Getriebe
der Staatsmaſchine und des Staatsdienerlebens hinein=
ſchaute, je mehr er die Beengungen erkannte, die es ihm
auferlegte, daß ihm der Kopf brauſte, um ſo mehr er=
faßte er den ſtillen Frieden, der in der Luft ſeiner
Häuslichkeit ſchwebte; er ſog ihn in vollen Zügen ein

und wollte sich ihn stets erhalten; für ihn hatte er ja die Freiheit seines Seins geopfert. Wenn er bisweilen gedankenvoll und betrübt drein sah und Lorle ihn um die Ursache fragte, antwortete er: „Gutes Kind, du sollst und wirst nie erfahren, wie wirr und kraus es in der Welt hergeht. Du mußt mich nicht immer fragen, wenn ich so in Gedanken bin; es geht mir vie=lerlei im Kopf herum. Sei jetzt nur heiter, sei froh, daß du Vieles nicht weißt."

„Was du meinst, daß ich nicht wissen soll, das will ich nimmer fragen," entgegnete Lorle.

Auf den Gängen durch die Stadt und vor den Thoren begleitete der Collaborator fast immer das junge Ehepaar. Lorle tastete noch immer an der ihr frem=den Welt herum und konnte die rechten Handhaben nicht finden.

„Ich weiß nicht," sagte sie einmal, „mir kommen die Leut' in der Stadt gar nicht so lustig vor wie da=heim; wenn's nicht einmal ein Schusterjung' ist, sonst pfeifen und singen die Leut' gar nicht wenn sie über die Straß' gehen, es ist Alles so still als wenn sie stumm wären."

Der Collaborator gab ihr vollkommen Recht und sagte: „Die Leute bilden sich ein, sie hätten Gedanken statt Gesang, es ist aber nicht wahr." Reinhard dagegen suchte Lorle klar zu machen, daß solche Ungezwungen=heit in der Stadt nicht möglich sei; er knüpfte hieran eine weit abgehende Auseinandersetzung, daß das wahre gesunde Wesen in solcher Beschränkung nicht zu Grunde gehe, sondern sich in sich erkräftige. Der Collaborator

durchkreuzte solche Darlegungen durch schneidende Ent=
gegnungen und hier zeigte sich ein oft wiederkehrendes
Zerwürfniß zwischen den beiden Freunden, unter dem
zunächst Lorle leiden mußte. Wollte Reinhard seiner
Frau Achtung vor der Bildung einflößen, sie zur Be=
wunderung und Nacheiferung solcher Zustände anleiten,
von denen sie bisher keine Ahnung gehabt hatte, so
suchte der Collaborator Alles in die Luft zu sprengen;
denn es entwickelte sich bei ihm immer mehr die An=
sicht, die er in seinem Unmuthe auch bisweilen geradezu
aussprach: „Wir haben uns mit unserer ganzen Civi=
lisation in eine Sackgasse verrannt."

Lorle, die zwischen den Streitenden ging, gewann
wenig Frucht aus diesen Erörterungen.

Einst bemerkte sie: „Ich mein' die Hunde bellen in
der Stadt viel weniger als bei uns im Dorf; es ist
wol, weil sie mehr an die Menschen gewöhnt sind."
Da lachte der Collaborator und sagte: „Deine Frau hat
die tiefste Symbolik." — Lorle, die nun schon Muth
hatte und sich durch ein fremdes Wort nicht mehr ver=
blüffen ließ wie damals zu Hause, sagte jetzt: „Ihr müsset
nicht so g'stubirt reden, wenn es mich angeht." Der
Collaborator erklärte nun, wie deutungsreich ihr Aus=
spruch war und suchte seine ganze Verachtung dieses
Lebens nachdrücklich geltend zu machen. Lorle erwi=
derte nur, sie hätte nicht geglaubt, daß er so grimmig
bös sein könne. —

Als sie einst klagte, daß durch die neue Kanzlei
ihrem Hause gegenüber die Aussicht in's Freie verbaut
würde, wußte der Collaborator auch dies sinnbildlich

zu deuten. Lorle verstand den Collaborator besser als
er glaubte, aber sie war doch ärgerlich, daß er ihr
alle Worte im Munde verdrehe und immer etwas
Anderes daraus mache als sie gewollt hatte. Einmal
nach mehrtägigem, anhaltendem Regen gingen sie durch
die Promenade; da sagte Lorle: „Es ist doch viel
schöner in der Stadt, da braucht man die Wege nicht
erst durch die Hecken treten, da sind überall Wege aus=
gehauen und werden schnell wieder gangbar." —

Der Collaborator behielt diesmal seine symbolische
Deutungslust für sich. War sie ihm etwa nicht ge=
nehm? . . .

Reinhard empfand nun erst recht die Wonne der
Häuslichkeit, indem er wieder rüstig zu arbeiten be=
gann. Arbeit macht selbst einsame fremde Räume zu
heimisch trauten, und wie nun gar die gemeinsam bewohnte
eigene Heimath! In dem kleinen Stübchen gegen Nor=
den, das er sich zur einstweiligen Werkstatt eingerichtet
hatte, ging er an die Vollendung des Bildes: „Das
neue Lied," das er schon im Dorfe begonnen hatte.

Lorle war oft bei ihm, denn er hatte ihr gesagt:
„Ich bitte dich, komm oft zu mir, wenn ich arbeite;
ich thue Alles besser und lieber, wenn du da bist.
Wenn ich auch nichts mit dir rede, wenn ich auch
deiner scheinbar nicht bedarf, du bist mir wie ange=
nehme Musik im Zimmer; es thut sich Alles besser
dabei."

Als er nach vollbrachter Tagesarbeit bei ihr in der
Stube saß, sagte er einmal: „Stricke und nähe nicht,
arbeite nicht, gar nichts, wenn du bei mir bist; es ist

mir als wärest du nicht allein, nicht ausschließlich bei
mir, als wäre noch ein Drittes bei uns Zweien, als
wärest du nur halb bei mir."

„Hab' dich schon verstanden, brauchst's nicht so um
und um wenden," entgegnete Lorle und legte das
Strickzeug weg, „aber die Händ' da, die wollen was
zu thun haben, und da muß ich dich halt beim Busch
nehmen und zausen." Sie vollführte dies auch, schüttelte
ihm den Kopf mit beiden Händen und gab ihm dann
einen herzhaften Kuß.

Das war ein liebewarmes häusliches Winterleben.

Auch an kleinen Neckereien fehlte es nicht. Lorle
hatte die Scheuersucht der Frauen in ungewöhnlichem
Grade; die Stubenböden waren jetzt ihre Aecker, sie
konnten nicht umgepflügt, aber doch sattsam aufgewa=
schen werden. Reinhard mahnte oft und oft zur Mäßi=
gung, aber vergebens. Als er einmal unversehens nach
Hause kam und richtig in kein trockenes Zimmer konnte,
faßte er Lorle am Arm und tanzte mit ihr in der
Stube herum, indem er sang:

„In Schnitzelputzhäusel, da geht es gar toll
Da trinken sich Tisch' und Bänke voll,
Pantoffel unter dem Bette."

Auch außer dem Hause wollte Reinhard seiner Frau
das neue Leben eröffnen, er führte sie in's Concert.
Der Collaborator unterhielt sie hier sehr eifrig, sie
kannte sonst Niemand. Nach einer Beethoven'schen
Symphonie fragte er einmal: „Nun sagen Sie mir
ehrlich, wäre Ihnen ein schöner Walzer nicht lieber?"

Lorle antwortete: „Aufrichtig gestanden, ja."

Der Collaborator kam freudestrahlend zu Reinhard und sagte: „Du hast eine herrliche, einzige Frau, sie hat noch den Muth, offen zu gestehen, daß sie sich bei Beethoven langweilt."

Reinhard kniff die Lippen zusammen, zu Hause aber sagte er ruhig zu Lorle: „Du mußt dich vom Collaborator nicht irre machen lassen, der hat sich an den Büchern übergessen. Du mußt nie über Etwas lachen oder aburtheilen, wenn du's noch nicht ganz begreifst. Es giebt nicht nur eine Musik, nach der sich unsere Körper bewegen, es giebt auch eine solche, wo wir unsere Seele in Trauer und Lust emporsteigen und sinken und sich wiegen lassen, über Alles erhoben — die Seele ganz frei und allein. Ich kann dir's nicht er= klären, du wirst es schon finden; aber Respect muß man vor Sachen haben, an welche so viele große Männer ihr ganzes Leben gesetzt. Hab' du nur die Achtung und du wirst die Sache auch schon bekommen."

Lorle versprach, sich recht zusammen zu nehmen.

Im letzten Winterconzerte, als der Collaborator nach einem Musikstücke fragte, was sie jetzt gedacht habe, sagte sie: „An Alles und ich weiß doch nicht. Wenn so die Flöten und Trompeten und Geigen mit einander reden und einander anrufen und nachher Alle zusammen sprechen, da ist's doch, wie wenn Andere als Menschen reden und da thut's Einem so wohl, an Alles zu denken, so geruhig; es ist wie wenn die Ge= danken auf lauter Musik spaziren gingen, hin und her."

Der Collaborator murrte in sich hinein: „O weh! die wird nun auch gebildet."

Am Theater, wohin Reinhard sie in der ersten Zeit einige Mal führte, fand Lorle keine nachhaltige Freude; die lustigen Stücke kamen ihr gar zu närrisch vor, und bei den kreuzweis geköperten Intriguenstücken war's ihr zu Muthe wie in einem Wirbelwind, der von allen Seiten reißt und zerrt, so daß man sich gewaltig zu= sammennehmen muß. Von zwei Stücken redete sie aber noch lange. Das eine war die Stumme von Portici. Es kam ihr grausam vor, daß die Hauptperson stumm ist und die andern Alle singen; auch meinte sie, es sei schon hart genug, wenn ein Mädchen betrogen wird, es brauche keine Stumme zu sein. Daß die Fischer, nachdem sie einige Soldaten niedergemacht, unmittelbar vor dem Ausbruch der Revolution niederknieten und beteten, kam ihr recht brav vor, aber sie hatte gräß= liche Angst, es kommen jetzt andere Soldaten und schießen sie Alle nieder. An Schiller's Tell hatte sie volle Freude. In der versteckten Loge, wohin Reinhard sie immer führte, gab sie ihm während der ganzen Vor= stellung kaum eine Antwort; sie sah ihn oft still an, mit der Hand begütigend, als dürfe man Etwas nicht wecken. Auf dem Heimwege sagte sie: „So wie der Tell, so wär' mein Vater in seinen jungen Jahren gewiß auch gewesen."

Reinhard nahm ihr das Versprechen ab, über derartige Dinge mit niemand Anderm als mit ihm zu reden.

Lorle nahm die ganze Welt um sich her keineswegs

als eine gegebene hin; gerade weil ihr die Ueberlieferungen mangelten, worauf sich so Vieles stützt, erschien ihr Alles als ob es erst heute und für sie erstünde; sie schmälzte und salzte nach ihrer eigenen Zunge.

Reinhard unterließ es jedoch bald, Lorle in die Bildungs= und Kunstsphären einzuführen, und sie hatte auch nie Sehnsucht darnach; war's ihr nicht vor die Augen gerückt, war's für sie nicht da. Reinhard sah sich nun selbst mitten im Strubel einer ihm wesentlich neuen Welt, er trat in die sich vorzugsweise so nennende „Gesellschaft," in der Alles, was nicht dazu gehört, als zusammengelaufenes, höchstens erbarmungs= würdiges Volk gilt. Bei der eigenen Unfruchtbarkeit der Gesellschaft an erfrischenden Elementen ward Rein= hard ihr Adoptivkind. In der ersten Zeit betrachtete er das Frequentiren der Salons — eine Phrase mit welcher die kleine Residenz aufputzte — als einen Theil seiner Amts= pflichten; es kam ihm nicht in den Sinn, wie traurig es sei, daß Lorle so allein zu Hause sitze; da waren ja noch so viele Andere, die sich mit einer Bürgerlichen und nicht wie er, nun gar mit einem Bauernmädchen „mesalliirt" hatten und sie mußten sich's Alle gefallen lassen, hier als ledige Burschen zu gelten.

Anfänglich war es Reinhard oft, wie wenn man aus freiem Felde in ein dumpfes Gemach tritt; die darinnen waren, wissen nichts von der gepreßten Luft, aber dem Eintretenden beengt sie die Brust. Bald je= doch bewegte er sich in diesem Treiben wie in seiner eigenen Welt. Zwei Umstände förderten dies mit be= sonderer Raschheit. Der außerordentliche Landtag war einberufen. Der Prinz hatte mit Reinhard oft den Plan durchsprochen, daß man in dem neuen Palais die Bel-Etage des Mittelbaues mit den schönsten Gegenden des Landes zieren müsse, die Reinhard al fresco malen sollte; in dem Fries sollten die eigenthümlichen Volks= sitten durch Figuren in den verschiedenen Volkstrachten dargestellt werden. Reinhard war voll Seligkeit, ein solches Werk ausführen zu können, das als Erfül= lung eines Lebens gelten durfte; er stellte das Bild „das neue Lied" zur Seite und machte allerlei Ent= würfe. Die Vorlegung derselben gab reichen Unterhal= tungsstoff und Reinhard ward dadurch vielfach Mittel= punkt der Gesellschaft. Nun aber ergab sich, daß die Landstände mit großer Mehrheit nicht nur die Gelder zum Bau des neuen Palais, sondern auch für die Gal= lerie verweigerten, weil die Noth des Landes so groß sei, daß sie keine derartigen Ausgaben gestatte. Mit einer Mehrheit von blos zwei Stimmen wurde hierauf die angesetzte Summe zur Einrichtung der Zimmer über dem Marstall für die Gallerie und der Gehalt Rein= hard's bewilligt. Dagegen nahm die Regierung Rache und verweigerte eine Aufbesserung der Volksschullehrer= gehalte, die auf dem vorigen Landtage schon bean= tragt war.

Ein tiefer Mißmuth setzte sich in Folge der ersten Behinderungen in Reinhard fest, zu dem er noch die Ueberzeugung gesellte, daß das ständische Wesen alle Kunst vernichte, diese daher nur in dem monarchischen Prinzip einen Halt habe. Reinhard hatte bisher ohne politische Ansicht gelebt, nun war sie ihm geworden.

Aus diesen Gründen fühlte er sich heimischer in der „Gesellschaft"; aber noch ein bedeutsames Motiv kam dazu.

Die junge Gräfin Mathilde von Felseneck, eine reizende und vielbesprochene neue Erscheinung, schloß sich an Reinhard auf besonders zuvorkommende Weise an; sie trat jetzt zum Erstenmal in „die Welt," sie war einsam auf dem väterlichen Schlosse aufgewachsen; denn ihr Vater, der die Tochter seines Rentamtmanns geheirathet hatte, lebte seit zwanzig Jahren fern vom Hofe und von seinen Standesgenossen. Erst jetzt, seit dem Tode der Mutter ward ihm Versöhnung; das Kind wurde willig aufgenommen, zumal es eine blühende reiche Erbin war, von der man mit Zuversicht erwartete, daß sie den Fehler ihrer Abstammung durch eine standesgemäße Ehe ausgleichen werde. Gräfin Mathilde, die das Schicksal ihrer Mutter im Herzen trug, betrachtete sich in diesem Kreise nur als Geduldete, als Bürgerliche; sie fühlte sich zu Reinhard hingezogen, wie man im fernen Lande unter Fremden einen Heimatgenossen begrüßt; dazu ward sie mächtig angesprochen von dem freien und doch so sichern Benehmen Reinhard's, der keine der Gesellschaftsformen verletzte, sie aber doch, nur dem aufmerksamen Blicke sichtbar, mit einem gewissen leichten Uebermuthe behandelte; namentlich bemerkte sie dies dem Comte de Foulard gegenüber, der die Etikette mit einer gewissen priesterlichen Andacht wie ein hochheiliges Mysterium verwaltete. In der That zwang dieses ausgeprägte und feststehende Formenleben Reinhard nur eine kurze Weile eine gewisse Achtung ab, dann überließ er sich der freien Gebarung seines Wesens.

Eines Abends, als man sich eben an verschiedenen kleinen Tischen niederließ und die Bedientenschaar mit märchenhafter Schnelle Alles ordnete und auftrug, sagte der Comte de Foulard zu Reinhard: „Die Gräfin von Felseneck hat sich sehr geistreich über Ihre heute vorgelegten Zeichnungen ausgesprochen; sie bemerkte: die Künstler haben nicht nur in ihrer Schöpferkraft etwas Gottähnliches, indem sie den vorhandenen Reichthum der Welt vermehren, sie müssen auch etwas von der göttlichen Geduld haben, ruhig über ihre Werke Kluges und Unkluges auskramen lassen." Reinhard wendete sich unwillkürlich nach dem Mädchen um, das an einem andern Tische saß.

„Wenn Sie meiner Cousine vorgestellt sein wollen, bin ich bereit," sagte ein schmucker Gardeoffizier, der neben Reinhard saß. Das Erbieten wurde mit Dank angenommen.

Von diesem Abend an gestaltete sich ein eigenthümliches Verhältniß zwischen Reinhard und Mathilde. Wenn sie sich bei Hofe oder in den Salons trafen, kam eine gewisse ruhige Sicherheit über sie; so förmlich auch ihr beiderseitiger Gruß war, es lag etwas Zutrauliches darin, als hätten sie sich ohne Verabredung hier ein Stelldichein gegeben. Sie hatten Beide die Empfindung, als ob das Eine mit schützender und vorsorgender Hand dem Andern diese Stunden zu genußreichen bereiten müsse; Jedes hegte gewissermaßen die Verantwortlichkeit für einen Mißgriff oder ein Mißgeschick des

Andern in sich. Wenn Reinhard von seinem Gönner,
dem Comte de Fcularb, mit einem Kunstgespräche in
einer Nische festgenagelt wurde, empfand Mathilde die
höchste Langweile für ihn und merkte kaum auf die
Artigkeiten und Aufmerksamkeiten, die sie umgaben;
wenn dann die Gräfin Mathilde singen mußte, bebte
Reinhard für sie; war die Reihenfolge ihrer Lieder eine
unpassende, so machte er sich selbst Vorwürfe. Bald
waren sie dann oft, in der gemessensten Haltung ein=
ander gegenüberstehend, in die launigsten Gespräche
verwickelt. Nie lobte Reinhard den so seelenvollen Ge=
sang Mathildens, er sprach nur bisweilen über die
Schönheiten der Dichtung und Composition; sie mochte
daraus erkennen, wie sehr sie ihm zu Herzen gesungen
hatte.

Der Vetter Arthur hatte verrathen, daß Mathilde
„waldfrische Volkslieder“ singen könne, und nun mußte
sie, da der Prinz persönlich darum bat, eines derselben
vortragen. Sie stand eine Weile an dem Piano und
hielt sich krampfhaft an demselben, um Ruhe zu ge=
winnen; dann stimmte sie in kecken Tönen ein Jodel=
lied aus den Bergen an, so hell und froh wie die Lerche,
die mit thaufeuchter Schwinge hineinjauchzt in das
Morgenroth. Heute zum Erstenmale lobte Reinhard
ihren Gesang, Mathilde aber war betrübt; sie klagte,
daß es ihr vorkäme, als ob sie das heilige Geheimniß
ihrer Heimathberge verrathen und profanirt habe; sie
glaube, daß ihr dieses Lied entweiht sei, weil sie es
hier unter Kerzenschimmer und ausgebälgten Uniformen
als Curiosität preisgegeben. Reinhard widersprach ihr

und erklärte, daß das wahrhaft Heilige, was wir in der Tiefe der Seele hegen, unberührt und unverletzt durch die ganze Welt schreite; daß das, was gestört oder gar zerstört werden kann, in sich und für uns keine rechte Wahrheit hatte. Mathilde war beruhigter.

Oft wollte sie auch, daß Reinhard ihr viel von seiner Frau erzählte; sie hegte offenbar den Wunsch, Lorle kennen zu lernen, aber Reinhard war in seinen Mit= theilungen kurz und lehnte jenes nicht ausgesprochene Ansinnen, ohne es entschieden zu bezeichnen, mit Be= stimmtheit ab; er sah darin doch mehr eine bloße Neu= gier und fürchtete zugleich, daß sich Lorle nicht wie er wünschte benehmen möchte.

Der Graf lud Reinhard auf Veranlassung seiner Tochter zu sich ins Haus und Mathilde, die in Ge= sellschaft immer etwas Schmerzliches, Empfindsames hatte, war hier das heiterste Kind, voll sprudelnder Jugendlust; sie sang und spielte mit Fertigkeit und Geist und ihre Zeichnungen verriethen ein ungewöhnliches Talent. Alle Blüthen der edelsten Bildung standen hier in schöner Entfaltung und wenn Reinhard etwas der= artiges bemerkte, sah Mathilde mit andächtiger Hoheit auf und sagte: „Sie hätten meine selige Mutter kennen sollen." — Bisweilen sangen sie auch gemeinsam scherz= hafte und schwermüthige Volkslieder; von solchen wohl= gebildeten Stimmen vorgetragen, hatten diese Töne noch eine ganz besondere Macht.

Wenn nun Reinhard aus der Gesellschaft nach Hause kam, regte sich oft der alte böse Blutstropfen in ihm; seine Häuslichkeit kam ihm so eng, so

kleinbürgerlich vor. Drückte dann Lorle mit kindli=
chem Stottern ihre Gedanken und Empfindungen aus,
so hörte er selten darauf und gab sich noch seltener
die Mühe, sie zu ergänzen und zu berichtigen; er
war es müde, das ABC der Bildung vorzubuchsta=
biren. Auch fiel ihm jetzt eine eigenthümliche Un=
grazie Lorle's auf: die Haftigkeit und Kräftigkeit ihres
Gebarens war nun unschön; sie faßte ein Glas, das
Leichteste was sie zu nehmen hatte, nicht mit den
Fingern sondern mit der ganzen Hand, ihre Bewegun=
gen hatten in den Stadtkleidern eine auffallende Derb=
heit, sie trat immer stark mit den Ferfen auf und er
bat sie einmal, den schwebenden und sich wiegenden Gang
auf den Zehen anzunehmen.

Lorle entgegnete: „Juft Alles brauch' ich nicht erft
zu lernen, ich hab' schon laufen können, wie ich noch
kein Jahr alt gewesen bin."

Zu den übrigen Residenzbewohnern hatte Reinhard
keine Beziehung und er erfuhr erft spät, daß ihn viele
den „Civilcavalier" nannten und sich damit erhaben dünk=
ten, während sie doch selber die fürstliche Gnadenprobe
vielleicht nicht beffer bestanden hätten. Zu den weni=
gen Künstlern der Stadt war Reinhard in eine schiefe
Stellung gerathen; er war so ohne alle Vorbereitung
zu seinem Amte gelangt; die Einen glaubten in der
That, daß ihm dieß nur durch Winkelzüge gelungen
sei, die Anderen verleitete Neid und Bitterkeit zu un=
gerechter Beurtheilung Reinhard's und seiner Leistungen.

So hatte er außer der Hofgesellschaft nur den Col=
laborator, aber auch dieser zürnte ihm; er sprach offen

seinen Grundsatz aus: „Kein Ehrenmann darf von der
innerlich angefaulten Societät mit sich eine Ausnahme
machen lassen, so lange sich dort nur noch eine Spur
von Exclusivem findet."

Der Collaborator zürnte mit Reinhard doppelt, weil
dieser mit Lorle, dem frischen Naturkinde, kunstgärtnere.
Das that ihm wehe, aus persönlichen wie aus allge=
meinen Gründen. Er erkannte leicht im Kleinen und
Vereinzelten ein allgemeines, ja ein weltgeschichtliches
Gesetz. Lorle war ihm ein Typus des Urmenschlichen,
des ursprünglich Vollkommenen, an sich Vollendeten, un=
berührt von den Zwiespältigkeiten der Geschichte und der
Bildung; es däuchte ihn eine Versündigung, sie durch
alle die Labyrinthe zu quälen, ohne sicher zu sein, daß
sie den jenseitigen Ausgang finde, der wiederum zur
freien Natur führt — sie stand ja von selber darin,
Anfang und Ende sind hier eins. Er behauptete, daß
die Menschen zu allen Zeiten das ursprünglich Vollkom=
mene, was ihnen in einem Menschen nahe tritt, mar=
tern und kreuzigen und zu Tode quälen, weil das Da=
sein des absolut Vollkommenen, des Urmenschen, der
nichts will und nichts hat von dem ganzen Trödel, den
die Menschheit nachschleppt, dieser ein Gräuel sein muß.
Und doch muß die Geschichte von Zeit zu Zeit wie=
derum erfrischt und begonnen werden von solchen e r st e n
M e n s c h e n, die aus dem Urquell des Lebens vollendet
erstehen.

Der Collaborator wußte wohl, daß Lorle solchem höch=
sten Ideale nicht entspreche, aber er hatte eine fast ab=
göttische Verehrung für die Urthümlichkeit ihres Wesens,

gegenüber dem Unfertigen, Ringenden und Halben der
Civilisation; ihm hatte der vielverbrauchte Ausdruck,
daß sie ein Kind der Natur sei, eine tiefere Bedeu=
tung: er erfand diese Bezeichnung wiederum für sie.

Reinhard bestrebte sich, Lorle und Leopoldine mit
einander zu befreunden, er brachte sie oft zu dieser;
Lorle war's aber immer unheimlich. Leopoldine hatte
die überfließende Redefertigkeit einer Ladenfrau, sie konnte
Alles, was sie im Sinn hatte ohne Scheu aufzeigen,
wie ehedem ihre Haubenmuster; dabei hatte die Vielge=
prüfte etwas Entschlossenes, das sie namentlich ihrem
Bruder gegenüber in einer Weise geltend machte, daß
es Lorle in der nunmehrigen Zaghaftigkeit ihres Ge=
müthes wie Schärfe und Härte erschien.

Ueber eine Bemerkung Lorle's freute sich Reinhard
einst übermäßig; sie gingen von Leopoldine weg und
Lorle sagte: „Ach was schöne Blumen hat die, und so
im Winter."

„Du sollst auch solche haben."

„Nein, ich mag nicht, ich mein' ich könnt' und ich
dürft' mich nicht so freuen, wenn's wieder Frühjahr
wird, weil ich so gezwungene Blumen vorher in der
Stub' gehabt hab', eh' sie draußen sind. Laß mich lie=
ber warten."

Reinhard war von dieser Aeußerung so entzückt,
daß er wieder einen ganzen Tag der Liebevolle von
ehedem war.

An den vielen kleinen Sächelchen auf dem Nipptisch
Leopoldinens freute sich einst Lorle wie ein Kind; als
ihr Reinhard versprach, auch solche Sachen zu kaufen,

sagte sie: „Nein, ich möcht' lieber was Lebiges haben; wenn wir einen Stall hätten, möcht' ich eine Geis oder ein paar Schweinchen haben, oder in meiner Stub' Turteltauben oder einen Vogel."

Am andern Tage nahm Reinhard die Bärbel mit als er ausging und brachte einen Kanarienvogel in schönem Käfig und Goldfischchen in einem Glase. Lorle war voll Freude und Reinhard erkannte auf's Neue, wie leicht dieses anspruchslose Wesen zu beglücken war.

Eines Abends, als Reinhard zum Maskenball beim Minister der Auswärtigen geladen war, ging Lorle in die Theevisite zu Leopoldinen. Auf dem Wege sagte sie zur begleitenden Bärbel: „Ich wollt', ich könnt' bei dir daheim bleiben: ich komm' mir oft vor wie ein Waisenkind, das unter fremden Leuten herumgeschubt wird." —

Die Bärbel tröstete so gut sie konnte.

Lorle trat zitternd in die Stube. Die Frau Professorin Reinhard, die Kammersängerin Büsching, Frau Oberrevisorin Müller, Frau Handschuhfabrikantin Frank; so stellte Leopoldine die Anwesenden vor. Die Frau Oberrevisorin warf stolz den Kopf zurück, ihr gebührte es, vor der pensionirten Kammersängerin vorgestellt zu werden. Die alte Sängerin unterhielt sich schnell mit Lorle und bald war sie auf ihrem Lieblingskapitel, indem sie von ihren ehemaligen Triumphen erzählte und daß sie die erste hier in der Stadt war, die die Emmeline in der Schweizerfamilie gesungen. Ihre Bemerkung gegen Lorle, daß sie auch Volkslieder sehr liebe, wurde schnell verdeckt, denn nun öffneten sich die

Schleußen der Unterhaltung und Alles auf einmal sprach vom Theater, d. h. von dem Haushalt der Schauspieler und Sänger und ihren Liebesbeziehungen. Unversehens lenkte sich das Gespräch auf den heutigen Maskenball. Die Frau Handschuhfabrikantin (deren ganzes Personal, aus dem Ehepaar und einem Lehrling bestehend, Leopoldine zur Fabrik erhoben hatte) konnte die intimsten Nachrichten davon preisgeben; sie klagte nur, daß wenn die Fremden, die Engländer, nicht wären, man wenig Handschuhe mehr verkaufte; sonst habe „ein nobler Herr" zwei bis drei Paar an einem Abende verbraucht, jetzt zögen selbst die Gardeoffiziere, die doch von Abel sind, nur bei den ersten Touren frische Handschuhe an und ersetzten sie dann unversehens durch alte.

Die Frau Oberrevisorin sagte: „Ich würde mich schämen, mich um solche Dinge zu bekümmern."

Nun brach der Zorn der Handschuhfabrikantin`los und sie bemerkte, es gebe viele Handwerksleute, die mehr verdienten als die Angestellten; man wisse wohl, da sei's oft außen fix und innen nix. Leopoldine, die den unverzeihlichen Mißgriff gemacht hatte, eine solche gemischte Gesellschaft zu laden, brachte die Sache schneller als sie hoffen konnte, wieder in's Geleise durch die einfache Frage: Ob wohl die Herrschaft bei dem heutigen Ball sein werde.

„Was ist das, die Herrschaft?" fragte Lorle. Alles sah sie erbarmungsreich an.

„Das ist der Hof, das ist die Herrschaft," erklärte man von allen Seiten.

Lorle aber entgegnete: „Warum denn Herrschaft?

Mein' Herrschaft ist's nicht, ich bin kein Dienstbote, ich hab' meine eigne Haushaltung und ihr ja auch."

Kichernd und lachend erhob sich Jedes himmelhoch über diese furchtbare Einfältigkeit; selbst die Frau Ober= revisorin konnte nicht umhin, der ihr vorgezogenen Kam= mersängerin Etwas in's Ohr zu zischeln. Lorle athmete erst wieder frei auf als der Collaborator aus dem Bier= hause kam und allerlei Scherze losließ.

„Mein' Lebtag geh' ich nimmer in so eine Gesell= schaft," sagte Lorle auf dem Heimwege zur Bärbel.

Sie fühlte wohl die Erbärmlichkeit eines solchen Lebens, wo man, statt an eigener gesunder Kost sich zu erfreuen, nach den Brosamen und dem Abhub der vor= nehmen Welt hascht.

Während dieses Abends mußte Reinhard viele er= götzliche Neckereien bestehen; er wurde stets von zwei Masken gehänselt, die ganz in derselben Bauerntracht gingen wie einst Lorle. Anfangs war er erschrocken, denn beide Masken sprachen vollkommen den Dialekt; erst beim Entlarven konnte er in der einen die Gräfin Mathilde und in der andern ihre Gesellschafterin, ein armes adeliges Fräulein erkennen.

Als Lorle ihm am andern Morgen die Ereignisse des gestrigen Abends erzählte, hörte er ihr kaum zu; seine Gedanken tanzten noch auf dem Balle.

Dennoch blieb das Verhältniß zur Gräfin Mathilde ohne Fortschritt, fast auf demselben Punkte auf dem es begonnen hatte; zumal da sie jetzt, nach Schluß der Saison, wieder mit ihrem Vater auf seine Güter zurückkehrte.

Fürnehmes Leben, fürstliches Brod.

Lorle hatte ein vereinsames Leben, denn Reinhard
war die meisten Abende außer dem Haus, und trieb
sich oft Tage lang auf den Hofjagden umher. Jetzt
richtete er sich noch seine Werkstatt in den obern Zim=
mern des Marstalls ein. Lorle war noch nie dort ge=
wesen.

Der Prinz hatte Reinhard beauftragt, eine Erin=
nerung an die letzte Fuchsjagd zu malen; auf die Ent=
gegnung Reinhard's, daß er sich nicht auf Jagdstücke
verstehe, erhielt er die Antwort: „Malen Sie nur ganz
nach Ihrer Eingebung, ich lasse der Kunst gern die
vollste Freiheit."

In unglaublich kurzer Zeit vollführte nun Reinhard
ein Werk, das er für sein Bestes hielt; es war eine
tiefe Waldeinsamkeit, nur ein Fuchs saß ruhig auf
seinem Baue unter den alten knorrigen Stämmen und
schaute sich klug um; es war der Verstand des Waldes.
Triumphirend ließ Reinhard das Bild auf das Schloß
tragen: es mißfiel allgemein. „Das ist ja bloß eine
Landschaft," hieß es, man hatte mindestens die Abbil=
der der Hauptjäger und ihrer Hunde erwartet.

Das war also die „vollste Freiheit" der Kunst, und
doch sollte nach Reinhard's Ansicht das monarchische
Princip ihre einzige Stütze sein. Verstört und ingrim=
mig ging er umher.

Zu Hause war auch des Elendes genug und gerade
in seinem Berufe hatte er die Erlösung gesucht. Er hatte
ein gut Theil jener Unabhängigkeit verloren, die in

dem eigenen Bewußtsein sich erhebt; seine gesellschaftliche Stellung verlangte nothwendig die Anerkennung als Künstler.

Die Bärbel kränkelte und Lorle jammerte viel, daß sich die Diensteifrige keine Ruhe gönne. Reinhard bemerkte einmal, die Bärbel solle wieder heimkehren; da weinte Lorle so bitterlich, daß er sie nur mit vieler Mühe beruhigen konnte. Er ließ Lorle immer mehr für sich gewähren und wenn er dann oft plötzlich an ihr schulte, setzte sie ihm eine störrige Unnachgiebigkeit entgegen. Sie war ihm demüthig ergeben, so lang er sich ihr vollauf widmete, ihr ganzes Tagewerk war oft nur ein Warten auf ihn, manche Arbeit kam ihr nur wie einstweilige Unterhaltung bis zu seinem Wiederkommen vor; nun aber, weil er sonst wortkarg und mürrisch war und fast nur sprach, wenn er Etwas zu tadeln und zu lehren hatte, hörte sie seine Auseinandersetzungen an ohne ein Wort zu erwidern. Reinhard fühlte sich dadurch oft im Tiefsten unglücklich.

Die Bärbel erkannte mit schwerer Bekümmerniß, wie so bald das einige Leben der Eheleute sich schied; sie suchte Lorle auf allerlei Weise zu beruhigen und ihr Haupttrost war: „Es wird schon Alles besser gehen, wenn du einmal ein Kind hast.“

Da warf sich Lorle weinend an ihre Brust und sagte:

„Ich fürcht’, ich fürcht’, das wird nie geschehen; ich hab’ mich versündigt, ich hab’ ein Kind, das den Heiland vorstellt auf den Schooß nehmen müssen, wie er mich damals abgemalt hat. Ich hab’s nicht thun wollen, er hat's aber gewollt; Gott wird doch barmherzig sein und mir mein' Sünd' vergeben." —

Die Bärbel suchte ihr die schweren Gedanken aus= zureden, glaubte aber selbst mehr daran als die Un= glückliche selber.

Als Reinhard einmal wieder auf einen ganzen Tag zur Jagd gegangen war, machte sich Lorle die heimliche Freude und half der Bärbel bei der Wäsche; beim Aus= winden derselben drehte Lorle zuerst einen Ring und die Bärbel versäumte nicht, den alten Waschweiberglau= ben anzubringen, daß Lorle sich eine Wiege drehe; Lorle spritzte nun der Bärbel einige Tropfen in's Gesicht und ging in die Stube.

Eine allerhöchste Laune brachte Lorle unversehens in Berührung mit dem Gesellschaftskreise Reinhards. Un= gewöhnlich früh kam dieser eines Abends nach Hause und verkündete, daß der Prinz Lorle zu sprechen wünsche und daß sie daher andern Tages mit ihm auf die Gallerie gehen müsse; daß man begierig war, das Ur= bild der Madonna zu sehen, verschwieg er wohlweislich.

„Ich mag aber nicht, ich hab' nichts beim Prinzen zu suchen," entgegnete Lorle.

„Ja Kind, das geht nicht, einem fürstlichen Wunsche muß man gehorchen, sonst beleidigt man; da wird man nicht vorher gefragt und ich hab's nun auch einmal versprochen."

„Wenn er noch eine Frau hätt', aber so zu einem ledigen Bursch', weil er's g'rad will!"

„Wie einfältig! Es ist vollkommen schicklich, ich geh' ja mit," sagte Reinhard heftig; Lorle sah auf und schwere Thränen hingen in ihren Wimpern. Reinhard faßte ihre Hand und sagte: „Sei nicht bös, sei gut, glaub' mir du verstehst das nicht, darum folge mir, du kannst's immer."

„Ja, ja, ich will's ja thun, aber ich darf doch auch was sagen. Wenn das so fortgeht, weiß ich gar nicht mehr, ob ich nicht närrisch bin, ich . . . ich weiß gar nicht mehr, bin ich denn noch und was soll ich denn?"

Als ihr Reinhard Trost einsprach, entgegnete sie: „Gieb jetzt du nur Fried', es ist Alles gut, ja, ich bin zufrieden, sei du's nur auch; aber ich wollt', die ganz Welt ließ' mich in Ruh, ich will ja auch nichts von ihr."

„Du bist mir doch nicht mehr bös?"

„Nein und zehnmal nein, ich thu' ja was du willst, aber laß mich nur auch reden."

Reinhard ging nun in das Haus des Collaborators und bat Leopoldine, am andern Morgen zu ihm zu kommen und Lorle für die Audienz vorzubereiten; dann schloß er sich dem Collaborator an und ging mit ihm nach seinem ständigen Bierhause, wo in einem kleinen Stübchen mehrere jüngere Advocaten, Aerzte, Kaufleute und Techniker wohlgemuth beisammen saßen, rauchten, tranken und plauderten. Anfangs war ein stummes Erstaunen, den „Civilcavalier" in der Kneipe zu sehen; dann aber nahm das Gespräch seinen unge= hinderten Verlauf. Die tiefsten Fragen von Welt und Zeit wurden hier mit einer Schärfe und Eindring= lichkeit, mit einem Feuer verhandelt, daß Reinhard im Stillen bemerken mußte, wie hier die frischeste

Lebendigkeit herrschte, weil Jeder bot, was ihn bewegte, weil man überhaupt nicht auf Unterhaltung ausging; es kam ihm vor, daß im glänzendsten Salon in einem Monat nicht so viel ursprünglicher Geist laut werde, als jetzt hier in dem kleinen, spärlich erleuchteten Stübchen. Das Laute und die Derbheit mancher For= men war ihm wieder neu und fremd, denn er kam aus den Kreisen, wo man flüstert und lächelt und nicht streitet und lacht. An einem monarchischen Mit= telpunkte fehlte es indeß auch hier nicht, und seltsam genug war dies der Collaborator; seine machtvolle Stimme und sein ausgebreitetes Wissen sicherten ihm diese Würde ohne alle Etikette. Reinhard blieb län= ger als er gewollt hatte, er war wie in einer fremden Stadt: dort war ein Menschenkreis voll wirklicher und eingebildeter Interessen, der nie aus sich heraustrat und sich geberdete, als ob er allein die Welt sei und so dem Geringfügigsten, einem Anreden oder Uebersehen, einem halben oder einem ganzen Lächeln eine Bedeutung beilegte. Und hier — hundert Schritte davon lebten Menschen aus einem andern Jahrhundert, die sich im Kampfe erhitzten, als ob sie vom Forum, aus der Volksversammlung kämen oder sich darauf vorbereiteten.

Wenn er an Lorle dachte, befiel ihn eine uner= klärliche Angst; er meinte, es geschehe zu Hause ein großes Unglück, das Haus brenne ab und jeden Au= genblick müsse man die Sturmglocke hören; dennoch saß er wie festgebannt. Ahnte er vielleicht, in welchen schweren Gedanken Lorle in Schlaf gesunken war? Als er endlich nach Hause kam, athmete er leichter auf; da

stand wie immer das Oellämpchen auf der Treppe; er
ging leise in die Kammer. Lorle schlief ruhig, er be=
trachtete sie lange, sie sah so heilig aus in ihrem
Schlafe, fast wie damals als er sie zum Erstenmal
auf der Laube wiedergesehen, nur lag jetzt ein Zug des
Schmerzes auf ihrem Antlitz und ihre Lippen zuckten
öfters.

Ein Außerordentliches geschah. Reinhard war am
andern Morgen früher auf als Lorle, er hatte die
Schlüssel gefunden und legte nun die Kleider zurecht,
die sie anziehen sollte. Als er so über Kisten und
Kasten kam, lobte er im Stillen die Ordnungsmäßig=
keit seiner Frau; er freute sich auf ihren Dank für
seine Vorsorglichkeit und ging immer auf den Zehen
umher; es war ihm so leicht als würde er getragen.

Als Lorle erwachte und die Kleider sah, rief sie:
„Was hast du gemacht? Ich bitt' dich um der tausend
Gotts willen, überlaß mir Alles ganz allein. Denk'
nur nicht immer, daß ich gar nichts versteh'. Du hast
mir gewiß Alles untereinander gekrustet. Ich bitt' dich,
laß mich Alles allein in Richtigkeit bringen." —

In Reinhard wogte und brauste es, er hielt aber
an sich und ging in die Stube; dort stand er eine
Weile, die Stirn an die Fensterscheibe gedrückt, in
tiefem, namenlosen Schmerz. Schnell nahm er dann
Hut und Stock und ging davon. Es war ein frischer
Morgen, im Schloßgarten blühten die Blumen so schön
und die Vögel sangen so lustig, unbekümmert in wessen
Garten sie sich so laut machten, und ob die Bäume, in
deren Zweigen sie saßen, einen Titel angehängt hatten

ober nicht. Reinhard sah und hörte nichts; es kam ihm vor, als ob Jemand leibhaftig ihm das Wort aus Hebels Karfunkel in's Ohr geraunt hätte: „Los, du buursch mi ... mittem Wibe hesch's nit troffe";[1] er suchte das Wort wegzubannen, aber es kam immer wieder und sprach sich von selbst.

Als er heimgekehrt war, sagte er zu Lorle: „Wir wollen gut sein."

„Ich bin ja nicht bös," entgegnete sie.

„Nun, es ist jetzt eins, ich bin gewiß viel Schuld, aber laß Friede sein."

Dieser war nun auch bis Leopoldine kam. Sie half Lorle ankleiden, lehrte sie einen Kniks machen und wie man den Kronprinzen anreden müsse. Lorle schien zu Allem willig; als aber Leopoldine sich entfernt hatte, riß sie Haube und Chemisette herunter und sagte: „Ich geh' nicht, ich geh' nicht, ich bin kein Staatmatz, und du läß'st auch einen Narren aus mir machen und ich merk's wohl: wenn man mich dumm macht und da werd' ich immer schlechter, und ich bin so jähzornig und so ungeduldig ... Guter Gott! Was soll denn aus mir werden?"

Sie weinte laut auf. Reinhard sagte mit thränen= gepreßter Stimme: „Nichts, du sollst nichts Anderes werden, bleib du das gute Kind."

„Ich bin kein Kind, das hab' ich dir schon hun= dertmal gesagt. Jetzt will ich mich aber ordelich an= ziehen, und du wirst sehen, ich mach' keinen Unschick."

---

[1] Hör', du dauerst mich, mit dem Heirathen hast du's nicht getroffen.

Endlich gingen sie miteinander zur Gallerie. Rein=
hard wagte es kaum mehr, Lorle eine Verhaltungsregel
zu geben. Als sie nun hier zum Erstenmal die Werk=
statt Reinhards sah, erschrack sie über die grausige
Unordnung; sie wollte scheuern und kehren, mußte aber
der bringenden Bitte nachgeben, sich doch ruhig zu ver=
halten, und ihre glänzenden weißen Handschuhe zu
schonen. Vor Unruhe konnte sie keine Minute still
sitzen, eine fieberische Aufregung durchwogte sie, sie
wollte sich nicht verblüffen lassen, sondern dem Prinzen
zeigen, daß sie auch nicht auf den Kopf gefallen sei,
und zugleich Reinhard beweisen, wie sie mit Jedem
reden könne, sei er wer er wolle. Mit Bangigkeit be=
merkte Reinhard diese Erregung, er ahnte die gewalt=
same Hast und Unruhe in Lorle und daß sie diesem
Ereignisse gegenüber die Unbefangenheit und Harmlo=
sigkeit ihres Wesens aufgegeben; aber er hatte die Zügel
verloren, um dieses Naturell zu halten, er konnte nichts
thun als um Ruhe bitten. Endlich wurde der Prinz
gemeldet und man ging nach dem großen Salon. Man
mußte hier noch eine Weile warten, und dieses Kom=
menlassen, Warten, Melden und Wiederwarten machte
Lorle doch etwas bang; sie meinte, es müsse jetzt etwas
ganz Besonderes vorgehen.

Der Prinz trat in Militärkleidung rasch ein und
auf die sich verbeugende Lorle zu. In leutseligem
Ton sagte er: „Seien Sie willkommen, Frau Pro=
fessorin."

„Schön' Dank, Herr Prinz, Königliche Hoheit."

„Nun, wie gefällt es Ihnen bei uns in der Stadt?"

Lorle hatte, trotz der scharfen Blicke Reinhards, schnell ihre Handschuhe abgestreift; sie wußte, daß sie so besser reden konnte, und sie sagte: „Wo man ver= heirathet ist, da muß es Einem gefallen; es ist auch recht schön und sauber hier, aber so himmelhohe Häuser."

„Ich habe schon oft gedacht," begann der Prinz wieder, „die Bauern sind doch die glücklichsten Menschen auf der Welt."

„Da hat der Herr Prinz Hoheit Unrecht, das ist nicht wahr; man muß schaffen wie ein Taglöhner und Steuern zahlen mehr als ein Baron, sagt mein Vater."

Reinhard stand wie auf Kohlen; das war unerhört, daß man einem Prinzen sagt: das ist nicht wahr.

Der Prinz fixirte Lorle lächelnd, dann lenkte er ab und sagte, auf die Madonna anspielend: „Ich habe Sie schon früher gesehen, Frau Professorin."

„Freilich, erinnert sich der Königliche Hoheit noch, wie wir klein gewesen sind? Er ist g'rad acht Wochen älter als ich, ich weiß seinen Geburtstag wohl, wir haben allemal an selbem Tag eine Bretzel in der Schul' kriegt. Weiß er noch, wie er durch unser Dorf kom= men ist? Er hat dazumal lange blonde Locken gehabt und einen gestickten Kragen in Hohlfalten gelegt; da= mals haben wir uns daheim gesehen. Ach Gott! wir haben drei Wochen vorher von nichts Anderem gered't und träumt als: der Prinz kommt durch's Dorf! Den Nachmittag vorher war kein' Schul' und an dem Tag erst recht nicht, und wie wir jetzt Alle da gestanden sind mit Sträuß', und der Martin ist oben auf dem

Thurm, und wie der Prinz auf unfer' Gemarkung kommt, da haben alle Glocken geläut't und da hat man mit Böllern geschossen, und wir Kinder sind alle auf dem Platz in die Höh' gesprungen, und der Lehrer hat gerufen: still! ruhig! Und jetzt hat man bald gehört, wie die Kutsch' kommt, und da hab' ich aufpassen wollen, daß ich Alles seh', da geht mir grad' mein Schurzbändel auf; ich werd' aber noch fertig, und da kommt er und hält grad' neben uns, und des Luzian's Bäbi hat ein Gedicht an ihn hingesagt, und da haben wir Kinder alle: Vivat hoch! gerufen, und rrr! fort ist der Prinz und hat noch sein Käpple mit der Trobbel d'ran gelüpft, und da haben wir ihm unsere Sträuß' nachgeworfen, und da sind die Hofwagen kommen und sind über unsere Sträuß' weggefahren."

Der Prinz sagte mit sichtbarer Rührung: „Hätte ich damals gewußt, daß Sie da sind, ich wäre ausgestiegen; ich wollte, Sie wären dort meine Jugendgespielin gewesen."

„Ja, das wär' schon angangen. Ich hab' rechtschaffen Mitleid mit ihm gehabt, er hat doch auch ein arm's Leben gehabt, gar kein' Minut' für sich, 'naus in Wald oder in's Dorf. Wie er da auf der Saline blieben ist, da haben sich immer lauter große alte Leut' an ihn gehängt und er ist kein' Minut' allein gewesen. Weiß der Hoheit denn auch, wie ein Baum im Wald aussieht, wo kein Kammerdiener dabei ist?"

Der Prinz drückte Lorle die Hand und sagte: „Sie sind ein vortreffliches Wesen. Ja, gute Frau, es ist eine schwere Jugend, die eines Fürsten."

„Nun, so arg ist's g'rab nicht, es muß sich doch ertragen lassen, man sieht ihm just nichts an, daß es ihm so übel gangen ist; aber ich hab' auch wegen dem Herr Prinz Hoheit Ohrfeigen kriegt und es ist mir Alles im Angedenken blieben."

„Wie so das?"

„Wie der Hoheit auf der Saline blieben ist, da bin ich mit meiner Bärbel auch 'nunter, und wir sind draußen am Gitter gestanden, und er ist drinnen im Garten spaziren gangen, und da ist ihm sein Schnupf= tuch auf den Boden gefallen, und da ist ein steinalter Mann mit weißen Haaren, von denen bei ihm, hin= gesprungen und hat ihm's aufgehoben; und da hat die Bärbel gesagt: der wird auch in Grundsboden 'nein verdorben, und da hab' ich gesagt: wenn ich ein Prinz wär', ich thät den ganzen Tag alles wegschmeißen, daß mir's die alte Leut' mit denen Stern' auf der Brust aufheben müßten — und da hat mir die Bärbel ein paar tüchtige Ohrfeigen geben. Nun, mir hat's nichts g'schad't und dem Herr Prinz Königliche Hoheit sagt man auch viel Gutes nach."

„Sie machen mich glücklich, da Sie mir sagen, daß meine Unterthanen gut von mir denken."

„Ich hätt's doch mein Lebtag nicht glaubt, daß ich so mit dem Prinz Hoheit reden könnt', und jetzt möcht' ich ihm doch auch noch was sagen."

„Reden Sie nur frei und offen."

„Ja guter himmlischer Gott! Wenn ich's jetzt nur auch so recht sagen könnt'. Der Prinz Hoheit sollt's nur selber sehen, wie schrecklich viel Noth und Armuth im Land ist, und da mein' ich, da könnt' er helfen und da müßt' er auch."

„Wie meinen nun Sie, daß geholfen werden soll?"

„Ja wie? das weiß ich nicht so, dafür ist der Hoheit da und seine g'studirten Herren; die müssen's wissen und eingeschirren."

„Sie sind eine kluge und brave Frau, es wäre zu wünschen, daß Alle in Ihrer Heimath Ihnen gleichen."

„Mein Vater sagt: wenn man Hirnsteuer bezahlen müßt', da kämen wir auch nicht leer davon. Jetzt mach' der Hoheit nur, daß er auch bald eine ordeliche Frau kriegt; ist's denn wahr, daß er bald heirathet?"

In der Pause, die nun eintrat, wechselte Verlegenheit und heiteres Lächeln schnell im Antlitz Reinhard's. Daß Lorle den Prinzen mit Er anredete, erkannte er als beirrende Folge der ihr eingeübten Titulaturen; das Letzte aber war nicht nur der ärgste Verstoß, daß man einen Fürsten irgend Etwas fragt, da er vielleicht nicht antworten kann oder will, sondern Lorle sprach hier geradezu Etwas aus, was man selbst in den höchsten Kreisen nur mit den vorsichtigsten diplomatischen Umschweifen zu berühren wagte, weil ein Korb in der Schwebe hing.

Der Prinz aber erwiderte: „Es kann wohl sein; wenn ich eine so nette, liebe Frau bekommen könnte, wie Sie sind."

„Das ist Nichts," entgegnete Lorle, „das schickt sich nicht; mit einer verheiratheten Frau darf man keine so Späß machen. Ich weiß aber wohl, die großen Herren machen gern Spaß und Flattusen."

Schließlich beging nun Lorle den ärgsten Verstoß, denn sie verabschiedete sich, indem sie sagte: „Jetzt b'hüt' Gott den Herr Prinz Hoheit, und er wird auch zu schaffen haben."

Eben als sie die Hand zum Abschied reichte, kam der Adjutant mit der Meldung, daß die Revue beginne; der Prinz und Reinhard geleiteten Lorle bis an die Thür.

„Herr Professor!" rief Ersterer noch. Reinhard kehrte um und stand wie elektrisirt, als müßte jeder Nerv zuhören; der Prinz fuhr fort: „Kennen Sie den köstlichsten Kunstschatz, den wir auf der Gallerie haben?"

„Welchen meinen Königliche Hoheit?"

„Ihr Naturschatz ist der größte."

Dieses hohe Witzwort verbreitete sich durch den Mund des Adjutanten in „den höchsten Kreisen," Lorle ward hierdurch einige Tage Gegenstand allgemeiner Besprechung.

Die Audienz vollendete aber auf eigenthümliche Weise den innern Bruch zwischen Reinhard und dem Hofe; es kränkte ihn, daß man nach der Hofweise die= sen Besuch zu einer abgemessenen Zwischenstunde der Unterhaltung angesetzt, während er für ihn und seine Frau die innersten Lebensfragen aufgeregt hatte. Dies gestand er sich offen, keineswegs aber das, wie er nicht die Kraft gehabt, sein häusliches Heiligthum dem Hofe zu entziehen.

Bei Tische sagte Lorle: „Der Prinz ist doch lang' nicht so stolz wie unser Amtmann."

„Woher weißt du das? Du hast ihn ja gar nicht zu Wort kommen lassen."

„Es ist wahr, ich bin so in's Schwätzen 'neinkom=
men, ich hab' mich nachher auch darüber geärgert, aber
es schad't doch nichts."

„Du mußt dich überhaupt mehr mäßigen."

„Ja, was soll ich denn machen?"

„Nicht überall gleich den Sack umkehren, mit Kraut
und Rüben."

Lorle war still, sie glaubte ihren Fehl genugsam
eingestanden zu haben, den letzten Tadel meinte sie
nicht zu verdienen, da sie mit dieser Allgemeinheit über=
haupt nichts anzufangen wußte.

Reinhard dagegen war voll Trauer, daß Lorle die=
ses Sichgehenlassen selbst fremden Menschen gegenüber
nicht eindämmen konnte; es kam ihm jetzt vor, daß sie
weit mehr geplaudert habe als eigentlich der Fall war;
es ärgerte ihn, daß Jeder mit herablassendem Wohl=
wollen diese Naivität beschauen und vielleicht bespötteln
könne. Er ahnte, daß dieses offene, rückhaltslos zu=
trauliche Wesen nothwendig der Dorfumgebung be=
durfte, in der fast Niemand mit dem man in Berüh=
rung tritt ein Fremder ist, wo die Thüren überall un=
verschlossen, wo man bei Nachbarn und im ganzen
Dorfe aus= und eingehen mag wie zu Hause, wo man
sich kennt, und zwar von Jugend auf mit all' den
Eigenthümlichkeiten von Naturell und Schicksal. —

So leicht verblendet einmal eingerissenes Mißver=
ständniß, daß Reinhard, statt aus dem letzten Ereignisse
Hochachtung vor der unzerstörbaren Naturkraft seiner
Frau zu gewinnen, darin eine spröde, alle Bildungs=
elemente abstoßende Halsstarrigkeit beklagte.

Lorle selber fühlte auch immer mehr, ohne sich's zur Klarheit bringen zu können, daß sie in einer fremden Welt war. Das ganze Leben einer solchen anhangslos aus der Fremde in die Stadt versetzten Frau ist durchaus auf ihre Häuslichkeit beschränkt, die ganze Welt um sie her geht sie nichts an; nur eine allgemeine Bildung mag auch hier bestimmte Anknüpfungen finden lassen, denn sie verbindet mit Menschen, die auf fernen Bahnen wandelnd doch dieselben allgemeinen Lebenseindrücke, dieselben Interessen in sich hegen. Lorle dünkte sich selber oft erschreckend verstandesarm, ihr Scharfblick und ihre Klugheit konnten sich nur offenbaren, wenn sie von Bekannten, von Menschen sprechen konnte; daheim war sie viel klüger gewesen. Nothwendig und natürlich kam sie daher in Ermangelung der gemeinsamen Bekannten oder der Allgemeinheiten dazu, daß sie leicht von sich sprach oder ihre ganze Eigenthümlichkeit offenbarte; sie konnte nicht anders, sie mußte auch in der neuen Umgrenzung sich frei walten lassen. —

Eine Lerche, gewohnt und geschaffen hinanstrebend im weiten Raum ihren Gesang erschallen zu lassen, lernt auch im engen Käfig singen wie in der Freiheit, aber am Gitter stehend bewegt sie ihre Flügel in leisem Zittern während sie singt, und nie wird sie zahm, jeder betrachtende und forschende Blick macht, daß sie in wildem Aufruhr sich gegen die Umgitterung wirft und stemmt; sie verstummt und will entfliehen.

So hatte das letzte Ereigniß nach zwei Seiten hin vielleicht tödtliche Keime angesetzt oder längst vorhandene dem Bewußtsein mehr geöffnet.

Nun aber war noch über ein sichtbar erschüttertes
Leben zu wachen. Die Bärbel konnte endlich doch das
Bett nicht verlassen, Lorle mußte und kannte von nun
an nichts mehr, als die Pflege der Getreuen; sie hatte
auch die Freude, sie bald wieder genesen zu sehen. Der
Arzt erklärte, daß es der Bärbel vielleicht an ermüden=
der Arbeit in freier Luft fehle, und Reinhard drang
nun darauf, daß sie heimkehre; aber zur Freude Lorle's
erklärte die Bärbel, daß sie lieber sterben wolle als
Lorle verlassen. Bei der anderweit erregten Verstim=
mung ward nun für Reinhard seine Häuslichkeit immer
weniger erquickend, er war es überdrüssig ein Hauswesen
zu haben, in dem alle Sorgfalt sich wesentlich auf die
Dienstmagd bezog; Lorle durfte er nichts davon mitthei=
len, denn er war fest überzeugt, sie könne seine Stimmung
nicht begreifen, sie werde ihn nothwendig mißverstehen.

Die Bärbel sollte nun ärztlicher Verordnung gemäß
oft spaziren gehen, Lorle begleitete sie bisweilen, nö=
thigte sie aber auch, sich allein aufzumachen; in diesem
Falle aber kam sie bald wieder zurück und sagte: „Ich
kann nicht so herumlaufen, ja, wenn ich ein Kind zu
tragen hätt' da ging's noch, aber so? Ich lauf' die
Allee hinauf wie wenn ich wunder was schnell holen
müßt', und da kehr' ich doch wieder leer um und da
schäm' ich mich." —

Als im Herbst die Blätter von den Bäumen fielen,
sank die Bärbel wieder auf das Krankenlager und nach
wenig Tagen war sie todt.

Der Jammer und der Kummer Lorle's war un=
beschreiblich. Reinhard theilte ihren Schmerz, aber es

warb ihm doch zu viel, daß die Klagen über die
Verstorbene immer und immer wiederkehrten und kein
Ende nehmen wollten; auch sollte er nun mithelfen
und sorgen bei Mißhelligkeiten mit den neuen Dienst=
boten.

Ein trüber Winter kam heran. Reinhard wurde
weniger in die „Gesellschaft" gezogen, er war keine
neue Erscheinung mehr und noch dazu offenbar mißge=
stimmt. Was kümmert sich die Gesellschaft um ein be=
trübtes Dasein? Sie will nur die Heiterkeit und sei
sie auch eine erlogene. Und nun gar die vornehme Welt!
Sie kennt die Menschen nur, da sie in Glück und Glanz
stehen. Anfänglich verdroß Reinhard diese Zurücksetzung,
dann aber war's ihm erwünscht, so vielfacher Störung
los zu sein; er blieb indeß nicht zu Hause, sondern
schloß sich dem Collaborator und dessen Kreis öfter an.
Die beiden Freunde durchsprachen oft den Plan zu
einem satyrischen Bilderwerk. Reinhard entwarf treff=
liche Zeichnungen zu demselben, aber der Collaborator
kam nie dazu, den Text zu schreiben. Wenn Reinhard
nicht umhin konnte, dennoch eine der früheren Gesell=
schaften zu besuchen, so machte er sich bald wieder da=
von und kam im Ballanzuge in das raucherfüllte Bier=
stübchen, wo er bis spät in die Nacht sitzen blieb und
dann oft noch stundenlang mit dem Collaborator durch
die menschenleeren Straßen wandelte.

Mit dem Prinzen stand Reinhard noch im alten
Verhältnisse, er fehlte nie in den kleinen Cirkeln, die
der junge Fürst um sich versammelte; aber auch hier
fand er Mißbehagen genug.

„Es ist erbärmlich," klagte er häufig dem Collabo=
rator auf ihren nächtlichen Gängen: „ich kann mich oft
vor Ingrimm nicht halten, wenn ich sehe, welche Be=
dientenhaftigkeit gegen Ausländer an unseren Höfen
herrscht. Wir Eingebornen, wir Deutschen, müssen Ade=
lige oder ausnahmsweise Bürgerliche von einer Auszeich=
nung des Talents sein, um bei Hof Eingang zu finden;
jeder englische Stiefelputzer aber ist hoffähig, weil er
eine weiße Halsbinde trägt und englisch spricht. Man
muß froh sein, wenn nicht dem Fremden zulieb Alles
den ganzen Abend Englisch quatscht. Diese Travellers
haben Recht, wenn sie ganz Deutschland wie einen ein=
zigen Lohnbedienten ansehen; beginnen ja die Höfe mit
Schändung der Nationalehre."

Der Collaborator erwiderte: „Laß doch die da drü=
ben auf ihrem drapirten, wurmstichigen Gerüste treiben
was sie wollen, die Weltgeschichte kümmert sich nicht
mehr darum; sie legt neue Bahnen und die besuchtesten
Straßen werden leer stehen. Ich bin kein Freund der
Engländer, ich halte sie für die gottloseste Nation auf
Erden, trotz und in Folge ihres steifen Kirchenthums.
Jeder Engländer hat aber das Recht, sich bei uns als
Adeliger zu gebärden, die Geschichte seiner Nation ist
die Geschichte seiner Ahnen, die Größe seiner Nation
ist die Größe jedes Einzelnen, und wir, wir sind Pri=
vatmenschen, mit und ohne Familienwappen."

In solchen Gesprächen wandelten die Freunde oft
bis tief in die Nacht hinein; die Nachtwächter sahen stau=
nend die sonderbaren Schwärmer.

Immer vereinsamter ward Lorle; eine unnennbare

Sehnsucht, ein Heimweh regte sich in ihr, aber sie kämpfte, es nicht aufkommen zu lassen. Oft gedachte sie jener Stunde nach der Hochzeit, wo sie Gott gelobet hatte, Alles freudig über sich zu nehmen, da sie so unendlich beglückt war. Jetzt fühlte sie, wie schwer es ist, um eine selige Stunde ein langes banges Leben hinzukümmern; es gebrach ihr an Kraft zu solchem Opfer, weil sie fürchtete, daß sie den Andern, dem sie es brachte, vielleicht nicht damit beglücke. Sie geizte nach einem freundlichen Worte Reinhard's, ein kleines Lob von ihm erhob und erkräftigte sie wiederum; sie bedurfte einer Anerkennung, seiner vor Allen. Wie Reinhard die Sicherheit des Selbstbewußtseins in seinem künstlerischen Lebensberuf, so schien sie solche in ihrem Charakter verlieren zu wollen; sie horchte hin nach anerkennendem Zuruf von außen. Die Verstörtheit Reinhard's steigerte noch ihr Wehe, er stand ihr so hoch, so erhaben über allen Menschen, daß sie der ganzen Welt zürnte, die ihm so viel zu schaffen machte und ihn quälte. In ihrer Fürsorge für ihn bekundete sich eine solche Unterthänigkeit, solch' ein krankenwärterisches Nachgeben, daß er sie oft mit stiller Wehmuth betrachtete.

Warum konnte er nicht glücklich sein?

Wie oft müht und peinigt man sich im kleinen und vereinzelten Leben und sucht ein Nothwendiges mit quälender Angst, und am Ende liegt es bei ruhigem Blicke vor uns offen und frei; es ist als ob ein Dämon uns früher geblendet und verwirrt hätte. Geht's wohl auch im großen, ganzen Leben so?

Reinhard versuchte es, Leopoldine und seine Frau einander zu nähern, aber diese versicherte, daß sie gern allein, daß es ihr so am wohlsten sei. Tage und Wo=chen lang saß Lorle am Fenster bei dem Vogelbauer und strickte Strümpfe, deren Arbeitserlös sie den Orts=armen in der Heimath schickte.

Zur Fastnachtszeit gewann sie eine neue, schwere, für sie aber doch erhebungsvolle Thätigkeit. Die Magd erzählte, daß in dem Stockwerk unter ihnen die Frau des Kanzleiregistrators, eine Mutter von fünf Kindern, an der Auszehrung darniederliege und daß Jammer und Noth in der Familie herrsche. Lorle kannte die Leute nicht, sie stand nur einen Augenblick still am Fenster, mit einem Entschluß kämpfend; dann ging sie hinab, klingelte und sagte, sie müsse zur Frau Regi=strator; dieser bot sie nun Hülfe und Beistand an. Die Kranke hob die durchscheinigen Hände auf und faltete sie mit innigem Dank. Lorle verweilte nicht lange beim Reden, sondern ging alsbald durch Küche und Kammer und ordnete Alles. Von nun an war sie ihre ganze freie Zeit, und das war der größte Theil des Tages, bei der Kranken und ihren Kindern, die mit Liebe an ihr hingen; sie waltete überall als wäre sie die Schwester der Mutter. Die Kranke war eine Frau voll ruhigen, schönen Verständnisses für das Wesen Lorle's, da sie dieselbe nicht zuerst durch Reden und Unterhalten, sondern frischweg durch die That kennen lernte; ohne Ahnung ihrer baldigen Auflösung sagte sie immer, wie glücklich sie sei eine solche Freundin gefunden zu haben und wie schön sie nach ihrer

Genesung mit einander leben wollten. Lorle entnahm hieraus einen ganz besondern Trost: eine Stadtfrau hatte sie doch auch verstanden und ihr solche Liebe zugewendet.

Unterdeß gewann die Stimmung Reinhard's eine immer trübere Färbung. Er hatte seit den Universitätsjahren nie so lange mit dem Collaborator gelebt als jetzt; der ätzende Geist des Gelehrten, der immer schärfer wurde, übte einen störenden und verwirrenden Einfluß auf das künstlerische Dichten und Trachten Reinhard's. Im Glück und in der Freiheit wäre er stark genug gewesen, alle Störung von sich abzuschütteln, nun aber bemächtigte sich seiner oft eine nie dagewesene Grämlichkeit und Weichheit, so daß er waffenlos erschien. Wollte er Etwas beginnen oder ausführen, sah er eitel Mangel und Halbheit darin.

Der Trost des Collaborators war ein trauriger, denn er bestand darin, daß in unseren Tagen Alles was gesundes Leben in sich hat, nur negativ sein könne, daß es darum keine Kunst geben könne, bis eine neue positive Weltordnung erobert sei; was sich heute noch zur Kunst gestalten könne, bestände nur noch in Reminiscenzen der vergangenen und noch nicht völlig aufgezehrten positiven Welt. Diese Ansichten verfocht er mit unläugbarem Scharfsinn, und so sehr sich auch Reinhard dagegen stemmte, sie kamen ihm doch in die Quere bei mancherlei neuen Entwürfen; er wendete sich daher wieder ganz der Landschaft zu — das Naturleben blieb doch stetig und fest — innerlich aber trauerte er dennoch um das verlassene Menschenleben. Dazu kam, daß eben dieses ihn von anderer Seite vielfach in Anspruch nahm, und zwar auf die unerfreulichste Weise; er mußte bald bei Hofe, bald in den anschließenden Kreisen lebende Bilder stellen, Maskenzüge ordnen, und all' dies Treiben ekelte ihn an. Konnte er Lorle von den Kämpfen um das innerste Wesen seines Lebensberufes Etwas mittheilen?

Sonst, wenn ihm die Mißlichkeiten des Lebens zu nahe rückten, flatterte er davon, ließ all' das kunterbunte Treiben hinter sich und vergrub sich still in den Bergen; jetzt war er festgebunden. . .

Der Frühling nahte, die Frau des Registrators fühlte sich immer freier, und doch war sie nur noch ein Schatten. Lorle hatte manchen Aerger am Krankenbette, besonders über das singende Mädchen gegenüber; das sang und klimperte fort, mochte daneben ein Mensch sterben und verderben. Lorle konnte sich noch immer nicht in die Welt finden, wo Jubel und Todesschmerz Wandnachbarn sind und doch geschieden wie ferne Welten. —

Bis zum letzten Athemzuge der Kranken harrte Lorle bei ihr aus und drückte ihr die Augen zu. Nun hatte sie wieder eine Befreundete zur Erde bestattet, die Sorge für die Kinder blieb ihre unausgesetzte Pflicht. Im ganzen Haus und in der Nachbarschaft hatte man vernommen, wie aufopfernd und edel Lorle gegen die Verstorbene und deren Familie gehandelt; sie gewann sich dadurch eine stille Achtung und Liebe. An manchem Gruß von ehedem stummen Lippen, an manchem ehrerbietigen Ausweichen auf Treppe und Hausflur

merkte dieß Lorle, und es erquickte sie im tiefsten Her=
zen. Oft dachte sie: „die Menschen sind doch überall
gleich, nur kennen sie in der Stadt einander nicht.
Vielleicht ist da eine brave Nachbarin, der es lieb wäre
wenn ich zu ihr käme, aber wir wissen nichts von
einander."

Wer sollte es aber glauben, daß Lorle ein geheimes
und dauerndes Verhältniß zu einem fremden Manne
hatte?

Die Kanzlei, dem Hause gegenüber, war vollendet
und bezogen. Wenn nun Lorle des Morgens ihren Vo=
gel vor das Fenster hing, öffnete sich gerade gegenüber
in der Kanzlei ein Fenster; ein Mann mit wenigen
schneeweißen Haaren erschien und begoß seine Blumen,
die auf dem äußersten Fenstersims standen. Er sah
dann starr nach Lorle, bis ihr Blick ihn traf, er nickte
freundlich, sie antwortete mit demselben Gruß und
zog sich schnell in ihre Stube zurück; sie konnte nicht
unwirsch gegen den guten alten Mann sein, er stellte
ihr so schöne Blumen gegenüber und sie schickte ihm
dafür lustigen Vogelsang in die actenstille Stube. Eines
Morgens räumte der alte Mann seine Blumen weg
und stand, die linke Hand unter die Bachte seines Rockes
gestemmt, mit glänzendem Gesicht da, nach Lorle hinüber=
schauend, etwas Farbiges prangte auf seinem Rocke;
als ihn Lorle endlich erschaute, nickte er zweimal. Von
diesem Tage an ward er nicht mehr gesehen, Lorle
wußte nicht was aus ihm geworden war; hätte sie das
Regierungsblatt gelesen, so hätte sie erfahren, daß der
Oberrevisor Körner einen Orden erhalten hatte und

züm Kanzleirath ernannt war; er ward dadurch auf die
Sonnenseite des Staatsgebäudes in das erste Stockwerk
versetzt.

Die Flügel ausgebreitet!

Eine tiefe, entsagungsvolle Schwermuth lag wie ein
Bann auf Lorle. Sie sang einmal vor sich hin und
plötzlich schaute sie auf, als hörte sie die Stimme eines
Andern; sie erinnerte sich jetzt, daß sie seit Wochen
und Monden kein Lied gesungen hatte, weder lustig
noch traurig.

Die Tage des Lebens, sie vergehen, ob wir sie
einsam oder in Gemeinschaft mit den Zugehörigen, ob
wir sie in Trauer oder Lust verleben; sie ziehen dahin
wie flüchtige Schatten und kehren nimmer wieder.

Lorle war überzeugt, daß die Schuld des getrennten
Daseins nicht blos in dem Mangel an Kindersegen be=
ruhe; dieser hätte wohl den Zerfall verhüllt oder aus=
geglichen, aber die unzerstörbare Kraft der Liebe kann
sich oft gerade da am mächtigsten bewähren, wo zwei
Menschen sich allein Alles sein müssen. Die Eltern zu
Hause hatten auch lange in kinderloser Ehe gelebt und
die Bärbel erzählte oft, daß sie selber mit einander ge=
wesen wie zwei Kinder, so selig vergnügt.

Oft siecht ein Leben seine ganze Dauer hin und oft
rafft es sich empor zu neuer, selbstbestimmter Wieder=
geburt; es ist ein höherer Wille, der dazu erkräftigt,
und zugleich die in sich gehaltene Charakterkraft. Sonne
und Regen nähren und erschließen leise und allmälig

die Knospe, die der Entfaltung entgegenreift; Sturm und Gewitter können sie urplötzlich sprengen.

Da sind drei Menschen, sie gehen ruhig ihren Lebensweg, und doch verdoppeln sich oft die Pulsschläge ihres Herzens, als müßte jetzt unversehens eine Wendung des Geschicks eintreten.

Lorle lebte still dahin, sie war den Kindern der Verstorbenen eine sorgsame Mutter und freute sich in diesem erweiterten Kreise ihrer Pflichten. Da Reinhard fast nie mehr mit ihr spaziren ging, war sie auch froh, nun eines der Kinder zur Begleitung zu haben.

Reinhard war vielfach betrübt: er redete sich ein, daß ihm kein Bild mehr gelinge, auch hatte er viel Unruhe bei der ihm obliegenden Ordnung einer im Unverstand zusammengetröbelten Kupferstichsammlung. Dazu wurde trotz seines Widerspruches manches geschmacklose Bild angekauft, ja man nahm seinen Rath oft erst in Anspruch wenn der Kauf bereits abgeschlossen war; seine Mahnung, einheimische Künstler zu beschäftigen verhallte spurlos, denn man wollte fremde und glänzende Namen im Katalog haben.

Der Collaborator hatte seit geraumer Zeit etwas Geheimnißvolles und Verschlossenes. Niemand ahnte, daß er nun in der That endlich in der Ausführung eines Werkes war, das wissenschaftlich und praktisch zugleich sein sollte, denn es auf nahm Gesetzesvorlagen in einem großen Staate Bezug, den man, nachdem die allgemeine Mißliebigkeit der Maßregel ihm zugefallen war, um so unbehinderter nachzuahmen strebte. Dort sollte nämlich unter der Herrschaft des Ritters von der Phrase der englisirte Sabbath und ein straffes Kirchenregiment eingeführt werden.

Der Collaborator verrieth Niemand sein Vorhaben, er hatte schon so oft gesagt, daß er dieses und jenes vollführen wolle, was doch unterblieben war; nun wollte er plötzlich auftreten. Er wußte, daß stark erscheinen oft wesentlich darin besteht: die Vorsätze und Schwankungen zu verbergen und dann mit fertigen Thaten zu überraschen. Der Weg nach der Hölle der Selbstanklage und der Verdammung durch Andere ist mit guten Vorsätzen gepflastert. — Mit einem Gluteifer, den er bisher noch gar nicht an sich gekannt hatte, arbeitete der Collaborator an seinem Werke und fand darin eine Erhebung, die kein noch so tiefes Denken und Fühlen in sich zu gewähren vermag. In der Hingebung, daß er die ganze Wahrheit und nichts als die Wahrheit sagen wollte, erquickte ihn auch noch oft der Gedanke an die öffentliche Wirksamkeit, und so empfing er im Stillen den Segen der Geistesthat, der unbelauschten Ausbreitung des eigensten Seins und Erkennens für Alle, ein Segen, dem nichts auf Erden gleichkommt; das ganze Einzelleben will sich aufzehren, ein Opfer in den Flammen des Gedankens, und schwebt wiederum unversehrt, geläutert daraus empor.

Oft ward dem einsamen Forscher auch bange, er hatte so viel auf dem Herzen, das er doch nicht auf Einmal offenbaren konnte.

In Gesellschaft der Freunde war er schweigsamer als je; weil er ein Geheimniß mit sich trug. Es war ihm, als ob er sich auch über andere Dinge nicht

vollkommen unumwunden aussprechen könne. Bei man=
chen Gesprächsgegenständen hatte er bisweilen Lust aus=
zurufen: „Wartet nur bis mein Buch kommt, dort habe
ich alles dies erörtert und an's Licht gesetzt." Weil er
dies nicht sagen durfte und mochte, schwieg er. Dage=
gen konnte er nicht umhin, unter dem unmittelbaren
Einfluß der Gespräche in seine bereits niedergeschriebe=
nen Darstellungen manchen Zwischensatz einzuschalten,
manches „Epitheton" einzukeilen, um diesen oder jenen
Mißverständnissen und schiefen Ansichten zu begegnen. —
Eines Mittags ging Lorle mit dem jüngsten Kna=
ben des Registrators nach dem Schloßplatz zur Parade;
sie wollte Reinhard dort erwarten, von dessen Werkstatt
man gerade nach der Schloßwache sehen konnte. Als
sie hier vorüberging, trat ein Tambour auf sie zu mit
den Worten:

„Grüß Gott! Ei kennst mich nimmer? Sieh mich
einmal recht an."

„Herr Je! der Wendelin, du bist ja mehr als um
einen Kopf gewachsen."

„Und dir geht auch nichts ab, du bist recht stark
worden, Lorle, oder Frau Professorin; nicht wahr, so
heißt man dich doch?"

Sie reichten sich die Hände und nach mancherlei
Fragen erzählte Wendelin: „Wie du halt fortgewesen
bist, bin ich das Frühjahr drauf auch fort und hab'
mich zum Grafen Felseneck als Schäfer verdingt, und
da hat einmal unser Fräulein, die Gräfin Mathilde,
gehört, daß ich von Weißenbach sei und da hab'
ich zu ihr 'nauf müssen und da hat sie mich Alles

ausgefragt von dir und vom Herrn Reinhard. Es ist ein
brav' Mädle unser gnädig Fräulein, und da hat sie
mir ein Guldenstückle geschenkt, und von dem Tag an
hab's ich's immer besser gehabt auf dem Hof und wenn
sie so durch's Feld geritten ist, sie reitet prächtig, da
ist sie auf mich zukommen und hat mit mir geschwätzt.
Und wie der Herr Graf die Schäferei aufgegeben hat, da
hat mich der Vetter, der ist Oberstlieutenant in unserm
Regiment, mit hierher genommen und jetzt bin ich Tam=
bour; ich bleib's aber nicht, ich lern' das Horn blasen
und über's Jahr komm' ich zur Regimentsmusik und
da hab' ich für mein Lebtag ausgesorgt. Ich bin schon
vierzehn Wochen hier, ich hab' dich aber noch nicht ge=
sehen."

„Warum bist du nicht zu mir kommen?"

„Ja, wenn ich's gewußt hätt', daß ich so dürft'
und daß du noch allfort so gut bist, ich hätt' dich schon
ausgefunden. Ich hab' aber auch sündlich viel zu ler=
nen gehabt, meine Arme sind mir oft wie abgebrochen
gewesen und heut' bin ich zum Erstenmal auf der Wacht;
es ist mir ein gut Zeichen, daß ich dich grad' seh'!"

Während die Beiden so mit einander plauderten,
war der Adjutant des Prinzen bei Reinhard, um mit
ihm die Transparente zu besprechen, die zur bevor=
stehenden Vermählung des Prinzen anzufertigen waren;
er trat jetzt an's Fenster und rief: „Da unten steht
Ihre Frau Gemahlin bei einem Soldaten."

Reinhard eilte hinab, Lorle sah ihn nicht kommen,
bis er ganz nahe war und in heftigem Tone rief:
„Was stehst du da? Komm mit fort."

In den bitterſten Aeußerungen ergoß ſich Reinhard über dieſe ſchmachvolle Unſchicklichkeit; Lorle konnte nicht zu Wort kommen. Die Parade zog auf und ſpielte einen luſtigen Marſch, Lorle war's, als müßte ſie in den Boden verſinken, da ſie hier vor aller Welt ihre Thränen nicht zurückhalten konnte; glücklicherweiſe aber bemerkte Niemand ihr zur Erde gewendetes Antlitz. Endlich konnte ſie die Worte hervorbringen:

„'s iſt ja der Wendelin, du kennſt ihn doch auch."

Reinhard ſah wohl ein, daß es zu hart und heftig geweſen war, aber die Unſchicklichkeit war doch zu groß als daß er Abbitte that.

Bei den unerquicklichen Arbeiten, die Reinhard nun auszuführen hatte, ward er zu Hauſe immer düſterer und gereizter. Als er ſich einſt wieder zu einer Heftigkeit gegen Lorle hinreißen ließ, ſagte ſie: „Schmeiß' nur Alles zuſammen wie die Teller, die du auch zerbrochen haſt."

Reinhard ward ſtill, ſeine Frau kam ihm unendlich kleinlich vor, da ſie jenen vor Jahren vollführten Uebermuth nicht vergeſſen konnte. Lorle aber konnte nicht mehr ausführlich mit ihm reden, ſie wollte ihm ſagen daß er auch ſie zerbreche weil ſie ſein eigen geworden ſei; aber ſie konnte jetzt ihm gegenüber nur halbe Worte finden, ein Bann lag auf ihrer Seele, den ſie nicht zu löſen vermochte.

Sie ging mit Reinhard durch die Straße, da begegnete ihnen ein Wagen mit friſchem Heu; Lorle riß eine Handvoll aus und ſagte: „Jetzt heuet man," und

Reinhard entgegnete: „Das ist etwas ganz Neues, eine merkwürdige Entdeckung!"

Lorle schwieg, sie konnte wiederum nicht sagen, wie schmerzlich es sie errege, erst zufällig durch einen Heu=wagen zu merken was an der Zeit sei, da sie sich so weit vom Feldleben entfernt hatte.

Ein überraschender Besuch verscheuchte auf einige Tage das stille Einerlei der einsamen Häuslichkeit. Der Wabeleswirth hatte schon oft seine Tochter heimsuchen wollen, aber wie das so geht, er kam schwer vom Fleck; bald sollte dieses bald jenes Feldgeschäft noch gethan sein bevor er reiste, und dann redete er sich wieder ein, er wolle die Gevatterschaft abwarten und so verstrich die Zeit. In den Briefen, die Lorle nach Hause geschrieben hatte, sprach sich oft in einzelnen Worten ein sehnsuchtsvolles Heimweh aus. Es hätte sich wohl daraus entnehmen lassen, daß ihr jetziges Le=ben ihr noch ein fremdes war; die Eltern ahnten wohl dergleichen, aber sie wollten sich's nicht glauben, sie rechneten Alles der übermäßigen Kindesliebe zu. Seit geraumer Zeit entschuldigte Lorle in ihren Briefen je=desmal ihren Mann, daß er nicht selber schreibe weil er gar viel zu thun habe.

Sei es nun durch eine Mittheilung Wendelin's oder durch andere Berichte, im Dorfe ging die Sage, Lorle sei unglücklich und werde in der Stadt wie eine Ge=fangene gehalten. Nun hatte alles Zaudern und Zö=gern ein Ende, der Wabeleswirth lief herum, schnaubte und ballte die Fäuste; es that ihm nur leid, daß er den Reinhard nicht gleich packen und tüchtig durchwalken

konnte. Den ganzen Tag und die Nacht hindurch fuhr
er und kam am frühen Morgen in der Stadt an; er
besann sich jetzt aber eines Bessern, er wollte Lorle
zuerst allein sprechen und wartete daher bis Rein=
hard in der Werkstatt war. Als er die drei Treppen
hinanstieg, stand er mehrmals still und verschnaufte,
sein Blut war in mächtiger Wallung und er meinte
die Knie müßten ihm brechen; das war ein harter
Gang.

Erschütternd war das Wiedersehen von Vater und
Kind, Lorle wollte sogleich nach Reinhard schicken, aber
der Vater sagte: „Nur stet, ich hab' zuerst ein Wörtle
mit dir allein zu reden."

Lorle mußte nun ihre Lebensweise berichten. Der
Vater runzelte die Stirn und preßte die Lippen auf
einander, als er merkte, daß Reinhard nur zum Mit=
tagessen und Schlafen heim käme; er gestand offen, daß
das anders werden müsse und daß er dem „Professor
was aufzurathen" geben wolle. Lorle bat und beschwor,
ja keine Heftigkeit anzufachen, da das doch zu nichts
führe; Eheleute müßten sich selber verständigen, da
könne selbst der Vater Nichts thun, sie sei nicht un=
glücklich und ihre ganze Anschauung des Mißverhält=
nisses drängte sich in den Worten zusammen: „Gucket,
das ist halt in der Stadt anders, das Elend ist eben,
daß die Frau dem Mann in seinem Geschäft gar Nichts
helfen und beispringen kann, und da muß ein Jedes
allein sein; daheim, da geht die Frau mit dem Mann
auf's Feld und hilft überall." —

Dann erklärte sie, wie sehr Reinhard zu bedauern

sei, er werde so viel vom Hof in Anspruch genommen und habe doch keine Freude daran.

Eine gemischte Empfindung beruhigte die Aufregung des Wadleswirths, er bewunderte die Klugheit seiner Tochter und betrachtete sie mit erneutem Stolz; dann freute er sich, daß der Reinhard nichts vom Hofe wolle.

Lorle hatte Reinhard nun doch rufen lassen und dieser kam in Gemeinschaft mit dem Collaborator. Das Wiedersehen von Schwiegervater und Sohn hatte hierdurch eine vielleicht erwünschte fremde Haltung, denn noch war der Zorn des Ersteren nicht ganz verraucht. Reinhard war ganz der Alte, auch äußerlich; denn er hatte sich seinen Bart wieder wachsen lassen, da die Engländer in allen möglichen Bartformen bei Hofe erschienen: man kann fast sagen, daß damit wiederum sein unbändiges Wesen aufwuchs. Reinhard schlug die alte übermüthig lustige Weise gegen seinen Schwiegervater an, Lorle freute sich darüber. Sie wußte nicht, daß er sich innerlich Vorwürfe machte, daß er jetzt mit Absicht und Willen eine Form annahm, die ehedem unwillkürlich zu seinem Wesen gehörte; aber ihm stand keine andere Vermittlungsart mit seinem Schwiegervater zu Gebote. Der Collaborator war überaus zuvorkommend und freundlich gegen den Wadleswirth; Lorle neckte ihn, weil er sich sonst so wenig sehen ließ; sie konnte nicht ahnen, daß er sich von ihr zurückzog, aus Furcht sein Mitleid und seine Verehrung für sie könne ihm einen bösen Streich spielen.

So hatte die erste Stunde des Zusammenseins einen

überaus heitern Anstrich und hätte man später auch
Luft oder Veranlaffung gehabt, eine andere Farbe zum
Vorschein kommen zu laffen, so wäre dies nicht mehr
möglich gewesen, wenigstens nicht in der ganzen Schärfe
und Bestimmtheit; denn die erste Stunde des Wieder=
sehens ist der Accord, der die Tonart für den ganzen
Verlauf des Beisammenseins angiebt. Außerdem war
Reinhard mit Arbeiten überhäuft, wie er mindestens
behauptete, er überließ daher seinen Schwiegervater ganz
der Leitung und Fürsorge des Collaborators.

Sei es zufällig oder absichtlich, Reinhard ging nie
mit dem Wirth, der natürlich in seiner Bauerntracht
erschienen war, bei Tage über die Straße. Lorle glaubte,
er ahne und fürchte eine unangenehme Auseinander=
setzung und wolle dieselbe vermeiden, sie hatte nichts
dagegen einzuwenden; daß er sich des Bauern schämen
könnte, kam ihr nicht entfernt in den Sinn.

Der Collaborator war ganz glückselig den Wabeles=
wirth überall geleiten zu können, er erfreute sich nicht nur
an dem körnigen naturkräftigen Sinne des Mannes,
sondern er wollte auch vor sich und vor Andern beweisen,
wie sehr er sich dem Volke nahe fühle; er versuchte so=
gar Arm in Arm mit dem Wirth zu gehen, was dieser
aber als unbequem ablehnte. Der Wirth fand den Ge=
lehrten in der Stadt auch viel schlichter und natürlicher
als damals im Dorfe, er war daher auch ganz harm=
los gegen ihn und sagte einmal: „Es ist mir doch alle=
mal, wenn ich nach der Stadt da komm', wie wenn ich
umfallen müßt'; es ist Alles so eben (flach), es sind
keine Berg' da, wo ich mich d'ran halten kann." —

Der Collaborator erfreute sich an dieser eigenthüm=
lichen Empfindungsweise des Bergbewohners, aber er
hatte gelernt, nicht alsbald auf Alles eine Gegenbemer=
kung zu machen, wodurch der lautere Erguß gehemmt
oder in eine andere Richtung gelenkt wurde.

Der Landtag ward gerade wiederum versammelt,
der Collaborator brachte seinen Schützling in die Gesell=
schaft der freisinnigen Abgeordneten. In der ganzen
Stadt und zumal „höheren Orts" wurde es übel ver=
merkt, daß der Collaborator als Staatsdiener, der noch
dazu jeden Tag seine endliche Ernennung zum Biblio=
thekar mit Gehaltserhöhung erwarten durfte, sich offen
der ständischen Opposition anschloß; er kümmerte sich
aber wenig um die ihm hierüber zugehenden Andeu=
tungen. War nur irgend ein Bedenken berechtigt über
den Anschluß an Männer, die auf dem Boden der Ver=
fassung stehend gegen Regierungsmaßregeln kämpften
und Normen für die Zukunft feststellten? War er ein
Diener der Minister oder des Staates? — Der Wa=
deleswirth, aus dessen Bezirk ein Regierungsmann ge=
wählt war, wurde dennoch von dem angesehenen Haupt
der Opposition mit besonderer Auszeichnung behandelt,
weil er nicht nur als freisinniger Wahlmann bekannt
war, sondern in ihm auch eine Bürgschaft für die zu=
künftige Besserung des verlorenen Wahlbezirks liegen
konnte. In dem rührigen, ernsten und heitern Leben,
das in dieser Gesellschaft den Wadeleswirth umgab und
wo er andächtig zuhörte, vergaß er fast ganz, warum
er eigentlich nach der Stadt gekommen war; überdieß
sah er jetzt wohl ein, daß hier nichts von seiner Seite

geändert werden könne, und so war er froh, doch in
der Betheiligung an den allgemeinen Landesangelegen=
heiten eine Erhebung zu finden. Der Collaborator sprach
mit seinem Schützling viel über Staatsverhältnisse, aber
voll von dem Gegenstande, den er eben jetzt in seiner
Schrift behandelte, konnte es auch nicht fehlen, daß er
oft darauf zurückkam, man müsse zunächst und vor al=
lem die wahre Religion wieder herstellen und „dem Pfaf=
fenthum den Treff geben."

„Ich hätt's nicht glaubt," entgegnete der Wabeles=
wirth, „daß Ihr so fromm seid; aber lasset doch in Got=
tes Namen die Pfaffen in Ruh, da ist nicht gut an=
rühren und die gelten eigentlich doch nur bei den Weibs=
leuten. Jetzt müssen wir weniger Steuern, müssen
Schwurgerichte und Landwehr haben, das ist jetzt die
Hauptsach'."

Trotz aller Bitten Lorle's hatte sich der Vater nicht
bewegen lassen bei ihr zu wohnen, er blieb bei einem
alten Bekannten, einem Bäcker, der ihn bisweilen beim
Fruchteinkaufe besuchte und der zugleich eine Wirthschaft
hielt; Lorle mußte oft mit ihm dahin gehen, und sie
saßen dann nicht in der Wirthsstube, sondern im Back=
stüble bei der Familie. Lorle war voll Freude, hier
Menschen zu finden, einfach und offen wie daheim, voll
rüstiger Thätigkeit im Haus und im Feld. Der Wa=
beleswirth empfahl noch seinem Gastfreund, er solle
Lorle beistehen und ihr geben was sie verlange, und sie
versprach öfters zum Besuche bei der Bäckerfamilie zu
kommen.

Die Stunde der Abreise nahte. Lorle konnte den

Gedanken nicht los werden, daß sie auf lange Abschied
nehme und ihren Vater vielleicht nimmer wiedersehe;
sie sagte daher bei der letzten Handreichung: „Pfleget
Euch nur auch recht gut, daß Ihr gesund bleibet und
machet Euch wegen meiner keinen Kummer."

„Närrle," erwiderte der Vater; „ich sterb' noch
nicht, und wenn ich sterb', du kannst ruhig sein, du
hast mir mit Willen dein Lebtag keinen traurigen Augen=
blick gemacht."

Lorle weinte.

„B'hüt dich Gott!" sagte der Vater in einem ge=
waltsam starken Ton, „und komm' auch bald auf Besuch."

Er stieg auf das Wägelchen des Bäckers, mit
dem er halbwegs fuhr, wo ihn dann der Martin ab=
holte.

Lorle lebte nun wieder in ihrer alten, ruhig stillen
Weise. Die beiden Freunde aber waren in großer Auf=
regung.

Eine so eben erschienene Zwanzigbogenschrift brachte
die ganze Stadt in Aufruhr. Sie hieß: „Die Sonntags=
teufel mit den weißen Bäffchen, oder ein Schuß in's
Schwarze, von Adalbert Reihenmaier." Die Vorrede
lautete: „Leser, auf zwei Worte! Ich will die Reli=
gionsheuchelei an's Messer der Oeffentlichkeit liefern.
Ich will die Versteinerungen im Moraliencabinet ord=
nen. Komm mit."

Der Collaborator, der ehedem die Ansicht gehegt
hatte, man müsse die ganze heutige Welt radical in
sich verfaulen lassen, hatte nun doch an das Bestehende
angeknüpft, da er zur Einsicht gelangt war, daß jene

Erhabenthuerei blos eine Maske der Trägheit und
Selbstgefälligkeit ist.

Die Tiefe und Selbständigkeit der philosophischen
und geschichtlichen Forschung war in der Schrift un=
verkennbar, Manches aber nahm sich seltsam aus; denn
es waren nackt hingestellte Ergebnisse langer Besprechun=
gen oder weitläufiger innerlicher Denkprozesse, nur für
denjenigen vollkommen klar, der den Collaborator kannte.
Daneben waren dann wieder Sätze wie Dolche aus zusam=
mengeschweißtem und gehämmertem Stahldraht. Ein Ka=
pitel: „Adam Kadmon, oder die Urmenschen an der Spitze
der Geschichtsepochen," in dem der Verfasser seine Ansich=
ten von der Erlösung darlegte, wurde von Oberflächlichen
als mystisch bezeichnet, weil darin die Wiedergeburt der
Menschheit durch die reine Natur erklärt werden sollte.
Wir kennen einige Grundlinien dieser besondern An=
schauung aus der Art, wie der Collaborator das Wesen
Lorle's gegenüber den Culturbestrebungen ansah. So
weit ab in die Tiefen des Geistes und der Geschichte
sich diese Erörterung verlief, kann sie doch wohl durch
jene Betrachtung angeregt worden sein; denn wer weiß,
aus welchen scheinbar fernliegenden Anregungen der
schöpferische Geist seine Gebilde schafft und seine Er=
kenntnisse den Anfang nehmen.

Wo sich die Schrift dem unmittelbaren Leben zu=
wendete, gelangte sie zu einem Schwunge, der sich mit dem
prophetischen vergleichen ließ; hier loderte der Eifer
gegen die Verunstaltung und die Blindheit, die aus
dem Beseligendsten und Befreiendsten eine Jammerschule
und eine Sklavenkette macht. Eben dies erregte den

heftigsten Zelotismus gegen den Verfasser. Von den Kanzeln herab wurde gegen den ruchlosen Gottesläugner geprebigt unb zugleich alsbald eine Unterfuchung gegen ihn eingeleitet. Jetzt lebte jene alte Notiz in dem geheimen Buch unb das Aktenfascikel 14,263 wieder auf; die Schrift unb jene Thatsache wurde zur Fangschnur gedreht: der Collaborator warb wegen Atheismus angeklagt.

Die rechtsgelehrten Freunde erboten sich, ihn juristisch zu vertreten, er lehnte es ab, unb die Vertheidigungsschrift, die er einreichte, warb zur neuen Anklage. Dennoch ging er so frei unb froh umher, wie noch nie. Was kümmerten ihn die scheelen Blicke unb das Fingerbeuten auf den vorbem Unbekannten, Unangefochtenen? Er glaubte erst jetzt sich selber achten zu dürfen. Nur der unbeschreibliche Jammer seiner Schwester Leopoldine that ihm weh. Vor der Schwelle einer gesicherten Zukunft hatte der Bruder sich selber den Weg abgegraben, das konnte die treue Gefährtin nicht verschmerzen. Sie hatte Gönnerinnen genug unb lief von Haus zu Haus mit Bitten unb Klagen, bis sie erfuhr, daß es sich zugleich auch darum handle, den eben von der Universität zurückgekehrten Sohn des Consistorial-Directors in die zu erlebigende Stelle einzuschieben. Von diesem Augenblicke an hörte man kein Klagewort mehr von ihr. Mit einer bewundernswerthen Stärke unb Seelenruhe ließ sie nun Alles kommen unb war freunblich gegen den Bruder, in dem sie ein Opfer der Familienränke sah.

Lorle suchte jetzt Leopoldine wieder auf unb sah mit tiefer Reue, wie unrecht sie gegen diese gehandelt hatte,

die jetzt in Schmerz und Noth ihre Hochherzigkeit und
ihren liebevollen Geist offenbarte. Auch Leopoldine er=
kannte nunmehr das gesunde Herz und die Zartheit
Lorle's. Diese sagte einmal: „Ich glaub's nicht, aber
wenn's auch wahr ist, daß der Herr Reihenmaier was
Sündliches geschrieben hat, da wird ihn unser Herrgott
schon strafen und besser machen; was geht das das
Consistore an? Da kann kein König und kein Kaiser
was machen, das muß Gott selber wieder in Einem
zurecht bringen. Aber der Bruder ist ja so gut, er
beleidigt ja kein Kind."

Die Oberbehörden hatten andere Grundsätze, der Col=
laborator wurde durch ein beispiellos rasches Erkenntniß
als Gotteslästerer zu sechs Monaten Gefängniß verur=
theilt und demzufolge seines Amtes entsetzt. Er recur=
rirte an das Gesammtministerium.

Reinhard war eines Abends „en petit cercle"
beim Prinzen, die Eingeladenen standen in einer Gruppe
im Empfangsaale und harrten nach der Hofweise des
Einladenden.

Unversehens kam die Rede auf das Buch des Colla=
borators; ein junger Engländer bemerkte: „Solche Frech=
heiten darf man nie und nirgends dulden, das scham=
lose fade Buch sollte an den Galgen genagelt werden."

Reinhard hielt an sich und sagte nur mit ironischem
Lächeln: „Sie zürnen, weil der Verfasser die Engländer
das gottloseste Volk der Erde nennt, Sonntagschriften,
die allsabathlich ihrem Lordsgott langbeinige Reverenzen
machen, während sie in der Woche lieblos gegen die eige=
nen niederen Stände und egoistisch gegen alle Welt sind."

„Ich bewundere Ihre glückliche Gabe, es giebt Men=
schen mit einer besondern Anziehungskraft für Paradoxen
und Trivialitäten," entgegnete der Engländer.

Reinhard biß die Lippen auf einander und faßte
krampfhaft seinen Rockschoß, als packte er den kecken
Schwätzer, der jetzt fortfuhr: „Der aberwitzige Verfasser
versteht kein Wort von Philosophie."

„So?" fuhr Reinhard fort, „also auch darüber
wagt Ihr abzuurtheilen? Wo sich der deutsche Geist
irgend in seiner Kraft äußert, da wagt Ihr's, ihn zu
bespötteln. Mag die ganze vornehme Welt vor Euch
krummbuckeln und der Affe Eurer Gentlemans=Rohheit
sein, es giebt noch etwas Höheres" —

„Seine königliche Hoheit!" hieß es plötzlich als eben
der Comte de Foulard beschwichtigend sich einmengen
wollte; die Gruppe zertheilte sich schnell und bildete zu
beiten Seiten Fronte, durch die der Prinz begrüßend
schritt.

Wie war jetzt Alles plötzlich gedämmt! Die Gräfin
Mathilde hatte wahr gesprochen, als sie einst gegen
Reinhard bemerkte, daß die Etikette und die gesell=
schaftliche Form überhaupt den individuellen Tact oft
ersetzen müsse.

In mancherlei abliegenden Gesprächen suchten die
Engländer, die sogleich gemeinschaftliche Sache machten,
Reinhard zu reizen, ohne daß er in Gegenwart des
Prinzen ihnen erwidern konnte; Reinhard fand indeß
einen unerwarteten Beistand in dem Oberleutnant und
Kammerjunker Arthur von Belgern, dem Vetter der
Gräfin Mathilde.

Als man die Gesellschaft verließ, sagte Belgern zu
Reinhard: „Sie haben zwar dem ganzen Hofkreise den
Handschuh hingeworfen, indeß erbiete ich mich gern
zu Ihrem Secundanten. Es empört mich und Viele
mit mir schon lange, welche Anmaßungen den Fremden
bei Hofe gestattet werden; durch einige Mäßigung hätten
Sie sich, ich darf wohl sagen, den besten Theil der
Gesellschaft zu Dank verpflichtet.“

Reinhard war es aber durchaus nicht darum zu
thun gewesen, eine Partei zu gewinnen oder sich eine
Coterie zu verpflichten; er hatte seinem Ingrimm Luft
gemacht, und es that ihm nur leid, daß es nicht noch
kräftiger geschehen war. Mochte seine Beziehung zum
Hofe sich dadurch lösen, es war ihm erwünscht.

Als die Ausforderung nun andern Morgens ein=
traf, nahm er sie mit Freuden an, ließ sich aber nicht
von Belgern, sondern von einem jungen Rechtsgelehrten
secundiren und schoß seine erste Kugel dem Gegner durch
das rechte Schulterblatt.

Das Duell erregte gewaltiges Aufsehen in der
ganzen Stadt; es wurde indeß vertuscht, aus Rücksicht
für den Ort wo es angesponnen, und weil man über=
haupt gern Aufsehen vermied und Ignoriren in diesen
wie in höheren Beziehungen als höchste Staatsklugheit
gepriesen wird.

Lorle erfuhr die ganze Sache erst mehrere Tage
später zufällig von Leopoldinen; sie schauderte vor dem
was geschehen war und daß Reinhard ihr es ver=
hehlen konnte. Sie begriff diese Welt nun gar nicht
mehr: dort ein braver Mensch der Gottesläugnerei

angeklagt; hier ihr eigener Mann, der sein Leben auf's
Spiel setzte, wie einen Rechenpfennig. Sie ging mehrere
Tage umher und sah allen Leuten verwundert in's Gesicht, als wollte sie sie fragen, ob denn die Welt bald
untergehe?

In Reinhards Gegenwart war sie oft zerstreut und
dann sah sie ihn wieder mit einem flehenden Blick an,
der bringend bat: erzähl' mir doch Alles, ich kann nicht
begreifen wie du dein Leben, das doch mir gehört, vor
die Mündung einer Pistole setzen konntest, ohne mir
Etwas davon zu sagen; und auch jetzt noch, da du der
Gefahr entronnen, höre ich kein Wort. Bin ich denn
gar nicht mehr da?

So sah sie ihn oft starr an und Keines redete eine
Silbe.

Lorle half Leopoldinen so viel sie konnte, aber die
Wackere und Starkmuthige war selten zu Hause; sie
ahnte was kommen konnte, und um gegen jede Fähr-
lichkeit gesichert zu sein, begann sie nun wieder ihr
Putzgeschäft einzurichten.

In dem Hause des Bäckers, wohin Lorle ihrem
Versprechen gemäß jetzt bisweilen ging, fand sie meist
Erholung; hier war ein Leben voll Arbeit und Heiterkeit, man wußte hier so wenig von dem Wirrwarr, der
da drüben in den anderen Kreisen herrschte, als läge
diese Welt fern über'm Meere. —

Lorle, die sonst immer zu Hause geblieben und
in sich selber Ruhe gesucht hatte, ging jetzt öfter
aus, sie wollte sich vergessen, eine gewaltige Unruhe
störte sie auf; sie war wie ein Vogel, der den Baum

zur Erde gefällt sieht, auf dem er sein Nest gebaut hatte. —

Das Gesammtministerium bestätigte die Amtsentsetzung des Collaborators, jedoch warb ihm die Gefängnißstrafe erlassen. In dem kleinen Bierstübchen wurde „der Geburtstag des Privatmenschen Reihenmaier" würdig gefeiert. Der Neugeborne hielt sich selber die Rede, in welcher die bemerkenswerthe Stelle vorkam: „Sie irren sich, die Herren, sie wollen uns zu Lumpen machen, um dann ausrufen zu können: Seht Ihr's. Nur die Taugenichtse sind unzufrieden! Wir wollen's ihnen zeigen."

Von dieser Zeit an studirte er emsiger als je. Viele glaubten, daß er mit einer neuen, noch nachdrücklicheren Schrift hervortreten werde; aber er behauptete, nicht zum Schriftsteller zu taugen. Er gab sich nun ganz seiner Lieblingswissenschaft, der Geologie hin. Scherzend sagte er einst zu Reinhard: „Ich bin ein Stück Prometheus, auf den Felsen verwiesen weil ich einen Funken Licht vom Himmel auf die Erde gebracht; aber ich bin nicht gefesselt und ich lasse mir das Herz nicht aushacken."

Reinhard war nicht nur bei Hofe, sondern auch, wie ihm die Freunde erzählten, fast in der ganzen Stadt in Ungnade gefallen. In der Residenz, die wesentlich aus Beamten und Militär bestand, und wo es an natürlichen Erwerbsquellen mangelte, hatte sich bereits jenes Verderbniß der Badeorte eingenistet, daß Viele faullenzend von der Vermiethung ihrer Wohnungen an Fremde lebten, und wie sie sich vor denselben in kleine Stübchen zurückzogen, so ihnen auch sonst in Allem Unterthänigkeit

bewiesen. Die Engländer hatten in Mißmuth fast
sämmtlich die Residenz verlassen und Reinhard ward
nun in den Augen Vieler ein Aergerniß. So wenig
ihn alles dieß berührte, empfand er doch eine prickelnde
Unbehaglichkeit in allen seinen Verhältnissen. Lorle litt
dabei am meisten, denn er sagte oft im Unmuth: „Ich
gehe zu Grunde, wenn ich hier bleibe, ich kann nicht
hier bleiben und will und muß doch." —

Lorle wußte gar nicht was sie beginnen sollte, sie
bat, daß sie nach einer andern Stadt ziehen möchten;
aber das wollte Reinhard wieder nicht.

Mitten in diesem Wirrwarr traf Lorle eine schwere
Nachricht: ihr Vater war plötzlich am Schlage gestorben.
Nachdem sie sich sattsam ausgeweint hatte, war sie
wunderbar gefaßt; sie ging tagtäglich nach der Kirche,
um für den Verstorbenen zu beten. Leopoldine stand
ihr getreulich bei in ihrem Kummer. Als sie ihr einst
durch Erinnerung an eigenes Mißgeschick Trost zusprechen
wollte, sagte Lorle: „Er ist jetzt todt, aber mir ist's,
wie wenn er nur weiter weg wär', wo man eben nicht
hinkommen kann bis Gott Einen ruft, ich denk' jetzt
g'rad an ihn wie wenn er noch da wär', für mich ist's
eins; ob man so weit oder so weit von einander ist,
das ist gleich. Es thut mir nur leid, daß er nichts
mehr von dieser Welt hat, er hat aber die andere da=
für; mich dauert nur mein' Mutter, mein' gute
gute Mutter."

Reinhard kam immer seltener und immer flüchtiger
nach Hause, er vollführte ohne Unterlaß seine Aufträge
für den Hof; er setzte einen Stolz darein, zu zeigen

daß ihm die Ungnade nicht nahe gehe und er Groß=
muth zu üben wiſſe. — In den Feierabenden begann
er ſich auf traurige Weiſe zu betäuben.

Lorle fühlte ein faſt unbezwingbares Heimweh, und
doch wollte ſie nicht auf einige Tage zur Mutter; ſie
fürchtete das Wiederſehen, den Abſchied und die Rück=
kehr. Oft war's ihr wie einem Vogel, der die Flügel
regt, aber ſich nicht aufſchwingen kann. Im Traume
kam es ihr vor, als hätte der Bach ihres heimatlichen
Dorfes eine Geſtalt gewonnen und zöge und zerrte an
ihr, daß ſie heimkehre.

Eines Abends im Herbſte ſaß ſie am Fenſter und
ſah den Schwalben zu, die jetzt haſtiger durch die Luft
ſchoſſen, im Fluge zwitſcherten und ſich grüßten; Lorle
breitete unwillkürlich die Arme aus, ſie wünſchte ſich
Flügel, ſie wollte fort, ſie wußte nicht wohin. Die
Dämmerung brach herein, die Abendglocke läutete,
Lorle konnte nicht beten, ſie ſaß im Dunkel und
träumte: ſie läge tief in der Erde eingeſchloſſen und
nimmer tagt's. Da erwachte ſie und hörte eine Stimme
auf der Straße, die in ſchwerem, langem Klageton
rief: Sand! Sand! Sand!

„Ach Gott!“ dachte Lorle, „der Mann will noch
nicht heim, er kann ſeinen Kindern kein Brod bringen
für den Sand, den er feil bietet.“ Sie ging hinab
und kaufte dem Manne ſeinen ganzen Wagen voll
Sand ab, ſo daß für Jahr und Tag vorgeſorgt war.
Der abgehärmte heiſere Sandverkäufer dankte ihr mit
Thränen in den Blicken. Sie ging nun wieder in
die Stube und malte ſich das Glück der Familie aus,

wenn der Vater heimkam und Brod und Geld mit=
brachte. Zu sich selber sprach sie dann: „Du bist
doch undankbar, du hast's so gut, hast dein täglich
Brod und dein Mann läßt dich über Alles Meister
sein. Ach, er ist ja so gut. Wenn ich ihm nur helfen
könnt'."

Sie nahm ihr Gebetbuch und betete; sie mußte herz=
stärkende Worte gelesen haben, denn sie küßte die Blätter
des Buches und legte es zu.

Wie viele inbrünstige Küsse lagen schon in diesem
Buch eingeschlossen!

Lorle faßte den Entschluß, heute zu warten bis
Reinhard heimkäme; sie mußte ihm wieder einmal ihr
ganzes liebendes Herz offenbaren. — Stunde auf Stunde
verrann, er kam nicht; sie hatte wieder das Gebetbuch
ergriffen und Gebete und Gesänge für alle möglichen
Lebensfälle gesprochen und leise gesungen; sie rieb sich
oft die Augen, aber sie blieb wach.

Welch ein eigenthümlicher Weltzusammenhang offen=
barte sich ihr jetzt. Die Gedanken der Menschen in den
verschiedensten Lebensverhältnissen waren jetzt durch ihre
Seele gezogen und alle und überall seufzten sie auf und
streckten die Hände empor. Könnt ihr euch nicht retten
und emporschwingen?

In diesem Gedanken saß Lorle da und starrte hin=
ein in das Licht.

Mitternacht war längst vorüber, als sie Reinhard
die Treppe heraufkommen hörte; sie wollte ihm entgegen=
gehen, aber doch hielt sie's für besser, ihn in der Stube
zu erwarten. Jetzt öffnete sich die Thür. Verhülle dich

Auge! Ein Schreckbild, das einst im Scherz dich so
gepeinigt — es wird zur Wahrheit.

„Lieber Reinhard, was ist dir?" rief Lorle entsetzt.

„Laß mich, laß mich," antwortete Reinhard mit
schwerer, lallender Zunge; er that einen Schritt vor
und taumelnd stürzte er auf den Boden.

Lorle schrie nicht um Hülfe, sie hatte seinen Zustand erkannt und warf sich neben ihm auf den Boden,
sie schaute dann mit gläsernem Blick umher und konnte
nicht weinen. Eine Göttererscheinung, zu der sie anbetend aufgeschaut hatte, war in den Staub gesunken.
„Wer hat das verschuldet? Er, ich oder die Welt?..."

Endlich stand sie auf, holte ein Kissen und legte es
Reinhard unter den Kopf; er hob einen Arm und ließ
ihn matt wiederum sinken.

In dunkler Kammer hatte sich Lorle über das Bett
geworfen, kein Schlaf berührte ihre Augenlider, ihre
Gedanken wurden wie von nächtigen Geistern wirr
durcheinander gejagt und Bilder, die kein Wachen
schauen kann, umgaukelten sie. Der Tag graute. Als
fühlte sie das Nahen des Morgens, stand sie auf,
Reinhard lag noch in ruhigem Schlafe. Sie kleidete sich
sorgfältig an, nahm ihr Gebetbuch, öffnete es aber
nicht, sondern steckte es zu sich; was sie jetzt vorhatte,
kam zunächst aus der Entschiedenheit ihres Charakters,
aus ihrem selbständigen Entschluß. Vom Abend her
lag noch eine geklärte Ruhe auf ihrer Seele und eine
Zuversicht die aus der Tiefe des eigensten Lebens kam,
spannte ihr ganzes Wesen; sie schwankte keinen Augenblick in ihrem Beginnen. Eine Weile stand sie mit

gefalteten Händen vor Reinhard, dann verließ sie die
Stube und ging die Treppe hinab. An der Flurthüre
des Registrators lauschte sie, Alles war still. „B'hüt
euch Gott ihr lieben Kinder," hauchte sie an die Scheibe
und verließ rasch das Haus.

Der Bäcker war höchlich erstaunt, als Lorle ihn bat
augenblicklich einspannen zu lassen, um sie nach Hause
zu fahren; er willfahrte indeß ohne Zögern und da
kein Knecht zu Hause war, übernahm er selbst den
Fuhrmannsdienst. Lorle nahm nicht nur kein Frühstück,
sondern duldete nicht einmal, daß der Bäcker auf dessen
Bereitung wartete.

Als sie an der Kaserne vorbeifuhren, stand ein
Tambour dort und schlug die Tagwacht; es war Wen=
delin, er ahnte nicht, wer im Morgenduft an ihm
vorüberzog.

Wenige Stunden darauf erhielt Reinhard durch einen
Boten folgenden Brief:

„Ich sage dir Lebewohl, lieber Reinhard, ich gehe
wieder heim zu meiner Mutter, ich hab's wohl bedacht,
aber ich geh'. Ich danke Dir viele tausendmal für all'
das Liebe und Gute auf dieser Welt, was ich durch
Dich gehabt hab'. Ich bin ein' schöne Zeit glücklich
gewesen. Gott ist mein Zeug', wenn ich's heut' noch=
mals zu thun hätte und ich wüßt', daß ich so lang in
Schmerzen verleben muß, ich thät's doch wieder und
ging' mit Dir. Es ist doch ein' schöne Zeit gewesen.

Laß es bleiben, daß Du mich zu dir zurückbringen
willst, das geschieht nimmer und nimmermehr; es ist
gut so für Dich und mit Gottes Hülfe auch für mich.

Wenn Du mir mein Bett und die zwei blauen Ueber=
züge schicken willst, von Allem andern will ich nichts
mehr sehen.

Du mußt wieder in die weite Welt und ich geh'
heim. Du wirst Deinen Kummer schon wieder vergessen,
vergiß meiner aber doch nicht ganz. Lebe wohl und
ewig wohl. Bis in den Tod Deine getreue

Lo're Reinhard.

Laß der Bärbel noch ein steinern Kreuz setzen,
wie Du versprochen hast. Lebe wohl und ewig wohl.
Deine Getreue.

Verzeihe, das Papier ist naß geworden, ich habe
darauf geweint. Lebe wohl und lebe ewig wohl."

Und dann?

Der Collaborator ist als Theilhaber einer Minera=
lienhandlung auf Reisen. Wer weiß, in welchem Berg=
werk er jetzt hämmert und gräbt. Wir dürfen ihm
Glückauf zurufen und sicher sein, daß er wieder den
Weg an's Licht findet.

In Rom fragte die Frau des Kammerherrn Arthur
von Belgern, geborene Gräfin Mathilde von Felseneck,
angelegentlich nach dem Maler Reinhard, der seine
Stellung in der *schen Residenz aufgegeben und sich
hieher gewendet hatte; sie hörte nur, daß er selten nach
der Stadt käme, sich meist in der Campagna umher=
treibe und dort il Tedesco furioso heiße.

Durch das Dorf geht eine Frau in städtischer Klei=
dung, von Jedermann herzlich begrüßt, und fragt ihr,
wer sie sei, so wird euch Jeder mit dankendem Blicke
sagen, daß sie der Schutzengel der Hülfsbedürftigen ist.
Und ihr Name? Man nennt sie die Frau Professorin.

Schwarzwälder

Dorfgeschichten.

Von

Berthold Auerbach.

Achte Auflage.

Vierter Band.

Stuttgart.

J. G. Cotta'scher Verlag.

1861.

Buchdruckerei der J. G. Cotta'schen Buchhandlung
in Stuttgart und Augsburg.

Schwarzwälder Dorfgeschichten.

Vierter Band.

Lucifer.

(1847.)

Auerbach, Schriften. IV.

In die wogende Saat.

Die Morgenglocken tönen und klingen und wollen nicht enden, durch die stillwogende Saat wallt in langer Reihe eine fromme Schaar, die Kirchenfahnen blau und roth flattern und knattern im sanften Windhauch, laut ausgerufene Worte werden nachgemurmelt in der endlosen Reihe, Gesänge schallen hin über Wiese und Feld und der rauschende Wald verschlingt sie. Hoch oben im Blau verborgen schmettert die Lerche ihr Lied und badet im lichten Aether; erfrischender Duft athmet von den Höhen und aus den Gründen, und die Weihrauchwölkchen aus den geschwungenen Kesseln zertheilen sich rasch. Dort senkt sich der Zug den Feldweg hinab, die Fahnen sind versunken und die Menschen mit ihnen, dort aber steigen sie schon wieder die Höhe jenseits hinan; weit voraus sind die Ersten und noch bewegt sich das Ende des Zuges zwischen den Hecken der Gärten am Dorfe. Die Menschen ziehen hin durch die Flur und danken dem Gotte, der so reiche Saat emporsprossen ließ, sie flehen um ferneren Schutz und segnen die Frucht ihrer Arbeit. Es ist der Bittgang durch das Feld.

Diese Wege zogen sie oft einsam, belastet und müde, heute sind sie alle vereint, frei und in ihren Feierkleidern; nur Worte, andächtige Grüße schicken sie hin

über die Häupter der schwankenden Aehren, die sich still
zu einander neigen, als verstünden sie den Gruß und
flüsterten Unhörbares sich zu.

Den Zug schloß eine uralte wohlgekleidete Frau,
sie ging etwas gebückt und führte einen rothwangi=
gen Knaben von etwa neun Jahren, der stets tän=
zelte und hüpfte. Als man an der Thalschlucht an=
langte, sagte die Alte: „Victor, halt ein bisle still,
wir wollen da absitzen, meine Läufer wollen nimmer
mit; komm', wir wollen noch beten und dann heimezu
gehen."

Sie setzten sich auf den Rain und der Knabe las
aus dem Gebetbuche vor. Dann sprach die Alte mit
tiefer Rührung von der Güte Gottes, der nun die
armen Menschen wieder so reich gesegnet habe.

Endlich richtete sie sich auf und streichelte den Kna=
ben über Stirn und Wangen, und nun machten sie
sich still auf den Weg.

Im Dorfe war Alles wie ausgeflogen, die Glocke
schien gleich einer Mutterstimme die Fernhingezogenen
zu rufen, daß sie der Heimath nicht vergäßen. Deß
hatte es keine Noth, denn bald füllten sich die Straßen
wieder und Alles eilte mit doppelter Hast zur harren=
den Speise. Eben bebte der letzte Ton des Geläutes
aus und schon schlug es zwölf Uhr.

Der Mittag ist glühheiß, die Sonne sticht so spitz.
Nach der Mittagskirche ist es wiederum leer auf der
Straße. Die Pappel beschaut sich weithin im glatten
Spiegel des Weihers und kein Lüftchen bewegt ihre
langstieligen Blätter; die Enten liegen am Ufer, und

da sie nichts zu reden und nichts zu essen haben, stecken sie die Schnäbel unter die Flügel und — gut Nacht Mittag! Eine Schaar Hühner hat unter einem leerstehenden Wagen Schatten gesucht und nur eine unruhige aus ihrer Mitte gräbt sich tief ein in den Sand.

Das ganze Dorf ist wie schlafen gangen. Am Rathhause aber hört man gewaltigen Lärm, besonders tönt eine mächtige Stimme hervor. Alle Mannen sind dort versammelt, denn der Schultheiß bringt einen neuen Vorschlag an die Gemeindeversammlung. Zweierlei Mißlichkeiten hatten bisher beim Einzuge des Zehnten stattgefunden. Vor Allem die Scherereien durch die Zehntknechte, da war man nicht Herr seines Eigenthums, bis die Herren Zehntknechte ihren Theil geholt hatten; pachteten Ortsangehörige den Zehnten, so blieb dieser Mißstand derselbe und führte noch zu allerlei Feindschaften bei der Steigerung u. s. w. Darum hatte der Gemeinderath für dieses Jahr sowohl den „Herrenzehnten" als den „Pfarrzehnten" gepachtet, und verlangte dafür die Bestätigung der Gemeinde. Der Vorschlag war sachgemäß und billig, Alles schien einverstanden.

Da erhob sich der Sägmüller Luzian Hillebrand, der zugleich auch Obmann des Bürgerausschusses war, und rief: „Wie? will Keiner das Maul aufthun bei der Hitz'? Fürchtet er sich die Zung' zu verbrennen?"

Alles lachte und man hörte eine Stimme sagen: „Was hat der jetzt wieder?"

Luzian fuhr fort: „Was hat der jetzt wieder? hör' ich da rufen. Sollst's gleich hören und ihr Alle mit.

Ich muß mich jetzt schon an den Laden legen. Also
wie es den Anschein hat, soll die Sach' jetzt gleich be=
schlossen werden, butschgeres fertig, wie der alte Gei=
gerler als gesagt hat. Aber warum hören Wir vom
Ausschuß erst jetzt davon? Da sehet ihr's, ihr Mannen,
wie die Herren Gemeinderäth' für die Ewigkeit, ich
mein' die lebenslangen, regieren, da könnet ihr's nun
wieder abmerken, daß ihr nie mehr Einen wählet, der
nicht unterschreibt, daß er nach fünf Jahren austre=
ten will."

„Was hast denn gegen die heutige Sach'?" fragte
der Schultheiß, „was sollen die griffigen Reden?"

„Kommt schon," entgegnete Luzian, „es ist auf die
Lebenslangen kein Schlag verloren, als der wo neben
'naus geht. Also nach dem Flurbuch wollet ihr den
Zehnten umlegen? Nicht wahr Schultheiß und du Hei=
ligenpfleger, du hast deine Aecker meist im Speckfeld,
der Kübelfritz da hat aber seine paar Aeckerle brunten
beim Heubuckel und im Nesselfang; was meinst, muß
der vom Morgen so viel Zehnten geben, wie du und
ich von meinen besten Aeckern, wo der Boden fett und
mürb ist und wo wir die doppelten Neuning[1] machen?
Saget nur Alle Ja."

„Nein," schrie es von allen Seiten und „hat Recht,
hat beim Blitz Recht," hinkte noch der Eine und Andere
mit seiner Rede nach, als bereits wiederum Stille ein=
trat und Luzian dann fortfuhr:

„So? Also nein; warum stehet ihr denn aber da
wie Gott verlaß mich nicht und red't kein's und deut't

[1] Neuning, ein Haufen von neun Garben.

nicht und macht nicht und bericht't nicht? Warum laſſet ihr mich immer am ſchweren Ort anfaſſen? Nun meinetwegen, es geht auf die alt' Zech'. Jetzt ich mein' ſo: wenn der Vorſchlag angenommen wird, und ich will mich nicht dagegen ſtäupern (widerſetzen), dann macht man den Anhang dazu: man wählt noch einen Ausſchuß, der den Zehnten zelgweiſe, wie's Kauf und Lauf iſt, umlegt. Aber ihr ſchreibet Alle nicht gern Zettel und da bu," er ſtieß lächelnd ſeinen Nachbar an, „du fürchteſt mit den Anderen, das Bier im Rößle wird dir warm. Alſo der Gemeinderath und drei Mannen vom Bürgerausſchuß, die nehmen noch ein paar von den Halbfuhrigen [1] dazu und die vertheilen's gleichling."

Dieſes wurde nun auch einſtimmig beſchloſſen.

Es war ſo erſtickend heiß in der Gemeindeſtube, daß Viele ſchon innerlich grollten, weil die Verhandlung ſo lange dauerte, obgleich es ja ihr nächſtes Wohl betraf. Andere ſchlichen ſich, da die Thür offen gelaſſen werden mußte, ſtill davon und dachten, die Zurückbleibenden würden ſchon ausmachen was gut ſei; ſie ſtimmten gar nicht mit, und gewiß waren dieſe Ausreißer nicht minder vorn dran, wenn es galt, die Ueberlaſten aller Art zu beklagen. Die Ueberwitzigen beſchönigen dann wohl gar ihre Faulheit mit der klugen Rede, daß der Bettelſack doch ein Loch habe und da nicht zu helfen ſei, es müſſe Alles anders kommen. Denn nicht blos hinter Brillen hervor bringen ſolche kluge Blicke, die über Alles hinaus ſind und alles Thun eitel finden; die urthümliche Lungerei iſt grad ſo weit.

[1] Die nur eine einzelne Kuh zum Anſpannen haben.

Endlich ward die Gemeindeversammlung aufgehoben, die Straßen belebten sich. Viele Männer zogen ihre Röcke aus und schickten sie sammt den Hüten durch herbeigerufene Knaben nach Hause; der kleine Umweg von da in's Wirthshaus war ihnen zu viel.

Allerlei Gruppen bildeten sich, wir bleiben bei der um Luzian. Er erhielt allgemeines Lob und man sagte ihm, es sei einmal so, wenn Er in der Versammlung sei, so warte eben alles, bis er dem Gemeinderathe die Streu schüttle.

Es muß hiebei bemerkt werden, daß Gemeinderath und Ausschuß, besonders wo jener lebenslang gewählt ist, sich oft verhalten, wie Regierung und Stände, so weit diese aus unabhängigen Männern bestehen. Schon geraume Zeit kämpfen alle Einsichtigen gegen die Lebens= länglichkeit des Gemeinderaths, aber das Staatsgesetz verharrt unbeugsam, und so hat man zu jenem Ver= fahren genöthigt, das Luzian oben angab; man hat damit den Einklang mit dem Gesetze tiefinnerlichst unter= graben.

Luzian hatte noch einen besonderen Grund, warum er, wie man sagt, gerne dem Gemeinderath eine höl= zerne Wurst auf's Kraut legte. Wir werden das schon noch sattsam erfahren.

„Es macht doch gottsträflich heiß," bemerkte jetzt der Schmied Urban.

„Thut Nichts," entgegnete Luzian, „ich weiß nicht, ich kann die Hitz' viel eher vertragen als die Kält', und ich schwitz' auch schon gern ein bisle, wenn's nur ein gut Weinjahr giebt; es ist denen Wingerter zu gunnen.

Soll das Gewächs auskochen, so muß der Mensch auch sein Theil Hitz mitnehmen."

„Der Luzian schwitzt gern für die Welt, er ist ja auch so ein Stück Erlöser," sagte der Brunnenbasche, ein wohlhäbiger, bejahrter Mann, der die Rolle des Schalksnarren im Dorfe spielte.

Luzian gab ihm keine Antwort und ging voraus.

Man ging nach dem Wirthshause. Luzian las die Zeitung, deren verschiedene Blätter in einem kleinen Kreis vertheilt waren, Andere „kartelten," da der Pfarrer das Kegeln am Sonntag verboten hatte. Bald aber legten die Spieler die Karten weg, die Zeitungs= leser rieben sich die Augen und die Buchstaben flim= merten vor ihnen, es war plötzlich stockdunkel.

„Heiliger Gott! was ist das?" rief der Erste, der zum Fenster hinaussah.

„Was giebt's?"

„Da gucket einmal den Himmel an."

Es gab nicht genug Fenster für die Drängenden, man rannte hinaus in's Freie. Schreckensbleich wurde jedes Antlitz, das aufschaute. Schwere, schuppenartig gestaltete Wolken schoben sich im ganzen Gesichtskreise träg in einander; mit jedem Augenblicke wurde es düsterer und nächtiger. Die die Wirthsstube verlassen hatten, kehrten nicht mehr dahin zurück, sondern eilten heimwärts, immer wieder aufschauend und die Hände von sich abstreckend, als müßten sie den Einfall des Himmels von sich abwehren. Die in der Wirthsstube verblieben waren und ihre noch in der Hand gehalte= nen Karten an sich drückten, um den Nachbar nicht

einschauen zu lassen, warfen das Spiel mit allen Trüm=
pfen weg und nahmen sich nicht einmal Zeit, den Rest
ihres Trunkes zu leeren; auch sie eilten „heimezu.“

Jedes wollte zu den Seinen stehen, als wäre das
Unglück abzuwenden, wenn man sich ihm mit vereinter
Kraft entgegenstemmte; jedenfalls war es leichter zu
tragen.

Der Wirth war bald allein, und indem er die Reste
zusammenschüttete, sagte er vor sich hin: „Und jetzt
haben wir heut' erst den Zehnten abgelöst.“ Der Vor=
der= so wie der Nachsatz dieses Gedankens kam nicht
zu Worte, denn er wagte es nicht, vor sich selbst die
Furcht auszusprechen, die ihn erzittern machte.

Luzian ging still das Dorf hinab, manchmal zwin=
kerte er mit den Augen, wenn er aufschaute, und preßte
die scharfgeschnittenen Lippen zusammen. Am Schul=
hause begegnete er dem Lehrer, der die Kirchenschlüssel
trug und als Küster eben zum Wetterläuten gehen wollte.

„Ihr solltet das sein lassen, Herr Lehrer,“ sagte
Luzian, „wenn's da droben aufspielt, da nützt das
Bimbam nichts. Ich hab' erst vorlängst noch gelesen,
daß das Wetterläuten ein alter nichtsnutziger und ge=
fährlicher Brauch ist. Wer nicht von ihm selber betet,
der thut's auch nicht auf das Gebimbel hin. Es ist ja
auch abkommen gewesen.“

„Ja, aber unser neuer Pfarrer hält streng auf die
alten Bräuche, ich bekomme beim Unterlassen einen
strengen Verweis.“

„So? Auch auf das hält er? Hätt's eigentlich wis=
sen können. Nun, behüt' uns Gott!“

Im Weitergehen schnalzte Luzian mit beiden Hän=
den und spie oft aus. Fast vergaß er über seinem Aerger
was am Himmel vorging, er mußte sich jetzt zusammen=
nehmen, daß ihm der Hut nicht vom Kopfe gerissen
wurde; der Sturmwind wirbelte graue Staubwolken
vor ihm her zusammen, schon fielen jetzt einzelne breite
Tropfen, und als er die Klinke seiner Hausthür erfassen
wollte, zuckte ein gelber Blitz, so daß Luzian geblendet
nach dem Griffe tastete.

„Gott sei Lob, daß du da bist!" begrüßte ihn seine
Frau, „was sagst du zu dem Wetter? Es wird doch,
will's Gott, mit Gutem vorübergehen! So, jetzt bist
doch da. Mir ist viel leichter, wenn dein Rock am
Nagel hängt. Komm, gieb her."

„Laß mir ihn noch an, man weiß nicht, wie man
'naus muß. Ist das Kind da?"

„Ja. Siehst ihn denn nicht? Da sitzt er und liest.
Das giebt auch so einen Büchergucker, wie du. Victor,
gieb dem Aehni (Großvater) die Hand, du hast jetzt
genug gelesen, und es ist ja stichedunkel."

„Wo ist das Bäbi?" fragte Luzian.

„Draußen in der Küch', der Paule ist auch da."

„Gang und mach' das Feuer aus und sie sollen
'rein kommen. Halt, das ist ein Schlag, der hat kracht
und jetzt läutet der Schulmeister auch noch."

Während die Frau hinausging, trat Luzian in die
Nebenstube, er fand dort eine Schlafende, die wol durch
das drückende Wetter jetzt schon eingeschlafen war. Es
ist dieselbe Frau, bei der wir heute beim Bittgang ver=
blieben sind, als wir, gleich ihr die Andern weiter

ziehen ließen. Auf leisen Sohlen kehrte Luzian wieder in die Stube zurück, er lehnte die Thür nur an, ohne sie in's Schloß fallen zu lassen.

Die Bäbi und der Paule traten mit glühenden Wangen in die Stube. Die Mutter hatte draußen wol ein großes Feuer zu löschen gehabt. Bäbi stellte sich sogleich zu Victor an das Fenster, es gelang ihr dadurch, ihr flammendes Antlitz zu verbergen, das sie dem Vater nicht zeigen wollte.

„Guten Tag, Schwäher," sagte Paule und steckte aus Ehrerbietung die in der Hand gehaltene Pfeife in die Brusttasche.

„Guten Tag. Bist allein hier?"

„Ja."

„Guter Gott!" begann Bäbi, „wenn das Wetter nur keinen Schaden thut, das könnt' alle Lustbarkeit auf unserer Hochzeit —"

„Du denkst jetzt nur an dich," unterbrach sie Luzian; „Paule wie ist's? Hat dein Vater sich in die Hagelversicherung einschreiben lassen?"

„Mein Vater? Nein. Gucket Schwäher, Euch kann ich's ja sagen; mein Vater, der ist gar wunderlich, der träppelt so 'rum und drückst und will halt nicht an die Sach, und geht man ihm scharf auf den Leib, so sagt er, daß er nur nichts zu thun braucht: man muß Gott machen lassen, wenn er Einen strafen will. Und gegen mich ist er jetzt gar, es will ihm nicht recht in den Sinn, daß ich nimmer Vorroß sein soll, daß ich jetzt halt auch an die Deichsel komm'. Deßwegen bin ich halt hehlings in die Stadt und hab' mich einschreiben laffen, es ist ja bald mein eigen Sach. Mein Vater darf aber nichts davon erfahren, der ist —"

„Schäm' dich in's blutige Herz hinein," unterbrach die Frau den Redenden, „das ist nichts, so über deinen Vater oder über einen Menschen zu reden, wer er sei, und noch dazu, wenn so ein Wetter am Himmel ist; man versündigt sich ja."

„Drum hab' ich's immer gesagt," begann Luzian, „der Landstand muß eine allgemeine Hagelversicherung für's ganze Land einführen, da kann Keiner mehr neben 'naus und da ist's auch wohlfeiler; freilich ist's traurig, daß man die Leut' zu ihrem eigenen Nutzen zwingen soll; aber man zwingt's ja zu anderen Sachen, die gar nicht so nöthig sind. Drum ist der Land-stand —"

„Luzian, was hast denn?" rief die Frau in Angst und Pein, „zuerst wird über die nächsten Anverwandten losgezogen und jetzt über den Landstand, und bei so einem Wetter."

„Wenn man's ehrlich meint, darf man reden, mag's gewittern oder die Sonn' scheinen. Meinst du, unser Herrgott ist jetzt näher bei der Hand als an einem hellen Tag?"

„Mich gehen deine Bücher nichts an, und jetzt muß man einmal beten. Ich will jetzt auch nichts mehr reden, es darf keinen Zank geben, das ist ärger als Feuer auf dem Herd."

Luzian schwieg, die Frau breitete ein Tischtuch auf dem Tische aus, legte das Gesangbuch und die Bibel aufgeschlagen an der Stelle: „Im Anfang schuf Gott

Himmel und Erde" mitten auf den Tisch und streute Salz auf dessen vier Ecken.

„Aehni, es gitzebohnelet" (schloßt) rief Victor am Fenster.

Die Mutter nahm ihn still an der Hand, führte ihn an den Tisch und betete dort laut mit ihm.

Luzian lächelte vor sich hin, als der Knabe las: „Guter Christ, du wirst es ja nicht deinem Pfarrer oder Seelsorger zur Schuld rechnen, wenn Hagel oder Ungewitter Schaden anrichten. Wer kann dem heiligsten Willen des Allmächtigen widerstehen? Oder was für ein Priester hat eine größere Macht als Gott selbst?[1]

Natürlich: des Priesters Macht reicht hinab in die tiefste Hölle und hinauf in den höchsten Himmel, warum sollte er dem Wetter nicht Einhalt thun können?

Rührend klang dann das alte Lied, in dem es heißt:

„Das Wildfeu'r fern`hin von uns jag',
In wild's Geröhr und Hage,
Darin es Niemand schaden mag
Bei'r Nacht und auch bei'm Tage.

O reicher Gott! laß mildiglich
All' Frucht ledlich entsprießen,
Daß Arm', Elende hie redlich
Durch Gab' sein`Wohl genießen.

[1] Wörtlich aus: Guter Samen auf ein gutes Erdreich. Ein Lehr- und Gebetbuch sammt einem Haus- und Krankenbüchlein für gutgesinnte Christen, besonders für's liebe Landvolk, von Aegibius Jais, S. 203.

Den armen Seelen in Fegfeur's Pein
Thu' bitters Leiden schmälen,
Und sie durch das Almosen rein
Den Seligen zuzählen."

Wie mit scharfen Schroten schlug es nun gegen die
Fenster, eine Scheibe sprang und aus der Ferne hörte
man andere klirren, Fensterladen abknacken und Klage=
schreie verhallen.

„Das giebt ein gräßliches Unglück, ein gräßliches
Unglück!" jammerte Luzian und rang die Hände vor
sich hin.

Victor hatte schon lange neben ausgeschielt, jetzt
sprang er auf und holte eine durch die geöffnete Scheibe
eingedrungene Schloße; sie war fast so groß wie ein
Taubenei.

„O wie schön!" rief Victor, und Alles antwortete
wie aus Einem Munde: „Daß Gott erbarm!"

Immer dichter und dichter kam der Hagelschlag.

„Haufengenug, ist nimmer nöthig, es ist schon Alles
hin," sagte Luzian, nach Außen winkend, trauervoll in
Ton und Miene.

Luzian und Paule schlossen schnell die Fensterladen,
um die Scheiben zu wahren; Licht wurde angezündet.

„Jetzt sind wir in der Arche Noah, und du Aehni
bist der Noah, wenn unser Haus fortschwimmt," plau=
derte Victor.

„Still!" gebot Luzian mit scharfem Tone, dann
setzte er flüsternd hinzu: „Es ist mir nur lieb, daß die
Ahne (Großmutter) in der Kammer das Wetter ver=
schlaft; so alte Leut' sind doch wie die kleinen Kinder,

die spüren die schwere Luft und sinken um. Sie ist heut' auch ein bisle zu weit mit dem Bittgang in's Feld."

Keines redete mehr ein Wort, selbst Victor ging auf den Zehen und betrachtete das Zerfließen der Schloße auf seiner warmen Hand; nur manchmal hob er sie auf und versuchte beim Lichte durchzuschauen; Tropfen fielen auf das Gesangbuch und vermischten sich dort mit den Thränen, welche die Frau geweint hatte.

Man horchte still hinaus ob das Wetter noch nicht nachlasse, das wüthete aber immer toller; wie aus riesigen Wurfeln schüttete es immer wieder und jeder letzte „Schütter" schien der gewaltigste.

„Das kann bei uns daheim auch sein," sagte Paule. Niemand antwortete.

Endlich fielen nur noch einsame Tropfen an die Fensterladen. Menschenstimmen wurden auf der Straße hörbar. Man öffnete und schaute wirklich wie aus der Arche Noah hinaus. Welch ein Fluthen und Wogen überall! Das gurgelte und murmelte lustig, aber die Menschen waren nicht von der Erde verschwunden, sie waren geblieben zu Jammer und Noth.

Alles rannte durcheinander hin und her und hinaus auf's Feld, Jedes wollte seine zerschlagene Hoffnung sehen; Einige kehrten schon heim und brachten eine Handvoll ausgeraufter Aehren mit, sie zeigten sie mit thränenschweren Blicken. Heulen und Wehklagen der Frauen erfüllte die Straßen und die Häuser; stumm, gesenkten Hauptes wandelten die Männer dahin, innerlich fröstelnd ballten sie die Fäuste, sie hatten so wacker gearbeitet und die Arbeit war hin und die Hoffnung.

In allen Gärten waren die Stützen der Bäume zu Boden gestreckt und neben ihnen lag das unreife Obst, fast kein Baum, dem nicht ein Ast abgeknackt war, viele waren ganz niedergeworfen.

An diesem Abende reichten die Eltern kummervoll den Kindern ihr Essen, sie selber aber hungerten und schwere Sorge nagte an ihren Herzen die bange schlaflose Nacht.

Heute hielt sich von selbst das strenge „pfarramtliche" Gebot, daß nicht mehr auf den Straßen gesungen werden durfte.

Draußen ist's so würzig, wie eine balsamische Glätte zieht es durch die Luft; in den Häusern und in den Herzen aber ist es trüb und dumpf.

Ein Blick in's Haus und in die Rathsstube.

Das war ein traurig Erwachen am Montag. Die Sensen und Sicheln waren gedengelt, die Menschen fühlten ihre Sehnen gespannt und straff zu frischer Arbeit, jetzt ließen sie die Hände sinken und schauten still drein. Dennoch ruhte auf manchem Auge, das sich ausgeweint hatte, auf manchem Antlitze ein Abglanz stiller Verklärung, man möchte sagen wie auf der Natur rings umher, die sich auch ausgeweint zu haben schien.

Ein Ungemach, das hereingebrochen, sieht sich am andern Morgen ganz anders an; am Tage seiner Entstehung willst du es nicht dulden, kannst du es nicht fassen, es soll sich nicht einnisten in deiner Seele als Wahrheit; wie wäre es möglich? Du selbst lebst und deine Gedanken sind wach. Wie kann dir etwas entrissen werden, das dir angehört, das du mit deinen Gedanken festhältst? Sinkt die Nacht, versenkt dich in Schlummer und macht dich dein selbst vergessen, so faßt dich am Morgen das, was dich gestern betroffen, noch immer mit staunendem Schmerze, aber schon ist es zur Vergangenheit geworden, die mit unwandelbarer Gewißheit feststeht, du kannst nicht mehr daran rütteln und mußt dich darein ergeben, mit stillem Schmerz dein zerstücktes oder überbürdetes Leben der heilenden Zukunft entgegenführen.

Auf Feld und Flur funkelte und flimmerte der Morgenthau, der trieft hernieder, ob die Halme sich auf ihren Stengeln neigen oder geknickt zur Erde geworfen sind. Die Sonne stand am Himmel in voller Pracht, sie bleibt nicht aus am Himmelsbogen, nur manchmal lagern sich Wolken, Wetter und Nebel zwischen sie und die Erde und das Erdenkind vermag nicht durchzuschauen, das Licht genügt ihm nicht, es will seinen Urquell erfassen. Das Licht aber haftet im Auge wie in der weiten Welt draußen, und das Auge vermag es nur zu schauen, weil das Licht in ihm ist. Du suchst den Urquell und er ist in dir wie in der Welt.

Das Korm am Halme, das zur Erde niedergeworfen ist, geht in Verwesung über und setzt nur zu seinem eigenen fruchtlosen Untergange neue Keime an. Der Mensch aber gleicht nicht dem Halme, er kann sich aufrichten durch die Kraft seines Willens.

Frisch auf! du mußt dich durch die Welt schlagen, ja hindurchschlagen, das ist's. Der Tag ist verloren, ausgebrochen aus der Kette deines Lebens, den du in Trübsinn und thatenloser Verzweiflung hinstarrtest.

Aus solcherlei Gedanken heraus, die er nach seiner Art hundertfältig herüber und hinüber und auf die besonderen Verhältnisse der Einzelnen anwendete, ging Luzian am andern Morgen von Haus zu Haus. Er nöthigte auf manches kummerstarre Antlitz das Zucken eines Lächelns durch seinen Haupttext: „Dem Weibervolk ist's nicht zu verdenken, das muß klagen und jammern wenn ein Hafen (Topf) in Scherben zerbricht; das ist ja grad das brävst Häfele gewesen, nein, so wird keins mehr gemacht; der Mann aber sagt: hin ist hin und jetzt wirthschaften wir mit dem, was noch

blieben iſt. D! die leichtſinnigen Männer, denen iſt
an Allem nichts gelegen, klagen dann noch die Weiber,
und am Ende müſſen ſie uns doch Recht geben."

Luzian brachte es zu Wege, daß mancher Mann,
der Alles ſtehen und liegen und in ſich verfaulen laſſen
wollte, ſich nun doch aufmachte, um wenigſtens das
Obſt zur Schweinemaſtung einzuheimſen.

Es war ſchon viel gewonnen, daß man ſich wieder
zur Thätigkeit aufraffte. Freilich fing man zuerſt mit
dem Kleinſten an, aber das trifft ſich meiſt, daß man
nach erlittenem Ungemache zuvörderſt das Nebenſäch-
liche, oft Unbedeutendſte in Angriff nimmt, man ge-
traut ſich noch nicht an das Hauptſtück; die Hand gewinnt jedoch hiemit wiederum Stärke und Feſtigkeit,
das Blut ſtrömt wieder lebendiger zum Herzen und
erfriſcht es mit neuem Muth.

Müde und lechzend kam Luzian zu Mittag nach
Hauſe und ſein erſtes Wort war: „Weib, wir müſſen
doppelt ſparen und hauſen, wir bekommen den Winter
wieder große Ueberlaſt."

„Ich ſeh' ſchon, wie du wieder überall ſorgen und
helfen willſt," entgegnete die Frau, „und du kriegſt doch
nur Schimpf und Undank."

„Laß du meinen Luzian nur machen, was mein
Luzian macht das iſt gut," ſagte die Ahne, die im
großen Lehnſtuhl ſaß.

„Ich weiß wohl, ihr Zwei haltet zuſammen wie
gezwirnt," ſchloß die Frau lächelnd, indem ſie das
Tiſchtuch von der Suppe zurückſchlug; denn es iſt hier
Sitte, beſonders im Sommer, daß man geraume Weile

vor der Essenszeit die Suppe auf das ausgebreitete Tischtuch stellt und dann das Tuch wieder über die Schüssel schlägt, um die Suppe in sich verdampfen und abkühlen zu lassen. Man liebt das heiße Essen und das langwierige Blasen nicht.

Wir sind gestern unter so seltsamen Umständen vor dem Wetter hier in das Haus geflüchtet, daß wir kaum Zeit hatten uns die Leute näher zu betrachten. Wir müssen uns damit sputen, bevor vielleicht eine unver= sehene Erschütterung Alles so von der Stelle rückt, daß wir den vormaligen stillen Wandel der Menschen und Verhältnisse kaum mehr herausfinden mögen.

Der ruhende Mittel = und Schwerpunkt des Hauses war die Ahne, die uns bereits gestern im hellen Son= nenschein an der Hand Victors begegnete. Die Gestalt ist groß und hager, mit runzlichem fast klein geworde= nem Antlitze, das dunkelbraune Auge scheint kaum ge= altert zu haben, das blühweiße Tuch, das sie fast immer um den Kopf gebunden trägt und dessen Eckzipfel hinten weit hinabfallen, rahmt das Gesicht auf eigenthümliche Weise ein und gibt ihm einen nonnenhaften Anblick; sie ist aller ihrer Sinne mächtig, im ganzen Behaben äußerst säuberlich, fast zierlich. Nur zum sonntäglichen Kirchgange entfernt sie sich vom Hause. Schon ge= raume Weile vor dem ersten Einläuten macht sie sich auf den Weg, erwartet sobann im Winter in der Stube des Schullehrers, im Sommer auf der Bank vor dem Rathhause den Beginn des Gottesdienstes. Mancher, der die alte Corbula so dahin wandeln sieht, eilt, um sich noch mit ihr auf der Rathhausbank zu besprechen;

sie hat ein offenes Herz für Leib und Luft, und oft
findet hier auf dem Vorhofe eine heiligere Erhebung
statt als im Innern des Tempels. Manche suchten aber
auch in neckischer Weise die Ahne auf ihren Haupt
spruch zu bringen, sie wollte es aber nie glauben, daß
man ihrer spotte. Dieser Hauptspruch der Ahne war
nämlich: „Ja, wenn der Kaiser Joseph nicht vergiftet
wäre, dann wäre das und das gewiß besser." Sie
verehrte den Kaiser, von dem ihr Vater oft und oft
gesprochen hatte, faft wie einen Heiligen; sein Andenken
war mit dem an ihren Vater unauflöslich verknüpft,
als wären sie Geschwister gewesen. Sie hegte den viel=
verbreiteten Glauben, daß der Kaiser, weil er's so gut
mit allen Menschen gemeint habe, von scheinheiligen
Pfaffen um sein junges Leben gebracht worden sei. In
solch gegenständlicher Weise faßt der Volksglaube die
Untergrabung der edeln Plane des hochherzigen Kaisers.
Einst las Luzian der Mutter eine Lebensgeschichte des
Kaisers vor und sie behauptete, das sei just so wie ihr
Vater erzählt habe, nur anders gesetzt. Das Dorf hatte
bis in die neueste Zeit zu Vorderösterreich gehört und
ein Oheim der Mutter war kaiserlicher Rath in Wien
gewesen, sie hatte ihn noch gekannt, da er einst im
Dorfe zum Besuche war; sie bewahrte noch eine Granat=
schnur, die er ihr damals schenkte. Der einzige Streit,
den sie bisweilen mit Luzian hatte, war darüber, weil
er nicht ihrem Verlangen willfahrte und nach Wien
an die Nachkommen des kaiserlichen Rathes schrieb; sie
behauptete immer, es sei unmenschlich wenn Bluts=
verwandte so gar nichts von einander wissen. Eine

befondere Vorliebe hatte die Mutter für den Victor, ihr Urenkelchen, sie sagte oft: „Der wird just wie der kaiserliche Rath. Wenn der Kaiser noch leben thät, der thät ihn nach Wien verschreiben, das sag' Ich."

Man hätte fast glauben sollen, Luzian sei der leibliche Sohn der Ahne, die er auch fast immer Mutter nannte, während er in der That nur ihr Schwiegersohn war. Seine Frau neckte ihn oft und stellte sich eifersüchtig wegen der Liebschaft der Beiden zu einander; denn Luzian ging die Sorgfalt für die Mutter über Alles, und er hätte ihr gern, wie man sagt, das Blaue vom Himmel geholt, um sie zu erfreuen.

Luzian war ein Mann im Anfang der fünfziger Jahre, stämmig, ein Sägkloß, wie er von seinen Freunden manchmal genannt wurde, weil er zum Spalten zu dick war und sich nicht splittern ließ; sein Gesicht war voll und gespannt und verrieth entschiedenes Selbstbewußtsein, der starke Stiernacken bekundete Unbeugsamkeit. Noch gegen Ende des Befreiungskrieges war er zum Soldatendienste ausgehoben worden, kam aber zu keiner Schlacht. Die Sägmühle hatte er seinem Sohne Egidi übergeben und bauerte nun auf dem Gute im Dorfe. Victor, Egidi's ältesten Sohn, hatte er sich und der „Guckahne" (Urgroßmutter) zulieb in's Haus genommen, angeblich indeß, damit der Knabe der Schule näher sei.

Margret, Luzians Frau, ähnelte der Mutter unverkennbar; war auch ihr ganzes Dichten und Trachten dem Haushalte zugewendet, so war doch Luzian nicht minder ihr Stolz, nur ließ sie es nie merken wie die

Mutter, wenigstens nie in Worten. Sie bildete sich
mehr darauf ein als Luzian selber, daß dieser schon
zweimal zum Abgeordneten vorgeschlagen war. Spöttelte
sie auch manchmal über sein vieles Lesen, so war es
ihr doch nicht unlieb, da er dadurch fast immer im
Hause war und Alles in bester Ordnung hielt; auch
glaubte sie, daß er eben viel gescheidter sei als alle in
der ganzen Gegend. Klagte sie auch wiederholt über
die Gemeindeämter und vielen Pflegschaften, die sich
Luzian aufbürden ließ, so dachte sie doch wieder im
Stillen bei sich: „Ja, es versteht's eben doch Keiner so
gut wie er."

Bäbi, das hochgewachsene Mädchen mit auffallend
dunkeln Augen und starken Brauen, gehört eigentlich
gar nicht mehr recht in's Haus. Sie hatte noch gestern
zu Paule, ihrem Bräutigam, gesagt: „Seitdem der
Pfarrer uns miteinander verkündet hat und über vier=
zehn Tage unsere Hochzeit sein soll, da ist mir's jetzt
allfort, wie wenn ich nur auf Besuch daheim wär!"

Die Bekanntschaft Egidi's mit seiner Frau und den
Kindern müssen wir abwarten, bis sie sich uns selbst
vorstellen.

So wären wir also hier im Hause mit Allen be=
kannt und können sie ungestört mit den beiden Knechten
und der Magd zu Mittag essen lassen. Man kennt
aber namentlich einen Bauern nicht recht, wenn man
seinen Besitzstand nicht weiß; an ihm äußert sich nicht
nur die ganze Sinnesweise und der Charakter, sondern
dieser stützt sich auch meist darauf. In andern Stel=
lungen bilden sich Lebenskreis, Haltung und Geltung

vornehmlich aus der Persönlichkeit heraus, hier aber wird
das Meßbare und im Werthe zu schätzende vor Allem
Stützpunkt des Charakters in sich und seiner Bedeutung
nach Außen. Du wirst daher oft finden, daß ein
Bauer, der Vertrauen zu dir faßt, dir alsbald all'
seine Habe aufzählt, oft bis auf das Kälbchen, das er
anbindet. Er will dir auch damit zu verstehen geben,
was er daheim bedeutet. Da sitzen sechzig Morgen
Ackers und so und so viel Wald und Matten, besagt
oft die Art wie sich ein Bauer im fremden Wirthshaus
niedersetzt. Gehörte Luzian auch keineswegs zu letzterem
Schlage und stellte sich seine Ehre und Schätzung noch
auf etwas anderes, so müssen wir doch noch schnell
sagen, daß er vier Pferde, zwei Paar Ochsen, sechs
Kühe und ein Rind im Stalle hatte; darnach messet.
Die Pferden werden allerdings nicht blos zum Feldbau,
sondern auch zu Holz= und Bretterfuhren gebraucht, da
Luzian diesen Handel eifrig betreibt, der ihm manchen
schönen Gewinnst abwirft.

Nach Tische wurde Luzian auf's Rathhaus gerufen.
Er fand dort außer dem Schultheiß und den Gemeinde=
räthen auch den Pfarrer. Luzian maß diesen mit schar=
fen Blicken, denn er sollte ihm zum Erstenmale so nahe
sitzen. Der Pfarrer war ein junger Mann, der die
erste Hälfte der zwanziger Jahre noch nicht überschritten
hatte, groß und breitschulterig, mit derben Händen,
das Gesicht voll und rund, aber blutleer und in's Grün=
liche spielend, die zusammengepreßten Lippen bekundeten
Entschiedenheit und Trotz; ein eigenthümliches Werfen
des Kopfes, das in bestimmten Absätzen von Zeit zu

Zeit folgte, ließ noch Anderes vermuthen. Ueber und über war der Pfarrer in schwarzen Lasting gekleidet, der lange, weit über die Kniee hinabreichende Rock, die Beinkleider und die geschlossene Weste waren vom selben Stoffe; er wollte die leichte Sommerkleidung nicht ent= behren und doch keine profane Farbe sich auf den Leib kommen lassen. Der spiegelnde Firniß des rauhen Zeuges gab der Erscheinung Etwas das ans Schmierige erinnerte, während der junge Mann sonst in Ton und Haltung eine gewisse vornehm stolze Zuversicht kund gab. Dieß sprach sich sogar in der Art aus wie er jetzt, während die Blicke Luzians ihn musterten, mit einem kleinen Lineal in kurzen Sätzen in die Luft schlug.

„Ich habe dich rufen lassen, Luzian," sagte der Schultheiß, „wir wollen da wegen dem Hagelschlag eine Eingab' an die Regierung machen und eine Bitt' in die Zeitung schreiben, du sollst als Obmann auch mit unterschreiben."

„Wie ist's denn, Herr Pfarrer?" fragte Luzian das Papier in Handen, „wie ist's denn? Schenket Ihr der Gemeind' den Pfarrzehnten, oder was lasset Ihr nach?"

„Von wem sind Sie beauftragt, mich darüber zu ermahnen?" warf der Pfarrer entgegen, „was ich thun werde, ist mein eigener guter Wille; ich lasse mir meine Gutthat dadurch nicht verringern, daß mich Unberufene daran gemahnen."

„Berufen hin oder her," sagte Luzian, „eine Er= mahnung kann einer Gutthat nichts abzwacken; wenn das ja wär', so wären die Gutthaten auch minderer, die auf Eure Ermahnungen in der Predigt von den Leuten geschehen."

„Sie scheinen darum die Kirche zu meiden, um nicht zu etwas Gutem verführt zu werden," schloß der Pfarrer und warf das Lineal auf den Tisch.

„Ich will Ihnen was sagen," entgegnete Luzian mit großer Ruhe, da er noch nicht enden wollte, „Sie haben Beicht= und Communion=Zettel auch für die großen (erwachsenen) Leute eingeführt; wir lassen uns das nicht gefallen, das war beim alten Pfarrer niemals."

„Was geht mich Ihr alter Pfarrer an? Das neue Kirchenregiment hält seine Befugnisse streng zum Heile" —

„Schultheiß, hast kein'n Kalender da?" unterbrach Luzian.

„Warum? heute ist der siebzehnte," berichtete der Gefragte.

„Nein," sagte Luzian, „ich hab' nur dem Herrn Pfarrer zeigen wollen, daß wir 1847 schreiben."

Der Pfarrer stand auf, preßte die Lippen und sagte dann mit wegwerfendem Blick: „Ihre Weisheit scheint allerdings erst von heute. Ich hätte eigentlich Lust mich zu entfernen und wäre dazu verpflichtet nach solchen ungebührlichen Reden. Sie alle sind Zeugen, meine Herren, daß ich hier, ich will kein anderes Wort ge= brauchen, schnöde angefallen wurde. Ich will aber bleiben, ich will ein gutes Werk nicht stören und lasse mich gern schmähen."

Solche geschickte Wendung konnte Luzian doch nicht auffangen, er stand betroffen, Alles schrie über ihn hinein und er sagte endlich:

„Ich will's gewiß auch nicht hindern, gebt her, ich
unterschreib', und nichts für ungut Herr Pfarrer, ich
bin Keiner von denen Leuten, die sich an einem Polizei=
diener vergreifen, weil sie mit der Regierung unzu=
frieden sind. B'hüt's Gott bei einander."

Niemand dankte.

Aergerlich über sich selbst verließ Luzian die Raths=
stube, er hatte das Heu vor der unrechten Thür abge=
laden. Der Anhang, den er selbst unter dem Gemeinde=
rath hatte, schüttelte jetzt den Kopf über ihn.

Wir müssen um einige Monate zurückschreiten, um
die Stimmung Luzians zu ergründen.

Die Regungen des tiefgreifendsten Kampfes zuckten
eben erst in der Gemeinde aus. Der alte Pfarrer, der
so eins war mit dem ganzen Dorfe, war plötzlich nach
dem Bischofssitze berufen worden, er kehrte nicht mehr
zurück, statt seiner verwalteten die Pfarrer aus der Nach=
barschaft wechselsweise die Ortskirche. Kurz vor Ostern
verkündete das Regierungsblatt die Ernennung und
fürstliche Bestätigung eines neuen Pfarrers. Dieß war
das Signal für Luzian, der den ganzen innern Verlauf
kannte, daß sich die ganze Gemeinde wie Ein Mann
erhob. Der Gemeinderath mit sämmtlichen Ortsbürgern
reichte einen Protest gegen die neue Bestallung ein, der
zu gleicher Zeit an die Regierung und an den Bischof
geschickt wurde. Sie verlangten ihren alten Pfarrer
wieder oder falls dieß nicht gewährt würde, das freie
Wahlrecht; sie wollten keinen von den jungen Geistlichen,
gegen deren Anmaßungen sogar schon beim Landstand
Klage erhoben worden war. Das war die lebendigste

Zeit, in der Luzian seine ganze Kraft entwickelte und die Gemeinde stand ihm einhellig zur Seite. Noch ehe indeß ein Bescheid auf den Protest einging, wenige Tage vor der Fastenzeit, bezog der neue Pfarrer seine Stelle. Sonst ist es bräuchlich, daß das ganze Dorf seinem neuen Geistlichen bis zur Grenze der Gemarkung entgegengeht, dießmal aber war er nur von dem Dekan und einigen Amtsbrüdern geleitet. In den meisten Häusern sah man nur durch die Scheiben dem Einziehenden entgegen, man öffnete das Fenster erst, wenn er vorüber war, da man nicht grüßen wollte. Der Gemeinderath und Ausschuß war auf dem Rathhause versammelt, die ganze Körperschaft ging in das Pfarrhaus und überreichte abermals den Protest. Der Dekan sprach beruhigende Worte und händigte zuletzt dem Schultheiß die abschlägige Antwort des Bischofs ein. Still kehrte man in das Rathhaus zurück und dort wurde beschlossen, in fortgesetztem Widerstande zu beharren.

Am Sonntag, das Wetter war hell und frisch, versammelte sich das ganze Dorf zu einer Pilgerfahrt; in großem Wallfahrtszuge ging's nach Althengstfeld, dem Geburtsort Paule's. Viele wollten sogleich aus dem Auszuge einen Scherz machen, und schon zog Lachen und Lärmen durch manche Gruppen. Der Brunnenbasche vor Allen ging von Einem zum Andern und hetzte und stiftete, daß das Ding auch ein Gesicht bekäme; den Mädchen erzählte er, daß seine Frau bald ausgepfiffen habe, und er fragte diese und jene, ob sie ihn, einen Wittwer ohne Kinder heirathen wolle, aber ohne Pfaff, so wie die Zigeuner. Da und dort fuhr

ein gellender Schrei und ein Gelächter auf; der so an=
dächtig begonnene Auszug schien zum Fastnachtsscherze
zu werden. Man war's gewohnt, daß der Brunnen=
basche, wie man sagt, über Gott und die Welt schimpfte
und sich erlustigte, man ließ ihn gewähren; nun aber
ging's doch böse aus. Luzian, der mit einigen Anderen
Ordnung herzustellen suchte, kam und zog das Halstuch
des Brunnenbasche so fest zu, daß er ganz „kelschblau"
wurde. Alles fluchte nun über den Störenfried, den
Brunnenbasche, und dieser war kaum losgelassen, als
er mit lustiger Miene rief: „Fluchet meine Säu auch,
dann werden sie auch fett davon."

Jener erste Fastensonntag war der kummervollste,
den Luzian bis dahin noch erlebt hatte, ihm war's so
herrlich erschienen, wenn man feierlich in geschlossenem
Zuge dahin wallte, und jetzt schien alles aus Rand und
Band zu gehen, aller Zusammenhalt schien zerrissen.
Hier zum Erstenmale erfuhr er, was es heißt, die ge=
wohnte Ordnung aufzulösen, wenn nicht Jeder den
Gleichschritt an seinem Herzschlage abzunehmen vermag.
Müssen wir denn gefesselt sein durch äußere Amtsmacht?
flog's ihm einmal durch den Kopf. Er konnte den ver=
zweiflungsvollen Gedanken nicht ausdenken, denn es
galt den Augenblick zu fassen, koste es was es wolle;
darum rannte er, in allen Adern glühend, hin und
her, schlichtete und ermahnte, und darum ließ er sich
von der Heftigkeit zu solcher Behandlung des Brunnen=
basche fortreißen. Es gelang ihm endlich mit Hülfe
des Steinmetzen Wendel und des Schmieds Urban,
Ruhe und Ernst wiederum zu erwecken, und als der

Zug sich nun von dem Rathhause aufmachte, begann
der Schlosserkarle mit seiner schönen Stimme ein Lied,
bald gesellten sich seine Kameraden zu ihm; der Pfarrer
schaute verwundert zum Fenster heraus, als die Wall=
fahrer singend vorüberzogen.

Der Brunnenbasche war von Jedem, an den er sich
anschließen wollte, fortgestoßen worden; jetzt lief er
hinterdrein und murmelte vor sich hin: „Laufen die
Schaf' eine Stund weit, um sich mit ein paar Worten
abspeisen zu lassen. Der Luzian ist der Leithammel.
Könnt' denn das Vieh nicht einmal einen Sonntag ohne
Kirch' sein? Ich will aber doch mit und sehen was es
giebt."

Als man in der Waldschlucht anlangte, war Luzian
vorausgeeilt, von einem Felsen hoch am Wege rief er
plötzlich: „Halt!" Die ganze Schaar stand still und
Luzian sprach weiter: „Liebe Brüder und Schwestern!
Ich will euch nicht predigen, ich kann's nicht und es
ist hier der Ort nicht, und doch sind oft die besten
Christen in den Wald gezogen und haben von dort sich
ihre Religion wieder geholt. Ich hab' jetzt nur Eins
zu sagen, ein paar Worte. Wir sind von daheim fort,
von der Kirch', die unsere Voreltern gebaut haben; hier
wollen wir schwören, daß wir zusammenhalten und nicht
nachgeben bis wir unsere Kirch' wieder haben und einen
Mann hineinstellen, wie wir ihn haben wollen, wir.
Das schwören wir." Luzian hielt inne, er erwartete
etwas, aber die Meisten wußten nicht, daß sie etwas
zu sagen hatten, nur einige Stimmen riefen: „Wir
schwören." Luzian aber fuhr fort: „Nein, nicht mit

Worten, im Herzen muß ein Jeder den Schwur thun. Noch eins, wir kommen jetzt in ein fremdes Dorf, wir wollen zeigen, daß wir eine heilige Sache haben." Luzian schien nicht weiter reden zu können, er kniete auf dem Felsen nieder und sprach laut und mit herzerschütterndem Tone das Vaterunser.

Mit Gesang zogen die Wallfahrer in das Nachbardorf ein, als es eben dort einläutete. Nach der Kirche gab es manche harmlose Neckereien zwischen den Althengstfeldern und ihren neuen „Filialisten." Während dessen waren der Gemeinderath und Luzian beim Pfarrer, sie baten ihn, einstweilen Taufen, Begräbnisse u. s. w. in ihrem Orte zu übernehmen, da sie entschlossen seien mit ihrem neuen Pfarrer in gar keine Verbindung zu treten und auf ihrem Protest zu beharren. Ihrer Bitte wurde aber nicht willfahrt, da dieß nicht anginge, Ermahnungen zum Frieden waren das Einzige was ihnen geboten wurde.

Zu Hause erfuhr man, daß der Pfarrer nur mit wenigen Kindern und alten Frauen den Gottesdienst gehalten; dennoch aber geschah, was zu vermuthen war. Schon am nächsten Sonntage war der Auszug klein und vereinzelt, es traten dann Fälle ein, wo man den Ortspfarrer nicht umgehen konnte, und Keiner aus der Nachbarschaft wollte taufen und die letzte Oelung geben; der Gemeinderath selber gab endlich nach und trat mit dem Pfarrer in amtlichen Verkehr. So schlief die Geschichte ein, wie tausend andere. Nur in wenigen Männern war der Widerspruch noch wach, und zu diesen gehörte besonders Luzian; er ging dem Pfarrer nie in

die Kirche, heute zum Erstenmale hatte er mit ihm am
selben Tische gesessen und mit ihm geredet. Noch lag
der Protest in letzter Instanz beim Fürsten, und Luzian
wollte die Hoffnung nicht aufgeben; heute aber, er
wußte nicht wie ihm war, war er sich untreu geworden,
hatte sich zu persönlichem Hader hinreißen lassen; er
grollte mit sich selber.

Ein alter Volksglaube sagt: wiegt man eine Wiege,
in der kein Kind ist, so nimmt man dem Kinde, das
man später hineinlegt, die gesunde Ruhe. Ja, unnützes
Wiegen ist schädlich, und das gilt noch mehr von dem
Schaukeln und Hin= und Herbewegen der Gedanken, in
denen kein Leben ruht.

„Was da, Kreuz ist nimmer Trumpf, da gehen
der Katz die Haar' aus," mit diesen fast laut gesprochenen
Worten riß sich jetzt Luzian aus dem qualvollen Zerren
und Wirren seiner Gedanken. Er ging hinaus auf's
Feld, um die Verheerung näher zu betrachten. Aller=
dings war Luzian mit dem Ertrage aller seiner Felder
versichert; man würde indeß sehr irren, wenn man
glaubte, daß ihm die Verwüstung nicht tief zu Herzen
ginge, ja man kann wohl sagen, sein Schmerz war um
so inniger, weil er ein uneigennütziger war; ihm war's
als wäre ihm ein lieber Angehöriger entrissen worden,
da er diese niedergeworfenen Halme sah.

Der Künstler liebt das Werk, das er geschaffen, es
ist aus ihm; die Stimmung dazu, die urplötzliche und
die stetig wiederkehrende, die hat er sich nicht gegeben,
er verdankt sie demselben Weltgesetze, das Sonnenschein
und Thau auf die Saaten schickt. Auch der denkende

Landmann hat daffelbe Mitgefühl für das Werk feiner Arbeit, und wehe dem Menfchengefchlechte, wenn man ihm diefe oft gefchmähte „Weichherzigkeit" austreiben könnte, fo daß man in der Arbeit nichts weiter fähe, als den Preis und den Lohn, der fich dafür bietet.

Wenn der Boden überall in weiten Riffen klafft und die Pflanzen fchmachten, da wird euch fchwül und eng, und wenn der Regen niederraufcht, ruft ihr befreit: wie erfrifcht ift die Natur! Noch ganz anders der Bauer; er lebt mit feinen Halmen draußen und kum= mert für fie; trieft der fegnende Regen hernieder, fo trinkt er fo zu fagen mit jedem Halme und taufend Leben werden in ihm erquickt.

Wie zu einem niedergefallenen Menfchen beugte fich jetzt Luzian und hob einige Aehren auf, fein Antlitz erheiterte fich, die Körner waren nothreif, fie waren fefter und in ihrer Hülfe lockerer als man glaubte; noch war nicht Alles verloren, wenn auch der Schaden groß war.

Durch alle Gewannen fchweifte Luzian und fand feine Vermuthung beftätigt. Die Sonne arbeitete mit aller Macht und fuchte wie mit Strahlenbanden die Halme aufzurichten, aber ihre Häupter waren zu fchwer und in den Staub gedrückt; hier mußte die Menfchen= hand aufhelfen.

Als Luzian, eben aus dem Neffelfang kommend, in die Gärten einbog, wurde er mit den Worten begrüßt: „Ah, guten Tag, Herr Hillebrand."

„Guten Tag, Herr Oberamtmann," erwiderte Lu= zian, und nach einer kurzen Paufe fetzte er gegen den begleitenden Pfarrer und Schultheiß hinzu: „Guten Tag, ihr Herren."

Der Pfarrer nickte dankend.

„Ich habe mir den Schaden angesehen," berichtete der Oberamtmann, „der Ihren Ort betroffen hat; das hätten wir auf der letzten landwirthschaftlichen Versamm= lung nicht gedacht, daß wir so bald die Probe davon haben sollen, was sich bei solchen Gelegenheiten retten lasse. Wie ich höre, sind Sie der Einzige, der in der Hagelversicherung ist."

„Ja, ich und mein Egidi."

Luzian hatte doch gewiß das tiefste Kümmerniß über die Fahrlässigkeit der anderen, aber er konnte in diesem Augenblicke nichts davon laut geben; so leutselig auch der Beamte war, so blieb er doch immer der Oberamtmann, dem man auf seine Fragen antworten mußte und vor dem kein Gefühl auszukramen ist, wenn man auch das Herz dazu hätte. Außerdem hatte Luzian, sobald er einem Beamten nahe kam, etwas von der militärisch knappen Weise aus seiner Jugendzeit her. In diesem Augenblicke war es Luzian, der unter sich sah, als fühlte er den stechenden Blick des Pfarrers; er schaute auf, die Blicke Beider begegneten sich und suchten bald wieder ein anderes Ziel.

Man war am Hause Luzians angelangt. Er wollte sich höflich verabschieden, aber der Oberamtmann nöthigte ihn mit in das Wirthshaus, da man dort noch allerlei zu besprechen habe. Luzian willfahrte und am Pfarr= hause empfahl sich der Pfarrer. Der Abend neigte sich herein, die Dorfbewohner standen am Wege und grüßten den Amtmann ehrerbietig, es schien ihnen Allen leichter zu sein, da jetzt ihre Zustände bei Amt bekannt waren, als sei nun die Hülfe bereits da.

Es wird vielleicht schon manchem Leser aufgefallen sein, daß der Beamte einen einfachen Bauersmann mit Herr anredete. Schon um dieses einzigen Umstandes willen verdiente der Oberamtmann eine nähere Betrachtung, wenn wir auch nicht noch mehr mit ihm zu thun bekämen. Die schlanke feingegliederte Gestalt, dem Ansehen nach im Anfange der dreißiger Jahre stehend, bekundete in der ganzen Haltung etwas sorglich aber ohne Aengstlichkeit Geordnetes. Es lag darin jene schlichte Wohlanständigkeit, die uns bei einer Begegnung auf der Straße oder im Felde darauf schwören ließe, daß der Mann in einem wohlgestalteten Heimwesen zu Hause sei. Die blauen Augen unseres Amtmannes waren leider durch eine Brille verdeckt, der braune Bart war unverschoren; nur gab es dem Gesichte etwas seltsam Getrenntes, daß die Bartzier auf der Oberlippe allein fehlte; denn es wird noch immer als eine Ungehörigkeit für einen Mann in Amt und Würden betrachtet, den vollen Bart zu haben. Diese neue Etikette rechtfertigte sich noch persönlich bei unserem Amtmann, der nebst der Gewohnheit des Rauchens auch die des Tabakschnupfens hatte. Die Dose diente ihm zugleich auch als Annäherung an viele Personen, denn es bildet eine gute Einleitung und versetzt in eigenthümliches Behagen, wenn man eine Prise anbietet und empfängt. Unser Amtmann bestrebte sich auf alle Weise, sein Wohlwollen gegen Jedermann zu bekunden.

Er stammte aus einer der ältesten Patrizierfamilien des Landes, in welcher, dem Sprüchworte nach, alle Söhne geborene Geheimeräthe waren. Nach vollendeten Studien hatte er mehrere Jahre in Frankreich, England und Italien zugebracht, und gegen alle Familienge= wohnheit hatte er, nachdem er Assessor bei der Kreis= regierung geworden war, diese gerade Carriere aufge= geben und sich um seine jetzige Stelle beworben. Er wollte mit den Menschen persönlich verkehren und ihnen nahe sein, nicht blos immer ihr Thun und Lassen aus den Akten herauslesen. In dem Städtchen gab es manches Gespötte darüber, daß er jeden Mann im Bauernkittel mit Herr anredete, die Honoratioren fühlten sich dadurch beleidigt; er kehrte sich aber nicht daran, sondern war emsig darauf bedacht, Jedem seine Ehre zu geben und seine Liebe zu gewinnen. Seine Natur neigte zu einer gewissen Vornehmigkeit, dessen war er sich wohl bewußt, und trotz seines eifrigsten Bemühens war es ihm lange Zeit nicht möglich geworden, unge= zwungen sein innerstes Wohlwollen zu bekunden. Es fehlten die Handhaben, er bewegte sich mehr in Ab= stractionen als in bildlicher Anschauung und Ausdrucks= weise; er konnte sich aber hierin nicht zwingen, die Menschen mußten seine Art nehmen wie sie war. Oft beneidete er das Gebaren seines Universitäts=Bekannten, des Doktors Pfeffer, der so frischweg mit den Leuten umsprang; aber er konnte sich dieses nicht aneignen.

Durch den landwirthschaftlichen Verein, der vor ihm blos eine Spielerei oder ein Nebenbau der Bureaukratie gewesen war, gewann unser Amtmann ein natürliches,

persönliches Verhältniß zu den Angesehensten seines Be=
zirkes. Auch mit unserm Luzian war er dort auf heitere
Weise vertraut geworden.

Auf dem Wege nach dem Wirthshause begegnete den
Beiden der Wendel, und der Oberamtmann fragte:
„Soll ich nichts ausrichten an unser' Amrei?"

„Dank schön, Herr Oberamtmann, nichts als einen
schönen Gruß."

Im Weitergehen erzählte der Beamte wie glücklich
er und seine Frau seien, daß sie die wohlerzogene
Tochter Wendels als Dienstmädchen im Hause hätten.

Im Wirthshause war Luzian viel gesprächsamer,
indem er seine Ansicht entwickelte, daß man das beschä=
digte Korn rasch schneiden, jede Garbe in zwei Wieden
binden und so aufrecht auf dem Felde dorren und zeiti=
gen lassen müsse. Der Oberamtmann stimmte ihm voll=
kommen bei. Es bedurfte aber vieler Arbeit, um solches
zu bewerkstelligen; die hellen Monbnächte mußten dazu
genommen werden. Der Oberamtmann versprach ein
schleuniges Ausschreiben an den ganzen Bezirk um Bei=
hülfe, und Luzian sagte endlich: „Ich will heut' noch
nach Althengstfeld reiten, die müssen uns helfen."

„Ich mache den Umweg und reite mit," sagte der
Amtmann.

Aus allen Häusern schauten sie auf, als man Luzian
neben dem Oberamtmann durch das Dorf reiten sah.

In dieser Woche wurde fast übermenschlich gearbeitet,
aber auch Hülfe von allen Seiten kam. Nacht und Tag
wurde unablässig geschnitten und gebunden; nur am
heißen Mittag gönnte man sich einige Stunden Schlaf.

Am Samstag Abend lag Alles zu Bette, bevor die Betglocke läutete.

Es donnert und blitzt abermals.

Der Sonntag war wieder da. An diesem hellen Morgen wurde im Hause Luzians bitterlich geweint. Bäbi stand bei der Mutter in der Küche und betheuerte unter immer erneuten Thränen, sie nehme sich eher das Leben, ehe sie allein zur Kirche gehe. „Der Vater muß mit, der Vater muß mit!" jammerte sie immer. Auf weitere Gründe ließ sie sich nicht ein, als daß der Vater ja doch am nächsten Sonntag in die Kirche müsse. Auf die Entgegnung, daß die Trauung ja in Althengstfeld sei, wiederholte sie stets nur ihren Jammerruf. Sie wollte heute communiciren und sie durfte nicht sagen, daß sie auf die Frage in der Beichte die Gottlosigkeit ihres eigenen Vaters bekannt und darauf das Gelöbniß abgelegt hatte, Alles aufzubieten, um ihren Vater zur Reue und zum Kirchenbesuche zu bringen; nur unter dieser Bedingung hatte sie die Absolution erhalten.

„Geh' nein, die Mutter soll's ihm sagen," tröstete endlich die Frau.

„Sie will nicht," entgegnete Bäbi.

„Probir's noch einmal."

Bäbi ging hinein, die Alte blieb aber bei ihrem Spruche: „Was mein Luzian thut ist brav; und was er nicht thut da weiß er warum."

„Man muß keinen Hund tragen zum Jagen," ergänzte Luzian.

Da warf sich Bäbi vor die Ahne auf die Kniee und geberdete sich wie rasend in Jammer und Klage; sie schwur, sich ein Leids anzuthun, sie wisse nicht was sie thäte, wenn der Vater nicht mit in die Kirche gehe. So hatte man das Mädchen noch nicht gesehen und die Ahne sagte endlich: „Ja, thu's doch Luzian, thu's dem Kind."

„Mutter, ist's Euer Ernst, daß ich dem neuen Pfarrer in die Kirch' gehen soll?"

„Ja, thu's in Gottes Namen, thu's mir zulieb."

„Mutter, das ist der höchste Trumpf den Ihr ausspielen könnet, Ihr wisset wohl wenn Ihr saget: „„thu's mir zulieb,"" da muß ich."

„Ja, es muß Alles einmal ein End' haben, du hast dich lang genug gewehrt; ich wart' auf dich und geh' mit."

„Bäbi! Hol' mir den Rock und das Gebetbuch," schloß Luzian. Das Verlangte war schnell bei der Hand.

Heute ging die Ahne seit langer Zeit wieder mit der gesammten Familie, sie führte sich an Luzian. Egidi mit der Frau und den beiden jüngeren Kindern war von der Mühle heraufgekommen und schloß sich auch dem Zuge an. Alle strahlten voll Freude, als brächten sie ein hehres Opfer. Wer weiß was sie opfern?

Luzian ging still dahin; es ließ sich nicht erkennen, ob sein zögernder Schritt aus einem Mißmuthe kam, oder ob er blos der Mutter zulieb so bedächtig einherging. Er dankte Allen, die ihn grüßten, mit ernster Miene. In der That war es ihm fast lieb, daß er durch so heftiges Bitten zum Kirchgange gezwungen wurde, er kam dadurch aus dem vereinsamten Kampfe, in dem er nach verlorener Schlacht fast noch allein auf dem Wahlfelde verblieben war. Er nahm sich vor, keinerlei Groll zu hegen und unangefochten die Welt ihres Weges ziehen zu lassen.

Luzian mußte bekennen, daß der junge Pfarrer mit schöner klangvoller Stimme und in edler Haltung Messe und Amt verrichtete.

Jetzt bestieg der Pfarrer die Kanzel, Luzian stand ihm gerade gegenüber an eine Säule gelehnt, er ließ den Platz neben sich leer und blieb stehen. Der Pfarrer sprach:

„Geschrieben stehet: wer da viel säet, wird viel ernten, und wer wenig säet, wird wenig ernten. So steht geschrieben. Ach, Gott und Herr im siebenten Himmel! höre ich euch Alle im Herzen rufen, ach Gott! ist denn der Spruch auch wahr?.... Mit dieser Frage seid ihr Alle fort, hinaus aus der Kirche, ihr seid draußen auf dem Felde, wo euer Korn und euer Hanf niedergeworfen ist und die Bäume von unsichtbarer Hand gepflückt. Dort seid ihr nun und fragt: haben wir nicht gesäet mit voller Hand? Haben wir nicht gearbeitet am Morgen früh und am Abend spät, und nun?..... Ihr murret und habert ob der Hand des Herrn und ihr fluchet schier. Und nun? fragt ihr. Ich aber antworte euch: wer da viel gesäet, wird viel ernten, und wer da wenig gesäet, wird wenig ernten. In euch liegt ein Feld, das liegt brach, öde und versteint, Schlangen und Gewürm hausen darin. Habt ihr es umgepflügt mit dem scharfen Pfluge der Buße

und euern festen Willen vorgespannt und am Seile ge=
halten? Habt ihr es gedüngt mit der Reue und den
Samen des ewigen Wortes drein gestreut zur Tugend
und heiligen That? Habt ihr? Ich frage euch. Wohl,
ihr saget: ich fühle mich rein von schwerer Schuld, wer
kann mir was Schlechtes nachsagen? So ruft jeder
Verbrecher, selbst der Mörder, wenn er von den Hän=
den der Gerechtigkeit gefaßt wird. Und wenn ihr in
den Beichtstuhl kommt, ei freilich, da wißt ihr kaum,
daß ihr einmal geflucht oder eine böse Rede geführt,
und doch habt ihr Alle Alle die sieben Todsünden schon
siebenmal siebzigmal begangen. Aber das ficht euch
nicht an. Es ist Mancher unter euch, der jetzt unter
sich schaut und seinen Hut zusammenkrempelt, er denkt:
was! das ist altes Gepolter! das ewige Lämplein in
der Kirche brennt nur noch matt und kommt ein guter
Luftzug, aus ist's; aber die Aufklärung, das Licht, das
ich in meinem Kopfe stecken habe, das allein gilt. —
Schau, schau, da hätten wir also Einen, der den Auf=
kläricht verkostet hat, den die fürnehmen, hochgelahrten
Herren in der Stadt euch gar milbiglich bereiten.
Wenn du nach der Stadt kommst, siehst du vielleicht
ein armes Bauernweiblein, das in einem schmutzigen
Kübel, in einer schwimmenden Brühe allerlei Abgän=
giges heim trägt zur Mastung für ihre lieben Schweine.
Siehst du, das ist der Aufkläricht, den dir die vorneh=
men, hochgelehrten Herren wollen zukommen lassen.
Juden und Lutherische und Katholiken, die in der
Staatsmastung stehen, werfen dir Etwas zu, wenn sie
sich toll und voll gefressen haben und nicht mehr mögen.

Du freust dich damit und vergissest darob den Tisch, zu dem der Herr alle Gäste geladen, wo Alle gleich, hoch und nieder, wo es keine Gelehrten und keine Vornehmen gibt, denn der Glaube allein gilt. — In dem Aufkläricht ist ein wurmäsiger Apfel von dem alten Baume, daran die Schlange war, der mundet dir, da schmatzgest du, daß dir die Brühe von allen beiden Mundwinkeln herunterlauft, wenn die Schlange spricht: es giebt keine Erbsünde, das ist eitel Pfaffentrug aus finsteren Zeiten, wo man noch nichts wußte vom Licht und noch nicht schmeckte den Aufkläricht. Ich aber sage euch: eine ganze Brut von Schlangeneiern und einen Wurmstock von Teufeln bringst du mit auf die Welt, und so du das nicht alle Wege vor Augen hast und mit Zerknirschung erkennest, wie verworfen und nichts= würdig du bist, so bist du ewig verloren; deine Seele steckt noch zu tief im Fleisch und wehe, wenn du war= test, bis die Todessense sie herausschabt. Thut's wehe? Schneidet's? Brennt's und nagt's? Warte nur, es kommt noch besser. Wer nach dem Aufkläricht schnappt, wird eine runzliche Nase und ein krummes Maul über solche Worte machen, und um den Widerwart los zu sein, wird er mir gar zurufen: du gehst zu weit ab vom Text. Ja Brüderlein! Du bist noch viel weiter ab vom Text, ich aber bleib' dabei: wer da viel gesäet, wird viel ernten, und wer da wenig gesäet, wird we= nig ernten."

„Ich hole noch ein Früchtlein aus dem Aufkläricht, es schwimmt oben auf. Mancher von euch denkt wohl: Ja, hätt ich nur dem guten Rathe gefolgt und mich

in die Hagelversicherung aufnehmen lassen; da könnt'
ich dem Hagel was pfeifen. Komm her, du versicherter
Mann, laß dich ein bisle heraufholen. Seht ihr, da
hab' ich ihn; der Neid muß ihm's lassen, es geht ihm
gut und er sieht reputirlich aus. Mag's brennen und
sengen und hageln und Seuchen wüthen, da steht er
fest der versicherte Mann. Da steht sein Haus, es ist
in der Feuerkasse — versichert, am Laden klebt ein
Täfelein, sieht fast aus wie ein Ordensschmuck, das
zeigt an: Tisch und Bett und Stuhl, Kisten und Kasten,
der ganze Hausrath ist — versichert; das Vieh im
Stall — versichert, die Aecker im Feld — versichert,
die Kinder — versichert, sie sind auf der Rentenanstalt
eingetragen, und wenn eines zwanzig Jahr' alt ist,
bekommt es so und so viel Zinsen bis in die grasgrüne
Ewigkeit hinein; sein eigen Leib und Leben — versichert, doppelt versichert, in Paris und in Frankfurt.
„Jetzt komm Herrgöttle und thu' mir einmal was an!"
So schlägt sich der versicherte Mann herausfordernd auf
die hirschledernen Hosen. Ja beim Teufel! Den muß
unser Herrgott laufen lassen, den kann er nimmer am
Grips kriegen. Aber wie? du feuerfester, hagelbichter,
versicherter Mann, laß dich noch eine Weile beschauen.
Wo hast du denn dein ewiges Heil versichert? Gelt,
daran hast du noch nicht gedacht, das brauchst du nicht?
Vielleicht glaubst du gar nicht an ein ewiges Leben,
das gehört so zum Aufkläricht. Aber wart', es kommt
die Stunde und du liegst auf dem Schragen und röchelst
schauerlich und schnappst nach Luft, der kalte Schweiß
steht dir auf der Stirn. Kennst du das Gerippe? Es

streckt die dürre Hand nach dir aus, o! wie schwer, wie centnerschwer liegt's auf dir; du willst mit todes= schweißiger Hand abwehren, du fassest die leere Luft. Ja, krümm' dich nur wie ein Wurm, bäum' dich wie ein Pferd, fort, fort, von hinnen mußt du, deine ganze versicherte Welt bleibt dahinten. Noch rollen die Schollen nicht auf deinem Leichenaas und du stehst vor dem obersten Halsrichter, da geht's auch öffentlich und mündlich her, wie du so oft deinen Zeitungsheiligen nachgeschrieen hast, da ist der letzte Zahltag: wo hast denn deine Papiere, deine Versicherungen? Guck, da ist ein ander Sparkassenbüchlein, da ist Alles verzeichnet, die Rechnung stimmt, fast zum Verwundern. Jetzt hast's verspielt, du kommst in's Regiment, links vom Gottesgericht, und da ziehen sie dir eine feurige Uni= form an, die sitzt dir wie angegossen eine Schlange schnallt sich dir als Leibgurt um, Pech und Schwefel sengen dich und brennen dich und verzehren dich nicht. In die Hölle! in die Hölle zur ewigen Verdammniß fährst du, und drunten in deinem versicherten Hause ist's oft alleinig in stiller Nacht wie das Winseln von einer Seele, die drüben die ewige Ruhe nicht finden kann. Das Gebet deiner Kinder könnte dich erlösen und die Ewigkeit deiner Qualen kürzen. Hast du sie beten gelehrt? du hast sie — versichert."

Mancher Blick hatte sich schon beim Beginn dieser Schilderung nach der Säule gewendet, wo ein Mann feststand wie der Stein hinter ihm, aber die Blicke glitten wieder ab und jetzt fuhr der Pfarrer fort:

„Geliebte in dem Herren! Ich sage euch laut und

deutlich, ich habe Niemand gemeint, ich kenne Niemand, der solchen Herzens ist, aber Jeder frage sich, ob er nicht schon im Geiste den Weg betreten, so zu werden. Fern sei es auch von mir, euch davon abzuhalten, euer zeitlich Gut zu wahren, aber alles ist Tand und Staub und Moder. Und gäbet ihr mit eurem zeitlichen Gut Wohlthaten und Geschenke wie Sand am Meere, ver= flogen ist's, fehlt euch der Glaube. Wahret euer Gut, so viel ihr könnet, aber die einzige Versicherung ist dem, der da bauet auf dem Fels, der da ist der Glaube, der schüttert nicht und splittert nicht und stehet fest ohne Wanken. Und wenn rings umher deine Saaten das Wetter knickt, der Glaube richtet dich auf; du stehest fest wie ein Fels und Lobgesänge schallen aus deinem Munde. — Aber sei nur kein windelweicher, auszehriger, naßkalter Tropf, eher noch ein grundmäßi= ger Heide, wie der versicherte Mann, den mag der Herr noch in seine Zange fassen, schmieden und schweißen. Laß es nicht von dir heißen: du bist nicht kalt und nicht warm, du bist lau, darum werde ich dich aus= speien aus meinem Munde. — Eure Saaten sind geknickt, Noth und Jammer steht euch bevor. Warum? Warum frage ich euch, hat der Herr seinen Wettern befohlen, daß sie herniederfahren und euch züchtigen? Ihr habt sein vergessen in eurem Taumel, gottverlassen ruht auf Jedem von euch tausendfältige Todesschuld. Darum ...."

„Das ist schandmäßiger Lug und Trug!" erscholl plötzlich eine Stimme aus der Gemeinde.

Hat die Säule dort gesprochen? Dringen Worte aus dem starren Stein?

Es wäre nicht wunderbarer, als daß eine Stimme aus der Gemeinde es wagte, sich hier zum Widerspruche zu erheben.

Die Blicke Aller richteten sich nach der Säule dort, wo Luzian stand, ein Lichtstrahl fiel grade auf sein Antlitz, auf dem ein wunderfamer Glanz schimmerte: er blickte in die Sonne und seine Wimper zuckte nicht, dann schweifte sein Auge über die Versammlung hin, als wäre sie untergesunken, als suche und finde sein Blick Etwas, das über den Häuptern der Menschen um ihn her schwebte. Eine Weile herrschte Todtenstille, man hörte das Picken der Thurmuhr, es war wie der laute Herzschlag der ganzen Kirche.

„Jetzt rief der Pfarrer: „Wer hat es gewagt, das Wort des Herrn hier zu schänden?"

„Ich!" rief Luzian, und legte die zitternden Hände fest auf das Herz, das ihm zu springen drohte.

„Sind eure Hände lahm? vom Satan gebunden?" rief der Pfarrer, „daß sie sich nicht erheben, um das Heiligthum von dem gottesleugnerischen Aase zu säubern?"

Ein Tumult entstand in der Gemeinde; es ließ sich nicht ahnen und bestimmen, was daraus werden sollte.

„Kommt her!" rief Luzian, und streckte seine Arme weit aus, aber seine Hände waren nicht zum Segnen ausgebreitet, seine Fäuste ballten sich, „kommt her! Glaubt nicht, daß ich mich binden lasse, wie ein geduldig Lamm. Gott ist in mir, ich zerbreche die Hand, die sich nach mir ausstreckt."

„Soll der Gotteslästerer noch länger das Heiligthum entweihen?" schrie der Pfarrer schäumend vor Wuth.

Die Gemeinde war wie erstarrt, und Luzian sprach mit ruhiger, weithin vernehmlicher Stimme:

„Ja, ich muß reden, und wenn man mich jetzt auf den Scheiterhaufen legt, ich muß. Du Gesalbter da oben, du schmähest Gott und die Menschen, ich will nicht Theil haben an deiner Sünde. Hört auf mich, Brüder und Schwestern! Ich bin kein Weiser, aber ich weiß: Gott ist die Liebe, Gott lebt in uns, und schickt er Wetter und Unheil, so thun wir uns zusammen und theilen mit einander, und Keiner hat sich zu schämen, die Gaben zu empfangen, und Keiner darf hart sein, sie zu weigern. Du da oben, du willst wissen, warum Gott durch das Wetter unsere Felder verhagelt hat! Weil wir schlecht sind? Sind wir schlechter als alle unsere Nachbardörfer? Gott ist die Liebe, Gott ist in mir und die Liebe ist in mir, für euch, und ich will jetzt sterben. Die Hölle ist nur in dir da oben und in Allen wie du . . . ."

„Du bist verdammt und verflucht in Ewigkeit!" schrie der Pfarrer und stieg die Kanzel herab.

Der Gottesdienst war zu Ende, die ganze Gemeinde schwirrte durcheinander. Luzian ging festen Schrittes der Thüre zu, Alles wich vor ihm zurück, aber wie mit wunderbarer Kraft erhob sich die Ahne, faßte seine Hand und schritt so kräftig neben ihm her wie seit Jahren nicht. Sie gingen still heimwärts und dort sah sie den Luzian zum Erstenmale in seinem Leben weinen und laut schluchzen wie ein Kind.

Die Ahne wußte gar nicht was sie beginnen sollte, sie lief kopfschüttelnd im Zimmer umher, drückte an allen Fenstern ob sie auch fest zu seien, und jagte zuletzt die Katze, die hinter'm Ofen saß, zur Thür hinaus; auch sie sollte nicht hören, daß der starke Mann weinte.

Luzian saß da, er hatte die Hand auf den Tisch gelegt und das Antlitz darauf verborgen.

„Meinst du nicht auch?" tröstete die Ahne, „wenn der Kaiser Joseph nicht vergiftet wär' und er hätt' das Leben noch, der thät' den jungen Pfarrer da in's Zuchthaus schicken? Nicht wahr?

Freilich," sagte Luzian, und schaute lächelnd auf.

Das Nachspiel und ein kalter Schlag.

Dem Schulmeister war indeß das Nachspiel in der Orgel stecken geblieben, es sollte aber doch noch ausgeführt werden. In grausigem Wirrwarr drängte sich die Gemeinde aus der Kirche. Der Pfarrer hatte sich rasch in die Sakristei zurückgezogen, die Ministranten folgten ihm in ihren flatternden Hemden mit eiligen Schritten, als ginge es zu einem Sterbenden. Nicht so behende gelang es der Versammlung. Da ging Einer und heftete den Blick auf den Boden als suche er Etwas, als wäre ihm der letzte Bissen von einer scharf gewürzten Speise, den er sich zur Letzung und zum Nachschmacke bis zum Ende aufbewahrte, plötzlich durch den ungeschickten Stoß eines Nachbars auf den Boden geworfen worden. Fromme Mütterchen konnten kaum ihr Gebetbuch zusammenlegen, das schien so schwer als zerrten die Geister der unerlösten Worte daran, die noch gesprochen werden mußten. Alle sahen sich staunend um, und ihre Blicke fragten, ob denn das noch die Kirche, das noch die Menschen seien, ob denn nicht plötzlich ein gewaltig Zeichen erscheinen und der Himmelsbogen krachend einstürzen müßte!

Die äußere Würde ist ein fein geschliffener, behutsam anzufassender Schmuck, überlieferst du herablassend oder niedergebeugt das Diadem fremden Händen, du kannst die Grenze nicht mehr ziehen, wie weit sie dir's verschleppen, wie sie damit spielen und es gar zerschmettern. So bei der äußern Würde von Personen, so von Heiligthümern und dergleichen.

Unversehens entstand in der Gemeinde ein Johlen und Gröhlen, ein Toben und Tosen, als ob das wilde Heer gefangen wäre. Man wußte nicht woher der Lärm kam, wo er entstanden, er schien aus den Wänden gedrungen. Durch Zischen und Rufen suchte man das Stimmengewirre zu beschwichtigen, aber das war wie ein ohnmächtiger Wasserstrahl, den man in die helle Lohe leitet; zischend steigt der Dampf auf und mächtiger drängt sich ihm die Flamme nach.

Losgelassen waren die Stimmen in allen Tonarten, die sonst hier still verharrten oder in gebundenen Sängen und Responsorien laut wurden.

Alles drängte dem Ausgang zu. Den Brunnenbasche hatte eine muthwillige Schaar mitten in den Weihkessel gesetzt und er arbeitete sich triefend daraus hervor. Jeder, der das Freie erreicht hatte, athmete leichter auf und fühlte sich erlöst von erdrückender Last. Niemand außer dem Brunnenbasche eilte nach Hause; man konnte sich nicht trennen ohne ein Wort der Verständigung, ohne einen gemeinsamen Halt; Jedem war's, als müßte der Andere ihm helfen, als dürfe man sich jetzt nicht verlassen und trennen.

Den frevlerischen Spott, der mit dem Brunnenbasche begangen worden, hatten nur Wenige bemerkt.

Großen Versammlungen theilt sich leicht wie elektrisch eine gewisse gemeinsame Stimmung, so zu sagen eine gemeinsame Wärme mit, so daß Niemand kaltes Blut und Ueberlegung genug hat, um, über das

Gemeingefühl sich erhebend, unbefangen das Vorliegende zu deuten und zu klären.

Jetzt im Freien fühlte sich Jeder wiederum selbst= ständiger, heller. Es scheint mit den Nervensträngen oftmals sich zu verhalten wie bei den Saiten eines Instrumentes, die ihre Stimmung und Spannung ändern, wenn sie in eine andere Temperatur gebracht werden. Dennoch konnte Einer den Andern nicht las= sen, ein Gefühl der Gesammtverantwortlichkeit durch= bebte sie.

Der Steinmetz Wendel, der jahraus jahrein Mühl= steine meißelte, Mitglied des Bürgerausschusses war, und zugleich in einer geheimnißvollen Achtung stand, weil er Vorsteher der Steinmetzen war, die unter allerlei undurchbringlichen Ceremonien alljährlich ihr Innungsfest feierten, dieser, ein schmächtiger Mann, viel gewandert und von anerkannter Klugheit, hatte eine große Gruppe Männer um sich versammelt und selbst der Schultheiß hörte ihm zu, zumal Zuhören unverfänglicher war, als selbst reden.

Endlich erschien der Pfarrer in bürgerlicher Kleidung, er hielt die schwarzeingebundene Bibel und das Meß= buch mit der linken Hand auf die Brust gedrückt; ge= senkten Blickes, ohne aufzuschauen, schritt er durch die Versammelten, die sich vor ihm zertheilten; plötzlich schien ein Entschluß seinen Schritt zu hemmen, er warf seiner Gewohnheit nach den Kopf nach hinten, richtete das Antlitz aufwärts und schloß die Augen. Von allen Seiten wurde Stille gerufen und der Pfarrer sprach:

„Meine lieben Christen!" die Stimme schien ihm

zu stocken, man sah, er arbeitete mit aller Macht um Athem, nur zu den nächsten Umstehenden sagte er: „Ich bitte um Geduld, ich werde mich gleich fassen." Man hörte es indeß allerwärts, und nach einer Weile fuhr er laut fort, die Hand hoch emporstreckend:

„Auf! und wenn das Gefäß meiner Seele zerbricht! — Meine lieben Christen! Ein Wetter, gräßlicher denn das eure Saaten niederschmetterte, ist aus einer Seele voll Nacht und Dunkel niedergestürzt, um das Pflänzchen des Glaubens in euch zu begraben. Fluchet nicht dem, von wannen solches ausging, er ist arm genug, und wenn er alle Güter der Erde sein eigen nennte. Gehet hin, und Jeder bete still um sein Heil und seine Erlösung durch die Gnade, wie ich es thun werde im stillen Kämmerlein auf meinen Knien, mit meinen Thränen. Er ist mein Bruder, ich laß' ihn nicht, und Niemand darf ihn lassen. Ich spreche nicht von der Schmähung, die mir angethan worden. Was bin ich? Ein unwürdiger Knecht dessen, dem wir alle dienen. Und so ihr also betet für ihn, wird der Herr euch Macht verleihen und euch begnaden, auf daß der böse Feind, der umgeht, eure Herzen nicht in seine Fallstricke reiße. Noch eins. Ich ermahne euch zum Frieden. Thuet wohl denen, die euch Böses thun. Lasset den gerechten Groll, daß das Heiligthum geschändet wurde, nicht Ihn entgelten. Will Luzian ein Luzifer werden, beweinet ihn, aber Niemand wage es, der Gerechtigkeit des Herrn der Heerschaaren vorzugreifen. Ein Jeder muß seine Haut selber zu Markte tragen, sagt das Sprüchwort; Niemand wage es, sie ihm freventlich voraus zu gerben. Vielleicht will Luzian lutherisch werden, oder will er gar die neue preußische Religion, das Ge= mächt von dem Bruder Schlesinger. Wir können mit Gebet und frommen Ermahnungen um die Abwehr flehen, aber Niemand wage es, seine Hand —"

„Was da?" unterbrach plötzlich eine Stimme. Heute schien alles aus Rand und Band zu gehen. Der Stein= metz Wendel fuhr fort: „Mit Verlaub, Herr Pfarrer, ich red' wegen der Schwachen im Geist, die könnten schier gar meinen, Ihr wolltet aufhetzen, statt abwehren. Nicht wahr, ihr Mannen, es ist kein ehrlicher Mann im Ort und in der ganzen Gegend, der dem Luzian das Schwarze unter dem Nagel beleidigen möcht'? Hab' ich Recht oder nicht?"

„Hat Recht. Wer will dem Luzian was thun?" scholl es aus der Versammlung, und Wendel sagte schmunzelnd:

„Nun noch ein Wort. Was ihr da wegen der preußischen Religion saget, ist auch fehlgeschossen. Wir lassen uns mit dem Worte preußisch keinen Pelz= märte mehr vormachen, das ist vorbei; der Preuß' will ja auch die Religion gar nicht, er klemmt sie ja wo er kann, der Hauptpreuß', der König, ist eher euer . . . ."

„Genug," unterbrach ihn der Pfarrer, „ich wußte es in tief betrübtem Herzen, daß der Verblendete nicht allein steht, daß der Zeitungsglaube noch mehr Apostel hat. Ich rede nur noch zu euch, die ihr Christen seid; ein Jeder bete still für den Andern und suche sein eigen Herz zu reinigen. Gott mit euch."

Schnellen Schrittes ging der Pfarrer seiner Woh=
nung zu, und nun stob Alles in wilder Hast auzein=
ander.

Wer geht mit zum Luzian?" rief Wendel noch.
Dieser Ruf schien zu spät zu kommen, denn die Meisten
hatten sich bereits zum Heimgang gewendet, sie schienen
vorerst des Kirchenstreites satt und verspürten einen
andern Hunger. Wendel ging blos von Egibi geleitet
zu Luzian.

An diesem Mittage herrschte in allen Häusern eine
sonntagswidrige Ungeduld. Die Männer setzten sich
kaum ruhig zum Essen nieder und standen bald wieder
auf, um sich mit Nachbarn und Freunden über das
Vorgefallene auszusprechen. Es war nichts Neues zu
holen, aber Jeder mußte doch sagen, wie es ihm zu
Muthe war, und Jeder wollte das Ereigniß auf ganz
besondere Weise erlebt haben; da waren Umstände,
Vorahnungen und Wahrzeichen, die Niemand außer
ihm kannte. Es war wie die Löschmannschaft nach
einem plötzlich ausgebrochenen Brande, die sich nun in
der Wirthsstube zusammen findet; man kann noch nicht
in sein Heimwesen zurück, und Jeder muß berichten,
wie und wo er überrascht ward, und was er als Ein=
zelner im Gesammten vollbrachte.

Was nun zu thun sei, davon war nirgends die
Rede. Sollte die müßige Selbstbespiegelung, diese Grund=
fäulniß im Charakter unserer Tage, sich auch hier schon
eingefressen haben?

Es muß sich bald zeigen.

Ein Herz ist aufgegangen.

Schließen wir uns an Wendel und Egibi an. Wir treffen Luzian hembärmelig hinter dem Tische sitzen heitern Blickes dreinschauend. Die Angehörigen aber standen in der Stube und auf der Hausflur, so in starrem Schmerz in sich gebannt als läge in der Kammer nebenan eine geliebte Leiche, deren ewiger Schlaf wie zu leisem Auftreten gemahnte. Die Schwiegertochter, die hochschwangere Frau Egibi's, hielt die Kinder behutsam zum Schweigen an; sie wußten nicht was all der stille Kummer bedeute und ließen sich's gefallen, daß sie gegen alle Hausregel kurz vor dem Mittagsessen ein Butterbrod bekamen. Das Feuer auf dem Herde war ausgegangen und schickte seine Rauchwolken in die Hausflur und in die Stube sobald sich diese öffnete; Niemand blies das Feuer an. Die Knechte und Mägde trieben sich draußen umher, alle Ordnung schien aufgelöst.

„Willst's mithalten, Wendel?" fragte Luzian den Eintretenden, „von den Meinigen will keins an den Tisch; sie meinen, das sei mein Henkermahl, jetzt gleich nach dem Essen werde ich geköpft. Und ich sag' dir, ich habe einen weltsmäßigen Hunger, so hab' ich mein Lebtag keinen gespürt, grad wie wenn ich über's Hungerskraut gangen wär'. Ich möcht' nur wissen, ob die Hauptketzer, die den Pfaffen in's Zeug gefahren sind, auch allemal so einen Hunger gehabt haben, so einen grundrührigen. Weißt nicht?"

„Ich hab' noch nichts davon gehört, was der Doktor Luther zu Mittag gessen hat wie er vom Reichstag in Worms in seine Herberge heimkehrt ist," entgegnete Wendel, Luzian die Hand schüttelnd und dieser begann wieder: „Also du mußt mir doch auch Recht geben?"

„Freilich, es ist genug Heu unten gewesen."

„Du bist halt der Wendel, du weißt, daß man die Birnen schütteln kann," sagte Luzian aufstehend. Er ging die Stube auf und ab, in seinem Blicke, in seiner Haltung lag etwas Hoheitliches, wie wenn er plötzlich zum Feldherrn ausgerufen worden wäre und draußen harrten seiner die geschaarten Völker. Er schlug sich ruhig mit beiden Händen mehrmals auf die Brust, als wollte er die sich bäumende Kraft darin beschwichtigen. „Also wie Ein Mann muß die Gemeinde zu mir stehen," sagte er endlich stillhaltend.

„O Luzian!" sagte Wendel und schaute mitleidsvoll zu dem Abgewandten auf.

„Was ist?" rief Luzian in halber Wendung sich umkehrend sprühenden Auges, „was ist? wollen sie nicht?" fuhr er in scharfem Tone fort, indem er Wendel mächtig schüttelte, als wäre dieser der Unterbefehlshaber der aufrührerisch gewordenen Truppen.

„O Luzian!" sagte Wendel kopfschüttelnd, „lehr' mich die Menschen nicht kennen. Ich bin nur um ein Jahr älter als du, aber ich bin weit in der Welt herumkommen. Guck, da zerren und bellen sie das ganze Jahr und wenn Einer heraustritt und er packt die Niedertracht bei der Gurgel und er kommt dafür in die Patsch, hui! da ist das Kätzle auf der Mauer, da will Keiner was dabei haben, da duckt sich ein Jedes und sagt: ja warum hat er's auch so dumm angefangen? warum hat er sich so weit eingelassen? Er dauert mich — das ist noch das Höchste. Und wenn sie ja zusammenhalten thäten, wär' ihnen geholfen, aber da denkt Keiner dran, da —"

„Also du glaubst —" fuhr Luzian auf und seine Hand faßte krampfhaft den Sprecher.

„Daß du allein schaffst," fuhr Wendel fort. „Du bist ein reicher Mann, du kennst's nicht aus Erfahrung, weißt aber doch: das schwerste Geschäft ist — allein dreschen. Wenn's mehr bei einander sind, thut sich's noch so ring, es ist wie wenn der Gleichschlag den Flegel von selber heben thät. Lieber allein tanzen als allein dreschen. So ist's recht, lach' nur. Es geschieht dir auch nicht so viel. Der Pfarrer hat in der Predigt auf dich angespielt, das darf —"

„Nichts da, davon will ich nichts," entgegnete Luzian. „Er oder Ich. Aber du bist immer so ein Schneefieber gewesen. Laß du nur mich machen. Egidi! hol jetzt das Bäbi, es soll das Essen 'rein thun, ich muß bald fort."

Egidi kam nach einer Weile wieder und sagte, Bäbi sei in ihrer Kammer eingeschlossen, sie weine, gebe keine Antwort und mache nicht auf.

„Es wird gleich da sein," sagte Luzian, die Lippen schärfend. Die Frau hielt ihn unter der Thüre fest und rief: „Um Gotteswillen gieb doch Fried', ich will das Essen bringen."

„Nein, das Bäbi muß her."

Er machte sich los und ging die Treppe hinauf. Droben rief er: „Bäbi! mach auf!"

Keine Antwort.

„Bäbi, ich, dein Vater ruft."

Man hörte Jemand schwer sich vom Boden auf= richten; ein Riegel wurde zurückgeschoben.

Luzian stand selbst eine Weile erschüttert beim An= blick des Mädchens.

„Was hast? was ist? komm abi," sagte Luzian sanft.

„Vater, schlaget mich todt, aber ich kann mich vor keinem Menschen mehr sehen lassen," rief Bäbi schluch= zend und warf sich auf das Bett.

„Warum? warum? Gieb Antwort, red', red', sag' ich."

„Wenn ich nur todt wäre und der Paule auch," stöhnte Bäbi endlich.

„Bäbi!" fuhr Luzian auf, die Haare standen ihm zu Berge, es überrieselte ihn eiskalt, „Bäbi, ich will nicht hoffen, daß es Eil' hat mit deiner Hochzeit; Bäbi, ich erwürg' dich jetzt da gleich," fuhr er zitternd fort, „wenn's an dem ist. Soll der Pfaff sagen: so geht's bei dem Gottlosen her und so sind seine Kinder? Bäbi, red' oder ich weiß nicht was ich thu'."

„Vater! Ich mach' Euch kein' Schand," erwiderte Bäbi.

Unwillkürlich hatte sie das Wort Ich so scharf be= tont, daß es Luzian durchzuckte; er hielt an sich und plötzlich kam eine seltsame Wandlung über ihn. Blitz= schnell kam ihm der Gedanke, daß er seinem Kinde Unrecht thue, weil er selber in Wallung war. Er schalt sich, daß er seinen Zorn an dem unschuldigen

Kinde auslasse und er sagte: „Verzeih mir Bäbi, ich
hab' dir Unrecht than — ich will keinem Menschen
Unrecht thun, sonst bin ich verloren," sprach er wie
zu sich selber und fuhr dann fort: „Bäbi, dein Vater
macht dir auch kein' Schand."

Diese letzten Worte sprach er wie mit stockender
Stimme, so daß Bäbi allen Kummer aus dem Antlitz
wischte und wie erhoben zu ihm aufschaute.

Wie rasch schossen hier die Empfindungen hin und
wieder. Bäbi wäre gern niedergekniet vor dem Vater,
der sich so vor ihr bemüthigte.

Man muß sich die machtvollkommene, über Widerspruch und Einrede erhabene Stellung des Vaters im
Bauernhause vergegenwärtigen, um zu ermessen, was
es heißt, daß Luzian sich seinem Kinde wie ein Büßen-
der gegenüberstellte. Ist es schon in anderen Kreisen
für einen abgeschlossenen in sich ruhenden Charakter
schwer, sich zu beugen, Irrthum, Fehl und Uebereilung
offen zu bekennen, umgeht man gern das Geständniß
in Worten und will solches stillschweigend aus der nach-
folgenden That erkennen lassen — wie unsäglich mehr
war solche rasche Reumüthigkeit für den Vater hier.
Das empfand Bäbi und es that ihr tief wehe, daß sie
den Vater so niedergedrückt hatte.

Heischt man auch im augenblicklichen Unmuthe oft
ein merkliches Reubekenntniß, so wird doch ein edles
Gemüth die Beugung rasch aufheben und möchte lieber
sich selbst niederwerfen und um Verzeihung flehen, daß
man es so weit getrieben.

Wie vieler an Ton und Zeichen gebundener Worte

bebarf es, um dem unendlich raschen Fluge der Empfindung schwerfällig nachzugehen.

Vater und Tochter standen hier einander gegenüber
und in ihrer Haltung schien nichts erkennbar von der
Weichmüthigkeit, dem sanften Fassen und Heben in
ihrem Geiste.

Der Blüthenkelch eines Menschengemüthes öffnete
sich, das, wer weiß wie lange noch, verschlossen in sich
geruht hätte.

Bäbi erkannte nur einfach, daß sie ihrem Vater
helfen und beistehen müsse, statt ihn zu härmen; und
schwingt sich ein Herz über das eigene Leid hinaus und
sucht fremdes zu heilen, so ist die Erlösung gefunden.

Zum erstenmale in ihrem Leben wagte es Bäbi,
die Hand ihres Vaters zu fassen; dann sagte sie:
„Kommet, ich will das Essen auftragen.“

Victor ward herbeigerufen und sprach das Tisch-
gebet. Luzian hörte zu, als vernehme er's zum Erstenmale, er schien jedes einzelne Wort in seinen Gedanken
zu prüfen.

Wie er verkündet, so war's. Luzian hatte in der
That einen weltsmäßigen Hunger, wie er's genannt
hatte; er war dabei überaus heiter und wohlgemuth.
„Mich freut das Essen und ich thue ihm seine Ehr'
und Respect an, ich mein' das wär' der beste Dank
gegen Gott,“ sagte er einmal. Niemand antwortete.
Die Frau schöpfte sich auch heraus, aber sie aß nicht.
Egidi war eben so lautlos.

Bäbi betrachtete den Vater immer mit freude-
strahlendem Antlitze, als hätte er ihr eben erst das

Köstlichfte und Herrlichste geschenkt. Niemand ahnte was in dem Mädchen vorging und selbst Luzian wußte nicht, welch eine Wunderblume neben ihm aufgesprossen war. Bäbi, die es sonst nie gewagt hatte, bei Tische im Beisein des Vaters ungefragt ein Wort zu reden, sagte jetzt, lange nachdem der Vater gesprochen hatte: „Ja Vater, lasset Euch nur nichts zu Herzen gehen."

Sei ohne Sorg', es geschieht mir nichts an Leib und Leben," erwiderte Luzian staunend, „aber jetzt halt' der Ahne das Essen warm und paß auf, daß es nicht anbrenzelt."

Die Ahne war nämlich bald nach der Morgenkirche in der Kammer eingeschlafen. Luzian schöpfte ihr bei Tische zuerst und das Beste heraus.

Bäbi ging immer ab und zu, sie verkostete keinen Bissen, es kam ihr fast sonderbar vor, daß die Men=schen durch Speise und Trank ihr Leben auffrischen, sie betrachtete die Speisen wie Etwas das sie gar nichts anginge; sie war so satt, so tiefgetränkt, daß sie glaubte, hundert Jahre so fortleben zu können.

In dem Hause wo sie geboren und erzogen war, das sie noch nie verlassen hatte, schaute sich jetzt Bäbi um, als käme sie eben aus der Luft herabgeflogen und hätte sich nur hier niedergelassen; fragend schien sie zu forschen, wer denn gekocht habe, wer das Haus gebaut und eingerichtet, wie der Mensch so vielerlei nöthig habe — sie wollte doch von Allem nichts; sie schien fra=gen zu müssen, ob denn früher schon eine Welt da war, während ihr eigen Leben jetzt erst aufging. Ein neuge=boren Kind, das reden könnte, müßte so die Welt erfassen.

Bäbi stand oft still, schloß die Augen und schaute in sich. Sie konnte es nicht in Worte und feste Gedanken setzen, aber sie fühlte es, in dieser Stunde war sie zum Bewußtsein ihrer selbst erwacht, wieder geboren. Wie hatte heute am Morgen namenloser Schmerz ihr ganzes Wesen aufzehren wollen, die süßeste, zuversichtliche Hoffnung war in unabsehbare Ferne gerückt. Jetzt war's ihr, als ob ein fremder Mensch in all den Klagen gerungen habe, sie selber war ja so froh, wie abgelöst aus einer fremden Hülse. Sie mußte sich fast gewaltsam die Erinnerung zurückrufen, daß sie Braut sei, daß sie auf der Schwelle stehe, ein eigen Heimwesen zu gründen. Das war ein Kind das solches erlebt hatte, wo ist es hin? Sie wäre gern zu allen Menschen hingeeilt und hätte ihnen gesagt, daß sie ihren Vater über Alles liebe, daß er mehr sei als die ganze Welt. Und Paule? Der war ja eins mit ihr, der mußte ja Alles mit erfahren und gedacht haben wie sie — oder war's nicht so?

Ein Mädchen, das den Vater verlassen, besinnt sich jetzt erst in der Entfernung der stillen Verehrung, die es für den Würdigen gehegt, sehnsuchtsvoll öffnet sich das innerste Heiligthum des Herzens und hell strahlt das erhabene Bild aller Kraft und alles Edelsinns. Wie ganz anders tritt dann wieder die Tochter dem Vater entgegen.

Bäbi hatte sich von ihrem Vater mehr als räumlich entfernt und sie erschaute ihn jetzt wie einen Heiligen, der ihr geraubt war. Nicht durch äußere Lehre, aus dem innersten Zusammenhang der Familie sollte Bäbi zum höchsten Leben erweckt werden.

Wir werden vielleicht das geheimnißvoll dunkle Walten in der Seele des Mädchens noch näher kennen lernen, wenn es nicht die scharfe Wirklichkeit in sich bricht.

„Was ist das für ein Lärm?“ rief plötzlich Alles in der Stube. Man sprang an's Fenster. Des Schützen Christoph drehte vor dem Hause die große „Rätsch,“ das ist der Kasten aus gespannten Brettern, die ein Kammrad in Bewegung setzt. Die Rätsch dient statt der Kirchenglocken, wenn diese zur Fastenzeit nach Rom zur Beichte wallfahren. Was sollte das aber jetzt mitten im Sommer? Ein Theil der Tischgenossen rannte auf die Straße, um Erkundigungen einzuziehen, die Uebrigen eilten in die Kammer, wo die Ahne von dem plötzlichen Knattern der Rätsch aufgewacht war und laut schrie: das Haus stürze ein.

Bald erfuhr man was vorging. Der Pfarrer hatte verordnet, daß, weil die Kirche entweiht sei, keine Glocken geläutet werden dürfen; er wußte wohl, daß die Kirche das Herz der Gemeinde, zumal am Sonntage, und dieses Herz kehrte er um und um; er ließ den Altar, die Gefäße u. s. w. aus der Kirche bringen und im Freien aufstellen, um dort den Mittagsgottesdienst zu halten.

„Kannst du das lesen?“ fragte Luzian den Wendel, als sie in der Kammer waren und deutete auf die innere Seite der Thüre.

„Ja,“ entgegnete Wendel und las das mit Kreide hingeschriebene Wort: Thomasius!

„Komm heraus ich muß dir was erzählen,“ sagte

Luzian und fuhr dann in der Stube fort: „Guck, wenn ich den Namen wieder seh' und hör', da weiß ich's ganz deutlich, wie es bei mir angefangen hat, daß ich den Pfaffen so auf den Haken sitze; die Hexen sind daran schuld und die Ahne drin."

„Wie so? Hältst du denn die Ahne für eine Her'?"

„Umgekehrt ist auch gefahren. Ich hab' mir so denkt, wenn die Ahne in alten Zeiten gelebt hätt', wer weiß ob sie nicht verbrannt wär', sie hat oft so gewundrige Sachen an sich. Und da, da ist mir's siebig heiß eingefallen, wie doch vor Alters die Welt so grausam verdammt dran gewesen ist. Ich hab' den alten Pfarrer darüber befragt, warum denn die Geistlichkeit das so lang zugeben hat, und da hat er mir bestanden, daß man wirklich und wahrhaft an Hexen glaubt hat. Wie ein Blitz ist mir's da in's Herz geschlagen: also so? Euer Sach' ist auch nicht unfehlbar? Ihr könnet auch den letzen (falschen) Weg gehen und die Weihe und der heilig' Geist hilft nicht?... Und da hab' ich dem Pfarrer gesagt, warum denn die Lüge von den Hexen und der Zauberei in der Bibel steht. Da hat er die Achseln zuckt und mir ein Pris' anboten, weißt, wie er oft than hat, wenn er nimmer hat reden dürfen. Er hat hernach wieder sein' alt' Sach vorbracht, ich soll das Bibellesen sein lassen, das paß' nicht für einen katholischen Christen, da kuspern die Lutherischen immer drin 'rum. Wie ich fortgeh', giebt er mir ein Buch mit zum Lesen. Da steht Alles drin. Der Hexenglaube ist ein Bestandvieh, das der alt' Moses aus Aegyptenland bei uns eingestellt hat und wir müssen Kälber davon ziehen, oder aber es mästen mit dem besten Futter von unseren Matten. Die Lügengeschicht' von den Hexen ist uns von den Juden und aus der Heidenzeit verblieben. Der Doktor Luther hat dem Teufel auch nicht den Genickfang geben, er hat ihm nur das Tintenfaß an den Kopf geschmissen und er ist schon vorher schwarz. Guck, und weil ich jetzt gewußt hab', daß es keine Hexen und keinen Teufel giebt, da ist Alles bei mir zusammengepoltert, grad wie wenn man bei einem alten Haus auf der einen Seite eine Wand einreißt und auf der andern fällt's von selber ein."

„Was hast du denn aber mit dem Thomasius?"

„Ja, der Mann hat dem Faß den Boden ausgeschlagen. Jetzt horch. Von all den tausend und aber tausend Geistlichen ist Keiner dem Lügenwesen vom Teufel und Hexen auf den Leib gangen, Narr, es steht ja in der Bibel und sie brauchen's zum Pelzmärte, der Thomasius allein hat die Sach am rechten Zipfel gefaßt. Die Geistlichen sind immer mit gangen, wenn man so eine arme alte Frau verbrannt hat und haben noch betet aus ihrer Bibel und aus Anderem. Ich hab' dem alten Pfarrer offen bestanden, daß Vieles bei mir nichts mehr gilt, da hat er nur so geschmunzelt und hat gesagt: das sei schon lang und wird immer so sein, daß die Gescheiten auf Vieles nichts mehr halten, aber der große Haufe, das Volk kann nicht davon lassen. Was meinst, wie mich das grimmt hat? Jetzt wenn ich nicht von selber drauf kommen wär', so stecket' ich auch noch im großen Haufen? Eure verdammte Pflicht und Schuldigkeit ist's, ihr Geistlichen, daß Keiner

in der Geschichte stecken bleibt und an Teufel und
Hexen glaubt, die es gar nicht giebt. Da predigen und
lehren sie das ganze Jahr Sachen, von denen sie so
wenig wissen wie wir, da stopfen sie die Kinder voll
mit Zeugs — ich möcht' oft die Wänd' 'nauf, wenn
ich hör', was mein Victor Tag für Tag auswendig
lernen muß — und wenn sich das hernach in den Ge=
danken verhärtet und verbuttet, da schreien sie: man
darf dem Volk nicht an seinem alten Glauben an=
rühren. Ja wer hat ihn denn hineingepflanzt?. . . . .
Das Volk! das Volk! Weißt denn, wer das Volk ist?
Wenn ich das Wort hör', geht mir allemal die Gall'
über. Wer halt nicht mit regiert, geistlich oder welt=
lich, der ist Volk.

Der neue Pfarrer ist doch gewiß mein Mann nicht,
aber das hat er Recht: was die Herren nimmer mögen,
das sollen wir, das soll das Volk auffressen. Aber es
ist grad das Gegentheil von dem was er gesagt hat:
die Aufklärung ist's nicht, hingegen aber der Lutschebrei.

Aber die Bibel? das Wort Gottes? Es steht die Ge=
schicht' von den Hexen und dem Teufel und der Zauberei
drin — ich will nichts von der Bibel. Guck, noch jetzt
wenn ich das sag, ist mir's, wie wenn ich einen Stich
mitten durch den Leib bekäm', aber es geht nicht anders.
Dazumal bin ich dir Tage und Wochen herumgelaufen,
wie wenn mir Einer das Hirn aus dem Kopf genom=
men hätt'! Es nützt aber Alles nichts, in die Bibel
hinein kriegt man mich nimmer."

„Ja, Luzian," schaltete Wendel ein, „ich seh's
wohl, du bist weit ab vom Fahrweg."

„Freilich, aber ich hab' doch ganz allein den Weg
zu unserem Herrgott gefunden, ganz allein, ohne Pfaff.
Ich werd' die Nacht nie vergessen, es ist mir wie wenns
heut wär'! Ich bin im Spätjahr in G. und mach' mit
dem R. einen Bretterhandel ab, du kennst ihn ja, er
ist ein gescheiter Mann, er kämmt sich seinen borstigen
Backenbart allfort mit einem Weiberkämmle und macht
viel Späß', er ist auch beim Landtag. Wie wir nun
beim Weinkauf sitzen, geht mir das Herz auf und ich
klag' ihm mein' Noth; da lacht er, daß er sich am Tisch
heben muß und die Butellen mit wackeln. Ich mag's
nimmer sagen, was er vorbracht hat, und wie er sieht,
daß es mir bitterer Ernst ist, klopft er mir auf die
Achsel und sagt: „Luzian, folget mir und schlaget Euch
die Sachen aus dem Kopf, das Sprüchwort sagt: es
ist kein Strick so lang, man findet sein End; das ist
aber beim Pfaffenstrick nicht wahr. Darum muß
man in der Religion die Leut' für sich machen lassen,
was man denkt bei sich behalten, mögen Andere glau=
ben was sie wollen. Luzian, sagt er, Ihr wisset so
gut als ich, man muß das Brett bohren, wo es
dünn ist, aber da sitzt eine Astwurzel, da bricht der
schärfste Bohrer. Lasset Euch ja von Euren Ge=
danken daheim nichts merken, vor keiner Menschenseel'.
Wir haben auf Euch gerechnet, Ihr müsset bei der
nächsten Landtagswahl Abgeordneter werden, der Alte,
der, wie Ihr wohl wisset, das ganze Land im Sack
hat, hilft Euch auch, aber von Religion darf dabei
nicht die Rede sein. Es kann Euch nicht fehlen; aber
wenn das gemeine Volk merkt, daß Ihr ihm an seinen

Glauben wollt, da ist's aus und Amen . . . ." So redete
der R. Was meinst Wendel? Wenn mir Eins in's
Gesicht geschlagen hätt', es hätt' mir nicht weher than.
Ich hab' still austrunken und bin heim. — So? Also
auch die Leut', die thun, wie wenn ihnen der Teufel
aus der Hand fressen müßt', die wollen in dem Stück
von der Religion nicht 'raus mit der Farb', man fürchtet
sich? Guck Wendel, ich hab' zu gar nichts mehr auf
der Welt Zutrauen gehabt. Ich hab' austrunken und
bin fort, heime zu, und es ist mir doch grad wie wenn
ich auf der ganzen Welt nirgends mehr daheim wär',
es geht mich Niemand mehr was an; ich geh aber die
Straß' hin, wie wenn mich Eins fortschuben thät.
Brennend heiß ist's über mich kommen: ja, ja, es hilft
Einem kein Mensch auf der Welt, du mußt dir selbst
helfen. Wenn ich nur wüßt' wo ich's anpack'. Jetzt
ist mir's gewesen, wie wenn ich gestorben wär', die
Leut laufen 'rum und wollen mich begraben und ich
kann ihnen nicht zurufen, daß ich leb'. Jetzt hab' ich
ausdenken wollen, wie's sein wird wenn ich gestorben
bin, was meine Leut' machen und die Anderen, wie's
im Dorf aussieht, was sie reden und treiben. Ich bin
aber nicht weit. kommen, da kann ich nimmer fort mit
meinen Gedanken. Alles ist mit mir gringel'rum gan=
gen, wie dazumal wie ich auf den Straßburger Münster
'naufgestiegen bin und ich gemeint hab', jetzt müss' ich
mich 'nunterstürzen; ich hab' laut aufgeschrien und ich
hab' gemeint, ich werd' närrisch. Mein Lebtag hab' ich
doch kein' Angst gehabt und jetzt ist mir's wie wenn
aus jedem Busch Einer käm' und schießt mich todt, da

liegſt du. Jeder Steinhaufen am Weg kommt mir wie
ein Unthier vor, das da liegt und nur wartet, bis ich
dort bin und dann aufſchnappt. Ich hab' beten wollen
und hab' nicht können . . . ."

„Ja, Luzian, das ſind die Geburtswehen, dazumal
iſt der alte Luzian geſtorben und der neu' auf die Welt
kommen," ſchaltete Wendel ein.

„Horch, paß auf," fuhr Luzian fort: „Wenn mich
jetzt der Tod ſtreckt, hat mir's doch eine Menſchenſeele
abgenommen. Es iſt lang Nacht, kein Stern am Him=
mel und auf allen Zinken und Ecken flimmert ein Licht
aus den einzechten Häuſern und wo ich an einem Haus
an der Straß vorbeikomm', da hör' ich beten. Ich ſteh
manchmal ſtill, und es friert mich und iſt doch gar
nicht kalt. Die Hunde bellen und geben kein' Ruh,
die Leut' gucken zum Fenſter 'raus und beten weiter
und ſchauen was es giebt; fort, fort bin ich wie
ein Galgendieb, es war mir wie wenn ich den Leuten
was aus ihrem Gebet geſtohlen hätt'. Jetzt fängt es
ſachte an zu regnen, es ſäuſelt nur ſo herab, der Kopf
hat mir brennt und das hat mich ein bisle abgekühlt.
Ich bin ſo meines Weges fort und es hat ſich mir ein
Lied durch die Seel' geſprochen, das die Mutter ſingt:

> Alte Welt, Gott geſegne dich,
> Ich fahr' dahin gen Himmelrich.

Ich hab' nun gar nichts Anderes im Sinn gehabt als
die paar Worte, die haben ſich immer allein geſungen
und es iſt mir geweſen wie wenn mich Eines nach der
Weiſung von dem Lied am Leitſeil halten thät, und

da ist mir's wieder sterbensangst worden und ich hab'
laut aufgeschrieen und bin selber erschrocken wie's im
Wald wiederhallt. Der Regen ist stärker kommen und
es hat nur so pflatscht und ich hab' dir kaum einen
Fuß heben können, meine Kniee sind wie abbrochen;
ich schlepp' mich noch fort bis zu dem Steinbruch, wo du
das ganze Jahr schaffst; unter deinem Strohdach dort
hab' ich mich auf die Steine hingelegt. Ich hab' kein'
Müdigkeit mehr gespürt, wie ich so da lieg', aber doch
ist mir's wie wenn ich von der ganzen Welt ausgestoßen
wär', ich hab' keine Frau und keine Kinder und kein
Haus, nichts, nichts — und unser Herrgott droben
verläßt mich auch. Da hab' ich unsern Herrgott bittet,
er soll mir ein Zeichen geben, ein Zeichen, was es sei,
daß ich weiß, ich bin nicht auf dem unrechten Weg.
Still hab' ich hingehorcht, ob nichts kommt; es läßt sich
aber nichts hören, als der Regen, wie er durch die
Bäume rieselt und rauscht, wie wenn Blatt und Zweig
zu einander sagen thäten: es schmeckt gut und frisch,
laß dir's wohl bekommen, ich hab' auch mein Theil.
Jetzt spricht sich wieder das alte Lied:

> Alte Welt! Gott gesegne dich
> Ich fahr' dahin gen Himmelrich.

Wie ein Blitz ist mir's jetzt aufgangen: das ist noch
alter Aberglaube von dir, daß du ein Zeichen willst;
es ist erlogen, daß je Einer eins bekommen hat, sonst
müßt's jetzt auch sein und da hätt' unser Herrgott viel
zu thun. Was Engel! Giebt's keine Teufel, so giebt's
auch keine Engel. Sind einmal Wunder geschehen, so

müßten sie auch jetzt vorkommen, weil aber jetzt keine
geschehen, so sind auch nie keine geschehen. Sag du,
Bibel, was du magst. Und jetzt wird mir's auf ein=
mal, wie wenn ich in lauter Seligkeit schwimmen thät:
du willst rechtschaffen sein! hab' ich laut vor mich hin=
gesagt und Alles hat mir in Freuden gelacht wie lauter
liebe Menschengesichter, die ich seh' und die ich doch mit
keinem Aug' erblickt hab', und jetzt hab' ich's ganz deut=
lich gespürt: ja ich bin auf dem rechten Weg . . . .
Ich kann dir nicht sagen, wie mir's war, aber so wie
wenn mich unser Herrgott selber geküßt hätt', und ich
bin aufgesprungen und hätt' gern jetzt die ganze Welt
glücklich gemacht. Ich hab' gewußt und weiß es, ich bin
nicht schlecht und will nicht schlecht sein. Was will ich
denn? Könnt' ich nicht in Fried' und Ehren leben,
wenn ich den Aberglauben sein ließ'? Aber ich darf
nicht und will nicht. Ich hab' mich wieder umgelegt,
ich mag nicht heim, mir ist so wohl da draußen wie
wenn ich vom Tod auferstanden wär'; so glücklich bin
ich noch nie gewesen wie da in der Stund."

„Du bist ja dagelegen wie der Erzvater Jakob auf
dem Stein, wo er gesehen hat wie die Engel auf einer
Leiter auf und nieder steigen vom Himmel," bemerkte
Wendel schalkhaft; Luzian aber erwiderte ernst:

„Was! auf und nieder steigen von dem Him=
mel! das ist ja auch alter Aberglaube, daß auf dem
blauen Deckel da oben unser Herrgott sitzt. Nein, mir
ist's anders gewesen, rings 'rum um die ganze Welt
giebt es Menschen, freie, gute, die sind mir lieber als
die Engel die auf und absteigen. Ich bin gleich fertig,

ich muß dir auserzählen. Erst gegen Morgen bin ich
heimkommen und meine Leut' haben nicht gemerkt,
warum ich von da an so heiter gewesen bin, der Ahne
hab' ich's so halb und halb berichtet. Ich will mich
nichts berühmen, es könnt' ein Jedes bräver sein, wenn
es sich ehrlich fragt; aber von dem Tag an hab' ich
mit Wissen und Willen gewiß keinem Menschen was
Leids than und hab' geholfen wo ich kann. Drum bin
ich jetzt so heiter. Guck, die Pfaffen die plagen Einen
immer mit unserer Sündenschuld, ja freilich es hat ein
Jedes sein Bündele, aber man kriegt' mehr Kraft,
wenn man Einem sagen thät: freu dich an dem Recht=
schaffenen was du than hast. Wenn man's betrachtet,
will's eigentlich nicht so viel heißen und man thut
weiter. Guck, das Blut könnt' ich theilen mit meinen
Nebenmenschen und ich schäm' mich, wenn sie sich für
einen guten Dienst bei mir bedanken, und da soll ich
mir von dem Pfaff sagen lassen: das sei Alles für die
Katz, wenn man den rechten Glauben nicht hat? Nein,
und neunzigmal nein. Wenn ich nicht vor mir selber
sagen kann, du willst rechtschaffen sein, da bin ich ver=
loren. Erst heut hab' ich meiner Bäbi Unrecht than
und . . ."

In diesem Augenblick hörte man ein Geräusch in
der Küche. Das Schubfensterchen, das nach der Stube
führte, ging ganz auf, eine Pfanne fiel lärmend auf
den Steinboden. Luzian setzte nur noch hinzu: "Aber
das ist jetzt vorbei."

"Du guter Kerle," schloß Wendel, "du hast dich
hart angriffen und plagt, bist 'rum gelaufen wie ein

verscheuchter Dieb und ist doch gar nicht nöthig ge=
wesen. Narr, was man nicht verheben kann, das läßt
man liegen. Ich hab's viel kürzer gemacht. Wie ich
zu Verstand kommen bin und es hat Vieles nimmer
'nein wollen, da hab' ich's halt draußen gelassen mit
aller Ruh. Mag die Bibel und Alles was da davon
herstammt, sehen, wo es ein Unterkommen findet, bei
mir ist kein Platz. Ich lass' aber die andern Leut' auch
treiben, was sie wollen; ich dürft' nichts anfangen,
wenn ich auch wollt'. Ich muß von meinem Handwerk
leben und gelte drum nicht viel; du, du darfst dich
schon eher an den Laden legen, du bist der reichste
Mann im Ort."

„O Wendel!" sagte Luzian mit weicher Stimme, „du
kannst dir nicht denken, wie tief es bei mir gesessen ist;
drum darf ich meine Nebenmenschen nicht laufen lassen,
ich muß ihnen helfen. Und da siehst du's jetzt an dir
selber wie es in der Welt steht, daß man reich oder
g'studirt sein muß, wenn das Wort von Einem was
bedeuten soll. Wo ist da die Religion?"

„Ja Luzian, du solltest halt auch auf einem andern
Platz stehen."

„Nein, ich möcht' gar nichts Anderes sein. Ich
hab' mich auch lang mit dem Gedanken plagt, aber es
ist am Besten so. Guck, was Anders sein wollen, was
man einmal nicht sein kann, das ist grad wie wenn
man sich mit dem zukünftigen Leben nach dem Tod
abquält. Heut ist Trumpf, sagt der Geigerlex, jetzt
bin ich da und was ich bin, will ich recht sein. Von
Tag zu Tag ist mir's heller und klarer worden: es ist

vorbei, daß man mit alten Säcken neue flickt. Bruder-
herz! Jetzt geht's los und ich freu' mich drauf, daß
das Gebittschriftel ein End' hat; jetzt Vogel friß oder
stirb."

„Ich fürcht'," sagte Wendel kopfschüttelnd, „ich
fürcht', du wirfst das Beil zu weit 'naus. Du bist
gegen die Franzosen in's Feld, und dein' Flint' ist
nicht warm worden, es kann dir noch einmal so gehen
und der Feind jetzt ist viel schwerer zu finden als der
Franzos. Glaub' mir, wenn auch die Leut' ihre sieben
Gedanken zusammenraspeln könnten, es ist jetzt grad
die unrechteste Zeit, wo an allen Ecken der Bettelsack
'naus hangt. Ich will aber doch jetzt umschauen, wie's
im Dorf steht."

Wendel ging davon und Luzian zur Ahne in die
Kammer.

Die Wände haben Ohren. Durch das Schubfensterchen hörte Bäbi Alles was der Vater gesprochen, ihr
ganzes Wesen bebte in stiller Freude; sie saß dann lang
in Gedanken auf dem Herb und vergaß das Geschirr
zu spülen. Als endlich Paule kam, trat sie ihm mit
den Worten entgegen: „Mein Vater ist der heiligste
Mensch von der ganzen Welt."

Das Haus wankt.

Das war an diesem Mittag ein Pispern und Flüstern im ganzen Hause, wo Zwei beisammen waren: es war, als ob der Holzwurm im Gebälke nage und knappere. Die Knechte und Mägde standen bei einander im Hofe, keines ging aus, troß des Sonntagmittags. Wie wohl war es ihnen sonst, um diese Zeit mit Befreundeten nach Lust und Laune umherzuschlendern. Das Vieh ist versorgt und muß nun warten bis zum Abend, im Hause ist nichts mehr zu thun. Die Mittagskirche ist vorbei, man ist nun mit seinem Gotte fertig und kann sich selber leben. Wer den abgesonderten Gottesdienst nicht mehr kennt, wer ihn in einen Lebensdienst verwandelt, alle Zeit und aller Orten derselbe, ohne bestimmte, an einen Moment gebundene besondere Ansprüche, der mag sich kaum mehr das Wohlgefühl des Kirchgängers vergegenwärtigen, der unter Glockengeläute heimkehrt, das Gebetbuch an seine ruhige Stelle legt und dann dem Leben und seinen hunderterlei Beziehungen sich hingiebt.

Wie wohlgemuth schritten sonst die Belasteten, die die ganze Woche fremdem Willen unterthan waren, um diese Zeit dahin: sie gingen langsamen zögernden Schrittes, sie wollten sich auch von der Freude nicht zu Hast und Unruhe drängen lassen; die Freude mußte ihnen gehorchen. Heute hielt sie eine gewisse Angst zu Hause. Sie wußten nicht wie es draußen über den

Meister herging, sie konnten zu etwaigen bösen Reden nicht still schweigen und wußten auch nichts darauf zu sagen.

Um den Kindern Egidi's eine besondere Freude zu machen, ließ der Oberknecht das noch nicht dreiwöchige Schimmelfüllen heraus, die schwarzen und weißen Seidenhasen huschten von selbst nach, duckten sich an schattigen Plätzen nieder, blinzelten auf und schossen bald wieder hinein in den schützenden Stall; sie wurden noch dazu von Victor gejagt, weil sie seine Tauben aufgescheucht hatten, die von ihrem Schlage auf dem Baumstamm inmitten des Hofes herabgekommen waren. Victor wollte seinen Geschwistern und den andern Kindern zeigen, was für schöne Tauben er habe, und erhielt die Erlaubniß, daß man ihm schon jetzt Futter für dieselben gebe. Als alle Körnlein aufgepickt waren, schickte Egidi seine Frau mit den Kindern heim nach der Mühle, er selbst blieb bei der Mutter auf dem überdachten Treppenaltan; er hatte Viel auf dem Herzen.

„Mutter, warum redet Ihr denn auch kein Sterbeswörtle?“ begann Egidi.

„Ich bin ganz wirbelsinnig worden und so krottenmüd, ich mein', es trag' mich kein Fuß mehr. Was haft denn?“

„Mutter, der Vater ist gewiß der bravste Mann unter'm weiten Himmel, aber zu Euch darf ich ja mein Herz ausschütten, es wird ja nicht verfremdet. Mutter, das thut kein gut, das kann kein gut thun. Der Vater will der Peterling (Petersilie) auf allen Suppen sein und da wird man verschnipfelt, daß zuletzt gar nichts

mehr an Einem ist. Er möcht' gern Alles rump und
stump auf Einen Wagen thun, aber man muß nicht
über die Leitern laden, sonst keit (wirft) man um. Er
hat den neuen Pfarrer zum Ort 'naus haben wollen,
ich hab' auch mit unterschrieben, wie nachgar alle im
Ort; aber jetzt geht's einmal nicht, die Regierung ist
Meister, und jetzt muß man dem Wasser den Lauf
lassen. Freilich, es hat mich auch gottvergessen ge=
schnellt, wie der Pfarrer auf den Vater angespielt hat,
daß man's hat mit Pelzhandschuhen greifen können wen
er meint, aber in der Kirch', da ist doch der Platz nicht,
wo man so einen Randal verführt."

Die Mutter nickte immer rasch mit dem Kopfe und
preßte die Lippen zusammen, die keine Gegenrede laut
werden ließen.

Egidi fuhr fort: „Und was soll denn aus den Kin=
dern werden, wenn sie sehen, daß man so den Pfarrer
anschnurrt und nur noch fehlt, daß man ihm eins in's
G'fräß giebt? Da ist kein' Heiligkeit und kein Glaube
und kein Gehorsam mehr. Der Vater ist mein Vater,
aber unser Herrgott ist vor ihm mein Vater. Er hat
jetzt lauter große Kinder, ich hab' aber vier kleine, ich
muß es wissen; man kann keine Kinder gut aufziehen
ohne Gottesfurcht. Unser alter heiliger Glaube muß
fest eingepflanzt sein, es kommt eh' man's versieht, so
schon Manches davon, wie's nicht sein soll'. Ich sag's
ja, es ist die Zeit vom Antichrist, der Sohn muß gegen
den Vater sein. Mutter, jetzt so mein' Ich, wie müssen
nun erst die Anderen denken? Ich sag' das nur zu
Euch. Wir müssen jetzt zusammenhalten, Mutter, sonst

geht bei so schweren Zeiten Alles hinterling. Man weiß
ja ohnedem nicht, wie man ungeschlagen über den Berg
'naus kommen soll. Drum mein' ich, der Vater muß
nachgeben und muß von den unnöthigen Sachen lassen;
er verrechnet sich, wenn er glaubt, daß die Gemeinde
zu ihm steht; ich möcht' Alles verwetten, er bleibt allein
und Ein Vogel macht keinen Flug. Wir stehen in Ehren
da, und wir brauchen uns keine Unehre holen wegen
anderer Leut'. Wenn nur alle Bücher verbrannt wären,
eh' eins über's Vaters Schwelle kommen ist. Jetzt wie,
Mutter? Warum redet Ihr denn nicht?"

"O du!" rief die Mutter, und stieß dem Sohn die
geballte Faust auf die Brust, daß er zwei Schritte von
ihr wegflog, „o du lummeliger Trallewatsch, du, du
schwätzst ja 'raus, wie ein Mann ohne Kopf. Wo bist
denn du her? Du hättst ja ohne deinen Vater nicht
den Löffel in der Tischlade verdient. Du willst über
deinen Vater 'raus langen? Er ist zu gut gegen dich
gewesen, er hätt' dir sollen die Raufe höher henken,
dann wärst ihm nicht so vonderhänbig. Du willst den
Frommen spielen und deinen Vater zum Nichtsnutz
machen? Wer kann ihm was nachsagen? Dein Vater
ist kein so pulveriger Hitzeblitz wie du meinst, du früh=
bieriger Katzenmelker du. Er weiß was er thut. Da
mußt du siebenmal drum 'rum gehen, eh' du den Ver=
stand davon kriegst; das darf man nicht so leicht weg
über's Haus 'naus werfen. O du lieber Herr und
Heiland im britten Himmel droben 'rab, was sind das
für Zeiten! Es giebt keine Kinder mehr. Blut wird
nicht zu Wasser, sagt man sonst, das ist auch nimmer

wahr; von den eigenen Kindern wird man verschimpfirt und hat kein Hülf. Da möcht' man ja Blut greinen; gang mir aus dem Weg du." Sie weinte und schluchzte in ihre Schürze hinein.

Egibi suchte sich zu vertheidigen, es half aber nichts, sie sagte immer: „Gang mir aus dem Weg. Was thust du da? du gehörst nicht daher."

Da Egibi Männertritte von der Stube her vernahm, ging er davon; er konnte doch jetzt seinem Vater nicht vor Augen treten.

Während dies auf dem Treppenaltan sich zutrug, hatte Bäbi in der Küche eine ganz andere Unterredung mit Paule. Dieser hatte schon unterwegs noch im Hengstfelder Walde die Angelegenheit des Tages er= fahren, da ihm Einer aus dem Orte begegnete, der ihn mit den schonenden Worten stellte: „Weißt auch schon von deinem Schwäher?" Zum Tode erschrocken vernahm Paule das Ereigniß, und eilte dann so rasch über den zur Zeit verbotenen Wiesenweg, daß sich kaum das Gras unter seinen Füßen bog. Er stellte sich die Sache und ihre Folgen noch viel schlimmer vor; er wußte nicht wie, und war nun beruhigter, Alles in gewohntem Gleise zu finden; daß aber durch das unter= lassene Aufgebot die Hochzeit heut über acht Tage nicht stattfinden konnte, machte ihn ganz wild. Er wollte sogleich zum Pfarrer und ihn bitten, noch am Mittag das Fehlende nachzuholen, Bäbi aber hielt ihn zurück, indem sie sagte:

„Bleib', er thut's doch nicht und du kriegst nur auch noch Händel, und ich möcht' auch um die Welt nicht

schon jetzt fort und meinen Vater verlassen. Ich könnt'
mir alle Adern schlagen lassen für ihn, er ist jetzt mein
Einziges."

"Und ich? ich gelt' gar nichts?" fragte Paule.

"Paule, du bekommst jetzt ein ganz ander Weib.
Ich kann dir's nicht so sagen. Könnt' ich nur mein
Herz aufmachen und dich 'nein sehen lassen, aber ich
weiß wohl, das sind Gedanken, die kann man nicht
sehen. Du wirst's aber schon erfahren. Ich möcht' jetzt
ein' ganz andere Sprach' haben, ganz andere Wort', ich
weiß nicht wie, ich kann gar nichts reden. Guck, bis
heut Nachmittag bin ich ein Kind gewesen, und da bin
ich auf einmal aufgewacht, wie wenn ich mein' Lebtag
geschlafen hätt'! Du mußt nicht lachen, ich kann halt
nicht reden; und wenn's auch hinterfür 'raus kommt,
es ist doch nicht so. Die alt' Bäbi, die findest du nir=
gends mehr, aber du machst doch einen guten Tausch."

"Laß dich beschauen," entgegnete Paule, die zur
Erde Blickende am Kinn fassend, "du bist doch noch die
Bäbi, die uralt'; wenn mir recht ist, ich mein' ich
hätt' dich schon einmal gesehen, geht dir's nicht auch
so? Ich weiß nur nicht, wo ich dich hinthun soll. Aber
du siehst ja heut so glanzig aus, wie geschmälzt, ich
will's einmal verkosten."

Er küßte sie gewaltsam, aber Bäbi schüttelte sich,
als ob sie's grausele, dann rief sie: "Um Gotteswillen
Paule, mach' jetzt keine Späß!"

"Hu, man wird dich doch anrühren dürfen," entgeg=
nete Paule, "du thust ja, wie wenn dir ein Frosch in's
Gesicht gesprungen wär', du verwunschene Prinzessin.

Wenn du mich nicht magst, kannst mich noch laufen lassen. Ich will dir nicht überlästig sein."

„Paule, versündig' dich nicht. Ich kann jetzt halt gar nichts mehr denken als meinen Vater, der ist jetzt mein Einziges."

„So heirath' deinen Vater," entgegnete der Zornige und wendete sich ab.

„Paule," bat Bäbi wieder, „wenn ich dich beleidigt hab', verzeih mir's, ich will ja keinen Menschen kränken, und dich gewiß nicht, bittet ja ein Vater sein Kind... Paule, guck um, sieh mich an; es ist sündlich wenn man nur eine Minut' einander weh thut, verzeih mir, da hast meine Hand."

Paule hatte wahrscheinlich noch Weiteres erwartet, daß Bäbi auf ihn zukomme und ihn umhalse; als sie das nicht that, verließ er, trotzig mit den Füßen schleifend, die Küche, und begann ein Lied zu summen. Weil ihn Bäbi um Verzeihung gebeten hatte, glaubte er, sie habe ihm schwer Unrecht gethan, und er wußte doch nicht recht was. Er wollte gleich wieder heim, im Hofe aber besann er sich eines beffern, musterte den Stall und unterhielt sich mit den Knechten.

So war auf zwei Seiten im Hause Mißhelligkeit ausgebrochen, Luzian allein saß ruhig bei der Ahne.

„Du mußt jetzt das Herz in all' beide Hände nehmen," sagte sie, „schick' du mir nur die Leut' her zu mir, ich will's ihnen schon ausreden, was man mit so einem Pfarrer anfangt. Wenn nur mein Vater noch leben thät, der wär' der Mann für dich, aber mein Vater ist todt und der Kaiser Joseph ist vergiftet."

Luzian wollte hier das Ende der Mittagskirche ab=
warten, aber er war so voll Hast, daß er nicht ruhig
auf dem Stuhle sitzen konnte; er ging daher fort. Als
er auf der Treppe seine Frau so betrübt sah, sagte er:
„Sei ruhig, Margret, es ist noch nicht Alles hin, das
Bettelhäusle steht noch. Wo ist der Egidi?"

„Laß ihn laufen, er ist in's Dorf."

In der Frau war eine seltsame Wandlung vorge=
gangen. Anfangs war sie böse auf ihren Mann und
gar nicht gewillt, ihm beizustimmen: wer Haus und
Kinder hat, hat Sorgen genug, was braucht der sich
Anderes aufzuladen. So dachte sie. Als aber Egidi
sich so viel herausnahm, durfte sie das von dem Kinde
nicht dulden. Was anfangs Widerspruch gegen das Kind
war, das schien nach und nach sich als ihre Meinung
festzusetzen. Wenn die Welt gegen ihren Mann sein
sollte, dann war sie gewiß auf seiner Seite.

Ob dieser Stand wohl aushalten wird?

Luzian ging durch Scheune und Stall und sah Allem
nach. Als er hier Paule traf, sagte er: „Wo hast denn
das Bäbi?"

„Es ... Es will sich anders anziehen," entgegnete
Paule stotternd.

„Laß dich's nicht verdrießen," sagte Luzian, „daß
deine Hochzeit 'nausgeschoben wird; von deßwegen sind
wir doch lustig und es ist ohnedem besser, daß wir jetzt
bis nach der Ernte warten."

„Mir pressirt's nicht," erwiderte Paule.

Luzian ging durch die Scheuern nach dem Bienen=
haus. Dort war sein Lieblingsplätzchen.

Es regt sich im Dorfe.

Die Stimmen der Gemeinde, die heute Morgen noch zu verflattern schienen, sammelten sich jetzt in Chören, in denen Einzelne selbst den Akkord angaben.

Wir können die Gruppe nicht übergehen, aus der Lachen und Johlen herausschallt; der über Alles hinaufige Brunnenbasche führt das große Wort; hört nur, wie er schreit:

„Katzenhirn habt ihr gefressen, wenn ihr noch was mit den Schwarzkitteln zu thun haben wollt; nichts, gar nichts, mit gar keinem, da trifft man den rechten gewiß. Das kann man ja an seinen sieben Simpeln abnehmen, daß man's nicht braucht; es ist doch Alles verlogen. Drum muß man's machen wie selber Bauer, dem sagt Einer: Euer Hund ist mager — Er frißt nicht, giebt er zur Antwort — warum? — Ich geb' ihm nichts — Warum? — Ich hab' nichts — So muß man —"

Allgemeines Gelächter übertoste die Moral, die hieran geknüpft wurde. Ein junger Bursche, der eine Soldatenmütze trug, fragte den Brunnenbasche: „Warum habt denn Ihr den Pfarrer nicht auf's Korn genommen?"

Der Brunnenbasche trat zwei Schritte zurück, drückte die Augen zu als ob er zielte und sagte dann: „Weil ich mein Pulver nicht an Spatzen verschieß'. Comprenez-vous, Monsieur? sagt der Franzos."

Wenn der Basche zu wälschen anfing, dann ging's

erft recht los, da kamen dann die Dinge vor, trotz
deren Gemeinkundigkeit die geistliche Gewalt noch unge-
ſchmälert fortbeſteht. Die Zuhörerſchaft wurde heute
ſelbſt von den ſaftigſten Geſchichten nicht gefeſſelt, und
wir wollen uns auch weiter umſchauen.

Wendel war im obern Dorfe dem Schmied Urban
begegnet, ſie reichten ſich unwillkürlich die Hand wie
zum Willkomm. Wenn ein folgenſchweres Ereigniß eingetreten iſt, ſo wird die Trennung einer Stunde zu einem
langen Zeitraum; man trifft ſich wieder wie nach großer
Abweſenheit, ſchließt ſich auf's Neue an einander an,
und der Händedruck ſagt, daß man zuſammenhalte.

„Was macht der Luzian?“ fragte Urban.

„Er iſt daheim und wird bald kommen, wir müſſen
vor ſchauen, wie's ſteht.“

Sie gingen mit einander nach dem Rößle. Vor dem
Wirthshauſe ſtanden die angeſehenſten Mannen im
Schatten des Brauhauſes. Natürlich war Luzian und
ſeine That Mittelpunkt des Geſprächs. Wendel und
Urban horchten ſtill hin, nur allgemeine Redensarten
wurden laut, wie: das iſt ein ſchlimmer Handel u. dgl.
Wurde die Sache eingänglicher betrachtet, ſo bezeichnete
man ſie nur als eine Sonderangelegenheit Luzians.
Manche bedauerten in der That aufrichtig, daß er ſich
eine ſo böſe Geſchichte auf den Hals geladen.

„Drum müſſen wir ihm helfen tragen,“ ſagte der
Schmied Urban, und hob die breiten Achſeln als wollte
er ſich bereit machen, ein gut Theil aufzunehmen.

„Freilich,“ hieß es drauf, „der Luzian hat ſich der
Bürgerſchaft immer am meiſten angenommen.“

Und nun ging es zur Hin= und Widerrede:

„Wir kriegen den Pfarrer nicht weg, das geht ein=
mal nicht."

„Was ist denn da zu machen? die Zeit verzetteln
und auf's Oberamt für nichts und wieder nichts."

„Der Luzian bringt allfort das Dorf in Ungelegen=
heit, er möcht' gern den Herrn über Alle spielen."

„Das ist verlogen. Sei's was man braucht, der
Luzian hilft Einem aus, aber wer Einmal sein Wort
nicht gehalten hat, von dem will er nichts mehr.
So ist's."

„Wie kann die Geschichte nur ausgehen?"

„Wie wir sie 'naus führen."

„Der Pfarrer muß fort, das freie Wahlrecht muß her."

„Das kriegen wir nicht."

„Wenn nur der Pfarrer selber abbanken thät', da
wären wir am besten erlöst; wir ließen ihn über das
Samenfeld 'neinfahren, nur fort."

„Ja, kauf' du der Katz den Schmer (Speck) ab."

„Wir haben an dem Hagelwetter genug zu leiden,
wir können keine neue Händel brauchen."

„Es sollen sich jetzt auch einmal andere Gemeinden
um das freie Wahlrecht annehmen; wir haben unser
Schuldigkeit than."

„Jetzt, wenn die Sach' nochmal vor Gericht kommt,
da will ich nichts davon; ich hab' kein' übrige Zeit."

„Ich auch nicht."

„Und ich auch nicht."

„Ich bin kein reicher Bauer, ich hab' keine Knecht',
die für mich schaffen."

„Bor's Oberamt geh' ich auch nicht."

„Ja, man ist froh, wenn man nicht dran denken braucht wo die Oberamtei steht."

In diesem Widerwillen gegen die amtlichen Schere-reien und Berzettelungen schien zuletzt sogar bei den Besten sich die Stimmung festzusetzen. Eher wären Alle für die Sache ihres Mitbürgers und im dunkeln Drang nach Freiheit und Selbständigkeit in einen blutigen Kampf auf Leben und Tod gezogen, aber oft vor Ge-richt zu gehen, nein, das ist zu viel.

Wendel schien es an der Zeit, mit seinem Haupt-grunde hervorzutreten. Lächelnd rief er:

„Jetzt giebt's jeden Sonntag eine staatsmäßige Metzelsuppe."

„Wie so?"

„Ich versäum' gewiß kein' Kirch' mehr. Für heut ist der Luzian gestochen, aber nicht hergerichtet und geschmälzt worden, der ist nicht mager, nahezu drei Finger hoch Speck. Das hat gut protzelt im eigenen Schmalz, ein paar Stückle hat man eingesalzen und das anber' hängt man in Rauch. Der Pfarrer ver-steht's, das Metzgen und das Haushalten. Nächsten Sonntag kommst du bran, Lukas, du bist auch spick-fett, dir rutscht's gut auf die Rippen. Und du laßst mir doch auch ein rechtschaffenes Würstle zukommen, wenn er dich an's Messer kriegt? Ho! Und wenn's erst an den Schultheiß geht, da schlecken alle die Finger darnach bis an den Ellenbogen. Ich komm' auch bran, aus mir macht er ein G'selchts, wie sie im Bairischen sagen. Den Säukübel hat uns der Hochwürden schon

unter die Nase gehoben. Jetzt werden wir nach und
nach so Alle in die Kirche geschlachtet, wir laufen nur
einstweilen so ungemetzget 'rum. Und wenn das Ochsen=
fleisch ausgeht, kommen die Weiber dran. Kuhfleisch
gilt auch einen Batzen. Das sind jetzt Zeiten, wo ein
Jedes mehr schaffen muß. Sonst ist der Hochwürden
Hirte von sanften Lämmlein gewesen oder gar Seelen=
hirt; unser Herr Pfarrer, es ist ein Erbarmen, der
gut' Mann muß Sauhirt und Metzger und weiß noch
was Alles sein. Wenn ich hexen könnt', ich thät' un=
serm Pfarrer einen Saustall auf den Buckel hexen."

Niemand lachte, der Zorn ballte die Fäuste Aller.

„Das darf man nicht leiden."

„Der Pfarrer muß 'naus, wir wollen doch einmal
sehen, wer Meister wird."

„Diesmal hat er sich die Finger verklemmt."

„Wir wollen ihn gleich fortjagen."

„Nein, wir wollen warten bis heut Abend."

„Nichts da, keine Gewaltthätigkeit."

So schrie wieder Alles durcheinander. Als es Ruhe
gab, sagte der Lukas von über'm Steg: „Der Pfarrer
hat ja deutlich verkündet, daß er niemand Besondern
mit meint."

„Du machst kein' Katz', wenn man dir auch die Haar'
dazu giebt," erwiederte Urban, „merkst denn nicht?
Das ist ja grad der Pfiff; das hat er than, daß
man ihm nicht bei können soll. Wir können aber Alle
beschwören, daß er den Luzian gemeint hat. Nicht
wahr?"

„Ja, ja."

Durch das ganze Dorf toste und brauste ein all=
gemeiner Unmuth. Die Stimmung schien für Luzian
und seine Sache günstig, obgleich eine Spannung von
außen sie hervorgebracht.

„Jetzt gehen wir zum Luzian."

„Zum Luzian, ja," riefen Viele, und ein großer
Trupp bewegte sich nach dessen Hause.

Ein Kämpfer in seinen Gedanken allein.

Luzian weilte indeß einsam im Garten. Wie das Blut durch das Zuströmen der eingeathmeten Luft neu belebt zurückfließt in's Herz, so auch erstarken die Gedanken, wenn sie ausgesprochen wieder einkehren in die Seele.

Luzian fühlte sich befreit, „hopfenleicht," als er in den Grasgarten hinter der Scheune trat.

Wie war hier Alles so friedsam. Baum und Gras wußten nichts von den Kämpfen des Menschen; das wuchs still fort im brütenden Sonnenschein. Die kleinen und großen Heuschrecken sprangen so lustig wie selbstbewegte Grasgelenke, in den Bäumen zwitscherten und sangen die Vögel so hell und die Bienen summten so emsig von Blume zu Blume. Halm und Blatt und Blüthenkelch mag den schwerfälligen Thieren zum Futter verbleiben, die Biene holt sich vorab ihren süßen Saft. Wer weiß wie manches Blumenherz in sich verkäme, wenn nicht die Bienenlippen es berührten. Wer weiß was es zur Entwicklung der Blume beiträgt, daß die Biene den Honig aus ihr aufsaugt, wie manche Triebkraft dadurch gelöst wird; und der Blüthenkelch des Menschengemüthes, wer kann bestimmen, welche bisher gebundenen Mächte frei aufschießen, wenn ihm die Welt den still bereiteten Honigseim innerer Selbstvergessenheit entzieht.

Durch den Garten hin wandelt gackernd eine weiße

Henne; sie wirft den Kopf mit dem rothen Kamm oft hin und her, sie geht den Weg nach ihrem heimlichen Neste dort im Zaune bei den Brombeeren, wo die Grille so laut schrillt. Die undankbare Henne! Sie läßt sich füttern im Hause und verschleppt die Eier.

Luzian verfolgte ihren Weg mit festem Auge, er wollte seine Frau mit dem Fund überraschen und wartete nur, um den warmen Brütling von heute gleich mitzubringen.

Nun ist Luzian doch wieder in der kleinen, sichern Welt. Er weiß es selbst kaum mehr, daß er derselbe, der heute vor wenigen Stunden einer uralten Macht sich entgegenwarf, und dessen ganzes Wesen die höchste Erschütterung erfaßt und gehoben hatte. Als er sich jetzt nach dem Bienenhause wandte, bemerkte er dort einen seltsamen Schmuck. Es ist ein alter Glaube, daß wie nur in einer friedlichen Familie die Bienen gedeihen, man diese auch von Allem, was im Hause vorgeht, benachrichtigen muß. Stirbt Jemand im Hause, so müssen die Stöcke von ihrer Stelle gerückt werden, und schwarzer Flor wird über die Luke geheftet; ist Freude, ein Hochzeitfest im Hause: hier sehen wir die Zeichen, hochrothe Läppchen über die Luken gesteckt.

Lächelnd dachte Luzian: „Das Bäbi hat's nicht vergessen wollen, den Bienen zu sagen, daß Hochzeit im Haus ist; aber die Bienen verstehen dich nicht, armer Mensch, und du verstehst auch nicht, was unter dir ist. Um eine Biene, ein Schaf zu verstehen und von ihnen verstanden zu werden, wie ihnen und dir zu Muthe ist, müßtest du dich in solch ein Thierlein verwandeln …

Und Gott, der nur Geist ist, und der Mensch, der nicht
blos Geist ist, sie können einander auch nicht verstehen,
wenn Jedes bleibt, was es ist. Darum ist Gott Mensch
geworden . . . Aber die Mutter Maria, die Wunder
und der Teufelsglaube —"

Schwer wiegte Luzian das Haupt, und hier war er
nun wieder mitten in den Wirren des Tages. Sein
Geist war ein lang ausgeruhter Boden. Wie soll er
nun die schwellende, wogende Saat gewältigen?

Müde setzte er sich auf das Bänkchen vor dem
Bienenhause.

Die Bienen kennen ihren Herrn und umschwärmen
ihn ohne Beunruhigung. Nicht so der Schwarm von
Gedanken, der umherschwirrt.

„Dieser Immenstock! Es ist, wie wenn die hundert
und aber hundert Thierchen nur ein einzig Geschöpf
wären, so fest gehören sie zusammen und können nicht
auseinander. Je größer die Thiere werden, um so
mehr hat ein Jedes seinen Willen und kann für sich
hinlaufen und machen, was es mag. Mensch, wo läufst
du hin? Du kannst über's Meer schwimmen, aber Einmal mußt doch bleiben; da ist dein Feld, das kannst
nicht mitnehmen, du hast's nicht wie die Imme, die
überall offene Blumen, nicht wie die Schwalbe, die
überall Mücken und Wasser findet; du hast deinen Acker,
du mußt säen und ernten . . . Aber der erste Same
ist wild von sich selbst gewachsen . . . Du triffst überall
Menschen. Halt' dich zum Nachbar. Ihm ist die Liebe
in's Herz gepflanzt, wie dir. Sie ist auch einmal wild
gewachsen, jetzt mußt du sie säen und ernten, und da

giebt's tausendfach mehr aus . . . Gewiß, gewiß, die
heiligen Menschen, die die Liebe gepredigt, haben Recht
gehabt. Wenn die Liebe uns nicht zusammenhält, sind
wir ja dümmer dran als so ein Immenstock; der bleibt
von selbst bei einander. Wozu braucht man aber das
Buch? Ja heilig und wahr ist's: Gott ist die Liebe!
Das nehm' ich 'raus und das Andere verbrenn' ich;
den Teufeln und den Hexen drin schadet ja das Feuer
nichts . . . Ich möcht' nur wissen, warum die Geistlichen den Menschen die Wahrheit nicht sagen. Was
haben sie denn davon? . . . Herr Gott! Herr Gott!
Was geht an so einem Sonntag vor in deiner Welt . . .
Jetzt läuten sie drüben in Hengstfeld und droben in
Eibingen aus der Kirch'. Was habt ihr denn kriegt? . . .
Freilich wohl, es giebt viele Geistliche, die selber den
alten Glauben für gewiß und wahr halten und treulich
dran hangen, und ist ihnen auch Manches nicht eben,
meinen sie doch, das Volk kann nicht ohne das sein.
Aber die vielen Tausend Andere? O! der Herrsch- und
Regierteufel, der ist's. Mein Victor ist schon ganz
glücklich, wenn er seine Buben auf der Straße kom-
mandiren kann . . ."

Luzian gedachte jetzt des alten Pfarrers, der zuletzt
an der Spitze der Gemeinde eine Eingabe an den Bischof eingereicht hatte, daß eine Synode aus Geistlichen
und Laien berufen werde zur Abschaffung der Miß-
bräuche. Der gute alte Mann folgte der Aufforderung
seines Obern, stellte sich zur Verantwortung im Fran-
ziskanerkloster ein, und das Gerücht ging, daß er dieser
Tage reumüthig gestorben sei. "Wär' es ihm nicht

wohler gewesen als armer Taglöhner? Was hat er zu
Stande gebracht?" Das überdachte Luzian, und er saß
in tiefer Trauer auf dem Bänkchen. Er hatte die
Hände gefaltet zwischen die Knie gedrückt; in allen
Fingern klopften Pulse.

So trafen ihn die Männer aus dem Dorfe. Er
richtete sich auf, seine Lippen waren bleich und bebten.

„Luzian, ist dir was?" fragte Wendel.

„Nein, was giebt's?

„Wir sind da," begann Urban, „wir halten zu dir,
der Pfarrer muß aus dem Ort."

„Und weiter?"

„Und das freie Wahlrecht müssen wir haben."

„Und weiter? Nein," sprach Luzian ruhig, drückte
eine Weile mit der Hand die Augen zu und fuhr dann
fort: „Ich bin ein Erzschelm, ein Lügner, verdammter
als ein räubiger Hund, wenn ich nicht Alles sag'. Ich,
ich will gar nichts mehr von dem Pfarrer wissen, von
dem nicht und von keinem andern, von keinem alten
und von keinem neuen, von gar keinem. Ueber die
Schrift hinaus, da gehet ihr doch nicht mit?"

„Was sagst? wie?"

Luzian hob die Arme mit geballten Fäusten rasch
empor und schleuderte sie nieder, indem er rief: „Ich
glaub' nicht an die heilig' Schrift, das Wort Gottes,
wie sie's heißen. Gott hat nie geschrieben und gesprochen.
Die Pfarrer sind nur Bauchredner und machen, wie wenn
die Stimm' von oben käm'. Ja, ja," lachte er krampfhaft,
„Bauchredner, so ist's; sie reden, daß sie nur was in den
Magen kriegen. Nun? wie? haltet ihr noch zu mir?"

Die Blicke Aller senkten sich. Urban raffte sich zuerst auf, er trat auf Luzian zu, legte seine Hand auf dessen Schulter und sagte: „Luzian, mußt jetzt keine Späß' machen, du bist doch sonst nicht so. Wir haben's jetzt mit dem Pfarrerle da, da sitzt der Putzen."

Rasch schüttelte der Angeredete die aufgelegte Hand von der Schulter und rief: „Ich fürcht' dich nicht, Urban, und noch so zehn wie du; wer noch einmal sagt, daß ich Späß' mach', den schlag' ich ungespitzt in den Boden."

„Was hast denn?" fragte Wendel besänftigend, „wenn man dir was sagt, so ist's grad', wie wenn man Schmalz in's Feuer schüttet."

„Lasset mich unkeit (unbehelligt) mit eurem Glau= ben, ganz weg muß er," schloß Luzian und stieß die beiden Ellbogen hinter sich, als entferne er das ihm Störsame.

Still schlichen die Mannen davon, nur Wendel blieb und sagte:

„O Luzian, du hast viel verdorben, mehr als du in zehn Jahren wieder gut machst. Wer Alles sagt, was er weiß, dem wird das kalte Wasser im Bach zu heiß. Jetzt nutzt dich all' dein Ansehen von früher nichts mehr. Die Mannen haben sich Alle zusammen than, wie ein Sack voll Nägel; er ist schneller ausge= schüttet, als wieder zusammengelesen. Was hast denn nöthig gehabt, das Alles zu sagen?"

„Weil ich's los sein will, Alles los sein will. Jetzt bin ich frei. Den Anderen kann ich doch nichts helfen, es ist mit Lug und Trug und Hinterhalt doch nichts geholfen. Wenn ich jetzt Nachts in's Bett steig', legt sich ein ehrlicher Kerl."

„Und was hilfst du damit?"

„Jeder muß sich selber helfen."

„Nein Luzian, du hättest viel 'naus führen können im Dorf und in der ganzen Gegend. Wer weiß wie's nach und nach gegangen wär', man muß nur abwarten. Jetzt hast du die Flint' in's Korn geworfen mit Pulver= horn und Kugeltasche. Was hast denn ausgeführt?"

„Ich bin ehrlich und aufrichtig, ich kann mir alle Aederle aufschneiden lassen, es ist nichts Verstecktes mehr drin."

„Ich sag' noch einmal Luzian: man muß kein un= rein Wasser ausschütten, bis man reines hat."

„Das Glas muß leer sein."

„Ich seh' wohl, es battet nichts. B'hüt dich Gott, Luzian. Ich muß nach und will sorgen, daß die Mannen kein falsches, unnöthiges Geschrei machen. B'hüt dich Gott! Ich wünsch', daß du nie Reu haben mögest, von wegen dem, was du than hast."

Luzian schaute dem Weggehenden lange nach, er hatte die Arme auf der Brust über einander geschlagen; er hielt nichts mehr als sich selber.

Endlich riß er sich aus allem Denken heraus, ging in den Stall, sattelte den Braunen und ritt zum Dorf hinaus. Wohin? Nur fort, fort.

Wie endet der Sonntag!

Während Luzian auf schnaubendem Rosse in's Weite
stürmte, kehrte Egidi bedächtigen Schrittes in's väterliche Haus zurück. Die Scheltworte der Mutter gingen
ihm wenig mehr zu Herzen, denn er gedachte des bal-
samreichen Spruches: „Es ist so ernst gemeint, wie ein
Mutterfluch."

Die Stimmung Egidi's hatte sich im Hinhorchen
da und dort bereits verändert. Fast das ganze Dorf
ist auf Seite des Vaters und gewiß mit Recht; es ist
ja sonnenklar, daß der Pfarrer ihn beschimpfen wollte.
Egidi, der an Autoritäten hing, ließ die allgemeine
Meinung des Dorfes als solche auf sich wirken, ja er
schien schon fast geneigt, die Kraftäußerung des Vaters
sich zum Stolze anzurechnen. Zwar stieß ihn noch ein
Etwas von der Theilhaftigkeit am Ruhme zurück, aber
es geht damit leicht wie mit dem Gelde; wer es über-
kommt, fragt nicht leicht, wie es erworben worden.
Egidi war in jeder Beziehung ein Erbe. Er trat oft
nur scharf und bestimmt auf, um seine Unselbständig-
keit vor sich und Anderen zu verdecken; er wollte ein
Mann sein und sich namentlich seinem Vater gegenüber als solcher hinstellen, weil er dessen Uebermacht
zu schwer fühlte; er schloß manchen ungeschickten Pferde-
handel ab, ohne seinen Vater dabei zu Rathe zu ziehen,
so gern er das auch innerlich sich wünschte; er wollte

allein den Meister zeigen. In seinen Reden und Ge=
danken hielt sich Egidi gern an Sprüchwörter u. dgl.,
das waren ja auch Erbstücke von unwandelbarem Ge=
präg und Werth. Luzian ließ den Sohn ganz für sich
gewähren, als er diese gewaltsame Ermannung wahr=
nahm, besonders hatte er bis jetzt jede Einwirkung in
religiösen Dingen unterlassen, da das wohl abzuwarten
war, und Luzian selber gestand sich kein Recht zur Be=
kehrung Anderer zu, so lange er selbst nicht ganz
offen war.

Egidi hatte ein frommes, weiches Gemüth, über=
dies gehörte er zu jenen Menschen, die als geborene
Unterthanen erscheinen; es war ihm wohl dabei, wenn
man ihm die Last der Selbstregierung vorweg abnahm,
je wenn man ihn nie dazu kommen ließ. Unsichere
Naturen lieben es, wenn ein Arzt bei Tische ist und
ihnen sagt, daß diese und jene Speise ihrer Leibesbe=
schaffenheit nicht unverträglich, ja sogar förderlich sei;
mit der innersten Lust der Sorglosigkeit geben sie sich
dann dem Genusse hin, und tritt einmal eine Störung
ein, der Heilkünstler hat ja Mittelchen genug, er weiß
zu helfen. In religiösen Dingen ist es für Viele noch
anmuthender, sich auf Lebenszeit eine Diät vorschreiben
und in außerordentlichen Fällen nachhelfen zu lassen;
die oft halsverdrehende Selbstbeobachtung, die beschwer=
liche Selbstgesetzgebung, mit ihrem Gefolge der eigenen
Verantwortlichkeit, ist dadurch beseitigt.

Egidi sagte sich's nie deutlich, aber er war ganz
froh und wohlgemuth, daß die Geistlichen für Alles
vorgesorgt hatten, daß es da bestimmte Pflichten zu

üben, bestimmte Gebete zu sprechen gab. Wenn er nun dennoch für freie Wahl der Geistlichen stimmte, so lag ihm so wenig, wie den Meisten, die Folgerung davon offen, daß die Mitwirkung auf das Innere der Lehre sich nothwendig daran anschließen müßte. Vor= erst dachte er, wie die Anderen, nur an die freie Wahl der Person; warum sollte der Geistliche nicht ebenso aus freier Wahl hervorgehen, wie der Schultheiß?

Noch auf dem Wege nach dem elterlichen Hause hatte Egidi allerlei Bedenkliches über den Vater rumo= ren gehört, aber er glaubte nicht daran, es war nur Unverstand und Böswilligkeit, die so Gottloses aus= sprengen konnten. Still setzte er sich zur Mutter auf die Laube.

„Der Gaul, der zieht, auf den schlägt man; so geht's auch beim Vater," sagte er endlich.

„Warum? was hast wieder?"

„Nichts Schlimmes. Der Vater muß halt am Mei= sten ziehen von den Gemeindeangelegenheiten, die An= deren, die lottern mit all' ihrem Reden doch nur so neben her und ziehen keinen Strang an. Der Vater hätt' sollen studirt haben, das wär' sein Platz, ihm käm' Keiner gleich."

Die Mutter nickte lächelnd, sie sah in den ver= söhnlichen Worten Egidi's nur die Folgen ihrer scharfen Zurechtweisung, und freute sich dieser Bekehrung. Schnell vergaß sie Alles, was vorgegangen war; ihr Mutterherz hatte es ja nie geglaubt, daß der Sohn mißtreu gegen den Vater werde. Sie ließ sich gern von Egidi erzählen, wie Alles im Dorfe vom Lobe

Luzians überströme, und sie sagte einmal ganz selig: „O redet nur, es kennt ihn doch Keines so wie ich. Wenn man jetzt bald dreißig Jahr' mit einander haust, da ist man wie Ein Mensch; ich, ich kann ihn nicht loben, es wär' mir wie Eigenlob."

Es war ihr so wohl zu Muth, daß sie nach einer Weile begann: „Und jetzt spür' ich's erst, daß ich zu Mittag keinen Bissen über's Herz bracht hab'. Wart' ein bisle, ich lang' einen Most 'rauf, wir wollen ein bisle vespern. Du ißt doch auch gern ein Mükele kalten Speck? Ja ich bring'."

Die Ahne war auch herzugekommen, sie jammerte, daß Luzian auf und davon sei, ohne Jemand was gesagt zu haben; man wisse jetzt gar nicht, wohin man ihm in Gedanken nachgehen sollte.

„Es ist auch nicht gut," sagte sie, „wenn man außer dem Hause mit sich in's Reine kommen will; was man daheim nicht findet, ist draußen verloren. Aber mein Luzian ist brav, das ist das Beste."

Egibi wollte die Rückkunft des Vaters abwarten; es wurde indeß Nacht, Frau und Kinder harrten seiner, er ging heim zur Mühle. Als er vor dem Dorfe war, läutete die Betglocke, er zog die Mütze ab und wandelte betend durch das Feld.

Unterdessen hatte Bäbi den Paule aufgesucht. Sie war keineswegs frei von mädchenhafter Selbstherrlichkeit, die in jedem Falle unbewegt zuwartet; aber sie wußte und wollte heute nichts davon. Sie fand Paule im Stall und bat ihn flehentlich, den Fuchsen zu satteln und dem Vater nachzureiten. „Du bist ihm lieber

als der Egidi," sagte sie, und sprach damit deutlich
genug aus, wie er so unzertrennlich zum Hause ge=
höre. Eine trübe Ahnung hatte sich in der Fürsorge
um den Vater ihrer bemächtigt, sie war daher froh,
als Paule sagte, der Vater werde nach der Stadt ge=
ritten sein, um den Pfarrer dort bei Gericht anzu=
zeigen. Nun hatte sie doch einen Halt in ihrer unsteten
Angst.

„Ihr Männer seid doch immer gescheiter," sagte
sie. Das begütigende Wort that keine Wirkung.

Paule blieb mürrisch, und Bäbi war zu bräutlichem
Kosen nicht aufgelegt. Sie war Paule gegenüber selt=
sam befangen; sie lobte ihn nur, weil sie sich in Ge=
danken stolz und überhebend dünkte, ihr war's als
sei sie mit hundert Lebenserfahrungen und Veränder=
ungen von einer großen Reise zurückgekehrt, und
müßte sich erst an die bekannten Menschen und ihr
Gebaren wieder gewöhnen. Darum war das Zusam=
mensein heute verfremdet und der Abschied frostig.
Paule wollte, daß sie ihn, wie sonst immer, ein Stück
Weges heim geleite, Bäbi aber wollte heute das Haus
nicht verlassen, nicht unter fremde Menschen gehen;
sie fürchtete den alleinigen Rückweg und das Geschwätz
der Begegnenden.

„Du könntest wohl jetzt auch einmal unter der
Woche kommen," rief Bäbi dem Weggehenden nach.

„Wenn's sein kann," erwiderte Paule und trollte
sich grollend fort.

In scharfem Trab war Luzian von Hause wegge=
ritten, er wußte selbst kaum wohin; erst auf dem Wege

faßte er die Stadt als Ziel in's Auge, er wollte sogleich zum Oberamtmann. Unweit der Stadt überholte er eine Kutsche, darin saß der Pfarrer. Luzian hielt an, stellte außerhalb der Stadt in der Krone ein und kehrte, ohne Jemand gesprochen zu haben, wieder nach Hause.

Schlafenszeit war schon lange da, aber auch die Ahne blieb auf, um ihren Luzian zu erwarten. Endlich kam er, der Gaul ging im Schritt und kaum hörbar, als ob er Socken an den Hufen hätte und kein Eisen. In der That hatte er auch eines verloren, aber Luzian trug es in der Tasche, denn trotz alles Sinnens und Denkens hatte sein scharfes Ohr bald gemerkt, daß der Gleichlaut des Schrittes unterbrochen war; er kehrte daher nochmals um, und sein spähendes Auge fand in dunkler Nacht das verlorene Hufeisen.

Luzian übergab das Pferd dem Oberknecht mit der Weisung, daß es morgen beschlagen werden müsse. Als er eben dem Hause zuschritt, hörte er, wie der Oberknecht zum zweiten Knecht sagte: „Das ist einmal kein Sonntag gewesen."

„Wo kein Glaube ist, ist auch kein Sonntag," lautete die Antwort. Luzian wollte eben umkehren, um den Beiden bessere Ansichten beizubringen, da rief die Frau von der Laube:

„Bist du da? komm."

„Man muß nicht nach allen Mücken schlagen," dachte Luzian, und ging die Treppe hinan.

Mit unsäglicher Freude wurde er bewillkommt, Jedem war er wie neu gewonnen, ein Jedes wollte ihm etwas abnehmen, ihm zur Erleichterung und sich zur

freubigen Gewißheit, daß er da sei. Bäbi brachte die
Pantoffeln, kniete nieder und wollte dem Vater die
schweren Stiefeln ausziehen, Luzian wehrte ab, indem
er sagte:

„Seit wann brauch' ich denn einen Bedienten?"

Luzian drang darauf, daß Alles bald zur Ruhe
komme, er selber aber lag noch lange unter dem offe=
nen Fenster und schaute hinein in den funkelnden
Sternenhimmel; er hatte keinen festen Gedanken, ihm
war's so leicht und flügge, als schwebte er mit den
Sternen dort im unendlichen Raum. Unwillkürlich
faltete er die Hände und betete das einzige herrliche
Gebet, das ihm geblieben war: Vater unser, der du
bist im Himmel — aber schon hielt er inne. „Gott
im Himmel?" sprach er, „das ist ein Wort, im Him=
mel; Gott ist überall." ... Er hörte auf zu beten, und
doch konnte er die Hände nicht auseinander falten.
Wo die eigene Kraft dich verläßt und zur Neige ist,
wo du nicht mehr fassen, wirken und schaffen kannst,
da fügen sich die Hände still in einander, und dieses
Sinnbild spricht: ich kann nicht mehr, waltet ihr, ihr
ewigen Mächte! So verharrte Luzian unbewegt, Nichts
regte sich in ihm, Alles lautlos, wie draußen in der
stillen Nacht, und jetzt stieg das Wort des Knechtes zu
ihm herauf: „Wo kein Glaube ist, ist kein Sonntag."
Nein, nein, feiern wir denn darum den Sonntag, weil
Gott in sechs Tagen die Welt geschaffen und am sie=
benten geruht? Braucht denn Gott Tage zum Schaffen
und Tage zum Ruhen? Die Menschen setzten sich einen
Tag, an dem sie der Arbeit ledig sein wollten. Wird

aber dieser inne gehalten werden ohne Religion? Er
muß. Und was sollen wir an ihm beginnen? Uns
freuen und zu aller gegenseitigen Hülfe bestärken.

Es schlug zwölf. Fahr' hin alter Sonntag, es
kommt ein neuer!

O Schlaf! Du schirrest aus die straffen Bande der
schaumschnaubenden, staubstampfenden Gedanken; du
lässest sie flugbeschwingt hinsegeln, hoch in sanft küh=
lende Wolken; du führest sie zu unsichtbaren Quellen
und tränkest die Seele mit neuer Kraft, und badest sie
in süßem Vergessen. Wer könnte sie tragen die unauf=
hörliche Last des Gedankens, erschienst du nicht, einzi=
ger Erlöser!

Und in mondbeglänzter, geistdurchwebter Nacht
sprießt der Thau am Blüthenkelch, sprudelt der Quell
im Felsengrund, den Leib zu heilen, zu reinen; bist
du der strahlende Bruder des Schlafes, du allбеleben=
des, reinendes Wasser?

Sühneversuch und neuer Zerfall.

Am Morgen hatte Luzian die zufällige Entdeckung von gestern nicht vergessen; er machte seine Frau ganz glücklich, indem er ihr die fünfzehn Eier aus dem verborgenen Nest brachte. Die undankbare weiße Henne wurde darauf von Bäbi im Hofe müde gejagt, sie flog manchmal über den Kopf der Verfolgenden weg, sank aber doch endlich ermattet nieder, wurde gefangen und blieb fortan eingesperrt.

Luzian führte den Braunen zum Schmied Urban und ließ ihm dort das Eisen wieder aufschlagen. Er hielt den Huf empor, fast die ganze Last des Thieres lag auf ihm; da kam der Schütz und sagte: „Luzian, du sollst aufs Rathhaus kommen, vor den Kirchenkonvent."

„Ich muß mir vorher ein Eisen aufschlagen lassen, daß der Schinder auch was 'runter reißen kann, wenn er mich auf den Anger kriegt. Sag nur, ich komm' gleich."

„Luzian, es ist kein gut Zeichen, wenn man so wilde Späß' macht. Es wär' bös, wenn das die ganze Kunst vom Unglauben wär'," so sagte der Schmied Urban. Der Angeredete schien betroffen, und erst nach geraumer Weile erwiderte er lächelnd: „Wer sich mausig macht, den frißt die Katz. Nicht wahr?"

Luzian hatte des Kämpfens eigentlich schon übergenug, zumal da er das nächste faßbare Ziel sich selber

enttrückt hatte. Es war doch nur ein einziger Tag,
seitdem er in offenem Kriege oder besser im Zweikampfe
stand, aber es bünkte ihn schon eine unermeßlich lange
Zeit, so viel hatte er durchgemacht.

Wenn nicht eine Schaar von Genossen den Kämpfer
umgiebt und in ihrer eigenen Entflammung die Kampfes=
lust immer neu vor Augen führt und im Urheber an=
facht, wenn nicht sichtbar von außen der Brand, den
man geworfen, in Flammen fortlobert, so glaubt der
Einzelne leicht, er könne Alles ändern, noch sei es in
seine Hand gegeben; es ist vorbei, wenn er sich selbst
zurückzieht. Er vergißt im Gefühl des Rechts und der
Großmuth, daß er den Feind zur Gegenwehr gereizt,
die sich nicht mehr halten läßt.

In allerlei Gestalt tritt die Versuchung auf. Sie
sagt oft kaum nachdem der erste Streich gefallen: laß
ab, du hast genug gethan, du hast deiner Ueberzeugung
willfahrt, du bringst doch nicht durch."

So war Luzian in seltsam friedfertiger Stimmung
nach dem Rathhaus gegangen; er machte sich keine Vor=
stellung davon, wie denn wieder Alles in's alte Gleise
kommen könne, genug, er war in sich begütigt. In
der kleinen Rathsstube nickte er den Versammelten, wor=
unter auch der Pfarrer, unbefangen zu, und sein
„Guten Tag beinander" tönte so fest und hell, `daß
man nicht wußte, was darin lag.

Der Pfarrer winkte dem Schultheiß deutlich mit der
Hand, er solle reden, und dieser begann:

„Der Herr Pfarrer hat heute wieder Mess' in der
Kirch' gelesen, von Entweihung ist demnach kein' Red'

mehr. Jetzt Luzian, sei nicht vonderhänbig, der Herr Pfarrer will's christlich mit bir machen. Thu's wegen dem Ort, wenn bu's nicht wegen beinem Seelenheil thust. Denk' nur, wie wir wieder im ganzen Land verbrüllt werden, wenn die Sach' auskommt. Der Herr Pfarrer will's jetzt im Stillen abmachen. Du hast ja sonst immer so auf das ganze Ort und auf unser An= sehen gehalten —"

„Ja wie? was soll ich benn machen? Was will man benn von mir?"

„Du wirst schon merken. Nicht wahr Herr Pfarrer, es wird glimpflich sein? bu sollst bir halt eine Kirchen= buß' auflegen lassen."

„Spei' aus und red' anders."

„Luzian, man weiß ja gar nicht mehr, was man bir sagen soll; bigott, bu bist ein Fetzenkerl, und man sollt' ja mit bir umgehen wie mit einem schaallosen Ei, beim Blitz, und du bist doch sonst ein ausgetra= genes Kind."

„Genug, genug. Sag beinem Herr Pfarrer, er soll vor Gott verantworten, was er predigt und lehrt, und ich will auch verantworten, was ich than hab' und noch thu'. Ich brauch beinen Herr Pfarrer mit seiner Buß' nicht zum Schmußer[1] zwischen unserm Herrgott und mir, wir finden schon allein einander und werden handelseins. So ist's, aus und Amen."

„Sie sehen, meine Herren," begann der Pfarrer mit ruhiger, fast bittender Stimme, „Sie sehen, ich habe keinen Versuch zur Aussöhnung unterlassen; ich

---

[1] Unterhänbler, ein von ben Juben entlehnter Ausbruck.

bitte das gehörig der Gemeinde zu verkünden, wenn die Sache nun wider meinen Willen den gerichtlichen Lauf geht."

„Gut, beſſer als gut," erwiderte Luzian. „Es iſt kein Strick ſo lang, man findet ſein End'. Ich will nichts mehr reden, es wird jetzt Alles in eine andere Schüſſel eingebrockt. B'hüt's Gott."

In feſtem, ſiegesfrohem Kraftgefühle verließ Luzian das Rathhaus; jetzt ging der Tanz erſt von Neuem an, er freute ſich deſſen. So wogte es hin und her im Gemüthe, bis der Kampf ein faßlich perſönlicher wurde.

Es klingt erhaben und rein, einen Kampf blos um der Idee, wie man's nennt, des Principes willen zu beginnen und auszufechten, ſich ſelbſt und den Gegner dabei aus dem Spiele zu laſſen; aber erſt dann gedeiht die lebendigere Entſcheidung, wenn du aus allgemeiner Ueberzeugung oder durch eine wirkliche Thatſache dich perſönlich angegriffen fühlſt durch den herrſchenden geg= neriſchen Gedanken.

Luzian war jetzt erſt recht aufgelegt zum unnach= giebigen Kampfe, er fühlte ſich durch die Zumuthung der Buße gekränkt und angegriffen. Wir dürfen hoffen, daß er das Allgemeine darin nicht verkennt, aber jetzt erſt ging's Mann gegen Mann.

Wie emſig arbeitete er im Felde. Dort hatte er mit Händen Etwas zu faſſen. Leicht, als wäre das ein Kinderſpiel, ſchwang er die Garben auf den Wagen, band er den Wiesbaum feſt. Keiner der Knechte wagte Einhalt zu thun und zu bemerken, daß wohl überladen ſei. Beim Abfahren erwies ſich's nun doch, daß etwas

hoch geladen war; Luzian ließ daher den Oberknecht
auf den Sattelgaul sitzen, er selber stemmte sich sammt
dem zweiten Knechte mit der Gabel gegen die aufge=
thürmten Garben; bei mancher Biegung hatte er sich
scharf anzustrengen, damit er nicht von der reich gela=
denen Frucht überstürzt würde. An einem abschüssigen
Hügel machte das Schimmelfüllen, das los und ledig
neben her sprang, fast die ganze Fuhre über den Haufen
fallen; es sprang unversehens den Pferden vor die Füße,
diese scheuten; schnell besonnen fuhr der Knecht in einen
Steinhaufen am Wege, der Wagen stand still, wenn
auch schwankend und überhängend. Ohne Unfall, wenn
auch mit heißer Noth, gelangte man endlich nach Hause.

Als Luzian eben die Stubenthür öffnete, hörte er
noch wie seine Frau dem Victor einschärfte: „du darfst
dem Aehni nichts davon sagen," sie wusch dem Knaben
dabei eine große Stirnwunde aus, Schiefertafel und
Lineal lagen zerbrochen neben dem heftig Schluchzenden.

„Was? was nicht sagen?" frug Luzian, „Victor,
die Ahne hat's nicht ernst gemeint. Du weißt, du kriegst
kein Schläpple von mir wenn du die Wahrheit berichtest;
frei heraus: was ist geschehen?"

„Ja ... ich sag's, ich sag's." Und nun erzählte
Victor, immer von Schluchzen unterbrochen: „Der Herr
Pfarrer hat halt die Religionsstund heut selber geben
und da hat er viel davon gesagt, daß der Teufel die
Gottlosen holt und daß er sie Nachts im Bett mit Ge=
danken verkratzt wie tausend und tausend Katzen, und
da haben sie in der Schul Alle nach mir umgeschaut
und des Hannesen Christoph, der neben mir sitzt, hat

nur so pispert: das ist dein Aehni! Und da hab' ich geheult und da hat der Pfarrer gesagt, ich soll still sein, es geschieht Niemand nichts, der fromm ist und zu den Heiligen betet. Nun müsset Ihr noch wissen, daß in einer früheren Stunde einmal die Bank knackt hat und da hat der Pfarrer gesagt, das wär' der Teufel, der die Bank knacksen macht, damit wir nicht aufpassen auf die guten Lehren; der Teufel treibe allerlei Possen, damit man an andere Sachen denkt. Jetzt wie der Pfarrer gerade red't, macht des Wendels Maurizle, der vor mir sitzt, die Bank knacksen und sagt so leislich: der Teufel ist wieder im Spiel. Der Pfarrer hat aber nichts davon gemerkt und hat uns befohlen, jeden Abend beim Einschlafen und jeden Morgen beim Aufwachen ein Gebet für die armen Sünder zu beten und des Wendels Maurizle hat in der Bank vor mir gesagt: ich kann für keinen Andern beten, das muß er selber thun. Wenn ich für einen Andern bet', kann ich auch für ihn essen. Jetzt hat der Erste das Gebet an die Tafel schreiben müssen, wie's ihm der Pfarrer vor= gesagt hat und wir haben's Alle abgeschrieben; da steht's auch auf meiner Tafel, es ist aber fast ganz aus= gelöscht."

Victor hob die Schiefertafel auf und zeigte sie vor.

„Victor! Wie bist denn zum Raufen kommen?" fragte Luzian.

„Jetzt wie die Schul' aus ist, da schreien sie Alle auf mich 'nein: morgen hast du keinen Aehni mehr, den holt der Teufel und so. Des Wendels Maurizle hat mir aber gesagt: der Pfarrer weiß auch nicht Alles.

Gestern Nacht hab' ich noch gehört, wie mein Vater
zum Schmied sagt: der Luzian ist doch bräver als alle
Pfarrer. Und jetzt sind alle Buben auf mich 'nein und
haben geschimpft: Teufelsenkele! und da hab' ich des
Hannesen Christoph einen Tritt geben, er muß ihn noch
spüren, und da sind sie auf mich los, aber der Maurizle
ist mir beigestanden, und sie haben doch auch ihr Theil
kriegt, bis der Lehrer kommen ist. Da, da hab' ich
noch den Stein, den mir eines an den Kopf geworfen
hat; den zeig' ich dem Pfarrer."

Victor zeigte das Genannte vor und Luzian sagte:
„Victor, schmeiß den Stein weg; von heut' an, hörst
du? gehst du nicht mehr in die Schul'. Hörst du? Und
wenn dich Eins fragt warum? da sagst du, ich hab's
gesagt." Am Fenster stehend sprach dann Luzian vor
sich hin: „Ich bin doch ein schlechter Kerle, daß ich nicht
die Axt nehm' und dem Pfarrer das Hirn einschlag'."

Kaum war dem Victor das weiße Tuch um den
Kopf gebunden, als er behend auf die Straße sprang
und jubelnd seinen Kameraden verkündete, daß er nun
gar nicht mehr in die Schule gehe.

Heute hatte Luzian keinen „weltsmäßigen Hunger,"
obgleich ihm die Frau aus dem aufgefundenen Schatze
Rühreier gemacht hatte.

Die Pferde waren im Felde, Luzian ging zu Fuße
nach der Stadt.

Als er sich dem Pfarrhause näherte, sah er wie die
Fenster aufgerissen wurden, mehrere Geistliche drängten
sich in denselben und Luzian hörte hinter sich rufen:
„der ist's."

Luzian geht so langsam, daß wir wohl einen Seiten=
sprung hier in das Pfarrhaus machen können. Wir
wollen uns nur so lange aufhalten als man einem
Vogel am Wege zuhört.

Fünf nachbarliche Amtsbrüder hatten ihren streitenden
Genossen heimgesucht; sie hatten sich's wohl munden
lassen, das bezeugte die Zahl der Flaschen auf dem
Tisch, die die Zahl der Köpfe überstieg; der jüngste
Amtsbruder, der die Würde am wenigsten zu achten
schien, war in Hembärmeln, möglichst aufgeknöpft waren
Alle. Eine alte Magd brachte den Kaffee, der Orts=
pfarrer zündete ein Licht an und reichte Cigarren.

Wer je in einer Gesellschaft abschließlicher Leutenants
war, wie sie etwa in der Wachtstube unter sich über
einen kecken Civilisten losziehen, der da und dort ihre
Standesehre und allseitig nothwendige Uebermacht in
Wort und That zu erschüttern wagte — wir sind hier
bei anders Uniformirten in gleicher Gesellschaft.

„Fribolin," sagte der Jüngste, Hembärmelige zum
Ortspfarrer, indem er sich über den Tisch bog und die
Cigarre anbrannte, „Fribolin, sei froh, daß du einen
solchen Häretiker oder Apostaten unter der Gemeinde
hast. Du kannst Kirchengeschichte an ihm studiren."

„Laß ihn laufen," rief ein Anderer, „wie der Baron
Felseneck einen emballirten Hammel bei seiner Heerde
laufen hat, damit er weiß, welche Schafe bocken wollen."

Man lachte über diesen Vergleich bis ein Gefährte
mit hochblonden, rothen Löckchen begann: „Ich bleib'
dabei, Fribolin, du verfehlst es besonders, weil du ein
Aristokrat bist, politisch unfrei. Abgesehen von der Zeit=

und Vernunftwidrigkeit deiner politischen Ansicht reizest
du dadurch unnöthig gegen die Kirche. Schon aus
Politik müßtest du dich auf Seite der Freiheit stellen.
Schau nur auf Belgien hin, auf Frankreich; und selbst
der heilige Vater ist uns hier ein Vorbild. Der Zug
der Zeit geht auf politische Freiheit."

„Eine renovirte schwarz=roth=goldene Rede," unter=
brach ihn ein vierschrötiger Mann mit fettem Doppel=
kinn, der sehr nach Kampher roch; „Rollenkopf, man
merkt dir stets an, daß du bei der Tübinger Burschen=
schaft affiliirt warst. Ich halte nun einmal dieses
Hätscheln der politischen Freiheit qua talis für eine
Verblendung, die uns traurige Früchtlein bringen kann.
Man muß weiter sehen. Selbst das weltliche Regieren
muß als Priesterthum festgehalten werden. Nicht um=
sonst ist's, daß im heiligen römischen Reich der Kaiser
gesalbt wurde. Die Obrigkeit ist von Gott eingesetzt.
Giebt man dem Volke zu, daß der Regent nicht mehr
von Gottes Gnaden ist, so muß man folgerecht auch
den Schritt weiter; auch der Priester ist dann nicht mehr
von Gottes Gnaden, ist Gleicher unter Gleichen. Das
selfgovernment hat dann eben so viel Recht in kirch=
lichen und religiösen wie in politischen Dingen. Das
Volk, das sich selber Gesetze giebt und seine Herrscher
einsetzt, bildet sich dann auch seine Religion und seinen
Gott. Die französische Revolution war consequent, wenn
sie Gott zu= und abdecretirte."

„Als vereinigter preußischer Landstand wärest du
sehr am Platze," entgegnete der Ortspfarrer Fridolin
Schwander.

„Das Köstlichste von Allem," sagte der Hembärme=
lige wieder, „ist was die Zeitungen bringen, daß der
König von Preußen alle bisher von den Deutschkatholiken
geschlossenen Ehen für null und nichtig, für Concubi=
nate erklärt. Jetzt sind diese Sektirer von innen heraus
gesprengt. Ich seh's, wie Mann und Frau von ein=
ander laufen wie's ihnen beliebt. Dadurch ist nun die
sittliche Abfaulung eingeäßt, und diese Religions=Zigeuner
sind von innen heraus getödtet."

„Und ich muß bekennen," rief der Rollenkopf und
schlug dabei auf den Tisch, „daß dies ein potenzirtes,
hundertfach empörendes Seitenstück zum Koburger Gelde
ist; es ist ganz ähnlich: eine Herabsetzung und Ent=
werthung dessen, was man selbst geprägt und anerkannt
hat. Ein unauslöschliches Brandmal wird die Geschichte
den Urhebern —"

„Hoho! du machst dir's bequem, du hältst das
Sacrament der Ehe nur für ein staatliches Gepräge wie
bei der Münze," schaltete der Hembärmelige ein und
brach seine Cigarre mitten entzwei, weil sie keinen rech=
ten Zug hatte. Rollenkopf setzte die weitere Verhandlung
in leisem Zwiegespräch fort. Während dessen zog der
Kamphermann ein gedrucktes Blatt aus der Brusttasche
und sagte zu unserm Ortspfarrer: „Hier in den Mainzer
Sonntagsblättern ist eine Recension über deine Schrift:
Die Trennung von Kirche und Staat. Du bist über
das Bohnenlied hinaus gelobt."

„Ich werde gegen dich schreiben. Es ist eine ver=
kehrte Welt jetzt. Man verlangt Fürsorge des Staats
für die materielle Arbeit und die geistige soll ganz ohne

Oberaufsicht sein? Unsere Zeit schwankt zwischen Omni=
potenz und Impotenz des Staats," so sprach Rollen=
kopf, über die Achsel gewendet.

Unser Ortspfarrer schaute nur lächelnd, ohne zu
antworten, von dem Blatte auf, dessen Inhalt ihm
wohl zu thun schien. Jeder Kreis und jede Meinungs=
schattirung hat seine öffentliche Krönung.

Ein kluges Wort kam jetzt aus einem Munde, der
bisher noch nicht gesprochen.

„Hat's ein gutes Bier im Rößle?" fragte einer der
Jüngeren.

Der Ortspfarrer bejahte, und man brach auf zu
Kegelspiel und Bier.

Suchen wir vorher die Thür zu erreichen; mit etwas
raschem Schritt holen wir Luzian ein, wir treffen ihn
noch auf der Straße im Neuensteiger Walde. Der Fuß=
steig über den Berg ist näher, aber Luzian liebt das
Bergsteigen nicht, zumal in der Mittagshitze, auch be=
gegnen ihm auf der Straße mehr Menschen. Er hat
seinen Rock über die Schulter gehängt und schreitet leicht
und fest dahin; ist ihm aber doch schwer und schwankend
zu Muthe, denn in ihm spricht's: „Was hast du ge=
than? Hättest du's nicht können bleiben lassen? Hast
dir und all den Deinigen den Frieden verscheucht und
für was? Schau, da ziehen die Menschen hin: der
schafft sein Holz aus dem Wald an die Straße, der
führt am Horn seine rindernde Kuh zum Sprunge, der
holt Bretter aus der Sägmühle und der führt sein Korn
heim. Ich möcht' hinrennen und sie rufen: kommet
mit, Alle mit, ich geh' für euch; ficht's denn euch gar

nichts an? Wacht auf, faßt ein Herz und seid frei! Wenn ich nur auf einen einzigen Tag Allen die Augen aufmachen könnte. Freilich, der Wendel hat Recht, ich hab' das Beil zu weit 'naus geworfen. Ich hab' nicht anders können. So ist's."

Wie man berichtet, so wird gerichtet, sagt ein inhaltreiches Sprüchwort; darum wollte Luzian heute kein Hinderniß anerkennen, er mußte nach der Stadt, um selber seine Sache vorzubringen.

In der Oberamtei mußte er lange warten ehe er den Amtmann sprechen konnte. Er wurde freundlich begrüßt und gebeten, übermorgen wieder zu kommen.

„Ich hab' wollen" — sagte Luzian.

„Ich weiß schon Alles, der Steinmetz Wendel war heute in aller Frühe da und hat mir den ganzen Hergang erzählt; kommen Sie von übermorgen an wann Sie wollen, auch außer den Amtsstunden."

„Nur noch ein Wort," sagte Luzian, „ist mein' Sach criminalisch?"

„Keineswegs. Sie brauchen auch keinen Advocaten, es ist reine Polizeisache. Entschuldigen Sie —" und fort wischte der Oberamtmann wieder.

„Es soll aber criminalisch sein!" sagte Luzian vor sich hin, als der Amtmann schon längst verschwunden war. Dann verließ er, schwer den Kopf schüttelnd, die Oberamtei.

Wir werden wohl später erfahren, was Luzian mit seinem absonderlichen Gelüste wollte; jetzt war es ihm nur überlästig, daß er wieder Tage warten und still herumlaufen sollte, ohne daß Etwas geschah. Auf dem

Heimweg schlug er oft mit den Armen um sich, aber wo war's? was sollte er fassen?

Auf das theilnehmende Herz und den hellen Geist des Oberamtmanns hatte Luzian viele Hoffnung gesetzt. Das gestand er sich jetzt erst, als er so leer wie er gekommen war, davon ging. Warum hat er auch nicht ein ermunterndes, muthiges Wort gesprochen?

Ein Herz, das die Folgenschwere eines Ereignisses oder einer freien That in sich trägt, verlangt oft zu sehr nach Handreichung, aber die Menschen um dich her sind Alle mit sich und tausend anderen Dingen beschäftigt, sie sehen und verstehen deinen bittenden Blick nicht. Erwarte keine Hülfe von außen, sei stark in dir.

Luzian kehrte nicht mehr die Straße heimwärts, er ging den Waldweg; dort war es still und feierlich, und seine Gedanken beteten inbrünstig zu Gott, daß ihn die Kraft nicht verlassen möge, die ganze volle Wahrheit zu bekennen und ihr Alles zu opfern. Gern hätte er ein Gebet in Worten gehabt, aber er fand keines.

Tief im Waldgrunde sang ein Bursch, der wohl neben einem beladenen Holzwagen herging, ein „einsames" Lied. Luzian stand still horchend:

O Bauerensohn, laß die Rößlein steh'n,
Sie sein nicht dein,
Du trägst noch wohl von Nesselkraut
Ein Kränzelein.

Das Nesselkraut ist bitter und sau'r
Und brennet mich;
Verloren hab' ich mein schönes Lieb,
Das reuet mich.

Es reut mich sehr und thut mir
In meinem Herzen weh,
Behüt' dich Gott, mein holder Schatz!
Ich seh dich nimmermehr.

Zwischen jeder Strophe knallte der Bursch mit der Peitsche, daß es weithin widerhallte. War das nicht die Stimme Paule's, der also sang? Was hatte der zu klagen? Nein, der kann's wohl nicht sein . . .

Im Weitergehen dachte Luzian: „Der Bursch hat das Lied auch nicht selber gesetzt, und es erleichtert ihm doch das Herz; so auch hat der eine Mensch Gebete für andere gemacht."

Die zahllosen Gebetbücher entstanden und waren gerechtfertigt vor dem Geiste Luzians.

Still und gedankenvoll schritt er dahin, es begegnete ihm Niemand.

Das Gewitter vom vorletzten Sonntag hatte sich hieher verzogen und auch hier noch arg gehaust; da war ein Baum ganz entwurzelt, dort ein anderer mitten gespalten wie zerfleischt, und dort hingen abgeknackte Aeste, selbst die jungen Schäleichen waren in zahlloser Menge zu Boden gebeugt, der Fußsteig war oft unwegsam. Hinter Neuensteig umging Luzian eine gewaltige Eiche, die quer über dem Weg lag; er gerieth dadurch in einen Sumpf, wo Erlen standen und rettete sich nur mit schwerer Mühe daraus.

Kaum war Luzian wieder hundert Schritte auf trockenem Wege, da begegnete ihm ein Mann; es war der uns bekannte, Rollenkopf genannte Pfarrer. Man begrüßte sich beiderseits mit einem „guten Tag" und

ging an einander vorüber. Luzian stand bald still.
Sollte er den Pfarrer nicht vor dem Sumpf warnen?
Der Pfarrer überlegte gleichfalls bei sich, ob er nicht
den Häretiker, den er wohl wieder erkannt hatte, an=
sprechen und ein gutes Wort beibringen sollte. Plötz=
lich rief Luzian: „Heda!" Hinter dem Ruf tönte es
wie ein Echo, und doch war's keines, denn der Pfarrer
hatte im selben Augenblicke den gleichen Ruf gethan.

„Seid Ihr nicht der Luzian Hillebrand von Weißen=
bach?" rief der Pfarrer aus dem Thale herauf, von
den Bäumen verborgen.

„Ja freilich, aber ich hab' Euch doch was zu sagen.
Dort unten, wo die Eiche liegt, müsset Ihr rechts ab,
sonst kommet Ihr bei den Erlen in den Sumpf."

„Wartet ich komm'," tönte es wieder, und Luzian
ging dem Rufenden entgegen, weil er sich nicht ver=
standen glaubte, er wollte es genauer bezeichnen oder
selber mit zurückkehren. Der Pfarrer hatte ihn aber
verstanden und begann nun mit ihm über den Kirchen=
streit zu sprechen. Anfangs war Luzian mißtrauisch, selbst
die freien Worte Rollenkopfs sah er nur wie einen
Spionenkniff an, aber was lag ihm an allem Auskund=
schaften! Er hörte darum mit einer gewissen Ueber=
legung zu. „Du hast Vieles zu verhehlen, Ich nicht,"
dachte er. Als aber Rollenkopf schloß: „Wie gesagt,
es regt sich ein freier Sinn in der Kirche, der siegen
muß. Darum müssen aber auch die freien Männer
innerhalb der Kirche bleiben, sich nicht davon trennen.
Wenn die Freien ausscheiden, was bleibt uns? Die
träge, verstandlose Masse, der ewige faule Knecht."

„Soll das auf mich gesagt sein?"

„Gewiß. Ihr müßt in der Kirche bleiben und hel=
fen, sie rein und frei zu machen."

„Ich glaub' aber nicht an Gottes Wort und brauch'
kein' Kirch'."

„Aber Eure Brüder bedürfen ihrer und Ihr seid
verpflichtet, sie nicht zu verlassen."

„Ich hab' kein Amt und kein' Anstellung in der
Kirch."

„Eure Menschenpflicht ist Euer Amt, und Euer
Gewissen Eure Anstellung."

„Alles schön und gut, aber ich müßt' lügen und
heucheln, und das kann einmal kein Mensch mehr von
mir verlangen."

Der Pfarrer suchte noch Späne abzuhauen, aber
den eigentlichen Klotz konnte er nicht bewältigen. Man
schied mit freundlicher Handreichung, und auf dem stillen
Heimweg dachte Luzian: „Der ist grad' wie der Amt=
mann; dem wär's auch lieber heut als morgen, wenn
man die ganze Verfassung mitsammt dem König über
den Haufen schmeißen thät, und doch bleibt er im Amt.
Ich thät ja lieber schaffen was es wär', daß mir das
Blut unter den Nägeln 'rauslauft; halb satt zu fressen
wär' besser als so ein Amt, das man eigentlich nicht
haben darf."

Stolz und groß erhob sich Luzian in diesem seinem
Selbstgefühle.

Ein Kind bleibt, und ein Kind geht.

Als Luzian nach Hause kam, trat ihm Bäbi entgegen mit den Worten: „Vater, Ihr sollet gleich in's Rößle kommen, es ist schon zweimal ein Bot' da gewesen, es sei Jemand da, der nöthig mit Euch zu reden hat."

„Wer denn?"

„Des Rößleswirths Bub' weiß es nicht, oder will's nicht sagen."

Luzian ging nach dem Wirthshause. Er traf hier den Vater Paule's von Althengstfeld, der hinter dem Tische saß und ihm zuwinkte ohne aufzustehen und ohne die Hand zu reichen.

„So? bist Du auch hier?" fragte Luzian, „hast Du mich rufen lassen?"

„Ja. Rößleswirth! Ist Niemand in deiner hintern Stube? Ich hab' da mit dem Luzian ein paar Worte zu reden. Können wir 'nein?"

„Ja."

„Was hast denn? Kannst's nicht da ausmachen? Oder komm' mit mir heim," sagte Luzian.

„Nein," entgegnete Metard, „es ist gleich geschehen."

Die beiden Schwäher gingen nach der Hinterstube; alle Anwesenden schauten ihnen nach.

„Was giebt's denn so Heimliches?" fragte Luzian.

„Gar nichts Heimliches. Du weißt, ich bin frei
'raus, drum, Luzian, guck, du bist jetzt im Kirchen=
bann und vielleicht noch mehr, du kommst mit denen
Sachen nicht so bald 'raus, wie mir unser Pfarrer ge=
sagt hat und die Pfarrer alle, die heut da gewesen
sind. Drum wird dir's auch recht sein, wenn man
jetzt ausspannt."

„Ja wie? was?"

„Ha, du verstehst mich schon. Mit deinem Mädle
und mit meinem Paule da lassen wir's jetzt halt aus
sein. Wir sind von je gut Freund gewesen, Luzian,
nicht wahr! Und das bleiben wir von deßwegen doch.
Es ist ja Christenpflicht, daß man keinen Hasard auf
einander hat und Alles in Gutem bleibt."

„Ja, ja, freilich, ja," sagte Luzian, die Hände
reibend, „und was ich hab' sagen wollen? . . . Ja,
und dein Paule ist auch mit einverstanden? Du redest
in seinem Namen?"

„Ha, ich bin ja der Vater. Ich laß' mich nicht
ausziehen, ehe ich mich in's Bett leg', das Sach' ist
mein und ich geb' die Geißel noch nicht aus der Hand,
du auch nicht. Was wahr ist, ist wahr; mein Paule
hat dein Mädle gern gehabt, ja rechtschaffen gern, es
ist ihm hart 'nangangen. Er hat dem Pfarrer aber be=
standen, dein Mädle sei wie ausgewechselt, es hab' ihm
kein gut Wort mehr gunnt, und es hab' halt auch
Deine Gedanken Luzian. Recht so, ist ganz in der
Ordnung; die Kinder müssen zum Vater halten und
mein Paule hält zu mir. Du hast ja selber gewollt,
daß wir keinen Reukauf ausbedingen, und Schriftliches

haben wir auch nichts gemacht, da brauchen wir auch
nichts verreißen. Mein Bub hat deinem Mädle einen
silbernen Fingerring geben, er hat zwei Gulden und
fünfzehn Kreuzer kostet, kannst nachfragen beim Sil=
berschmied Hübner neben der Oberamtei. Jetzt kannst
den Fingerring wieder 'rausgeben, oder es ist besser du
giebst das Geld, hernach kann ihn dein Mädle behalten;
kannst das Geld dem Rößleswirth da geben, ich bin
ihm noch was schuldig für Kleesamen. Dein Mädle,
das bringst du schon noch an, brauchst's nicht in Rauch
aufhängen, und mein Bub der setzt den Hut auf die
link' Seite und ist der alt'. Es hat halt jetzt den
Schick nimmer zwischen unsern Kindern, und es wär'
gegen Gott gesündigt, wenn man da wieder was an=
häfteln wollt'. Jetzt wie? was siehst du so unleidig?
Stehst ja da wie ein Stock und machst kein Gleich
(Gelenk)? Hab' ich dich verzürnt?"

Luzian war in der That wie erstarrt, er ließ den
Metard an sich hinreden und hörte Alles wie im Halb=
schlaf; der Schweiß trat ihm vor ängstlichen Gedanken
auf die Stirn; er nickte endlich und sagte: „Ja Metard,
ich schick' dir den Fingerring gleich 'rauf, kannst drauf
warten."

„Pressirt nicht so. Jetzt sei mir nicht bös, bei dir
ist gleich dem Himmel der Boden aus. Wir bleiben
doch die alten guten Freund', nicht wahr?"

„Das Kind ist todt, die Gevatterschaft hat ein
End'."

Mit diesen Worten verließ Luzian die Kammer und
trat in die Wirthsstube. Neugierig richteten sich die

Blicke Aller auf ihn; er fah verftört aus. Mit feltsamem Lächeln fagte Luzian: „Rößleswirth, weißt was Neues? Mein Bäbi ift kein' Hochzeiterin mehr. Grad hat mir der Metarb aufgefagt."

„Es wird doch das nicht fein?" tröftete der Wirth.

„Frag' nur den Metarb," endete Luzian, die Thür in der Hand, und fort war er.

Luzian hatte fich eingebildet, er fei auf Alles gefaßt und doch überrafchte ihn diefer Zwifchenfall fo, daß er nicht wußte, wo aus noch ein. Offen geftanden, dachte er im erften Eindruck faft gar nicht an feine Tochter, fondern nur an fich felbft. Hatte er feine Ehre verloren? Wo war landauf und landab ein Bauersmann, der fich's nicht zur Ehre angerechnet hätte, mit ihm verfchwägert zu fein? — Darum hatte er noch die Auffage felbft verkündet, die Schande follte zurückfallen auf Metarb, er warf fie zurück mit dem ganzen Stolz feines Anfehens; aber galt dies auch noch? Kämpfte er nicht mit leerer Hand, während er die zweifchneidige Waffe fich in die Fauft träumte?

Im wilden Ringen des Kampfes reißeft du dir oft eine Wunde, du weißt es nicht, bis nach ausgetobtem Streite das Rinnen des Blutes und der Schmerz dich daran mahnt. Kein Pflafter und keine Salbe ftillt das Blut, wenn nicht das ausgetretene gerinnt und ftockt, und fo fich felbft die fchützende Decke zur Wahrung des in dir ftrömenden bildet. Es geht mit den Wunden deiner Seele ebenfo.

Müd und fchwer, als ob ihm ein Schleiftrog an den Beinen läge, ging Luzian nach Haufe.

„Ist es wahr? ist mein Schwäher im Rößle?" Mit diesen Worten kam ihm Bäbi wiederum entgegen.

„Dein Schwäher? Nein, aber des Paule's Vater," entgegnete Luzian. „Komm her Bäbi, gieb mir dein' Hand, brauchst nicht zittern, du sollst weiter nichts als den Fingerring abthun, du bist kein' Hochzeiterin mehr; der Paule hat dir aufgesagt. Meine Händel mit dem Pfarrer sollen dran Schuld sein, oder hast du auch was mit dem Paule gehabt? Es ist jetzt eins. Du bist schon noch eine Weile bei uns gut aufgehoben. Zitter' nur nicht so."

„Ich zittere ja nicht," entgegnete Bäbi; es war ihr gar wundersam zu Muthe, noch nie hatte ihr Vater so ihre Hand gefaßt und gehalten, „ich zittere nicht," wiederholte sie, „lasset nur los, ich will den Ring abthun."

„Thut dir's weh? Es ist doch eigentlich meinetwegen."

„Nein, das ist's nicht, und wenn's auch wär', mein' Hand könnte ich mir für Euch abnehmen lassen, Vater, und nicht nur so einen Ring abthun. Wenn mich der Paule nimmer mag, hat er mich nie gemögt; ich bin ihm nicht bös. Und die Schand' wird auch noch zu ertragen sein."

„Du kriegst schon noch den Mann, der dir bescheert ist," sagte Luzian, ohne durch irgend eine Liebkosung oder ein freundliches Wort die gepreßte Rede Bäbi's zu erwidern. Diese aber schloß: „Mein lediger Leib ist mir nicht feil. Da ist der Ring."

„Der Knochen, der einem bescheert ist, den trägt kein' Katz' davon," bemerkt noch die Ahne.

„Wo ist der Victor? Er soll den Ring gleich in's Rößle tragen," sagte Luzian. Die drei Frauen sahen einander verlegen an. Die Frau Margret nahm sich zuerst ein Herz, faßte den Rockärmel ihres Mannes, zog daran und sagte: „Thu zuerst den Rock aus, du laufst ja den ganzen Tag 'rum wie ein Soldat auf dem Posten. So, jetzt ist dir's leichter, so, jetzt setz' dich auch, daß man auch ordentlich mit dir reden kann."

„Wo ist der Victor? Ruf' ihn," wiederholte Luzian.

Die Frau hing den Rock auf und sagte dabei: „Er hört mich nicht, ich kann nicht so arg schreien; er ist auf der Mühle."

„Der Egidi hat ihn geholt und der Victor hat geheult," ergänzte Bäbi.

„Jetzt seid Alle still, ich will's erzählen," begann die Ahne, „da, rück' her Luzian, noch näher. Jetzt guck, du bist noch kein' Büchsenschuß weit vom Haus weg, da kommt der Egidi und fragt nach dir, aber mit einem Gesicht wie ein Bub', dem die Hühner sein Butterbrod weggefressen haben; und da träppelt er 'rum und kann das Maul nicht finden. Endlich sagt er, ob wir schon gehört haben, was die Leut' von dir reden; ich sag', du kannst den Leuten die Mäuler nicht verbinden."

„Was sagen sie denn über mich?" fragte Luzian.

„Du seist gottloser als ein Heid und ein Jud, und du habest gar kein' Religion. Ich sag' aber dem Egidi: deines Vaters seine Gutthaten sind seine Religion und das ist die best'! Da schreit er über mich 'nein wie ein Flözer; und ich sei auch so, und ich stehe doch mit

einem Fuß im Grab, und ich wiß' nicht, wann ich vor
Gott stünd', und ich sollt' dich Luzian eher zurückhalten
als noch aufstiften und drein hetzen. Wenn ich mich
nicht vor mir selber geschämt hätt', ich hätt' dem Egidi
eins in's Gesicht geschlagen, daß er nimmer gefragt
hätt', wo sind mehr. Ich sag' weiter nichts als: junge
Gäns' haben große Mäuler. Wie wir so reden, kommt
der Victor 'rein, ich schick' ihn fort, er soll nicht hören
was sein Vater für ein Latschi ist. Eine Weile drauf
kommt der Schütz und bietet dem Egibi, er soll in's
Pfarrhaus kommen. Ich sag: du gehst nicht zum
Pfarrer, eher läß'st bir all' beid Bein abhacken. Da
schlägt er auf den Tisch und schreit: ich bin Mei=
ster über mich, und ich thu' was ich will. Wart Schütz,
ich geh mit. Mein Vater ist mein Vater, aber unser
Herrgott ist vorher mein Vater, und ich laß' mir mei=
nen Glauben nicht nehmen und ich laß' ihn mir nicht
nehmen. — So rennt er fort."

„Ja der Victor, was ist denn mit dem?" fragte
Luzian abermals.

„Ich erzähl's ja, wart' nur. Vergeht kein' Stund,
ist mein Egibi wieder da, er hat den Victor an der
Hand und heißt ihn sein Schulsach zusammenpacken,
und da schreit er über das Kind 'nein, daß es nicht
weiß, ist es taub oder hat es sonst was than. Ich
schick' den Victor fort, er soll mir für einen Kreuzer
Kandelzucker holen, und wie er fort ist, sag' ich: Egibi,
du versündigst dich. Ich weiß wohl, es geht Einem
so, wenn man sieht, daß Leut' ein Kind verziehen, so
wird man auf das Kind bös und grimmzornig; es ist

aber nicht recht. Es ist mir mit unseren Nachbars=
leuten, mit des Bäckers Christle auch so gangen. Wenn
du meinst, daß wir beinen Victor verziehen, mußt bei=
nen Zorn nicht an ihm auslassen, das ist eine schwere
Sünd'. Was Sünd'! schreit da der Egibi. Eine Sünd'
gehört so wenig da 'rein wie eine Sau in's Judenhaus.
Da sind ja lauter Heilige. Ich bin nun halt ein sünd=
hafter Mensch und mein Victor ist mein Kind und soll
auch so werden, er muß wissen, daß man Buße thun
muß. Ich komm' vom Schulconvent und da hab' ich
gehört, daß der Vater meinem Victor die Schul' ver=
boten hat, und jetzt geht er mit mir und kann sich ein
schlecht' Beispiel an mir nehmen. Ihr habt den Victor
einmal euer Erzenkele geheißen, wir wollen dafür sor=
gon, daß er kein Erzteufele wird. — Luzian, ich kann
dir nicht sagen wie schandgrob der Egibi gewesen ist,
und er hat das Kind mit fort, und das hat geweint.
Und mir thut's so and (bang) nach dem Kind, ich
möcht' auch schier greinen. Jetzt hab' ich aber ein' ein=
zige Bitt' an dich, Luzian, du folgst mir gewiß gern:
verzeih dem Egibi seinen Unverstand, ich vergeb's ihm
auch, und man muß ihm zeigen, daß Gutheit Trumpf
sein muß, nachher sei Religion was für woll'. Gelt Luzian,
du versprichst mir's, glimpflich mit ihm umzugehen?"

Ein Kopfnicken antwortete. Es bedurfte dieser letz=
tern Ermahnung kaum, denn wie das so geht bei rasch
auf einander folgenden Schicksalsschlägen: das persön=
liche Leid fühlt sich kaum mehr, und man erhebt sich
in ihm zu Allgemeingebanken. Darum sagte auch Lu=
zian aufstehend:

„Ihr habt mir ein gut Wort gesagt Ahne, man ist oftmals auf ein Kind bös, weil seine Eltern es verziehen. Es geht Einem auch oft so mit ganzen Dörfern und Ländern; man darf den Menschen nicht bös sein, weil ihre Vormünder, die Pfarrer und Beamten, sie verzogen haben und noch verziehen."

Luzian ging nach der Kammer. Die Frauen sahen verdutzt einander an, sie hatten einen mächtigen Ausbruch der Leidenschaft von Luzian erwartet, und jetzt redete er, daß man ihn kaum verstand.

„Was hat er?" fragte die Mutter so vor sich hin. Niemand antwortete.

Mit dem Rocke bekleidet kam Luzian wieder heraus, nahm den Hut und sagte mit einer ganz fremden Wehmuth im Antlitze:

„Ich mach' heut' auch meine Stationen, sie sind ein bisle weit und die Schritte nicht abgezählt, aber mein Kreuz ist mir noch nicht zu schwer. Ich will nur zum Egidi, daß er mir das Kind nicht verdirbt. Könnet ohne Sorgen sein, er ist der Vater, ich werde ihm kein bös Wörtle geben."

Wieder verließ Luzian das Haus.

Ueber sich hinaus.

Zum zweitenmal nach mehrstündiger Abwesenheit ging Luzian heute an Stall und Scheunen vorüber, ohne einzuschauen; wie ist das nur möglich? Das gedachte er jetzt, als er schon eine Strecke entfernt, sich nach seinem Heimwesen umwendete.

„Es muß Alles verlumpen," dachte er, und eine seltsame Bitterkeit prägte sich auf seinem Antlitz aus. „Sie haben Recht, die Herren von Staats= und Kirchengehalt, tausendmal Recht: so ein unruhiger Kopf, so ein Schreier, der sich um Sachen annimmt, die ihm nichts eintragen und die ihn, genau besehen, eigentlich nichts angehen, nicht mehr als andere Leut' auch, das muß ein Lump sein oder Einer werden. Am besten, er ist's von Haus aus. So ein Mensch, der Alles was er hat auf dem Leib trägt und dem kein Geldbeutel in der Hosentasch' zittert vor Angst, nach dem Niemand fragt: wo bist und wo bleibst? der kann wie der Soldat im Feld leben oder wie die Bettelleut'."

Ein altes Schelmenlied mit endlosen Strophen kam ihm hier in den Sinn, und im Weitergehen pfiff er die Weisung vor sich hin:

> Bettelleut han's gut, han's gut,
> Bettelleut han's gut,
> Bricht ihnen kein' Ochs das Horn,
> Frißt ihnen kein Maus das Korn u. s. w.

Der Mund, der sich zum Pfeifen spitzt, kann sich nicht mehr so leicht griesgrämlich verziehen, und doch verfinsterten sich die Züge Luzians bald wieder. Er ging jetzt eben in's Feld, da die Menschen von demselben heimkehrten. Er sah in dem Gruße der Begegnenden etwas Gepreßtes, Niemand blieb stehen und Niemand fragte, wie sonst bräuchlich, wohin noch so spät?

An der Halde, dort am Rand des Berges wo drunten im Thale der Waldbach rauscht und die Mühle schrillt, nicht lauter vernehmbar als das Zirpen des Heimchens hier neben im Brombeerbusche, dort saß Luzian auf dem Markstein und starrte hinein in die untergehende Sonne. Wie allmälig ist ihr Aufgehen und wie rasch ihr Untergang! Dort steht der glührothe Ball noch über dem jenseitigen Berge, und jetzt ist er hinab und der ganze Himmelsbogen steht in gluthbrennenden Flammen. Der Aufgang und der Niedergang der Sonne macht die Welt ringsum in blutig grellen Flammen erglühen, nur wo das helle Licht herrscht, schaut dich die Welt mannigfarbig an. Getrost! der helle Tag kommt immer wieder.

Wie schwarze Schlangenbilder jetzt vor dem Auge Luzians vorüber huschten, so stieg auch vor seiner Seele ein dunkles Leid auf, das sich zum nächtigen Ungeheuer zu gestalten drohte.

„Nichts nuz, Lumpenbagage ist die ganze Welt, und vorweg gar diese da meine Grundbirnenbäuerle, nicht werth, daß man sich einen Finger für sie naß macht. Sie müssen in alle Ewigkeit hinein Dreck

freſſen, es ſchmeckt ihnen ja wie Zuckerbrod. Denen da
die Wahrheit verkünden? Das iſt g'rad, wie wenn man
einem blinden Gaul winkt. Sie ſind nichts beſſeres
werth als was ſie ſind.

So dachte Luzian vor ſich hin, und ſprach es faſt
laut aus. Die Grundſuppe, in der alle Niedertracht
der Gegenwart zuſammenbrodelt, ſchien auch hier auf=
zukochen in dem Herzen eines Mannes, der mitten in
den Reihen des Volkes ſtand. Denn was iſt es ande=
res das die Wahrheit hemmt, ſich über alle Welt zu
ergießen? Es iſt mit einem Worte die Volksver=
achtung. Der Hexenkeſſel in dem dieſe gebraut wird,
ſteht auf dem Dreifuß der Amtirungsſucht, dem dün=
kelhaften Hochmuth der Alleinweiſen, und auf der ver=
letzlichen Zimperlichkeit der Wohlmeinenden. Sollte
auch Luzian dem ſelbſtherrlichen Dünkel der Alleinwei=
ſen verfallen?

Wer draußen ſteht, ſich allein dem Volke gegenüber
ſtellt, dem mag es leicht werden, ſich dem Volke zu
entziehen, indem er ihm nie die Kraft der vollen Wahr=
heit zutraut oder beim erſten Verſuche ſich verächtlich
von ihm abwendet. Das Volk iſt ihm geſtaltloſe Maſſe.
Anders iſt es bei Luzian. Er lernte die Menſchen nicht
als Maſſe kennen, ſondern als Einzelne; ihm war es
nicht gegeben, die mannigfaltigen Sinnesweiſen ver=
ſchiedener Menſchen mit einem einzigen in Maſchen
verſchlungenen Begriff, mit einem einzigen Wort ein=
zufangen.

Wenn man mehrerlei Waldvögel in Einen Käfig
ſperrt, verlieren ſie ihren Waldſchlag, keiner von Allen

singt mehr, und sie zwitschern nur noch fast so ängst=
lich und unbestimmt wie lallende Küchlein.

Luzian konnte nicht wie Andere vom Volke und
dergleichen reden, er kannte die Einzelnen, und die
waren meist gut und getreu. Wie im Fluge schweifte
sein Geist im eigenen Dorfe und in dem und jenem
benachbarten von Haus zu Haus. Da und dort wohnt
ein kernfester Ehrenmann; er kannte ihn von Jugend
auf, und doch war er nicht auf dem Wege, den er
jetzt ging.

„Nein," sprach es in ihm, „ich bin nicht besser,
als der und jener und dieser da. Aber warum greifen
sie nicht mit an? Warum ziehen sie sich zurück von
dir? Sie sind eben jetzt noch da, wo du selber vor ein
paar Jahren noch gewesen bist. Das sind lauter alte
Luzians, die da 'rumlaufen, thu' ja Keinem nichts und
halt' mir ihn in Ehren, du bist's selber. Wie hätt'
dir's gefallen, wenn dazumal Einer wie du jetzt dich
mit grimmigen Augen von oben 'rab angesehen hätt'?
Nein, ihr seid Alle meine Brüder! ihr seid so gescheit
wie ich, es ist nur noch nicht heraus. Herr! Wenn
ich da Alle hätt', da auf dem Acker, und ich stünd'
auf dem Markstein und thät' ihnen das Herz auf=
schließen und sie mir, das wär's, das müßt's sein.
Warum dürfen wir nicht zusammenkommen? Wer kann
uns hindern? Die Soldaten? Das sind unsere Buben
und Brüder. Es muß sein. Herr! Wie sind wir an
Hand und Fuß gebunden. Bricht's denn nicht einmal?"
Luzian richtete sich rasch auf, und nächst dem Gedanken
an eine große Versammlung, gegen den Willen des

Beamten und Pfarrers erquickte ihn noch innerlich das
stille Bewußtsein eines Sieges über sich selber, über
Hochmuth und Empfindlichkeit. Er hatte die echte liebende Duldung gefunden. „Lauter alte Luzians,“
sagte er im Weitergehen noch oft vor sich hin, „mir
wird das Gebot jetzt leicht: liebe deinen Nächsten wie
dich selbst, jetzt versteh' ich's. Wenn du auf Einen
grimmig bist, denk', du wärst der, der dich verzürnt,
du könntest ja auch so sein ... Es ist doch viel Schönes in der Bibel, aber auch viel Anderes.“

Es war Nacht geworden. Luzian kannte jeden
Baum und Strauch hier am Wege; wandelte er ja
diesen Pfad schon mehr als dreißig Jahre. Im raschen
Weitergehen, so im Vollgefühle der Kraft mit dem
Schlehdornstock in der Luft fuchtelnd, verspürte er wieder eine alte Lust, die sich heute schon mehrfach regte,
sich aber nicht unverhüllt aufthat.

Im Menschengemüth ebbt und fluthet es wundersam. Luzian wollte dreinschlagen, zuerst den Pfarrer,
dann den Metard, und dann seinen eigenen Sohn
Egidi und so fort tüchtig mit ungebrannter Asche ein-
reiben, damit sie ihre gebührende Strafe bekommen
und endlich einsehen, daß Recht und Vernunft ihm zur
Seite stehen.

Wie bald sucht der Mensch die geistige Beweisführung zu verlassen und den leibhaften Nachdruck dafür
einzusetzen. Sich so mit der ganzen Schwere des Wesens auf den Gegner zu werfen und ihn zu zermalmen,
darin liegt nicht blos rohe Gewaltthätigkeit, sondern
auch ein Bestreben, damit thatsächlich darzuthun daß

man bereit sei, das ganze Dasein daran zu setzen und den Gegner anzurufen, daß er bewähre, ob die Macht des Gedankens in ihm so stark sei, auch äußerlich die Gewalt zu erringen.

Darum greifen Völker und Parteien so gern zum Schwerte. Es gilt als letzte Beweisführung, die Lebenskraft einzusetzen.

Mitten auf dem Wege, an der großen Buche wo die vielen Namen eingeschnitten sind, merkte Luzian plötzlich, daß drunten im Thale die Sägmühle gestellt wurde. Der schrillende Ton war dahin, und das Wasser rauschte plätschernd über die unbewegten Räder. Dieses plötzliche Aufhören des weithin kreischenden Pfiffes machte Luzian verwundert aufschauen. Was ging dort unten vor? Er schritt rasch der Mühle zu. Die Bäume über ihm rauschten so wundersam, das tönte und klang in nächtlicher Stille heller als am Tage; dieses Säuseln und Rauschen in den Wipfeln floß immer weiter und weiter hinab, tief in den Wald, und still war's eine Weile in der Nähe; jetzt erhob sich wieder ein neuer Klang zu Häupten in den Zweigen, er schwoll immer mächtiger und mächtiger an, und brauste dahin. Wie wohlig lauscht sich's allvergessen in stiller Sommernacht dem ewigen Wogen des Waldes. Du kannst nicht sagen und deuten, was sich da spricht im Flüstern der Zweige, und doch erquickt dir's das Herz und durchströmt dich mit süßen Schauern.

Wie wenn die tosende Tagesarbeit schweigt, du still hinhorchst auf das Weben und Walten in deiner Brust, so war es hier als ob das Ohr, an den Mühlenton gewöhnt, nun bei deſſen Verſtummen ſchärfer und voller das raſtloſe Wogen der weiten Natur in ſich aufnähme.

Friedſam als ob nirgends in der Welt Kampf und Widerſtreit wäre, und ein Menſch dem andern die Luſt des Lebens gönnte wie ein Baum des Waldes dem andern, ſo ſchritt Luzian dahin.

Unweit der Mühle zieht ſich der Weg einen dach= jähen Hügel hinab. Luzian ſtand hier plötzlich ſtill, denn er hörte wie vor dem Hauſe auf dem Sägbalken ſitzend, zwei Männer mit einander ſprachen, oder viel= mehr der Eine redete.

„Wie ich Euch ſage, Egidi, es giebt nur zwei Wege: entweder fromm und ſtreng an unſere heilige Kirche halten, oder — an gar nichts glauben: nicht daß der Menſch eine Seele habe, nicht daß es einen Gott gebe, nicht daß wir der Erlöſung bedürfen. Wie geſagt, entweder gut katholiſch oder ein Gottesläugner, man kann nur zwiſchen dem Einen und dem Andern wählen; mitten drin ſtecken bleiben wie das Lutherthum, halb an die Bibel, halb an die Vernunft glauben, das iſt, wie mein alter Lehrer in Freiburg geſagt hat, nichts als Feſtungsfreiheit; man iſt in der Feſtung eingeſperrt, darf jedoch innerhalb der Ringmauer frei umhergehen. Nichts davon. Entweder muß man alle Gelüſte und Begierden ausgeſchirren und ſie im freien Felde rammeln laſſen wie die Haſen, oder man muß ſie feſthalten mit Zaum und Gebiß der ewigen Glau= bensgeſetze. Ich weiß Egidi, Ihr ſeid von Grund aus ein fromm Gemüth, darum ſchließe ich Euch mein Herz auf. Von der Stund' an, da auf das ſchalloſe

Haupt des Neugebornen das heilige Wasser hernieder=
träuft, bis zu dem schweren Augenblicke, da die lebens=
müden Füße des Sterbenden gesalbt und gesegnet wer=
den, die nun ihren Erdengang vollendet haben: unab=
lässig hält die Kirche leitend, schirmend und segnend
die Hand über ihre Angehörigen. Unglückselig, wer
sich ihr entzieht und sie von sich stößt. Ihr könnt in
Eurer Mühle Verbesserungen finden, neue Räder an=
wenden, die Wasserkraft sorgfältiger benützen; in gött=
lichen Dingen aber ist Alles vom heiligen Geiste offen=
bart, und erbt sich unabänderlich fort von Geschlecht
zu Geschlecht. Gäbe es hier eine neue Wahrheit, die
nicht in dem Geoffenbarten läge, so wäre ja Gott der
Allgütige ein Stiefvater gegen die vergangenen Ge=
schlechter gewesen, die solcher Heilslehre nicht theilhaftig
waren. Der Heiland und seine Lehre war in ihm und
mit ihm vom Anbeginn der Welt. Wehe dem Armen,
der seinen Weg allein gehen will, du folgst dem Irr=
licht in den Sumpf.

„Glaubt mir, Egidi, es ist ein schweres Amt, ein=
zutreten in die heilige Schaar, die das Erlösungswerk
forterbt; ich bin nichts, nur die Gnade wirkt in mir,
ich bin nichts für mich, ich kenne nicht Vater nicht
Mutter so sie nicht in dem Herrn wandeln, ich kenne
nicht Weib nicht Kind, ich ziehe spurlos über die Erde,
ein zerbrechlich Gefäß, das der Herr zerschmettert am
Ende seiner Tage. Aber weil ich dem Herrn biene,
so fürchte ich die Menschen nicht, sie müssen dem Herrn
gehorsamen. Da bin ich für euch Alle zu jeder Stunde
bereit zu rathen, zu helfen und zu erheben zum Herrn.“

Der Mond trat aus den Wolken, und Luzian sah neben seinem Sohne den Pfarrer.

„Ich kann's aber nicht leugnen," entgegnete Egidi schüchtern, „mir thut es doch weh um meinen Vater, und es wird ihm arg weh thun, daß ich ihm den Victor weggenommen."

„Aergert dich dein Auge so reiß' es aus," rief der Geistliche halb zornig, „Egidi, Ihr seid hochbegnadigt, daß Ihr zum Theil ein priesterlich Opfer bringen könnt. Ihr müßt Euer Herz tödten dem Herrn, auf daß es in ihm auflebe. Oder wollt Ihr mit Eurem Vater zur Hölle fahren und Euer unschuldig Kind mitreißen? Nicht ruhen und nicht rasten dürft Ihr, bis Ihr seinen stolzen Sinn demüthig macht. Das sag' ich Euch," rief der Pfarrer aufstehend und streckte seine Hand aus wie ein strafender Prophet, „die erste Strafe, die der Herr über Euren gottlosen Vater verhängt, ist die, daß sich sein eigen Kind wider ihn empören muß. Ihr seid das auserlesene Werkzeug des Herrn. Das wird ihm auf dem Herzen brennen, Ihr müßt..."

Der Pfarrer konnte seine Rede nicht vollenden, denn eine gewaltige Faust drückte ihm die Gurgel zu.

Mit der Schnelle eines Habichts, der auf seine Beute schießt, war Luzian herbeigesprungen und warf den Pfarrer über die Sägeklötze hin, daß es knackte.

„Ich will dich... ich muß auch... ich hab' auch den Arm des Herrn," unter diesem Ausrufe schlug er auf den Geistlichen los, daß ihm das Blut aus Mund und Nase rann.

Egidi suchte abzuwehren, aber es gelang ihm nicht,

den riesenstarken Luzian loszubrechen. Der Pfarrer
spie diesem das Blut in's Gesicht, er biß sich mit den
Zähnen in seinen Arm ein, doch Luzian rief: „Spei'
nur Gift, beiß' nur, ich will dir den Wolfszahn aus=
reißen."

Egibi schrie um Hülfe, und riß endlich den Vater
von seiner Beute los. Luzian wandte sich um und
schlug Egibi auf die Brust, daß er taumelnd zurück=
stürzte.

Unterdeß richtete sich der Pfarrer auf, er war kein
Schwächling; er faßte Luzian im Nacken und warf ihn
nieder, daß es dröhnte, fast wie wenn man einen Baum
fällt. Jetzt knieete der Pfarrer auf den Gefallenen
und während er ihn heimlich mit Füßen trat und ihm
die Augenwimpern ausraufte, rief er laut, daß es im
Walde widerhallte und das Gebell der Hunde im Hofe
übertönte: „Thue Buße, ich will dir vergeben; ich ver=
gelte dir nicht, kein Schlag soll dich treffen."

Die Frau Egibi's schrie Feuerjo zum Fenster her=
aus, die Mühlknechte eilten herbei, sie folgte ihnen.
Ueberdieß hatte sich Luzian wieder befreit, und ein
gewaltiges Ringen zwischen ihm und dem Pfarrer hatte
begonnen.

„Mein Egibi ist todt!" schrie plötzlich die Frau
und sank neben ihrem Mann nieder. Das war ein
Schrei, der die Bäume im Wald erschüttern konnte.

Luzian ließ ab vom Ringen, kniete neben seinem
Sohn nieder und schrie: „Mein Kind! Mein Kind!
Pfaff, da hast dein Opfer."

„Und du bist der Mörder," entgegnete der Pfarrer.

Luzian schnellte wieder empor, zückte sein Seiten=
messer, faßte den Pfarrer und rief: „Wenn ich geköpft
werden soll, will ich's wegen deiner, du .."

Man riß ihn mit unsäglicher Mühe los.

Die Frau lag über ihren Mann hingebeugt, das
stille Thal tönt wieder von ihrem Jammern und Klagen.

Egidi wurde in's Haus getragen, und als man
ihm dort das Weihwasser das neben der Thürpfoste
hing über das Gesicht schüttete, schlug er die Augen
auf. Kaum hatte Luzian dies gesehen, als er wiederum
den Pfarrer ergriff und mit den Worten: „'naus mit
dir!" ihn aus der Stube drängte.

Das war eine traurige Nacht hier in der Wald=
mühle. Egidi gelangte bald wieder zu vollem Bewußt=
sein, und als er dann ruhig einschlummerte, ließ Luzian
nicht nach bis Alles schlafen ging, er selber aber wachte
am Bett seines Kindes, dessen Stirn und Hände er
oft befühlte. So saß er und starrte unverwandt hinein
in das matt flackernde Licht, bis dieses endlich verlosch.
Er sah dem Absterben des Lichtes zu, obgleich das für
todesgefährlich gilt.

Mit dem Verlöschen des Lichtes erwachte Egidi
plötzlich, und hier in stiller Nacht, wo der Mond sein
fahles Licht in die Stube warf, besprachen sich Vater
und Sohn, daß Niemand mehr wußte, wer eigentlich
den Andern beleibigt hatte. Egidi wollte mit aller
Macht seinen Vater bekehren, aber es gelang nicht,
und Luzian versprach, nicht den leisesten Groll gegen
ihn zu hegen, wenn er das thue was aus ihm selber
käme, aber nicht was der Pfarrer ihm einimpfe.

Luzians einziger Wunsch war, daß er den Victor wieder bekäme; er und die Ahne könnten nicht ohne das Kind leben, er wollte es gerichtlich adoptiren. Egidi schien hingegen hartnäckig, jedoch nur so, daß er nicht ausdrücklich willfahrte; was etwa geschehen werde, das konnte er nicht hindern.

Gegen Morgen kam eilig eine alte Magd des Hauses und verkündete, die Frau sei durch den nächtigen Schreck so, daß man bald der Wehmutter bedürfe. Egidi sprang rasch aus dem Bett, er wollte nach dem Dorf, aber Luzian versprach Alles zu besorgen; er sprang rasch hinauf in die Kammer, kleidete den schlaftrunkenen Victor an und trug ihn auf den Armen dem Morgenrothe entgegen, hinauf in's Dorf. Der Weg durch den Wald war hier und dort mit Blutspuren bezeichnet.

Verlassen und verstoßen.

Im Hause Luzians war diese Nacht nicht minder überwache Verstörtheit. Bäbi saß allein in der Küche und befühlte stets mit dem Daumen die Stelle des Fingers, wo der Brautring gesessen; eine zart empfind= liche Haut hatte sich hier unter dem breiten silbernen Ringe gebildet, und Bäbi war's oft als ob sie ein Stück von ihrer Hand verloren habe. Noch unbewußter hatte sich unter dem anerkannten äußern Verhältniß ein geschütztes Gedankengebiet in der Seele des Mäd= chens aufgethan, das war jetzt Alles dahin, der unbe= stimmten rauhen Wirklichkeit preisgegeben. Bäbi konnte nun still in sich hinein weinen. Sie glaubte jetzt erst zu wissen wie sehr sie den Paule geliebt; ist's denn möglich, daß er jetzt daheim umhergeht, ohne ihrer zu gedenken? Gewiß nicht. Sie wünscht sich Flügel, um ungesehen schauen zu können, was er jetzt treibe, wo er jetzt sei.

Ach Scheiden immer Scheiden,
Wer hat dich doch erdacht?
Hast mir mein junges Herze
Aus Freud in Trauern bracht.
Abe zu guter Nacht.

So sang sie und sann dann wieder still hin und her, ob es denn möglich sei, daß Paule sie verlassen habe. „Wie wird er denn leben können? wird derselbe

Mund einstmalen zu einer Andern sprechen können: du
bist mir das Liebste auf der Welt, du einzig und allein?
O! die Männer sind falsch, aber der Paule doch nicht.
Freilich, er muß bald heirathen, er hat keine Mutter,
es muß bald eine Frau in's Haus. Er ist Wittwer
und sein Vater auch, und ich bin auch eine Wittwe.
Wenn man nur wüßte, wen er heimführt; es wär'
doch Schad' um sein gut Herz, wenn er sich jetzt in
der Eil' überrumpeln thät, ich möcht' ihm helfen eine
Frau suchen. Nein, wir thäten keine paßliche finden,
es gefiele mir doch keine. Und ich? Werb' ich denn
einmal wieder einen Liebsten finden? Werd' ich denn
einmal wieder Einen küssen und umhalsen können wie
den Paule, daß man schier vergehen möchte vor lauter
Lieb' und Freudigkeit? Nein, es giebt nur Einen Paule
und keinen mehr so ohne Falsch und so grundgetreu;
das kommt nicht mehr, wieder. Und soll ich einmal
wieder einen andern Schatz kriegen, wo steckt denn der
Kerle jetzt? Am besten wär's er käm' jetzt gleich, jetzt
könnt' ich ihn am nöthigsten brauchen, ich bin jetzt so
traurig und so einödig, jetzt könnt' er mir über Zaun
und Hecken helfen. Wenn ich einmal wieder von selber
heiter und lustig bin, da brauch' ich dich nimmer, da
kann ich schon allein fort. Komm jetzt, gleich, wenn
du einmal kommen thust. Und wenn er so wär' wie
der Paule, wär' mir's nicht recht, ich thät mich vor
ihm fürchten wie vor einem Gespenst, ich thät hundertmal Paule zu ihm sagen und wenn er nicht so wär'
wie der Paule, wär' mirs auch nicht recht . . . Ich
mein', ich müßt' meinem Paule mein Herzeleid klagen,

er ist mir der Nächste von all den Meinigen und er
ist's doch wieder, der von mir fort ist und über ihn
hab' ich zu klagen ..."

„Ich laß' den Strick auf den Boden laufen, ich
heirath' gar nicht." Mit diesen letzten, fast laut ge=
sprochenen Worten stand Bäbi auf und suchte die Ge=
danken zu verscheuchen die unstet hin und her flatterten.
Gewaltsam heftete sie wieder ihren Sinn auf die Hoheit
ihres Vaters: „Ihn kränkt's von meinem Paule gewiß
noch mehr, oder doch so viel als mich. Und was wer=
den die Leute sagen? Ich seh' schon wie sie allerlei Be=
dauern mit mir haben, und hinterrücks ist doch Manche
schadenfroh, daß es mir so geht. Aber das leid' ich
nicht, daß mir Eines in's Gesicht hinein auf meinen
Paule schimpft; es geschieht mir kein Gefallen damit,
im Gegentheil."

Fast in demselben Augenblicke als Luzian im Geiste
von Haus zu Haus wandelte, um zu erkunden wie
man von ihm und seinem Kampf denke, schweifte auch
der Sinn Bäbi's zu allen Freundinnen und Gespielen;
aber sie hatte ihre Rundschau noch lange nicht beendet,
als die Ahne plötzlich rief. Bäbi eilte zu ihr und die
Ahne klagte fast zum Erstenmal bitterlich, wie man sie
allein lasse und Alles verkehrt und rücksichtslos ver=
fahre. „Ich weiß nicht," sagte sie, „hundertmal geredt
ist wie keinmal, und du machst auch kein' Thür zu und
man ist ja in dem Haus wie vor einem Blasbalg und
nirgends kein' Ruh' und Alles ist fort. Dein' Mutter
heult mir auch den Kopf voll und du gunnst mir auch
das Maul nicht und red'st kein Sterbenswörtle. Wenn

halt mein Luzian nicht da ist, da hat der Himmel ein Loch."

Die sonst so anspruchslose Ahne, die nie Jemand gern zu schaffen machte, war heute krittelig, hatte allerlei zu befehlen und zu wünschen, und doch war ihr nichts recht.

Bäbi schloß der Ahne bald ihr Herz auf, wie tief weh ihr zu Muthe sei.

„Laß das Sinniren sein," entgegnete die Ahne, „man bringt doch nicht 'raus wie's morgen sein wird; jeder Tag sorgt für sich selber. Wenn man heut' schon wüßt' was morgen wird, braucht' man ja morgen nicht leben. Zeit macht Heu. Mir ist's, wie wenn meinem Luzian ein schwer Unglück über den Hals käm'; wenn er sich nur nicht an dem armen Schelm, am Egidi vergreift."

„Ich will dem Vater nach in die Mühle."

„Nein, will denn Alles fortlaufen? Da bleibst."

„Ich mein' ich hab' grad des Paule's Stimm' ge=hört," sagte Bäbi wieder und wurde feuerroth.

„Kann mir's denken. Dir geht sein' Stimm' im Kopf 'rum. Was könnt' er denn da bei uns suchen? Hast du noch ein Geschenk von ihm?"

„Nein, aber vielleicht hat er's mit seinem Vater in's Reine bracht oder so, und er ist da und will —"

„Du kennst den alten Metard nicht, dem ist, mit Gutem sprich, die Seel' in den Leib gerostet. Dein' Mutter die schimpft auf den Paule und das leib' ich nicht. Wer gestern brav gewesen ist, der kann nicht — Plumpsack da bin ich — heut auf Einmal ein

Nichtsnutz sein; wenn er auch einen Unschick begangen hat, er ist doch der Alt'. Wen man gestern gern gehabt hat, den kann man nicht heut' über alle Häuser 'nausschmeißen wie einen alten Schlappen. So ist's. Der Paule geht seinem Vater nicht von der Hand; er thut besser dran als der Egidi, der Latschi, der thut ja so übergescheit als ob er auf seines Vaters Hochzeit gewesen wär'."

„Ja, bei seinem Vater bleiben muß man, mein Paule hat's grad so gemacht wie ich —"

„Gewöhn' dir die Red' ab; du kannst nimmer sagen: mein Paule" warf die Ahne ein; Bäbi schien es kaum zu hören, unverrückt in's Licht starrend fuhr sie begeistert fort: „Ich hab' heut' fast die ganze Nacht nicht geschlafen, vor lauter Gedanken. Sonst ist so ein Sonntag 'rum gangen wie ein Tanz so schnell, man weiß nicht wo er hinkommen ist. Aber was haben wir gestern nicht Alles verlebt! Ich hab' sonst nie gewußt, daß man vor Gedanken nicht schlafen kann, aber gestern hab' ich's erfahren. Da hab' ich halt auch darüber gedenkt: wozu braucht man denn auch einen Pfarrer bei der Trauung? Wär's nicht viel schöner und heiliger, wenn in der Kirch', wo die ganze Gemeind' bei einander ist, der Vater vom Bursch und der Vater vom Mädle da vor ihnen stünd' und Einer nach dem Andern thät das Paar einsegnen und trauen? Der Vater ist doch eigentlich der Stellvertreter von Gott bei seinem Kind, und so eine Trauung vom Vater wär' doch erst recht heilig. Und mein Vater könnt' besser segnen als alle Pfarrer auf der ganzen Welt, und ich mein' ein

jeder Vater, wenn er da auf dem Platz stünd', müßt'
ein gut Wort vorbringen können. So ein Pfarrer ist
doch ein fremder Mensch und mein Vater ist mein und
ich bin sein bis zu der Stund."

Die ganze erhobene Liebe Bäbi's zu ihrem Vater
brach flammend auf. Die Ahne sagte verwundert:
„Bäbi, du redest ja, man kennt dich gar nicht mehr."

„So pfeift mein . . . der Paule, ja, ja, das ist
das Lied vom Nesselkranz," sagte Bäbi plötzlich vor sich
hin, auf die Straße hinaushorchend, „aber ich warte
bis er 'rauf kommt."

Bäbi hatte in der That recht gehört, Paule war
da und wollte vor Allem mit Luzian sprechen, er strich
um's Haus umher, ob er nicht Bäbi doch zufällig treffe.
Endlich ging er zum Wendel und wollte dort die An=
kunft Luzians abwarten. Erst spät in der Nacht kehrte
er heim.

Lange besprach sich noch Bäbi mit der Ahne, bis
diese endlich einschlief; auch die Mutter ging zu Bett
und still war's ringsum. Bäbi holte sich noch eine
Näharbeit, die zur Vollendung ihrer Aussteuer gehörte;
hatte es mit dieser nunmehr auch keine Eile, so hielt
die Arbeit doch wach. Kaum eine Stunde aber hatte
Bäbi emsig und still bei der Oellampe gesessen, als
ihr die Hände in den Schooß sanken und sie ermüdet
einschlummerte. Das erste Pochen an der Thüre er=
weckte sie, denn in dem wachbereiten Schlafe ist das
Ohr jedes Tones gewärtig.

Ohne daß man Jemand kommen hörte, öffnete sich
der Riegel, Bäbi sah ihren Vater vor sich stehen und

blickte staunend in sein verwildertes Antlitz. Luzian
aber sagte rasch: „Gut, daß du auf bist, lauf' hurtig
zur Hebamm', sie soll gleich zu des Egidi's Clor (Clara)
kommen und dann sag's ihrer Mutter. Lauf tapfer,
ich will schon drin im Haus wecken."

Luzian ging mit Victor in's Haus und Bäbi rannte
in den Strümpfen ohne Schuhe pfeilschnell das Dorf
hinauf.

Frau Margret machte sich rasch auf den Weg, und
als Luzian nach einer Weile in den Hof ging, sah er
den Oberknecht, der die beiden Braunen an den Wagen
spannte.

„Hast Recht, daß dich früh aufmachst," sagte Luzian,
„willst Klee holen?"

„Nein, ich hab' noch genug für heut' von gestern
Abend. Ich hab' noch zwei Fuhren Dinkel im Speck=
feld, die müssen 'rein und hernach will ich zackern."

Luzian nickte zufrieden und half einschirren. Still=
stehend schaute er dann dem Wagen nach, der davon
fuhr; das Schimmelfüllen sprang neben her, sich noch
lebig tummelnd im frischen Morgenhauch. Luzian dünkte
es schon ein Jahr, daß er sich nicht um sein Sach'
angenommen hatte. Diese unabläſſige Stetigkeit des
Arbeitens trat ihm jetzt in ihrer ganzen Erquickung vor
die Seele; ihm war die ganze Welt aus den Fugen
gegangen, hier aber verlief Alles regelmäßig, das kannte
keinen Wirrwarr und konnte keinen ertragen. Die
Natur arbeitet in stiller Unablässigkeit und der Mensch,
der in ihr wirkt, muß wie sie rastlos sich rühren; das
hat seine festen Zeiten, die nicht verabsäumt werden

dürfen, Sonne und Regen warten nicht bis du mit
deinen anderweiten Anliegen fertig bist. Du magst den
Hammer in der Schmiede, die Axt auf dem Zimmer=
platz, den Hobel in der Schreinerwerkstatt ruhen lassen,
eine Weile unausgesetzt anderen Dingen, Gemeinzwecken
nachgehen, du kannst Alles leicht wieder aufnehmen,
wie am Tage wo du es verlassen. Anders der Bauers=
mann. Die Sonnentage, die über dem Felde seiner
harrten, kann er nicht wieder heraufrufen. Darum
eignet sich der Bauersmann so selten zur Verfolgung
von Anforderungen, die abseits dem von Kreislauf seiner
Thätigkeit liegen. Des Herrn Auge macht das Vieh
fett; wie leicht verkommt Alles, wenn der Herr fehlt.
Muß es Dienende geben, unablässig belastet mit der
Hände Arbeit, während der Herr den höheren Anliegen
der Menschheit nachgeht, ist kein Zustand möglich, in
dem sich Beides vereinigt?

„Wenn du wieder kommst, geh' ich mit in's Feld,"
rief Luzian dem Knechte nach, und kehrte in's Haus
zurück.

Die Ahne war ganz glückselig, beim Erwachen ihn
wieder zu sehen.

„Mir hat heut' Nacht träumt," erzählte sie, „du
bist Pfarrer worden. Ich hab' dich predigen sehen, aber
in einer ganz fremden Gegend, ich hab' alle deine Worte
gehört, o! es war prächtig. Und du gäbest erst noch
einen guten Pfarrer. Mein Vater hat's mehr als hun=
dertmal gesagt: wenn's mir nachging', dürft mir Keiner
vor dem fünfzigsten Jahr Pfarrer werden. Ein Pfarrer
braucht nicht studirt haben und kein Examen machen,

er muß sich in der Welt umthan haben mit offenen
Augen, und sei er meinetwegen Holzhacker gewesen, er
kann doch der best' sein, besser als alle Bücherpfarrer.
Woher wollen denn die aus dem Seminare mitreden
und Einem Trost und Hülf' geben? Sie haben ja selber
nichts erfahren. Mein Vater, das war der gescheiteste
Kopf auf dem je ein Hut gesessen ist, der kaiserliche
Rath hat's auch oft gesagt."

„Heut' giebt's noch ein Urenkele," sagte Luzian,
„die Clor wird eines bringen."

„So? Ja von deßwegen bist auch die Nacht nicht
heimkommen. Wir haben lang' auf dich gewartet."

Luzian war still, die Kehle war ihm wie zugeschnürt.
So oft die Ahne das Wort Pfarrer aussprach, ging
ihm ein Stich durch's Herz; er konnte ihr jetzt nicht
sagen, was vorgegangen war. Wird es ihr aber ver=
borgen bleiben und ist's nicht besser, selber Alles zu be=
kennen? Einstweilen muß man abwarten und Ruhe suchen.

Still sich vergrämend saß Luzian da. Von allen
Qualen, die den Menschen heimsuchen können, ist die
Selbstverachtung die höchste, freilich nur für ein ehrlich
Gemüth, denn die zahllosen anderen kommen nie dazu,
sich selbst die volle Wahrheit zu gestehen. Ueber den
Aufrichtigen aber kommt die Pein doch nur vorüber=
gehend, denn eben in der Aufrichtigkeit liegt schon die
Gewähr, daß die Selbstverachtung eine unberechtigte ist.

Luzian erkannte schwer, wie durch seine letzte That
sein ganzes Streben verkehrt und verwüstet war.

„Was hast du jetzt? Raufhändel und weiter nichts.
Und du bist nicht mehr allein für dich . . ."

Mit diesen Worten erkannte er jene bindende All=
verantwortlichkeit, die in der selbsterweckten oder über=
kommenen Sendung für das Allgemeine liegt; das ganze
Thun und Lassen hört damit auf ein eigenes, beliebiges
zu sein.

„Mich dürfen sie für einen Lumpen halten, da läg'
mir nicht viel dran, aber jetzt heißt's: Alle, die nicht
an die Pfaffen glauben, sind Raufbuben, man sieht's
ja. Das thut mir in der Seele weh. Jetzt hat der
Pfaff Oberwasser. Ja, ich passe nicht zu einer solchen
Sach', nein."

Hiemit betrat Luzian eine neue Stufe des Märtyrer=
thums: den Zweifel und die Verzweiflung an sich selbst.
Tausendmal ist dieß nur Beschönigung der Ruhesucht,
feiges Abschütteln einer unumgänglichen Aufgabe, aber
hier war's die bitterste innere Zerknirschung. Luzian
hielt sich in der That seines hohen Vorhabens unwür=
dig, die letzte That zeigte dieß für ihn und Andere.
Tiefe Sehnsucht stieg in ihm auf, daß doch ein gewal=
tiger erhabener Mensch erstehe, der stark und heilig die
Welt auf's Neue erlöse; wie gern wollte er ihm dienen,
ihm Alles opfern, jedem Wink seiner Augen gehorchen,
wenn es ihm nur vergönnt wäre, in den Reihen seiner
Kämpfer zu streiten.

Ich bin kein bisle mehr als ein gemeiner Soldat
und dazu noch ein recht wilder, unbändiger.

Darin sprach sich's aus, was er wünschte. Das
tiefe Verlangen und Sehnen des Jahrhunderts gab sich
auch hier kund. Wird ein gewaltiger Führer erstehen,
der das Zauberwort findet, um die zerstreuten zahllosen

Streitmuthigen in geschlossenen Reihen zu ordnen und
sie die große Bahn zu einem neuen Leben zu führen?...

Als Luzian durch das Dorf ging, grüßte er Nie=
mand, er wartete den zuvorkommenden Gruß ab; man
solle nicht glauben, er bemüthige sich oder suche jetzt einen
besondern Anhang. Menschen, an deren Urtheil ihm
ehedem so wenig lag, daß er gar nie daran dachte,
diesen sah er jetzt scharf in's Gesicht; sie sollten und
mußten ein Wort, einen Blick für ihn haben, er mußte
sicher sein, was sie von ihm denken. Manchmal wurde
er in der That zuvorkommend gegrüßt, aber er fragte
sich wieder, ob das nicht durch die Nöthigung seines
scharfen Anblickes geschehen sei. Wenige bemerkten seine
Unruhe und die sie bemerkten und darüber nachdachten,
vermutheten einen entgegengesetzten Beweggrund, sie
glaubten herausfordernden Stolz zu erkennen. Wo Zwei
oder Mehre beisammen standen und Luzian ging vor=
über, waren sie plötzlich still, gewiß hatten sie von ihm
gesprochen. Der Rößleswirth sah zum Fenster heraus
und als er Luzian kommen sah, zog er sich zurück und
machte das Fenster rasch zu. Luzian war fest überzeugt,
daß Alles auf ihn gemünzt sei, er, der sonst in sich so
Feste, sah sich auf Einmal abhängig von den Mienen
und dem Behaben eines Jeden. Dem Dieb brennt der
Hut auf dem Kopf, sagt das Sprüchwort, und ähnlich
erschien sich Luzian wie ein offenkundiger Verbrecher,
der sich Wohlwollen und Anerkennung zusammenbettelt,
die er vordem selbstverständlich inne hatte. Luzian
wollte sich Alles aus dem Sinn schlagen und es ge=
lang ihm, aber dieses Vergessen war doch nur wie der

Schlummer eines Krankenwärters, eines Harrenden; das leiseste Geräusch weckt taumelnd auf.

In der Schmiede, wohin nun Luzian ging, ward auch Alles plötzlich still, als er eintrat. Urban begann indeß: „Gelt, jetzt sind die Karten anders gemischelt? jetzt schenkt der Pfarrer dir die Trümpf', die du früher gehabt hast?"

„Wie so?" fragte Luzian.

„Du wirst doch nicht läugnen, du hast vergangene Nacht bei deinem Egidi den Pfarrer todtstechen wollen und hast ihn blutig geschlagen, aber der Pfarrer hat heilig geschworen, daß er nichts davon bei Gericht angeben will; er verzeiht dir's. Jetzt frag' um im Dorf, laß ausschellen: wer dir noch Recht gibt, soll sich melden."

„Du hast Glück," sagte der Brunnenbasche, „du hast Glück wie jener Mann, der hat einen Floh fangen wollen und hat eine Laus gefunden."

„Mit dir red' ich gar nicht," erwiderte Luzian und verließ die Schmiede in schweren Gedanken.

Als er so in sich gekehrt, den Blick zur Erde geheftet hinwandelte, fühlte er plötzlich einen mächtigen Faustschlag auf dem Rücken. „Heilig Millionen," knirschte er sich umkehrend und nach dem Schläger fassend. „Ah, du bist's," sagte er und ließ ab als er Wendel sah, „du hast mich grausam erschreckt, es ist mir durch Mark und Bein gefahren."

„Warum? seit wann bist du so zimpfer?"

„Guck, ich weiß nicht, ich bin dir so ängstlich im Herzen, es ist eine Schande, ich mein', die ganze Welt

ift gegen mich), ich möcht' fie Alle vergiften, und da
kommft du hehlings und giebft mir einen Schlag wie
vom Himmel 'runter."

„Bift denn eine schwangere Frau? Schäm' dich.
Wenn du auch Eins kriegt haft, es ift nur eine Ab=
schlagszahlung von nächt Abend."

„Weißt auch schon."

„Ja, und jetzt spielt der Pfarrer den Gutedel. Hab'
ich dir's nicht gesagt, du wirfft das Beil zu weit 'naus?
Dein Sach' ift bis daher eine reine, thauklare gewesen,
und jetzt ift geronnen Blut drin."

„Mach' mir keine Vorwürfe, ich weiß Alles, ich
weiß ja; von dir hätt' ich am Erften verlangt, daß du
mir Troft einredeft, statt daß du mich 'jetzt auch noch
schändeft."

„Ich schwätz' dir kein Loch in den Kopf, wer bift
denn? Kopf in die Höh! daß man den alten Luzian
zu sehen kriegt. Narr, du haft nicht geschlafen, ich
seh dir's an, du bift mauderig wie ein Vogel, der sich
maufert. Jetzt laß dich nur nicht unterkriegen. Was
du einmal than haft, dabei mußt du bleiben."

„Ich hab's aber nicht gern than, ich bin in der
Wildheit dazu kommen. Ich ließ' mir einen Finger
abhacken, wenn ich den Pfarrer nicht geprügelt hätt'."

„Luzian, das hab' ich nicht gehört, das haft du
nicht gesagt, das darfst du nicht sagen, keinem Men=
schen. Vor der Welt mußt hinftehen, daß Alle die
Augen unterschlagen, wenn du sie anguckft. Möchteft
gerne Troft haben? Was Troft? Wer nichts nach der
ganzen Welt fragt, nach dem fragt die Welt am

meisten. So bist du und so mußt du sein, und so bist du morgen am Tag."

„Ich weiß wohl, ich bin nichts nuß, aber das thut mir weh, mein' Sach' ist doch gut."

„Freilich, freilich, da dran halt' dich. Laß den Schlag ein paar Monat verfurren, da hat das Ding ein ander Gesicht. Wir wollen zu Michaeli davon reden, wenn die Sach' bis dahin nicht ist wie der fernbige (vorjährige) Schnee.

Dieser Zukunftstrost verfing bei Luzian nicht, denn er entgegnete: „Führ' du im Frühjahr einen Hungrigen auf den Kornacker und sag: da friß dich satt. Lug Wendel, ich mein' es ist ein Jahr, aber es ist erst gestern gewesen, daß ich den alten Luzian hab' vor mir herumlaufen sehen, aber den Luzian von über'm zukünftigen Jahr, den kenne ich noch nicht, von dem weiß ich noch nichts und der hilft mir noch nichts. Sag du mir hundertmal: ich werde ein anderer muthfester Kerl sein, jetzt bin ich's noch nicht und jetzt bräucht ich's. Ich hab' dir eine Angst fast zum Davonlaufen und weiß nicht wovor und weiß nicht wohin."

„Das Stündle bringt's Kindle, sagen die Hebammen. Luzian horch auf, ich will dir was sagen. Sei kein Narr; im Gegentheil, sieh dir die Welt als ein Narrenspiel an, mach dich lustig darin so gut als es geht und so lang als es hält. Du bist gesund, hast Vermögen genug, laß dir dein Leben bekommen, es ist bald genug aus, eh man sich's versieht; und es dankt dir's kein Teufel, wenn du jetzt deine besten Jahre verkrimpelst und verbuttelst für nichts und wieder nichts,

blos weil dir was einredest. Ich kann dir in sieben
Worten all' meine Weisheit sagen: für was man die
Welt ansieht, das ist sie Einem. Wenn ich du wär',
ich wollt' mir ein ander Leben herrichten. Ich wünsch'
dir nur meinen Leichtsinn, den geb' ich dir nicht für
deinen besten Acker. Jetzt muß ich heim, es wartet
ein Staatsmittagessen auf mich, ein Herrenessen, der
König hat nicht mehr, es kommt in Allem nur darauf
an wie man's ansieht: ich hab Gesottenes und Gebra=
tenes. Die untern Kartoffeln im Hafen (Topf) die
sind gesotten, und oben wo das Wasser einkocht ist,
da sind sie braten."

Man war am Hause Wendels angelangt und dieser
ging hinein.

Ein neues Familienglied.

Als Luzian heimkam, hörte er schon vor der Haus=
thür, daß die Frau Egidi's ein Töchterchen geboren
hatte.

Aus der Küche trat ihm die sporenklirrende Fideli=
tät entgegen.

„Guten Tag Herr Doctor," sagte Luzian.

„Guten Tag Herr Schwiegersohn," lautete die
Antwort.

Fast möchte man's bedauern, daß in den zehn Ta=
gen, die wir jetzt schon in dem Hause verweilen, im
Dorfe Alles körperlich wohlauf war, wir lernen dadurch
das heitere Naturell erst jetzt kennen. Es ist aber noch
immer Zeit.

Der Doctor Pfeffer von G., ein junger Mann mit
geröthetem Antlitz, das die Kreuz und die Quer durchsäbelt
war, kam nie in's Dorf, ohne das Haus Luzians oder
vielmehr die Ahne zu besuchen. So oft man das Reit=
pferd des Doctors am Wirthshaus angebunden sah und
er nicht dort zu treffen war, suchte man ihn bei der
Ahne auf, wo er scherzend und lachend saß. Die Leut=
seligkeit und frohe Laune des lustigen Bruders hatte
ihn auf allen umliegenden Dörfern beliebt gemacht.
Auf der Universität war der forsche Studio als der
große Baribal hoch berühmt und angesehen, ein Meister
auf der Mensur und in der Kneipe. Er behielt sich
auch diese Würde fast über das doppelte Quadriennium

hinaus. Endlich, als das ganze Vermögen verstudirt
war, ließ sich der Mensurheld zum Examen einpauken,
und halb aus wirklichem Glück, halb aus Rücksicht der
Professoren, die ihn endlich von der Universität los
sein wollten, bestand er das Examen. Er ließ sich nun
in G. als praktischer Arzt nieder, erhielt bald darauf
die Stelle eines Unteramtschirurgus und befleißigte sich
hauptsächlich der Dorfpraxis. Eine gewisse Geschicklich=
keit in der Operation, wozu ihn besonders sein Muth
und eine handliche Fertigkeit befähigten, war ihm nicht
abzusprechen; er traute daher auch nur dem operativen
Theile seines Berufes, von der neuen Errungenschaft
der innern Heilkunde besaß er als wesentliches Ergeb=
niß nur die Skepsis. Das praktische Leben faßte er
oft wie die Fortsetzung einer ulkigen Studentensuite.
Reiten und Fahren, seine alte Liebhaberei, war jetzt ein
Theil seines Berufes; das ging nun hin und her über
Berg und Thal, und die Welt ist so weise eingerichtet,
daß es auch in dem kleinsten Dorfe, wo die Füchse ein=
ander gut' Nacht sagen, nicht an einem kühlen Trunk
Wein fehlt, der spricht da mit demselben Geiste wie in
der Gesellschaft aller Weltweisen. Wenn unser Doctor
noch so lange bei'm Glas gesessen, hielt er sich doch
immer fest zu Pferde wie eine Katze, ja die Leute be=
haupteten, er sei von Nachmittag an, das heißt, wenn er
schon ein bischen angerissen war, noch weit gescheiter und
geschickter als Arzt. Er trank unabänderlich nur halbe
Schöppchen, damit der Wein allzeit frisch vom Fasse
komme. War das Fläschchen leer, schlüg er es mit
einem Daktylus auf den Tisch, und die Wirthe in der

ganzen Umgegend kannten dieses Zeichen zum Auffüllen.
Im Sommer gab es da und dort topfebene Kegelbahnen,
wo unser Arzt hembärmelig mit einigen Pfarrern und
sonstigen Honoratioren der edeln Kegelkunst oblag. Mit
allen Menschen jeglichen Standes war er im besten Ein=
vernehmen, und man nannte ihn allgemein einen braven
Kerl, denn er war gleich liebreich und unverdrossen
gegen Hülfesuchende, Arme wie Reiche. Er, der als
Studio über alle Schranken der bürgerlichen Einpfäh=
lung sich hinweggesetzt, hatte sich damit auch, wie man
sagt, ausgetobt; er vertrug sich jetzt mit allem Bestehen=
den und dessen Vertretern. Stimmte er auch manch=
mal mit ein in scharfen Tadel über diese oder jene
Staatseinrichtung, so galt ihm das mehr zur Uebung
seines Witzes und zur Verwendung eines Kraftausdruckes
aus Olims Zeiten. Er war mit allen Beamten in dem
Städtchen smollis, und stand mit allen Pfarrern des
Oberamts auf gutem Fuß. Viermal des Jahrs com=
municirte er, wie sich gebührt, und verließ am Abend
vorher schon Punkt zehn Uhr das Wirthshaus.

So fehlte dem Doctor zu einem gemachten Manne
weiter nichts als eine Frau, und in der That suchte
er auch eine solche, aber sie mußte reich sein, minde=
stens so reich, daß man fortan bequem zweispännig
leben konnte.

Kluge Leute behaupteten, er habe es auf Luzians
Bäbi abgesehen, und diese Annahme war nicht ohne
Grund. Er war weit davon entfernt, daß ihm die
Bildungsstufe Bäbi's als ein Hinderniß erschien; er ver=
langte von einer Frau weiter nichts, als daß sie eine

gesunde Mutter, eine tüchtige Wirthschafterin sei, und ein erkleckliches Einbringen habe. Luzian mit seinem heftigen Eifer für Umgestaltung des Lebens war ihm eine anziehende Erscheinung, und dem Bauersmann gegenüber hatte er wissenschaftliche Fettbrocken genug, um seinen einfachen Verstand damit zu spicken und so sich in Geltung zu setzen. Die Ahne, die er stets mit Heirathsanträgen neckte, war ihm von Herzen gut; so oft er kam, sie hatte ihm stets etwas über ihr Befinden zu klagen und zu befragen, er hörte es geduldig an und half ab. Ganz glücklich machte er sie einst, als er ihr das Bildniß Kaiser Josephs unter Glas und Rahmen überbrachte.

Paule allein wußte es, daß der Doctor auf einen förmlichen Heirathsantrag eine abschlägige Antwort von Bäbi erhalten hatte. Als sie Braut geworden, unter= ließ er seine Besuche dennoch nicht; vielleicht wollte er damit seine frühere regelmäßige Einkehr verdecken. Bäbi ging ihm stets aus dem Wege, sie meinte, er müßte ihr böse sein, weil sie ihn beleidigt habe; er wußte aber nichts von Groll. Das zeigte sein heutiges Thun.

Unser Doctor war Menschenkenner genug, um zu wissen, wie weich und empfänglich ein verlassenes Mädchenherz ist, wie halb Verzweiflung halb Sehn= sucht leicht einen kühnen Freier aufnimmt; er erneuerte daher jetzt frischweg seinen Antrag bei Bäbi, aber mit so viel Schonung, daß die abweisende Antwort des Mädchens nur als zögernder Aufschub erscheinen konnte. Er hatte so eben, Bäbi's Hand fassend, ihr versprochen, nicht mehr von der Sache zu reden, bis sie selbst davon

anfinge. Es war als ob er mitten im Brande des
Hauses das verlassene Mädchen sich erobern würde, als
eben Luzian hereinkam; vor ihm scheute er sich jetzt mit
seinem Anerbieten hervorzutreten, er ging mit ihm nach
der Stube und setzte sich mit einer gewissen heimischen
Art, die Luzian dahin mißdeutete, als ob er zeigen
wolle, er thue dem geächteten Hause durch seinen Be=
such eine Ehre an.

Die Ahne hatte verweinte Augen, auch aus der
Küche vernahm man durch das Schiebfensterchen bis=
weilen das Schluchzen Bäbi's. Luzian bemerkte wohl,
daß seine Raufhändel hier bekannt worden waren, aber
er dachte still: „Ihr müßt euer Theil eben auch haben."

Das war jetzt ein Hauswesen, so verstört und auf=
gescheucht, als ob es nie eine Heimat ruhiger Menschen
gewesen wäre.

Nach einer Weile sagte Luzian: „Herr Doctor,
kommet mit zum Egibi, sehet einmal nach der Kind=
betterin."

Der Doctor bestieg sein Pferd und Luzian ging
neben ihm her den Waldweg nach der Mühle. Luzian
fühlte schwer, wie einem Menschen zu Muthe ist, der
immer hin und her getrieben von einem Orte zum an=
dern, nirgends eine sichere Ruhestätte und häusliche
Erquickung hat.

Als die beiden Männer fort waren, kam Bäbi in
die Stube und sagte: „Ahne, Ihr dürfet den Doctor
nicht so oft wiederkommen heißen, Ihr müsset ihn nicht
so in's Haus zeiseln (locken)."

„Warum?"

„Denket nur, er hat mir heut' wieder was davon vorgeschwatzt, daß er mich heirathen will, und es sind noch nicht drei Tag', daß ich nicht mehr Hochzeiterin bin."

„Laß ihn seine Späß' machen, er ist ein guter Mensch, und wir dürfen jetzt nicht alle Leut' aus dem Haus verscheuchen, es läßt sich ja ohnedem Niemand mehr sehen. Gelt Bäbi, der Pfarrer hat deinen Vater gewiß zu den Raufhändeln gezwungen? Ich bleib' dabei: was mein Luzian thut, das ist brav."

Unterdeß eilte Luzian mit dem Arzt der Mühle zu.

An der Berghalde stieg dieser ab und zog sein Pferd am Zaume nach, um so gleichen Schrittes mit Luzian besser mit ihm reden zu können.

„Wie meinet Ihr Schwäher?" sagte er, „wie wär's, weil ich doch die Ahne nicht heirathen kann, wenn Ihr mir das Bäbi zur Frau gäbet? Ich bleib' dann doch in der Familie und werde nicht verfremdet."

„Es ist jetzt kein' Fastnachtszeit."

„Was ich sag', ist so klar wie Klößbrüh und ist mir grundbirnenernst. Ohne Spaß, ich nehm' das Bäbi, wie es geht und steht und liegt. Der Paule giebt das Bäbi auf wegen der Pfaffengeschichte, mir ist das ganz Wurst, im Gegentheil, die Tochter von einem Ketzer ist mir noch was Besonderes. Ich habe einen guten Freund von der Universität her, wir nennen ihn den Rollenkopf, der traut uns morgen, wenn Ihr einstimmt."

„Weiß das Bäbi von Eurem Vorhaben?"

„Gewiß, sie ziert sich noch ein Wenig, aber sie thät doch gern schnell Ja sagen, wenn sie sich nicht vor der Welt scheute. Wenn Ihr ein Wort fallen lasset, ist die

Sache abgemacht. Nun? Stünde ich Euch nicht an als
Schwiegersohn?"

„Ja, ja, warum denn nicht?" entgegnete Luzian.
Er war fortan äußerst schweigsam, bis man am Be=
stimmungsorte anlangte; desto mehr redete der Doctor.

Auf der Mühle bekundete er die äußerste Sorgfalt
für die Wöchnerin und das Kind, und da man einmal
zur Apotheke schickte, verschrieb er auch noch eine schnell=
heilende Salbe für die Kopfbeule, die Egidi beim Falle
erhalten hatte. Scherzend gratulirte er Egidi zu seinem
neuen Schwager, als welchen er sich selbst vorstellte.

Unser Doctor hatte sich in ein seltsames Verfahren
verrannt, bei dem eben so viel augenblickliche Laune
als Berechnung war; er, der die Weise des Volkes so
gut kannte, glaubte seine Brautwerbung doch in scherz=
haftem Tone halten zu müssen; das schien ihm der
derben Art seiner künftigen Schwägerschaft angemessen,
und sollte ihn und sie über alle etwaige Peinlichkeiten
und Erörterungen hinwegheben. Aus diesem Grunde
verkündete er auch die Sache allen Frauen, die auf der
Mühle anwesend waren; diese Offenkundigkeit mußte
sowohl die Bedenken bei Bäbi heben, als auch zugleich
sie fesseln, da man nun doch einmal allgemein davon
redete. Unser Doctor irrte sich aber gewaltig. Er
überschritt in seiner Burschikosität unbewußt die feine
Grenzlinie, die zwischen Derbheit und Leichtfertigkeit
gezogen ist; auch der vierschrötigste Bauer kennt diese
wohl, und es beleidigt ihn, wenn so Viele, wie hier
unser Doctor, um sich der volksthümlichen Denkweise
anzubequemen, eine gewisse Rohheit in Ausdruck und

Behandlung ernster Verhältnisse annehmen. Um nicht
gekränkt zu sein, mußte Luzian die Angelegenheit entschieden und wiederholt als Scherz auslegen.

Zwischen Egibi und seiner Mutter war eine wort-
lose Versöhnung eingetreten. Hier galt es zu helfen,
und da war von Streit nicht mehr die Rede. Die
Mutter wirthschaftete lebendig im ganzen Hause, und
Egibi kam mehrmals zu ihr in die Küche und sagte,
sie möge nur sich selbst nicht vergessen, sie möge sich
etwas Gutes bereiten, sie allein habe zu befehlen und
nicht die Schwiegermutter „und" setzte er in seltsamer
Einfalt hinzu, „thuet nur, wie wenn Ihr in Eurem
eigenen Hause wäret und nehmet Euch Alles ungefragt.
Soll ich Euch klein Holz spalten? Ohne Antwort abzuwarten fing er an, und mußte fortgejagt werden, da
die Wöchnerin nebenan jeden Schlag spürte und eben
einschlafen wollte.

Egibi sprang und pfiff im Hause herum wie ein
lustiger Vogel auf dem Baume, der in die Welt hinein
verkündet, daß jetzt eben ein junges Küchlein im Neste
die Augen aufschlug.

Am andern Morgen stand Luzian nach fast zwölf-
stündigem Schlafe wohlgemuth auf. Die ganze Welt,
die aus den Angeln schien, hielt sich doch noch in ihrem
Kreislaufe, und Luzian fühlte sich wieder muthfest. Er
pflügte den ganzen Morgen ohne Unterlaß draußen im
Speckfelde, er empfand es still, daß das doch eigentlich
die Arbeit sei, die er am besten verstehe.

Kaum ist die Frucht vom Felde eingethan, so wird
der Boden mit scharfem Pfluge wieder umgelegt, die

abgeſtorbenen Stoppeln werden entwurzelt und verwan=
deln ſich in neue Triebkraft, der aufgelockerte Grund
iſt bereit, ſich von Sonnenſchein und Regen durchdringen
zu laſſen, bis er neue Saat empfängt. Das Wachs=
thum des Menſchengemüthes gleicht nicht dem vergäng=
lichen Halme, eher dort dem Fruchtbaume, der bleibt
beſtehen und harrt neuer Frucht am ſelben Stamme.

Luzian fühlte ſich jetzt ſo wohl und heimiſch in
ſeiner Arbeit, daß es ihm am liebſten geweſen wäre,
wenn der ganze Handel mit dem Pfarrer ein Traum war.

Es iſt ein ganz Anderes, mitten in den gewohnten
Lebensverhältniſſen einen Charakter ſtill ausbilden, als
dann zum Kampfe heraustreten und unabläſſig in dem=
ſelben ſtehen.

Tauſende wünſchen jetzt den Krieg und ſagen: nur
das kann von der fieberiſchen Aufregung erlöſen. Wer
weiß, wie bald ſie ſich aus dem Leben im Feldlager
heimſehnen würden. Der neue Kampf muß den Muth
erfriſchen.

Als Luzian mit dem Pflug heimkehrte, begegnete ihm
Egidi, der betrübt vom Pfarrhauſe kam.

„Was haſt?“ fragte Luzian.

„Vater,“ entgegnete Egidi, „Ihr müſſet aber nicht
grimmig ſein, ich kann nichts dafür, ich hab' eben dem
Pfarrer die Taufe von meinem Kinde angezeigt, ſie iſt
nächſten Sonntag und es ſoll auch Korbula heißen wie
die Ahne; und da hat mir der Pfarrer geſagt, daß
nicht die Ahne und nicht Ihr und nicht die Mutter und
nicht das Bäbi in die Kirch' kommen darf, ſei's als
Gode oder als Taufzeuge; ihr ſeid Alle im Kirchbann.“

„Gut, gut," sagte Luzian, „du haft ja dein' Schwie=
germutter und deine zwei Schwägerinnen."

„Nicht wahr, Vater, Ihr seid mir nicht bös? ich
kann ja nichts dafür, und ich muß doch mein Kind
taufen lassen."

„Freilich, freilich, aber ich muß jetzt essen, ich
kann schier nicht mehr lallen," so schloß Luzian und
sprang den Pferden nach, die ihm voraus heimgeeilt
waren.

Bei Tische fragte Luzian den Victor: „Bist wieder
gern in der Schul' und wie geht dir's?"

„Ihr hättet mich nicht 'rausthun sollen, wenn ich
wieder 'nein muß," entgegnete Victor, „der Pfarrer
hört alle Kinder ab in der Religionsstund', und mich
übergeht er, wie wenn ich gar nicht da wär'."

Luzian legte den Löffel ab, er konnte nicht weiter
essen; er fühlte tief den Vorwurf des Kindes, indem
er eine rasche That begonnen und sich doch zur Nach=
giebigkeit bequemen mußte. Dabei empfand er, wie
tief kränkend solches offenkundige Uebergehen für ein
gut geartetes Kind sein mußte. „Es ist vielleicht gut
für ihn," schloß er in Gedanken, „er muß schon früh
erfahren, wie die Pfaffen überall blutig anhacken, damit
er um so bälder ein eigener Mensch wird, eh' er so
alt ist wie ich."

Ein Kind im Walde und ein Ruf im Munde der Menschen.

Am Sonntag Morgen war es im Thalgrunde voll frischen Thaubuftes. Die Tannen an der Sonnenhalde rauschten so geruhig im sanften Morgenwind, und die mächtig großen Jahresschosse, die sie in diesem Sommer angesetzt, glitzerten und flimmerten. Der Bach floß arbeitsledig dahin, still murmelnd wie ein vergnügter Spazirgänger; über ihm flog ein Schwalbenschwarm in kühnen Bogen auf und nieder, es waren die Alten, die die Jungen im Fluge übten zur weiten Fahrt über's Meer. Bald senkte sich die eine um die andere rasch hernieder, haschte einen frischen Morgentrunk aus dem Bache und reihte sich schnell wieder ein in den schwärmenden Kreis; unten aus dem Bache schossen die Fische nach der Oberfläche und haschten nach schwär= menden Mücken. Eine Goldammer saß auf der äußersten Spitze des Kirschbaumwipfels, sang unaufhörlich hinein in den blauen Himmel und wetzte sich immer wieder den Schnabel an dem Zweige, auf dem sie saß. Ruhe und sanfte Kühlung quoll aus Berg und Thal. Jetzt öffnete sich die Hausthür an der Waldmühle, und her= aus trat eine Frau, die ein mit weißen Linnen bedecktes Kind in beiden Armen vor sich trug. Drei Frauen, mit Kränzen von künstlichen Blumen auf dem Haupte, folg= ten ihr, und bald auch kam Egidi in seinem langen

blauen Rocke, den Hut in der Hand. Aus dem Stuben=
fenster oben schaute ein Mädchen den Weggehenden
nach; es war Bäbi, die bei der Wöchnerin zurückblieb.
Die Frauen trugen das Kind durch den Wald hinan
dem Dorf zu.

Da ist ein Kind geboren auf der einsamen Wald=
mühle, fern von der großen Gemeinschaft der Menschen,
und es wird hingebracht in die heilige Versammlung,
wo Alles sich zusammenfindet von den einsamen Gehöf=
ten, und ausgesprochen wird, daß das Kind gehöre in
den großen Bund der Menschen, der es tragen und
halten muß, damit es einst ein lebendiges thatenreiches
Glied desselben werde. Das Kind wird dann aus den
Händen der Menschheit wieder zurückgegeben in die Arme
der Mutter, an deren Brust es gedeiht, bis es sich
selbst seinen Weg sucht und dann weiter schreitet in die
Einigung der zerstreut wohnenden Menschen. Alle sollen
es wissen, daß ihnen ein Bruder, eine Schwester ge=
boren wurde, und die frommen Wünsche Aller sollen
es willkommen heißen, noch bevor es sie hört und sieht
und versteht. Was soll es nun aber heißen, den Teufel
aus dem neugeborenen Kinde austreiben? O schmähliche
Verirrung des Menschenverstandes!

Das waren die bald klaren, bald dunklen Gedanken,
die an diesem Morgen durch die Seele Luzians zogen.
Er verließ das Dorf, das ihm die Kirche verschloß, und
ging dem Kind entgegen, hinab in den Wald. Als er
dort die Frauen traf, zog er die Linnen weg von dem
Antlitz des Kindes, und es schlug die großen blauen
Augen nach ihm auf. Er legte ihm die Hand auf das

Haupt, in welchem er den Pulsschlag fühlte. Er schüttelte den Thau von dem überhängenden Zweige einer Buche leise auf das Antlitz des Kindes und sprach mit einer Stimme, die Aller Herzen erschütterten: „Das ist das ewige Weihwasser, mit dem ich dich begieße; werde rechtschaffen und liebevoll, wie es deine Großmutter Korbula war, deren Namen du tragen sollst." Drauf schritt er rasch von dannen, und Niemand sprach ein Wort, ja Niemand wollte es wagen ihm nachzuschauen; nur die Schwiegermutter Egidi's hatte den Muth rückwärts zu sehen, und sie sah wie Luzian vom Wege ab tief in den Wald hineinsprang . . .

Als man jetzt vom Dorf her Glockengeläute vernahm, ermahnte man sich gegenseitig zur Eile, damit man noch zur rechten Zeit komme. Als der Taufzug vor dem Hause Luzians vorüber kam, öffnete sich kein Fenster, Niemand kam zur Begleitung heraus.

Wir können dem Taufzug auch nicht in die Kirche folgen, wir müssen nur so viel berichten, daß im ganzen Dorf an diesem Sonntag über die traurige Taufe des Kindes gesprochen wurde, bei der die nächsten Anverwandten fehlten.

Wir müssen Luzian in den Wald folgen.

Er hätte sich gern in das dunkelste Dickicht vergraben, in eine Höhle sich versenkt, nur um den Menschen zu entfliehen; und doch zog es ihn wieder zu ihnen hin. Die Kirchenglocken tönten von allen Fernen und ließen das Rauschen des Waldes nicht so vernehmlich werden wie in jener stillen Nacht. Vor dem Geiste Luzians sproßte ein neuer Wald auf. „Ich habe einmal

in einem Buch gelesen," dachte er, „daß irgendwo
die Eltern bei Geburt eines Kindes einen Baum pflan=
zen. Wie schön müßte so ein Menschenwald sein, wenn
das Jeder thäte, und die Gemeinde giebt einen Platz
dazu her, und wenn der Mensch gestorben ist, und
wenn der Baum keine Frucht mehr giebt, wird er um=
gehauen und zu etwas Nützlichem verwendet. Wie när=
risch sind doch die Leute, daß sie glauben, es wäre
etwas Höheres, wenn man aus einem Baum eine Kanzel,
als wenn man einen Leiterwagen daraus macht; es ist
ja Alles gut, wenn's recht ist. Und was für freudige
Versammlungen könnten sein, von den lebenden Men=
schen im grünen Menschenwald!"

Luzian war jetzt in der Stimmung, um sich in
allerlei Schwärmerei zu verlieren, aber die Bande der
Familie und des alltäglichen Wirkens hielten ihn fest.

Trotz der weihevollen Art, mit der er das Kind im
Walde getauft, war heute schon ein häßlicher Zornes=
muth durch seine Seele gezogen. Die Frau war voll
Jammerns und Klagens, sie sagte: „Mir ist so bang,
so furchtsam, wie wenn in der nächsten Minut' ein
großer Schrecken über mich kommen müßt', wie wenn
eine Axt nach mir ausgeholt wäre und mir jetzt gleich
das Hirn spaltete."

Auf diese Rede hatte Luzian mit bitterem Wort
entgegnet. Jetzt fiel ihm all' das wieder ein und er
dachte: „Es ist unrecht, daß du von den Deinigen Hülfe
verlangst in der Noth, im Gegentheil, du mußt ihnen
Hülfe bringen, denn du hast ihnen die Noth ge=
bracht."

Mit versöhnlichem Herzen kehrte Luzian heim. Er fand seine Frau gleich bereit, denn die Ahne hatte ihre Tochter scharf vorgenommen und ihr in's Herz gepflanzt, daß es jetzt gelte, die gelobte Treue zu bewähren; darum sagte Frau Margret nach Tische: „Luzian, mach' nur, daß die Sache bei den Gerichten bald ein Ende hat, und dann wollen wir fort aus dem Dorf, ich geh' mit dir, wohin es sei, nur fort; ich wollte, ich könnte auch all' die Menschen aus meinem Gedächtnisse vergessen, die jetzt so gegen uns sind."

„Ja," sagte die Ahne, „wenn das die Religion ist, daß man Einen verschimpfirt und Einem Dinge nachsagt, woran sein Lebtag Keins gedacht hat, da will ich lieber gar kein' Religion."

Die Frauen hatten nämlich erfahren, daß man Luzian die gräßlichsten Unthaten nachredete. Man wollte in der Vergangenheit Belege für sein gegenwärtiges Handeln finden, und Nichts war zu heilig, das man nicht antastete.

Es giebt Gedanken und Aussprüche, die, ohne unsere Seele zu treffen, sie doch so widrig beleidigen, wie wenn man nahe vor dem offenen Auge mit einer Messerspitze hin= und herfährt. Wir scheuen uns fast, es zu sagen, aber es gehört mit zur Geschichte: selbst das Verhältniß Luzians zur Ahne wurde mit dem niedrigsten Geifer besudelt. Niemand konnte sagen, woher diese Nachreden kamen, man konnte die Urquelle nicht entdecken, sie sprangen aus dem Boden, da und dort; während man die eine verfolgte, brach die andere los.

Frau Margret eiferte über ihre Mutter, sie hätte

Luzian nichts von dem Geschwätz sagen sollen; aber die
Ahne sagte:

„Ich kenn' meinen Luzian. Wenn er auch alles
Schlechte von den Menschen weiß, er wird doch keinen
Haß auf sie werfen. Die Menschen sind mehr dumm
als bös; den Kaiser Joseph haben sie vergiftet, und
dir Luzian möchten sie gern dein gut Gemüth mit
bösen Nachreden vergiften. Das geht aber nicht, gelt
ich kenn' dich? Ich trag' dein Herz in meinem
Herzen."

Luzian ließ sich nun Alles erzählen: wie er schon
lange im Geheimen lutherisch sei und versprochen
habe die katholische Kirche zu beschimpfen, wie er die
Waisen betrogen, wie er diesen und jenen zur Gant
gebracht, um nachher dessen Aecker aufzukaufen, und
Hundertfältiges dieser Art. Er hörte es mit Gleich=
muth an. Ihm kam es vor, als ob man das von
einem andern Menschen sagte; die Leute mußten ja
selbst wissen, daß Alles erlogen sei, dennoch stellte sich
bei ihm ein Gefühl des Ekels und dabei eine stille,
aber grünbliche Verachtung ein. Er hatte es nie ge=
glaubt, daß man es wagen könnte, seinen Namen mit
derlei Dingen in Verbindung zu bringen. Auf der
Straße faßte er Diesen und Jenen an und sagte: „Hast
auch schon gehört? ich bin schon lang ein geheimer
Lutherischer? Ich habe die Waisen betrogen, den und
jenen in die Gant gebracht. — Die Verleumdung über
das Verhältniß zur Ahne berührte er nicht, das war
zu empörend. — Nun, was sagst du dazu?" schloß er
in der Regel seine Rede.

Natürlich ward ihm selten ein so heftiger Zornes=
ausbruch darüber kundgegeben, als er erwarten mußte.

„Freilich, hab's auch gehört, es ist schändlich, aber
du kannst die Leut' reden lassen," so lautete in der
Regel die Antwort.

Er rief manchmal zornig aus: „Du hättest dem in's
Gesicht schlagen sollen, der so was über mich gesagt,
und der Geschlagene wieder dem, der's ihm gesagt hat,
und so wären wir zuletzt hinunter zu dem Maulwurf
gekommen, der den Haufen aufwirft, und den hätt'
man maustodt gemacht."

So erhaben sich auch Luzian über all' die Nachreden
fühlte, so hatte er doch eine peinliche Empfindung dar=
über; ihm war's als ob das innerste Heiligthum seines
Lebens von ungeweihten Händen berührt worden wäre.
So muß es frommen Gläubigen zu Muthe sein, die
ihr wunderthätiges Heiligthum aus den Händen ungläu=
biger Räuber unversehrt wieder erringen. Ein Gefühl
der Trauer verläßt sie nicht, daß man so freventlich
damit umgegangen.

Wie die Speise, die sich in unser leibliches Leben
verwandelt, so geht es auch leicht mit allen Erlebnissen,
die wir in einer Zeit gewinnen, in der wir von einem
einzigen Gedanken beherrscht sind; sie verwandeln sich
unversehens in einen Theil dieses Denklebens, so fremd
und beziehungslos sie auch anfangs erscheinen mochten.
Zum Erstenmal ging jetzt Luzian das Gefühl der Ehre
in seiner Hoheit auf. Wohl hat sie ihre tiefste Wurzel in
der Selbsterhaltung, aber eben dieser Ursprung tritt in
ihr geläutert auf. Sich selbst ehren und Alles so thun,

daß man dies könne, das schließt die höchste Tugend in
sich. Spricht aber die Religion nicht gerade aus, daß
wir Alles zur Ehre Gottes thun müssen? Wohl, Alles
zur Ehre des unvertilgbaren Heiligthums, das in uns
gepflanzt ist. Warum lehrt die Religion immer und
vorzugsweise, sich selbst gering achten? „Lernet euch
selbst ehren, möchte ich den Menschen zurufen, du bist
König und Priester, so du das Heiligthum der Ehre in
dir auferbauest und rein erhältst."

Luzian hatte wieder seine volle Kraft gewonnen,
und siegesmuthig schritt er über die gewohnte Welt
dahin. Aus dem Bewußtsein heraus lernte er die alte
Welt auf's Neue gewinnen und beherrschen.

Ich bin der ich bin.

Der Oberamtmann hatte durch seine Magd, die Tochter Wendels, Luzian auffordern lassen, dieser Tage einmal zum Verhör zu kommen. Er ließ ihn absichtlich nicht durch den Schultheiß entbieten, und diese freundliche Schonung that Luzian im Innersten wohl. Er ging daher andern Tages nach der Stadt. Der Amtmann nahm Luzian aus der Kanzlei mit hinauf in seine Privatwohnung. Dort ließ er Kaffee machen, schenkte Luzian ein und sagte: „So, wenn Sie rauchen wollen, steht's Ihnen frei, wir wollen die Sache leicht abmachen; erzählen Sie mir den Hergang noch einmal und ich will das Protokoll aufsetzen."

Luzian war anfangs betroffen über diese seltsame Abweichung vom strengen Amtston, er ließ sich's aber auch gern gefallen. Er erzählte nun die Geschichte von der Predigt und seiner Gegenrede.

„Das kommt mir jetzt schon vor, als ob es vor hundert Jahr' geschehen wär'," schloß er.

„In vergangenen Zeiten," entgegnete der Oberamtmann, „war dies allerdings auch oft der Fall, die Geistlichen mußten sich Widerspruch und Einrede gefallen lassen, aber jetzt freilich paßt das nicht in die Kirchenordnung. Es ist schrecklich, wenn man bedenkt, daß wir unser Lebenlang unsre beste Kraft dazu aufwenden müssen, das Unnatürliche, das unserer Seele aufgekünstelt wurde, herunterzukratzen und am Ende

wird's doch nie mehr so rein, und da und dort haf=
tet ein fremdartiger Fleck. Was für andere Menschen
müßten aus uns Allen werden, wenn man der Natur
ihr freies Wachsthum gönnte. Wie alt sind Sie jetzt,
Luzian? Da steht's ja im Protokoll, 51 Jahre. Ist's
nicht himmelschreiend, daß wir um so viel Lebensjahre
betrogen werden."

„Ja," sagte Luzian, „man möcht' oft unserm Herr=
gott böse werden, daß er die Wirthschaft da so mit
ansieht."

Der Oberamtmann sah dem Redenden staunend in's
Gesicht, faßte seine Hand und sagte: „Wie? glaubt
Ihr denn noch wirklich an ihn?"

Luzian zuckte und zog unwillkürlich seine Hand
zurück, indem er betroffen entgegnete: „Ich versteh'
Sie nicht, was meinen Sie? wie?"

Ernst lächelnd entgegnete der Oberamtmann: „Ich
meine Gott."

Luzian sah auf, ob nicht die Decke einfalle, und
der Oberamtmann fuhr fort: „Dieses Wort ist nur ein
Schall für Etwas, von dem wir Nichts wissen; weil
wir so viel Elend, Ungleichheit und Ungerechtigkeit in
der Welt sehen, so denken wir uns ein unsichtbares
Wesen, das Alles schlichtet und in's Gleichgewicht bringt;
aber wenn ein Ruchloser vom Blitz erschlagen wird, so
sagen wir oder vielmehr die Pfaffen: das ist der Finger
Gottes. Wird ein Rechtschaffener getroffen, so heißt
es dagegen: die Wege des Herrn sind unerforschlich.
Das Eine wie das Andere ist nichts als Stümperei
und Redensart. Weil wir so viel Verkehrtheit in der

menschlichen Gesellschaft sehen, so erdenken wir uns ein Jenseits, in welchem das Böse und das Gute vergolten werden soll, und das ist doch weiter nichts, als daß wir uns die lästigen Fragen vom Hals schaffen. Nein, wer zur Vernunft gekommen ist, braucht keinen Gott und keine Unsterblichkeit."

Diese letzten Worte waren wie fragend ausgesprochen, aber Luzian antwortete nicht; sein ganzes Antlitz war in starrer Spannung, und der Oberamtmann fuhr fort:

„Wer tiefer in die Welt hineinsieht, der erkennt, daß Alles Nothwendigkeit ist, daß es keinen freien Willen giebt. Ich habe keinen freien Willen, sondern wenn ich genau hinsehe, muß ich Alles thun, was ich zu wollen scheine, und das Weltall hat auch keinen freien Willen, der gegen die Gesetze in ihm herrschen könnte, denn das wäre Gott. Freier Wille in uns und Wunder in der Natur ist ganz dasselbe. Was ich jetzt thue, daß ich jetzt so mit Euch rede, das ist die nothwendige Folge einer endlosen Kette von Ursachen, von Ereignissen in mir und mit mir, denen ich gehorsamen muß; weil Alles in der Welt Nothwendigkeit ist, darum liegt in dieser schon was man Strafe und Lohn nennt, eingeschlossen. Der Eine fügt sich in sein Schicksal, weil er es als den unabänderlichen Willen Gottes, der Andere, weil er es als eine unabänderliche Nothwendigkeit erkennt; es kommt am Ende auf Eins heraus. Wir müssen still halten, Sonnenschein und Hagelwetter über uns kommen lassen, und am Ende wieder tüchtig die Hände rühren; denn das, was man Gott nennt, thut Nichts für uns, wir müssen's selber thun. Nicht wahr, ich bin Euch noch nicht in Allem ganz deutlich?"

„Nein, aber nur eine Frage: warum sind Sie denn rechtschaffen, wenn's keinen Gott giebt und keine Vergeltung? Es ist doch oft viel angenehmer, ein Bruder Lüderjan zu sein?"

„Wie ich Euch schon sagte, das, was uns wahre Freude macht, ist auch das Gute, alles Andere ist ein schneller Schnaps, bei dem das Brennen nachkommt. Ich thue meine Pflicht, nicht, weil sie mir von Gott geboten ist, sondern weil ich sie mir selber auferlege und sie festhalten muß zur Selbstachtung. Wenn ich meine Pflicht vernachlässige, verliere ich die Ehre vor mir selbst, und wenn ich einem Menschen, wie man's nennt, über meine Pflicht hinaus Gutes erzeige, so thue ich an mir selbst fast noch mehr Gutes, als an dem, der die Wohlthat empfängt. Daß ich weiß, den Armen erquickt mein Stück Brod, das thut mir oft wohler, als dem, der es kaut. Seitdem ich an keinen Gott mehr glaube, seitdem bin ich, wie man's nennen möchte, noch viel demüthiger geworden. Alles was ich bin, das ist eine Nothwendigkeit, und Alles, was ich thue, ist meine Schuldigkeit, ich habe nicht Ehre, nicht Lohn, nicht Dank von Jemand anzusprechen. Luzian, ich könnte bis morgen nicht fertig werden, wenn ich Alles darlegen wollte. Ich rede so offen zu Euch, weil ich vor Euch Respect habe. Entweder hat sich Gott einmal geoffenbart und thut es noch fort in seinen gesalbten Priestern, oder Gott hat sich nie geoffenbart, und wir haben gar nichts nach alle dem zu fragen,

was man bisher geglaubt hat. Drum sage ich: ent=
weder muß man ein guter Katholik sein und Alles hin=
nehmen, wie man es überliefert bekömmt, oder frisch über
Alles hinweg, jeder sein eigener Priester und Heiland.
Entweder katholisch oder gottlos. Meint Ihr nicht auch?"

„Nein, das mein' ich nicht," rief Luzian laut, sich
erhebend, „das letzte Wort, das Ihr da gesagt habt,
hat der Pfarrer auch gesagt, es ist aber doch nicht
wahr. Kann sein, ich bin nicht studirt genug, aber
da gilt keine Gelehrsamkeit. Sehen Sie, Herr Ober=
amtmann, ich hab' mir in diesen Tagen mein ganzes
Leben zurückgedacht, da hab' ich gesehen, es ist der
Finger Gottes, eine väterliche Fürsehung darinnen.
Hundert Sachen, die ich grad am ungernsten than hab',
und die ich als mein größtes Unglück angesehen hab',
die sind mir zum besten geworden; unser Herrgott hat
gewußt was daraus wird, ich aber nicht. Das ewige
Leben? ja, das kann ich mir nicht vorstellen, weil ich
an keine Hölle glaube und auch nicht weiß, wo der
Himmel ist. Jetzt lebe ich einmal so, daß wenn es
kommt, ich auch nicht davon laufe. O lieber Mann,
Sie sind ein guter Mann! Wenn ich's nur machen
könnt', daß Sie mit mir glauben, wie eine väterliche
Hand, die wir nicht sehen, uns führt. Das thäte
Sie doch oft trösten, wo Ihre gescheiten Gedanken zu
kurz sind und nicht hinlangen. Guter Mann, ich habe
einen Sohn von zweiundzwanzig Jahren und noch zwei
kleine Kinder unter dem Boden liegen. Wenn man so
ein Grab offen sieht, unser eigen Herz mit hineinge=
legt wird, da geht Einem eine neue Welt auf."

Die Stimme Luzians stockte, er konnte vor innerer
Rührung nicht weiter reden. Eine Weile herrschte
Grabesstille in der Stube. Ja den beiden Männern
kam es selber vor, als wären sie außerhalb dieser Welt
in ein Jenseits versetzt.

Der Oberamtmann versuchte es nicht mehr, seinen
eigenen Denkproceß in Luzian anzufachen, er empfand
eine gewisse heilige Scheu, diese innige Gläubigkeit an=
zutasten: „und" setzte er still für sich hinzu, „nur diese
vermochte es vielleicht, den Kampf mit dem Pfaffen=
thum aufzunehmen."

Traut, wie zwei Freunde, die sich mit ihrer Stan=
des= und Familiensonderung außerhalb der Welt befin=
den, besprachen die Beiden sich noch mit einander, und
als der Oberamtmann darauf kam, daß einzig in
Amerika die wahre Religionsfreiheit herrsche, indem es
dort gestattet ist, zu keiner Kirche zu gehören, oder sich
eine beliebige neue zu gestalten, da wurde das Auge
Luzians größer; wie von unfaßbarer Stimme wurden
ihm jetzt die Worte seiner Frau zugerufen: „Wenn
wir nur fort wären aus dem Ort" — aber er konnte
den Gedanken doch noch nicht fassen.

Luzian öffnete sein ganzes Herz und erzählte, welche
namenlose Pein er überstanden habe, indem er sich vom
alten Herkommen frei machte.

„Ich möchte lieber ein ganzes Jahr Tag und Nacht
im Zuchthaus sitzen und Woll' spinnen, als das noch
einmal durchmachen," schloß er.

„Allerdings hatte ich da ein viel glücklicheres Loos,"
erzählte der Oberamtmann, „mein Vater war ein voll=

kommen freisinniger Mann, der ohne allen Zusammen=
hang mit der Kirche lebte. Wenn eines von uns Kin=
dern einen Fehltritt beging, faßte er es beinahe mit
doppelter Liebe, und nahm es mit sich auf seine Ar=
beitsstube; dort suchte er uns zur Einsicht des Fehlers
zu bringen, und wir mußten darauf eine Stunde ruhig
bei ihm verweilen. Ich verließ die Stube nie ohne
tiefe Erschütterung. — Meine Mutter war katholisch
und ging regelmäßig nach der Kirche, ich hörte oft
davon reden, war aber noch nie dort gewesen. Ich
erinnere mich ganz deutlich des ersten Eindruckes, den
ich davon erhielt, ich war damals sechs Jahr alt.
Eines Sommermorgens, wir wohnten in einem Garten
vor dem Thor, lag ich mit meiner zwei Jahre älteren
Schwester im Grase, und wir schauten Beide hinauf
in den blauen Himmel, an dem auch nicht ein einzig
Wölkchen war. Wir hatten gehört, daß die Sterne
beständig am Himmel stehen, auch am Tag, wir woll=
ten sie nun sehen. Ich wurde gerufen, ich durfte mit
meiner Mutter zur Kirche gehen, ich war voll Selig=
keit und brennenden Verlangens. In der Kirche aber
befiel mich plötzlich ein unnennbares Heimweh, eine
drückende Angst, ein Bangen nach einem Stück meines
blauen Himmels; diese dicken Mauern, diese Lichter
am Tage, die Orgel, der Weihrauch, die steinerne
Kühle, Alles machte mich fast weinen, und ich war
wie in der Gefangenschaft zusammengepreßt. Ich lebte
erst wieder auf, als ich im Freien war und meinen
blauen Himmel sah. Von jenen Kindestagen an hatte ich
nie mehr ein Verlangen nach der Kirche; die väterliche

Erziehung und eigene Forschung stellten mich so, daß ich kaum Etwas abzustreifen hatte."

Luzian horchte betroffen auf, er schaute hier in eine Lebensentfaltung, von der er keine Ahnung gehabt hatte, von der er nie gedacht, daß sie in der Welt bereits vorkäme.

Mit der heimlich stillen Erquickung, die wir immer empfinden, wenn ein ganzes Herz sich erschlossen, schieben die beiden Männer von einander. Luzian hatte dabei noch die Empfindung, daß er dem Oberamtmann, der doch ein so hochstudirter und angesehener Mann war, einen heiligen Funken in's Herz gelegt habe. Der Oberamtmann aber hielt an sich. Wie er die Unbarmherzigkeit der reinen Consequenz in sich walten ließ, so machte er diese auch unbedingt gegen andere Menschen geltend; dadurch erschien er vielfach schroff und schonungslos. Er wußte das, und sagte dagegen oft: „Nicht ich bin hart und unbeugsam, sondern der Gedanke ist es; alle die Gemüthlichkeiten und anmuthenden Gewöhnungen müssen fallen, wenn sie vor der Schärfe der absoluten Erkenntniß nicht bestehen können." Dennoch hielt er heute plötzlich an sich. Vorerst erschien es ihm, als ob er unwillkürlich in seine unvolksthümliche Auffassungs= und Anschauungsweise verfallen wäre, die Furcht vor seiner oft gerügten Vornehmigkeit kam dazu; und als jetzt Luzian die Erschütterungen des ganzen Menschen am Grabe aufrief, sollte er den thränenschweren Blick des Redenden auf Abstractionen lenken? Darum erzählte der Amtmann hierauf einen Zug aus seiner Jugendgeschichte, er wollte dadurch deutlicher

werden; aber alles dieß erschien im Erzählen und vor
Luzian doch fast wie eine entschuldigende Erklärung
seines jetzigen Standpunktes.

Heute zum Erstenmal vergaß Luzian bei einer An=
wesenheit in der Oberamtei, die Tochter Wendels, die
hier als Magd diente, zu fragen, ob sie nichts heim=
zubestellen habe. Er erinnerte sich dessen noch auf der
Straße vor dem Hause, aber er kehrte doch nicht mehr
zurück.

Mit vormals ungeahntem, gehobenem Gefühle schritt
er heimwärts durch den Wald. Seine Wangen glühten,
alles Leben regte sich mit Macht in ihm. Es war
nichts Bestimmtes, was ihm so mit namenloser Ent=
zückung die Brust hob, es war ein Gefühl der Freu=
digkeit, daß es ihm oft war, er spränge dahin wie ein
junges Reh, während er doch gemessenen Schrittes ein=
herging. Er schaute einmal halbverworren auf, ob er
denn nicht wirklich dort vor sich herspringe, wie ein
unschuldvolles, jauchzendes Kind.

Das war eine Stunde, in der sich den Menschen
Gesichte aufthun, die sie selber nicht fassen können,
wenn sie wieder zur Ruhe gelangt sind.

Jetzt trat Luzian aus dem dichten Walde in eine
Wiesenlichtung, die sogenannte Engelsmatte. Der Abend
stand eben mit seinem goldenen Lichte über den Wipfeln
der Bäume, die vielfarbigen Blumen und Gräser sogen
still den herniedertriefenden Thau ein, und die Heim=
chen zirpten, wie wenn die Blumen und Gräser selber
laut jauchzten über die frische Erquickung. Am jen=
seitigen Ende der Waldwiese stand ein junges Reh vor

einer weißen Birke, die sich zu den dunkeln Tannen gesellt hatte; das Reh äste und schaute oft auf. Luzian blickte an sich hernieder, und in ihm sprach's die wundersamen Worte: „Du bist ein Mensch! Du schweifest hin über diese Welt voll Blumen und Thiere, und du hast Alles, und du hast mehr, du hast dich selbst. Was ist mir geworden aus all meinem Kampfe? Ich hab's errungen, ich bin der ich bin, kein fremdes Wesen mehr, das die Gedanken anderer Menschen hat, frei, treu und wahr in mir. Jetzt kann ich getrost hinziehen über diese Welt. Ich bin der ich bin."

Die nächtigen Schatten legten sich über Wald und Wiese, durch die ein Mensch hinschritt, hellflammend und in sich leuchtend . . .

Als Luzian nach Hause kam, sagte er zu seiner Frau auf der Hausflur: „Heut' mach mir was Gutes zu essen und laß mir einen guten Schoppen Wein holen, mir ist so wohl wie mir noch nie im Leben gewesen ist."

Der „weltsmäßige Hunger," von jenem Sonntage nach der Predigt, hatte sich diesesmal noch gesteigert bei ihm eingestellt.

Die Frau gab keine Antwort, sie schlug den thränenschweren Blick auf und rang verzweiflungsvoll die Hände.

Das ist das unerfaßliche, tausendfältige Getriebe des Weltlebens, das macht uns oft den Ausblick in's Gesammte zu einem Wirrsal, daß während ein Mensch hier hoch hinansteigt, dort ein anderer hinabsinkt, während die Pulsschläge eines Herzens sich hier verdoppeln, dort ein anderes still steht. Der Mensch lebt nicht für

sich allein, und es ist ihm nicht gegeben, rein aus sei=
nem eigenen Kern sich weiter zu entwickeln.

Dort am Waldesrande neben der weißen Birke
wird das Reh nicht urplötzlicher vom heißen Blei des
Jägers getroffen und bricht nicht zuckender zusammen,
als Luzian von dem erschüttert wurde, was in der
höchsten Freudigkeit seiner Seele sich ihm aufthat.

„Die Mutter! die Mutter!" klagte die Frau, und
als er hineinging in die Kammer, wo viele Weiber
versammelt waren, sah er bald, wie es um die Ahne
stand. Sie hatte geschlummert und erwachte jetzt.
Sie hieß mit schwerer Stimme Luzian willkommen,
und fragte ihn: ob er denn aus dem fernen Lande
schon zurück sei? Dann rief sie ihre Tochter und sagte:
„Halt' fest an meinem Luzian, halt' fest wie seine rechte
Hand. Du weißt, Margret, wie es mit Eheleuten
steht, die nicht . . ." ihre Stimme stockte, und nach
einer Weile fuhr sie fort: „Ich vergeb' dir, Christian,
du hast's doch gut gemeint; jetzt kommt mein Vater
und der kaiserliche Rath."

Die Frauen umdrängten Luzian und sagten: man
müsse den Pfarrer holen. Luzian entgegnete, die Ahne
habe ihm in gesunden Tagen ausdrücklich gesagt, sie
wolle keinen Pfarrer; endlich aber willfahrte er doch den
Bitten und Thränen, zumal man ihm vorstellte, es
werde zu neuen Verleumdungen Anlaß geben; man werde
die Aussage der Ahne nicht glauben, und er habe nur
ein Recht, mit seiner eigenen Seele zu machen, was er
wolle, nicht mit der der Ahne. Luzian gab endlich nach.

Ein Gang in's Pfarrhaus.

Wir haben Luzian auf Schritt und Tritt so unab=
lässig begleitet, daß wir uns fast ausschließlich in seinem
Hause einbürgerten. Jetzt wird es uns fast so schwer
wie dem Luzian selbst, nach dem Pfarrhause zu gehen.

Das acht Fenster breite Haus hat an der Straßen=
seite keinen Eingang, wir müssen über den eingefriede=
ten Rasenplatz an der Kirche und dort an der verschlos=
senen Thüre klingeln.

Wir schreiten über einen bedeckten Gang, stehen
nochmals vor einer verschlossenen Thür, die sich aber
durch einen Zug von innen öffnet. Wie friedsam und
still ist es hier; Treppe und Hausflur sind so rein wie
geblasen, die Wände sind schneeweiß getüncht; kein Ton
ließe sich hören, wenn nicht ein weißer Spitzhund bellte,
den ein großes, stattliches Frauenzimmer, halb bäurisch
gekleidet, zu beruhigen sucht. Das ganze Haus steht
da wie eine stille Klause, mitten im lärmenden Getriebe
der Menschen. Es ist ein Anbau an die Kirche und
es scheint sich darin zu wohnen, so andächtig still, als
wohnte man in der Kirche selbst. Schüttle den Staub
von den Füßen und wandle durch die Reihe der Zim=
mer, sie sind alle weiß getüncht, spärlich mit Hausrath
versehen, denn es hat keine familienhafte Gemeinsam=
keit hier ihre Stätte. Nirgends liegt da oder dort
eines jener hundertfältigen Werkzeuge des Haushaltes
in anheimelnder Zerstreutheit umher. Alles hat seinen

gemeſſenen Ort und ſcheint feſt zu ſtehen, wie die großen
braun lackirten Kachelöfen. Eine gewiſſe Oede liegt in
der dünnen Luft. Die Schlöſſer an den Thüren gehen
hart. Ein Crucifix iſt die einzige Verzierung jeden
Zimmers, nur in dem vorletzten, in das wir jetzt treten,
wo das Bett mit drüber gebreiteter weißer Decke ſteht,
hängen außerdem noch Steinzeichnungen der Evangeliſten,
und zu Häupten des Bettes das Bildniß des Papſtes
Pius IX. in ſchwarzem Rahmen. Jetzt endlich treten
wir in die tabaksdampferfüllte Studirſtube. Wir treffen
hier eine außerordentliche Anzahl von Büchern, denn
unſer Pfarrer gehört zu denen, die neuerdings mit dem
Proteſtantismus um die Palme der Wiſſenſchaft ringen.
Nicht umſonſt hat er ſchon auf der Univerſität den
theologiſchen Preis gewonnen durch eine Abhandlung
über das Verhältniß der Neuplatoniker zu den Chriſten.
Schon früh am Morgen treffen wir ihn vollſtändig an=
gekleidet in ſeiner Studirſtube, denn er hat, wie ſich's
gebührt, nüchtern die Meſſe geleſen und ſein Tagewerk
wäre nun eigentlich vollendet, wenn er nicht ſelbſt ſich
ein neues auferlegte. Er iſt von dem entſchiedenſten
Eifer beſeelt, thätig an mehreren Zeitſchriften, und ver=
folgt mitten im Kleingewehrfeuer derſelben mit Eifer
alle Erſcheinungen im Gebiete theologiſcher Literatur.
Selten wird dieſe Morgenſtille von der Anmeldung einer
Taufe oder ſonſtiger Amtshandlung unterbrochen. Nur
manchmal macht ſich der Pfarrer plötzlich auf und über=
raſcht den Lehrer in der Schule mitten im Unterricht.
Am Mittagstiſch ſitzt er ſtill bei ſeiner Schweſter, die
ihm durch die Vermittelung der Magd das Leben in

allen Häuslichkeiten zuträgt. Erst gegen Abend geht der Pfarrer aus, und obwohl von streng ascetischer Richtung, weiß er doch nirgends anders hinzugehen als in's Wirthshaus. Dort sitzt er im Gespräche mit Gemeindegliedern, die sich ihm nähern und mit zufällig eingetroffenen Bekannten, oder auch oft allein. So vergeht ein Tag um den andern. Er hat keine lebendige Verbindung mit den Dorfbewohnern, er ist nur auf den Ruf der Vorgesetzten hierher gefolgt und morgen bereit, an einem andern Orte die Lehre zu verkünden und die Weihe zu vollziehen.

Seit geraumer Zeit aber ist der Pfarrer voll Unruhe. Die Landeszeitung lieferte allwöchentlich fortlaufende Aufsätze über die höhere und niedere Kirchenverwaltung. Diese Darstellungen zeugten von genauester Kenntniß des ganzen Mechanismus und enthielten epigrammatische Spitzen, die offenbar bestimmte Persönlichkeiten und Vorkommnisse treffen mußten. Nur eine geweihte Hand konnte hier die Feder geführt haben. Die Geschichte Luzians bildete nicht unbedeutenden Anlaß zu den schärfsten Ausfällen. Trotzdem diese Aufsätze unter Censur erschienen waren, erließ dennoch der Bischof ein Umlaufschreiben, in welchem er die ganze Klerisei des Sprengels aufforderte, mit Bekräftigung des Priestereides in einem anliegenden Reverse zu bezeugen, daß sie weder mittelbare noch unmittelbare Urheber jener Aufsätze seien. Dieses geheime Umlaufschreiben, gleichfalls wenige Tage nach dessen Erlaß in derselben Zeitung als Beweisstück der Kirchentyrannei veröffentlicht, erregte gewaltige Aufregung unter Priestern und Laien

Unser Pfarrer war schon mehrere Tage mit sich im
Kampfe, was er zu thun habe. Er war weit entfernt
von dem Widerstreben Vieler, die dem Bischof das Recht
absprachen, einen solchen Revers zu verlangen und sich
nun dessen weigerten, trotzdem und weil sie sich ihrer
Unschuld bewußt waren; im Gegentheil, unser Pfarrer
war von ganz anderen Bedenken in Schwankung ge=
bracht. Vorerst zuerkannte er dem Bischof das volle
Recht seiner Maßnahme, ja er behauptete, daß Jeder,
der um die skandalsüchtige Urheberschaft wisse, ver=
pflichtet sei, frei aus sich heraus solche anzuzeigen, und:
du sollst den Namen Gottes deines Herrn nicht ver=
gebens aussprechen. Wer um eine Sache weiß und
zugiebt, daß ein Anderer einen unnöthigen Eid schwört,
macht sich dieses Vergehens schuldig. Unser Pfarrer
kannte den Urheber nach seiner zuversichtlichen Ueber=
zeugung. Mußte er diesen nicht kund geben und allen
unnöthigen Eidschwur und alle Aufregung nieder=
schlagen?

. Daß der Urheber sein Freund war, daß er ihn
daran mit Bestimmtheit erkannte, weil in den Aufsätzen
Ausdrücke gebraucht waren, die der Freund mehrmals
in vertraulicher Rede im Munde geführt, durfte ihn
das abhalten, den beschworenen Eid des Priestergehor=
sams zu brechen?

Nur Eines that unserm Pfarrer aufrichtig leid und
erfüllte ihn mit längerem Bedenken. Er hätte gewünscht,
daß seine eigene Angelegenheit im Dorf nicht in jene
Aufsätze verflochten wäre, damit ihn Niemand niedriger
Rachsucht oder sonstiger unlauterer Motive zeihen könnte.

Dies war der Punkt, wo seine sonst feste Verfahrungs=
weise in Schwanken gerieth. Aber die so nahe liegende
Furcht vor Mißdeutung erfüllte ihn bald mit neuem
Kampfesmuth. „Wie?" sagte er, „soll ich unterlassen,
was Eid und Gewissen mir befiehlt, weil ich dadurch
in falsches Licht gerathen kann? Grade deßhalb muß
ich's desto zweifelloser über mich nehmen. Was wäre
die Erfüllung der Pflicht, wenn sie kein Opfer kostete?"

Mit fliegender Feder schrieb er die Denunciation
an das bischöfliche Amt nieder, und unmittelbar darauf
einen Brief an Rollenkopf, worin er ihm offen sein
Verfahren gestand, damit er niemand Anders als seinen
Angeber im Verdacht halte. Rollenkopf ließ diesen Brief
ohne Erläuterung oder Bemerkung einfach in der Lan=
deszeitung abdrucken. Wenige Tage darauf war er
seines Amtes entsetzt.

Es gab wohl Manche, die den Heldensinn unseres
Pfarrers und seine Großthat lobten, noch weit mehr
aber fand man darin jene Starrheit und jenen Verrath
an Allem, was die unbedingte Tyrannei erheischt. Ja
selbst die Frommen, die die That lobten, konnten doch
nicht umhin, einen gewissen Abscheu gegen den Thäter
zu empfinden. So verwirrt und uneins ist unsre Zeit,
daß man auf allen Seiten Thaten wünscht, die man
selbst nicht vollziehen möchte.

Unser Pfarrer war nun Gegenstand des öffentlichen
Streites in allen Blättern, und dies war der Haupt=
grund, warum er die Schlägerei Luzians nicht bei den
Gerichten anhängig machte, sondern auf alle Weise zu
vertuschen suchte. Es mußte ihm darum zu thun sein,

so gerecht und schwer gekränkt er auch dabei erschien,
doch nicht entfernt mit Thatsachen genannt zu werden,
die einen Makel im Rufe lassen, fast in der Weise wie
die blauen Mäler, die er noch auf den Armen und an
der Stirne davon behalten hatte. Ein Geprügelter ist
immer in einer mißlichen Lage; so himmelschreiend unrecht ihm auch geschah, das gemeine Handgemenge schon
zieht herab. Unser Pfarrer mußte und wollte sich auf
seiner idealen Höhe erhalten.

Eben jetzt saß der Pfarrer nachdenkend in seiner
Stube. Er hatte das Zeitungsblatt in der Hand, welches berichtete, daß Rollenkopf, weil er nicht genügende
Subsistenzmittel nachweisen konnte, aus der Hauptstadt
nach seinem Heimathsorte verwiesen sei. Da klingelt
es. Sonst hätte wer da wolle Einlaß begehren können,
unser Pfarrer ließ sich nie stören, er wartete ruhig die
Meldung ab. Jetzt sprang er unwillkürlich an's Fenster.
Er meinte Rollenkopf müsse da sein. Er schaute hinaus
und erblickte zu seinem Erstaunen den Luzian, der so
aussah, daß man nicht wissen konnte was er vorhatte.
Der Pfarrer trat daher rasch auf die Hausflur und
fragte: „Wer ist da?"

„Ich bin's, der Luzian."

„Was giebt's?"

„Herr Pfarrer, ich komm' nicht, es kommen nur
meine Worte; machet schnell, gleich, es ist wegen der
Leute, sie bringen Neues gegen mich auf; kommet schnell,
gleich, eilet; mein' Bäbi ist schon zum Meßner gelaufen."

„Was denn?"

„Meine Schwiegermutter liegt im Sterben.“

„Der Luzian darf nicht dabei sein, wo die letzte Oelung ertheilt wird.“

„Nicht? und wenn sie während Dem stirbt?“

„Nicht. Der Luzian haßt unsern Glauben.“

„Ich will ja fort von Haus bleiben, machet nur schnell; die Ahne will Euch auch nicht, die Weiber wollen's.“

„So? und ich soll Spott treiben lassen mit dem Heiligthum, weil sich der Luzian vor dem Gerede der Menschen fürchtet?“

„Reden wir nicht mehr lange,“ entgegnete Luzian außer sich vor Angst. „Die brave Frau kann allein sterben, und braucht Euch nicht. Gott ist unser Prie= ster. Ihr sollt nur sein Handlanger sein, sein Arm, der noch den Kelch des Lebens reicht den Lippen, die zum Letztenmal zucken.“

„Was Kelch? so verrathet Ihr Euch; wer reicht den Kelch? Ihr wißt wohl wer?“

„Herr Pfarrer, ich weiß nicht was ich red'. Mit aufgehobenen Händen bitte ich Euch, es druckt mir das Herz ab; kommet, ich bitt' Euch tausendmal um Ver= zeihung, wenn ich Euch was Leids than hab.“

„Mir hat Luzian nichts Leids gethan; seine Teufel haben aus ihm gesprochen und seine Teufel haben ihm die Hände geführt.“

„Herr Pfarrer, dazu ist jetzt keine Zeit. Kommet mit! wer weiß —“

„Ich geh nicht mit dem Luzian, ich werde allein kommen.“

Luzian eilte schnell heimwärts; es war still auf der Flur und in der Stube. Er fand nur noch die todten Ueberreste der Ahne.

Der Pfarrer hatte ncch während des Ankleidens erfahren, daß es zu spät sei; er kam nicht.

Die ganze Nacht war Luzian still und redete fast kein Wort. Am andern Morgen war er heiter und wohlgemuth, und die Leute erkannten immer mehr und mehr in ihm einen hartgesottenen Gottesleugner.

Die Ahne wurde ohne Glockengeläute in ungeweihte Erde begraben.

Ein junger Mann weinte große Thränen an ihrem Grabe. Es war Baule, der von Althengstfeld herüber= gekommen war, sich still dem Zuge anschloß und still, ohne mit Jemanden zu reden, heimkehrte.

Das Herz Bäbi's erzitterte, als sie ihn sah; aber sie wandte alle Gedanken von ihm zurück und schickte sie der Entschlummerten nach.

Nicht mehr daheim.

Im Hause Luzians war's oft öde, als ob auf einmal alle Ruhe und Ansässigkeit daraus entflohen wäre. Wenn sonst Alles in's Feld gegangen war, so blieb doch die Ahne zu Hause und jeder Rückkehrende erhielt einen freundlichen Willkomm. Jetzt blieb sowohl Bäbi als die Frau nur ungern allein daheim; sie konnten da eine gewisse Bangigkeit nicht los werden, sie glaubten die Stimme der Ahne in der Nebenstube hören zu müssen. Aus dem Dorfe fand sich gar kein Besuch mehr ein, das Haus Luzians war wie ausgeschieden. Kam auch zum Feierabend bisweilen noch der Wendel, so hatte Luzian stets Heimliches mit ihm zu reden.

Dagegen kam der Doctor öfter, und seine Theilnahme war in der That eine innige. Bäbi war jetzt immer froh wenn er kam, denn er erheiterte Luzian und brachte ihn oft zum Lachen, während dieser sonst immer ernst und nachdenklich einherging. Bäbi wußte nicht was das zu bedeuten habe, daß der Vater mit einer gewissen Feierlichkeit fast tagtäglich Haus und Stall und Scheune durchmusterte, da und dort Alles neu in Stand setzte, während das Haus doch so wohlbehalten war, daß, wie Wendel einst sagte, man es dem Nagel an der Wand anmerke, daß er satt ist. Auch sprach der Vater oft davon, daß er doch die schönsten Aecker in der ganzen Gemarkung habe, und Bäbi wußte nicht, was er damit wolle; sie und die

Mutter zerbrachen sich oft den Kopf darüber, und wenn die letztere es wagte, ihren Mann offen zu fragen, erwiderte er: „Du hast den ersten Gedanken gehabt. Du wirst bald Alles erfahren. Man kann die Streu nicht schütteln, so lang man im Bett liegt."

Wenn nun der Doctor öfter kam, verließ Bäbi die Stube nicht mehr, sie blieb vielmehr da und freute sich, wie herzlich der doch fremde Mann der Ahne gedachte, und wie harmlos er an Allem Theil nahm. Ja sie wagte es öfter mit drein zu reden, und Luzian sah sie manchmal verstohlen an, in Gedanken den Kopf wiegend, ob er wohl da seinen Schwiegersohn vor sich habe.

Der Herbst kam rasch herbei, und Luzian ließ außergewöhnlich schnell abdreschen. Er nahm die doppelte Anzahl Drescher von sonst, und half vom Morgen bis zum späten Abend mit; dann ließ er ganz ungewohnter Weise alles Korn vermessen, ehe man es auf den Speicher brachte. Er wollte sogar das Heu abwiegen lassen, wenn das nicht zu viel Mühe gemacht hätte.

Wenn die ganze Familie beisammen war, schwebte seit dem Tode der Ahne ein versöhnter Geist unter ihnen.

Gleich Tags darauf hatte die Frau zu Luzian gesagt:

„Seitdem die Mutter todt ist, ist es mir grad, wie wenn ich dir jetzt erst von Neuem in ein fremd' Haus gefolgt und mit dir allein wäre. Lach' mich nicht aus, ich hab' so Heimweh wie ein Mädle nach der Hochzeit. Mein' Mutter ist nicht da, ich hab' sie sonst Alles fragen können und war allfort daheim."

„Du bist auch mein junges Weible, und jetzt geht erst eine neue Hochzeit an," entgegnete Luzian.

„Ja," fuhr die Frau fort, „ich möcht' jetzt alle Stund' bei dir bleiben, mich an deinen Rock hängen wie ein Kind an die Mutter, ich möcht' dir überall nachlaufen."

So hatte sich ein neuer, inniger Anschluß festgesetzt zwischen beiden Eheleuten, die schon das zweite Geschlecht aus ihrer Ehe aufwachsen sahen.

Ein Scheidebrief durchschnitt jetzt das neugeeinte Leben.

Am Mittag, gegen Ende Oktober, kam ein großes Schreiben mit einem großen Amtssiegel aus der Stadt. Luzian wendete das Schreiben mehrmals hin und her, ohne es zu eröffnen, er ahnte wohl seinen Inhalt; dennoch durchfuhr ihn ein Schreck als er jetzt las. Er schaute rechts und links über seine Schulter, ob Niemand da sei, der ihn fasse. In der Zuschrift stand, daß Luzian wegen freventlicher Störung des Gottes= dienstes zu sechs Wochen bürgerlichem Gefängniß ver= urtheilt sei. Da stand's in wenigen Worten; das war schnell gesagt, aber wie viel einsame trübe Stunden, Tage und Nächte waren darin eingeschlossen.

Luzian rief Bäbi und seine Frau in die Stube; er faßte die Hand der letzteren und sagte: „Margret, es ist jetzt alles im Haus im Stand, ich muß auf sechs Wochen verreisen, nein, offen will ich dir's sagen, gelt', du bist ruhig und gescheit? Denk' an dein' Mutter! Also da steht's, ich muß wegen der Pfarrersgeschichte auf sechs Wochen in den Thurm."

Bei dem letzten Worte schrie die Frau gellend auf, aber Luzian beruhigte sie und Bäbi sagte: „Ich geh' zum König und thu' einen Fußfall; das darf nicht sein. Lieber Gott! darf man so einen Mann einsperren wie einen Nichtsnutz? Sie müssen sich ja schämen."

„Jetzt sei ruhig, Bäbi," entgegnete Luzian, „ich muß geduldig über mich nehmen, was da draus kommt, daß ich die Wahrheit gesagt hab'. Denk' nur, wie viele Menschen den Tod haben darüber leiden müssen."

Bäbi faltete still die Hände, und drückte sie an ihre hochklopfende Brust.

Luzian wollte schnell seine Strafzeit vollführen.

„Man muß es machen wie die Ahne gesagt hat," bemerkte er, „man muß bei der Arznei, die man einmal schlucken muß, die Nas' zuhalten und schnell hinunter mit."

Er ordnete noch Alles rasch im Hause, und andern Tages schnürte er sich ein kleines Bündel, ritt nach der Stadt und stellte sich dem Oberamt zur Abbüßung. Der Oberamtmann rieth ihm, doch an das Kreisgericht zu appelliren; der Doctor, der zugegen war, sagte: er wolle ihm ein Zeugniß geben, daß eine Gefängnißstrafe ihm bei seiner Blutfülle und Korpulenz eine Krankheit zuziehe; Beide aber bestanden darauf, daß er antrage, das Gefängniß möge in eine Geldstrafe verwandelt werden. Luzian aber weigerte sich dessen und verlangte, nach seiner Zelle geführt zu werden.

„Ich hab' immer glaubt," sagte Luzian, „mein' Sach' wird criminalisch. Wenn mein' Sach', wie ich seh, nicht vor das öffentliche Schlußgericht kommt, so will ich meine Strafe, und jetzt, ich kann nicht mehr warten, bis nach einem halben Jahr eine andere Resolution kommt. Ich steh' mit einem Fuß im Steigbügel, ich habe beim öffentlichen Verfahren noch einmal vor aller Welt aussprechen wollen, was uns die Pfaffen anthun; damit sie alle, gute und schlechte, aufgeknüpft werden, wenn auch ein paar brave dabei sind? sie verdienen's doch, weil sie noch Geistliche bleiben; ich laß es jetzt sein, ich bin der Mann nicht, der der Welt helfen kann. Zuerst muß ich jetzt noch in's Loch und dann 'naus zum Loch."

Der Oberamtmann und der Doctor führten nun Luzian selber in sein Gefängniß; sie blieben nur eine Weile bei ihm, dann wurde die Thür geschlossen und er war allein.

Bald nachdem er einige Stunden im Gefängnisse saß, kam ihm dieses doch ganz anders vor, als er gedacht hatte. Eine seltsame Lust hatte ihn rasch zur Abbüßung der Strafe greifen lassen, er war sein Lebenlang noch nie Tage und Wochen mit sich allein gewesen; er glaubte, Alles müsse in ihm besser geschlichtet und geebnet werden, wenn er einmal so ungestört, von der ganzen Welt nichts wissend, in sich selbst hinabstiege; denn da drinnen war es bei alledem noch wirr und kraus. Auch empfand er eine eigenthümliche Wollust darin, unverdiente Strafe abzubüßen; das gab ihm noch mehr Recht, sein Lebenlang gegen die Pfafferei zu kämpfen.

Wenn der Luzian von heute auf den der vergangenen Monate hätte zurückschauen und ihn lebendig

in allem seinem Thun erblicken können, er hätte sich
gewundert über den, der jetzt zu solchen ganz unge=
wöhnlichen Gelüsten und Behaben gekommen war.

Nachdem er eine Weile auf der Pritsche geruht,
erhob er sich plötzlich, und sein Blick schweifte an den
Wänden umher und — wie seltsame Verlangen steigen
oft plötzlich in der Seele auf — er wollte in einen
Spiegel schauen, um sein Aussehen zu betrachten. Lä=
chelnd gewahrte er, daß dies Stück Hausrath nirgends
an den kahlen Wänden sich vorfand. Wozu sollten
auch die Gefangenen dessen bedürfen? Sie erscheinen
vor Niemand, sie können mit sich machen was sie
wollen. „Ich möcht' nur einmal ein anderer Mensch
sein und mich von weitem daher kommen sehen, wie
ich da herumlaufe, und was für ein Bursch ich eigent=
lich bin, wie man mich ansieht, was man von mir
hat, ob man mich gleich für einen ehrlichen Kerl hält,
so bei den ersten paar Worten. Warum weiß ich jetzt,
wie mein Margret aussieht und der Wendel und der
Doctor und der Pfarrer, und wenn ich malen könnt',
könnt' ich sie dahin malen; und mich selber hab' ich
doch auch genug geschaut und ich weiß doch nicht, wie
ich ausseh' . . . Mein Herz und meine Gedanken kenne
ich auch nicht so, ich meine, ich kenne die von anderen
Leuten viel besser, und doch kann und muß ich mich
auf mich allein am besten verlassen . . . Was Reue!
Es ist nichts nutz, wenn man uns allfort sagt, das
und das hättest du besser machen müssen, oder wenn
man sich selber vorschwatzt, ich möcht' um so und so
viel Jahr jünger sein; nichts da, an dem läßt sich

nichts mehr beßteln und machen, heut, heut ist ge=
sattelt. Wenn Gott sagt: heute, sagt der Teufel:
morgen und der Pfaff sagt: gestern."

Diese letzten Worte sprach Luzian mit den Lippen,
aber ohne Stimme; es schien fast als bete er ein stilles
Gebet.

Wie schwer steigt sich's hinauf die Gedankenhöhen
und hinab die Tiefen, wenn immer ein Gedanke sich
auf den andern thürmt und plötzlich kollernd wegrollt.
Es bedarf da eines festen Steigers und kecken Springers.
Luzian schaute zu dem vergitterten Fenster hinaus und
horchte auf die verschiedenen Sangesweisen der über
und unter ihm Eingekerkerten. Es kam ihm jetzt un=
freundschaftlich vor, daß der Doctor und der Amtmann
ihn so bald verlassen und seit so langer Zeit nicht
wieder besucht hatten. Mußten sie nicht immer draußen
auf Schritt und Tritt dran denken, daß er hier einsam
eingekerkert sei? Konnten sie das nur einen Augenblick
vergessen?

Armer Mensch, der du glaubst, dein Schicksal werde
von einer andern Brust in der ganzen Ausbreitung
seiner Folgen getragen.

Es wird Abend, die Thür knarrt, die Riegel wer=
den heftig zugeschlagen, der Gefängnißwärter tritt ein,
ihm folgt Bäbi mit einem Hängekorb am Arm. Sie
sagte ihrem Vater einfach: „guten Abend" und ließ
keinerlei heftige Kundgebung merken; dann erzählte sie,
daß Egidi mit seiner Frau und den Kindern während
des Vaters Abwesenheit bei der Mutter wohne, sie
selber bleibe nun beim Vater und habe durch den

Doctor die Erlaubniß vom Oberamtmann bekommen, ihrem Vater Gesellschaft zu leisten.

„Wer hat dich an den Doctor gewiesen?" fragte Luzian.

„Niemand, ich bin von selber zu ihm gangen, die Ahne selig hat Recht gehabt, er ist gespäßig, aber doch ein grundbraver Mensch, er ist gleich mit mir zum Oberamtmann."

Luzian firirte seine Tochter scharf, und zog dabei die Brauen ein. Nach einer Weile sagte er wieder:

„Ja, du kannst doch aber nicht da schlafen?"

„O da ist schon für gesorgt; ich schlaf' bei des Wendels Agat, die beim Oberamtmann dient, die Madam hat mir's schon erlaubt."

Jetzt fühlte Luzian doch, daß es Herzen außer uns giebt, deren Pulsschlag der unsere ist.

Von nun an war Bäbi fast den ganzen Tag beim Vater, sie spann fleißig an der Kunkel, während Luzian in den Büchern las, die ihm der Amtmann und der Doctor gegeben hatten. Das Lesen ward ihm doch schwer; das war kein Geschäft für ihn, Morgens beim Aufstehen, Mittags wieder und Abends noch einmal. Er hielt es in Einem Zuge kaum länger als eine halbe Stunde aus, und wenn er dann wieder begann, las er das Alte noch einmal, weil es ihm vorkam, als ob er's nicht recht verstanden habe.

„Es ist etwas anderes, wenn das Lesen ein Schleck (Leckerbissen), als wie wenn es ein Geschäft ist. Guck, beßwegen habe ich mich auch im Stillen immer davor gefürchtet, einmal Landtagsabgeordneter zu werden. Ich bin nicht so bumm, ich reb' auch gern mit brein, wie man den Staat und die Gemeinde und wie man die Gesetze einrichten soll; aber das kann ich nur, wenn ich den Tag über geschafft hab'. Wenn ich so im Ständehaus, in dem großen Saal, bei den vielen Menschen vier, fünf, sechs Monate sitzen und weiter Nichts thun sollte als ein' Tag wie den andern von neuen Gesetzen, von den Finanzen und von all dem hören und da mitreden: mir ging der Trumm (Faden) aus."

So sagte Luzian zu seiner Bäbi. Bäbi übernahm es nun oft, dem Vater vorzulesen. Ein Buch beson= ders war es, das Luzian mächtig anzog und über das er viel sprach: es war das Leben Benjamin Franklins und dessen kleinen Aufsätze.

„Ich geb' das Dutzend Evangelisten und die großen und kleinen Propheten brein für den einzigen Mann," sagte Luzian einmal.

Der Doctor und der Oberamtmann kamen bisweilen gemeinsam, und ersterer noch öfter allein. Da gab es dann manche gute herzstärkende Gespräche, bei denen Bäbi still zuhorchte. Die Art des Doctors hatte etwas besonders Wohlthuendes. Man sah es wohl, auch der Oberamtmann bemühte sich, seine innere Leut= seligkeit kund zu geben, aber er war und blieb doch etwas bockbeinig, wie es der Doctor einmal nannte. Dieser dagegen war harmlos lustig, er hatte sich im Ton nicht erst herunter zu spannen; sein Benehmen gegen Bäbi war ein durchaus unbefangenes, als ob er nie Ansprüche auf sie gemacht hätte, und nie Etwas

zwischen ihnen vorgefallen wäre. In der That betrachtete
er die Sache als längst abgethan und erledigt, und
eben dadurch gewann Bäbi eine gewisse verwandtschaft=
liche Zutraulichkeit zu ihm, wie zu einem Vetter. Das
gestand sie ihm einmal, und er nannte sie seitdem nicht
anders als „Jungfer Bäsle".

Luzian betrachtete oft im Stillen seine Tochter und
den Arzt. Sollte sich da wirklich eine entschiedene Nei=
gung festsetzen? Das kam ihm bei seinem Vorhaben
sehr in die Quere und doch griff er nicht ein.

Die Hälfte der Strafzeit war noch nicht um, als
Luzian alle Bücher satt hatte, und gar nichts Gedruck=
tes mehr lesen konnte. Er hatte zu viel Bücher auf
Einmal bekommen, das war gegen alle Gewohnheit von
ehedem, und als ihm das eine nicht mundete, versuchte
er es mit einem zweiten und so mit einem dritten; es
gelang ihm dadurch nicht mehr, mit dem alten Appetit
zu einem angebissenen zurückzukehren. Er blätterte darin,
wollte da und dort einen Brocken holen, und legte
endlich das Ganze weg.

Es war Bäbi auch lächerlich, wie vielleicht vielen
Anderen, aber Luzian ließ sich nicht davon abhalten:
er setzte sich zu seiner Tochter an die Kunkel und lernte
mit ihr den Flachs spinnen. Das war eine kleine
Arbeit und allerdings nicht geeignet für einen Mann
von so kraftvollem Baue wie Luzian, aber es war doch
eine Arbeit; man hatte dabei nicht mit dem Kopf zu
thun wie immerfort beim Lesen. Bäbi sagte oft, sie
thäte sich die Augen ausschämen, wenn ein Mensch
sähe und wüßte, daß ihr Vater an der Kunkel sitzt

und spinnt; aber Luzian gewann eine wirkliche Freude an diesem Thun, das ihm die Tage und Abende verkürzte, und wenn er so bei seiner Tochter saß und mit ihr spann, wie er es bald meisterlich verstand, so konnte er auch viel besser reden, als wenn er so arbeitslebig war. In den Stunden, in welchen Vater und Tochter an Einem Rocken spannen, war es oft, als ob strahlende Seelenfaden sich aus Einem Urquell hervorzögen zu einem heiligen Gewebe.

Luzian ging so weit, daß er einmal zu Bäbi sagte: „Ich hab's gar nicht gewußt, daß du . . . nicht so dumm bist."

„Ja, ich hätt' sollen ein Bub werden, ich wollt' der Welt was aufzurathen geben," sagte Bäbi keck.

Diese Tage des Gefängnisses wurden so für Bäbi die seligsten.

Wenn Jemand die Treppe heraufkam, oder sich irgend eine Thür im Gefängnißthurm bewegte, ließ Bäbi nicht ab, bis der Vater schnell von der Kunkel aufstand. Sie riß dann den Faden ab, damit Niemand etwas von der gemeinsamen Arbeit merke. Nur die Mutter, die zum Besuche ihres Mannes kam, erfuhr von Luzians heimlicher Thätigkeit.

Auch ein neuer Besuch wiederholte sich bald täglich.

Es geschieht wohl oft, daß im Abscheiden aus altgewohnten Verhältnissen wir erst jetzt Personen und Beziehungen entdecken, die nun erst unserer Erkenntniß oder unserem Leben sich nahe stellen. Eine neue Hand faßt dich, und eine ungewohnte hält dich mit ungeahntem innigem Drucke. Wir scheiden aus dem alten

Leben, das im letzten Momente ein unbekanntes neues
geworden.

Der Pfarrer Rollenkopf, dem Luzian nur Einmal
im Walde begegnet war, suchte diesen jetzt im Gefäng=
niß auf. Mit ihm vereint wollte er eine neue Gemeinde
um sich schaaren und dem alten Kirchenthum entgegen=
treten. Er fand ungeahnten Widerstand. Er hielt
Luzian vor, daß damit nichts gethan sei, wenn er sich
selbst von der Kirche lossage, das sei kaum ein Splitter,
der sich von dem gewaltigen Baue losbröckele, der Bau
selber spüre nichts davon, er stehe in sich fest; es
gelte darum, den Baum von innen heraus zu spren=
gen durch Bildung von Genossenschaften. Luzian er=
widerte:

„Das Menschengeschlecht hat's jetzt seit so und so
viel tausend Jahren probirt mit dem Zusammenthun in
Glaubensgemeinschaften und Kirchen, und was ist dabei
herauskommen? Ihr wisset's besser als ich. Jetzt mein'
ich, probirt man's einmal so lang ohne Kirchen und
Gemeinden; schlimmer kann's in keinem Fall werden."

Als der Pfarrer ihm ein andermal eindringlich vor=
stellte, er möge doch der Hülflosen, der Leidenden und
Kranken gedenken, denen ein geläuterter Glaube und die
ewige Wahrheit im Worte Gottes Trost und Labung
gewähre — entgegnete Luzian kurz:

„Arznei aus der Apotheke ist keine Kost für Ge=
sunde."

Nicht immer jedoch war Luzian gegen Rollenkopf so
scharfschneidig gekehrt, vielmehr fühlte er sich meist an=
geglüht von dem edeln Feuereifer des jungen Mannes,

dem noch dazu eine gewisse Schwermuth anhaftete, weil er sich Vorwürfe darüber machte, daß er nicht früher und nicht freiwillig mit der Kirche gebrochen habe; er hätte dann seine Gemeinde, die ihm damals noch treulich anhing, mit sich aus der Kirche geführt.

Aber nicht nur der Pfarrer, sondern im Verein mit ihm bisweilen auch noch der Oberamtmann und der Doctor, ergingen sich bei Luzian im Gefängnisse in den tiefsten Erörterungen über Religion und Kirche. Der Amtmann sagte einmal, es ließe sich ein neuer Phädon daraus gestalten, wenn man nur einen Schnellschreiber zur Hand hätte. Sehr oft verliefen sich die Gespräche in solche geschichtliche und philosophische Erörterungen, daß Luzian still zuhörend wenig thätigen Theil daran nahm. Bäbi hörte gleichfalls mit der größten Anstrengung zu, eroberte aber nicht viel dabei.

Luzian gewann eine innige Liebe zu Rollenkopf, und sprach mit seiner Bäbi oft davon. Diese aber war still, denn mitten unter den religiösen Debatten war dem excommunizirten Pfarrer ein neues Leben aufgegangen. Mit dem tiefsten Schreck bemerkte Bäbi an den Blicken Rollenkopfs und an einzelnen Worten, daß er ihr anders zugethan sei als ein Beichtvater einem Beichtkinde, und trotzdem sie Beide außerhalb der Kirche standen, sah sie in Rollenkopf doch stets den geweihten Priester.

Einst paßte Rollenkopf die Zeit ab, als Bäbi aus dem Thurm nach dem Amthause ging, und gestand ihr offen, daß er sie heirathen, und sie zur neukatholischen Pfarrerin machen wolle. Bäbi glaubte in den

Boden zu sinken, und antwortete rasch: „Ich heirath'
gar nicht."

Sie eilte zu ihrer Freundin, der sie aber nicht zu
bekennen wagte, was ein Pfarrer ihr gesagt.

Wieder hatte Rollenkopf einmal den Heimgang Bäbi's
in's Amthaus abgepaßt, aber auch der Doctor kam, und
Beide begleiteten sie nun. Bäbi kam's gar wundersam
vor, solche Herren zu Begleitern zu haben. Sie berich=
tete das des Wendels Agath', und diese sagte: „Die
Beiden wollen dich heirathen und dein reiches Gut dazu;
du bist auch eine recht anständige halbe Wittfrau. Der
Doctor sucht schon lange nach so Einer, weil ihn die
Mädle nicht mögen und der Pfarrer braucht eine Ketzerin;
aber ich hab' dir seit gestern zu sagen vergessen, daß
des Paule's Vater gestorben ist."

„Das wird dem Paule doppelt weh thun, es muß
Einem schrecklich sein, wenn Eines wegstirbt, mit dem
man oft im Zank und Hader gewesen ist."

„Es giebt Leut', die anders denken," sagte Agath',
„denen ist's im Gegentheil gerade Recht, wenn sie so
einen Polterteufel los sind. Jetzt ist der Paule und
sein Haus noch einmal so viel werth. Was meinst jetzt?"

„Ich heirath' gar nicht," erwiderte Bäbi.

Die kluge Tochter Wendels entgegnete: „Wenn das
Wort eine Brück' sein sollt', da ging' ich auch nicht
darüber, die bricht ein."

Bäbi ging in ihre Kammer, und was sie längst
abgethan glaubte, erwachte auf's Neue, und preßte ihr
stille Thränen aus.

Die Befreiung.

Endlich kam der Tag der Befreiung; und als Luzian zum Erstenmal auf der Straße war, reckte er sich und sagte:

„Guten Tag Welt! bald b'hüt dich Gott."

Alte Welt, Gott gesegne dich,
Ich fahr' dahin gen Himmelreich:

sang es wieder in ihm.

Im Lamm war Egidi mit dem Fuhrwerk, aber noch Andere waren da, der Wendel und der Paule, der einen Flor um den Arm trug.

„Schwäher," sagte Letzterer, „ist's wahr, Ihr wollet nach Amerika?"

„Ja."

„Nehmet Ihr mich mit, wenn mich das Bäbi wieder mag?"

Luzian schaute auf seine Tochter, die hoch erglühend die Augen niederschlug.

„Wie?" sagte Luzian, „red' du Bäbi, sag' Ja oder Nein."

Bäbi schwieg.

„Wenn du nicht Nein sagst, so nehm' ich's für Ja."

Bäbi preßte die Lippen heftig zusammen, als fürchte sie, daß ihr Mund Nein spräche.

Paule löste die Lippen bald zu seligem Kusse.

Auf der fröhlichen Heimfahrt erzählte nun Paule,

wie sein Vater von dem Pfarrer umgarnet war, und wie er auf dessen Betrieb die Brautschaft aufgekündigt hatte. Auch in ihm lebte der heftige Zorn gegen das Pfaffenthum, wenn er gleich noch lange nicht auf Luzians Standpunkt angelangt war.

Jetzt faßte Luzian die Hand seines Sohnes Egidi und sagte: „Komm her, du kannst mir eine große Wohlthat erzeigen, ich hab' eine Bitte an dich; willst du?"

„Wenn's in meinen Kräften ist, ja."

„Nun gut, gieb mir den Victor mit, ich will ihn halten, wie wenn du es wärst; ich will auch von dir was bei mir haben."

Egidi nickte bejahend, er konnte nicht reden. —

Wer am Himmelsbogen säße und mit Einem Blick überschauen könnte das gewaltige Drängen und Treiben aus der alten Welt heraus nach einem Dasein, in welchem die Menschen frei ihr Leben gestalten, dem böte sich ein Anblick voll Jammer und voll Erhebung.

Den Ortspfarrer traf Luzian nicht mehr im Dorfe; er war wegen seiner besonderen Talente und seines Eifers zum Rector eines neuerrichteten Knabenseminars für Priester, der „geistlichen Cadettenanstalt" wie sie in jenen Zeitungsberichten genannt war, berufen worden.

In der Zeitung standen am selben Tage zwei große Bauerngüter mit Schiff und Geschirr ausgeboten; es waren die Luzians und Paule's.

Mit tiefem Herzeleid sah Luzian sein sorgsam gepflegtes Gut zerschlagen in fremde Hände übergehen.

Als er Abschied nehmend mit seinem Passe zum

Oberamtmann kam, übergab ihm dieser ein Buch zum Andenken. Es war ein Wegweiser für deutsche Auswanderer.

„Ich habe auch einige Worte hineingeschrieben," sagte der Oberamtmann.

Luzian las dieselben, nickte mit dem Kopfe, reichte ihm die Hand und sagte: „Das ist ein schönes Gleichniß aus der Bibel; Gleichnisse laß' ich mir gefallen, wenn auch die Geschichte nicht wahr ist."

In dem Buche aber stand:

Man soll nicht auswandern wie der eigensüchtige Rabe aus der Arche Noah, der draußen bleibt, wenn's nur ihm wohlergeht; man soll auswandern wie die ausgeschickte Taube, die heimkehrt mit dem Oelzweig, verkündend: daß die Sündfluth sich verlaufen hat.